D0723369

WITHDRAWN

WORN. SOILED, OBSOLETE

EL RAPTO DEL CISNE

Elizabeth Kostova

El rapto del cisne

Traducción de Marta Torent López de Lamadrid

Umbriel Editores

Argentina • Chile • Colombia • España
Estados Unidos • México • Perú • Uruguay • Venezuela

Título original: *The Swan Thieves*
Editor original: Little, Brown and Company. Hachette Book Group, New York
Traducción: Marta Torent López de Lamadrid

Los personajes y acontecimientos relatados en esta novela son ficticios. Cualquier parecido de los personajes con personas vivas o muertas es mera coincidencia.

Fragmento de «Encuentro», en *Poemas 1931-1987*, Czeslaw Milosz, Copyright © 1988 by Czeslaw Milosz Royalties, Inc. Con permiso de HarperCollins Publishers.

Reservados todos los derechos. Queda rigurosamente prohibida, sin la autorización escrita de los titulares del *copyright*, bajo las sanciones establecidas en las leyes, la reproducción parcial o total de esta obra por cualquier medio o procedimiento, incluidos la reprografía y el tratamiento informático, así como la distribución de ejemplares mediante alquiler o préstamo públicos.

© 2010 *by* Elizabeth Kostova
This edition published by arrangement with Little, Brown and Company, New York
All Rights Reserved
© de la traducción 2010 *by* Marta Torent López de Lamadrid
© 2010 *by* Ediciones Urano, S. A.
   Aribau, 142, pral. – 08036 Barcelona
   www.umbrieleditores.com

ISBN: 84-89367-85-2
Depósito legal: B-29.235-2010

Edición: Aibana Productora Editorial, S. L.
   Villarroel, 220-222 entlo. D – 08036 Barcelona
   www.aibanaedit.com

Impreso por Romanyà Valls, S. A.
Verdaguer, 1 – 08760 Capellades (Barcelona)

Impreso en España - *Printed in Spain*

Para mi madre,
la bonne mère.

Os costaría creer lo difícil que es colocar
una figura sola en un lienzo,
concentrar toda la atención
en esta única y universal figura,
y seguirla manteniendo viva y real.

ÉDOUARD MANET, 1880.

En las afueras de la aldea los restos de un fuego apagado ennegrecen la nieve medio derretida. Junto a ellos hay un cesto que, tras meses a la intemperie, ha adquirido el color de la ceniza. Hay bancos para que los ancianos puedan calentarse las manos, pero ahora hace frío incluso para eso, el anochecer está al caer y todo es demasiado lúgubre. Esto no es París. El aire huele a humo y a cielo nocturno; un ámbar desesperado desciende para ocultarse tras el bosque, casi una puesta de sol. La oscuridad se extiende tan deprisa que alguien ya ha encendido un farol en la ventana de la casa más próxima a la fogata abandonada. Es enero o febrero, o quizás un marzo riguroso de 1895 (el año quedará anotado con toscos números negros en las sombras de una esquina). Los tejados de la aldea son de pizarra, manchados por la nieve que se derrite y resbala a montones. Algunos de los caminos están flanqueados por tapias, otros llevan al campo y a los huertos fangosos. Las puertas de las casas están cerradas, el olor a comida asciende por las chimeneas.

Únicamente una persona se mueve en toda esta desolación: una mujer con ropa de viaje gruesa que camina por un sendero en dirección al último grupo de viviendas. Alguien ha encendido allí un farol, también, y se inclina sobre la llama, una silueta humana aunque borrosa tras la distante ventana. La mujer del camino avanza con dignidad y no lleva el mandil andrajoso ni los zuecos de madera habituales en la aldea. Su capa y su larga falda contrastan con la nieve violeta. Su capucha está ribeteada de piel y lo oculta todo menos la curva blanca de su mejilla. En la orilla de su vestido hay un galón con motivos geométricos de color azul claro.

Se aleja andando con un fardo en sus brazos, algo firmemente envuelto, como para protegerlo del frío. Los árboles sostienen sus ramas ateridas hacia el cielo, enmarcando el camino. Alguien se ha dejado una tela roja en el banco que hay frente a la casa situada al final del sendero; un chal, tal vez, o un pequeño mantel, el único punto de color vivo. La mujer protege su fardo con los brazos, con sus manos enguantadas, y deja el centro de la aldea a sus espaldas lo más deprisa que puede. Sus botas golpetean contra un trozo de hielo del camino. Su aliento surge pálido en contraste con la creciente oscuridad. Avanza encogida, encorvada, recelosa, con prisas. ¿Abandona la aldea o se dirige presurosa a una de las casas del fondo?

Ni siquiera la persona que la observa conoce la respuesta, ni le importa. Ha estado trabajando en el lienzo prácticamente toda la tarde, pintando las tapias que flanquean los caminos, y los árboles desnudos, bosquejando el sendero, a la espera de los diez minutos de atardecer invernal. La mujer es una intrusa, pero él la incluye en el cuadro también, rápidamente, fijándose en los detalles de su atuendo, aprovechando la luz mortecina para pincelar el contorno de su capucha, el modo en que ella se dobla para mantener el calor u ocultar su fardo. Sea quien sea la mujer, es una sorpresa maravillosa. El toque que faltaba, el movimiento que necesitaba para llenar ese tramo central de camino nevado con hoyos de fango. Hace ya tiempo que él se ha recluido, ahora trabaja únicamente tras su ventana (es un anciano y le duelen las extremidades si pinta al aire libre con frío durante poco más de un cuarto de hora), de modo que sólo puede imaginarse la respiración agitada de la mujer, sus pisadas en el camino, el crujido de la nieve bajo el afilado tacón de sus botas. Está envejeciendo, está enfermo, pero durante un instante desea que ella se vuelva y lo mire de frente. Se imagina su pelo moreno y suave, sus labios escarlata, sus ojos grandes y desconfiados.

Pero ella no se vuelve, y él descubre que se alegra. La necesita tal como está, necesita que se aleje por el túnel nevado de su lienzo, necesita el contorno recto de su espalda y su pesada falda de elegante galón, su brazo acunando el objeto envuelto. Es una mujer de carne y hueso y tiene prisa, pero ahora ha sido también plasmada para siempre. Ha quedado inmovilizada en su prisa. Es una mujer de carne y hueso, y ahora es un cuadro.

1

Marlow

Recibí la llamada acerca de Robert Oliver en abril de 1999, menos de una semana después de que éste hubiera blandido un cuchillo en la sala que contenía la colección del siglo XIX de la Galería Nacional de Arte. Era martes, una de esas mañanas con un tiempo espantoso que se dan a veces en la zona de Washington en mitad de una primavera florida e incluso calurosa; una mañana de granizo destructivo y cielos encapotados, de truenos que retumbaban en el aire repentinamente gélido. También se cumplía, por casualidad, una semana exacta después de la matanza del instituto de Columbine, en Littleton (Colorado). Yo seguía obsesionado con este suceso, como me imagino que habría hecho cualquier psiquiatra del país. Mi consulta se me antojaba repleta de adolescentes que escondían escopetas recortadas y un diabólico resentimiento. ¿Cómo habíamos podido fallarles a ellos y, sobre todo, a sus víctimas inocentes? Aquella mañana tenía la sensación de que el riguroso clima y la melancolía del país se mezclaban.

Cuando sonó mi teléfono, la voz que oí al otro extremo de la línea era la de un amigo y colega, el doctor John Garcia. John es una persona magnífica (y un magnífico psiquiatra) con el que fui a la escuela tiempo atrás y que de vez en cuando me lleva a comer a un restaurante de su elección, donde casi nunca me deja pagar. Tramita admisiones en urgencias y atiende a los pacientes ingresados en uno de los hospitales más grandes de Washington y, al igual que yo, también tiene una consulta privada.

John me estaba contando que quería pasarme a un paciente, ponerlo a mi cuidado, y percibí la impaciencia en su voz:

—Este tipo podría ser un caso difícil. No sé qué te parecerá, pero preferiría que estuviera a tu cuidado en Goldengrove. Por lo visto es un artista de éxito. La semana pasada lo detuvieron y luego nos lo trajeron. No habla mucho y por aquí no le caemos muy bien. Se llama Robert Oliver.

—He oído hablar de él, pero la verdad es que no conozco su obra —confesé—.

—Pinta paisajes y retratos; creo que salió en la portada de la revista *ARTnews* hará un par de años.

—¿Qué hizo para que lo detuvieran? —Me volví hacia la ventana y me quedé contemplando el granizo que, como gravilla blanca de la más cara, caía sobre el césped del jardín cerrado de la parte de atrás y sobre una magnolia maltrecha. La hierba ya estaba muy verde y durante un segundo lo cubrió todo un sol tenue, al que siguió una fuerte granizada.

—Intentó atacar un cuadro de la Galería Nacional. Con un cuchillo.

—¿Un cuadro? ¿No a una persona?

—Bueno, por lo visto en ese momento no había nadie más en la sala, pero apareció un vigilante y lo vio abalanzarse sobre un cuadro.

—¿Opuso resistencia? —Observé el granizo sembrado sobre la incipiente hierba.

—Sí. Al final tiró el cuchillo al suelo, pero entonces agarró al vigilante y lo zarandeó con enorme violencia. Es un hombre corpulento. De pronto se detuvo y, por alguna razón, dejó que lo sacaran de allí, sin más. El museo está intentando decidir si presenta o no cargos por agresión. Creo que lo dejarán correr, pero el tipo se la jugó.

Volví a contemplar el jardín de atrás.

—Los cuadros de la Galería Nacional son de propiedad federal, ¿verdad?

—Sí.

—¿Qué clase de cuchillo era?

—Una simple navaja. Nada del otro mundo, pero podría haber hecho mucho daño. Estaba muy excitado, creía cumplir una misión heroica, y luego en comisaría se derrumbó, dijo que llevaba días sin dormir, incluso lloró un poco. Lo trajeron a urgencias psiquiátricas y lo ingresé.

Podía oír a John esperando mi respuesta.

—¿Cuántos años tiene el tipo éste?

—Es joven, bueno, tiene 43 años, pero ahora mismo me parece que eso es ser joven, ¿sabes?

Lo sabía, y me reí. A ambos nos había impresionado cumplir los cincuenta tan sólo dos años antes, y lo disimulamos celebrándolo con varios amigos que estaban en nuestra misma situación.

—También llevaba encima un par de cosas más: un bloc de dibujo y un fajo de cartas antiguas. No ha querido dejar que nadie las toque.

—¿Y qué quieres que haga por él? —Me sorprendí a mí mismo apoyado en la mesa de despacho para descansar; la larga mañana tocaba a su fin, y yo tenía hambre.

—Que te lo quedes, nada más —dijo John.

Pero en nuestra profesión la cautela es un hábito muy arraigado.

—¿Por qué? ¿Intentas darme quebraderos de cabeza?

—¡Venga, vamos! —Podía oír a John sonriendo—. Nunca te he visto rechazar a un paciente, doctor Dedicación, y éste seguro que merecerá la pena.

—¿Me lo pasas porque pinto?

John titubeó sólo un momento.

—Francamente, sí. No pretendo entender a los artistas, pero creo que con este tipo conectarás. Ya te he dicho que no habla mucho, y cuando digo que no habla mucho me refiero a que quizá le habré sacado tres frases. Creo que, a pesar de los medicamentos que hemos empezado a administrarle, está entrando en depresión. Además, manifiesta ira y tiene períodos de agitación. Me preocupa.

Contemplé el árbol, el césped verde esmeralda, el granizo esparcido por encima que empezaba a derretirse, otra vez el árbol. Quedaba algo a la izquierda de la ventana, y la oscuridad del día prestaba a sus brotes malva y blanco una luminosidad que no tenían cuando brillaba el sol.

—¿Qué le estáis dando?

John enumeró la lista: un estabilizador anímico, un ansiolítico y un antidepresivo, todos ellos en dosis considerables. Cogí un boli y un bloc de mi mesa.

—¿Diagnóstico?

John me lo dijo, y no me sorprendió.

—Afortunadamente para nosotros, en urgencias, cuando aún hablaba, firmó una autorización para la divulgación de información. Además, acabamos de conseguir copias de su historia clínica que tenía un psiquiatra de Carolina del Norte al que visitó hace un par de años. Al parecer, fue la última vez que lo vio un médico.

—¿Tiene una ansiedad considerable?

—Bueno, se ha negado a hablar sobre eso, pero creo que la exterioriza. Y, según el historial, ésta no es la primera vez que tiene que medicarse. De hecho, aquí llegó con klonopin en un frasco que llevaba dos años metido en su chaqueta. Es muy probable que no le hiciera mucho efecto sin combinarlo con un estabilizador anímico. Al final conseguimos localizar en Carolina del Norte a su esposa, ex esposa en realidad, y ésta nos habló un poco más de sus anteriores tratamientos.

—¿Intentos de suicidio?

—Es posible. Como no habla, es difícil hacer una evaluación adecuada. Aquí no ha intentado nada. Está más bien furioso. Es como tener a un oso enjaulado... un oso mudo. Pero con esta clase de cuadro, no quiero soltarlo. Es preciso que pase una temporada en algún sitio, que alguien averigüe lo que realmente le ocurre, y habrá que ajustarle la medicación. Ingresó voluntariamente, y apuesto a que ahora mismo se iría con mucho gusto. No está cómodo aquí.

—Entonces ¿crees que puedo conseguir que hable?

Era nuestra broma de siempre y John reaccionó como de costumbre:

—Marlow, tú podrías hacer hablar a una piedra.

—Gracias por el cumplido. Y gracias especialmente por estropearme mi descanso de mediodía. Por cierto, ¿tiene seguro?

—Algo tiene. El asistente social está en ello.

—De acuerdo, haz que lo lleven a Goldengrove. Mañana a las dos, con la historia clínica. Yo me ocuparé de su ingreso.

Colgamos, y me quedé preguntándome si podría sacar cinco minutos para dibujar mientras comía, cosa que me gusta hacer cuando tengo la agenda apretada; todavía tenía visitas a la una y media, a las dos, a las tres, a las cuatro y luego una reunión a las cinco. Y al día siguiente me esperaba una jornada de diez horas en Goldengrove, el centro residencial privado donde llevaba trabajando desde hacía doce años. Ahora necesitaba mi sopa, mi ensalada y el lápiz entre mis dedos durante unos cuantos minutos.

Pensé también en algo sobre lo que no reflexionaba desde hacía mucho tiempo, aunque antes solía recordarlo a menudo: a los 21 años, recién diplomado* en la Universidad de Columbia (donde había estudiado Historia, Inglés y Ciencias) y con la mirada puesta ya en la Facultad de Medicina de la Universidad de Virginia, mis padres me prestaron dinero para mi viaje de un mes por Italia y Grecia con mi compañero de habitación. Era la primera vez que salía de los Estados Unidos. Me entusiasmaron las obras de arte de las iglesias y los monasterios italianos, la arquitectura de Florencia y Siena. En la isla griega de Paros, de donde procede el mármol más perfecto y translúcido del mundo, me encontré solo en un museo de arqueología local.

El museo tenía una sola estatua de valor, que presidía una sala. Era una efigie femenina: la diosa Niké de la victoria, de tamaño

---

* En los Estados Unidos, antes de ingresar en la facultad de Medicina, los alumnos deben completar una diplomatura de cuatro años y pasar el Medical College Admission Test. *(N. de la T.)*

natural, desmembrada, sin cabeza ni brazos, con muñones en la espalda donde en su día le habían brotado alas y manchas rojas en el mármol tras su larga sepultura bajo la tierra de la isla. Aún podía apreciarse la perfección de la escultura, su túnica como un remolino de agua sobre el cuerpo. Le habían vuelto a pegar uno de sus piececillos. Yo estaba solo en la sala, dibujándola, cuando el vigilante entró un segundo y gritó: «¡Vamos a cerrar!» Cuando se hubo marchado, recogí mi material de dibujo y entonces (sin pararme a pensar en las consecuencias) me acerqué a la diosa Niké por última vez y me incliné para besarle el pie. El vigilante apareció al instante, rugiendo, y me agarró por el cuello. Jamás me han echado de un bar, pero aquel día me expulsaron de un museo que tenía un solo vigilante.

Descolgué el teléfono y volví a llamar a John, al que pillé todavía en su consulta.

—¿Qué cuadro era?

—¿Cómo?

—El cuadro que atacó tu paciente, el señor Oliver.

John se rió.

—La verdad es que no se me habría ocurrido preguntar eso, pero estaba incluido en el informe policial. Se titula *Leda*. Es un mito griego, creo. En el informe ponía que es un cuadro de una mujer desnuda.

—Una de las conquistas de Zeus —dije yo—. Se le apareció transformado en cisne. ¿Quién lo pintó?

—¡Anda ya! Haces que esto parezca una clase de historia del arte, que no suspendí por los pelos, dicho sea de paso. No sé quién lo pintó y dudo que el agente que lo detuvo lo sepa.

—Vale. Vuelve al trabajo. Que tengas un buen día, John —dije, intentando aliviar la contractura de mi cuello sin dejar de sujetar el auricular al mismo tiempo.

—Tú también, amigo mío.

2

Marlow

Vuelvo a empezar mi relato porque siento la necesidad de insistir en que es confidencial. Y no solamente confidencial, sino que le debe tanto a mi imaginación como a los hechos. Me ha llevado diez años poner en orden mis notas sobre este caso, y también mis pensamientos; confieso que en un principio me planteé la posibilidad de escribir algo sobre Robert Oliver para una de las revistas de psiquiatría que más admiro y donde he publicado con anterioridad, pero ¿quién puede publicar lo que quizá acabe resultando un secreto profesional? Vivimos en la época de los magazines televisivos y de las grandes indiscreciones, pero nuestra profesión es especialmente rígida en sus silencios: cautelosa, legal, responsable, en el mejor de los casos. Naturalmente, a veces el sentido común debe prevalecer sobre las normas; todos los médicos hemos conocido semejantes excepciones. He tenido la precaución de alterar todos los nombres relacionados con esta historia, incluso el mío, a excepción de uno que es tan común, pero que ahora me parece también tan hermoso, que no veo que pase nada por conservar el original.

No me crié en el seno de la profesión médica: mis padres eran pastores de iglesia; de hecho, mi madre fue la primera pastora de su reducida congregación, y yo tenía once años cuando fue ordenada. Vivíamos en el edificio más viejo de nuestra ciudad de Connecticut, una casa de madera granate y techo bajo con un jardín a la entrada que parecía un cementerio inglés, donde cipreses, tejos, sauces llorones y demás plantas fúnebres competían por el espacio que rodeaba al camino enlosado que conducía a la puerta principal.

Todas las tardes, a las tres y cuarto, volvía a pie de la escuela, arrastrando mi mochila llena de libros y migas, pelotas de béisbol y lápices de colores. Mi madre abría la puerta, normalmente vestida con su falda azul y su jersey y, más adelante, a veces con su traje negro y su alzacuello blanco si había estado visitando a enfermos, ancianos, impedidos que no podían salir de casa o a los últimos penitentes. Yo era un niño gruñón, con problemas posturales y una sensación crónica de que, para mi decepción, la vida no era lo que prometía ser. Ella era una madre estricta; estricta, honrada, alegre y cariñosa. Cuando vio mi precoz talento para dibujar y esculpir, lo fomentó día a día con serena certeza, sin excederse jamás en sus elogios y, no obstante, sin permitirme dudar jamás de mis propios esfuerzos. Creo que siempre fuimos absolutamente diferentes, desde que nací, pero nos queríamos con locura.

Resulta curioso, pero aunque mi madre falleciera bastante joven, o quizá precisamente por eso, ya en la madurez he descubierto que cada vez me parezco más a ella. Durante años, más que soltero estuve sin casar, aunque finalmente rectifiqué esa situación. Todas las mujeres a las que he amado guardan (o guardaban) algún parecido conmigo de niño: son taciturnas, obstinadas, interesantes. Junto a ellas me he ido pareciendo cada vez más a mi madre. Mi esposa no es la excepción a esta regla, pero nos complementamos.

En parte como respuesta a las mujeres que en su día amé y a mi esposa, y en parte, no me cabe ninguna duda, como respuesta a una profesión que me muestra a diario la cara más oscura de la mente (las desdichas fruto de la influencia del entorno o de caprichos genéticos), desde la infancia me he ido reconvirtiendo con diligencia para adquirir algo parecido a una actitud positiva ante la vida. La vida y yo nos hicimos amigos hace algunos años; no fue la clase de amistad apasionante que anhelaba yo de niño, sino una amable tregua, el placer de regresar cada día a casa, a mi apartamento de Kalorama Road. De vez en cuando —por ejemplo, mientras pelo una naranja y la llevo de la encimera de la cocina a la mesa—, siento una especie de punzada de satisfacción, quizá por el color natural de la fruta.

Esto lo he conseguido únicamente de adulto. Damos por sentado que los niños disfrutan con los detalles, pero lo cierto es que de pequeño yo sólo recuerdo haber soñado a lo grande; luego mis sueños se fueron empequeñeciendo hasta convertirse en un interés u otro, que después encaucé hacia la biología y la química, con la Facultad de Medicina como meta, y finalmente la revelación de los infinitesimales episodios de la vida, sus neuronas y espirales y átomos giratorios. De hecho, aprendí a dibujar bien, a dibujar de verdad, a partir de esas diminutas formas y sombras en mis laboratorios de biología, no de cosas grandes como las montañas, las personas o los fruteros.

Ahora, cuando sueño a lo grande, es para mis pacientes: para que a la larga puedan experimentar esa alegría cotidiana de la cocina y la naranja, el placer de poner los pies en alto delante del televisor mientras ven un documental; o los placeres aún mayores que imagino para ellos, como conservar un empleo, regresar sanos y salvos a casa con sus familias, ver la dimensión real de una habitación en lugar de un panorama terrible de rostros. En cuanto a mí, he aprendido a soñar en pequeño: una hoja, un pincel nuevo, la pulpa de una naranja; y los detalles de la belleza de mi mujer, un brillo en el rabillo de sus ojos, el vello suave de sus brazos a la luz de la lámpara de nuestro salón cuando está sentada leyendo.

He dicho que no crecí en el seno de la profesión médica, pero tal vez no sea tan extraño que eligiera la rama de la medicina que elegí. Mis padres no tenían nada que ver con la ciencia, si bien su disciplina personal, que me inculcaron junto con los copos de avena y los calcetines limpios, con la intensidad con que los padres se vuelcan en un hijo único, me fue útil para sobrevivir a los rigores de la asignatura de Biología del instituto y a los rigores extremos de la Facultad de Medicina; al rígor mortis de las noches dedicadas íntegramente al estudio y la memorización, y al alivio relativo de las posteriores noches de guardia que me pasé en vela, yendo de un lado para otro.

También había soñado con ser artista, pero cuando llegó el momento de decidir a qué me dedicaría, elegí la medicina, y supe desde el principio que sería psiquiatra, lo que para mí era tanto una profesión médica como la ciencia suprema de la experiencia humana; de hecho, después del instituto presenté también una solicitud a varias facultades de Bellas Artes, y para mi satisfacción me aceptaron en dos bastante buenas. Me gustaría poder decir que fue una decisión angustiosa, que el artista que hay en mí se rebeló contra la medicina. Lo cierto es que me pareció que mi aportación a la sociedad como pintor no sería de la importancia debida y, además, me daban miedo las penurias y dificultades a la hora de ganarme el pan que quizá conllevara ese tipo de vida. La psiquiatría sería un modo directo de servir a un mundo lleno de dolor y, a la vez, me permitiría continuar pintando por mi cuenta, y pensé que me bastaría con saber que hubiera podido hacer carrera como artista.

Mis padres meditaron a fondo sobre la especialidad que había elegido, tal como pude percibir cuando se lo mencioné en una de nuestras conversaciones telefónicas de fin de semana. Hubo una pausa al otro extremo de la línea mientras asimilaban mis proyectos y los motivos de mi elección. Luego mi madre comentó tranquilamente que «todo el mundo» necesita hablar con alguien, lo cual fue su forma de establecer un acertado paralelismo entre su ministerio y el mío, y mi padre comentó que hay muchas maneras de expulsar a los demonios.

En realidad, mi padre no cree en los demonios; no tienen cabida en su religiosidad moderna y progresista. Le gusta referirse a los demonios en tono sarcástico, incluso ahora, en su vejez, y leer sobre ellos, mientras sacude la cabeza, en las obras de los primeros pastores de Nueva Inglaterra, como Jonathan Edwards, o en las de los teólogos medievales que también lo fascinan. Es como un lector de novelas de terror: las lee porque le ponen nervioso. Cuando habla de los «demonios» y el «fuego del infierno» y el «pecado», lo dice irónicamente, fascinado e indignado a la vez; los feligreses que aún acuden a su despacho de nuestra antigua casa (nunca se jubilará del todo) reciben, por el contrario, una imagen misericordiosa de sus propios tormentos. Reconoce que aunque él se haya especializado en las almas y yo en diagnósticos, factores ambientales y ADN, ambos, al fin y al cabo, luchamos por el mismo objetivo: el fin del sufrimiento.

Después de que mi madre se convirtiera también en pastora, en nuestra casa hubo mucho movimiento y yo dispuse de un montón de tiempo para escaparme solo, liberándome de mi malestar ocasional con la distracción que me proporcionaban los libros y las exploraciones por el parque que había al final de nuestra calle, donde me sentaba a leer debajo de un árbol o a dibujar paisajes con montañas y desiertos que desde luego yo no había visto nunca. Los libros que más me gustaban eran los de aventuras en el mar o las aventuras propias de los inventos e investigaciones. Me hice con tantas biografías para niños como pude (de Thomas Edison, Alexander Graham Bell, Eli Whitney y otros) y más adelante descubrí la aventura de la investigación médica: la de Jonas Salk y su vacuna contra la polio, por ejemplo. Yo no era un niño muy activo, pero soñaba con hacer algo intrépido. Soñaba con salvar vidas, con anunciar en el momento adecuado algún avance que salvara vidas. Incluso ahora no hay artículo que lea en una revista científica que no me produzca esos sentimientos, de una u otra forma: la emoción por el descubrimiento ajeno y el aguijón de la envidia hacia el descubridor.

No puedo decir que este deseo de salvar vidas fuera el gran tema de mi infancia, aunque como historia resulte ser estupenda. De hecho, yo no tenía vocación, y esas biografías para niños habían pasado a ser un recuerdo cuando fui al instituto, donde estudié sin problemas, pero tampoco con un entusiasmo desmedido, leí otros autores, como Dickens y a Melville, con bastante más

fruición, asistí a clases de arte, participé en muchas carreras sin
conseguir nunca ningún premio y, con un suspiro de alivio, perdí
la virginidad en primero de bachillerato con una chica más experi-
mentada de segundo, que me dijo que siempre le había encantado
la forma de mi cogote.

Mis padres adquirieron cierta relevancia en nuestro pueblo,
defendiendo y rehabilitando con éxito a un vagabundo sin techo
que había llegado de Boston y que se había refugiado en nuestros
parques. Fueron juntos a la prisión local para dar charlas, e impi-
dieron que una casa prácticamente igual de antigua que la nuestra
(de 1691; la nuestra era de 1686) fuese demolida para construir un
supermercado en la parcela. Asistieron a mis competiciones de
atletismo, hicieron de carabinas en mis bailes de graduación e
invitaron a mis amigos a fiestas ecuménicas con pizza, y oficiaron
los responsos por aquellos de sus amigos que murieron jóvenes.
En su credo no había funerales, ni ataúdes abiertos, ni cuerpos
por los que rezar, de modo que no toqué un cadáver hasta que ingresé en la Facultad de Medicina ni vi a ningún muerto al que conociera en persona hasta que sostuve la mano de mi madre, su
mano inerte y caliente aún.

Pero años antes de que mi madre falleciese, y estando yo todavía en la facultad, conocí al amigo que he mencionado antes, John
Garcia, que fue quien, todo hay que decirlo, me proporcionó el
caso más importante de mi carrera. John fue uno de los amigos que
hice en mi época de veinteañero: amigos de mis primeros años de
universidad, con quienes estudiaba para los controles de Biología
y los exámenes de Historia, o jugaba al fútbol los sábados por la
tarde, y que ahora ya están medio calvos; otros, de paso presuroso
y batas blancas y ondeantes, a los que conocí más adelante, en las
clases y los laboratorios de la Facultad de Medicina; o bien más
tarde aún, en la tensión de la consulta con los pacientes. Cuando
recibí la llamada de John, ya estábamos todos un poco canosos,
con algún michelín en la tripa o, por el contrario, más delgados en
nuestros ímprobos esfuerzos por combatir el sobrepeso. Yo, gra-

cias a mi hábito de correr desde siempre, me había mantenido más o menos delgado e incluso fuerte. Y le estaba agradecido al destino por el hecho de que mi pelo siguiera siendo tan abundante como siempre y más castaño que blanco, de modo que, por la calle, las mujeres seguían mirándome. Pero no cabe duda de que yo era uno más de un grupo de amigos de mediana edad.

De modo que cuando John me llamó aquel martes para pedirme el favor, por supuesto, le dije que sí. Cuando me habló de Robert Oliver mostré interés, pero también me interesaba comer, y tener la oportunidad de estirar las piernas y desconectar de una mañana de trabajo. Nunca estamos realmente abiertos a nuestro destino, ¿verdad? Así es como lo expresaría mi padre en su despacho de Connecticut. Y al final de la jornada, cuando acabó mi reunión, el granizo dio paso a una fina llovizna y mientras las ardillas correteaban por la tapia del jardín posterior y saltaban por encima de las macetas, prácticamente había dejado de pensar en la llamada de John.

Más tarde, después de volver a casa corriendo desde mi consulta y haber sacudido mi abrigo en mi recibidor (esto fue antes de casarme, de modo que nadie salió a la puerta a recibirme y no había ninguna blusa de olor agradable tirada sobre los pies de la cama al término de la jornada laboral), después de haber dejado el paraguas chorreando, haberme lavado las manos, haberme hecho un bocadillo de tostadas con salmón y haberme ido al estudio a coger el pincel; entonces, con el delgado y suave mango de madera entre mis dedos, me acordé de mi futuro paciente, un pintor que, en lugar de pincel, había blandido una navaja. Puse mi música favorita, la *Sonata para violín en La* de Franck y me olvidé intencionadamente de Robert Oliver. El día había sido largo y un poco vacío, hasta que empecé a llenarlo de color. Pero siempre hay un mañana, a menos que muramos, claro, y al día siguiente conocí a Robert Oliver.

3

Marlow

Robert estaba junto a la ventana de su nueva habitación, mirando por ella, con las manos colgando a ambos lados de su cuerpo. Cuando entré, se volvió. Mi nuevo paciente medía unos dos metros, era de complexión fuerte y al mirarle de frente se agachaba un poco, como un toro antes de embestir. Sus brazos y hombros rezumaban una fuerza apenas contenida, su expresión era resuelta, arrogante. Era moreno y tenía la piel arrugada; su pelo era casi negro y muy abundante, con una pizca de gris, ondulado desde la raíz y más largo de un lado que del otro, como si se lo alborotase a menudo. Iba vestido con unos pantalones de pana holgados de color olivo, camisa de algodón amarilla y chaqueta de pana con coderas. Llevaba unos zapatos de cuero marrón mastodónticos.

La ropa de Robert estaba manchada de óleo, alizarina, cerulina, amarillo ocre, colores intensos que contrastaban con esa decidida monotonía. Tenía pintura bajo las uñas. Estaba inquieto: cambiaba a menudo el peso de un pie al otro y cruzaba los brazos exponiendo las coderas. Más adelante, dos mujeres distintas me dirían que Robert Oliver era el hombre más elegante que habían conocido jamás, lo cual me lleva a preguntarme en qué se fijan las mujeres que yo no consigo ver. En el alféizar de la ventana, detrás de él, había un fajo de papeles de aspecto frágil; pensé que serían las «cartas viejas» a las que se había referido John Garcia. Al acercarme a él, Robert me miró directamente (no sería ésa la última vez que sentiría que ambos estábamos en el mismo cuadrilátero) y sus ojos, de un verde dorado intenso y bastante enrojecidos, brillaron por un momento, expresivos. Su rostro se replegó airado y volvió la cabeza.

Yo me presenté y le ofrecí la mano.

—¿Qué tal se encuentra hoy, señor Oliver?

Al cabo de un instante me correspondió estrechándome la mano con firmeza, pero no dijo nada y me dio la impresión de que caía en la languidez y el resentimiento. Dobló los brazos y se apoyó en el alféizar de la ventana.

—Bienvenido a Goldengrove. Me alegro de conocerlo.

Robert buscó mi mirada, pero siguió sin decir nada.

Yo me senté en el sillón de la esquina y lo estuve observando durante unos minutos antes de volver a hablar:

—Acabo de leer la historia clínica que he recibido de la consulta del doctor Garcia. Tengo entendido que tuvo usted un mal día la semana pasada, y que eso es lo que lo llevó al hospital.

Al oír esto él me dedicó una sonrisa curiosa y habló por primera vez:

—Sí —dijo—. Tuve un mal día.

Había conseguido mi primer objetivo: que hablara. Me contuve para no manifestar satisfacción o sorpresa alguna.

—¿Recuerda lo que pasó?

Robert seguía mirándome a los ojos, pero en su cara no había ni rastro de emoción. Era un rostro extraño, con un preciso equilibrio entre la rudeza y la elegancia, un rostro con una asombrosa estructura ósea, la nariz larga pero también ancha.

—Un poco.

—¿Le gustaría hablarme de ello? Estoy aquí para ayudarle, en primer lugar escuchándole.

No dijo nada.

Yo repetí:

—¿Le gustaría hablarme un poco de ello? —Robert seguía en silencio, así que probé otra táctica—. ¿Sabe que lo que intentó hacer el otro día salió en el periódico? No vi el artículo entonces, pero me acaban de pasar un recorte. Salió en la página cuatro.

Robert apartó la mirada.

Yo insistí:

—El titular decía algo así: «Artista ataca un cuadro de la Galería Nacional».

Se rió de pronto, un sonido sorprendentemente agradable.

—Es cierto. Pero no lo toqué.

—Antes de hacerlo el vigilante lo agarró a usted, ¿cierto?

Asintió.

—Y usted se defendió. ¿Le molestó que lo apartaran del cuadro?

Esta vez se apoderó de su rostro una nueva expresión, ahora sombría, y Robert se mordió el borde del labio.

—Sí.

—Era un cuadro de una mujer, ¿verdad? ¿Cómo se sintió al atacarla? —inquirí con la mayor brusquedad que pude—. ¿Cómo se sintió haciendo eso?

Su reacción fue igualmente brusca. Se estremeció, como si intentara expulsar el tranquilizante suave que aún estaba tomando, y encajó los hombros. En aquel momento me pareció incluso más autoritario y comprendí que, de haber sido un paciente violento, hubiera sido terrorífico.

—Lo hice por ella.

—¿Por la mujer del cuadro? ¿Quería protegerla?

Robert permaneció en silencio.

Probé de nuevo.

—¿Quiere decir que tenía usted la sensación de que, de algún modo, ella quería que la atacaran?

Entonces bajó los ojos y suspiró como si hacerlo le doliera.

—No. No lo entiende. No la estaba atacando a ella. Lo hice por la mujer que amaba.

—¿Por otra persona? ¿Su esposa?

—Piense lo que quiera.

Seguí con la vista clavada en él.

—¿Creyó que lo estaba haciendo por su mujer? ¿Su ex mujer?

—Hable con ella —contestó Robert, como si le diera igual que fuera su mujer o su ex mujer—. Hable con Mary, si quiere. Vaya a ver los cuadros, si le apetece. No me importa. Puede usted hablar con quien le dé la gana.

—¿Quién es Mary? —pregunté yo. No era el nombre de su ex mujer. Esperé un poco, pero él siguió callado—. Los cuadros de los que me habla, ¿son retratos de ella? ¿O se refiere al cuadro de la Galería Nacional?

Robert permaneció frente a mí en silencio absoluto, con la mirada fija en algún punto situado por encima de mi cabeza.

Esperé. Cuando es necesario puedo quedarme clavado como una roca. Al cabo de tres o cuatro minutos, comenté como si nada:

—Verá, yo también soy pintor. —No suelo hacer comentarios sobre mí mismo, naturalmente, y desde luego no en una primera sesión, pero pensé que valía la pena correr ese pequeño riesgo.

Él me lanzó una mirada que tanto podía ser de interés como de desprecio, y acto seguido se tumbó en la cama boca arriba cuan largo era, con los zapatos sobre la colcha y los brazos debajo de la cabeza, mirando fijamente hacia arriba como si viese el cielo abierto.

—Estoy convencido de que sólo algo muy complejo podría haberlo impulsado a atacar un cuadro. —Había corrido otro riesgo, pero me pareció que también valía la pena.

Robert cerró los ojos y rodó sobre la cama hasta darme la espalda, como preparándose para dormir una siesta. Esperé. Luego, al advertir que no iba a hablar más, me levanté.

—Señor Oliver, yo estaré aquí por si me necesita en cualquier momento. Y usted estará aquí para que podamos atenderlo y ayudarle a recuperarse. Le ruego que, cuando lo desee y con total libertad, le pida a la enfermera que me llame. Volveré a verlo pronto. Puede preguntar por mí, si necesita un poco de compañía; hasta que esté preparado, no hace falta que hable más.

No me imaginé que se tomaría tan al pie de la letra mis palabras. Cuando al día siguiente fui a visitarlo, la enfermera me dijo que no le había hablado en toda la mañana, si bien había desayunado un

poco y parecía tranquilo. No sólo mantuvo su silencio con las enfermeras: tampoco habló conmigo, ni aquel día ni al siguiente, ni
en los doce meses posteriores. En todo ese tiempo, su ex mujer no
fue a verlo; de hecho, no recibió ninguna visita. Continuó manifes-
tando muchos de los síntomas de la depresión clínica, con fases de
agitación silenciosa y quizás ansiedad.

Robert pasaba la mayor parte del tiempo conmigo, en ningún
momento me planteé en serio dejar de atenderlo, en parte porque
nunca podría estar completamente seguro de si era o no un posible
peligro para sí mismo y los demás, y en parte debido a una sensación
propia que fue creciendo poco a poco y que iré desgranando gradualmente; ya he confesado que tengo mis razones para considerar que
ésta es una historia confidencial. Durante aquellas primeras semanas
continué tratándolo con el estabilizador anímico que John había empezado a administrarle y seguí también con el antidepresivo.

Su único informe psiquiátrico previo, que John me había enviado, indicaba un trastorno grave del humor recurrente y que había probado el litio aunque, al parecer, a los pocos meses de tratamiento, Robert rehusó tomarlo aduciendo que lo dejaba agotado.
Pero el informe también describía a un paciente con frecuencia
funcional, que había conservado un empleo de profesor en una
pequeña academia, se había dedicado a sus obras artísticas y había
intentado relacionarse con la familia y los colegas. Llamé personalmente a su antiguo psiquiatra, pero el tipo estaba ocupado y me
contó poca cosa, aparte de reconocer que, llegado a cierto punto,
se había convencido de que Oliver era un paciente desmotivado.
Robert había acudido a un psiquiatra principalmente a petición de
su mujer y había interrumpido sus visitas antes de que él y su esposa se separaran hacía más de un año. No había asistido a ninguna
psicoterapia prolongada, ni había estado hospitalizado previamente. El médico ni siquiera se había enterado de que Robert ya no
residía en Greenhill.

En la actualidad, Robert se tomaba la medicación sin protestar,
con la misma resignación con la que comía (un signo insólito de

cooperación en un paciente tan desafiante como para hacer voto de silencio). Comía con frugalidad, también sin aparente interés, y cuidaba escrupulosamente su limpieza pese a su depresión. No se relacionaba en modo alguno con los demás pacientes, pero a diario daba paseos por dentro y por fuera del centro, siempre vigilado, y en ocasiones se sentaba en la sala principal, ocupando una butaca en un rincón soleado.

Durante sus períodos de agitación, que al principio se producían cada uno o dos días, paseaba de un lado a otro de su habitación, con los puños apretados, el cuerpo visiblemente convulso y haciendo muecas con la cara. Yo lo observaba con detenimiento, al igual que mi equipo. Una mañana rompió el espejo de su cuarto de baño de un puñetazo, aunque no se lesionó. Algunas veces se sentaba en el borde de su cama con la cabeza entre las manos, se levantaba de un brinco cada pocos minutos para mirar por la ventana y luego volvía a adoptar esa actitud de desesperación. Cuando no estaba agitado, estaba apático.

Lo único que parecía tener algún interés para Robert Oliver era su fajo de cartas viejas, que tenía siempre cerca y que abría y leía con frecuencia. Cuando yo iba a verlo, solía tener una carta frente a él. Y en cierta ocasión, en el transcurso de las primeras semanas, antes de que doblara la carta y la introdujese de nuevo en su desgastado sobre, observé que las páginas estaban escritas con una letra uniforme y elegante trazada en tinta marrón.

—Me he fijado en que suele leer lo mismo… Esas cartas, ¿son antiguas?

Robert envolvió el fajo con la mano y se volvió; su rostro parecía tan afligido como cualquiera de los que había yo visto durante mis años de tratamiento a pacientes. No, no podía soltarlo, aun cuando tuviese períodos de calma que durasen varios días. Algunas mañanas le invitaba a que hablara conmigo (sin resultados) y otras me limitaba a sentarme junto a él. Todos los días laborables le preguntaba qué tal estaba, y de lunes a viernes él apartaba la vista de mí y miraba hacia la ventana próxima.

Todo este comportamiento evidenciaba un cuadro de intensa angustia, pero ¿cómo iba a averiguar lo que había desencadenado su crisis nerviosa, si no podía hablar con él? Se me ocurrió, entre otras cosas, que quizá padeciera un trastorno de estrés postraumático además de su diagnóstico básico; pero, en ese caso, ¿cuál había sido el trauma? ¿O podría ser que la misma crisis que padecía y el mismo hecho de que lo detuvieran en el museo lo hubieran traumatizado tanto? En la exigua historia clínica que yo manejaba, no había indicio alguno de una tragedia pasada, aunque probablemente su separación matrimonial debía de haber sido dolorosa. , Cada vez que el momento me parecía oportuno, intenté con cuidado incitarlo a conversar. Pero su silencio persistió, como también lo hicieron sus relecturas obsesivas y privadas. Una mañana le pregunté si cabría la posibilidad de que me permitiese echar un vistazo a sus cartas, confidencialmente, ya que estaba claro que significaban mucho para él.

—Prometo no quedármelas, por supuesto; o, si me las presta, podría fotocopiarlas y devolvérselas intactas.

Entonces se volvió hacia mí y vi en su rostro algo parecido a la curiosidad, pero no tardó en mostrarse huraño y ensimismado de nuevo. Recogió las cartas cuidadosamente, sin que nuestras miradas se encontraran de nuevo, y se tumbó en la cama de espaldas a mí. Instantes después no tuve más remedio que salir de la habitación.

4

Marlow

Al entrar en la habitación de Robert durante su segunda semana con nosotros, observé que había estado dibujando en su cuaderno. El dibujo en cuestión era una cabeza de mujer ladeada en una pose de tres cuartos con cabello moreno y rizado. Advertí al instante su extrema habilidad y expresividad, cualidades que saltaban a la vista. Es fácil saber lo que hace que un dibujo sea malo, pero es difícil explicar la coherencia y el vigor internos que le dan vida. Los dibujos de Oliver estaban vivos, más que vivos. Cuando le pregunté si estaba bosquejando con la imaginación o dibujando a una persona de carne y hueso, me ignoró más deliberadamente que nunca, cerrando el bloc y guardándolo. En mi siguiente visita, Robert estaba paseando de un lado al otro de la habitación y pude ver que tensaba y aflojaba la mandíbula.

Al observarlo, sentí de nuevo que no sería prudente dejarlo marchar, a menos que pudiéramos cerciorarnos de que el estímulo de la vida cotidiana no volvería a generarle agresividad. Ni siquiera sabía en qué consistía esa vida suya. A petición mía, la secretaria de Goldengrove había hecho algunas indagaciones preliminares, pero en todo el área de Washington no pudimos localizar ningún lugar en el que Robert hubiera estado empleado. ¿Tendría los medios económicos suficientes como para quedarse en casa a pintar todo el día? No figuraba en la guía telefónica del Distrito de Columbia, y la dirección que la policía le había dado a John Garcia resultó ser la de la ex mujer de Robert en Carolina del Norte. Robert estaba enfadado, deprimido y pese a ser una persona que casi rozaba la fama, casi parecía que se encontraba sin techo. El episodio del bloc de dibujo me había dado esperanzas, pero la hostilidad que siguió al mismo fue más intensa que nunca.

Su depurada destreza sobre el papel me intrigaba, como lo hacía el hecho de que gozase de una buena reputación; aunque yo normalmente evitaba las pesquisas innecesarias en Internet, busqué su nombre. Robert tenía un máster en Bellas Artes con uno de los programas más importantes de Nueva York y durante un tiempo había impartido clases allí, así como en Greenhill College y en una facultad del estado de Nueva York. Había quedado segundo en el concurso anual de retratos de la Galería Nacional, había recibido un par de becas nacionales, lo habían nombrado artista residente en alguna ocasión y había expuesto en solitario en Nueva York, Chicago y Greenhill. De hecho, sus obras habían aparecido en la portada de conocidas revistas de arte. Había unas cuantas fotografías de las obras que había vendido a lo largo de los años: retratos y paisajes, incluidos dos retratos sin título de una mujer morena parecida a la que había esbozado en su habitación. Estaban en la tradición impresionista, pensé.

No encontré declaraciones ni entrevistas al artista; Robert permanecía en silencio tanto en Internet como en mi presencia. Me daba la impresión de que su trabajo era quizás un valioso canal de comunicación, y le suministré bastante papel de calidad, carboncillo, lápices y rotuladores que yo mismo traje de casa. Los empleó para continuar con sus dibujos de la cabeza de mujer cuando no estaba releyendo sus cartas. Empezó a dejar los dibujos por doquier, y cuando le dejé celo en la habitación, los colgó de las paredes para crear una caótica galería. Como ya he dicho, su habilidad para dibujar era extraordinaria; en ella detecté tanto un largo aprendizaje como un talento natural enorme, que más adelante vi en sus cuadros. Pronto pasó de esbozar el perfil de la mujer a esbozar el rostro entero; pude observar sus delicados rasgos y grandes ojos oscuros. A veces sonreía y a veces parecía enfadada, aunque predominaba el enfado. Naturalmente, hice conjeturas acerca de que la imagen pudiera ser una expresión de su rabia silenciosa, y también acerca de una posible confusión de identidad de género en el paciente, pero no logré que contestara a preguntas sobre este tema ni siquiera de forma no verbal.

Cuando Robert Oliver llevaba sin hablar más de dos semanas en Goldengrove, se me ocurrió la idea de acondicionar su habitación como un estudio de pintura. Tuve que obtener un permiso especial del centro para mi experimento e implantar unas cuantas medidas de seguridad: era arriesgado, sin duda, pero Robert había mostrado total responsabilidad a la hora de usar sus lápices y demás material de dibujo. Sopesé la posibilidad de habilitar, no su habitación, sino una parte de la sala de terapia ocupacional. Sin embargo, dada su situación, era poco probable que Robert pintase en presencia de otras personas, de modo que yo mismo arreglé su habitación mientras él estaba dando uno de sus paseos, y me quedé a observar su reacción cuando volvió.

La habitación era soleada e individual, y moví la cama contra un lateral para hacer sitio a un gran caballete. Llené los estantes de óleos, acuarelas, tiza, trapos, tarros de pinceles, alcohol mineral y diluyente para óleo, una paleta de madera y raspadores; algunos de estos artículos los había traído de mi propia casa, de modo que no eran nuevos y crearían la sensación de que aquello era un verdadero estudio de pintura. Amontoné contra una pared lienzos en blanco de diversos tamaños y añadí un bloc de papel para acuarelas.

Finalmente, me senté en mi sillón habitual del rincón para observar a Robert cuando volviera a entrar. Al ver todo el material que yo había puesto allí, se detuvo en seco, claramente sorprendido. Entonces una expresión de furia cruzó su rostro. Avanzó hacia mí, con los puños apretados, y yo permanecí sentado, lo más tranquilo que pude, sin hablar. Durante unos instantes creí que realmente me diría algo, o incluso que me pegaría, pero al parecer reprimió ambos impulsos. Su cuerpo se relajó un poco; se dio la vuelta y empezó a examinar el nuevo material. Tocó el papel para acuarelas, estudió la estructura del caballete, echó un vistazo a los tubos de pintura al óleo. Por fin, giró sobre sus talones y me volvió a fulminar con la mirada, en esta ocasión como si quisiese pedirme algo pero no se atreviese. Me pregunté, no por primera vez, si más que una simple enfermedad, había algo que le impidiese hacerlo.

—Espero que disfrute con todo esto —comenté con la mayor tranquilidad posible.

Robert me miró con su rostro sombrío. Salí de la habitación sin intentar volver a hablar con él.

Dos días después, lo encontré pintando con profunda abstracción un primer lienzo que, al parecer, había preparado a tal objeto durante la noche. No reaccionó ante mi presencia, pero me permitió observarlo y analizar el cuadro, que era un retrato. Lo examiné con sumo interés; yo soy ante todo retratista, aunque también me encanta el paisaje, y el hecho de que mis largas jornadas laborales me impidan pintar con regularidad a partir de modelos de carne y hueso es algo que siempre lamento. Cuando tengo que hacer un retrato trabajo con fotografías, aunque eso va en contra de mi purismo natural. Pero es mejor que nada, y siempre aprendo con la práctica.

Pero hasta donde yo sabía, Robert había pintado su nuevo lienzo, que irradiaba una viveza asombrosa, sin siquiera una fotografía en la que basarse. Mostraba la habitual cabeza de mujer (ahora, por supuesto, en color) del mismo estilo tradicionalista de sus dibujos. Tenía una cara extraordinariamente real, con los ojos oscuros que miraban directamente fuera del lienzo; una mirada segura, pero pensativa. Sus cabellos morenos eran rizados, con algunos reflejos castaños; tenía una nariz delicada, un mentón cuadrado con un hoyuelo en el lado derecho, una boca risueña y sensual. Su frente era alta y blanca, y la poca ropa que pude verle era verde con unos volantes amarillos bordeando un marcado escote en uve, una curva de piel. La mujer parecía casi feliz, como si le agradase aparecer, al fin, en color. Ahora me resulta extraño pensar en esto, pero en aquel momento y durante los meses posteriores no tuve ni idea de quién era.

Eso fue un miércoles, y el viernes, cuando fui a ver a Robert, éste no se encontraba en la habitación; por lo visto, había salido a dar su habitual paseo. El retrato de la dama de cabello negro estaba en el caballete (prácticamente terminado, pensé) y era magnífico. En el sillón donde solía sentarme había un sobre dirigido a mí con imprecisa caligrafía. En su interior encontré las antiguas cartas de Robert. Saqué una y la sostuve en mi mano durante un minuto largo. El papel parecía muy viejo y, para mi sorpresa, los renglones elegantemente escritos a mano que pude ver por la cara exterior estaban en francés. De pronto, intuí que tendría que recorrer un largo camino para conocer al hombre que me las había confiado.

5

Marlow

Mi intención inicial no había sido llevarme las cartas fuera del recinto de Goldengrove, pero al término de la jornada las metí en mi maletín. El sábado por la mañana llamé a mi amiga Zoe, que enseña literatura francesa en la Universidad de Georgetown. Zoe es una de las mujeres con las que salí hace años, nada más llegar a Washington, y hemos seguido siendo buenos amigos, en el fondo porque no debía de importarme lo suficiente para lamentar que ella pusiera fin a nuestra relación. Era una excelente acompañante ocasional para ir al teatro o a un concierto, y creo que ella opinaba lo mismo de mí.

El teléfono sonó dos veces antes de que contestara.

—¿Marlow? —Su voz era seria, como siempre, pero también cariñosa—. ¡Qué bien que hayas llamado! La semana pasada pensé en ti.

—Entonces, ¿por qué no me llamaste? —inquirí.

—Había exámenes —dijo ella—. No he llamado a nadie.

—En ese caso, te perdono —repuse sarcástico, como teníamos por costumbre—. Me alegro de que los exámenes hayan acabado, porque tengo un posible proyecto para ti.

—¡Venga, Marlow! —Pude oírla haciendo algo en su cocina mientras hablaba conmigo; su cocina data de justo después de la Guerra de Independencia de los Estados Unidos y es del tamaño del armario de mi recibidor—. No necesito ningún proyecto. Por poco que me hayas escuchado durante estos tres últimos años, sabrás que estoy escribiendo un libro.

—Lo sé, querida —repuse—. Pero esto es algo que te gustará, exactamente de la época que dominas, creo, y quiero que lo veas. Pásate por casa esta tarde y luego te invito a cenar.

—Debe de ser muy importante para ti —dijo ella—. No puedo salir a cenar, pero pasaré por tu casa a las cinco; después tengo que ir a Dupont Circle.

—Tienes una cita —comenté con aprobación. Me asusté un poco al darme cuenta de lo mucho que hacía que yo no tenía nada parecido a una cita. ¿En qué se me había ido tanto tiempo?

—¡Pues sí! —exclamó Zoe.

Nos sentamos en mi salón a abrir las cartas que Robert había llevado consigo incluso durante su ataque en el museo. A Zoe se le estaba enfriando el café que ni siquiera había probado. Había envejecido un poco desde nuestro último encuentro, lo que en cierto modo hacía que su tez aceitunada pareciera fatigada y su pelo, seco. Pero sus ojos estaban entornados y brillaban como siempre, y recordé que seguramente ella también me veía más viejo.

—¿De dónde las has sacado? —preguntó Zoe.

—Me las ha enviado una prima mía.

—¿Una prima francesa? —Parecía escéptica—. ¿Tienes raíces francesas y yo no estoy al tanto?

—En realidad, no. —No lo había planeado bien—. Supongo que consiguió las cartas en un anticuario o por ahí y creyó que me interesarían, porque me gusta leer cosas de historia.

Ahora Zoe estaba echándole un vistazo a la primera, con manos delicadas y mirada crítica.

—¿Son todas de los años 1877 al 1879?

—No lo sé. No las he ojeado a fondo. Me daba miedo, porque son tan frágiles… Y, de lo que vi, no logré entender gran cosa.

Zoe abrió otra.

—Tardaría un poco en leerlas adecuadamente, debido a la caligrafía, pero parecen cartas escritas por una mujer a su tío, y viceversa, como ya habrás deducido; y algunas hablan de pintura y dibujo. Tal vez por eso pensó tu prima que te interesarían.

—Tal vez. —Me contuve para no espiar por encima de su hombro.

—Deja que me lleve alguna de las que estén en mejor estado y te la traduciré. Tienes razón, tal vez sea divertido. Pero no creo que pueda hacerlas todas: eso requiere una cantidad de tiempo increíble, ¿sabes?, y tengo que continuar con mi libro ya mismo.

—No me andaré con rodeos: te pagaré generosamente.

—¡Vaya! —Ella se lo pensó—. Bueno, sería estupendo. Deja que primero pruebe con una o dos cartas.

Acordamos un precio y le di las gracias.

—Pero tradúcelas todas —le pedí—. Por favor. Envíame la traducción por correo ordinario, no electrónico. Puedes enviarlas de dos en dos, a medida que las vayas terminando. —No osé explicarle que quería recibirlas como cartas, cartas auténticas, así que no lo intenté—. Y si no te importa trabajar sin las originales, nos acercaremos a la esquina y las fotocopiaremos, no sea que pasara algo. Puedes quedarte con las fotocopias. ¿Tienes tiempo?

—¡Tú siempre tan cauto, Marlow! —dijo ella—. No pasará nada, pero es buena idea. Primero deja que me tome el café y te lo cuente todo sobre mi *affaire de cœur*.

—¿No quieres que te hable yo de mis amores?

—Desde luego, pero no habrá nada que contar.

—Es verdad —dije—, sigue tú, pues.

Cuando nos despedimos en la papelería, ella con las fotocopias recién hechas y yo con mis cartas (o, mejor dicho, las de Robert), regresé a casa y pensé en hacerme un bocadillo caliente, beberme media botella de vino e irme solo al cine.

Dejé las cartas encima de la mesilla del salón, a continuación las volví a doblar por sus pliegues y las introduje en el sobre, colocándolas de tal modo que sus frágiles bordes no se engancharan entre sí. Pensé en las manos que las habían tocado: en otros tiempos, las delicadas manos de una mujer y las de un hombre (las de él, si había sido tío de ella, habrían sido mayores, por supuesto); luego las manazas cuadradas de Robert, curtidas y deterioradas; las manitas curiosas de Zoe y las mías.

Me acerqué a la ventana del salón, una de mis vistas favoritas: la calle, cubierta y engalanada con ramas que le habían dado sombra durante décadas, desde mucho antes de que yo me mudara aquí; las viejas escaleras de acceso a las antiguas casas de obra vista que había al otro lado, sus barandillas y balcones ricamente decorados, edificios construidos en los años ochenta del siglo XIX. La luz de la tarde era dorada después de días de lluvia; los perales habían acabado de florecer y eran ahora de un verde intenso. Deseché la idea del cine. Era una noche perfecta para quedarme en casa tranquilo. Estaba trabajando, a partir de una fotografía de mi padre, en un retrato suyo, que quería enviarle por su cumpleaños: así podría adelantarlo un poco. Puse mi *Sonata para violín* de Franck y me fui a la cocina a por una taza de caldo.

6

Marlow

Muy a mi pesar caí en la cuenta de que, en realidad, hacía más de un año que no entraba en la Galería Nacional de Arte. Las escaleras de fuera estaban invadidas por escolares; pululaban a mi alrededor en sus monótonos uniformes de colegio católico, o quizá de una de esas escuelas públicas que imponen a sus alumnos telas plisadas de tristes cuadros escoceses en tonos azul marino en un esfuerzo por restituir cierto orden que hace ya tiempo que se perdió. Sus caras eran expresivas (los chicos llevaban en su mayoría el pelo muy corto; algunas de las niñas, las trenzas atadas con cuentas de plástico) y su piel era un abanico de colores preciosos que iban desde el blanco y el pecoso rosáceo hasta el ébano. Por un momento, pensé: «La democracia», y me embargó ese antiguo idealismo que me producía la clase de ciencias sociales en mi escuela de primaria de Connecticut cuando estudiábamos a George Washington Carver y a Lincoln, el sueño de una América que perteneciera a todos los americanos. Subíamos juntos por la imponente escalinata en dirección a un museo gratuito y, en teoría, abierto a todo el mundo, a todos y a cualquiera, donde estos niños podrían relacionarse entre ellos, conmigo y con los cuadros sin restricciones.

Entonces el espejismo se desvaneció: los niños se estaban empujando y pegando chicle en el pelo unos a otros, y sus profesores intentaban mantener el orden recurriendo únicamente a la diplomacia. Y lo que era más importante, supe que la mayoría de la población de Washington jamás lograría entrar en este museo ni se sentiría a gusto aquí. Me quedé atrás y esperé a que los niños entraran antes que yo, puesto que era demasiado tarde para colarme entre ellos y adelantarme hasta las puertas. Así tuve tiempo para volverme de cara al sol de la tarde, cálido en el esplendor primaveral, y disfrutar de los jardines del Mall. Me habían cancelado la visita de las tres (un caso de trastorno límite de la personalidad, una larga lucha), y por una vez no tenía otra visita después, así que me fui de mi consulta en dirección al museo, despreocupado, liberado: ese día no tendría que volver al trabajo para nada.

Dos mujeres presidían el mostrador de información: una era joven, de pelo moreno y lacio, y la otra, una jubilada; una voluntaria, supuse, de aspecto frágil bajo sus espumosos rizos blancos. Opté por dirigirme a la de mayor edad:

—Buenas tardes. No sé si podría usted ayudarme a localizar un cuadro titulado *Leda*.

La mujer alzó la vista y sonrió; podría haber sido la abuela de la joven guía del museo, y sus ojos eran de un azul desvaído, prácticamente transparente. En su placa ponía: «MIRIAM».

—Desde luego —dijo.

La joven se arrimó a ella y la observó mientras buscaba algo en una pantalla de ordenador.

—Dale a «título» —la instó.

—¡Vaya, ya casi lo tenía! —Miriam suspiró hondo, como si desde el principio hubiera sabido que sus esfuerzos eran en vano.

—Sí —insistió la chica, pero tuvo que presionar una o dos teclas ella misma antes de que Miriam sonriera.

—¡Ah…, *Leda*! Es de Gilbert Thomas, francés. Está en las galerías del siglo XIX, justo antes de los impresionistas.

La chica me miró por primera vez.

—Es el que atacó el tipo aquél hace un mes. Ha preguntado por *Leda* mucha gente. Bueno… —Hizo una pausa y devolvió a su sitio un mechón del color de la obsidiana; me di cuenta entonces de que tenía el pelo teñido de negro, de tal modo que parecía esculpido, asiático, alrededor de su pálido rostro y sus ojos verdosos—. En realidad, no mucha, supongo, pero bastantes personas han pedido verlo.

Me sorprendí a mí mismo mirándola con fijeza, inesperadamente agitado. La joven me dirigió una mirada cómplice desde el mostrador. Su cuerpo esbelto y flexible quedaba oculto debajo de una chaqueta firmemente cerrada con cremallera, salvo por un atisbo de cadera, al descubierto entre la chaqueta y la cintura de una falda negra (debía de ser la máxima superficie de piel abdominal que se podía exhibir en esa galería llena de desnudos, conjeturé). A juzgar por sus manos largas y blancas, tal vez fuera una estudiante de arte que trabajaba aquí en su tiempo libre para costearse sus estudios o quizás una grabadora o una diseñadora de joyas. Me la imaginé recostada sobre el mostrador, después del trabajo, sin ropa interior bajo la minifalda. No era más que una cría; aparté la mirada. Era una cría, y yo no era su tipo, lo sabía, ni un Casanova maduro.

—La noticia me sorprendió. —Miriam sacudió la cabeza—. Aunque no sabía que se trataba de ese cuadro.

—Bueno —dije—, también yo leí en la prensa sobre el suceso... Es extraño que alguien ataque un cuadro, ¿verdad?

—No lo sé. —La chica deslizó una mano por el borde del mostrador de información. Llevaba un ancho anillo de plata en su pulgar—. Aquí vienen todo tipo de locos.

—¡Sally! —la riñó su compañera de mayor edad.

—Es que es verdad —repuso la chica, desafiante. Me miró a los ojos, como si me retara a ser uno de los chalados a los que acababa de referirse. Me imaginé descubriendo algún indicio de que ella me encontraba atractivo, invitándola a una taza de café, un flirteo preliminar durante el cual ella diría cosas como: «Aquí vienen todo tipo de locos». Me vino a la memoria la imagen de la mujer de los dibujos de Robert Oliver; ella era joven también, pero además intemporal, con el rostro lleno de sutil sabiduría y vida.

—Al parecer, el hombre que atacó el cuadro colaboró con la policía cuando lo detuvieron —comenté con delicadeza—. Quizá no estuviese tan loco.

La mirada de la joven era dura, de absoluta indiferencia.

—¿Quién querría agredir una obra de arte? El vigilante me contó después que *Leda* se libró por los pelos.

—Gracias —dije haciendo ahora el papel de hombre maduro y correcto con un mapa de la galería en la mano.

Miriam me quitó el mapa unos instantes y rodeó con un círculo de bolígrafo azul la sala que yo quería. Sally ya se había alejado; la excitación sólo la había experimentado yo.

Tenía toda la tarde para mí. Con una sensación de ligereza, subí las escaleras hasta la grandiosa rotonda de mármol que había en lo alto y deambulé entre sus columnas relucientes y jaspeadas durante unos cuantos minutos, me quedé en el centro, inspirando profundamente.

Entonces, por primera vez, aunque desde luego no la última, ocurrió algo extraño: me pregunté si Robert se había detenido aquí, y sentí su presencia o quizá simplemente traté de adivinar qué habría experimentado él aquí antes que yo. ¿Sabía que iba a apuñalar un cuadro y sabía qué cuadro? La idea quizá lo hubiera impulsado, con la mano ya en el bolsillo, a dejar atrás las bellezas de la rotonda. Pero si a Robert no se le había ocurrido, si había actuado en respuesta a algo que lo empujó a ello cuando ya se encontraba ante el cuadro, entonces era muy posible que se hubiera entretenido también un momento en ese bosque de troncos de mármol, como haría cualquier persona sensible a su entorno y que amara las formas tradicionales.

De hecho (metí las manos en mis bolsillos), aun cuando su ataque lo hubiera realizado con premeditación y alevosía, saboreando el momento en que sacaría su navaja y la abriría en la palma de su mano, también podía haberse detenido aquí un rato, por el mero placer de retrasar la acción. A mí, desde luego, me resultaba difícil verme dañando un cuadro, pero me estaba imaginando los impulsos de Robert, no los míos. Al cabo de unos instantes, seguí andando, contento de abandonar aquel lugar celestial y en suave penumbra, y de estar otra vez entre obras de arte: las primeras y largas galerías de la colección del siglo XIX.

Para mi alivio, encontré la zona libre de visitantes, aunque no había uno sino dos vigilantes allí, como si la dirección del museo esperase en cualquier momento un segundo ataque al mismo cuadro. Atraído por *Leda*, crucé en el acto la sala. Había resistido a la tentación de buscarlo en libros o en Internet antes de la visita de hoy, y ahora me alegraba: siempre estaba a tiempo de leer su historia más tarde, pero la imagen sería fresca, sorprendente y real.

Era un lienzo grande, claramente impresionista, aunque los detalles eran un tanto más evidentes de lo que habrían podido ser en un monet, un pissarro o un sisley. Medía cerca de metro y medio por dos y medio, y estaba dominado por dos figuras. La figura central era una silueta femenina en gran medida desnuda, echada sobre una hierba maravillosamente real. Estaba boca arriba, en una actitud clásica de desesperación y abandono (¿o era despreocupación?): la cabeza echada hacia atrás como si fuera por el peso de sus cabellos dorados, un jirón de tela que le cubría la cintura y le caía por una pierna, los pequeños senos desnudos, los brazos extendidos. Su piel tenía un aire sobrenatural en comparación con el realismo de la hierba: era demasiado blanca, translúcida, como los brotes de una planta que crece al pie de un tronco. En ese mismo instante me acordé de otro cuadro, el *Almuerzo sobre la hierba* de Manet, aunque la figura de Leda expresaba lucha y sorpresa, era épica, y no un desnudo sereno como el de la prostituta de Manet, de piel más fresca y pinceladas más sueltas.

La otra figura del cuadro no era humana, aunque con un protagonismo manifiesto. Se trataba de un enorme cisne que se cernía sobre Leda como si se dispusiera a posarse en el agua, batiendo hacia atrás las alas para frenar su embestida. Las plumas de las largas alas del cisne se curvaban hacia el interior como garras, sus pies palmeados y grises casi rozaban la delicada piel del vientre de la mujer, y su ojo enmarcado en negro tenía la fiera mirada de un semental. La fuerza con que se abatía sobre su presa, plasmada en el lienzo, era asombrosa y explicaba visual y psicológicamente el pánico de la mujer sobre la hierba. La cola del cisne estaba enroscada debajo del cuerpo, un golpe de pelvis para ayudarlo a frenar. Se notaba que el ave había irrumpido por esos frágiles matorrales tan sólo momentos antes, que había encontrado de pronto a la figura durmiente y, con la misma brusquedad, había virado para posarse sobre ésta en un paroxismo de deseo.

¿O acaso el cisne había estado buscándola? Traté de recordar los detalles de la historia. El ímpetu de la grandiosa criatura podría haber golpeado a la figura, tumbándola de espaldas, quizá, ya que se levantaba tras una siesta al aire libre. El cisne no necesitaba genitales para parecer masculino: la zona sombreada bajo la cola era más que suficiente, como lo eran la imponente cabeza y el pico del ave, que alargaba su largo cuello hacia ella.

Yo mismo deseaba tocarla, encontrarla durmiendo, apartar de un empujón al cisne. Cuando retrocedí para ver el lienzo completo, sentí el miedo de Leda, cómo había empezado a incorporarse para luego caer hacia atrás, el terror en sus propias manos que se hundían en la tierra; nada del victimismo voluptuoso de los cuadros clásicos que colgaban de otras galerías de este museo, como las sabinas y santas Catalinas de blandiporno. Pensé en el poema de Yeats sobre Leda que había leído varias veces a lo largo de los años, pero su Leda también era una víctima anuente (de «mansos muslos»), que apenas reaccionaba; tendría que volverlo a leer para cerciorarme. La Leda pintada por Gilbert Thomas era una mujer de carne y hueso, y estaba asustada de veras. Si yo la deseaba, pensé, era porque era real y no porque ya la hubieran sometido.

La cartela del cuadro era demasiado sucinta: «*Leda* [*Léda vaincue par le Cygne*], 1879, adquirido en 1967. Gilbert Thomas, 1840-1890». *Monsieur* Thomas debía de ser un hombre sumamente perceptivo, pensé, además de un pintor extraordinario, para plasmar esta clase de emoción auténtica en la representación de un solo instante. Las alas trazadas con pincelada ágil y la imprecisión de la tela que cubría a Leda apuntaban al advenimiento del Impresionismo, aunque no era un cuadro exactamente impresionista; para empezar, el tema era uno de los que más desdeñaban los impresionistas: un mito clásico y, por lo tanto, académico. ¿Qué le había hecho a Robert Oliver sacar una navaja con la intención de clavarla en esta escena? ¿Padecía un trastorno por aversión al sexo o un rechazo de su propia sexualidad? ¿O había sido ese acto suyo —que podría haber echado a perder sin remedio estas figuras pintadas, si no se lo hubieran impedido a tiempo— una extraña forma de defender a la chica tendida impotente bajo el cisne? ¿Había sido una variante distorsionada e ilusoria de caballerosidad? Quizá simplemente le había desagradado el erotismo de la obra. Pero ¿era realmente un cuadro erótico?

Cuanto más tiempo pasaba frente a él, más me parecía un cuadro sobre el poder y la violencia. Al mirar fijamente a Leda, no quería tanto tocarla o mancillarla como apartar de un empujón el formidable pecho emplumado del cisne antes de que éste volviese a embestirla. ¿Era eso lo que Robert había sentido y por lo que había sacado la navaja de su bolsillo? ¿O había querido liberarla a ella de la escena, sin más? Me quedé un rato reflexionando y contemplando la mano de Leda hundida en la hierba, y luego pasé al siguiente cuadro, también de Gilbert Thomas. Tal vez aquí se hallase una respuesta a la pregunta que había empezado a hacerme, a mi curiosidad más allá de cualquier pensamiento sobre Robert Oliver y su navaja: «¿Qué clase de persona había sido Thomas?». Leí el título: *Autorretrato con monedas*, 1884; y estaba asimilando la imagen de un abrigo negro, una barba del mismo color y una fina camisa blanca, pintados con pincelada firme y vigorosa, cuando noté una mano en mi codo.

Me volví, no muy sorprendido (ya llevo más de veinte años viviendo en Washington, que algunos califican, no sin razón, de pueblo grande), pero comprendí que me había equivocado. No reconocí a nadie; alguien me habría rozado simplemente por casualidad. De hecho, había ahora unas cuantas personas más en la sala: una pareja de ancianos, que entre susurros se señalaban el uno al otro un cuadro, un hombre con traje oscuro, frente despejada y pelo largo, y varios turistas que probablemente hablaban en italiano.

La persona más próxima a mí, la que creía que me había tocado el codo, era una mujer joven o, cuando menos, tirando a joven. Estaba contemplando a *Leda* y se había colocado justo delante del cuadro como si pretendiera quedarse allí durante unos minutos. Era alta y delgada, casi de mi misma estatura, estaba de brazos cruzados, vestía tejanos azules, una blusa blanca de algodón y botas marrones. Su pelo, de color caoba teñido y bastante largo, caía lacio por su espalda; su perfil (su mejilla, en posición de tres cuartos) era puro y suave, con una ceja castaña clara y largas pestañas, sin maquillaje. Cuando ladeó la cabeza, vi que las raíces de su pelo eran rubias; había invertido el procedimiento habitual.

Al cabo de un instante, se metió las manos en los bolsillos traseros de sus tejanos, como un chico, y se inclinó más hacia el cuadro, analizando algo. Por el modo en que estiraba el cuello para examinar la técnica del pincel (visto en perspectiva, ¿no serían figuraciones mías?) supe que era pintora. Sólo un pintor examinaría la superficie desde ese ángulo, pensé, contemplando cómo se giraba e inclinaba para captar la textura del cuadro oblicuamente, por donde le daba la luz. Me sorprendió su concentración y me quedé observándola con tanta discreción como pude. Ella retrocedió, estudiando de nuevo el cuadro en su globalidad.

Me pareció que permanecía un rato demasiado largo frente a *Leda*, al que siguió otro más, y que, fuera por lo que fuese, no era por motivos profesionales. Pareció darse cuenta de que la miraba, pero no le importó demasiado. Al final, se marchó, sin dirigirme la mirada y sin mostrar ninguna curiosidad por mí. Le daba igual: era una chica alta y guapa, acostumbrada a que la miraran. Pensé que tal vez no fuera pintora sino artista, o profesora, inmune a las miradas ajenas, aun cuando disfrutase con ellas. Esperé hasta entrever sus manos, que ahora colgaban a ambos lados de su cuerpo mientras se dirigía hacia el bodegón de Manet de la pared del fondo; me dio la impresión de que miraba sus luminosas copas de vino, ciruelas y uvas con menos concentración. Mi vista, aunque todavía aguda, ya no es exactamente la que era, por lo que no alcancé a ver si tenía o no pintura bajo las uñas. Y no quise acercarme a ella y agacharme para averiguarlo.

De repente, me sorprendió dándose la vuelta y sonriendo en mi dirección, una sonrisa de desconcierto y evasiva, pero una sonrisa, al fin y al cabo, que incluso irradiaba cierta complicidad con otra persona que había examinado de cerca el cuadro, otra persona que se había demorado frente a la obra. Su rostro era sincero, la ausencia de maquillaje lo hacía más despierto. Tenía los labios de color claro; los ojos, de un tono que no conseguía descifrar. Su piel era blanca, pero con un matiz rosáceo por el influjo del pelo caoba; anudada al cuello llevaba una cinta de cuero con cuentas de cerámica ensartadas que, por su aspecto, parecían contener pergaminos de oración. Su blusa blanca de algodón mostraba unos senos posiblemente generosos en un cuerpo anguloso. Andaba erguida, pero no con delicadeza, como una bailarina, sino como si fuera montada a caballo, con un donaire que, en parte, es cautela. Los ancianos se le acercaban, así que tuvo que alejarse: Thomas, Manet, el extraño hombre de mediana edad, adiós.

7

Marlow

Se iba, sí, la joven de la hermosa sonrisa, y me pregunté si le habría transmitido algo sin pretenderlo. Me habría gustado preguntarle por mi corazonada de que también era pintora. En la pared de al lado había un Renoir, y ella lo pasó de largo a toda velocidad, sin verlo (sin importarle), y salió de la sala. Lo cual me agradó: a mí tampoco me gusta Renoir, a excepción hecha de ese lienzo de la colección Phillips, *El almuerzo de los remeros*, donde las figuras humanas están casi eclipsadas por las uvas, las botellas y las copas iluminadas por el sol. No seguí sus pasos. Haberme fijado en dos mujeres jóvenes en un solo día se me antojaba tedioso, fútil, sumamente carente de placer por cuanto no tenía futuro ni propósito.

Todo esto me había llevado tan sólo uno o dos segundos, y devolví rápidamente mi atención al autorretrato de Thomas, cuya vista me obstaculizaba ahora el hombre de la frente despejada. Cuando éste avanzó, yo me acerqué para examinar el cuadro con más detenimiento. Una vez más, rayaba en lo impresionista, especialmente en las pinceladas desenvueltas de parte del fondo (unas cortinas oscuras), pero era muy diferente de la audacia y el encanto de *Leda*. Un pintor desigual, pensé, o quizá Thomas había cambiado de estilo alrededor de 1880, avanzando en una dirección nueva. El autorretrato mostraba cierta influencia de Rembrandt: la expresión meditabunda y la paleta sombría, tal vez también la objetividad con que plasmaba la nariz roja del sujeto y sus mejillas carnosas, el declive de un hombre otrora bien parecido que entra en una edad menos lisonjera, incluso el sombrero de terciopelo oscuro y el batín; podría haberse llamado *Batín corto: autorretrato como maestro antiguo y aristócrata al mismo tiempo*.

El título del autorretrato se derivaba del primer plano, donde Thomas aparecía con los codos sobre una mesa de madera despejada salvo por un montón de monedas antiguas (grandes y desgastadas, de bronce, oro y plata sin lustre), de formas y tamaños distintos, pintadas con tanta habilidad que casi se podrían haber cogido una a una entre los dedos pulgar e índice. Incluso pude ver sus maravillosas y antiguas inscripciones, los símbolos de alfabetos desconocidos, los agujeros cuadrados del centro, las intrincadas cenefas. Esas monedas estaban considerablemente mejor representadas que la imagen del propio Thomas. Comparado con las frutas y las flores de Manet, el cuadro resultaba bastante tosco. Quizá Thomas se había interesado mucho por el dinero y no tanto por su propio rostro. En cualquier caso, se había esforzado por darle un aire del siglo XVII, volviendo su mirada doscientos años atrás, y yo estaba contemplando el resultado del siglo XIX, prácticamente ciento veinte años después.

Pensé que, en todos esos retratos neblinosos de Rembrandt, había una característica humana que Thomas no había captado: la sinceridad. Aparentemente, había sido bastante riguroso (o bastante vanidoso o bastante ingenuo) para pintar una deliberada malicia en sus ojos. Es probable que esa marrullería tuviese como objetivo incomodar al espectador, sobre todo con la presencia de las monedas en primer plano. De todos modos, el rostro resultaba interesante. ¿Había ganado Thomas mucho dinero con sus cuadros? ¿O era eso lo que deseaba, y nada más? ¿Se había dedicado a alguna otra clase de negocio o había recibido una magnífica herencia?

Naturalmente, no sabía las respuestas, así que me dirigí hacia el bodegón de Manet y contemplé maravillado, seguramente igual que la chica en la que me había fijado minutos antes, la copa llena de vino blanco, la luz sobre las ciruelas de color azul oscuro, la esquina de un espejo. Recordé que también me gustaba un pequeño lienzo de Pissarro; me fui unos minutos a la siguiente sección de la galería para ver a Pissarro y, ya que estaba, a sus contemporáneos impresionistas.

Hacía años que no contemplaba con verdadero detenimiento un cuadro impresionista. Las inacabables retrospectivas, con su *merchandising* de bolsas de mano, tazas y papel de carta, habían matado mi gusto por el Impresionismo. Recordé parte de lo que había leído en el pasado: el reducido grupo de primeros impresionistas —del que formaba parte una mujer, Berthe Morisot— se unió en 1874 para exponer sus obras de un estilo que al Salón de París le parecía demasiado experimental para incluirlo en él. Nosotros, los posmodernos, no les damos importancia, los desdeñamos o los adoramos con excesiva facilidad. Pero fueron los radicales de su época, quienes ampliaron las tradiciones de la técnica del pincel, elevaron la vida cotidiana a la categoría de auténtico tema y llevaron la pintura fuera del estudio, sacándola a los jardines, campos y costas de Francia.

En ese momento vi con nuevos ojos la luz natural, el color suave y sutil de un cuadro pintado por Sisley: una mujer con vestido largo, que se alejaba por el túnel nevado de una calle de aldea. El cuadro tenía un no sé qué de conmovedor y real, o conmovedor porque era real, en la desolación de los árboles que había a lo largo del callejón, algunos de los cuales asomaban por un alto muro. Pensé en lo que me dijo en cierta ocasión un viejo amigo: que un cuadro debe encerrar cierto misterio para tener algún valor. Me gustaba lo que se vislumbraba de la mujer, su delgada espalda vuelta hacia mí en el crepúsculo, me resultaba más fascinante que los innumerables almiares de Monet: justo en ese momento estaba pasando por delante de tres cuadros de Monet que mostraban el amanecer en diversas fases sobre sus contornos rosas y amarillos. Me puse la chaqueta, a punto para salir. Soy partidario de que hay que marcharse de un museo antes de que uno empiece a confundir los cuadros que ha visto. ¿De qué otra manera se puede retener algo en la imaginación?

En el vestíbulo de la planta baja, Sally, la joven morena, ya no estaba. Miriam estaba muy concentrada en ayudar a un hombre de su misma edad y que parecía tener dificultades para interpretar los planos del museo. Pasé por delante, dispuesto a sonreír si ella levantaba la vista, pero no me vio, por lo que tuve que posponer mi saludo. Al salir experimenté esa mezcla de alivio y decepción que uno siente al abandonar un gran museo: alivio por volver al mundo conocido, menos intenso y más manejable, y decepción por la falta de misterio de este mundo. La calle era la de siempre, sin pinceladas ni la profundidad del óleo sobre el lienzo. El tráfico era atronador, dentro del habitual caos de Washington: algún conductor trataba de adelantar a otro, a punto de colisionar, sonaban cláxones prolongados o bocinazos puntuales. En cambio, los árboles estaban preciosos, cargados de flores o nuevos brotes; su belleza siempre me llama la atención después del anodino invierno que, por lo visto, es lo mejor que puede ofrecer el centro de la Costa este.

Estaba pensando en una mezcla de colores que pudiera resaltar el contraste entre esas hojas de color verde intenso y rojizo cuando volví a ver a la joven que había estado analizando el cuadro de *Leda* antes que yo. Estaba en la parada de autobús. Ahora se la veía muy distinta, ni reflexiva ni ocupada sino insolente, erguida y alta, con un bolso de tela al hombro. Su pelo brillaba al sol: antes no me había fijado en la cantidad de cabellos dorados que tenía en su cabellera caoba. Tenía los brazos cruzados delante de su blusa blanca, y los labios firmemente apretados. Volví a contemplar su perfil, que hubiese podido reconocer en cualquier parte. Sí, era autosuficiente, casi hostil, pero por algún motivo me vino a la cabeza la palabra *desconsolada*. Quizá fuera porque se la veía totalmente sola, incluso intencionadamente sola, y a su edad debería haber tenido junto a ella a un marido joven y guapo. Sentí una punzada de dolor, como si hubiera visto de lejos a un conocido y no tuviera tiempo para detenerme a hablar. Mi buen juicio me indicó que me esfumara antes de que ella pudiese reparar en mí.

Bajé rápidamente las escaleras y ella se dio la vuelta justo cuando llegué al pie de las mismas. Me vio, me medio reconoció (el tipo vulgar de la chaqueta azul marino sin corbata). ¿De qué le sonaba mi cara? ¿Se lo estaría preguntando porque no recordaba que nos habíamos visto dentro? Entonces sonrió, como había hecho en el museo; una sonrisa comprensiva, casi avergonzada. Durante unos instantes ella fue mía, una vieja amiga al fin y al cabo. Le dediqué lo que probablemente fue un medio saludo ridículo con una mano. «Los desconocidos se tratan con extrañeza», pensé. Bueno, por lo menos yo me había comportado con más extrañeza. Cuando me sonrió pude ver que tenía arrugas en el contorno de los ojos; después de todo, quizá tuviera más de treinta años. Procuré caminar bien erguido, como ella, mientras me alejaba.

8

Marlow

A la mañana siguiente me levanté incluso más temprano que de costumbre, pero no para pintar. A las siete ya estaba en Goldengrove sentado frente al ordenador de mi despacho, tomando una taza de café antes de que la mayoría del personal de día llegara. La enciclopedia de arte que tenía en casa me había revelado pocos datos más de los que ya sabía de Gilbert Thomas, mientras que mi *Manual de mitología clásica* me proporcionó la historia de Leda: era una mujer mortal a la que Zeus violó adoptando la forma de un cisne. Aquella misma noche Leda yació con su esposo, Tindáreo, rey de Esparta y ello explicaba que ella alumbrase a la vez dos pares de gemelos, dos niños inmortales y dos mortales: Cástor y Polideuco (Pólux en versión romana), y Clitemnestra y Helena, más tarde consideradas responsables de las penalidades de Troya. Descubrí que, en algunas versiones del mito, los hijos de Leda nacieron de dos huevos, aunque por lo visto su naturaleza era mixta desde antes de salir del cascarón, ya que Helena y Polideuco, como hijos de Zeus, eran divinos, mientras que Cástor y Clitemnestra estaban condenados a la mortalidad.

Ya puestos, busqué también cuadros de Leda y el cisne y encontré numerosas obras, como una copia de un cuadro sumamente erótico de Miguel Ángel, otro de Correggio, una réplica de un lienzo de Leonardo en el que el cisne parecía un cariñoso animal de compañía y uno de Cézanne que mostraba al cisne agarrando por la muñeca a una Leda de aspecto indiferente, como si le estuviese suplicando que lo llevara a pasear. Gilbert Thomas no figuraba en este ilustre grupo, pero pensé que quizás hubiese algo más en Internet.

En este punto probablemente debería volver a decir que no me gusta recurrir a la Red, ni siquiera hoy en día, y en aquel entonces era aún menos tolerante: siempre me pregunto qué pasará algún día cuando ya no tengamos el placer de pasar las páginas de los libros y tropezarnos con cosas que no esperábamos encontrar. Naturalmente, eso también sucede cuando se busca en Internet, pero, a mi juicio, de forma más limitada. ¿Y cómo podría nadie renunciar voluntariamente al olor de los libros abiertos, viejos o nuevos? Mientras consultaba en mis estantes el mito de Leda, por ejemplo, topé con otro par de figuras clásicas que no forman parte de esta historia, pero en las que de vez en cuando todavía pienso. Mi mujer me dice que esta propensión a hojear los libros en lugar de indagar eficazmente es una de las cosas que más delata lo viejo que soy, pero yo me he fijado en que algunas veces ella usa los libros de la misma manera, echando un vistazo a biografías y catálogos de museos con un placer profundo y sin ninguna finalidad aparente.

En cualquier caso, no soy un experto buscando en la Red, pero aquella mañana extraje un poco más de información sobre Gilbert Thomas de las profundidades del ordenador de mi despacho. Sus primeros años de carrera fueron, en el mejor de los casos, prometedores, pero no se hizo realmente famoso hasta que pintó la *Leda* a la que había atacado Robert y el autorretrato que yo había visto junto a aquélla. También se había codeado con numerosos artistas franceses de la época, incluido Manet. Gilbert, junto con su hermano, Armand, había regentado una de las primeras galerías de arte de París, la segunda o tercera en importancia detrás de la del genial Paul Durand-Ruel. Un personaje interesante, el tal Thomas. Con el tiempo su negocio, se hundió y él murió endeudado en 1890, tras lo cual su hermano vendió la mayor parte de las existencias restantes y se jubiló. Gilbert había pintado del natural el paisaje que aparecía en Leda hacia 1879, en su refugio cerca de Fécamp, en Normandía, y lo acabó en su estudio de París. La obra había sido expuesta en el Salón en 1880, donde recibió elogios aunque, por su naturaleza erótica, también provocó críticas. Éste había sido el primer cuadro de Thomas aceptado en el Salón, aunque no el último; los demás se perdieron o pasaron desapercibidos, y su reputación se basaba sobre todo en esta obra maestra, hoy en la colección permanente de la Galería Nacional.

Cuando supe que los residentes habían acabado de desayunar, bajé al vestíbulo, fui hasta la habitación de Robert y llamé a la puerta, que estaba cerrada. Naturalmente, Robert no abría nunca, de modo que yo siempre tenía que ir abriéndola poco a poco, anunciando mi llegada e intentando no interrumpir ningún posible momento íntimo. Era una de las cosas que me resultaban más molestas (incómodas incluso) de su silencio. Esa mañana no fue una excepción: llamé, avisé y abrí poco a poco la puerta antes de entrar.

Robert estaba dibujando sobre el tablero que hacía las veces de mesa, de espaldas a mí, mientras que su caballete estaba vacío.

—Buenos días, Robert. —Había empezado a llamarlo por su nombre de pila y tutearlo, pero guardando las formas, desde hacía un par de semanas, como si él me hubiera invitado a hacerlo—. ¿Te importa que pase un momento?

Dejé la puerta entreabierta, como siempre, y entré. Él no se volvió, pero disminuyó la velocidad de su mano sobre el papel y detecté que apretaba más fuerte el lápiz; con Robert tenía que estar atento a cualquier posible señal que sustituyese al lenguaje.

—Muchas gracias por haberme prestado las cartas. Te he traído los originales. —Deposité el sobre con cuidado en el sillón donde él me había dejado las cartas, pero Robert siguió sin volverse—. Tengo que hacerte una pregunta muy simple —empecé de nuevo, animado—: ¿cómo te documentas? No sé... ¿Utilizas Internet? ¿O pasas mucho tiempo en bibliotecas?

El lápiz se detuvo durante unas décimas de segundo y luego continuó sombreando algo. No me atreví a acercarme lo bastante para ver qué estaba pintando. Sus anchos hombros, enfundados en su vieja camisa, me intimidaban. Pude detectar una alopecia incipiente en su coronilla; había algo conmovedor en esa zona que los años habían erosionado ya, mientras que el resto de su persona parecía aún tan vigorosa.

—Robert —intenté una vez más—, ¿te documentas en la Red para tus cuadros?

En esta ocasión el lápiz no se desvió. Deseé por un momento que se volviera a mirame. Imaginé su expresión huraña, su mirada recelosa. Al final, me alegré de que no lo hiciera; necesitaba poder hablarle a sus espaldas, sin que me observara él a mí.

—Yo también lo hago, de vez en cuando, aunque prefiero los libros.

Robert no se movió pero, más que ver, percibí un cambio en él: ¿rabia? ¿Curiosidad?

—Bueno, pues, supongo que eso es todo. —Hice un alto—. Que pases un buen día. Si puedo hacer algo por ti, házmelo saber. —Creí que era mejor no decirle que había mandado traducir sus cartas; si él mantenía la boca cerrada, yo también.

Al marcharme de la habitación, eché un vistazo a la pared del cabezal de su cama. Había colgado con celo un dibujo nuevo, un poco más grande que los demás: la dama de cabellos negros, sombría, acusadora, que desde allí podía vigilarlo incluso en sueños.

El lunes siguiente había un sobre de Zoe esperándome en mi buzón. Antes de abrirlo, me obligué a mí mismo a cenar; me lavé las manos, hice un poco de té y me senté en el salón a la luz de una buena lámpara. Desde luego, lo más probable era que las cartas trataran de simples asuntos domésticos, como suele suceder, pero Zoe me había anunciado que había algunos pasajes que trataban de pintura y había dejado las fórmulas de saludo en francés, sabiendo que eso me gustaría.

Cher Monsieur:

Gracias por su amable carta, a la que ahora debo responder. Nos alegró mucho verlo la pasada noche. Su presencia, entre otras cosas, levantó el ánimo de mi suegro, al que nos ha costado hacer reír desde que se vino a vivir con nosotros. Creo que añora su casa, aunque desde hacía ya varios años no se hallaba presente en ella su amante esposa. Siempre comenta lo buen hermano que es usted. Yves le manda un saludo; para él es un alivio que usted haya regresado a París. (¡Dice que la vida es mucho mejor teniendo a un tío cerca!) Me complace haberle conocido en persona al fin. Perdone que no me extienda, pues esta mañana tengo muchas cosas que atender. Que tenga un buen viaje al Loira y que disfrute de su estancia allí; confío en la buena marcha de todas sus obras. Envidio los paisajes que seguramente pintará. Y le leeré a mi suegro los ensayos que nos dejó.

 Atentamente,

      Béatrice de Clerval Vignot

En cuanto hube acabado de leerla, permanecí sentado tratando de entender qué veía Robert en esta carta, qué lo impelía a leerla (ésta y otras) una y otra vez en su solitaria habitación. Y por qué me había dejado verlas todas, si tan valiosas eran para él.

9

Marlow

No solemos intentar entrevistar a las ex mujeres de nuestros pacientes, pero a medida que, semana tras semana, veía cobrar forma a ese rostro asombroso en los lienzos de Robert Oliver sin ser capaz de obtener de él ninguna explicación, experimenté una especie de derrota moral. Además, él mismo me había dicho que podía hablar con Kate.

La ex mujer de Robert seguía viviendo en Greenhill, y yo había hablado con ella una sola vez durante los primeros días que él estuvo con nosotros. Su voz al teléfono había sido suave, sonaba cansada, cansancio que se agudizó al conocer la noticia del ingreso de Robert en Goldengrove, y se oía un ruido de niños de fondo, a alguien riéndose. Hablamos apenas para que ella me confirmara que estaba al tanto del diagnóstico que él había recibido previamente y que su divorcio había concluido hacía más de un año. Él había vivido en Washington durante gran parte de ese año, dijo ella, y luego añadió que le costaba hablar del tema. Si su marido (su ex marido) no corría grave peligro y yo tenía los documentos de su psiquiatra de Greenhill, ¿me importaría disculparla si no hablaba más, por favor?

Por consiguiente, cuando la llamé por segunda vez, fue en contra de mi política habitual y también de su petición. Saqué a regañadientes su número de teléfono del historial de Robert. ¿Estaba bien que hiciera esto? Claro que, ¿sería correcto no hacerlo? Durante mi visita a primera hora de la mañana, Robert me había parecido más ostensiblemente deprimido, y al preguntarle si pensaba alguna vez en el cuadro de Leda, se había limitado a mirarme con fijeza, como demasiado exhausto siquiera para ofenderse por mi absurda pregunta. Algunos días pintaba o dibujaba (siempre el vívido rostro de la dama) y otros, como ése, se quedaba tumbado en la cama con la mandíbula en tensión o se sentaba en el sillón que yo mismo acostumbraba a ocupar cuando iba a verlo, sujetando sus cartas y mirando con desolación por la ventana. En cierta ocasión, cuando entré en su habitación, abrió los ojos, me sonrió fugazmente y musitó algo, como si hubiera visto a alguien querido, luego se levantó de un brinco de la cama y alzó momentáneamente un puño en mi dirección. Por lo menos, quizá su mujer pudiera decirme cómo había reaccionado Robert a los medicamentos anteriores y cuáles habían sido más eficaces.

Eran las cinco y media cuando marqué el número. Greenhill está en las montañas occidentales de Carolina del Norte. Había oído hablar del lugar a través de amigos que veraneaban allí. Cuando descolgó y volví a oír aquella misma voz serena, esta vez como si momentos antes se hubiera estado riendo de algo en compañía de otra persona, me quedé asombrado. Me pareció oír al otro lado de la línea telefónica el hermoso rostro que Robert dibujaba día tras día. Su alegría hizo que le temblara la voz unos instantes:

—¿Sí, diga? —dijo.

—Señora Oliver, soy el doctor Marlow del Centro Residencial Goldengrove de Washington —contesté—. Estuvimos hablando de Robert hace varias semanas.

Cuando volvió a hablar, la alegría se había esfumado, sustituida por un sordo temor.

—¿Ocurre algo? ¿Robert está bien?

—No hay nada nuevo de lo que preocuparse, señora Oliver. Está más o menos igual. —Ahora también pude oír de fondo la voz de un niño riéndose y gritando, seguida de un estrépito, como si algo se hubiese caído al suelo ahí cerca—. Sin embargo, ése es el problema: aún lo veo totalmente deprimido y bastante inestable. Quiero que mejore mucho más antes de que pueda plantearme la posibilidad de darle el alta. El problema es que no habla en absoluto ni conmigo ni con nadie.

—¡Ah…! —exclamó ella, y durante un segundo percibí una ironía que podría haber pertenecido a esos radiantes ojos oscuros, a esa boca risueña o disgustada que Robert dibujaba a todas horas—. Bueno, conmigo tampoco hablaba mucho, especialmente durante el último par de años que estuvimos juntos. Espere, perdone. —Me pareció que se alejaba un momento del teléfono, y oí como decía: «¡Oscar! ¡Niños! Id a la otra habitación, por favor».

—Cuando Robert aún hablaba, en su primer día de estancia, me dio permiso para comentar su caso con usted. —La ex esposa de Robert permaneció en silencio, pero yo insistí—. Me sería de gran ayuda que me contara cómo se manifestaba su trastorno. Por ejemplo, cómo reaccionó a los medicamentos que entonces le suministraron y unas cuantas cosas más.

—Doctor… ¿Marlow? —dijo ella lentamente, y aparte del temblor de su voz volví a oír a lo lejos el ruido de los niños, risas y un descomunal estrépito—. Voy de cráneo, por no decir algo peor. Ya he hablado con la policía y dos psiquiatras. Tengo dos hijos y no tengo marido. La madre de Robert y yo estamos pensando en pagar parte de sus gastos de internamiento cuando expire su seguro. El dinero sale de su herencia y de la mía, sobre todo la suya, pero yo contribuyo un poco, como seguramente sabrá. —No lo sabía. Me pareció que respiraba hondo—. Si quiere que dedique un rato a hablar de lo desastrosa que es mi vida, tendrá que venir usted. Y ahora estoy intentando hacer la cena, lo lamento. —Ese temblor era el sonido de una mujer que no estaba acostumbrada a mandar a la gente al cuerno, una mujer normalmente cortés pero ahora acorralada por las circunstancias.

—Le pido disculpas —le dije—. Me hago cargo de lo complicado de su situación. Necesito ayudar a su marido, su ex marido, por poco que pueda. Soy su médico y actualmente el responsable de su seguridad y su bienestar. La llamaré otro día para ver si hay un momento mejor para hablar con usted.

—Si no hay más remedio… —repuso ella. Pero luego añadió—: Adiós —y colgó.

Aquella noche regresé a mi apartamento y me tumbé en el sofá de mi salón verde y dorado. Había sido un día agotador, empezando por Robert Oliver y su habitual negativa a hablar conmigo. Sus ojos habían estado inyectados de sangre, casi desesperados, y me pregunté si era necesario ponerle vigilancia nocturna. ¿Llegaría una mañana y me encontraría que se había tragado todas sus pinturas de óleo (que yo mismo le había regalado) o cortado las venas de un modo u otro? ¿Debería devolvérselo a John Garcia para que su estancia hospitalaria fuera más segura? Podía telefonear a John y decirle que, visto lo visto, éste no era un buen caso para mí; estaba dedicándole demasiado tiempo sin ninguna esperanza real de obtener resultados. Habíamos apartado a Robert de un grave peligro, pero yo seguía preocupado. Tampoco sabía si podría decirle a John que había algo en mi comportamiento que me angustiaba; por ejemplo, el vuelco que me había dado el corazón al oír la voz de Kate Oliver al teléfono. ¿Tenía o no ganas de hablar con ella?

Estaba demasiado cansado para llenar mi botellín de agua y salir a correr, mi actividad habitual a esa hora. En lugar de eso me quedé acostado con los ojos entornados, contemplando el cuadro que había pintado para colgarlo encima de la chimenea. Por supuesto, no deberían colgarse óleos encima de una chimenea, pero yo raras veces enciendo el fuego y cuando me mudé aquí ese hueco me pedía a gritos que lo llenara con algo. Tal vez era así como debía sentirse Robert Oliver, o cualquier paciente deprimido hasta la extenuación; entorné más los ojos hasta cerrarlos casi del todo y moví la cabeza lánguidamente a un lado y al otro, experimentalmente, sobre el brazo del sofá.

Al abrirlos volví a ver el cuadro. Tal como he dicho, me gusta pintar retratos, pero el óleo que hay sobre mi chimenea es un paisaje visto a través de una ventana cuando en realidad suelo pintar paisajes al aire libre, especialmente en Virginia del Norte, cuyas colinas azules en la lejanía son tan tentadoras. Éste es diferente, una fantasía inspirada en algunos de los lienzos de Vuillard, pero también en recuerdos de las vistas que había desde el dormitorio de mi niñez en Connecticut: el alféizar verde y el marco de la ventana que coincidía con el borde del lienzo, las espesas copas de los árboles, los tejados de las viejas casas, el altísimo campanario blanco de la parroquia, que sobresalía de entre los árboles, y el color lavanda y dorado del atardecer primaveral. Había incluido en él cuanto recordaba, con pinceladas bruscas, excepto al niño que, asomado a la ventana, absorbía todo aquello.

Seguí tumbado en el sofá, preguntándome no por vez primera si debería haber desplazado el campanario de la parroquia más hacia la derecha; en realidad, había estado exactamente en el centro del panorama que de niño contemplaba desde mi ventana, tal como lo había pintado, pero así el cuadro estaba demasiado equilibrado, demasiado simétrico para mi gusto. Al cuerno con Robert Oliver; al cuerno él y, sobre todo, su negativa a hablar, que no hacía más que perjudicarle a él mismo. ¿Por qué iba alguien a querer hacerse más daño cuando su propia química cerebral se lo hacía? Pero ésa era siempre la cuestión, el problema de cómo la química cerebral moldea nuestra voluntad. Robert había tenido dos hijos y una esposa de voz aterciopelada. Seguía siendo un hombre con una sensacional habilidad en los ojos y los dedos, una destreza con el pincel que me dejaba boquiabierto. ¿Por qué no quería hablar conmigo?

Cuando tuve demasiada hambre para seguir más tiempo echado, me levanté, me puse el pijama y abrí una lata de sopa de tomate, que aderecé con perejil y crema de leche y acompañé con una rebanada grande de pan. Leí el periódico y luego una novela de misterio de P. D. James realmente buena. No pisé el estudio.

Al día siguiente por la tarde telefoneé una vez más a la señora Oliver justo antes de irme del trabajo. En esta ocasión, descolgó con voz seria.

—Señora Oliver, soy el doctor Marlow, de Washington. Perdone si la vuelvo a molestar. —Kate Oliver no dijo nada, así que continué—. Esto es poco corriente, lo sé, pero me da la impresión de que a ambos nos preocupa el trastorno de su marido, de modo que quisiera saber si me dejaría aceptar su ofrecimiento. —Silencio todavía—. Me gustaría ir a Carolina del Norte para que habláramos de él.

Oí una leve inspiración de aire; debía de estar sorprendida y pensándoselo con mucho cuidado.

—Le prometo que no será por mucho tiempo —me apresuré a decirle—. Le robaré tan sólo unas horas. Me quedaría a dormir en casa de unos buenos amigos, y la molestaría lo menos posible. Nuestra conversación sería absolutamente confidencial, y sólo la utilizaría para tratar a su esposo.

Por fin habló de nuevo:

—No estoy segura de lo que cree que conseguirá con esto —repuso casi amablemente—. Pero si tanto le preocupa el trastorno de Robert, por mí no hay problema. Trabajo todos los días hasta las cuatro y luego tengo que ir a buscar a mis hijos a la escuela, así que no sé muy bien cuándo podremos hablar. —Hizo una pausa—. Algo se me ocurrirá, supongo. Ya le dije el otro día que no siempre me resulta fácil hablar de él, de modo que le ruego que no se haga muchas ilusiones.

—Lo comprendo —le dije. El corazón me brincaba dentro del pecho; era una sensación ridícula, pero el mero hecho de que hubiese accedido me llenaba de una extraña felicidad.

—¿Le dirá a Robert que viene a verme? —inquirió ella, como si se le acabara de ocurrir—. ¿Sabrá que he hablado de él?

—Normalmente se lo cuento a mis pacientes, podría decírselo más adelante, y si hay cosas de las que no quiere que él se entere bajo ningún concepto, por supuesto que guardaré su secreto. Podemos hablarlo con calma.

—¿Cuándo tiene intención de venir? —preguntó en un tono un poco más frío, como si ya se arrepintiera de haber accedido.

—Tal vez a principios de la semana que viene. ¿Podría usted hablar conmigo el lunes o martes?

—Trataré de arreglármelas —respondió—. Llámeme mañana y se lo confirmaré.

Hacía prácticamente dos años que no me tomaba días libres, al margen de las vacaciones y festivos oficiales (la última vez había sido para un taller de pintura en Irlanda, organizado por una escuela de arte local, viaje del que regresé con lienzos en los que predominaba tanto el color verde esmeralda que me parecieron falsos nada más llegar a casa). Esta vez recuperé mi colección de mapas y llené el coche de botellines de agua, cintas de Mozart y mi *Sonata para violín* de Franck. Calculé que el viaje duraría unas nueve horas. A muchos de los que trabajan en Goldengrove les sorprendió que anunciara que me tomaba unos días libres con tan poca antelación. Probablemente por el mismo motivo («¡Pobre doctor Marlow, trabaja demasiado!») no me hicieron preguntas. Asimismo, cambié los días de visita de los pacientes de mi consulta privada. Di instrucciones de que en mi ausencia se redoblara la vigilancia sobre Robert Oliver y el viernes entré en su habitación para despedirme. Había estado dibujando, la habitual mujer de pelo rizado, pero también algo nuevo, una especie de banco de jardín con un respaldo alto ornamentado, rodeado de árboles. Su trazo era extraordinario, pensé, como de costumbre. Tenía el cuaderno de dibujo y el lápiz tirados sobre la cama y él estaba tendido con la cabeza echada hacia atrás, mirando fijamente al techo, moviendo la frente y la mandíbula, con el pelo encrespado y tieso. Cuando entré, me miró con los ojos enrojecidos.

—¿Qué tal estás hoy, Robert? —le pregunté consciente de haberle tuteado por primera vez y me senté en el sillón—. Pareces cansado. —Él devolvió su mirada al techo—. Me voy a tomar unos días libres —comenté—. Estaré fuera hasta el jueves o puede que incluso el viernes. El viaje en coche es largo. Si necesitas cualquier cosa, se lo puedes pedir al personal. Además, el doctor Crown me sustituirá esos días. Les he dicho que, si necesitas a alguien, acudan enseguida. Una pregunta: ¿seguirás tomándote la medicación pautada?

Robert me dirigió una mirada elocuente, casi de reprobación. Por un instante sentí vergüenza. Se estaba tomando la medicación y en ningún momento había manifestado ningún signo de resistencia al respecto.

—Bien, hasta pronto —dije—. Estaré deseando ver tus dibujos cuando vuelva. —Me puse de pie y me quedé en el umbral de la puerta; alcé una mano en señal de despedida. No hay nada más duro, en algunos momentos, que hablarle a alguien que utiliza algo tan poderoso como el silencio. Pero en esta ocasión, yo también sentí una extraña ebriedad de poder, que reprimí en el acto: «Adiós. Me voy a ver a tu mujer».

Aquella noche, encontré en el buzón de mi casa un paquete con las traducciones de Zoe. Por lo visto, había hecho progresos. Las metí en mi equipaje para leerlas en Greenhill. Formarían parte de mis vacaciones.

10

Marlow

Virginia me ha fascinado siempre desde la época en que estuve en su Universidad Estatal. Luego, he pasado por ahí muchas veces de camino a otros lugares, he recorrido sus paisajes azules y verdes para descansar y pintar al aire libre, y en ocasiones incluso hacer senderismo. Me gusta lo lejos que llega la autovía I-66, porque dejas a tus espaldas el caos urbano. Aunque lo cierto es que, mientras escribo esto, Washington ha ido extendiendo sus tentáculos hasta Front Royal, y a lo largo de las carreteras interestatales y las adyacentes han proliferado, como setas, las ciudades dormitorio. Para mi sorpresa, con la quietud de media mañana que reinaba en la autovía, durante el trayecto me olvidé del trabajo hasta que hube pasado por Manassas.

De hecho, cuando en ocasiones he venido en coche por este camino, he parado en el Campo de Batalla Nacional de Manassas, normalmente solo, pero recientemente paré allí con mi mujer, incorporándome de forma espontánea al carril de salida. Una fantasmagórica mañana de septiembre, mucho tiempo antes de conocerla, pagué mi entrada en la oficina de información y crucé el campo hasta situarme en el punto donde tuvo lugar la parte más cruenta de la batalla. La niebla inundaba el paisaje, que bajaba en pendiente hasta una antigua granja de piedra. A una distancia considerable, había un árbol solitario que me dio la impresión de que me pedía a gritos que anduviese hasta él y lo velara bajo sus ramas, o que lo pintara desde donde me encontraba. Permanecí observando como la niebla se disipaba y preguntándome por qué las personas se matan unas a otras. No había ni un alma a la vista. Era uno de aquellos momentos que, ahora que estoy casado, añoro y a la vez me hace estremecer cuando pienso en él.

Salí de la carretera cerca de Roanoke y desayuné en una cafetería. En la autopista había vislumbrado el letrero que la anunciaba, pero cuando llegué a su deprimente fachada, rodeada de cuatro o cinco camionetas estacionadas, descubrí que había estado allí con anterioridad, en algún viaje previo, quizá para un taller de pintura, hacía mucho tiempo; sencillamente no había reconocido el nombre. La camarera, que no se esforzaba en absoluto por disimular su cansancio, me sirvió mi café en silencio, pero sonrió cuando me trajo los huevos y señaló la salsa picante que había en mi mesa. Dos hombres de brazos gruesos estaban hablando de trabajo en un rincón (del trabajo que no tenían o no habían logrado obtener) y dos mujeres acicaladas de arriba abajo, pero no con buen gusto, pagaban en ese instante su cuenta. «No sé qué se habrá pensado ese hombre», le dijo una de ellas a la otra para zanjar el tema.

Durante unos instantes que rozaron la alucinación, rodeado del café humeante, el tufo del humo de cigarrillo, la desagradable luz del sol que se colaba por la ventana y me daba en el codo, pensé que la mujer se refería a mí. Recordé lo mucho que me había costado levantarme de la cama antes del amanecer para este viaje, la sensación de que no sólo estaba vulnerando mis principios sino también mi código profesional, la punzada de deseo al despertarme y recordar a la mujer de los lienzos de Robert Oliver.

Nunca había estado en Greenhill con anterioridad, pero fue bastante fácil encontrarlo una vez que hube subido un largo puerto de montaña. Una vez superado el puerto, uno se da de bruces con una ciudad enclavada en el valle. Aquí la primavera llegaba con cierto retraso con respecto a Washington: el verde de los árboles que bordeaban las carreteras era reciente, y en los jardines por delante de los cuales pasé camino de la ciudad había cornejos y azaleas todavía en flor, rododendros con gruesos capullos cónicos que aún tenían que abrirse. Evité el centro de la ciudad (en la cima de una colina tachonada con tejados rojos y rascacielos góticos en miniatura) y subí por una calle serpenteante que me habían descrito mis amigos por teléfono. Rick Mountain Road era una calle residencial, pero ocultaba sus casitas tras una pantalla de cicutas, abetos y rododendros y cornejos con flores flotantes y meditabundas. Al bajar mi ventanilla pude oler la oscuridad musgosa, más intensa que el crepúsculo inminente.

La casa de mis amigos, Jan y Walter, estaba justo al final de un camino de tierra, señalizada con un letrero de madera: «CASA DE LOS HADLEY». Me fue de perlas que los Hadley estuvieran en Arizona, cuidando de sus alergias; me alegraba no tener que explicarles en persona mi misión en Greenhill. Bajé del coche y estiré las piernas. Estaba claro que tenía que dedicar más tiempo a correr, pero ¿cuándo y cómo meterlo en mi agenda? A continuación rodeé la casa hasta el jardín trasero, porque intuí que prometía buenas vistas, y así fue: había un banco justo en el borde del barranco. El paisaje era formidable; los edificios lejanos, una ciudad en miniatura. Me senté, respiré el aire fresco y tuve la sensación de que la primavera salía de entre los pinos para recibirme. ¿Por qué los Hadley vivían en otro lugar siquiera durante parte del año?

Pensé en mis ajetreados desplazamientos diarios a casa, el largo trayecto hasta Goldengrove sorteando el penoso tráfico de las afueras. Pude oír la brisa en las ramas de los pinos, un lejano silbido que quizá fuera la carretera interestatal de abajo, una súbita interrupción del trino de los pájaros (ignoraba qué pájaros, aunque un cardenal rojo salió volando de los árboles del barranco que había junto al jardín de los Hadley). En algún lugar más cercano al centro de esa ciudad (no sabía con seguridad dónde, pero esa noche lo miraría en el mapa), había una mujer con dos hijos, una mujer de voz aterciopelada que iba de cráneo y con el corazón roto. Vivía en una casa que aún no me podía imaginar, en una soledad de la que, en parte, era culpable Robert Oliver. No sabía si Kate tendría algo que decirme. Menuda gracia tendría que, después de tan largo viaje, ella hubiera cambiado de idea y no quisiera hablar con el psiquiatra de su ex marido.

La llave de la casa estaba en el sitio que me indicaron los Hadley, debajo de una maceta, pero la puerta principal se me resistió un poco hasta que la empujé con fuerza con la cadera. Llevé al interior un par de hojas sueltas de publicidad de una pizzería que había en el porche, me sacudí los zapatos en la alfombrilla de dentro y afiancé la puerta abierta para dejar salir el rancio olor del invierno que me recibió. El salón era pequeño y recargado: moquetas viejas y muebles anticuados, hileras de novelas baratas y una colección de las obras de Dickens con dorados en la encuadernación en la estantería de obra, el televisor aparentemente guardado en algún armario y el sofá cubierto de cojines bordados algo húmedos al tacto. Abrí varias ventanas y luego también la puerta trasera y subí mi maleta por las escaleras.

Había dos dormitorios pequeños, uno estaba claro que era el de los Hadley; elegí el otro, que tenía dos camas individuales con colchas azul marino y acuarelas con paisajes montañosos en las paredes, originales, que no estaban tan mal. Descorrí las cortinas a cuadros (estaban un poco húmedas también, lo que me provocaba la desagradable sensación de estar tocando algo vivo), abrí las ventanas y las afiancé. La casa entera estaba resguardada del sol por abetos y otros árboles de hoja perenne, pero al menos podría ventilarla antes de tener que dormir ahí. Walter me había comentado que encender el fuego quizá me ayudaría, y encontré leña ya colocada en la chimenea del piso de abajo. La reservé para la noche. No había nada en la vieja nevera, salvo un par de tarros de aceitunas y paquetes de levadura. Aún no tenía hambre; más tarde bajaría en coche a comprar un poco de comida, un periódico y un mapa de la zona. Posiblemente mañana por la tarde tendría tiempo para explorar la ciudad.

Me cambié y salí a correr carretera arriba hacia la montaña, encantado de sacudirme el viaje en coche; encantado, asimismo, de desembarazarme de los pensamientos sobre Robert Oliver y la mujer que conocería al día siguiente. A la vuelta me duché, agradecido al descubrir que, al fin y al cabo, había agua caliente en casa de los Hadley, luego saqué mi caballete y lo monté en el jardín trasero. A ambos lados había casas similares protegidas por más abetos; también éstas parecían todavía desiertas en esta época. No me había planteado aquello exactamente como unas vacaciones, pero mientras me remangaba la camisa y abría mi estuche de acuarelas, sentí por unos momentos una súbita y lánguida liberación de todos los demás aspectos de mi vida. La luz de la tarde era preciosa, y pensé que pintaría algo mejor que esos cuadros descoloridos del cuarto de invitados, y quizá les dejaría algo de regalo a Jan y a Walter: un paisaje primaveral, con la ciudad al fondo, un modesto pago en concepto de alquiler.

En mi cama del cuarto de invitados, empecé a leer las cartas que me había enviado Zoe.

14 de octubre de 1877

Cher Monsieur:

La carta que nos envió desde Blois ha llegado esta mañana y nos ha alegrado, en especial a su hermano. De hecho, yo misma se la he leído a papá y le he descrito el dibujo con tanto detalle como he podido. Su dibujo es precioso, aunque respecto al mismo muy poco me atreveré a decir; de lo contrario, se daría usted cuenta de lo ignorante que llego a ser. También le he leído su reciente artículo sobre la obra de Monsieur Courbet. Dice que algunos de los cuadros de Courbet puede verlos en su imaginación con absoluta claridad, y que sus palabras se los evocan mejor que nunca. ¡Que Dios le bendiga por las amables atenciones que nos dispensa a todos! Yves le manda un cariñoso saludo.

Recuerdos,

Béatrice de Clerval Vignot

11

Marlow

A la mañana siguiente, resultó que la casa de la señora Oliver no tenía nada que ver con lo que yo había visualizado; me la había imaginado alta, blanca, un elegante estereotipo sureño, y en lugar de eso me encontré con un espacioso bungalow de cedro y ladrillo, cercado por setos de boj y con imponentes abetos en la parte delantera. Salí del coche con tanto garbo como pude, me puse la chaqueta de lana de *sport* y llevé conmigo mi maletín. Me había vestido con esmero en el oscuro y pequeño cuarto de invitados de los Hadley, sin pararme a pensar en por qué lo hacía. Había, en efecto, un porche, pero era pequeño y alguien se había dejado un par de guantes para jardinería sucios en el banco próximo a la puerta y un cubo con un montón de herramientas de plástico en miniatura para el jardín; juguetes, deduje. La puerta principal era de madera, con una ventana grande y limpia, a través de la cual pude ver el salón vacío, muebles y flores. Llamé al timbre y esperé.

En el interior no hubo ningún movimiento. Al cabo de varios minutos empecé a sentirme estúpido por mirar una porción de la casa, como si estuviese espiando. Era una sala acogedora y sencilla, decorada con sofás de colores neutros, lámparas repartidas sobre lo que parecían mesas antiguas, una moqueta descolorida de color aceituna, una alfombra oriental más pequeña, seguramente magnífica, jarrones de narcisos, un armario de barniz oscuro con puertas de cristal y sobre todo libros; muebles biblioteca altos con libros, aunque no pude leer ningún título desde donde estaba. Esperé. Me di cuenta de que en los árboles que rodeaban la casa había pájaros, y pude oír sus reclamos o trinos mientras salían volando: cornejas, estorninos y arrendajos azules. La mañana había empezado primaveral y radiante, pero estaban apareciendo nubes, que tornaban el porche delantero frío y la luz, gris.

Entonces, por primera vez, perdí la esperanza. La señora Oliver se lo había pensado mejor. Era una persona reservada y probablemente yo estuviese equivocado. Había conducido nueve horas, como un idiota, y si ella decidía cerrar su puerta con llave (naturalmente, no probé a abrirla) e irse a algún otro sitio en vez de hablar conmigo, lo tendría bien merecido. Quizá yo hubiera hecho lo mismo en su lugar, pensé. Llamé al timbre por segunda vez, vacilante, jurando no volver a tocarlo más.

Finalmente, me di la vuelta, el maletín golpeó en mi rodilla y empecé a bajar los escalones de pizarra, dejándome llevar por una oleada de rabia. Tenía un largo viaje por delante, con demasiado tiempo para pensar. En realidad, ya había empezado a hacerlo, por lo que tardé un segundo en apercibirme del chasquido y el chirrido de la puerta a mis espaldas. Me detuve, el pelo de la nuca se me erizó. ¿Por qué debería sobresaltarme tanto ese sonido cuando me había pasado cinco minutos esperándolo? Sea como sea, me di la vuelta y la vi allí, con la puerta abierta hacia dentro, su mano todavía en el pomo.

Era una mujer guapa, una mujer que parecía rápida y despierta, pero desde luego no era la musa que llenaba los dibujos y los cuadros de Robert en Goldengrove; por el contrario, mi primera impresión fue que me encontraba a la orilla del mar: cabellos de color arena, piel blanca tachonada de esa clase de pecas que desaparecen conforme su propietario envejece, ojos azul marino que se cruzaron cautelosos con los míos. Durante un instante me quedé paralizado en los escalones, y acto seguido subí presuroso hacia ella. Una vez que estuve cerca me fijé en que era menuda, de complexión delicada, y en que a mí me debía de llegar a la altura del hombro y, por tanto, a la del pecho de Robert Oliver. Abrió un poco más la puerta y salió.

—¿Es usted el doctor Marlow? —inquirió.

—Sí —dije yo—. ¿La señora Oliver?

Me dio la mano en silencio, aceptando la que yo le había tendido. Su mano era pequeña, como ella, y me esperaba que su apretón fuera suave como el de un niño, pero sus dedos eran muy fuertes. Era casi tan menuda como una niña, pero era una niña fuerte, incluso dura.

—Pase, por favor —me dijo.

Volvió hacia la casa y yo entré tras ella en ese salón que había estado contemplando. Era como entrar en un escenario, o quizá como ver una obra de teatro en la que el telón ya ha sido subido cuando te sientas entre el público, con lo que analizas el decorado durante un rato antes de que aparezcan los actores. En la casa reinaba un profundo silencio. Al acercarme resultó que los libros eran sobre todo novelas (dos centenares), y había además poesía y obras históricas.

La señora Oliver, a varios pasos por delante de mí, iba vestida con tejanos azules y una blusa de manga larga ceñida de color azul pizarra. Pensé que debía ser muy consciente del color de sus ojos. Su cuerpo parecía ágil; no atlético sino grácil, como si a través del movimiento buscara constantemente el límite de su contorno. Había algo rotundo en sus andares, de los que quedaba excluido cualquier gesto que pudiera parecer errático. Me señaló un sofá y se sentó en otro justo enfrente del mío, en una esquina del salón, de modo que pude ver unos enormes ventanales que iban del suelo al techo, con vistas sobre un extenso césped, hayas, un gigantesco acebo y cornejos en flor. Desde el camino de acceso no me había parecido tan grande, pero la casa ocupaba más de dos parcelas frondosas y bordeadas de árboles. En otro tiempo, Robert Oliver había disfrutado de esta vista. Dejé el maletín a mis pies y traté de tranquilizarme.

Al mirar al otro lado de la sala, vi que la señora Oliver ya estaba totalmente dispuesta, con las manos en las rodillas de sus tejanos. Llevaba unas zapatillas deportivas juveniles de lona que en su día quizás hubieran sido de color azul marino. Tenía el pelo abundante y liso, cortado con elegante desenfado a la altura de los hombros y con tantos matices distintos (de melena de león, trigo y dorado) que me habría costado pintarlo. Su rostro también era hermoso, llevaba poco maquillaje, un pintalabios suave, y tenía unas finísimas arrugas alrededor de sus ojos. No sonreía; me estaba analizando con seriedad, debatiéndose entre si hablar o no. Al fin dijo:

—Lamento que haya tenido que esperar. He estado a punto de cambiar de idea. —No ofreció disculpa alguna por sus dudas ni más explicaciones.

—No la culpo. —Durante una décima de segundo pensé en decir algo más educado, pero se me antojó inútil en esta situación.

—Ya. —Simple conformidad.

—Gracias por haber accedido a verme, señora Oliver. Tenga mi tarjeta, por cierto. —Se la pasé y luego pensé que había sido demasiado formal; ella bajó la mirada.

—¿Le apetece un café o una taza de té?

Pensé en rechazarlo y luego decidí que, en aquel agradable lugar del sur, era más educado aceptar.

—Muchas gracias. Si tiene café ya hecho, me tomaré una taza con mucho gusto.

Ella se levantó y se fue; de nuevo, ese garbo concentrado. La cocina no quedaba lejos; pude oír el tintineo de platos y cajones que se abrían y eché un vistazo a la sala en su ausencia. Aquí, entre las lámparas con bases de porcelana pintadas de flores, no había señal alguna de Robert, a menos que los libros fuesen suyos. Ni había trapos de pintar grasientos, ningún póster de los nuevos paisajistas. El arte de las paredes consistía en un cuadrito de punto de cruz antiguo y gastado y dos viejas acuarelas que representaban un mercado de Francia o Italia. Desde luego no había ningún retrato vívido de una dama de oscuro pelo rizado, ningún cuadro de Robert Oliver ni de ningún otro artista contemporáneo. Tal vez el salón jamás había formado parte de sus dominios; de todas maneras, suele ser un espacio reservado a la mujer. O tal vez Kate había eliminado intencionadamente todo aquello que le recordase a Robert.

La señora Oliver regresó cargando una bandeja de madera con dos tazas de café. La vajilla de porcelana tenía delicados motivos de zarzamora; había unas cucharillas de plata diminutas, y una jarrita de leche y un azucarero de plata a juego, todo muy elegante en comparación con sus tejanos azules y sus zapatillas deportivas gastadas. Reparé en que llevaba un collar y unos pendientes de oro con diminutas gemas azules: zafiros o turmalinas. Dejó la bandeja encima de una mesa cerca de mí y me pasó mi café, luego se llevó su propia taza al sofá y se sentó, sosteniéndola con destreza. El café estaba bueno, me hizo entrar en calor después de estar en el frío porche. Ella me observaba en silencio y empecé a preguntarme si la esposa de Robert resultaría ser tan lacónica como él.

—Señora Oliver —dije con toda la naturalidad que pude—, sé que esto tiene que resultarle incómodo y quiero que entienda que no está en mi ánimo forzarla de ningún modo a que confíe en mí. Su marido ha resultado ser un paciente difícil y, tal como le dije por teléfono, estoy preocupado por él.

—Mi ex marido —me corrigió ella, y percibí algo así como un atisbo de humor, un destello burlón dirigido contra mí o posiblemente contra sí misma, como si hubiera dicho en voz alta: «También puedo ser dura con usted». Aún no la había visto sonreír; ahora tampoco.

—Quiero que sepa que Robert no corre ningún peligro grave. No ha intentado agredir a nadie, incluido él mismo, desde aquel día en el museo.

Ella asintió.

—De hecho, se le ve bastante tranquilo gran parte del tiempo, pero también pasa por períodos de rabia y agitación. Agitación silenciosa, quiero decir. Mi intención es retenerlo hasta que pueda asegurarme de que realmente está a salvo y es autónomo. Como le dije por teléfono, mi principal problema a la hora de intentar ayudarle es que se niega a hablar.

Ella también permaneció callada.

—Lo que quiero decir... es que no habla en absoluto. —Me recordé a mí mismo que Robert había hablado en una ocasión, para autorizarme a hablar con la mujer que estaba ahora sentada frente a mí.

Sus cejas se arquearon sobre su taza de café; tomó un sorbo. Esas cejas eran de un color arena más oscuro que sus cabellos, delineadas como si las hubiera pintado... Intenté pensar a qué retratista me recordaban, qué número de pincel habría empleado yo. Enmarcada por la centelleante ondulación de su pelo, su frente era ancha y delicada.

—¿No ha hablado con usted ni siquiera una vez?

—El primer día —admití—. Reconoció lo que había hecho en el museo y luego me dijo que hablase con quien quisiese. —Decidí omitir (al menos por ahora) que me dijo que podía incluso hablar con «Mary». Esperaba que la señora Oliver pudiese acabar por decirme a quién se había referido Robert con tal nombre, y esperaba no tener que preguntárselo—. Pero desde entonces no ha vuelto a hablar. Estoy convencido de que entenderá que hablar es una de las pocas formas que hay para que él se libere de lo que lo perturba, y una de las pocas formas que hay para que podamos comprender qué desencadena el empeoramiento de su estado.

La miré fijamente, pero ella ni siquiera me ayudó asintiendo con la cabeza.

Traté de compensarlo con cierta dosis de simpatía.

—Puedo seguir administrándole sus medicamentos, pero no podremos avanzar mucho a menos que hable, porque no puedo saber con exactitud en qué le beneficia la medicación. Lo he mandado tanto a terapia individual como de grupo, pero tampoco ha hablado y ha dejado de asistir. Si se niega a hablar, yo necesito hablar con él teniendo alguna idea de qué lo perturba.

—¿Para provocarle? —Inquirió ella sin rodeos. Sus cejas estaban de nuevo arqueadas.

—No. Para sonsacarle, para demostrarle que hasta cierto punto entiendo su vida. Eso quizá le ayudaría a empezar a hablar.

Me pareció que ella reflexionaba por unos instantes; se sentó más erguida, elevando la altura de sus pequeños senos bajo su camisa.

—Pero ¿cómo justificará que sabe detalles de su vida, si él no se los ha contado?

Fue una pregunta tan buena, una pregunta tan directa y aguda, que dejé mi café y me quedé sentado observándola. No había contado con tener que responder a eso tan pronto; de hecho, yo mismo le había dado vueltas a la cabeza. Me había pillado desprevenido tras apenas cinco minutos de conversación.

—Le seré franco —le dije, aunque sabía que sonaba a tópico—. Todavía no sé cómo se lo explicaré si me lo pregunta. Pero si me lo pregunta, significa que está hablando. Aun cuando esté molesto.

Por primera vez vi que sus labios se curvaban revelando unos dientes bien alineados, excepto los incisivos superiores, que sobresalían un poco, lo cual le daba cierto encanto. Entonces volvió a torcer la boca.

—Mmm… —dijo ella, casi como una suave cancioncilla—. ¿Y mi nombre saldrá a relucir?

—Eso depende de usted, señora Oliver —contesté—. Si quiere, podemos hablar de cómo enfocarlo.

Ella levantó su taza de café.

—Sí —dijo—. Quizá sí. Me lo pienso y ya encontraremos algo. Por cierto, puedes tutearme. Y por favor, llámame Kate. —Otra vez ese leve movimiento de su boca, la expresión de una mujer que antes sonreía a menudo y que podría aprender a hacerlo de nuevo—. Antes que nada, procuro no pensar en mí como la señora Oliver. De hecho, estoy tramitando la recuperación de mi apellido de soltera. Decidí hacer el cambio hace muy poco.

—De acuerdo, Kate, gracias —dije, desviando la vista antes que ella—. Si no te molesta, iré tomando notas, pero sólo para uso propio.

Me pareció que le daba vueltas al asunto. Entonces dejó a un lado su taza, como si hubiera llegado el momento de pasar a la acción. Me di cuenta en ese instante de lo sumamente limpia y ordenada que estaba la sala. Tenía dos hijos, que me había asegurado que iban a la escuela durante el día. Sus juguetes debían de estar en otra parte de la casa. Su vajilla con motivos de zarzamora estaba intacta, de modo que la debía guardar en algún sitio inaccesible. Era una mujer que llevaba la casa de maravilla, y yo ni siquiera me había dado cuenta hasta ahora, quizá porque ella hacía que pareciera de lo más natural. Volvió a entrelazar las manos sobre su rodilla.

—De acuerdo. Por favor, no le digas que he hablado contigo, por lo menos de momento. Tengo que pensármelo. Pero seré tan sincera como pueda. Puestos a hablar, lo haré con pelos y señales.

Ahora me tocó a mí sorprenderme, y creo que muy a mi pesar eso se reflejó en mi cara.

—Sientas lo que sientas por él a estas alturas, creo que a Robert le ayudará.

Kate bajó la mirada, de modo que su rostro envejeció súbitamente, oscurecido sin el azul de sus ojos. Pensé en el nombre de un color de mi caja de lápices Crayola: «añil». Kate volvió a levantar la vista:

—No sé por qué, pero yo también lo creo. Verás, no pude ayudar mucho a Robert en los últimos tiempos. De hecho, en aquel entonces no quise ayudarle realmente. Es lo único de lo que de verdad me arrepiento. Creo que por eso he pagado parte de sus gastos de internamiento. ¿Cuánto tiempo te quedarás aquí?

—¿Hoy?

—En general. Es porque me he reservado dos mañanas. Tenemos hasta las doce de hoy, y mañana otra vez —habló tan desapasionadamente como si hubiésemos estado comentando la hora de salida de un hotel—. Si es necesario, puedo tomarme libre una tercera mañana, aunque sería difícil. De hecho, se me acumularía el trabajo. Algunas veces ya trabajo por las noches para tener más tiempo para los niños cuando salen de la escuela.

—No quiero abusar más de tu tiempo: bastante generosa has sido ya —le dije. Apuré mi café en dos sorbos, dejé la taza a un lado y extraje mi bloc de notas—. Vamos a ver cuánto avanzamos esta mañana.

Por primera vez, vi que su cara no era de mera cautela sino de tristeza, con sus colores de mar y playa. Se me encogió el corazón, o la conciencia. ¿Era mi conciencia? Kate me miró a los ojos.

—Me figuro que querrás que te hable de la otra —dijo—. De la mujer morena, ¿verdad?

Aquello me dejó perplejo; tenía pensado entrar con cuidado en la historia de Robert, irle preguntando poco a poco por sus primeros síntomas. Supe por la expresión de su rostro que, si me andaba con rodeos, Kate no lo agradecería.

—Sí.

Kate asintió.

—¿La ha estado pintando?

—Sí. Casi cada día. Me he fijado en que esa mujer fue también el tema de una de sus exposiciones, y pensé que quizá tú sabrías algo de ella.

—Sí…, sé todo lo que hay que saber. Pero jamás creí que se lo contaría a un desconocido. —Kate se inclinó hacia delante, y vi como el pecho de su cuerpo menudo se movía al inspirar y expirar—. ¿Estás acostumbrado a oír cosas muy íntimas?

—¡Por supuesto! —contesté. Si, en aquel momento, mi conciencia hubiera sido una persona, la habría estrangulado.

17 de octubre de 1877

Mon cher oncle:

Espero que no le importe que me dirija así a usted, como si fuéramos parientes, que lo somos de espíritu, al menos, aunque no de sangre. Papá me pide que le dé las gracias por el paquete que envió usted en respuesta a mi carta. Leeremos el libro en voz alta y con la ayuda de Yves las noches en que éste venga a casa; también a él le interesa mucho. Dice que hace tiempo que le fascinan esos maestros italianos menores. Pasaré tres noches en casa de mi hermana, donde me quedaré para agasajar a sus adorables niños. No tengo reparo en decirle que son ellos mis modelos predilectos para hacer mis propios pinitos artísticos. Y mi hermana es mi más admirada amiga, de modo que entiendo muy bien la devoción que su hermano siente por usted. Papá dice de usted que es tan modesto que nadie sabe que es el hombre más valiente y leal de la Tierra. ¿Cuántos hermanos hay que hablen con tanto afecto del otro? Yves me ha dado su palabra de que, en mi ausencia, dedicará las noches enteramente a leerle a papá, y yo proseguiré desde donde lo hayan dejado.

Reciba usted mi más cálido agradecimiento por su gran amabilidad,

Béatrice Vignot

12

Kate

Vi por primera vez a la mujer en el área de descanso de una autopista de alguna parte de Maryland. Pero antes de eso debería hablarle también de la primera vez que vi a Robert. Lo conocí en Nueva York en 1984, a los 24 años. Yo llevaba alrededor de dos meses trabajando allí, era verano y añoraba mi hogar en Michigan. Me había imaginado que Nueva York sería emocionante, y lo era, pero también era una ciudad agotadora. Vivía en Brooklyn, no en Manhattan. Para ir a trabajar hacía dos transbordos en el metro en lugar de atravesar paseando un barrio fino como Greenwich Village. En cualquier caso, al término de una jornada de horas y horas como ayudante de redacción en una revista médica, estaba demasiado cansada para ir paseando a ningún sitio y demasiado preocupada por lo que me costaría el cine para ver películas extranjeras interesantes. Además, tampoco conocía a mucha gente.

El día que vi a Robert por primera vez, me fui después del trabajo a los almacenes Lord & Taylor, que sabía que serían carísimos, para comprarle a mi madre un regalo de cumpleaños. Nada más entrar, procedente del calor veraniego de la calle, me aturdió el perfume que flotaba en el aire acondicionado. Al ver la mirada despectiva de los maniquíes en sus trajes de baño con el nuevo corte de pierna alto, me entraron ganas de haberme vestido mejor aquella mañana para ir a trabajar. Quería comprarle un sombrero a mi madre, algo que ella jamás se compraría, algo precioso que hubiera podido llevar de jovencita cuando conoció a mi padre en el Club de Críquet de Filadelfia. Quizás en Ann Arbor nunca se lo pondría, pero le recordaría su juventud, de guantes blancos y sensación de estabilidad, y le recordaría también el amor de una hija. Pensé que la sección de sombreros estaría en la planta baja, cerca de los pañuelos de seda firmados por diseñadores famosos de los que yo apenas había oído hablar, cerca de las piernas invertidas desprovistas de cuerpo con sus medias largas y suaves. Pero allí estaban haciendo obras y una señora que llevaba una bata me dijo que subiese arriba al departamento provisional de sombreros.

Yo no quería aventurarme más en los almacenes: empezaba a sentir que mis propias piernas, desnudas y rasguñadas, eran feas porque aquella mañana no me había puesto medias para ir a trabajar. Pero aquello lo hacía por mi madre, de modo que seguí hasta la escalera mecánica (siempre recobrando un poco el aliento al llegar arriba sana y salva), y cuando di con la sección me alegré de encontrarme entre los expositores de sombreros, cada uno de los cuales lucía colores claros o vivos. Había sombreros semitransparentes con un prendido de flores de seda en una banda de cordoncillos de tela, y de paja de color azul marino y negro, y uno azul con cerezas y hojas. Todos eran un tanto ostentosos, especialmente si se contemplaban juntos, y empezaba a pensar que en el fondo no había sido una buena idea como regalo de cumpleaños cuando vi un sombrero precioso, un sombrero que allí desentonaba y que era perfecto para mi madre. Tenía las alas anchas, lo cubría una estrecha cinta de organdí de color crema enrollada en espiral y encima del organdí había prendido un ramillete de flores azules variadas que parecían auténticas: achicorias, espuelas de caballero, nomeolvides. Era como un sombrero adornado en un prado.

Lo cogí del expositor y me quedé sujetándolo con ambas manos. A continuación le di la vuelta a la tarjeta del precio muy despacito. El sombrero costaba 59,99 dólares, más de lo que solía gastarme en comida a la semana. Sólo con que ahorrase el triple de esa cantidad, podría irme en autobús a Ann Arbor a ver a mi madre. Pero cuando ella abriera el regalo quizá sonreiría, quizá lo sujetaría con sumo cuidado y se lo probaría delante del espejo del recibidor de casa, sin dejar de sonreír. Así el sombrero por sus delicados bordes, sonriendo con ella. Se me anudó el estómago y se me estaban empezando a llenar los ojos de lágrimas, lo cual echaría a perder el poco maquillaje que me ponía para ir a trabajar. Recé para que ningún dependiente apareciese por detrás del expositor para dirigirse a mí. Me daba miedo que una palabra de alguien más me impulsara a comprarlo.

Al cabo de unos minutos devolví el sombrero a su expositor y me dirigí hacia la escalera mecánica, pero fui a la escalera equivocada, la de subida, y tuve que dar media vuelta entre la gente que se apeaba. Anduve a tientas hasta la escalera de bajada, que estaba al otro lado, y descendí hasta la planta baja, sujetándome con ambas manos. La cinta, que agarré con fuerza, temblaba bajo mis dedos y a medida que me acercaba al final me iba sintiendo cada vez más mareada. Creí que iba a dar un paso en falso, que tropezaría. Me encogí aún más para contener la náusea y entonces tropecé. Un hombre que pasaba por el pie de la escalera se volvió y corrió a sostenerme; y yo le vomité en los zapatos.

Así que lo primero que conocí de Robert fueron sus zapatos. Eran de piel marrón clara, aparatosos y un poco toscos, distintos a los del resto de la gente, algo que un inglés podría llevar en una granja o para llegar al pub del otro lado del páramo. Más tarde me enteré de que eran realmente ingleses, muy caros, estaban cosidos a mano y le duraban alrededor de seis años. Tenía dos pares, que iba alternando al azar, y parecían flexibles y cómodos sin estar gastados. Aparte de esto, Robert no prestaba atención a la ropa (excepto a los colores, para los que tenía un gusto peculiar), que normalmente adquiría en mercadillos, tiendas de segunda mano y casas de amigos. «¿Esa sudadera? Es de Jack —me decía—. Se la dejó en el bar anoche. No le importa que me la quede.» Y la sudadera estaba con nosotros hasta que se desintegraba y se convertía en un trapo para limpiar nuestra casa de Greenhill, o para secar sus pinceles; al fin y al cabo, hemos estado casados el tiempo sufi-

ciente como para que la ropa se convierta en trapos. Nada de eso
le importaba a Robert, porque entre tanto Jack tenía los guantes o
la bufanda que él se había dejado en su sofá cuando habían estado
hablando de la pintura al pastel hasta las dos de la madrugada. De
todas formas, la mayoría de las prendas de Robert estaban tan sucias de pintura que no era muy probable que nadie, salvo un colega, se interesara por ellas. Jamás fue meticuloso con su ropa, a diferencia de algunos artistas.

Pero los zapatos eran su capricho. Ahorraba para comprárse-
los, los cuidaba, los untaba con aceite de visón aunque él fuera
contrario a los abrigos de piel, vigilaba para no mancharlos de pintura, los ponía en línea recta uno al lado del otro a los pies de
nuestra cama junto al montón de ropa que se acababa de sacar. El
único otro artículo caro que había en su vida (además de los óleos)
era normalmente su aftershave.

Más adelante me enteré de que, curiosa coincidencia, él también
había ido a Lord & Taylor para comprarle un regalo de cumpleaños
a su madre. Cuando vomité encima de sus zapatos, hizo sin querer
una grosera mueca, una especie de «¡Dios mío! ¿Por qué has hecho
eso?» En aquel momento pensé que estaba simplemente asqueado
por mi vómito, no por el lugar donde éste había aterrizado.

Extrajo algo blanco de su bolsillo y empezó a limpiarse las puntas de los zapatos, y yo di por sentado que estaba haciendo caso
omiso de mis disculpas. Segundos después, sin embargo, me agarró con fuerza por los hombros. Era muy alto. «Rápido», me dijo,
y su voz era también apresurada, grave y relajante a mi oído. Me
condujo a toda prisa por los pasillos directamente hacia la salida,
pasamos por delante de una vaharada de perfume que me hizo de
nuevo apretar los brazos contra el estómago, pasamos de largo maniquíes que sujetaban raquetas de tenis, con los cuellos de sus po-
los levantados con desenfado hacia las orejas. Me encogí y procuré
salir. Cada cosa nueva que veía, todas esas cosas expuestas a la
venta, que yo no podía permitirme y de las que mi madre jamás
disfrutaría, me provocaban arcadas. Pero el desconocido, que me

sujetaba por un brazo y un hombro, era fuerte. Vestía una camisa tejana de manga corta y vaqueros grises manchados, y cuando intenté volver la cabeza gacha para verlo, vislumbré a un tipo desaliñado, de pelo rizado y sin afeitar. Desprendía una especie de olor a lino que identifiqué como vagamente familiar, pese a mis náuseas, y que, en otras circunstancias, podría haberme resultado agradable. Me pregunté si estaría aprovechando mi malestar para secuestrarme, robarme el monedero o algo peor; al fin y al cabo, estábamos en el Nueva York de los ochenta y yo todavía no tenía la típica anécdota que contar en Michigan: un atraco.

Pero estaba excesivamente mareada para preguntarle por sus intenciones y al cabo de un minuto salimos corriendo al aire libre, o al aire relativamente libre de la concurrida acera, y me dio la impresión de que él intentaba calmarme.

—¿Estás bien? —me dijo—. Enseguida te encontrarás mejor.

Fue decir esto y yo me giré y volví a vomitar, esta vez apuntando lejos de sus zapatos, a un rincón junto a la puerta, lejos también de los zapatos de la muchedumbre que pasaba por delante. Empecé a llorar. Robert me soltó mientras yo vomitaba, pero siguió frotándome la espalda con lo que me pareció una manaza. En cierto modo, yo estaba horrorizada, como si un desconocido hubiese intentado ligar conmigo en un vagón del metro y yo estuviera demasiado débil para oponer resistencia. Cuando hube acabado, me dio un pañuelo de papel limpio de su bolsillo.

—Ya está, ya está —musitó. Finalmente, me enderecé y me apoyé en la pared—. ¿Te vas a desmayar? —me dijo. Entonces pude verle la cara. Había en ella un no sé qué que la hacía comprensiva y desenvuelta, franca y alerta. Tenía los ojos grandes y de un castaño verdoso—. ¿Estás embarazada? —me preguntó.

—¿Embarazada? —solté sofocando un grito. Tenía una mano contra la fachada de Lord & Taylor, que se me antojaba tremendamente maciza y firme, una fortaleza—. ¿Qué?

—Te lo pregunto porque mi prima está embarazada y justo la semana pasada vomitó también en una tienda. —Se había metido las manos en los bolsillos traseros como si estuviese charlando en un aparcamiento después de una fiesta.

—¿Qué? —repuse estúpidamente—. No, por supuesto que no estoy embarazada.

De pronto, empecé a sentir calor y que enrojecía por el bochorno, porque creí que quizás el pensaría que le estaba revelando datos de mi vida sexual, que la verdad es que en ese momento era nula. Había tenido exactamente tres relaciones en la facultad, y una muy fugaz durante la melancolía posuniversitaria de Ann Arbor, pero hasta entonces Nueva York había sido un absoluto fracaso en ese campo; estaba demasiado atareada, demasiado cansada, era demasiado tímida para ocuparme de tener citas. Me apresuré a decir:

—Es sólo que, de pronto, he empezado a encontrarme mal.

Al recordar mi primera vomitona sobre sus zapatos (no me atrevía a mirarlos) me volví a sentir débil, y apoyé ambas manos y la cabeza contra la pared.

—¡Vaya, sí que estás mareada! —exclamó él—. ¿Quieres que te consiga un poco de agua? ¿Que te ayude a sentarte en algún sitio?

—No, no —mentí yo, desplazando mi mano hacia la boca por si tenía que volvérmela a tapar. Aunque taparla no me ayudaría—. Tengo que irme a casa. Tengo que irme a casa de inmediato.

—Sí, será mejor que te acuestes con una palangana al lado —comentó él—. ¿Dónde vives?

—A los desconocidos no les digo dónde vivo —contesté con debilidad.

—¡Vamos, venga! —Él había empezado a sonreír abiertamente. Tenía unos dientes preciosos, la nariz, fea, los ojos, muy cálidos. Parecía tan sólo unos años mayor que yo. Su pelo oscuro formaba tupidos bucles, como ramas retorcidas—. ¿Acaso te parece que muerdo? ¿Cuál es tu línea de metro?

A nuestro alrededor, la gente se abría paso en manadas, para entrar en los almacenes, avanzar por la acera, en dirección a casa… La jornada tocaba a su fin.

—La... Ahí... Brooklyn —respondí débilmente—. Si pudieras acompañarme en esa dirección... Estoy bien. Se me pasará dentro de nada. —Trastabillé y me cubrí la boca. Después me pregunté por qué no había querido un taxi. Supongo que porque me había vuelto muy ahorradora, incluso en esa situación.

—¡Sí, ya, y un cuerno! —exclamó él—. Procura no volver a vomitar en mis zapatos y te acompañaré a la estación. Luego ya me dirás si quieres que llame a alguien por teléfono.

Me rodeó con un brazo, para que me mantuviera erguida, y avanzamos torpemente anudados hacia la boca del metro, que estaba al final de la manzana.

Al llegar, me agarré de la barandilla e intenté avanzar apoyándome en mis manos y, de paso, estorbando a todo el mundo.

—Vale, gracias. Tomaré el metro.

—Ven. —Robert se puso delante de mí, para que no tuviera que sortear a la gente, de modo que sólo alcanzaba a ver el dorso de su camisa vaquera—. Bajemos las escaleras.

Me aferré al hombro del desconocido con una mano y a la barandilla con la otra.

—¿Quieres que telefonee a alguien? ¿A tu familia? ¿Tus compañeras de piso?

Negué con la cabeza dos o tres veces, pero no pude hablar. Estaba a punto de vomitar de nuevo y entonces mi humillación sería total.

—De acuerdo, pues. —Había vuelto a sonreírme, contrariado, cordial—. Sube al metro.

Y subimos juntos, mezclándonos entre la horrible masa de gente. Tuvimos que permanecer de pie, y él me sujetó por detrás, para mi alivio sin presionar su cuerpo contra mí, sino agarrándome firmemente con una mano mientras con la otra se aferraba a un asidero del techo. Se balanceaba por los dos cuando el tren doblaba las curvas. En la primera parada alguien se bajó y yo me desplomé en un asiento. Pensé que si volvía a vomitar en aquel espacio cerrado, donde mi vómito alcanzaría por lo menos a seis personas más, decidiría dejar esa vida. Regresaría a Michigan, porque no estaba hecha para la ciudad; era más débil que los otros siete millones de habitantes. Era una vomitona pública. Mi mayor placer, viva o muerta, sería no volver a ver jamás a esta torre de hombre con su camisa vaquera y una mancha oscura en los zapatos.

13

Kate

En mi parada apenas supe orientarme, pero el galante desconocido me sacó del tren y me subió a la superficie antes de que yo volviera a vomitar; en esta ocasión, en una alcantarilla junto al bordillo. Me di cuenta de que, a pesar de lo débil que estaba, cada vez apuntaba mejor y a un lugar más adecuado.

—¿Por aquí? —me preguntó en cuanto terminé, y yo señalé calle abajo hacia el edificio de mi apartamento, que por fortuna estaba cerca. Creo que le habría indicado el camino aun cuando hubiera pensado de veras que él me degollaría nada más llegar allí, y lo mismo ocurrió al abrir la puerta del edificio con mi llave de latón, que él me arrebató de mi mano temblorosa, y con el ascensor.

—Ya estoy bien —susurré.

—¿Qué piso es? ¿Qué puerta? —inquirió él, y cuando llegamos al largo pasillo hediondo y alfombrado, encontró mi otra llave en el llavero y abrió la puerta de mi apartamento—. ¡¿Hay alguien?! —chilló—. Supongo que nadie.

Yo no dije nada; no tenía fuerzas ni ganas de decirle que vivía sola. En cualquier caso, lo habría deducido inmediatamente, porque mi apartamento era de una sola habitación con una diminuta cocina medio oculta por armarios. Había un sofá cama, unos cuantos cojines de mi infancia, patéticos y viejos, se amontonaban encima de la colcha, y en la parte superior de mi cómoda había platos que no me cabían en la cocina. Tenía una alfombra oriental raída en el suelo, procedente de la casa de mi tía en Ohio, y sobre mi escritorio, facturas y bosquejos esparcidos, con una taza de café encima a modo de pisapapeles. Recorrí todo esto con la mirada como si nunca antes hubiera visto mi habitación, y me sorprendió lo cutre que era. Tener mi propia casa era muy importante para mí. A fin de conseguirla, me había conformado con un edificio sórdido y un casero sórdido. Las tuberías que había por encima del fregadero quedaban a la vista y desconchaban la pintura de la pared: lloraban permanentemente lágrimas de agua fría que tenía que absorber embutiendo una toalla tras las cañerías.

El desconocido me ayudó a entrar y a sentarme en el borde de mi sofá cama.

—¿Quieres un poco de agua?

—No, gracias —gemí, observándolo detenidamente.

Era surrealista que alguien que me había encontrado en una calle de Nueva York cruzara el umbral de mi puerta. La única persona que hasta entonces había estado allí era mi casero, que en cierta ocasión había entrado un par de minutos para ver por qué no se encendía el horno y me había enseñado que para ello tenía que darle unos puntapiés en la puerta. Ni siquiera sabía cómo se llamaba ese hombre que estaba en el centro de mi habitación mirando a su alrededor como si buscase algo para impedir que yo volviera a vomitar. Procuré no respirar demasiado hondo.

—¿Podrías darme un cuenco de la cocina, por favor?

Me trajo uno y también un trozo de papel de cocina humedecido para limpiarme la cara, y me recliné un poco en el sofá. Él estaba en jarras, y vi sus ojos brillantes recorriendo mi galería de imágenes: una fotografía en blanco y negro de mis padres hablando en nuestro porche delantero, que había tomado en el instituto; varios dibujos míos recientes de cartones de leche y un póster de un mural de Diego Rivera en el que tres hombres movían un bloque de piedra, con sus rubicundos cuerpos rojos de esfuerzo, y que el desconocido observó unos instantes. Yo sentí una punzada de incertidumbre. ¿Estaba ignorando mis dibujos? Otras personas hubieran dicho: «¡Oh! ¿Los has hecho tú?» Pero él se limitó a clavar los ojos en los obreros mexicanos de Rivera, las muecas de dolor de sus rostros y sus enormes cuerpos aztecas. Entonces volvió a dirigirse a mí:

—Bueno, ¿ya estás bien del todo?

—Sí —medio susurré, pero había algo en la actitud de ese desconocido de pantalones holgados y cabellos castaños serpenteantes que estaba plantado en medio de mi habitación que me hizo volver a sentir náuseas (o quizá no fuese él), y me levanté volando de la cama directa hacia el lavabo. Esta vez vomité en el váter, con el asiento pulcramente levantado. Me produjo sensación de seguridad, de encontrarme en casa: por fin vomitaba en el lugar apropiado.

Él vino hasta la puerta del lavabo, o se acercó a ésta, y pude oír sus movimientos aunque no mirar hacia él.

—¿Quieres que llame a una ambulancia? No sé, ¿crees que es grave? Tal vez tengas una intoxicación alimentaria. O podríamos coger un taxi y sencillamente ir a un hospital.

—No tengo seguro —dije.

—Yo tampoco. —Le oí arrastrar sus zapatones en el exterior del baño.

—Mi madre no lo sabe —añadí, por algún motivo deseosa de contarle al menos algo de mí misma.

Él se rió; fue la primera vez que oí reír a Robert.

—¿Te crees que la mía sí? —Al mirar por el rabillo del ojo lo vi riéndose; mostraba la dentadura al completo, de modo que las comisuras de su boca quedaban bien abiertas. Le resplandecía el rostro.

—¿Se enfadaría? —Encontré una toalla y me limpié la cara, luego me enjuagué apresuradamente la boca.

—Probablemente. —Casi podía oír como se encogía de hombros. Cuando me volví, me ayudó a regresar a la cama sin decir palabra, como si llevase años impedida—. ¿Quieres que me quede un rato?

Supuse que esto quería decir que tenía que estar en algún otro sitio.

—¡No, no! Ya me encuentro bien, de verdad. Estoy bien. Creo que ésta ha sido la última arcada.

—No he llevado la cuenta —me dijo—, pero no debe de quedarte gran cosa que echar.

—Espero no contagiarte nada.

—Yo nunca me pongo enfermo —repuso, y le creí—. Bueno, si estás bien, me marcho ya, pero aquí tienes mi nombre y número de teléfono. —Lo escribió en el borde de un papel que había encima de mi escritorio, sin preguntarme si lo necesitaba para otra cosa, y cometí la torpeza de decirle cómo me llamaba—. Llámame mañana y dime cómo te encuentras. Entonces sabré que estás bien de verdad.

Yo asentí, al borde de las lágrimas. Estaba tan lejos de casa, tanto, y mi familia, de la que me separaba un billete de autobús de 180 dólares, era una mujer que sacaba sola la basura.

—De acuerdo, pues —dijo él—. Hasta pronto. Asegúrate de tomar mucho líquido.

Asentí, y él sonrió y desapareció. Me sorprendió la poca indecisión que parecía haber en este desconocido; había entrado a ayudarme para luego irse discretamente. Me levanté y me apoyé en el escritorio para analizar su número de teléfono. La letra era como él, un poco tosca pero segura, y estaba escrita con fuerza en el papel.

A la mañana siguiente prácticamente me había recuperado, así que le telefoneé. Le llamé, dije para mis adentros, nada más para darle las gracias.

22 de octubre de 1877

Mon cher oncle:

Mi correspondencia no puede compararse en asiduidad a la de usted, pero me apresuro a darle las gracias por su atenta carta, que ha llegado esta mañana y que he compartido con papá, quien me ruega que le transmita que los hermanos tienen que dejarse ver más a menudo para que cuenten con ellos como uno más a la mesa; ésa es su reprimenda del día, aunque sea suave y teñida de admiración, y se la transmito a usted con el mismo espíritu, suplicándole que le haga usted caso también por mí. Aquí estamos un poco aburridos, con esta lluvia. Me ha gustado mucho su dibujo, el niño de la esquina es una delicia, capta usted la vida tan maravillosamente que el resto de nosotros no podemos hacer más que aspirar a igualarlo... He regresado de casa de mi hermana con varios dibujos hechos por mí. Mi sobrina mayor tiene ahora siete años, y le parecería una modelo de cautivadora delicadeza, estoy segura de ello.

Un afectuoso saludo,

Béatrice de Clerval Vignot

14

Kate

Robert y yo vivimos juntos en Nueva York durante casi cinco años. Todavía no sé adónde fue a parar todo ese tiempo. En cierta ocasión, leí que hay bastantes probabilidades de que todo lo que ha pasado alguna vez se almacene en algún lugar del universo, la historia personal de uno (toda la historia, supongo) doblada y guardada en huecos y agujeros negros del espacio tiempo. Espero que esos cinco años pervivan en algún punto de ahí fuera. No sé si me gustaría que la mayor parte del tiempo que estuvimos juntos estuviera almacenada, porque el final del mismo fue horrible, pero aquellos años en Nueva York… sí. Transcurrieron en un abrir y cerrar de ojos, pensé con posterioridad, pero durante nuestra época en Nueva York estaba convencida de que las cosas serían siempre así, eternamente, hasta que entrásemos en algo vagamente parecido a la vida adulta. Fue antes de que yo empezara a ansiar tener hijos o a querer que Robert tuviese un trabajo estable. Cada día me resultaba tan perfecto como apasionante, o potencialmente apasionante.

Esos cinco años existieron porque descolgué el teléfono para llamar a Robert al día siguiente de haber dejado de vomitar, y porque permanecí el suficiente rato al teléfono como para que él me dijera que algunos de sus amigos asistirían la noche siguiente a una obra de teatro en su escuela de arte y que yo podía ir con ellos, si quería. No fue exactamente una invitación, pero sí algo parecido, y también se parecía mucho a la clase de plan que yo había visualizado para llenar mis noches neoyorquinas nada más llegar de Michigan. De modo que dije que sí y, naturalmente, la obra fue un galimatías: un montón de alumnos de letras que leían un guión que hicieron trizas al terminar la obra, tras lo cual se pusieron a decorarle la cara al público de la primera fila con pintura blanca y verde, acción que en las filas de atrás nadie alcanzaba a ver. Allí estaba yo sentada, sin perder de vista el cogote de Robert, que estaba en otra fila más cerca del escenario; al parecer, se había olvidado de reservarme un asiento a su lado.

Después los amigos de Robert se esfumaron para irse a una fiesta, pero él me localizó y nos fuimos a un bar próximo al teatro, donde nos sentamos el uno al lado del otro en taburetes giratorios. Nunca había estado antes en un bar de Nueva York. Recuerdo que había un violinista irlandés en la esquina tocando delante de un micrófono. Hablamos de los artistas cuyo trabajo nos gustaba y del porqué. Yo mencioné primero a Matisse. Aún me encantan sus retratos de mujeres por lo poco convencionales que son, y ya he dejado de disculparme por ello, y me entusiasman sus bodegones, un torbellino de colores y frutas. Pero Robert puso sobre el tapete a un montón de artistas contemporáneos de los que yo no había oído hablar jamás. Estaba cursando su último año de Bellas Artes, y en aquella época la gente pintaba sofás y envolvía edificios enteros y lo conceptualizaba todo. Pensé que algunas de las cosas que me contaba parecían interesantes y otras, pueriles, pero no quise poner en evidencia mi ignorancia, así que escuché mientras él enumeraba una letanía de obras, movimientos, actividades y puntos de vista completamente desconocidos para mí, pero sobre los que discutían acaloradamente en los estudios donde trabajaba y donde su obra era criticada.

Observé el contorno del rostro de Robert al tiempo que hablaba. Oscilaba entre lo feo y lo hermoso, su frente sobresalía casi como una repisa sobre sus ojos, tenía una nariz aguileña y un bucle de pelo que caía en espiral por su sien. Pensé que se parecía a un ave de presa, pero cada que vez que se me ocurría, él sonreía de una forma tan candorosa y desinhibida que yo ponía en duda lo que acababa de ver hacía un momento. Era fascinante su nulo egocentrismo. Lo veía rascarse con el índice junto a la nariz, luego frotarse la punta de ésta con la palma de la mano extendida como si le picara, después rascarse la cabeza como uno podría rascar a un perro (distraídamente, con cariño) o como un perro grande podría rascarse a sí mismo. Sus ojos tenían a veces el color de mi vaso de cerveza negra y a veces el de una aceituna verde, y tenía una manera desconcertante de clavarlos de pronto fijamente en mí, como si estuviera seguro de que yo le había estado escuchando durante todo el rato, pero quisiera conocer mi reacción a lo último que había planteado y necesitara conocerla de inmediato. Su piel tenía un color cálido y suave, como si le siguiese dando el sol incluso en el noviembre de Manhattan.

Robert estudiaba en una escuela superior buenísima de la que yo llevaba años oyendo hablar. ¿Cómo había entrado allí? Después del bachillerato se dedicó a hacer el vago, tal como él decía, durante prácticamente cuatro años antes de decidir retomar los estudios, y, ahora que casi los había terminado, aún se preguntaba si había sido una pérdida de tiempo. ¡Pues vaya! Mi mente se abstrajo un poco de los pintores contemporáneos cuyas obras él discutía sobre todo consigo mismo. Me sorprendí imaginándomelo sin camisa, luciendo más piel cálida de ésa. Entonces, sin venir a cuento, se puso a hablar de mí, a preguntarme qué quería obtener de mis obras. No pensé que hubiera reparado siquiera en mis dibujos al acompañarme a casa para dejarme vomitar tranquilamente en mi apartamento. Así se lo solté, con una sonrisa, dándome cuenta de que ya era hora de sonreírle y contenta de haberme puesto la única blusa que tenía que sabía iba a juego con el color de mis ojos. Sonreí, protesté, creí que nunca me lo preguntaría.

Pero él parecía impasible ante mi tentativa de seducirlo con mi modestia.

—¡Claro que me fijé! —exclamó tajante—. Eres buena. ¿Qué piensas hacer?

Yo me lo quedé mirando fijamente.

—¡Ojalá lo supiera! —dije al fin—. Vine a Nueva York para averiguarlo. En Michigan me ahogaba, en parte porque no conocía realmente a ningún otro artista. —Caí en la cuenta de que él ni siquiera me había preguntado de dónde era, como tampoco me había contado nada sobre su procedencia.

—¿Un verdadero artista no debería ser capaz de trabajar en cualquier sitio? ¿Necesitas conocer a otros artistas para poder pintar buenas obras?

Aquello me dolió, me picó en mi amor propio:

—Pues por lo visto, no, si tu valoración de mis obras es correcta.

Me dio la impresión de que, por primera vez, Robert me miraba de verdad. Se dio la vuelta y puso uno de sus originales zapatones (aquel sobre el que yo había vomitado, a juzgar por una mancha desvaída) en el reposapiés de mi taburete. Sus ojos estaban rodeados de arrugas, envejecidos para lo joven que era su cara, y su ancha boca se curvó en una mueca de disgusto:

—Te he hecho enfadar —comentó algo así como asombrado.

Me senté más erguida y tomé un sorbo de Guinness.

—Bueno, sí. He trabajado mucho por mi cuenta, aun cuando no tuviese estudiantes de Bellas Artes con los que sentarme a hablar en bares elegantes. —No sé qué mosca me había picado. Normalmente era demasiado tímida para mostrarme tan brusca con la gente. Sería la cerveza negra espumosa, quizás, o el largo monólogo de Robert, o tal vez la sensación de que mi pequeño arrebato había captado su atención después de que escucharle con educación no hubiera servido de nada. Tenía la sensación de que ahora él me estaba analizando minuciosamente: el pelo, las pecas, los senos, el hecho de que a duras penas le llegase a la altura del hombro. Me sonrió, y la calidez de sus ojos con aquellas arrugas prematuras alrededor se coló en mi torrente sanguíneo. Tuve la sensación de que era entonces o nunca. Debía atraer y retener toda su atención o quizá jamás la recuperase; de lo contrario, Robert se perdería en la enorme ciudad y yo no volvería a saber nada de él, de él, que tenía un montón de colegas que estudiaban arte entre los que yo podía elegir. Sus fuertes muslos, sus largas piernas enfundadas en sus excéntricos pantalones (esa noche, de tweed con pinzas, con las rodillas gastadas, seguramente adquiridos en una tienda de segunda mano) lo mantenían orientado hacia mí sobre su taburete del bar, pero podría perder el interés en cualquier momento y volverse hacia su copa.

Lo ataqué mirándolo a los ojos:

—Lo que quiero decir es que, ¿cómo te atreviste a entrar en mi apartamento y examinar mis obras sin decir nada? Por lo menos podrías haber dicho que no te gustaban.

Su expresión se tornó más seria, sus ojos, escrutadores. Visto de cerca, también tenía arrugas en la frente.

—Lo siento. —Me sentí como si hubiera apaleado a un perro; sus cejas se movían con perplejidad, inquieto por mi enfado. Costaba creer que minutos antes me hubiera soltado un discurso sobre pintores contemporáneos.

—Yo no he tenido el privilegio de estudiar Bellas Artes —añadí—. Hago jornadas de diez horas en un soporífero puesto de redactora. Luego me voy a casa y dibujo o pinto. —Esto no era del todo cierto, porque trabajaba tan sólo ocho horas, y a menudo llegaba a casa agotada y veía las noticias y alguna comedia en el pequeño televisor que mi tía abuela me había dejado en herencia años antes, o llamaba por teléfono, o me tumbaba aletargada en mi sofá cama o leía—. Y luego me levanto y me voy de nuevo a trabajar al día siguiente. Los fines de semana voy de vez en cuando a un museo o pinto en un parque, o dibujo en casa si hace mal tiempo. Muy glamuroso. ¿Se puede calificar de vida de artista? —Vertí sobre esta última pregunta más sarcasmo del que pretendía, y me asusté. Robert era la única cita que había tenido en muchos meses, si es que a eso se le podía llamar cita siquiera, y la estaba estropeando.

—Lo siento —repitió—. Debo confesar que estoy impresionado. —Descendió la mirada hacia su mano, sobre el borde de la barra, y hacia la mía, que sujetaba mi Guinness. Luego nos quedamos mirando largamente el uno al otro; sosteniendo la mirada. Sus ojos, bajo sus pobladas cejas, eran… tal vez fuera el color lo que me atrapó. Era como si nunca hubiera mirado realmente a nadie a los ojos. Me pareció que si podía nombrar su color o el tono de las motas que había en sus profundidades, sería capaz de apartar la vista. Finalmente, él se removió en su taburete:

—¿Y ahora qué hacemos?

—Bueno... —dije, y mi atrevimiento me alarmó porque, en el fondo, yo sabía (sabía) que aquello no iba con mi forma de ser, que actuaba motivada enteramente por la presencia de Robert y el modo en que éste me miraba con fijeza a los ojos—. Bueno, creo que ahora viene cuando tú me invitas a tu casa para echar un vistazo a tus grabados.

Él se echó a reír. Se le iluminaron los ojos, y su boca generosa, fea y sensual, estalló en carcajadas. Se dio un manotazo en la rodilla.

—Exacto. ¿Quieres venir a mi casa a ver mis grabados?

29 de octubre de 1877

Mon cher oncle:

Hemos recibido su nota esta mañana y estaremos encantados de que venga a cenar. Papá confía que llegue usted temprano, con los documentos que le tiene que leer.
Se despide ya su sobrina,

Béatrice de Clerval

15

Kate

Robert vivía en un apartamento del West Village con dos estudiantes más de Bellas Artes, ninguno de los cuales estaba cuando nosotros llegamos. Las puertas de sus habitaciones estaban abiertas y en el suelo había ropa y libros esparcidos como en los dormitorios de las residencias de estudiantes. Había un póster de Pollock en el desordenado salón, una botella de brandy sobre la encimera de la cocina y platos en el fregadero. Robert me condujo a su habitación, que también era un desastre. La cama estaba sin hacer, naturalmente, y había ropa sucia en el suelo, pero tenía un par de jerséis cuidadosamente colocados sobre el respaldo de la silla del escritorio. Había pilas de libros; me impresionó mucho ver que algunos de ellos estaban en francés, libros de arte y quizá novelas, y cuando le pregunté a Robert al respecto, me dijo que su madre había venido a los Estados Unidos con su padre después de la guerra, que era francesa y que él se había criado en el bilingüismo.

Sin embargo, lo más asombroso era que todas las superficies estaban cubiertas con dibujos, acuarelas y postales de cuadros. En las paredes había bocetos colgados, sin duda del propio Robert: a lápiz, al carboncillo, en ocasiones era el mismo dibujo una y otra vez, estudios de brazos, piernas, narices y manos, manos por doquier. Yo había dado por sentado que su habitación sería el santuario de la pintura contemporánea, lleno de las formas rectangulares y las líneas rectas de los carteles de Mondrian, pero no: era un espacio de trabajo corriente. Se quedó mirándome. Yo sabía lo suficiente sobre arte como para entender que sus dibujos eran asombrosos, técnicamente sólidos y, no obstante, también llenos de vida, misterio y movimiento.

—Estoy intentando aprender el cuerpo —declaró con discreción—. Me sigue costando mucho dibujarlo. Es lo único que me importa.

—Eres un tradicionalista —dije sorprendida.

—Sí —contestó escuetamente—. La verdad es que no me preocupan mucho los conceptos. Créeme, en la facultad también se meten conmigo por eso.

—Yo pensaba… Cuando en el bar has hablado de todos esos grandes artistas contemporáneos, he pensado que los admirabas.

Robert me miró con extrañeza.

—No pretendía causarte esa impresión.

Nos quedamos mirándonos fijamente. En el apartamento retumbaba el silencio, esa sensación de extrañamiento que produce un espacio desierto en el bullicio nocturno de la ciudad. Podríamos haber estado solos en Marte. Me causó una sensación de intimidad, como si hubiésemos estado jugando al escondite y nadie supiera dónde estábamos. Pensé fugazmente en mi madre, dormida desde haría ya rato en la gran cama que antaño había albergado también a mi padre, el gato a sus pies, la puerta principal prudentemente cerrada con llave y comprobada dos veces, el reloj de pared haciendo tictac en la cocina que tenía debajo. Dirigí mi atención a Robert Oliver:

—Así pues, ¿tú qué *admiras*?

—¿Con franqueza? —Enarcó sus pobladas cejas—. El trabajo duro.

—Dibujas divinamente. —Me salió de sopetón, lo dije tal como mi madre podría haberlo dicho; y en serio.

Él parecía inesperadamente ufano, atónito ante mis palabras.

—En las evaluaciones no oímos eso muy a menudo. Nunca, de hecho.

—Hasta ahora no me has contado nada que haya hecho entrar ganas de estudiar Bellas Artes —comenté. Robert no me había invitado a sentarme, así que deambulé de nuevo por la habitación, contemplando los dibujos—. Supongo que también pintas.

—Claro, pero en la facultad. Para mí, la pintura es lo más importante. —Levantó un par de hojas sueltas de la mesa—. Esto son estudios de un modelo al que hemos estado pintando en el aula, un gran óleo sobre lienzo. He tenido que pelear para estar en esa clase. Este individuo, el modelo, ha sido todo un reto para mí. Es un hombre mayor, de hecho; increíble, alto, de pelo blanco y músculos algo fibrosos, aunque ya de capa caída. ¿Te apetece beber algo?

—Creo que no. —En realidad, yo no sabía muy bien qué sacaría yo de este encuentro o si debería irme a casa. Era tan tarde ya que tendría que tomar un taxi para llegar sana y salva a mi calle de Brooklyn, y eso se tragaría todos mis ahorros de la semana. Quizá Robert viviese de renta y no lo fuera a entender. Además, ¿dónde estaba mi orgullo? Probablemente Robert Oliver se preocupaba ante todo de sí mismo y de sus cuadros, y yo le caía bien porque había sabido escucharle, por lo menos al principio. Eso era lo que mi instinto me decía, el sexto sentido que las chicas desarrollan con relación a los chicos, y las mujeres, con relación a los hombres—. Me parece que será mejor que me vaya. Necesitaré tomar un taxi para ir a casa.

Él se plantó frente a mí, en el centro de su habitación desordenada y sin ventanas, imponente y, sin embargo, en cierto modo asustado, vulnerable, con las manos colgando a ambos lados del cuerpo. Tuvo que encorvarse un poco para poder mirarme a la cara.

—Antes de que te vayas a casa, ¿puedo besarte?

Me quedé pasmada, no tanto porque él quisiera besarme como por su pregunta, por su ineptitud. Experimenté una repentina compasión hacia este hombre con aspecto de huno conquistador y que, en cambio, me estaba pidiendo permiso tímidamente; di un paso adelante y puse las manos sobre sus hombros, que me parecieron macizos y de fiar, los hombros de un toro, un trabajador, reconfortantes. Su rostro se desdibujó en las sombras por la proximidad, sus ojos eran un borrón de color vistos tan de cerca. Entonces rozó mis labios con su enérgica boca. Encontré sus labios parecidos a sus hombros, cálidos y musculosos pero titubeantes, y me dio la impresión de que se quedaba un instante en suspenso hasta que de nuevo sentí algo parecido a la compasión y le devolví el beso.

De pronto, me rodeó con los brazos (fue la primera vez que sentí su inmensidad, la totalidad de su enorme y alto cuerpo) y casi me levantó del suelo mientras me besaba con espontánea pasión; al fin y al cabo, Robert no era nada tímido. Era como si, simplemente, no supiera dejar de ser él mismo, y yo sentí que su individualidad me sacudía como un rayo; a mí, que dudaba y me anticipaba y analizaba cada segundo de mi propia vida. Fue como beberme una poción sin saber que existían las pociones: cada gota de ésta, todo el elixir, se me subió a la cabeza, penetró en mi caja torácica y luego bajó disparada a mis pies. Tuve la necesidad de retirar el torso y volver a examinar sus ojos, pero no me impulsó el temor, sino más bien una especie de asombro por el hecho de que alguien pudiera ser tan complicado y, sin embargo, tan simple, como resultó ser. Robert bajó la mano hasta la zona donde la espalda pierde el nombre y me estrechó con más fuerza contra él; me presionó contra su cuerpo como si yo fuera un paquete que él hubiera estado esperando con ansia. Me levantó del suelo y me sostuvo literalmente en sus brazos.

Me imaginé que, después de aquello, vendría el chasquido de la puerta al cerrarse, el olor y la sensación de una cama con sábanas sucias en la que a saber si había yacido allí recientemente alguien más debajo de él, la búsqueda precipitada de condones en el cajón que había junto a la cabecera (por aquel entonces cundió el primer ataque de pánico por la epidemia del sida) y mi consentimiento a caballo entre el temor y el deseo. Pero, por el contrario, me besó una vez más y me dejó en el suelo. Me abrazó contra su jersey.

—Eres adorable —me dijo. Se quedó acariciándome el pelo. Me sujetó la cabeza torpemente entre sus manos y me besó en la frente. Fue un gesto tan tierno e íntimo que sentí que se me anudaba la garganta. ¿Me estaba rechazando? Pero entonces me puso sus enormes manos sobre los hombros y me acarició la nuca—. No quiero que ninguno de los dos tenga la sensación de que vamos demasiado deprisa. ¿Te gustaría que nos viéramos mañana por la noche? Podríamos ir a cenar a un sitio que conozco en el Village. Es barato y no es ruidoso como el bar.

Desde aquel instante fui suya; me tenía en el bolsillo. Nadie había querido jamás evitarme la sensación de tener que ir demasiado deprisa. Sabía que, cuando llegase el momento, fuese la noche siguiente o la de después, o al cabo de una semana, sentiría que él se acostaría sobre mí no como un intruso, sino como un hombre del que podía enamorarme, o del que ya me había enamorado. Esa simplicidad... ¿cómo seguía él sintiéndola ante mi recelo? Cuando me encontró un taxi, nos besamos largamente en la calle, lo que me produjo un retortijón de tripas, y él se rió con aparente alegría, me abrazó e hizo esperar al taxista.

A la mañana siguiente no supe nada de él, aunque había prometido llamarme al trabajo a primera hora para darme la dirección del restaurante. La euforia fue abandonando lentamente mis extremidades a medida que se acercaba el mediodía. No acostarse conmigo había sido una manera sencilla de plantarme, un manera amable; después de todo, no había sido su intención cenar conmigo. Tenía que corregir un largo artículo sobre los procedimientos de la punción lumbar, y me produjo unas ligeras náuseas, como si parte del malestar que había sentido al toparme con Robert por primera vez en los grandes almacenes hubiese vuelto, una leve recaída. Comí delante de mi mesa. A las cuatro sonó el teléfono y descolgué. Sólo mi madre tenía mi teléfono directo del despacho, así que supe que únicamente podían ser dos personas. Era Robert.

—Siento no haber podido llamarte antes —me dijo sin darme más explicaciones—. ¿Todavía quieres salir esta noche?

Ésa fue nuestra segunda velada en los cinco años que pasamos juntos en Nueva York.

16

Marlow

Kate se levantó del sofá de su tranquilo salón y empezó a recorrerlo de un lado para otro, como si yo la hubiera encerrado en una jaula. Anduvo hasta las ventanas y volvió, y la observé, sintiendo una especie de lástima por ella, por la tesitura en que la había puesto. En su relato no se había acercado a las cosas que yo más necesitaba saber, pero en ese momento no me vi con ánimos de presionarla.

Me dio la impresión de que habría sido (de que debía de haber sido) una esposa estupenda; una mujer igual que mi madre en su escrupulosidad, su organización e impecables gestos de hospitalidad (no era la primera vez que pensaba en ello), si bien carecía del aplomo bonachón de mi madre, de su sentido del humor irónico. O tal vez, fuese cual fuese el sentido del humor de Kate, lo había perdido tras separarse de su marido. Una ausencia temporal de felicidad, esperaba yo. Había visto a muchas mujeres emocionalmente destrozadas por un divorcio. Había algunas que no se recuperaban, porque se sumían en una amargura crónica permanente o en la depresión, sobre todo si el divorcio iba unido a algún trauma previo o a un trastorno subyacente. Pero yo siempre había pensado que la mayoría de las mujeres eran extraordinariamente fuertes; las que se curaban solas tenían luego una vida más intensa. La inteligente Kate, con la luz que entraba por las ventanas y se reflejaba en su pelo liso, seguiría adelante hacia algo o alguien mejor y sería dichosa y rebosaría de sabiduría.

Estaba yo pensando en esto cuando ella se volvió hacia mí.

—No crees que realmente pudiera ser tan duro —dijo con reprobación.

Yo me quedé boquiabierto.

—No exactamente —repuse—. Pero casi aciertas. Estoy seguro de que ha sido difícil, pero estaba pensando en lo fuerte que pareces.

—Entonces lo superaré.

—Así lo creo.

Me dio la impresión de que ella se disponía quizás a rebatírmelo, pero se limitó a decir:

—Bueno, supongo que habrás visto a un montón de pacientes y sabes de lo que hablas.

—En el fondo, siempre tengo la sensación de que no sé nada sobre el ser humano, pero es verdad que he observado a un montón de gente. —Era una confesión que no le habría hecho a un paciente.

Kate se giró. Sus pequeñas clavículas atrajeron la luz.

—¿Y te gusta la gente, doctor Marlow, después de haber observado a tanta?

—¿Y a ti? Me pareces sumamente observadora.

Soltó una carcajada, la primera que había oído desde mi entrada en el salón.

—Basta de bromas. Te enseñaré el despacho de Robert.

Esto me sorprendió considerablemente en dos sentidos: en primer lugar, me sorpendió que él hubiera tenido un despacho, y en segundo lugar, que ella fuera tan generosa pese a su sufrimiento. Quizás hubiera servido también de despacho para los asuntos domésticos.

—¿Estás segura?

—Sí —contestó ella—. No es gran cosa, y he empezado a vaciarlo porque quiero usar el escritorio para tener un sitio donde ordenar las facturas y organizar mis papeles. Además, todavía tengo que vaciar su estudio.

Con Robert en esta casa, ella no había tenido ni despacho ni estudio propios, mientras que él había tenido ambas cosas. Robert Oliver había ocupado un espacio considerable de su vida, literalmente. Mi esperanza era que me enseñase también el estudio.

—Gracias —dije.

—¡Oh, no hay de qué! —repuso ella—. Su despacho es un desastre. Me ha costado mucho tiempo siquiera abrir la puerta de esa habitación, pero ahora que he empezado a ordenarla me siento mejor. Puedes echarle un vistazo a todo lo que quieras. Te lo digo porque cuanto hay allí me trae ya sin cuidado. No me importa en absoluto.

Kate se puso de pie, recogió nuestras tazas y volvió la vista por encima de su hombro.

—Ven conmigo —me dijo. La seguí hasta una zona de comedor tan impoluta y tranquila como el salón; unas sillas de respaldo alto estaban agrupadas alrededor de una mesa reluciente. De nuevo, los cuadros eran acuarelas, esta vez de montañas, y había un antiguo par de grabados de pájaros, cardenales y arrendajos azules, al estilo de Audubon. Tampoco aquí había ningún cuadro de Robert Oliver. Me condujo a una soleada cocina, donde dejó nuestras tazas en el fregadero, y luego pasamos a una habitación no mucho más espaciosa que un armario grande. Estaba amueblada, o más bien completamente atestada de muebles, con un escritorio y estantes y una silla. El escritorio era antiguo, como la mayoría de los muebles de Kate, con una enorme tapa de persiana enrollada que dejaba al descubierto casillas repletas de papeles; un caos, tal como ella me había advertido.

Aquí, mucho más que en el salón, sentí la presencia de Robert Oliver, me imaginé su enorme mano introduciendo facturas, recibos y artículos por leer en los departamentos del escritorio. En el suelo había un par de papeleras de plástico, cuidadosamente etiquetadas para alojar distintos tipos de archivos, como si Kate hubiese estado haciendo limpieza. No había ningún archivador a la vista (no cabía nada más en la habitación), aunque tal vez Kate tuviese uno en alguna otra parte.

—Detesto tener que hacer esto —dijo ella, de nuevo sin dar más explicaciones. Los estantes de libros contenían un diccionario, una guía de cine, novelas policiacas (algunas de ellas en francés) y numerosos libros de arte. *Picasso y su mundo*, Corot, Boudin, Manet, Mondrian, los posimpresionistas, retratos de Rembrandt y una cantidad sorprendente de obras sobre Monet, Pissarro, Seurat, Degas, Sisley… Predominaba el siglo XIX.

—¿Sabes si Robert tenía predilección por los impresionistas? —inquirí.

—Supongo que sí. —Kate se encogió de hombros—. Cada cierto tiempo, cambiaba de preferencias. No conseguí estar al día de todo lo que despertaba su entusiasmo. —Su voz contenía un tono de desagrado, y me dirigí hacia el escritorio—. Puedes echarle un vistazo tranquilamente, siempre y cuando dejes las cosas ordenadas. Bueno, ordenadas… —Puso los ojos en blanco, repensando lo que acababa de decir—. Sea como sea, limítate a dejar las cosas como están, porque estoy intentando poner en orden todas las cuentas por si en algún momento me hacen una inspección.

—Es muy amable por tu parte. —Quise asegurarme de que contaba con su permiso; reprimí el pensamiento inequívoco de que hojear los papeles de un paciente vivo sin su propio consentimiento era un paso muy grave, aun cuando su ex mujer, no sin resentimiento, me autorizara a hacerlo. Sobre todo si ella me autorizaba. Pero Robert me había dicho que podía hablar con quien quisiera—. ¿Crees que habrá algo aquí que pueda ayudarme?

—Lo dudo —respondió Kate—. Tal vez por eso me siento tan generosa. Robert no tenía realmente papeles confidenciales; no escribía acerca de sus emociones, ni llevaba un diario ni nada parecido. A mí sí que me gusta escribir, pero él decía que, en realidad, no podía entender el mundo a través de las palabras; tenía que observarlo, extraer los colores y pintarlo. Aquí no he encontrado gran cosa, a excepción de su colosal desorganización.

Kate se rió, o resopló, como si le hubiera gustado el calificativo: *colosal*.

—Supongo que no es del todo cierto que no apuntaba las cosas: hacía notas para sí mismo, y listas, y las perdía entre el desorden. —Extraje un trozo de papel de una caja abierta—. «Cuerda para el paisaje» —leyó en voz alta—. «Cerradura puerta trasera, comprar alizarina y tabla, comprobar preguntando a Tony, jueves.» Aun así, siempre se olvidaba de todo. O a ver qué te parece esta nota: «Pensar en mi cuarenta aniversario». ¿Verdad que es increíble? ¿Que alguien tenga que recordarse a sí mismo que debe pensar en algo tan básico? Cuando veo toda esta basura, me alegro de no tener que tratar con la basura restante; me refiero a no tener que tratar más con él. Pero sírvete tú mismo. —Levantó la cabeza con una sonrisa—. Voy a preparar algo de comida para que podamos almorzar tranquilos antes de irme a recoger a los niños. Tenemos el día de mañana por delante también, claro.

Y salió de la habitación sin esperar a mi respuesta.

17

Marlow

Instantes después me senté en la silla del escritorio de Robert. Era una de esas sillas de oficina antiguas con el cuero agrietado e hileras de tachones de latón dorado, que giraba precariamente sobre las ruedas o se reclinaba demasiado, desafiando la estabilidad (supuse que sería heredada, de un abuelo o incluso de un bisabuelo). A continuación volví a levantarme y cerré suavemente la puerta. Pensé que a ella no le importaría; de hecho, me había dejado completamente a mis anchas. Me daba la impresión de que Kate Oliver era una persona de todo o nada. O me lo enseñaba y contaba todo concienzudamente, o mantenía su privacidad intacta, y se había decantado por lo primero. Me caía bien, muy bien.

Me incliné sobre el escritorio y saqué un montón de papeles de una de las casillas: extractos bancarios, recibos medio arrugados del agua, facturas de electricidad y algún papel de libreta en blanco. Me resultaba curioso que Kate le hubiera confiado al despistado de su marido los números de la casa, pero tal vez él hubiera insistido. Devolví la colección de papeles a su sitio. Algunos de los huecos no contenían nada, salvo polvo y clips sujetapapeles; ella ya se había ocupado de esas zonas. Me la imaginé sacando todo esto, clasificándolo con precisión y ordenadamente en algún lugar, despejando por fin el escritorio, sacándole brillo quizá. A lo mejor Kate me había dejado entrar aquí porque, en realidad, ya había retirado cualquier cosa de carácter personal; a lo mejor el suyo era un gesto huero, una hospitalidad falsa.

No había nada de interés en el resto de casillas, a excepción de un objeto reseco en el fondo de una de ellas, que resultó ser un viejo porro; reconocí el olor, al igual que uno reconoce los ingredientes de un postre de su infancia. Lo devolví cuidadosamente a su sitio. Los dos primeros cajones estaban llenos de bocetos (ejercicios convencionales de figuras, ninguna de ellas parecida a la dama con la que Robert solía llenar su habitación de Goldengrove) y catálogos viejos, sobre todo material artístico, y otros, de artículos para realizar deportes al aire libre, como si Robert hubiese también sido excursionista o ciclista. ¿Por qué mi insistencia en pensar en él en pasado? Quizá se recuperase y recorriese los montes Apalaches de punta a punta, y era mi deber ayudarle a intentarlo.

El último cajón fue más difícil de abrir. Estaba hasta los topes de blocs amarillos en los que, al parecer, Robert había tomado notas para las clases que impartía («bocetos previos, algunas frutas; bodegón al final de la clase, ¿dos horas?»). Deduje de estas notas que Robert se limitaba a perfilar someramente sus clases, y la mayoría de los papeles no estaban fechados. Su mera presencia debía de llenar el aula o el taller; por lo visto no planificaba gran cosa más. ¿Había sido un profesor con tanto talento que tenía todos los conocimientos en su cabeza y podía irlos soltando a voluntad de un modo ordenado? ¿O quizás enseñar a pintar significara para él simplemente pasearse por el aula evaluando el trabajo en curso de los alumnos? Yo mismo había asistido a cinco o seis talleres de ésos, aprovechando los huecos que me dejaba mi profesión, y me encantaron: la sensación de estar solo y, sin embargo, entre otros pintores, de que el profesor me dejara tranquilo la mayor parte del tiempo pero que también me observara, animándome en ocasiones, con lo que aún me concentraba con más ahínco.

Exploré el fondo del último cajón y me disponía a olvidarme de todos aquellos blocs de notas entremezclados con facturas viejas de teléfono cuando me llamó la atención una hoja escrita a mano. Era un papel blanco a rayas, arrugado como si lo hubieran estrujado y luego lo hubieran vuelto a alisar en parte y le habían arrancado un ángulo. Era el principio de una carta o del borrador de una carta, escrita con pulso firme y grandes bucles verticales; aquí y allí había tachada una palabra a la que sustituía otra. Yo conocía ya esa letra por el montón de notitas que tenía a mi alrededor: era de Robert, no cabía duda. Saqué el papel del cajón y procuré alisarlo encima del fieltro del escritorio.

Te he llevado conmigo en todo momento, musa mía, y he pensado en ti con asombrosa viveza, no sólo en lo bella que eres y lo grata que es tu compañía, sino también en tu risa, en tus más mínimos gestos.

La línea siguiente había sido eliminada con una brutal tachadura, y el resto de la página estaba en blanco. Agucé el oído por si oía ruidos procedentes de la cocina. A través de la puerta cerrada, pude oír que la ex mujer de Robert movía algo: un taburete arrastrado sobre el linóleo, quizá, la puerta de un armario al abrirlo y cerrarlo. Doblé el folio en tres y lo introduje en el bolsillo interior de mi chaqueta. Acto seguido me agaché y exploré el último cajón por última vez. Nada, o, por lo menos, nada más escrito con su letra, aunque había certificaciones de Hacienda que parecía que nadie las hubiera sacado de sus sobres.

Parecía una tontería, pero como la puerta estaba firmemente cerrada y todo apuntaba a que Kate seguía atareada en la cocina, me incliné y empecé a sacar los libros de Robert de los estantes y a palpar tras ellos. El polvo dejó surcos en mi mano. Di con una pelota de goma que debía de haber pertenecido a uno de los niños y que ahora estaba cubierta de pelusilla, filamentos de células humanas, recordé con algo así como un escalofrío. Fui dejando los tomos en el suelo en grupos de cuatro o cinco, de manera que si Kate abría la puerta sin previo aviso no encontraría gran cosa fuera de lugar y yo siempre podría decir que había estado examinando los libros.

Pero no había más papeles; no había nada detrás de los libros, y aparentemente nada (hojeé deprisa un par) metido en su interior. Durante unos instantes me visualicé a mí mismo desde el umbral de la puerta de la habitación: un interior de composición muy cuidada, a base de siluetas oscuras iluminadas por una única bombilla en el techo, de luz fuerte; era un interior discordante y sugestivo al estilo de Bonnard. Por primera vez reparé en que no había cuadros en las paredes del despacho de Robert, ni postales pegadas con celo, ni anuncios de exposiciones ni pequeños cuadros que no hubieran sido vendidos en las galerías. Tratándose del despacho de un artista, aquello resultaba extraño, pero quizá los hubiese reservado todos para su estudio.

Entonces, volviéndome a inclinar sobre los estantes de libros, vi que, en efecto, había algo en una pared; no un cuadro de ningún tipo, sino unos números garabateados a lápiz y unas cuantas palabras junto a los estantes, de modo que el apunte no habría podido verse desde la puerta. Pensé por un momento que quizá serían las estaturas y edades de los hijos de Robert, las fechas en que habían alcanzado una altura determinada, pero estaba muy abajo incluso para un niño pequeño. Me acuclillé junto a los libros, con un ejemplar de *Seurat and the Parisians* en mi mano. Estaban a lápiz, en efecto, probablemente un 5B o un 6B, oscuro y blando para un sombreado intenso. Agucé la vista para verlo. Ponía «1879». A continuación, dos palabras: «Étretat. Júbilo».

Lo leí un par de veces. Los números y letras de la pared se veían desproporcionados; Robert debía de haberse tumbado en el suelo para escribirlos, y aun así le habría costado hacerlo con pulcritud. El despacho era tan pequeño que, probablemente, sus largas piernas habrían estado encogidas tras él en posición fetal. ¿O había escrito otra persona ese borrón? Pensé que la *É* y la *J* serpenteantes y la longitud de la *l* eran parecidas a la letra de Oliver, la caligrafía suelta y firme de todas las notas recordatorias que había estado leyendo, de los cheques anulados. Extraje el borrador de la carta de mi bolsillo y lo puse al lado para compararlos. La *l* era, desde luego, igual, y la *t* minúscula, segura y nítida. ¿Por qué un hombre adulto, una torre de hombre, iba a echarse en el suelo a escribir algo en la pared de su despacho?

Devolví con cuidado la carta al escondite de mi bolsillo (tibia por el calor de mi cuerpo) y me puse a buscar un trozo de papel en blanco. Recordé los blocs de notas amarillos del última cajón y cogí un papel de uno de ellos, copiando al pie de la letra el mensaje de la pared. Me pareció que conocía esta palabra, «Étretat», pero de todas formas luego la consultaría.

Mi búsqueda de papel me había dado otra idea: acerqué más la papelera y examiné su contenido, mirando furtivamente hacia la puerta cada dos segundos. Me pregunté si la habría llenado Kate o el propio Robert; probablemente Kate, en el transcurso de su limpieza. Contenía más trozos de papel con la letra de Robert, así como una serie de garabatos que podrían haber sido estudios para un desnudo o bosquejos realizados a ratos libres, algunos de ellos partidos por la mitad; por fin, rastros del artista. Ninguna de las notas recordatorias de Oliver me sugería nada, especialmente porque tendían a constar como mucho de unas cuantas palabras y a menudo contenían cuestiones prácticas. Le di la vuelta a otra de ellas: «Llevar vino y cerveza mañana por la noche». No me atrevía a quedarme con ninguna; si me llenaba los bolsillos de la chaqueta, Kate oiría el crujido del papel, y más allá de esa posibilidad absolutamente real y humillante, yo mismo oiría el crujido y no sentiría más que vergüenza. Con un motivo de vergüenza bastaba; palpé la carta de mi chaqueta. «Te he llevado conmigo en todo momento, musa mía.» ¿Quién era la musa de Robert? ¿Kate? ¿La mujer de sus dibujos de Goldengrave? ¿Era «Mary» esa mujer? Podía ser, y tal vez Kate me hablase de ella si se lo preguntaba indirectamente.

Examiné el resto de libros por pequeños grupos, siempre pendiente de la puerta, pero sólo encontré papelitos en blanco para marcar una página favorita, o quizás un pasaje o una imagen para las clases de Robert. Uno de esos papelitos marcaba una reproducción a todo color de *Olympia*, el cuadro de Manet. Había visto el original en París años atrás. Al sacar el papel, Olympia alzó la vista hacia mí, desnuda y con una inexpresiva despreocupación. Detrás de los volúmenes de la hilera superior encontré un enorme calcetín blanco arrugado. No había más rincones donde buscar, a menos que levantara la mismísima moqueta. Escudriñé tras los estantes y el escritorio, eché otro vistazo a esa fecha de la pared. Una palabra francesa, *Étretat*, un lugar. Si el topónimo y la fecha estaban conectados, al menos en la mente de Robert, ¿qué había sucedido en la Francia de 1879? Traté de recordar, pero nunca había sabido gran cosa de la historia de Francia o la había olvidado nada más terminar la asignatura de civilización occidental del instituto. ¿No había sido cuando la Comuna de París, o eso era antes? ¿Exactamente cuándo había proyectado el barón Haussmann los amplios bulevares de París? En 1879, el Impresionismo todavía pervivía, si bien era profusamente criticado (todo eso lo sabía por museos a los que había ido y por la lectura de algún que otro libro), así que tal vez había sido un año de paz y prosperidad.

Abrí la puerta del despacho, contento de que Kate no hubiera abierto antes que yo desde el otro lado. La cocina era extrañamente luminosa en comparación con el despacho de Robert; había salido el sol, que hacía que en los árboles brillaran unas gotitas. Así pues, había llovido mientras yo examinaba los papeles de Robert. Kate estaba de cara a la encimera, removiendo la ensalada de un cuenco; llevaba puesto un delantal azul de cocina encima de su blusa y sus tejanos, y tenía el rostro sonrojado. La vajilla era de color amarillo claro.

—Espero que te guste el salmón —comentó, como retándome a lo contrario.

—Sí —contesté con honestidad—. Me gusta mucho. Pero no hacía ninguna falta que te tomaras tantas molestias con la comida. Gracias.

—No es ninguna molestia. —Estaba poniendo rebanadas de pan en una cesta cubierta con una tela—. Últimamente cocino po-

cas veces para adultos y los niños no comen mucho, salvo maca-
rrones con queso y espinacas. Por suerte para mí la verdad es que
les gustan las espinacas. —Se giró y me sonrió, y me causó extrañeza; aquí estaba la ex mujer de mi paciente, una mujer a la que
había conocido tan sólo unas cuantas horas antes, una mujer a la
que apenas conocía y medio temía, preparándome la comida. Recibí su sonrisa afectuosa, espontánea, desde el otro lado de la cocina. Me entraron ganas de agachar la cabeza.

—Gracias —volví a decir.

—Puedes llevar estos platos a la mesa —me indicó, pasándo-
melos con sus delicadas manos.

30 de octubre de 1877

Mon cher oncle:

Le escribo esta mañana para expresarle lo mucho que agradecemos su presencia de anoche y la alegría que nos trajo. Gracias, también, por sus palabras de aliento sobre mis dibujos, que, de no ser por la insistencia de mi suegro y de Yves, habría preferido no enseñarle. Por las tardes estoy atareada en un nuevo cuadro, pero debería considerarlo como una obrita sin importancia. Me complace pensar que mi jeune fille *le gustara tanto; tal como le dije, mi sobrina posó para mí y parece un hada. Espero trasladar ese dibujo al lienzo, pero a principios de verano, para poder usar mi jardín de fondo; en esa época del año está magnífico, rebosante de rosas.*

    Un saludo afectuoso,

Béatrice de Clerval

18

Marlow

Tras la comida, que en general transcurrió en silencio (pero un silencio agradable, pensé), Kate me anunció que en breve tendría que irse a trabajar, y yo capté la indirecta y me marché, aunque solamente después de haber acordado que volveríamos a vernos a la mañana siguiente. Cerró la gran puerta principal a mis espaldas, pero cuando me giré desde el camino de entrada, ella seguía mirándome fijamente a través del cristal. Me sonrió y acto seguido agachó la cabeza como si lamentara haber sonreído, se despidió una vez con la mano y desapareció antes de que yo pudiera siquiera devolverle el saludo. El camino enladrillado brillaba por la lluvia, y regresé hacia el acceso de gravilla eligiendo con sumo cuidado dónde pisaba. Al subirme al coche me palpé el bolsillo del pecho para comprobar que la arrugada hoja de papel seguía ahí.

Desconocía el motivo, pero hacía tiempo que no me había sentido tan triste. Cuando mis pacientes me veían o cuando yo los veía a ellos, estaban rodeados por el entorno uniforme de mi despacho o las habitaciones intencionadamente alegres de Goldengrove. Ahora había hablado con una mujer que estaba sola, sola y quizá lo bastante desesperada como para tener todo el derecho del mundo a acudir a mi consulta en calidad de paciente, pero, en cambio, la había visto rodeada de su propia vida: del descomunal acebo próximo a la puerta principal, de los arriates con sus tulipanes en flor, de los muebles que su abuela le había dejado, del olor a salmón y eneldo de su cocina, de los restos de la vida de su marido como inequívoco trasfondo. Aun así, había sido capaz de sonreírme.

Regresé en mi coche por las calles primaverales de su vecindario, entre las zonas arboladas y las curiosas casas que vislumbré, recorriendo como a tientas el trayecto por el que había venido. Me imaginé a Kate poniéndose una chaqueta de lona, descolgando de un gancho las llaves de su coche y cerrando la puerta con llave al salir. Pensé en el aspecto que tendría al inclinarse sobre las camas de sus hijos para darles un beso de buenas noches, en su ágil cintura bajo su ropa azul. Los dos niños debían de ser rubios, como ella, o uno tendría el pelo claro y el otro la cabeza coronada con los tupidos bucles morenos de Robert; pero al pensar esto mi mente rebobinó. Seguramente Kate los besaba cada vez que volvía a verlos, incluso tras una breve ausencia. Estaba seguro. Me pregunté cómo podía Robert soportar estar separado de estas tres exquisitas criaturas que él mismo había creado. Pero ¿qué iba yo a saber? De hecho, quizá *no pudiese* soportarlo. O quizás hubiese olvidado lo maravillosas que llegaban a ser. Yo nunca había tenido esposa, ni un hijo ni dos, ni una casa antigua y grande con un salón luminoso. Vi mi propia mano al coger los platos de manos de Kate; unas manos que no llevaban anillos, sólo una delgada pulsera de oro en una muñeca. ¿Qué iba yo a saber?

En casa de los Hadley abrí de nuevo todas las ventanas, luego puse el fragmento de carta del despacho de Robert encima del buró, me tumbé en la fea cama individual y dormité. De hecho, en un momento dado me dormí durante varios minutos. En el centro de mi sueño estaba Robert Oliver, hablándome de su vida y su mujer, pero yo no podía oír una sola palabra y no paraba de pedirle que hablase con más claridad. Había algo más enterrado en ese sueño, un recuerdo: Étretat, el nombre de una ciudad costera de Francia (¿dónde estaba exactamente?), escenario de los famosos cuadros de acantilados que pintó Monet, con sus arcos icónicos, las aguas azules y verdes, las rocas verdes y moradas.

Finalmente, me levanté, cansado, y me puse una camisa vieja. Cogí el libro que estaba leyendo, una biografía de Newton, y bajé en coche a la ciudad para cenar algo. Encontré diversos restaurantes estupendos; en uno de ellos, que tenía diminutas luces blancas en todas las ventanas como si fuese Navidad, me tomé un plato de tortitas de patata con distintas guarniciones. La mujer que estaba sentada junto a la barra me sonrió y cruzó de nuevo sus preciosas piernas, y el hombre que minutos después se reunió con ella parecía un ejecutivo neoyorquino. Era una ciudad pequeña y extraña, pensé, que me gustó más aún a medida que el *pinot noir* iba haciéndome efecto.

Mientras deambulaba por las calles después de cenar, me pregunté si quizá me tropezaría con Kate, y de ser así qué le diría yo, cómo reaccionaría ella si nos encontráramos de sopetón tras la conversación de esta mañana; luego recordé que seguramente estaría en casa con sus hijos. Me vi a mí mismo conduciendo de nuevo hasta su vecindario para espiarla a través de los enormes ventanales. Estarían suavemente iluminados, mientras que los arbustos que rodeaban la casa ya estarían a oscuras y el tejado parecería flotar encima. En el interior, un estuche de piedras preciosas: Kate jugando con dos niños encantadores, su pelo resplandeciente bajo la lámpara. O la vería junto a la ventana de la cocina donde me había preparado el salmón; estaría lavando los platos después de haber acostado a los niños, deleitándose en el silencio. Me imaginé rápidamente una cosa detrás de otra: que Kate me oía entre los arbustos, que llamaba a la policía local, las esposas, las infructuosas explicaciones, su enfado, mi bochorno...

Me detuve para tranquilizarme un instante ante el escaparate de una tienda de moda llena de cestas y lo que me figuré que eran chales tejidos a mano. Ahí plantado, empecé a añorar mi casa; al fin y al cabo, ¿qué diablos hacía yo aquí? Me sentía solo en esta hermosa ciudad, aunque en casa estaba acostumbrado a estar solo. Las palabras escritas a lápiz que había visto en la pared de Robert seguían en mi mente. ¿Por qué había llenado su biblioteca de obras sobre los impresionistas? Me obligué a caminar un poco más, fingiendo que todavía no había dado la velada por concluida. Pronto me iría a casa (o, mejor dicho, a casa de los Hadley) y me tumbaría en la cama a leer la vida de Newton, quien seguramente había pertenecido a otro mundo, una época en la que no existía la psiquiatría moderna. Lo cual era una tragedia, por supuesto. Una época anterior a Monet, anterior a Picasso, anterior a los antibióticos, anterior a mi propia vida. Newton, que en paz descanse, sería una compañía más grata que estas calles de luz crepuscular, con sus edificios rehabilitados, sus mesas de cafetería, las parejas de jóvenes arrebujados en bufandas y cubiertos de pendientes que me adelantaban cogidos de la mano, envueltos en una nube de olor almizcleño. Mi juventud quedaba ya muy atrás, y no sabía cómo ni cuándo se había alejado de mí.

Al final de la manzana, las tiendas dieron paso a un aparcamiento y luego, cosa bastante sorprendente, a un club de aspecto festivo que resultó ser un bar de *topless*. Pese a la presencia de un gorila frente a la puerta, el lugar no tenía la apariencia sórdida de otros locales semejantes de Washington. Hacía muchas décadas que no estaba en ninguno, y en aquel entonces fui únicamente en una ocasión, cuando iba al instituto, pero había pasado en coche por delante de alguno que otro reparando, cuando menos, en su existencia. Vacilé unos instantes. El hombre apostado junto a la puerta iba elegantemente vestido, como un caballero, como si en esta ciudad incluso los números de estriptis fueran para gente bien. Se volvió a mí con una sonrisa amable, expectante y comprensiva, como la del asesor financiero de un banco. ¿Me estaba invitando a entrar? ¿Le iba a solicitar una hipoteca?

Me quedé plantado preguntándome si, en efecto, debería entrar, porque no se me ocurría una razón en contra. Además, recordé a la única modelo realmente hermosa de mis clases en la Art League School de mi pueblo natal: inalcanzable, su armónico desnudo delante del grupo, mirada ausente y probablemente pensando en los deberes que tenía de la universidad o su próxima cita con el dentista, los senos delicadamente erguidos, muy profesional, el leve temblor que era, si acaso, lo único que delataba su necesidad de moverse durante la larga, larguísima sesión de posado.

—No, gracias —le dije al tipo de la puerta, pero mi voz parecía amortiguada por la edad y la vergüenza. No me había invitado a entrar, no me había dado un folleto de ninguna clase, de modo que ¿por qué le había hablado? Encajé firmemente la biografía de Newton debajo del brazo y continué caminando, luego doblé la esquina para no tener que volver a pasar por delante de él y su alegre puerta. ¿Llevaría tiempo acostumbrado al espectáculo y a los sonidos del interior del local, de modo que para él no era una lata tener que sentarse fuera, en la oscuridad, ni le suponía problema alguno perdérselo todo? ¿Acabaría su mente divagando, aburrida incluso de algo que era presuntamente excitante?

En la tranquila casa de los Hadley, yací despierto durante horas en la cama individual pegada a la otra cama vacía, sintiendo y oyendo los abetos, las cicutas, los rododendros que arañaban la ventana entreabierta, la montaña verde que estaba fuera, en la noche, el florecer de una naturaleza que no parecía incluirme. ¿Y en qué momento —le preguntó mi cuerpo inquieto a mi febril cerebro— había accedido yo a que me excluyeran?

A la mañana siguiente, al llegar al porche de Kate, no sentí vergüenza sino una especie de familiaridad, un sosiego real, como si hubiera venido a ver a una vieja amiga o como si yo mismo fuese un viejo amigo que subía los escalones para llamar al timbre. Kate abrió al instante, y de nuevo fue como acceder al decorado de una obra de teatro, salvo que ahora ya había visto la obra una vez y sabía dónde estaban todos los elementos del atrezo. Hoy el sol lucía en todo su esplendor, filtrándose en la habitación. Tan sólo había dos cambios más: en primer lugar, un gran cuenco de agua con flores flotantes de color rosa y blanco, colocado con mimo en la mesa que había junto a las ventanas; y luego, la propia Kate, quien llevaba una blusa de algodón de color azafrán encima de sus tejanos, con las mismas joyas de turmalina. Ayer me había parecido que sus ojos eran azules; ahora eran de color turquesa, grandes y claros. Kate sonrió, pero fue una sonrisa tímida y de cortesía, que delataba un problema, y ese problema era yo, mi reiterada presencia en su casa, mi necesidad de hacerle más preguntas sobre el marido que ya no vivía allí.

Cuando hubo acabado de servir café para los dos, se sentó en el sofá de enfrente.

—Creo que deberíamos tratar de terminar hoy con esto —me dijo con suavidad, como si hubiera estado pensando en cómo decirlo sin herir mis sentimientos ni revelar los suyos.

—Sí, por supuesto —repuse para demostrarle que podía captar una indirecta al vuelo—. Por supuesto. No quisiera abusar de tu hospitalidad. Además, a ser posible, debería regresar a Washington mañana por la noche.

—Entonces ¿no pasarás por la facultad de Robert? —Kate sostuvo su taza sobre su perfecta y menuda rodilla, como para enseñarme cómo se hacía. Su tono era de una cortesía sin afectación. No sabía si hoy me proporcionaría menos información, y no más.

—¿Crees que debería? ¿Qué me encontraría allí?

—No lo sé —reconoció ella—. Estoy segura de que mucha de la gente que conocía a Robert sigue estando ahí, pero me resultaría incómodo ponerte en contacto con ellos. Y dudo que en la facultad él exteriorizara mucho su estado de ánimo. Pero sus mejores obras están allí. Deberían estar en un museo de los grandes; las habría vendido bien. No soy la única que considera que son las mejores, aunque en realidad a mí no me han gustado nunca.

—¿Por qué no?

—Juzga por ti mismo.

Permanecí sentado contemplando su elegante y menuda presencia, que ocupaba la habitación entera. Sentía la necesidad de saber cómo se había manifestado por vez primera la enfermedad de Robert, y nos estábamos quedando sin tiempo. Y necesitaba, o por lo menos quería, saber quién era su musa de cabellos oscuros.

—¿Quieres retomar tu relato de ayer? —le pregunté con la mayor delicadeza que pude. Si aquello no la conducía pronto a la información sobre el origen de los problemas de Robert y su posterior tratamiento, podría guiarla sutilmente hacia esos temas de mayor envergadura a medida que ella se fuera animadno. Asentí sin hablar, aunque Kate aún no había dicho nada más. Fuera, un cardenal rojo se posó al sol; y una rama se balanceó.

19

Kate

Nuestras vidas en Nueva York fueron transcurriendo sin interrupciones, en un suspiro. En cinco años vivimos en tres sitios distintos: primero en mi apartamento de Brooklyn durante una temporada, y después de eso en un estudio increíblemente pequeño de la Calle 72 oeste cerca de Broadway, un cuartito con otro cuartito más pequeño con una encimera de cocina plegable, y finalmente en el ático sofocante de un edificio del Village. Todos esos sitios me encantaban, sus lavanderías y tiendas de comestibles, y hasta su gente sin techo; todo, todo lo que me acabó resultando familiar en ellos.

Y, de repente, un día me desperté y pensé: «Quiero casarme. Quiero tener un bebé». Lo cierto es que fue casi tan sencillo como eso; una noche me fui a la cama siendo joven y libre, sin preocupaciones, indiferente a las vidas convencionales de otras personas, y a las seis de la mañana del día siguiente, cuando me levanté para ducharme y vestirme y acudir a mi puesto de trabajo de redactora, me había convertido en otra persona. O quizá se me ocurriera la idea al secarme el pelo o ponerme la falda: «Quiero casarme con Robert y llevar un anillo en el dedo y tener un bebé, y el bebé tendrá el pelo rizado como Robert y los pies y las manos pequeños como yo, y la vida será mejor que nunca». Era como si aquella visión me resultase de pronto tan real que lo único que tenía que hacer era dar ese último paso y hacerla realidad, y entonces sería completamente feliz. No se me pasó por la cabeza quedarme embarazada y tener un hijo fruto del amor libre (tal como mi madre podría haber dicho en tono medio jocoso) en Manhattan. Yo asociaba los hijos con el matrimonio, el matrimonio con el futuro a largo plazo, con unos niños que se criaran montando en triciclo y en jardines con césped; al fin y al cabo, eso era lo que había vivido en mi infancia. Quería ser como mi madre, que se agachaba para ponernos los calcetines y atar nuestros zapatitos de cordones de color burdeos. Quería incluso llevar los vestidos que se ponía ella de joven, que, para sentarte, te obligaban a doblar las piernas muy juntas y hacia un lado. Quería un árbol con un columpio en el jardín trasero.

Y del mismo modo que no se me habría ocurrido tener hijos sin lucir primero un anillo de boda, jamás se me pasó por la cabeza que podría criar a un hijo en la agobiante ciudad en la que había aprendido a amar. Me cuesta hablar de estas cosas, porque yo estaba totalmente convencida de que no quería otra cosa que aquella vida de Manhattan y pintar y reunirnos en una cafetería con nuestros amigos al salir del trabajo, y hablar de pintura y observar a Robert pintando a altas horas de la madrugada con sus calzoncillos azules de tela óxford en el estudio de un amigo mientras yo dibujaba sobre mi tabla de trabajo plegable; y luego levantarme por las mañanas entre bostezos para ir a trabajar, despertándome de camino hacia el metro bajo los árboles enclenques. Ésa era mi realidad y estas criaturillas de cabellos rizados que ni siquiera existían todavía, que ni siquiera tenían derecho a hacerme soñar despierta, me dijeron que lo dejara todo. Y, años más tarde, ellos, mis hijos (haberlos traído al mundo, pese a todo el sufrimiento, el miedo, pese a haber perdido a Robert, pese a la superpoblación de este mísero planeta y mis remordimientos por haber contribuido a la misma), son lo único que no he lamentado jamás.

Robert no quería renunciar a ninguna de las cosas de aquella vida que teníamos en Nueva York. Creo que cedió porque lo seduje, lo hizo aparentemente por mí. A los hombres también les encanta tener hijos, aunque digan que no sienten lo mismo que las mujeres. Creo que se sintió atraído por mi apasionamiento con todo el asunto. Él en realidad no quería vivir en una ciudad de provincias con mucho verde o un empleo en una universidad pequeña, pero supongo que también sabía que, tarde o temprano, la vida de posgraduados que llevábamos desembocaría en algo diferente. Las cosas ya le iban bien, exponía con un profesor de su mismo departamento, había vendido un montón de cuadros en el Village. Su madre, una viuda residente en Nueva Jersey que seguía tejiéndole suéteres y chalecos, y llamándolo Bob-*bí* con acento francés, había decidido que, después de todo, Robert sería un magnífico artista; de hecho, había empezado a enviarle parte de la herencia de su padre a fin de que pudiera invertirla en pintar.

Me parece que Robert se creía invencible, con una gran dosis de suerte del principiante. Tenía también el talento del principiante. Todos los que veían su obra parecían advertir su don, les gustase o no su tradicionalismo. Impartía una clase de nivel básico en la facultad en la que se había licenciado, y día tras día fue haciendo esos primeros cuadros que ahora forman parte de un puñado de colecciones; son maravillosos, de verdad, ¿sabes? Sigo creyendo que lo son.

Más o menos cuando yo propuse lo de tener un hijo, Robert estaba trabajando en lo que había dado en llamar, y no precisamente en broma, su serie de Degas: chicas que hacían ejercicios de calentamiento en la barra de la School of American Ballet, gráciles y eróticas pero no eróticas de verdad, estirando sus delgados brazos y piernas. Aquel invierno se pasó horas en el Museo Metropolitano de Arte, estudiando a las pequeñas bailarinas de Degas, porque quería que las suyas fueran iguales y, al mismo tiempo, diferentes. Cada uno de los lienzos de Robert contenía una o dos anomalías: un enorme pájaro que intentaba colarse por la ventana del estudio de ballet situada detrás de las bailarinas, o un ginkgo pegado a la pared que se reflejaba en los interminables espejos. Una galería del Soho vendió dos y le pidió más. Yo también pintaba, tres veces por semana después del trabajo, lloviera o hiciese sol; recuerdo mi disciplina de aquel entonces, la sensación de que quizá no era tan buena como Robert, pero mi obra se consolidaba semana a semana. Algunos sábados por la tarde nos llevábamos nuestros caballetes a Central Park y pintábamos juntos. Estábamos enamorados; los fines de semana hacíamos el amor dos veces al día. Entonces ¿por qué no me quedaba embarazada? Estoy segura de que a Robert también le entusiasmaba mi nueva forma de hacer el amor con él, puesto que siempre le dio muchísima importancia a ese aspecto de nuestras vidas y le fasscinaba la sensación de plantar entre los dos una semilla, de la floración inminente de nuestra conexión.

Nos casamos en una iglesia de la Calle 20. Yo quise recurrir a un juez de paz, pero en lugar de eso tuvimos una modesta boda católica para complacer a la madre de Robert. Mi propia madre vino desde Michigan con mis dos mejores amigas del instituto, y ella y la madre de Robert congeniaron y las dos viudas se sentaron juntas durante la surrealista celebración. La madre de Robert, que sólo tenía un hijo, ganaba otra hija con la boda. Me hizo un jersey como regalo para la ocasión, cosa que parece bastante tremenda, pero lo guardé como oro en paño durante años; era de color crema y con un ribeteado en el cuello que parecía de diente de león. Quise a la madre de Robert desde nuestro primer encuentro. Era una mujer alta, flaca y alegre, y yo le gusté por alguna razón que no logré discernir. Mi suegra estaba convencida de que las diez o doce palabras que yo sabía decir en su francés nativo podían servirme de trampolín para dominar el idioma si le ponía ganas. El padre de Robert, un directivo de planificación del Plan Marshall, la había sacado de un París de la posguerra que ella no parecía arrepentirse de haber abandonado. No había regresado jamás, y su vida entera había girado en torno al trabajo de enfermera para el que se había formado en los Estados Unidos y en torno a su hijo prodigio.

Me dio la impresión de que Robert no se alteraba por la ceremonia ni durante la misma, es decir, durante la boda en sí; sencillamente se alegraba de estar conmigo, no le dio importancia al hecho de ir trajeado, de llevar torcida sobre la pechera de su camisa la única corbata que tenía ni de que hubiera pintura debajo de sus uñas. Se había olvidado de ir a cortarse el pelo, cosa que yo había tenido especial interés en que hiciera antes de plantarnos delante de un cura católico y de mi madre, pero por lo menos no perdió el anillo. Al observarlo mientras pronunciábamos los extraños votos matrimoniales, tuve la sensación de que era el mismo de siempre, de que le hubiera dado igual estar conmigo y nuestros amigos en nuestro bar favorito, tomándose otra cerveza y debatiendo los problemas de la perspectiva. Y me sentí decepcionada. Yo había deseado tener a mi lado a un Robert cambiado, transformado siquiera por el hecho inaugural de esa nueva etapa de nuestras vidas.

Después de la ceremonia fuimos a un restaurante del centro del Village, donde nos reunimos con nuestros amigos; tenían todos un aspecto insólitamente aseado y algunas de las mujeres llevaban tacón alto. Mi hermano y mi hermana estaban también ahí, habían venido del oeste del país. Todo el mundo actuó con una pizca de formalidad, y nuestros amigos les dieron la mano a nuestras madres o incluso las besaron. En cuanto el vino corrió un poco, los compañeros de clase de Robert empezaron a hacer brindis obscenos que me inquietaron. Pero en lugar de escandalizarse, nuestras madres, sentadas la una al lado de la otra, con las mejillas sonrojadas, se rieron como adolescentes. No había visto tan feliz a mi madre desde hacía mucho tiempo. Entonces me sentí un poco mejor.

Robert no se molestó en buscar trabajo en ningún otro sitio hasta que se lo pedí durante varios meses; ahora yo quería que encontráramos esa ciudad acogedora con casas que quizás algún día podríamos permitirnos. En realidad, no llegó a buscar trabajo. Le ofrecieron un puesto en Greenhill a través de uno de sus profesores, porque casualmente pasó por el despacho de dicho profesor sin previo aviso para proponerle salir a comer y durante la comida resultó que el profesor se acordó de un empleo del que acababan de hablarle, para el cual podía recomendar a Robert: el profesor tenía un viejo amigo, escultor y ceramista, que daba clases en Greenhill. Era un lugar magnífico para un artista, le dijo a Robert durante la comida: Carolina del Norte estaba repleto de artistas que vivían una vida real y pura, que pintaban todo lo que querían, y el Greenhill College estaba vinculada con el célebre Black Mountain College porque al cerrar éste unos cuantos alumnos de Josef Albers habían fundado un departamento de arte en Greenhill; sería perfecto y Robert podría pintar. Pensándolo bien, quizá yo también podría, y el clima era bueno, y… en fin, el profesor en cuestión mandaría una carta recomendando a Robert.

De hecho, en la vida de Robert la mayoría de cosas buenas ocurren así, por casualidad, y normalmente tiene suerte. El agente de policía le perdona el exceso de velocidad y le reduce la multa de 120 a 25 dólares. Se retrasa entregando la solicitud para una beca y no sólo se la conceden, sino que le dan otra de más para material artístico. A la gente le encanta hacerle favores porque se le ve muy feliz incluso sin su ayuda, totalmente ajeno a sus propias necesidades y al deseo de la gente de ayudarle. Es algo que nunca he comprendido. Antes pensaba que Robert era un poco tramposo, que engañaba a la gente sin querer, pero ahora a veces creo que la vida simplemente compensa sus defectos.

Cuando nos mudamos a Greenhill yo estaba embarazada. Le señalé a Robert que todos mis grandes amores habían empezado con un vómito. De hecho, a duras penas podía pensar en otra cosa. Embalé todo lo que había en nuestro apartamento del Village y regalé un montón de cachivaches a los amigos que se quedaban (que se quedaban atrás, pensé compasivamente) en nuestra antigua vida de Nueva York. Robert había dicho que lo organizaría todo para que un grupo de amigos nos ayudara a cargar la furgoneta que habíamos alquilado, pero se olvidó, o ellos se olvidaron, y al final acabamos recurriendo a un par de jóvenes que encontramos en la calle para que nos lo bajaran todo desde nuestro apartamento sin ascensor. Yo misma me había ocupado de embalar, porque a última hora a él le surgieron un montón de cosas en su estudio de la facultad. Cuando el apartamento quedó vacío y tras haberlo limpiado para que el casero no se quedara con nuestro depósito, Robert llevó la furgoneta hasta su estudio y bajó cajas de material de pintura y brazadas de lienzos. Más tarde caí en la cuenta de que Robert no había embalado ni una sola prenda de su ropa, ni una olla o sartén; sólo aquellos artículos esenciales de su estudio. Lo acompañé para quedarme en la furgoneta y moverla en caso de que apareciera la policía o alguna agente de tráfico.

Allí sentada, con el sol de agosto cayendo a plomo sobre el volante, me acaricié la barriga, que ya estaba hinchada, no por el bebé del tamaño de un cacahuete que aparecía en los carteles del hospital, sino de comer y vomitar, de mi nueva dejadez y debilidad, mi falta de interés por controlarlo todo. Al deslizar mi mano sobre el vientre sentí que me embargaba un anhelo por la persona que crecía en mi interior y por la vida que estaba por llegar. Era un sentimiento que me resultaba desconocido, e incluso se lo oculté a Robert, más que nada porque no habría sido capaz de explicárselo. Cuando bajó con la última tanda de cajas cochambrosas y el último caballete, le lancé una mirada a través de la ventanilla de la furgoneta y lo vi alegre y rebosante de energía y una individualidad que nada tenía que ver conmigo. No estaba pensando en nada más que en recoger aquellos fragmentos de su antigua vida y embutirlos en la parte trasera del vehículo con nuestros deprimentes muebles. En aquel momento, más que nunca, empecé a sentir que me había equivocado, y fue como si mi hijo me hubiera susurrado: «¿Cuidará papá de nosotros?»

5 de noviembre de 1877

Mon cher oncle:

Le ruego que no malinterprete el hecho de que no le haya respondido antes; su hermano, su sobrino y dos de los criados (la mayor parte de la casa, en pocas palabras) pillaron un tremendo catarro, por lo que anduve muy atareada. Pero, en realidad, no es nada grave por lo que deba usted preocuparse; de lo contrario, le hubiera escrito mucho antes. Todos están mejorando, y su hermano ha reanudado sus saludables paseos por el Bois de Boulogne con su criado. Estoy segura de que Yves irá hoy con él, ya que Yves, como usted, está siempre pendiente de la salud de papá. Hace ya tiempo que terminamos el libro nuevo que usted nos mandó, y estoy leyendo a Thackeray, que también le leo a papá en voz alta. Ahora mismo no puedo contarle muchas novedades, ya que ando muy ocupada, pero pienso en usted con afecto.

Béatrice de Clerval

20

Kate

Paramos a comer a unos cuantos kilómetros al norte de Washington, en un área de descanso, y de paso estiramos las piernas. Empecé a tener calambres en los pies, de tanto pensar en ellas. El área de descanso tenía mesas de picnic y un robledal; Robert inspeccionó el suelo en busca de excrementos de perro y luego se tumbó y se puso a dormir. Había estado en su estudio hasta tarde, embalando cosas, y después despierto hasta tarde, al parecer dibujando algo y bebiendo coñac, lo que detecté por su olor cuando se desplomó entre las sábanas aún por embalar de nuestra cama. Debería conducir yo, pensé, por si él corría el riesgo de quedarse dormido al volante.

Estaba sumamente disgustada; al fin y al cabo, estaba embarazada, ¿y acaso él había colaborado en los preparativos, teniendo siquiera la decencia de dormir lo suficiente antes de un viaje largo y pesado? Me eché a su lado en la hierba sin tocarlo. A última hora del día yo estaría demasiado cansada para conducir, pero si Robert dormía ahora quizá pudiera sustituirme cuando yo desfalleciese. Llevaba puesta una camisa amarilla vieja con el botón del cuello desabrochado y el lado derecho de éste levantado; seguro que era una de sus adquisiciones en tiendas de segunda mano, una prenda cuya tela en su momento debió de ser magnífica y a la que ahora el desgaste había dado un tacto agradable y suave. Había un trozo de papel oculto en el bolsillo de su camisa, y ahí tumbada, sin nada más que hacer, pero no queriendo despertarlo, alargué con cuidado el brazo y lo saqué. Seguro que sería un dibujo; así fue. Lo desdoblé: estaba hecho al carbón, con gran destreza; era el boceto del rostro de una mujer.

Supe al instante que nunca la había visto antes. Conocía a las amigas que Robert había utilizado como modelos en el Village, y a las niñas bailarinas cuyos padres habían firmado autorizaciones para que Robert pudiera dibujarlas o pintarlas, y conocía las improvisaciones de su cerebro. Esta mujer era una desconocida para mí, pero Robert la entendía bien; eso saltaba a la vista ante el dibujo. La mujer me miraba como debía mirar a Robert: reconociéndolo, sus ojos luminosos, su aspecto serio y tierno. Podía sentir la mirada de artista de Robert sobre ella. El talento de él y el rostro de ella indistinguibles el uno del otro; y, sin embargo, era una mujer de carne y hueso, alguien con una nariz delicadamente perfilada, el mentón un poco demasiado cuadrado, el cabello oscuro, despeinado y rizado como el de Robert, la boca a punto de sonreír, pero la mirada intensa. Esos ojos fulguraban en el papel: eran grandes y brillantes y no intentaban ocultar absolutamente nada. Era el rostro de una mujer enamorada. Sentí que me aprisionaba en sus redes. Era una persona que tan pronto podía alargar una mano y tocarte la mejilla sin previo aviso como hablarte.

Yo siempre había estado segura de que Robert me adoraba, tanto por lo abstraído que estaba de su entorno como por una especie de responsabilidad innata en él. Al analizar este rostro, esbozado con amor, sentí celos, me sentí henchida de celos y al mismo tiempo pequeña, humillada por haberme empecinado en que Robert era mío. Era mi marido, mi compañero de piso, mi alma gemela, el padre del retoño que brotaba en mi confuso suelo, el amante que me había llevado a adorar su cuerpo sin timidez alguna después de mis años de relativa soledad, la persona por la que había renunciado a mi antiguo yo. ¿Quién era aquella intrusa? ¿La había conocido en la facultad? ¿Era una de sus alumnas o una joven colega? ¿O simplemente la había copiado de algún otro dibujo, de una obra de alguien más? En realidad, no era un rostro joven, sino el de alguien que demostraba que la edad no era un problema con una belleza tan rotunda como la suya. ¿En serio era mayor que Robert, quien a su vez era mayor que yo? ¿Se trataría quizá de una modelo con la que había tenido alguna afinidad especial, pero a la que nunca había tocado, por lo que si yo lo acusaba de haberlo hecho no haría más que humillarme? ¿O la había tocado, además de dibujarla, pensando que yo no lo entendería, porque era menos artista que él?

Sintiendo una punzada de rabia, caí entonces en la cuenta de que llevaba tres meses sin coger un pincel ni un lápiz, desde que me había quedado embarazada y había empezado a embalar y limpiar nuestras vidas físicas y materiales. No lo había echado de menos, lo cual era peor. Mis últimos meses de trabajo habían sido frenéticos, y mi vida doméstica había estado programada y repleta de obligaciones hasta la extenuación. ¿Se había dedicado Robert a dibujar a esta belleza mientras yo me ocupaba de organizarlo todo? ¿Cuándo y dónde la había conocido? Me quedé sentada en la hierba cuidadosamente segada del área de descanso, notando ramitas y hormigas a través de mi fino vestido, la relajante sombra de los robles sobre mi cabeza y mis hombros, y me pregunté una y otra vez qué debía hacer.

Finalmente, obtuve la respuesta. No quería hacer nada. Si le daba las suficientes vueltas, quizá sería capaz de convencerme a mí misma de que ella era fruto de la imaginación de Robert, puesto que ocasionalmente también dibujaba cosas imaginadas. Si sonsacaba a Robert, me volvería menos deseable a sus ojos. Me convertiría en la esposa preñada, pesada y paranoica, sobre todo si esa mujer no significaba nada para él, o quizás averiguara algo de lo que no quería enterarme, de lo que no quería enterarme, y punto; no deseaba echar a perder nuestras nuevas vidas.

Si esa mujer estaba en Nueva York, ya nos habíamos alejado de ella, y si por alguna razón Robert regresaba allí, yo iría con él. Volví a doblar el adorable rostro y lo metí de nuevo en el bolsillo de Robert. Dormía tan profundamente que podías zarandearlo o hablarle durante minutos enteros sin resultado alguno, así que no temí despertarlo.

La llegada a Carolina del Norte al día siguiente fue espectacular; yo iba al volante y chillé de felicidad, luego me incliné y desperté a Robert. Entramos por la parte norte de Greenhill, tras recorrer un largo desfiladero entre las montañas Blue Ridge, y nos dirigimos al este por una autopista más estrecha hacia Greenhill College. De hecho, la universidad está en un pueblo llamado Shady Creek, en la sierra de los Craggies. Tiempo atrás, en unas vacaciones, Robert había recorrido la región con sus padres, pero recordaba pocas cosas, y yo nunca había estado tan al sur. Dijo que quería conducir durante el resto del trayecto e intercambiamos los sitios. Era poco más de mediodía cuando nos incorporamos a una carretera secundaria y el paisaje parecía dormido bajo el sol, con sus viejas y grandes casas de labranza, y valles de prados ribereños salpicados de árboles, montañas envueltas en la niebla hasta donde alcanzaba la vista y el repentino estruendo del lecho de un río flanqueado por rododendros. En el interior de la furgoneta hacía un calor sofocante pero ahora el aire que entraba era fresco, como si hubiera salido de una cueva o una nevera; nos sacudió el rostro y nos acarició las manos.

Robert aminoró en una curva, se asomó a su ventanilla y señaló un letrero de madera tallada: «GREENHILL COLLEGE, FUNDADO COMO GRANJA ESCUELA EN 1889». Tomé una fotografía con la cámara que mi madre me había regalado antes de mudarme a Nueva York. El letrero estaba enmarcado con piedras grises sin labrar, y lo habían clavado en un prado de hierba y helechos detrás del cual había unos oscuros arbustos, y del que arrancaba un sendero que se adentraba en el bosque. Pensé que era como si hubiésemos sido invitados a un paraíso rústico; esperaba ver al pionero Daniel Boone o a alguien parecido saliendo del bosque con su escopeta y su perro. Me costaba creer que hubiéramos estado en Nueva York el día antes, o incluso que Nueva York existiera. Intenté visualizar a nuestros amigos volviendo a casa a pie después del trabajo o esperando en el asfixiante metro, el constante chirrido del tráfico, las voces en el aire. Todo eso había desaparecido. Robert se metió en el arcén, detuvo la furgoneta y nos bajamos sin hablar. Anduvo hasta el letrero tallado a mano con sus letras cuidadosamente pintadas (¿las habrían hecho estudiantes de bellas artes?). Le hice una foto apoyado en el letrero con los brazos cruzados frente al pecho en actitud triunfal, como si ya fuera un lugareño. La furgoneta tenía el motor al ralentí y echaba humo.

—Aún estamos a tiempo de dar media vuelta y regresar —dije con picardía para hacerle reír.

Él se rió:

—¿A Manhattan? ¿Me tomas el pelo?

15 de noviembre de 1877

Cher oncle et ami:

¡Por favor, no crea que porque no le he escrito me he olvidado de usted! Sus cartas son muy afectuosas y nos llenan a todos de júbilo, y guardo como oro en paño las que me ha mandado usted; sí, estoy bastante bien. Yves pasará dos semanas en Provenza, lo que implica numerosos preparativos en casa. El ministerio lo ha mandado a diseñar un proyecto para la oficina de correos de la que se hará cargo a partir del año que viene. Papá está tremendamente inquieto por la partida de Yves y dice que tenemos que encontrar la manera de conseguir que el Gobierno dispense de tan largos viajes a quienes tienen padres invidentes. Nos dice que Yves es su bastón y yo soy sus ojos. Supondrá usted que eso constituye una carga, pero le ruego que no lo crea ni por un momento; sé muy bien que ninguna joven ha tenido jamás un suegro mejor que el mío. Temo que desfallezca sin Yves, incluso durante este plazo relativamente corto, y no me atrevo a irme a visitar a mi hermana mientras Yves esté fuera. Tal vez venga usted alguna noche a animarnos; de hecho, papá insistirá en ello, ¡estoy segura! Mientras, gracias también por los pinceles que me envió usted en su paquete. Son los mejores que he visto y a Yves le complace pensar que tendré algo que estrenar en su ausencia. Mi retrato de la pequeña Anne está acabado, al igual que dos escenas de jardín que plasman la

*proximidad del invierno, pero no logro empezar nada nuevo.
Sus pinceles serán mi inspiración. El estilo de paisajismo moderno y natural me gusta enormemente, más que a usted quizá, y procuro seguirlo, aunque, como es lógico, en esta época
del año no puede hacerse gran cosa.*

Hasta que volvamos a vernos, reciba un cariñoso abrazo,

Béatrice de Clerval

21

Marlow

Kate había dejado su taza de café, con su guirnalda de zarzamoras, en una mesa sobre la que apoyaba el codo. Hizo un leve gesto, como pidiéndome que le permitiera una pausa. Yo asentí y al punto me recliné; me pareció como si se le estuvieran anegando los ojos en lágrimas.

—Hagamos un descanso —comentó, aunque a mí me dio la impresión de que ya lo estábamos haciendo. ¡Ojalá estuviera dispuesta a continuar!—. ¿Te gustaría ver el estudio de Robert?

—¿Trabajaba mucho en casa? —Traté de no aceptar con excesivo entusiasmo.

—Bueno, en casa y en la facultad —me contestó—. Sobre todo en la facultad, por supuesto.

En el piso de arriba, el distribuidor central hacía las veces de pequeña biblioteca, con una moqueta descolorida y ventanas con vistas al extenso césped. Había más novelas, libros de relatos, enciclopedias. En un rincón había una mesa equipada con material de dibujo, lápices dentro de un bote, un cuaderno grande abierto: al parecer, alguien había bosquejado unas ventanas. ¿Vería, por fin, a Robert? Pero ella me observó.

—Es mi rincón de trabajo —dijo escuetamente.

—Debes de ser una gran lectora —aventuré.

—Sí. Robert siempre pensó que pasaba demasiado tiempo leyendo. Y muchos de estos libros pertenecieron a mis padres.

De modo que los libros eran de ella, no de él. Me fijé en que se podía acceder a varias habitaciones, algunas de las cuales tenían las puertas cerradas, mientras que otras las tenían abiertas de modo que se veían unas camas impecablemente hechas. En una de las habitaciones (al fin) vi los juguetes de los niños, felizmente esparcidos por el suelo. Kate abrió una puerta cerrada y me dejó entrar.

Aquí, el aroma de aguarrás aún flotaba en el aire, así como el olor a óleo; me desconcertaba que un ama de casa tan meticulosa como parecía ser Kate (más ordenada aún que mi madre) pudiera haber tolerado aquel olor en la planta superior de la casa. De hecho, es posible que le resultara agradable, como a mí. Entramos sin hablar; la habitación me produjo en el acto una sensación fúnebre. El artista que había trabajado aquí tan sólo por un breve tiempo no estaba muerto, pero ahora yacía lejos, en una cama, mirando fijamente al techo de un centro psiquiátrico. Kate se acercó a los ventanales, abrió unos postigos y la luz del sol entró a raudales. Probablemente Robert eligió esta habitación por la luz. El sol cayó sobre las paredes, sobre lienzos amontonados al fondo en una esquina, sobre una larga mesa y unos botes llenos de pinceles. Y cayó sobre un bonito caballete regulable que aún tenía un cuadro, prácticamente acabado, un lienzo que me electrizó los sentidos.

Además, las paredes estaban cubiertas con reproducciones de cuadros, en su mayoría postales de museos y de todas las épocas del arte occidental. Vi un montón de obras que conocía y muchas que no. No había un milímetro del espacio donde no resaltaran rostros, prados, vestidos, montañas, cisnes, montículos de heno, frutas, barcos, perros, manos, senos, ocas, floreros, casas, faisanes muertos, vírgenes, ventanas, sombreros, árboles, caballos, carreteras, santos, molinos de viento, soldados, niños… Dominaban los pintores impresionistas; pude identificar fácilmente un montón de obras de Renoir, Degas, Monet, Morisot, Sisley y Pissarro, si bien había otras reproducciones de obras claramente impresionistas que yo no conocía.

A juzgar por el aspecto de la habitación, su ocupante la había abandonado de improviso: sobre la mesa descansaban un montón de pinceles endurecidos por la pintura (pinceles buenos que se habían echado a perder) y un trapo manchado. Robert, mi paciente, ni siquiera había acabado de recoger y ahora se encontraba internado en un centro psiquiátrico. Su ex mujer estaba en medio de la habitación, el sol acariciaba sus cabellos de color duna de arena. Kate resplandecía a la luz del sol; resplandecía de belleza, con una lozanía que empezaba a menguar, y de rabia, pensé.

Sin dejar de mirarla, me acerqué al caballete. La mujer a la que Robert solía pintar miraba con fijeza desde el lienzo, la mujer de rizos oscuros, labios rojos y ojos brillantes. Llevaba una túnica que podría haber sido un vestido de noche pasado de moda o una capa, una prenda fruncida, de color azul celeste, apenas sujeta por su mano blanca. Era un retrato vívido y romántico, sumamente sensual, al que, de hecho, un erotismo abierto salvaba del sentimentalismo; la curva del seno de la mujer quedaba completamente aprisionada bajo su antebrazo, que se alzaba para arrebujarse con el manto. Para mi asombro, la mano que sujetaba la túnica sostenía también un pincel, cuya punta estaba manchada de cobalto, como si a ella la hubieran sorprendido mientras pintaba un lienzo. Daba la impresión de que el fondo era una ventana soleada, una ventana con marco de piedra y cristales en forma de rombo que a lo lejos llenaban aguas azul pizarra y nubes de mar. El resto del fondo de la habitación en la que se encontraba la mujer estaba inacabado, cada vez más abocetado hasta llegar al ángulo superior derecho, que estaba en blanco.

El rostro ya me resultaba conocido, al igual que los cabellos oscuros, maravillosamente rizados y vivos, pero dos aspectos diferenciaban este retrato de las imágenes que Robert pintaba constantemente en su habitación de Goldengrove. Uno era el estilo de la obra, el manejo del pincel, el mayor realismo; en este retrato Robert había renunciado a sus ocasionales pinceladas desiguales, su versión moderna del Impresionismo. Era sumamente realista, en algunos puntos casi fotográfico: la textura de la piel de la mujer, por ejemplo, tenía la tersura del gótico tardío, con su preocupación por las superficies lisas. De hecho, me recordó a los prerrafaelitas y sus minuciosos retratos de mujeres; tenía asimismo un aire mitológico, con la túnica suelta y la estatura y esplendor propios de una mujer ancha de espaldas. Unos cuantos rizos negros y delicados se habían escapado, rozándole mejilla y cuello. Me pregunté si realmente habría pintado el cuadro a partir de una fotografía; pero ¿era Robert la clase de pintor que emplearía fotografías?

La otra cosa que me sorprendió (no, en realidad me sobrecogió) fue la expresión de la retratada. En la mayoría de los bocetos del hospital, la mujer de Robert aparecía seria, incluso sombría, cuando menos pensativa; algunas veces, tal como he comentado, enfadada. Aquí, en un lienzo que, al parecer, permanecía la mayor parte del tiempo a oscuras con las persianas cerradas, se estaba riendo. Nunca antes la había visto reírse. A pesar de ir medio desnuda, su risa no era descarada sino un regocijo alegre e inteligente, un chispeante amor a la vida, un movimiento natural de su adorable boca, unos dientes que se vislumbraban, los ojos centelleantes. En el lienzo estaba completa e increíblemente viva; parecía que se dispusiera a moverse. Era verla y desear alargar la mano para tocar su piel viviente; sí, anhelar que se acercara y oír su risa al oído de uno. La luz del sol caía a raudales sobre toda ella. Lo confieso: la deseé. Era una obra maestra, uno de los retratos contemporáneos más prodigiosamente concebidos y ejecutados que jamás hubiera visto. Pese a estar inacabado, supe nada más verlo que le había llevado semanas o meses de trabajo. Meses.

Cuando me volví hacia Kate, percibí su indudable desdén.

—Veo que a ti también te gusta —me dijo, y percibí frialdad en su tono. Me pareció menuda y cansada, demacrada incluso, en comparación con la dama del lienzo—. ¿Crees que mi ex marido tiene talento?

—Sin lugar a dudas —contesté. Noté que yo mismo bajaba el tono de voz, como si él pudiese estar justo detrás de nosotros (recordé el menosprecio que tan a menudo había visto en su rostro cuando le hablaba de sus dibujos y cuadros). Tal vez esta pareja anteriormente casada estuviera ahora separada por su difícil historia en común, pero estaba claro que ambos sabían poner cara de amargo desdén. ¡A saber si alguna vez se habrían mirado con esa expresión! Kate clavó los ojos en la mujer llena de vida del caballete, que nos traspasaba radiante con la mirada. Tuve la súbita sensación de que la retratada buscaba a Robert Oliver, su creador, de que también ella lo veía a nuestras espaldas. Casi me di la vuelta para comprobarlo. Resultaba inquietante, por lo que no lamenté que Kate cerrara los postigos y la dama volviera a reírse en la oscuridad. Salimos y Kate cerró la puerta. ¿Cuándo tendría el valor de preguntarle por la identidad de la mujer del retrato? ¿Quién había sido la modelo? Había dejado escapar la oportunidad; me daba miedo preguntárselo y que ella enmudeciera totalmente.

—Has dejado su estudio tal cual —comenté con la mayor naturalidad posible.

—Sí —confesó ella—. Siempre pienso que tengo que hacer algo al respecto, pero supongo que no sé muy bien qué. No quiero limitarme a guardarlo o tirarlo todo. Cuando Robert se establezca en algún sitio, quizá meta estas cosas en cajas y se las envíe para que pueda montarse un estudio nuevo. Eso si algún día se establece en algún sitio. —Kate rehuyó mi mirada—. Los niños pronto tendrán que dormir en habitaciones separadas. O quizás acabe haciéndome un estudio; nunca lo he tenido. Siempre sacaba fuera el caballete, pero eso implicaba que sólo podía pintar cuando hacía buen tiempo, y luego tuvimos a los niños… —Hizo una pausa—. En ocasiones Robert me ofrecía un rincón de su estudio, o me decía que él podía pintar en la facultad y cederme el estudio, pero yo no quería un rincón ni tampoco, desde luego, que pasara en la facultad aún más tiempo.

Hubo algo en su tono que me hizo sentir que no debería preguntarle por qué no. De modo que la seguí en silencio mientras bajábamos por las escaleras. Enfundada en su blusa dorada, su espalda era pequeña y erguida, sus movimientos firmemente controlados, como si me retase a experimentar anhelo alguno o siquiera curiosidad, como si de pronto fuese a dirigir su hostilidad femenina contra mí si yo me atrevía a posar mis ojos en su cuerpo; así pues, miré hacia la ventana, hacia un haya que proyectaba sobre la escalera una luz rosácea. Kate me condujo hasta el salón y se sentó en su sofá con mirada resuelta. Entendí que quería continuar con nuestra labor, y me senté frente a ella, procurando centrarme de nuevo.

Mon cher oncle:

Anoche hicimos un poco de vida social, y lamenté que no pudiera venir a disfrutar de ella con nosotros; además de los amigos de siempre, Yves trajo a casa a Gilbert Thomas, un pintor de una familia excelente del que dicen que tiene talento (aunque el año pasado no encajó bien que lo rechazaran en el Salón). Monsieur Thomas tendrá unos diez años más que yo; quizás esté rozando los cuarenta. Es encantador e inteligente, pero en algunos momentos muestra una irascibilidad que no acaba de gustarme, especialmente cuando habla de otros pintores. Tuvo la amabilidad de pedirme ver mis obras, y creo que Yves pensó que él, como usted, podría ayudarme. Me dio la impresión de que se sorprendió de veras con mi retrato de la pequeña Marguerite, la nueva doncella de quien le hablé, de piel nívea y cabellos dorados, y confieso que sus elogios me halagaron mucho. Me dijo que, a juzgar por mi talento, me auguraba un gran futuro, y elogió el modo en que había pintado la figura. Me pareció agradable, si bien un poco engreído (no diré que pedante para que luego no me regañéis por mi esnobismo). Él y su hermano tienen la intención de abrir una gran galería de arte, y me atrevería a decir que le gustaría exponer las obras de usted. Le prometió a Yves que volvería y se traería a su hermano, en cuyo caso usted también tendría que venir.

También asistió a la fiesta un hombre encantador, un tal monsieur Dupré, otro artista, que trabaja para las gacetas ilustradas. Ha estado en Bulgaria, donde recientemente estalló una revolución. Le oí contar a Yves que conocía el trabajo de usted. Nos trajo algunos de sus grabados, que son muy minuciosos y muestran toda clase de escaramuzas y batallas, con caballería y uniformes magníficos; y a veces escenas más tranquilas con aldeanos vestidos con trajes regionales. Nos comentó que Bulgaria es un país montañoso, muy inseguro actualmente para los periodistas, pero lleno de paisajes sensacionales. Está haciendo una serie que ha titulado Les Balkans Illustrés. *De hecho, se ha casado con una búlgara de nombre musical, Yanka Georgieva, y la ha traído a París para que aprenda francés; estaba indispuesta y anoche no pudo venir, pero él me anotó su nombre. Me sorprendí a mí misma deseando poder ir a semejantes lugares y verlos por mí misma. Lo cierto es que últimamente estamos bastante aburridos porque Yves trabaja mucho, y me encantó organizar una cena en casa. Espero que usted también asista la próxima vez.*

Ahora debo irme, pero esperaré ansiosa toda misiva que tenga a bien escribirle a su devota

Béatrice de Clerval

22

Kate

Nuestro nuevo hogar era una gran casa de campo verde que nos proporcionó la universidad. Al empezar las clases, Robert pasaba fuera de casa más tiempo que nunca, y por la noches también pintaba en nuestra buhardilla. A mí no me gustaba subir por las emanaciones tóxicas, así que lo evitaba. Estaba pasando por una fase de constante preocupación por el bebé, quizá porque había empezado a notar que se retorcía y daba patadas; a «sentir la vida», me dijo la esposa de un profesor. Cada vez que dejaba de moverse, me convencía de que estaba enfermo o muy probablemente muerto. Ya no compraba plátanos en el supermercado al que iba en nuestro recién adquirido y destartalado coche de segunda mano, porque había leído que contenían algún producto químico horrible que podía causar defectos congénitos. En lugar de eso, de vez en cuando me iba a Greenhill con un gran cesto vacío que llenaba de fruta biológica y yogures que, en realidad, eran demasiado caros para nosotros. ¿Cómo íbamos a mandar a un hijo a la universidad, si ni siquiera podíamos pagar unas uvas saludables?

Para mí era todo una incógnita. Había vuelto a perder la esperanza de ser algo más que una madre terrible y espantosa, aburrida e impaciente y adicta al Valium. Lamenté que hubiéramos logrado concebir un hijo; lo lamenté sinceramente, pensando en el pobre bebé, al que no le quedaría más remedio que sacarnos todo el partido posible a mí y a su miserable destino de hijo de artista (¡Dios mío! Quizá su esperma hubiese mutado debido a todas las emanaciones tóxicas que inhalaba). Hasta entonces no había pensado en eso; me metí en nuestra cama con un libro y lloré. Necesitaba a

Robert, y cuando cenamos juntos le hablé de todos mis temores y él me abrazó, me besó e insistió en que no había nada de qué preocuparse, pero tras la cena se fue a una reunión del Departamento de Arte, porque estaban a punto de contratar a un nuevo especialista en artesanía local. Era como si nunca me cansara de él, cosa que a él tampoco parecía importarle.

En realidad, Robert empezó a subir cada vez más a su buhardilla cuando no estaba en clase, razón por la que probablemente estuve mucho tiempo sin enterarme de que apenas dormía. Una mañana me fijé en que no había bajado a desayunar, y supe que debía de haberse pasado la noche entera pintando, como en ocasiones le gustaba hacer, para acostarse al amanecer; no era raro que en esas ocasiones yo me despertara y me encontrara su lado de la cama vacío, porque al poco de mudarnos había subido un viejo sofá a su buhardilla. Ese día concreto hizo acto de presencia alrededor de las doce del mediodía, con el pelo del lado derecho de su cabeza tieso. Comimos juntos y se fue a impartir sus clases de la tarde.

Creo que recuerdo ese día sobre todo porque al cabo de unos días, una mañana, recibí una llamada del Departamento de Arte. Querían hablar con Robert para saber si se encontraba bien, porque sus alumnos habían informado de que había faltado dos veces seguidas a su clase matutina. Intenté recordar su horario de los últimos días pero no pude; yo misma estaba confusa por el cansancio, mi barriga era ahora tan grande que a duras penas podía inclinarme hacia delante para hacer nuestra cama. Dije que le preguntaría cuando lo viera, pero que en ese momento no estaba en casa.

Lo cierto era que yo había dormido hasta tarde, dando por sentado que él se había ido antes de que me despertara, aunque ahora empezaba a dudarlo. Me dirigí hasta el pie del corto tramo de escaleras que conducía a la buhardilla de Robert y abrí la puerta. La escalera se me antojó alta como el Everest, pero me recogí un poco el vestido y empecé a subir. Se me pasó por la cabeza que eso podría adelantarme el parto, pero, de ser así, ¿qué más daba? Ya había superado la fase de riesgo del embarazo o, mejor dicho, el bebé ya la había superado: la semana anterior la comadrona me había dicho con gran alegría que podía alumbrar al bebé «cuando quisiera». Me debatía entre el anhelo de verle la cara a nuestro hijo o hija y el deseo de posponer el inevitable día en que mi bebé me miraría a los ojos y sabría que yo no tenía ni idea de lo que estaba haciendo.

No había puerta en lo alto de la escalera y al subir como pude el último peldaño, alcancé a ver la buhardilla entera. Dos bombillas pendían del techo, y ambas se habían quedado encendidas. La luz agresiva de la mañana se colaba por la claraboya. Robert dormía en el sofá, con uno de sus brazos colgando sobre el suelo, mostrando el dorso de una mano grácil y barroca. Tenía el rostro enterrado en los cojines. Consulté mi reloj: eran las 11:35. Bueno, es probable que hubiera estado trabajando hasta el amanecer. Su caballete estaba de espaldas a mí y el olor a pintura era todavía intenso. Me entraron ganas de vomitar, como si de golpe hubiese retrocedido a los mareos del primer trimestre, y en lugar de hacerlo di media vuelta y bajé pesadamente la escalera. Le dejé una nota a Robert en la encimera de la cocina diciéndole que telefonease al departamento, comí algo y salí a pasear con mi amiga Bridgette. Ella también estaba embarazada, por segunda vez, aunque aún no estaba tan·enorme como yo, y habíamos acordado caminar por lo menos tres kilómetros al día.

Cuando llegué a casa, la prueba de que Robert había comido estaba encima de la mesa y la nota había desaparecido. Me llamó para decirme que se quedaría en la universidad hasta tarde para reunirse con unos alumnos y que quizá podríamos cenar allí. Fui hasta la cafetería de la facultad, pero Robert ni se presentó. Aquella noche, oí entre sueños el crujido de la escalera que subía a la buhardilla, y de nuevo la noche siguiente y la de después. Algunas veces, al darme la vuelta en la cama me lo encontraba a un palmo de mí; otras, yo me despertaba entrada la mañana y él no estaba. Esperaba la llegada del bebé y lo esperaba a él, aunque me preocupaba más el bebé. Al final, empezó a inquietarme la posibilidad de ponerme de parto a una hora en la que no pudiese localizar a Robert. Recé para que estuviese en la buhardilla pintando o durmiendo cuando empezaran los dolores, porque así podría llegar hasta el pie de la escalera y pegarle un grito.

Una tarde, a la vuelta de mi paseo, que me dejó la sensación de haber caminado treinta kilómetros, llamaron otra vez del departamento. Lamentaban tener que preguntar, pero ¿había visto yo a Robert? Les dije que lo encontraría. Al echar la cuenta me dio la impresión de que Robert llevaba días sin dormir, por lo menos en nuestra cama, y de que apenas si había estado en casa. Algunas veces había oído el crujido de los escalones por la noche y había dado por sentado que Robert estaba pintando con mucho brío, intentando quizás adelantar trabajo antes de la llegada del bebé. Subí una vez más y me lo encontré en la buhardilla acostado boca arriba, respirando lenta y profundamente, incluso roncando un poco. Eran las cuatro de la tarde y dudaba que aquel día se hubiera levantado. ¿Acaso no sabía que tenía clases que dar, una esposa y una barriga gigantesca que mantener? Sentí un destello de ira y me arrastré hacia el sofá para despertarlo zarandeándolo, pero paré en seco. El caballete estaba de cara a la gran claraboya, y yo acababa de verlo de refilón, al igual que los bocetos que cubrían el suelo.

La reconocí de inmediato, como si nos estuviéramos viendo en la calle tras haber perdido el contacto durante una temporada. Me sonreía, con las comisuras de la boca un tanto curvadas hacia abajo, sus ojos brillantes, una expresión que conocía del bosquejo que había extraído del bolsillo de Robert meses antes en el área de descanso. Era un retrato de medio cuerpo, vestido. Ahora pude ver que tenía un cuerpo precioso también: esbelto, fuerte, voluptuoso, un poquito más ancho de espaldas de lo que sería de esperar, con un cuello sinuoso. De cerca, detecté cierta indefinición en el cuadro, ciertas irregularidades en la superficie, aunque las formas eran reales y sólidas; era impresionista o rayaba en el Impresionismo. La mujer llevaba un vestido fruncido beis con rayas carmesíes que se curvaban sobre el pecho marcando los senos; era un atuendo de otra época, un disfraz de estudio, y sus cabellos estaban recogidos en lo alto con una cinta roja, pintada con mi alizarina carmesí favorita: sabía exactamente el tubo que había utilizado para esos detalles. Los bocetos del suelo eran estudios para este cuadro, y al instante entendí que era uno de los mejores que Robert había hecho nunca. Era elegante, pero estaba también lleno de acción contenida. Raras veces había visto una expresión humana captada de forma tan brillante. La mujer estaba a punto de moverse, de soltar una risita, de bajar sus ojos ante mi mirada fija.

Me volví hacia el sofá furiosa, aunque en aquel momento no sé si estaba enfadada con la mujer del cuadro, por el enorme talento que tenía Robert o porque se dedicara a dormir mientras le llamaban de un trabajo del que dependeríamos para futuros yogures y pañales. Lo zarandeé. Al hacerlo recordé que él me había dicho que nunca lo despertara bruscamente; que le daba miedo, decía, porque en cierta ocasión había oído una historia verídica de alguien que había perdido el juicio cuando lo habían despertado bruscamente de un sueño. Esta vez me dio igual. Lo sacudí con violencia, odiando sus grandes hombros, su inconsciencia, el mundo en el que dormía y soñaba y pintaba y admiraba a otras mujeres, de esbelto talle. ¿Por qué me había casado con una persona tan dejada y egoísta? Por primera vez se me pasó por la cabeza que todo esto era por mi culpa, por tener tan poco juicio.

Robert se removió y masculló:

—¿Qué?

—¿Cómo que qué? —repuse—. Son las cuatro de la tarde. Has faltado a tus clases de la mañana. Otra vez.

Me satisfizo verlo angustiado.

—¡Mierda! —exclamó, incorporándose con ostensible esfuerzo—. ¿Qué hora dices que es?

—Las cuatro —volví a espetar—. ¿Pretendes conservar tu puesto de trabajo o criaremos a este bebé en la más absoluta de las miserias? Tú verás.

—¡Venga, para ya! —Retiró lentamente las viejas mantas que cubrían su cuerpo, como si cada una pesara veinte kilos—. No es necesario que me hables en ese tono de autoridad.

—No te hablo con autoridad —le dije—. Pero el Departamento de Arte quizá lo haga cuando les devuelvas la llamada.

Robert me fulminó con la mirada mientras se rascaba la cabeza y el pelo, pero no dijo nada, y yo sentí que se me empezaba a hacer un nudo en la garganta. Puede que al final acabara sola, o quizá ya estuviera sola. Se levantó, se puso los zapatos y echó a andar escaleras abajo, mientras yo lo seguía con cautela, temerosa de resbalar, contrariada, desdichada. Quería estar lo más cerca posible de él, besarle el cogote rizado, apoyarme en su hombro para no tambalearme y caerme, recriminarle y rascarle la espalda con mis uñas. Durante unos instantes incluso experimenté un fugaz deseo físico largamente contenido, percibí cómo mis senos y mi sexo palpitaban. Pero él andaba bastante más rápido que yo y pude oírlo precipitándose hacia la cocina. Cuando llegué, él estaba al teléfono.

—Gracias, gracias —decía—. Sí, supongo que no es más que un virus sin importancia. Estoy seguro de que mañana me habré recuperado. Gracias, lo haré. —Colgó.

—¿Les has dicho que tienes gripe? —Mi intención había sido acercarme hasta él, rodearle el cuello con los brazos, disculparme por tener tan mal genio, prepararle un poco de sopa, empezar de nuevo; al fin y al cabo, Robert trabajaba de firme, pintaba mucho; por supuesto que estaba cansado. Sin embargo, la voz me salió rotunda y desagradable.

—Si piensas seguirme hablando así, lo que yo les haya dicho no es de tu incumbencia —replicó, y abrió la nevera.

—¿Estuviste pintando hasta tarde?

—¡Pues claro que estuve pintando hasta tarde! —Para mayor espanto, sacó un frasco de pepinillos en vinagre y una cerveza—. Soy pintor, ¿recuerdas?

—¿Qué se supone que significa eso? —Ahora, muy a mi pesar, me había cruzado de brazos. Tenía toda una repisa sobre la que apoyarlos.

—¿Qué significa? Significa lo que significa.

—¿Ser artista significa pintar siempre a la misma mujer?

Me había imaginado que él se giraría y me miraría ceñudo, que me diría fríamente que no tenía ni idea de lo que le estaba hablando, que pintaba lo que pintaba, lo que sea que sintiera la necesidad de pintar. Para mi creciente horror, en cambio, desvió la vista, con el semblante helado, y abrió su cerveza sin decir nada. Al parecer, se había olvidado de los pepinillos. No era ni mucho menos la primera vez que discutíamos en nuestros casi seis años juntos, o incluso en esa semana, pero sí la primera vez que él apartaba la vista.

No me había podido imaginar nada peor que su expresión de culpa, que el hecho de que rehuyese mi mirada, pero instantes después sucedió algo peor: levantó la vista aparentemente sin verme, sus ojos fijos en algún punto por detrás de mis hombros, y su rostro se suavizó. Tuve la horrible y progresiva sensación de que alguien había aparecido sigilosamente en la puerta a mis espaldas; de hecho, el vello de la nuca se me empezó a erizar. Me costó mucho no volverme mientras él miraba fijamente, con el rostro embobado y manso. De repente, tuve miedo de averiguar algo más. Si Robert se había enamorado de otra persona, pronto lo descubriría. Lo único que yo quería era acostarme, abrazarme la barriga con fuerza y descansar.

Salí de la cocina. Si él perdía su empleo por su propia irresponsabilidad, yo volvería a Ann Arbor a vivir con mi madre. Mi bebé sería niña, y las tres generaciones de mujeres haríamos piña y nos cuidaríamos mutuamente hasta que mi hija hubiese crecido y encontrara una vida mejor. Me fui a nuestra habitación y me tumbé en la cama, que chirrió bajo mi peso, y me tapé con el edredón. De mis ojos brotaron lágrimas de cansancio, que resbalaron por mis mejillas y enjugué con la manga.

Al cabo de unos cuantos minutos, oí que Robert se acercaba y cerré los ojos. Se sentó en el borde de la cama, haciendo que ésta se hundiera más.

—Lo siento —dijo—. No era mi intención ser cruel. El trimestre de clases y pintar por las noches me ha dejado realmente exhausto.

—Entonces ¿por qué no bajas el ritmo? —inquirí—. Ya no nos vemos nunca. De todos modos, me da la impresión de que te pasas la mayor parte del tiempo durmiendo en lugar de trabajar. —Le lancé una mirada furtiva. Su semblante volvía a parecer normal. Pensé que aquella expresión suya de antes eran imaginaciones mías.

—De noche, no —repuso él—. No puedo dormir por las noches. Es que entro en un estado de euforia, de gran euforia, y siento que necesito aprovecharlo al máximo. Estoy pensando en hacer una nueva serie, algo con muchos retratos, y tengo la sensación de que no puedo dormir hasta que haya avanzado un poco. Luego me encuentro muy cansado y tengo que dormir. Supongo que llevo tres noches sin pegar ojo.

—Podrías bajar el ritmo —insistí—. Tendrás que bajarlo igualmente cuando llegue el bebé. —«Cosa que podría pasar en cualquier momento», añadí para mis adentros, aunque era demasiado supersticiosa para decirlo en voz alta.

Robert me acarició el pelo.

—Sí —dijo, pero parecía abstraído y me dio la impresión de que su mente volvía a estar en otra parte. De pequeña, mientras jugaba con otros niños en el arenal del parque, algunas amigas de mi madre habían comentado entre risas, como si no tuviese importancia, que en ocasiones los maridos «perdían los papeles» antes del nacimiento de un bebé. «Pero cuando ven al bebé...», añadían, y luego todas asentían con la cabeza. Estaba claro que ver por primera vez a un bebé lo cambiaba todo. Quizás eso también cambiaría a Robert. Se volvería una persona diurna, pintaría a horas razonables, conservaría su empleo sin esfuerzos y se iría a dormir al mismo tiempo que yo. Daríamos paseos con el cochecito y por las noches acostaríamos juntos al bebé. Yo misma volvería a pintar, y podríamos establecer varios turnos, turnarnos en el cuidado del bebé y pintando; al fin y al cabo, quizá pudiéramos tener al bebé un tiempo en nuestra habitación y usar el otro cuarto para hacer mi estudio.

Pensé en cómo describirle esto a Robert, cómo pedírselo, pero estaba demasiado cansada para buscar las palabras. Además, si no salía de él hacer estas cosas conmigo y por mí, ¿qué clase de padre sería? Ya me preocupaba que pareciese no saber nunca si teníamos mucho o poco dinero (normalmente, poco) o cuándo había que pagar las facturas. Siempre me había ocupado yo de pagarlas, pasando la lengua por los sellos y pegándolos rectos en la esquina superior del sobre con una sensación de satisfacción, aun cuando supiera que cuando el destinatario recibiera el dinero nuestra cuenta estaría prácticamente en números rojos. Robert me dio un apretón en el hombro.

—Voy a acabar mi cuadro —anunció—. Creo que si me pongo ahora a pintar podré acabarlo para mañana.

—¿Es una alumna? —me obligué a preguntarle con dureza, por miedo a no ser luego capaz de hacerlo.

Robert no pareció sorprenderse. De hecho, ni tan siquiera dio la impresión de captar la pregunta; no manifestó indicios de culpabilidad.

—¿Quién?

—La mujer del cuadro de arriba. —Me obligué de nuevo a pronunciar las palabras, arrepentida ya. Deseé que no me contestara.

—¡Oh, no estoy usando una modelo! —replicó—. Únicamente trato de imaginármela. —Fue extraño: no le creí pero tampoco pensé que me estuviera mintiendo. Supe, con una sensación pavorosa, que a partir de ahora escudriñaría todos los rostros de las jóvenes del campus, todas las cabezas de rizos oscuros. Pero eso carecía de sentido. Él ya la había estado bosquejando antes de irnos de Nueva York, o por lo menos justo cuando nos fuimos. Estaba segura de que era la misma cara—. El vestido es lo que más me está costando plasmar —añadió al cabo de un momento. Frunció las cejas, se rascó la parte frontal del pelo y se frotó la nariz: lógico, estaba perplejo, absorto.

«¡Dios mío! —pensé—. Soy una paranoica estúpida. Este hombre es un artista, un verdadero artista, con su propia forma de ver las cosas. Hace lo que le apetece, lo que se le ocurre, y el resultado ha sido brillante. No significa que se esté acostando con una alumna o con una modelo de Nueva York. Ni siquiera ha vuelto por allí desde que nos mudamos. No significa que no vaya a ser un buen padre.»

Robert se levantó, inclinó su largo tronco para besarme y se detuvo junto a la puerta.

—¡Ah…, olvidaba decirte algo! El departamento me ha elegido a mí entre todo el profesorado para la exposición monográfica del año que viene. Ya sabes que va por turnos, pero no pensé que me dejarían participar tan pronto. El museo de la ciudad también participará. Y, además, me subirán el sueldo.

Me incorporé.

—Eso es maravilloso… No me lo habías dicho.

—Bueno, me enteré ayer. O tal vez anteayer. Quiero tener sin falta este cuadro acabado para la exposición, a lo mejor la serie entera.

Se fue y me quedé sonriendo, tapada hasta arriba con el edredón durante media hora. Quizás, al igual que Robert, me había ganado el derecho a una siesta.

Pero la siguiente vez que fui a buscarlo a la buhardilla, me sorprendió ver que había raspado el lienzo en su totalidad, paso previo a su limpieza para una nueva imagen; quizás el vestido a rayas rojas finalmente no le había resultado del todo. Casi tuve la sensación de que me había imaginado ese rostro por segunda vez, esa expresión llena de amor desconsolado hacia él.

Mon cher oncle et ami:

Fue usted muy amable viniendo ayer justo cuando empezaba a llover, lo cual siempre augura una velada deprimente. Fue fabuloso verle y oírle contar sus anécdotas. ¡Y hoy vuelve a llover! ¡Ojalá pudiese pintar la lluvia! ¿Cómo se hace? Monsieur Monet lo ha conseguido, sin duda. Y mi prima Mathilde, que adora todo lo japonés, tiene una serie de estampas en su salón que los artistas franceses tan sólo pueden soñar con emular; pero tal vez la lluvia sea más estimulante en Japón que en París. ¡Cómo me gustaría saber que toda la naturaleza está al alcance de mi pincel, igual que parece estarlo del de Monet, aunque la gente hable mal de él, de sus colegas y de los experimentos que llevan a cabo! Berthe Morisot, la amiga de Mathilde, expone con ellos, como quizá sepa, y ya es famosa (tal vez esté demasiado expuesta a las críticas del público; se necesita valor para eso). ¡Ojalá volviese a nevar! Este año la parte más hermosa del invierno tarda demasiado en llegar.

Por fortuna, esta mañana he recibido la carta que usted me ha enviado. Ha sido un detalle por su parte escribirnos tanto a mí como a papá. No merezco sus amables palabras acerca de mis progresos, pero contar con un estudio en la galería me ha sido muy útil: ahí paso las horas cuando papá duerme. Por otra parte, nos hemos enterado en el correo de esta mañana de que Yves tardará por lo menos dos semanas *en volver a la ciudad, lo cual nos ha entristecido a todos, en especial a papá. Debe de ser mejor no tener hijos, como nosotros, que únicamente uno, como mi suegro, cuando ese hijo único tan querido tiene que ausentarse de casa constantemente. Me da lástima papá, pero nos sentamos junto al fuego y leemos a nuestro Villon en voz alta y cogidos de la mano. La suya es ahora tan frágil que bien podría servir para un estudio sobre la ancianidad de Leonardo o algún escultor de la antigua Roma. ¡Qué maravilla que su gran lienzo progrese y que sus artículos lleguen a un público cada vez más amplio! Debo insistir en mi derecho a estar tan orgullosa de usted como cualquier pariente de sangre. Le ruego que acepte la enhorabuena de su sobrina, que le adora,*

Béatrice

23

Kate

Ingrid nació un 22 de febrero en la maternidad de Greenhill. Nada podrá ensombrecer jamás el momento en que comprendí que mi hija estaba sana y salva (de hecho, era maravillosa) ni el instante posterior en que descubrí su mano atenazando mi dedo. Además, el parto infernal no había acabado conmigo. Robert también la tocaba con la yema del dedo, que era casi tan grande como la nariz de Ingrid. Yo acabé llorando, y cuando miré a Robert me sentí tan rebosante de amor por él que tuve que apartar los ojos de su cara, que refulgía como un anillo dorado. Hasta entonces no había entendido lo que significa estar enamorada; me veía incapaz de decidir a cuál de estas dos personas, la diminuta o la altísima, amaba más. ¿Por qué no había reparado nunca en la divinidad de Robert, reproducida ahora en la diminuta cabeza que yacía sobre mi piel, en los ojos de color avellana que miraban con semejante incredulidad?

Le pusimos Ingrid por mi abuela de Filadelfia, fallecida tiempo atrás. Ingrid dormía razonablemente bien, y así continuó después de aquella primera noche. Robert e Ingrid dormían, y yo me quedaba tumbada observándolos o leyendo, o paseaba por la casa, o limpiaba el cuarto de baño o dormía con ellos. Robert parecía demasiado cansado para pintar hasta tarde; por las noches el bebé nos despertaba tres veces, lo cual no era nada raro, le aseguré yo, mientras que a Robert le parecía agotador. Le propuse que le diera el pecho él, y se rió somnoliento y me dijo que lo haría si pudiera, pero que creía que su leche no estaría buena aunque la tuviese:

—Demasiadas toxinas, con tanta pintura —alegó.

Sentí una punzada de irritación que podrían haber sido celos; ¿lo había dicho como jactándose de ello? En mi sangre no había pintura, únicamente alimentos saludables y las vitaminas posparto que seguía pensando que no podíamos permitirnos, pero que no quería negarle al bebé. Aquel sentimiento de amor que había experimentado en la sala de partos, casi de adoración hacia Robert, se había ido diluyendo día tras día, apagándose junto con el malestar que sentía en el estómago y los músculos de las piernas; y yo había asistido a su desaparición, consciente de la pérdida. Era como la traca final de un enamoramiento de la adolescencia, pero mucho más triste, y me dejó un vacío porque ahora sabía lo que había sido capaz de sentir, no a los quince años sino pasados los treinta, y se había esfumado del todo. Pero veía a Robert cogiendo al bebé en brazos, ahora ya con bastante habilidad, mientras comía con su otra mano, y los amaba a ambos; Ingrid apenas empezaba a girar la cabeza para levantar la vista hacia él, y sus ojos destilaban el mismo asombro que yo siempre había sentido ante ese hombre monumental de rostro anguloso y pelo rizado y tupido.

A Robert no le pedía que hiciera gran cosa en casa. Estaba dando clases durante la primera ronda de cursos de verano para ganar un poco de dinero extra, y yo se lo agradecía. Al cabo de un tiempo empezó otra vez a pintar hasta tarde en la buhardilla, y en ocasiones se quedaba a pasar la noche en el estudio de la facultad. Por lo visto ya no dormía durante el día, por lo menos no que yo supiera, pese a las horas que Ingrid nos mantenía despiertos por las noches. Me enseñó uno o dos lienzos pequeños, bodegones con ramas y piedras que había estado componiendo para los alumnos y probando él mismo, y yo sonreí y me abstuve de comentar que a mí me parecía que estaban muertos. Me recordaron el término sinónimo: *naturaleza muerta*. Unos cuantos años antes quizás habríamos debatido sobre los bodegones y yo lo habría aguijoneado, habría discutido con él porque le gustaba esa clase de atención, le habría dicho que sólo faltaba un faisán tieso para completar el lienzo. Ahora veía nuestro pan y nuestra mantequilla en los bodegones en lugar de simplemente la madera y las piedras, y me mordía la lengua. Ingrid necesitaba comida, preferiblemente zanahorias y espinacas orgánicas, y en el futuro quizá quisiera estudiar arte en un sitio exclusivo como Barnard College, y a mis dos únicos pijamas se les habían agujereado las rodillas la semana antes.

Una mañana de junio, después de que Robert se marchase a sus clases, decidí ir al pueblo para unos cuantos recados innecesarios, más que nada para variar, en vez de mis rutinarios paseos con el cochecito alrededor del campus. Preparé a Ingrid y la dejé jugando en su cuna unos minutos mientras yo cogía el jersey, las llaves del coche y el bolso. Mis llaves no estaban colgadas en el gancho que había junto a la puerta trasera y supe al instante que Robert debía de haberlas cogido mientras yo acababa de desayunar. De vez en cuando, si veía que llegaba muy tarde, se iba en coche a la universidad, y era raro que supiera dónde estaban sus propias llaves. Sentí que ardía de indignación.

Como último recurso, subí la escalera de la buhardilla para ver si las llaves de Robert estaban quizás en el montón de objetos personales de su mesa, que a menudo era un bodegón de papeles arrugados, bolígrafos, servilletas de cafetería, tarjetas telefónicas e incluso dinero. Tan abstraída estaba buscando que al principio no comprendí lo que tenía ante mis ojos; estaba aún mirando hacia la mesa desordenada, con la esperanza de encontrar mis llaves y poder salir, cuando en la tenue penumbra reparé en el espectáculo. Entonces tiré de la cadenita de la luz, lentamente. Caí en la cuenta de que hacía un par de meses que no subía, quizás incluso los cuatro meses que habían pasado desde el nacimiento de Ingrid. Como ya he mencionado, era una casa antigua, rústica. La parte interna del tejado estaba sin terminar, las vigas y tablillas del tejado quedaban a la vista; la extensión de la buhardilla se correspondía con el ancho de la casa y los días calurosos, que afortunadamente eran pocos en la montaña, aquello parecía un infierno. Miré con desesperación hacia la mesa donde yacía el montón de cachivaches con los que estaba familiarizada, luego miré de nuevo en derredor.

No sabría realmente describir mi primera impresión, sólo diré que no pude contener un chillido, porque vi ante mí a la misma mujer por doquier, distintas versiones y partes de su cuerpo que cubrían todas las superficies de la buhardilla; estaba diseccionada, cortada en pedazos, aunque sin sangre. Su rostro lo conocía ya, y lo vi cientos de veces repartido por la habitación, sonriente, serio, pintado en diferentes tamaños y diferentes estados de ánimo. A veces aparecía con el pelo recogido en lo alto de la cabeza, otras con una cinta roja atada al pelo, o un sombrero o gorro oscuros, o un vestido escotado, o el pelo suelto y los senos desnudos, lo cual me dejó aún más atónita. A veces era un dibujo de una sola mano con pequeños anillos de oro en ella, o de un zapato de época abotonado hasta arriba o incluso un simple estudio de un único dedo, un pie desnudo o, para mi horror, los pliegues de un pezón meticulosamente delineados, una curva de la espalda o el hombro o una nalga desnuda, una sombra de vello oscura entre los muslos abiertos; y también (más sorprendente todavía por el contraste) un guante perfectamente abrochado, el sombrío cuerpo negro de un vestido, una mano que sostenía un abanico o un ramillete de flores, un cuerpo envuelto en una capa, misterioso, y después de nuevo de su rostro, ladeado en una posición de tres cuartos, de frente, con los ojos oscuros, afligidos.

La madera sobre la que Robert había pintado estaba pulida con lija (la buhardilla no estaba terminada del todo, pero tampoco estaba a medio hacer), con lo que había podido incluir sutiles detalles. Había cubierto el fondo de este *collage* con un suave azul grisáceo y había pintado cenefas de flores primaverales, de un realismo menos descarnado que el conjunto de imágenes esparcidas de aquella mujer, pero flores deliciosamente reconocibles (rosas, flores de manzano, glicinas) que, de hecho, eran las que teníamos en los jardines de la universidad y que tanto nos gustaban a Robert y a mí. Las vigas estaban adornadas con largas cintas rojas y azules enrolladas, un trampantojo que me recordó los papeles pintados de las casas victorianas.

Las dos paredes más bajas se habían consagrado a los paisajes, pintados con la suficiente libertad como para que constituyesen un homenaje al Impresionismo, en cada uno de los cuales aparecía la misma dama. Uno mostraba una playa con abruptos acantilados que se erguían en el lado izquierdo. La dama estaba sola, a lo lejos, contemplando el mar. Llevaba una sombrilla apoyada en el hombro y un sombrero azul cubierto de flores en la cabeza, y aun así tenía que ponerse la mano sobre los ojos formando visera porque el reflejo del sol en el agua era deslumbrante. El otro paisaje era un prado salpicado de manchas de color que debían de ser flores de verano, y ella estaba medio recostada encima de la alta hierba leyendo un libro, con la sombrilla levantada sobre ella, mientras que el resplandor de su vestido rosa estampado se reflejaba en su bello rostro. Esta vez, para mi sorpresa, había una criatura a su lado, que parecía una niña de tres o cuatro años, que cogía flores, y me pregunté al punto si esta variación la había inspirado la presencia de Ingrid en nuestras vidas. Se me enterneció ligeramente el corazón.

Me senté en la chirriante silla del escritorio de Robert. De pronto me di cuenta —sobre todo al contemplar a la niña pequeña en el prado, con su vestido y su sombrero y su nube de oscuro pelo rizado— de que no debía dejar a Ingrid abajo despierta y sola en su cuna mucho más tiempo. Todavía quedaba una esquina del techo abuhardillado que Robert no había pintado aún. El resto estaba lleno, repleto, rebosante de color y belleza, desbordante con la presencia de esa mujer. En los lienzos parcialmente acabados que había en los caballetes de Robert también aparecía ella: en uno estaba sentada, envuelta en una tela oscura que él había pintado tan sólo a medias (una capa, un chal), su rostro sombreado, sus ojos llenos de... ¿qué? ¿Amor? ¿Temor? Me estaba mirando con fijeza y yo desvié la vista. El otro lienzo era aún más aterrador. Mostraba su cara junto a otra, la de una mujer muerta que descansaba inerte contra su hombro. La mujer muerta tenía el pelo canoso, un disfraz de estudio similar a los otros y una herida roja en mitad de la frente: un orificio oscuro, profundo, pequeño, en cierto modo más dantesco de lo que podría haber sido cualquier herida ensangrentada. Ésa fue la primera vez que vi aquella imagen.

Permanecí sentada durante otro largo minuto. La buhardilla pintada, los lienzos... Sabía que eran las mejores obras salidas del pincel de Robert con las que me había encontrado jamás. Era sobresaliente, precisa, pero el efecto era también de una pasión desbordante, un intento de contención. Le habría llevado días, noches, semanas, probablemente meses realizarla. Pensé en las bolsas moradas debajo de los ojos de Robert, el modo en que la piel de sus mejillas y frente estaba empezando a arrugarse por el sobreesfuerzo. Me había comentado en un par de ocasiones lo inspirado que estaba, que únicamente quería pintar y seguir pintando, y no parecía necesitar dormir estos días, y a mí me daba envidia: después de amamantar a Ingrid por la noche tenía la sensación de que me pasaba el día medio dormida. No podíamos vender la buhardilla con aquella abrumadora decoración, aunque Robert podría quizás exponer los dos cuadros. De hecho, recé para que nadie más viera nunca ese sobrecogedor espectáculo. ¿Cómo podríamos explicarlo en la universidad? No, algún día Robert tendría que cubrirlo todo de pintura, desde luego antes de irnos de la casa. La idea de eliminar toda esa obra espéndida, soberbia, me dio dolor de estómago. Nadie sería capaz de entenderla.

Lo peor de todo era que, fuese quien fuese ella, no era yo. Y por lo visto tenía una hija de cabellos oscuros y rizados como los de Ingrid. ¿El pelo de Robert? Era inconcebible, una idea absurda. Estaba más exhausta de lo que me había imaginado; al fin y al cabo, la mujer tenía los cabellos oscuros y rizados, parecidos a los del propio Robert. Se me ocurrió una posibilidad aún peor: en cierto modo, quizá Robert deseara *ser* esa mujer; quizá fuera un retrato de sí mismo encarnado en la mujer que quería ser. ¿Qué sabía yo de mi marido, en realidad? Pero Robert era y siempre había sido tan profundamente masculino que no pude dar crédito a esta hipótesis durante más de un segundo. No sabía qué me asustaba más: el implacable trabajo que llenaba prácticamente cada centímetro cuadrado de todo aquel espacio circundante o el hecho de que Robert nunca me hubiese hablado de la mujer que dominaba sus días.

Me levanté y me apresuré a inspeccionar la habitación. Me temblaban las manos mientras sacudía las mantas del sofá donde, al parecer, Robert ya no dormía mucho. ¿Qué esperaba encontrar allí? No había ninguna otra mujer que se acostara con él, por lo menos en casa. De las mantas no cayó ninguna carta de amor; nada, salvo el reloj de Robert, que él había estado buscando. Registré el montón de cosas que tenía encima de la mesa, entre los papeles (algunos de ellos, bocetos de los retratos y cenefas que me rodeaban). Di con sus llaves, en el llavero de monedas de latón que le había regalado yo varios años antes. Me las metí en el bolsillo de los pantalones vaqueros.

Junto al sofá había varias pilas de libros de la biblioteca en precario equilibrio, en su mayoría, libros de arte de gran formato. Robert estaba siempre trayendo libros y fotografías a casa, así que esto, por lo menos, no fue una sorpresa. Pero ahora había muchísimos y casi todos ellos versaban sobre el Impresionismo francés, algo que yo ignoraba que él encontrase tan fascinante, al margen de su obsesión por Degas cuando estábamos viviendo en Nueva York. Había libros sobre los grandes artistas del movimiento y sus predecesores: Manet, Boudin, Courbet y Corot. Algunos procedían de universidades lejanas. También había libros sobre la historia de París, libros sobre la costa de Normandía, libros sobre los jardines de Monet en Giverny, sobre la indumentaria femenina del siglo XIX, sobre la Comuna de París, sobre el emperador Luis Napoleón, la renovación de París por el barón Haussmann, la Ópera de París, los castillos franceses y la caza, los abanicos y ramilletes de señora a lo largo de la historia de la pintura. ¿Por qué Robert nunca había hablado conmigo de esos temas, si le interesaban? ¿Cuándo se habían colado todos esos libros en nuestra casa? ¿Los había leído todos simplemente para decorar una buhardilla? Robert no era historiador; que yo supiera, leía catálogos de arte y de vez en cuando alguna novela negra.

Me quedé sentada con una biografía de Mary Cassatt en las manos. Todo esto sería seguramente para su exposición, para inspirarse de cara a algún proyecto que había olvidado explicarme. Volcada como estaba en el bebé, ¿había olvidado preguntarle? ¿O estaba este proyecto tan entrelazado con sus sentimientos hacia la modelo a la que nunca había mencionado que no era capaz de hablar conmigo del mismo? Volví a recorrer la buhardilla con la mirada, al cúmulo de imágenes, fragmentos de un espejo que reflejaba a una asombrosa mujer. Robert la había vestido meticulosamente a la moda descrita en esos libros: zapatos, guantes, ropa interior blanca y fruncida. Pero era evidente que ella era una persona de carne y hueso para él, una parte viva de su existencia. Oí el llanto de Ingrid y caí en la cuenta de que tan sólo habían transcurrido unos minutos desde que había subido la escalera de la buhardilla, un breve tránsito hacia una pesadilla.

Ingrid y yo fuimos en coche a la ciudad, y empujé su cochecito por entre jubilados, turistas y gente que había hecho una pausa para comer. En la librería me fijé en un cuento infantil, *Donde viven los monstruos*, que disfrutaría leyéndole a Ingrid en voz alta; cada vez que veía aquella cubierta, volvía a sentirme como una niña. Le eché el ojo a una biografía de Van Gogh que estaba en los expositores. Había llegado el momento de seguir con mi formación, y no sabía nada de Van Gogh, salvo las anécdotas que todo el mundo conoce. Me compré un vestido de verano en una de las *boutiques*. Por lo menos estaba de oferta, tenía violetas estampadas en el algodón de color crema, era clásico, distinto a mis acostumbrados vaqueros y camisetas de colores lisos. Pensé en pedirle a Robert que me pintara en nuestro porche o en el césped que había detrás de las casas del profesorado, y luego tuve que hacer esfuerzos para no acordarme de la niña de cabellos oscuros de la pared de su buhardilla.

—¿Alguna cosa más? —me preguntó la dependienta, envolviendo un par de varillas de incienso de regalo para ponerlas en la bolsa.

—No, no, gracias. No necesito nada más. —Enderecé a Ingrid en su cochecito, porque inclinarme hacia delante me ayudaba a controlar el escozor de mis ojos.

Mon cher oncle et ami:

Gracias por su adorable carta, que apenas merezco, pero que guardaré como un tesoro para aquellas ocasiones en las que necesite aliento en mis modestos progresos artísticos. El día ha amanecido gris, y he pensado que quizá pasaría un poco más deprisa si le escribía. Le esperamos, naturalmente, estas Navidades, con la mayor ilusión, sea cuando sea el día o la hora en que decida usted venir. En esas fechas, Yves confía que podrá quedarse también varios días, aunque no hay certeza alguna de le vayan a conceder unas vacaciones más largas, porque tendrá que regresar al sur a principios de año para ultimar su trabajo. Creo que las celebraciones serán más bien sobrias, porque papá se ha vuelto a acatarrar; nada alarmante, se lo aseguro, pero se cansa con facilidad y los ojos le duelen más que de costumbre. Ahora mismo acabo de ayudarle a echarse en su cuarto de estar y le he aplicado compresas calientes. La última vez que me he asomado a verlo el fuego crepitaba agradablemente y él se había quedado dormido. Yo misma estoy un tanto cansada hoy y no puedo centrarme en nada, salvo en escribir cartas, pero ayer pude pintar muy bien porque he encontrado a una nueva modelo, Esmé, otra de mis doncellas; en cierta ocasión, cuando le pregunté si conocía ese pueblo que a usted tanto le gusta, Louveciennes, Esmé me dijo tímidamente que su pueblo, Grémière, está justo al lado. Yves dice que

*no debería atormentar a los criados haciéndolos posar para mí,
pero ¿en qué otro sitio podría dar con una modelo tan paciente? Hoy, sin embargo, ha salido a hacer unos recados y tengo
que estar pendiente de papá mientras me siento a escribirle.*

*Usted, que ha visto mi estudio, sabe que contiene no so-
lamente un caballete y una mesa de trabajo, sino también
este escritorio que tengo desde la infancia; perteneció a mi
madre, que fue quien decoró sus paneles. Siempre escribo las
cartas aquí, mientras miro por la ventana. Estoy segura de
que puede imaginarse lo encharcado que está el jardín esta
mañana; me cuesta creer que sea el mismo pequeño paraíso
donde el pasado verano pinté varias escenas. Pero incluso
ahora es hermoso, aunque parezca inhóspito. Imagínese este
jardín, mi consuelo invernal, mon ami; imagíneselo usted por
mí, se lo ruego.*

Con afecto,

Béatrice de Clerval

24

Kate

Cuando Robert vino a casa, no le comenté lo de la buhardilla. Estaba cansado tras las clases de la jornada y nos sentamos en silencio a tomar la sopa de lentejas que yo había cocinado, mientras Ingrid escupía felizmente sobre su pecho un puré de manzana y zanahorias. Le di de comer, limpiándole la boca una y otra vez con una toallita húmeda, y procuré reunir el valor para preguntarle a Robert algo acerca de su pintura, pero no pude. Estaba sentado con la cabeza apoyada en una mano, unas marcadas ojeras, y percibí en él un cambio sutil, aunque ignoraba qué era o en qué modo se diferenciaba de lo anterior. De vez en cuando dirigía la mirada por encima de mi cabeza hacia la puerta de la cocina, sus ojos parpadeando frenéticamente como si estuviese esperando a alguien que no acababa de llegar nunca. Volví a sentir ese estremecimiento de confusión, de aprensión, y decidí no seguir su mirada.

Después de cenar él se fue a la cama y durmió durante catorce horas seguidas. Yo recogí la cocina, acosté a Ingrid, me acosté con ella por la noche, me levanté con ella por la mañana. Se me ocurrió proponerle a Robert que saliéramos a pasear, pero cuando volví de mi paseo hasta la oficina de correos del campus ya se había ido, la cama estaba por hacer y había un bol de cereales sin terminar encima de la mesa. Subí a la transformada buhardilla para cerciorarme, y de nuevo vi de refilón a la caleidoscópica mujer, pero no a Robert.

Al tercer día ya no pude soportarlo más, y me aseguré de que Ingrid estuviese durmiendo la siesta cuando Robert llegara a casa. La niña dormiría demasiado rato y luego aguantaría despierta hasta demasiado tarde, pero era el precio a pagar a cambio de intentar volver a poner las cosas en su sitio. Cuando Robert entró, yo le tenía un té preparado y él se sentó a la mesa. Tenía cara de cansancio, grisácea, un lado de la misma le caía un poco, como si estuviese a punto de dormir, de llorar o de tener un derrame cerebral. Yo sabía que debía de estar cansado y me asombró mi egoísmo por querer provocar una bronca. Naturalmente, en parte lo hacía por su propio bien; algo iba muy mal y yo tenía que ayudarle.

Dejé nuestras tazas en la mesa y me senté con la mayor serenidad posible.

—Robert —empecé—, sé que estás cansado, pero ¿podemos hablar un momento?

Él me lanzó una mirada por encima de su té. Tenía una parte del pelo de punta y la expresión huraña. Me di cuenta entonces de que no se había duchado; parecía grasiento además de cansado. Tendría que reprocharle que trabajara en exceso, ya fuese dando clases, ya pintando las paredes de la buhardilla. Sencillamente, estaba forzando demasiado la máquina. Dejó su taza.

—¿Qué he hecho ahora?

—Nada —respondí, pero ya se me estaba formando un nudo en la garganta—. Nada en absoluto. Es sólo que estoy preocupada por ti.

—Pues no te preocupes —replicó—. ¿Por qué deberías preocuparte?

—Estás agotado —contesté, sobreponiéndome al nudo de mi garganta—. Estás trabajando tanto que pareces agotado, y a duras penas te vemos.

—Eso es lo que querías, ¿no? —gruñó él—. Querías que tuviera un buen empleo y que te mantuviese.

Se me empezaron a llenar los ojos de lágrimas pese a mis mejores esfuerzos por mantener la compostura.

—Quiero que seas feliz, y veo lo cansado que estás. Te pasas todo el día durmiendo y toda la noche pintado.

—¿Cuándo pretendes que pinte si no es por la noche? De todas formas, por las noches también suelo estar somnoliento. —Se pasó la mano airadamente por la parte frontal del pelo—. ¿Crees de verdad que avanzo algo?

De repente, la visión de su grasiento y alborotado cabello me enfureció a mí también; a fin de cuentas, yo trabajaba tanto como él. Nunca dormía más de unas pocas horas seguidas, hacía todas las tediosas labores de la casa, no tenía ocasión para pintar a no ser que durmiera aún menos horas, y eso no iba a hacerlo, con lo cual no pintaba. Le ponía las cosas fáciles para que él hiciera lo que materialmente pudiera. No tenía que fregar los platos, ni limpiar el lavabo ni hacer la comida; yo le había liberado de eso. Y aun así conseguía lavarme el pelo de vez en cuando, convencida de que él notaría la diferencia.

—Hay algo más —dije con más sequedad de la pretendida—. He subido a la buhardilla. ¿Qué es todo aquello?

Robert se reclinó y clavó los ojos en mí, luego se quedó inmóvil y enderezó sus fuertes hombros. Por primera vez en los años que llevábamos juntos, sentí miedo; no miedo de su brillantez o su talento, o de su habilidad para herir mis sentimientos, sino simplemente miedo, un miedo sutil y animal.

—¿La buhardilla? —dijo él.

—Has estado pintando mucho allí arriba —probé con más cautela—. Pero no en tus lienzos.

Robert permaneció unos instantes callado y luego extendió una mano sobre la mesa.

—¿Y?

Yo había querido preguntarle ante todo por la mujer en sí, pero dije en cambio:

—Es sólo que creía que estabas preparando tu exposición.

—Lo estoy.

—Pero sólo has pintado un lienzo y medio —señalé. No era esto lo que yo había querido discutir. Me estaba empezando a temblar la voz de nuevo.

—¿Así que ahora también espías mi trabajo? Ya puestos, ¿quieres decirme lo que tengo que pintar? —Se irguió súbitamente en la pequeña silla de la cocina, inundando la estancia con su presencia.

—No, no —dije yo, y la crueldad de sus palabras y mi propia traición a mí misma hicieron que las lágrimas cayeran por mis mejillas—. No quiero decirte lo que tienes que pintar. Sé que tienes que pintar lo que necesites pintar. Es sólo que estoy preocupada por ti. Te echo de menos. Me asusta verte tan agotado.

—Bien, pues ahórrate la preocupación —me dijo—. Y no interfieras en mi espacio. No necesito que nadie me espíe, es lo que me faltaba. —Tomó un sorbo de té y, acto seguido, dejó la taza como si el sabor le asqueara y salió de la cocina.

En cierto modo, su negativa a quedarse a hablar fue lo que más me dolió. La sensación de estar viviendo una pesadilla me sacudió como una ola implacable. Me recuperé del vapuleo y me sorprendí a mí misma levantándome de un brinco y corriendo tras él.

—¡Robert, espera! ¡No te vayas así! —Le di alcance en el recibidor y le agarré del brazo.

Él se soltó.

—Aléjate de mí.

Mi autocontrol se fue al traste.

—¿Quién es ella? —gemí.

—¿Quién es quién? —preguntó él, y entonces su frente se ensombreció y fue a recluirse a nuestra habitación. Yo me quedé observando desde la puerta. Las lágrimas me resbalaban por la cara, la nariz me goteaba, mis humillantes sollozos eran audibles, mientras él se echaba en la cama que yo había hecho aquella mañana y se tapaba con la colcha. Cerró los ojos.

—Déjame en paz —dijo sin volverlos a abrir—. ¡Déjame en paz!

Vi, horrorizada, como se quedaba dormido estando yo ahí de pie. Seguí en la puerta, ahogando el llanto y observando como su respiración se hacía más lenta, y luego se volvía suave y regular. Dormía plácidamente, y en el piso de arriba Ingrid se despertó llorando.

25

Marlow

Me imaginé el jardín de Béatrice. Seguramente era pequeño y rectangular; el libro que encontré de cuadros de París de fines del siglo XIX no incluía ninguno de Clerval, pero había una escena íntima hecha por Berthe Morisot en la que aparecían su marido y su hija en un banco sombreado. El texto explicaba que Morisot y su familia vivían en Passy, un barrio nuevo y distinguido. Visualicé el jardín de Béatrice hacia el final del otoño, con las hojas ya marrones y amarillas, algunas adheridas a los adoquines del sendero por la lluvia torrencial; la hiedra del muro del fondo, de color burdeos —«*vigne vierge*», rezaba la leyenda que había junto a un cuadro de un muro similar: parra virgen—. Habría unas cuantas rosas (ahora unos tallos marrones desnudos con escaramujos colorados) rodeando un reloj de sol. Al repasarlo todo descarté el reloj de sol en mi mente; en su lugar, me centré en los arriates empapados de agua, los cadáveres de los crisantemos o alguna otra flor de gran tamaño mustia por la lluvia, y en el pequeño arreglo formal de arbustos con el banco en el centro.

La mujer que contemplaría todo este mundo, sentada frente a su escritorio, tendría unos 26 años, una edad que en aquella época ya se considera madura, estaría casada desde hacía cinco pero sin hijos; su ausencia sería una angustia secreta, a juzgar por su amor hacia sus sobrinas. La visualicé frente al escritorio pintado por su madre, la falda de su vestido con vuelo y de color gris claro (¿no llevaban las damas diferentes vestidos para la mañana y la tarde?) cayendo en cascada por la silla, la puntilla de su cuello y muñecas, una cinta plateada recogiendo en un moño sus tupidos cabellos.

Por su parte, ella sería cualquier cosa menos gris, con las facciones del rostro pronunciadas y luminosas incluso con una pálida luz, su pelo oscuro pero también brillante, sus labios bermellón, sus ojos melancólicamente dirigidos al folio que, en esta mañana lluviosa, era ya su mejor compañía.

26

Kate

Durante todo aquel verano Robert durmió intermitentemente, dio clases, pintó a horas sueltas y me excluyó de su vida. Pasado un tiempo dejé de llorar en secreto y empecé a acostumbrarme a ello. Por amor hacia él, hice de tripas corazón y esperé.

En septiembre se reanudó el ritmo del año académico. Me llevaba a Ingrid cuando quedaba con las mujeres de otros profesores para tomar un té y charlar, las oía hablar de sus maridos y yo aportaba datos inocuos y sin importancia para demostrar lo normal que era todo en casa: ese trimestre Robert impartía tres talleres de pintura; a Robert le gustaba el chile; tenía que conseguir esa receta.

Asimismo, secretamente, reuní información para contrastarla. Al parecer, sus maridos se levantaban por las mañanas a la misma hora que ellas, o más temprano, para salir a correr. Una de ellas tenía un marido que cocinaba los miércoles por la noche, ya que ese día tenía menos clases. Cuando oí eso, me pregunté si Robert había sabido alguna vez en qué día vivía. Desde luego jamás había preparado una comida, a menos que abrir latas contara. Una de mis amigas se intercambiaba con su marido el cuidado del niño dos tardes por semana, a fin de poder dedicarse ella un poco de tiempo a sí misma. Yo lo había visto llegar con la lengua fuera justo a la hora exacta para recoger a su hijo de dos años. ¿Cómo sabía qué hora era y dónde tenía que estar? Guardé las distancias y sonreí con las demás ante los pequeños puntos flacos de sus maridos. «¿No recoge su ropa? —quise decir—. Eso no es nada.» Y por primera vez me pregunté cómo se las apañaban las profesoras de la facultad; conocía a una que, además, era madre soltera, y de repente me sentí triste y culpable de que el resto de nosotras nos reuniéramos tan ricamente mientras ella daba sus clases. Nunca habíamos hecho nada por incluirla. Nuestras propias vidas transcurrían sin sobresaltos; administrábamos el dinero, pero no nos lo ganábamos. Aunque mi vida no parecía tan tranquila como las de mis amigas, y yo no entendía cómo había podido ser.

Un buen día durante aquel otoño, Robert volvió a casa eufórico y me besó en la coronilla antes de decirme que había aceptado una invitación para dar clases en el norte durante un semestre; pronto, en enero. Era un buen cargo, con un buen sueldo, en el Barnett College, a un paso de Nueva York. En Barnett había un museo de arte famoso y se organizaban conferencias que daban pintores invitados (nombró a algunos de los grandes que le habían precedido). Él tendría que impartir sólo una clase y el resto consistiría fundamentalmente en un retiro artístico. Podría pintar a tiempo completo, o aún mejor.

Me pasé un minuto sin entender a qué se refería Robert, aunque sí comprendí que debía alegrarme por él. Dejé el trapo que tenía en las manos.

—¿Y qué pasa con nosotras? No va a ser fácil trasladar a un bebé que empieza a andar a un lugar nuevo para unos cuantos meses nada más.

Él me miró fijamente como si esto no se le hubiera pasado por la cabeza.

—Supongo que había pensado... —dijo lentamente.

—¿Qué habías pensado? —¿Por qué me enfadaba tanto con él incluso por una expresión de su cara, por fruncir las cejas?

—Bueno, no me han dicho nada de que lleve a la familia. Había pensado en irme solo y pintar un poco.

—Por lo menos podrías haberles preguntado si les importaba que te llevaras a las personas con las que da la casualidad que vives. —Habían empezado a temblarme las manos y las escondí detrás de la espalda.

—No hace falta que te irrites. No tienes ni idea de lo que significa no poder pintar —dijo. Que yo supiera, llevaba semanas pintando.

—Vale, entonces no te pases la vida durmiendo —le sugerí. De hecho, ahora no dormía durante el día. Me estaba volviendo a preocupar realmente que trasnochara, que se quedara en el estudio, que al parecer durmiese tan poco, aunque ahora la imagen de él que tenía grabada en mi mente era la de un cuerpo repanchingado.

—Eres la persona menos comprensiva del mundo. —La nariz y las mejillas de Robert estaban blancas y contraídas. Por lo menos me estaba prestando verdadera atención—. Pues claro que os echaría mucho de menos a ti y a Ingrid. Podrías venirte con ella a mitad del semestre para hacerme una visita. Y estaríamos constantemente en contacto.

—¿Menos comprensiva? —Me volví. Clavé los ojos en la carpintería de la cocina y me pregunté qué clase de marido decidiría marcharse durante un semestre en beneficio de su propia carrera, sin siquiera consultarlo conmigo o preguntarme si yo quería quedarme sola con la niña. ¿Qué clase de marido haría eso? Los armarios de la cocina estaban todos cuidadosamente cerrados. Quizá mirándolos un rato evitaría explotar. Quizá era posible vivir con alguien que estuviera loco sin que uno mismo se volviera loco. Quizá podría convertirme en un genio también, aunque si los genios eran así en las distancias cortas, no estaba segura de querer serlo. Lo cierto era que yo le habría dejado ir sin rechistar si me lo hubiese preguntado, si lo hubiese consultado conmigo. Intenté borrar de mi mente la imagen de la musa morena; ¿por qué sería tan vívida? ¿Por qué querría Robert estar a un paso de distancia de Nueva York? Por mí ya podía irse, dedicarse a pintar, realizarse y terminar su gran serie, si con eso iba a sentirse mejor.

—Podrías habérmelo preguntado —le dije, y mi propia voz sonó como un gruñido, sentí la agresividad hasta los tuétanos, parecía un animal de la jauría que se enfrentaba a otro—. Por mí haz lo que te plazca. Adelante. Te veré en mayo.

—Vete a la mierda —dijo Robert muy despacio, y pensé que nunca lo había visto tan furioso o por lo menos con una furia tan glacial —. Me iré. —Y entonces hizo algo raro: se puso de pie y giró sobre sí mismo lentamente dos o tres de veces, como si quisiera salir de la cocina pero estuviera desorientado y no acertara a encontrar la puerta. En cierto modo, eso me asustó más que todo lo que había pasado ya. De pronto, dio con la salida y no volví a verlo durante dos días. Cada vez que cogía a Ingrid en brazos, me ponía a llorar y tenía que ocultarle mis lágrimas. Cuando Robert regresó, no aludió en ningún momento a nuestra conversación y tampoco le pregunté dónde había estado.

Entonces, una mañana, Robert apareció en la cocina mientras yo preparaba el desayuno (para mí y para Ingrid, claro está). Tenía el pelo húmedo y limpio y olía a champú. Puso varios tenedores en la mesa. Al día siguiente volvió a levantarse a tiempo para desayunar. Al tercer día me dio un beso de buenos días, y cuando fui a la habitación a buscar algo, vi que había hecho nuestra cama; de cualquier manera, pero la había hecho. Estábamos en octubre, mi mes favorito, cuando los árboles eran dorados y perdían las hojas, que se llevaba el viento. Parecía que lo habíamos recuperado; no sabía cómo ni por qué, pero mi felicidad aumentó gradualmente y acabé siendo demasiado feliz para preguntar. Aquella semana, por primera vez en más tiempo del que yo alcanzaba a recordar, se acostó temprano o, mejor dicho, al mismo tiempo que yo, e hicimos el amor. Me parecía increíble que su cuerpo no hubiese cambiado después de haber tenido una hija. Seguía siendo tan hermoso como siempre: robusto, cálido, firme, su pelo alborotado sobre la almohada. Me sentí avergonzada al dejar mis afeadas carnes al descubierto y así se lo susurré a Robert, y él silenció mis dudas con su pasión.

Durante las semanas que siguieron a ésta, Robert empezó a pintar después de clase en lugar de trabajar por las noches, y a bajar a comer cuando yo le avisaba. Algunas veces pintaba en su estudio del campus, especialmente los lienzos de mayor tamaño, e Ingrid y yo bajábamos paseando con el cochecito para recogerlo antes de cenar. Ése momento era maravilloso, cuando él recogía sus pinceles y caminaba hasta casa con nosotras. Me sentía feliz cuando pasábamos por delante de amigos y ellos nos veían a los tres juntos, una familia que volvía a casa unida para cenar lo que yo ya había dejado caliente y tapado con platos de porcelana de segunda mano. Tras la cena, Robert pintaba en la buhardilla, pero no hasta muy tarde, y en ocasiones venía a la cama y leía mientras yo dormitaba con la cabeza apoyada en su hombro.

Tanto en el estudio como en su buhardilla (lo comprobaba en ocasiones cuando él no estaba) Robert trabajaba en una serie de bodegones maravillosamente pintados y que solían tener algún elemento cómico en ellos, algo que desentonaba. El extraño y siniestro retrato y el cuadro grande de la mujer morena que sostenía a su amiga muerta estaban apoyados del revés en la pared de la buhardilla y yo tuve la cautela de no preguntarle por ellos. Los vestidos y miembros del cuerpo de la mujer seguían alegrando el techo de la buhardilla. Los libros que había junto a su sofá eran otra vez catálogos de exposiciones o alguna biografía suelta, pero de los impresionistas o de París no había nada. En ocasiones pensaba que, significara lo que significara, su caótica obsesión había sido un sueño, que me la había inventado yo. Tan sólo la buhardilla excesivamente colorida me recordaba la realidad de aquella pasada obsesión. Siempre que volvía a dudar, evitaba subir allí arriba.

Una mañana, cuando Ingrid ya gateaba, Robert no se levantó hasta las doce del mediodía y aquella noche lo oí paseando de un lado al otro de la buharadilla mientras pintaba. Estuvo dos noches seguidas pintando sin dormir y luego cogió el coche, desapareció durante un día y una noche y regresó justo después del desayuno. En su ausencia yo tampoco dormí mucho, y con lágrimas en los ojos pensé varias veces en llamar a la policía, pero la nota que Robert había dejado evitó que lo hiciera. «Querida Kate —rezaba la nota—: No te preocupes por mí. Es sólo que necesito dormir al raso. No hace demasiado frío. Me llevo mi caballete. Creo que, de lo contrario, me volveré loco.»

Era cierto que había estado haciendo un tiempo benigno, una de aquellas contadas ocasiones en que al final del otoño las montañas Blue Ridge nos regalaban un calor moderado. Vino a casa con un paisaje nuevo, un exquisito atardecer en las montañas justo al pie de las cuales se extendían unos prados. Caminando sobre la verde hierba había una figura, una mujer con un largo vestido blanco. Conocía tan bien su silueta que casi podía sentir con mis propias manos la línea de su cintura, la caída de su falda, la curva de sus senos por debajo de unos preciosos y anchos hombros. Se estaba dando la vuelta, de modo que se le veía el rostro, pero se encontraba demasiado lejos para percibir cualquier otra expresión más allá de un atisbo de sus oscuros ojos. Robert durmió hasta el crepúsculo, saltándose la clase de pintura que tenía por la mañana y una reunión de profesores por la tarde, y al día siguiente telefoneé al médico del centro de salud del campus.

27

Marlow

Me imaginé su vida.

No le permiten salir sin carabina. Su marido se pasa todo el día fuera, pero no puede hablar con él por teléfono, porque aún faltan por lo menos veinticinco años para que instalen este curioso invento en la mayoría de las casas de París. Desde primera hora de la mañana, cuando su esposo sale de casa enfundado en su traje negro, sombrero de copa y abrigo para subirse a un carruaje tirado por caballos y recorrer los amplios bulevares del barón Haussmann hasta un gran edificio del centro de la ciudad, donde tiene su empleo de director de operaciones postales, hasta el momento en que llega a casa, cansado y a veces con un leve tufo a aguardiente, ella no lo ve ni sabe nada de él.

Si él le dice que ha trabajado hasta tarde, ella no puede saber dónde ha estado. Su mente se pierde a veces pensando en posibilidades que abarcan desde silenciosas salas de reunión, donde los hombres trajeados, con pecheras blancas y delicadas corbatas negras, gustan de darse cita alrededor de una larga mesa, hasta lo que ella visualiza como la decoración de intencionado buen gusto de cierta clase de locales, donde una mujer vestida únicamente con una camisola de seda y corsé, enaguas fruncidas y chinelas de tacón alto (pero por lo demás de aspecto respetable, con el pelo muy bien arreglado) le deja deslizar la mano sobre la mitad superior de sus blancos senos; escenas que ella tan sólo conoce vagamente por cuchicheos o una insinuación en alguna que otra novela, pero que desde luego no han formado parte de su educación.

No tiene ninguna prueba de que su marido visite semejantes establecimientos, y quizá nunca los visita. No acaba de entender por qué esta imagen recurrente apenas le produce celos. Por el contrario, le proporciona una sensación de alivio, como si estuviese compartiendo una carga. Sabe que, entre esos dos extremos, la alternativa más refinada son los restaurantes donde los hombres (principalmente los hombres) almuerzan, cenan y hablan. De vez en cuando su marido viene a casa sin ganas de cenar y le informa con amenidad de que ha comido un excelente *poulet rôti* o un *canard à l'orange*. Asimismo, hay cafés cantantes donde tanto hombres como mujeres pueden acudir con decoro, y otros cafés donde a última hora de la tarde él puede sentarse a solas con *Le Figaro* y una taza de café. O quizá simplemente trabaje hasta tarde.

En casa es atento: se baña y se viste para la cena, si cenan juntos; se pone su bata y fuma junto al fuego si ella ya ha comido y él ha cenado fuera, o le lee en voz alta el periódico; algunas veces la besa en la nuca con exquisita ternura cuando ella está sentada y se inclina sobre su costura, haciendo encaje de ganchillo o bordando vestidos para el bebé que acaba de tener su hermana. La lleva a la ópera, en el flamante Palais Garnier, y ocasionalmente a sitios elegantes para oír un concierto o beber champán, o a un baile en el corazón de la ciudad para el que ella se pone un vestido nuevo de seda turquesa o satén de color rosa. Salta a la vista que está orgulloso de pasearse con ella agarrada del brazo.

Por encima de todo, él la anima a pintar, asintiendo con aprobación incluso cuando ella le enseña sus más insólitos experimentos de color, de luz, de pinceladas desiguales, al estilo de lo que ha visto con él en las nuevas y más rompedoras exposiciones. Él jamás la llamaría radical, por supuesto; siempre le ha dicho que es simplemente una artista y debe hacer lo que considere oportuno. Su mujer le explica que cree que la pintura debería reflejar la naturaleza y la vida, que los nuevos paisajes llenos de luz la conmueven.

Él asiente, aunque añade con prudencia que tal vez sea mejor no saber *demasiado* de la vida; la naturaleza es un buen tema, pero la vida es más dura de lo que ella se imagina. Él cree que es bueno que su esposa tenga una ocupación que la llene, y le encanta el arte: ve el talento que ella tiene y desea su felicidad. Conoce a los Morisot, que son encantadores. Ha conocido a los Manet y siempre comenta que es una familia estupenda, a pesar de la reputación de Édouard y sus inmorales experimentos (pinta a mujeres libertinas), que le hacen quizá demasiado moderno, lo cual es una pena, dado su obvio talento.

De hecho, Yves la lleva a muchas galerías. Acuden al Salón todos los años, junto con casi un millón de personas, y escuchan los cotilleos sobre cuáles son los lienzos favoritos y cuáles desdeñan los críticos. De vez en cuando dan un paseo hasta el Museo del Louvre, donde ella ve a estudiantes de bellas artes copiando cuadros y esculpiendo, incluso a alguna que otra mujer sin carabina (seguramente estadounidense). No acaba de atreverse a admirar desnudos en presencia de su marido; desde luego, no los de héroes. Sabe que nunca pintará a partir de un modelo desnudo. Su propia formación profesional tuvo lugar en el estudio privado de un profesor, copiando moldes de escayola en presencia de su madre, antes de contraer matrimonio. Desde luego, ha trabajado de firme.

Al veces quisiera saber si Yves entendería que ella decidiera presentar un cuadro al Salón. Nunca ha dicho nada despectivo de los pocos cuadros pintados por mujeres que hay en el Salón, y aplaude todo lo que ella plasma en un lienzo. De la misma manera, nunca se queja del funcionamiento de la casa, que ella lleva tan bien, salvo cuando una vez al año dice con buenos modos que le gustaría comer esto o aquello un poco más crudo o que desearía que ella cambiara el arreglo floral de la mesa del recibidor. De vez en cuando se reconocen en la penumbra de una forma completamente distinta, con un sentimiento, con una fiereza incluso, que ella percibe pero en la que no se atreve a pensar durante el día, excepto para abrigar la esperanza de despertarse una mañana y darse cuenta de que en los últimos tiempos no ha necesitado sacar esas servilletas limpias y perfectamente dobladas para su ropa interior, ni las botellas de agua caliente o la copa de jerez que mitiga sus dolores mensuales.

Pero eso no ha pasado todavía. Quizá piense en ello demasiado a menudo o demasiado poco, o del modo equivocado; intenta dejar de pensar en ello del todo. Esperará, en cambio, la llegada de una carta, y esa carta será su principal distracción de la mañana. El correo viene dos veces al día; lo reparte un joven de abrigo corto azul. A pesar de la lluvia, puede oír como llama a la puerta, y a Esmé abriéndola. No mostrará inquietud; en realidad, no está inquieta. La carta aparecerá en una bandeja de plata en su tocador mientras ella se esté vistiendo para recibir las visitas de la tarde. La abrirá antes de que salga Esmé y luego la esconderá en su escritorio para releerla más tarde. Aún no se ha acostumbrado a meterse las cartas dentro del corpiño para llevarlas encima.

Entretanto, hay otras cartas que escribir y contestar, menús que organizar, una modista a la que ver, una colcha calentita que terminar para regalarle a su suegro por Navidad. Y está su propio suegro, ese anciano paciente: le gusta que sea ella en persona quien le lleve sus copas y libros tras la siesta, y, de hecho, ella espera con ganas el momento en que él le acaricie la mano con la suya, translúcida y venosa, y la mire fijamente desde sus ojos casi vacíos, dándole las gracias por cuidar de él. Están las plantas en flor que ella misma riega en lugar de que lo hagan los criados y, lo más importante de todo, está la habitación contigua a la suya, originalmente una galería, que alberga sus caballetes y pinturas.

La doncella que posa estos días para ella (no Esmé, sino Marguerite, que es más joven y cuyo dulce rostro y cabellos rubios tanto le gustan) es apenas una niña. Béatrice ha empezado a pintarla sentada junto a una ventana con un montón de prendas para coser; dado que a la doncella le gusta tener las manos ocupadas mientras posa, Béatrice está encantada de dejarle arreglar cuellos y enaguas, siempre y cuando la chica mantenga su inclinada cabeza dorada suficientemente quieta.

Es muy luminosa esa habitación; aun cuando la lluvia resbale por las numerosas ventanas, pueden avanzar algo en su trabajo conjunto: las manos de Marguerite se mueven sobre las delicadas prendas blancas, el algodón y la puntilla, y las de Béatrice calculan la forma o el color, reproduciendo la redondez de los hombros jóvenes inclinados sobre la aguja, los pliegues del vestido y el delantal. Ninguna de las dos habla, pero les une la armonía compartida de sus tareas. Es en esos momentos cuando Béatrice siente que su pintura es parte del hogar, una extensión de la comida que hierve a fuego lento en la cocina y las flores que arregla para la mesa de comedor. Fantasea con pintar a la hija que no tiene en lugar de a esta silenciosa chica que le ha caído en gracia, pero a la que a duras penas conoce; se imagina que su hija le lee poesía en voz alta mientras ella pinta, o le habla de sus amigas.

De hecho, cuando Béatrice se enfrasca de verdad en la pintura, deja de importarle el valor de sus cuadros, que sean buenos y si podrá o no sacarle algún día a Yves el tema de presentar uno al Salón (de todas formas, aún no son lo bastante buenos para eso y probablemente nunca lo serán). Tampoco le importa que su vida tenga o no tenga más sentido. Por ahora le basta con contemplar el azul del vestido de la chica, al fin exactamente igual que la mancha de la paleta, la pincelada curva que da color a la lozana mejilla, el blanco que añadirá a la mañana siguiente; necesita más blanco y un poco de gris para transmitir esa luz de otoño lluvioso, pero se ha quedado sin tiempo y ya es hora de comer.

Si la pintura ocupa sus mañanas, las tardes en las que no le apetece seguir pintando, y no hace visitas ni las recibe, le quedan más libres. Los personajes de la novela que está leyendo le parecen completamente muertos, así que escribe, en cambio, una carta que no ha dejado de tener presente en respuesta a otra que está ahora guardada en una casilla de su escritorio pintado. Cruza los pies por los tobillos y los esconde bajo su silla. Sí, su escritorio está frente a la ventana; lo desplazó hasta allí la pasada primavera para disfrutar de las vistas del jardín.

Mientras escribe, comprueba que éste es uno de esos extraños días con los que algunas veces París despierta en otoño, en los que la lluvia torrencial se convierte en aguanieve y luego en nieve. *Effet de neige, effet d'hiver*; vio este título el año pasado en una exposición en la que algunos de los nuevos pintores no sólo representaban la luz del sol y los campos verdes, sino también la nieve, una auténtica revolución pintando el frío. Se quedó anonadada ante aquellos lienzos que los periódicos machacaban. La nieve, cuando cuaja, contiene motas de gris. Contiene azul, en función de la luz, la hora del día y el cielo; contiene ocre e incluso marrón o violeta. Ella misma dejó ya de ver la nieve blanca el año pasado; casi recuerda el momento en que advirtió los ricos matices de la nieve mientras observaba su jardín.

Ahora, la primera nevada de un nuevo invierno se materializa en un instante ante sus ojos; la lluvia se ha transformado sin avisar. Deja de escribir y limpia su pluma en el secador de franela que tiene al lado del codo, manteniendo la tinta lejos de su manga. Un sutil color cubre ya el jardín marchito; en efecto, no es blanco. ¿Es beis, hoy? ¿Plateado? ¿Incoloro, si semejante cosa es posible? Recoloca bien la hoja, moja la pluma y empieza a escribir otra vez. Le habla a su destinatario del modo en que la nieve fresca se posa en cada rama; del modo en que los arbustos, algunos de ellos verdes todo el año, se apiñan bajo un ingrávido velo que no es blanco; del banco, desnudo un instante bajo la lluvia y que al minuto acumula un delicado y suave cojín. Siente que él la escucha mientras desdobla la carta con sus elegantes y envejecidas manos. Ve sus ojos, llenos de contenido afecto, que absorben sus palabras.

Cuando más tarde llega el correo, hay otra carta de él, una que más tarde se perderá, en que le cuenta algo de sí mismo, o de su propio jardín aún sin cubrir por la nieve; debe de haberla escrito horas antes o anoche, porque vive en el centro de la ciudad. Quizá lamente (con gracioso encanto) lo vacía que está su propia vida:

lleva años viudo y no tiene hijos. No los tiene, recuerda en ocasiones, igual que ella. Es lo bastante joven como para ser hija suya, su nieta incluso. Vuelve a doblar su carta con una sonrisa, luego la desdobla y la lee de nuevo.

28

Kate

Robert consintió impasible en ir al médico del campus, pero no quiso que fuera con él. Al centro de salud se podía ir andando desde casa, al igual que a todos los demás sitios, y muy a mi pesar me quedé en el porche observando como se iba. Caminaba con los hombros encogidos, poniendo un pie delante del otro como si cada movimiento le doliera. Recé a todo lo que se me ocurrió rogando que Robert fuera lo bastante comunicativo o estuviera lo bastante desesperado para hablarle al médico de todos sus síntomas. Quizá tendrían que hacerle pruebas. Quizás estuviese agotado por alguna enfermedad sanguínea: mononucleosis o (¡Dios no lo quisiera!) leucemia. Pero eso no explicaría lo de la misteriosa mujer. Si Robert no me contaba nada de esta visita, tendría que ir yo a ver al médico para contarle cosas, y es posible que tuviera que hacerlo a escondidas para que Robert no se enfadase.

Al parecer, tras la cita con el médico se fue a dar sus clases o a pintar al estudio del campus, porque no lo vi hasta la hora de cenar. No me comentó nada hasta que yo hube acostado a Ingrid, y aun así tuve que preguntarle qué le había dicho el doctor. Robert estaba sentado en el salón; no exactamente sentado, sino repanchingado en el sofá con un libro sin abrir. Levantó la cabeza cuando le hablé.

—¿Qué? —Me dio la impresión de que me miraba desde muy lejos y, como ya había observado en alguna ocasión anterior, le colgaba un poco un lado de la cara—. ¡Ah…, no he ido!

Me invadieron la rabia y un profundo dolor, pero inspiré hondo.

—¿Por qué no?

—Déjame en paz, ¿quieres? —dijo con un hilo de voz—. No me apetecía ir. Tenía cosas que hacer, y no he tenido tiempo para pintar desde hace tres días.

—¿Te has ido a pintar en lugar de ir al médico? —Eso, al menos, sería una señal de que estaba vivo.

—¿Me estás controlando? —Robert entornó los ojos. Puso el libro frente a él a modo de escudo. Me preguntaba si quizá decidiría lanzármelo. Era un libro de fotografías de lobos del que se había encaprichado meses atrás. Eso también era un cambio: a menudo compraba libros nuevos que luego no leía. Siempre había sido demasiado ahorrador para comprarse algo, lo que fuese, que no fuera de segunda mano, aparte de los aparatosos zapatos de calidad que adoraba.

—No te estoy controlando —dije cautelosamente—. Pero me preocupa tu salud, y me gustaría que fueras al médico para que te examinara. Creo que eso mismo ya te ayudaría a sentirte mejor.

—¿Eso crees? —replicó él casi con grosería—. *Crees* que me ayudaría a sentirme mejor. ¿Acaso tienes idea de cómo me siento? ¿Sabes lo que es no poder pintar, por ejemplo?

—¡Desde luego que sí! —exclamé intentando no encenderme—. Son muy pocos los días que yo misma consigo pintar. De hecho, casi nunca. Conozco esa sensación.

—¿Y sabes lo que es pensar en algo una y otra vez hasta que te preguntas...? Da igual —concluyó.

—¿Hasta que te preguntas, qué? —procuré hablar con mucha serenidad para demostrarle que sabía escuchar.

—¿Hasta que no puedes pensar ni ver nada más? —habló con voz grave y sus ojos parpadearon y miraron hacia la puerta—. Han pasado tantas cosas terribles en la historia, incluso a los artistas, incluso a artistas que, como yo, intentaban tener una vida normal. ¿Te imaginas lo que es pensar constantemente en eso?

—Yo también pienso en cosas terribles a veces —dije resuelta, aunque esa digresión de Robert me parecía bastante rara—. Todos tenemos pensamientos de esa clase. La historia está llena de cosas espantosas. Las vidas de las personas están llenas de cosas espantosas. Todo ser humano pensante reflexiona sobre ellas; en especial cuando se tienen hijos. Pero eso no significa que uno tenga que enfermar dándole vueltas.

—¿Y si te dijera que pienso en la misma persona todo el tiempo, constantemente?

Se me empezó a poner la piel de gallina, aunque no habría podido decir si era por miedo, por unos celos anticipados o por ambas cosas. Ahora venía cuando él nos destrozaba la vida.

—¿A qué te refieres? —pregunté articulando las palabras con cierta dificultad.

—Hablo de pensar en alguien que podría haberte importado —explicó él, y volvió a recorrer la habitación con la mirada—, pero que no existe.

—¿Qué? —Noté que durante un buen rato se me quedaba la mente en blanco; fui incapaz de reaccionar.

—Mañana iré al médico —soltó Robert airado, como un niño pequeño resignado al castigo. Sabía que estaba accediendo para que no le preguntara nada más.

Al día siguiente se fue y volvió, durmió y luego se levantó a comer algo. Yo me quedé en silencio al lado de la mesa. No tuve que preguntarle.

—Físicamente, no me ha encontrado nada raro; bueno, me ha hecho un análisis de sangre para ver si tengo anemia y no sé qué más, pero quiere que me hagan una evaluación psiquiátrica —soltó con vehemencia las palabras en voz alta, precisamente para que no sonaran despectivas, pero yo sabía que el hecho de que él me lo contara significaba que tenía miedo, y estaba dispuesto a ir. Me acerqué a él, lo rodeé con los brazos y le acaricié la cabeza, los tupidos rizos, la amplia frente; sentí el prodigioso intelecto que había en el interior, los grandes dones que yo siempre había admirado y me habían maravillado. Le acaricié el rostro. Adoraba esa cabeza, su pelo encrespado e incontrolable.

—Estoy segura de que todo saldrá bien —le dije.

—Iré por ti —habló en voz tan baja que apenas pude oírle y luego me estrechó la cintura con sus brazos y se inclinó para hundir el rostro en mi cuerpo.

29

1878

La nieve ha cuajado por la noche. Por la mañana ella da instrucciones para la cena, le manda una nota a su modista y sale al jardín.
Quiere saber qué aspecto tienen el seto y el banco. Cuando cierra
tras de sí la puerta de servicio y pisa el primer montón de nieve, se
olvida de todo lo demás, hasta de la carta oculta dentro de su vestido. La nieve engalana el árbol que plantaron hace diez años los
anteriores inquilinos de la casa; un pájaro diminuto se ha posado
en un muro, sus alas tan erizadas que parece que hubiera duplicado su tamaño. Por la parte superior de los botines le entra nieve
mientras se abre paso entre los arriates de flores aletargadas y el emparrado marchito. Todo se ha transformado. Recuerda a sus hermanos de pequeños, que, tumbados sobre la nieve amontonada mientras ella observaba desde una ventana del piso de arriba, agitaban los
brazos, sacudían las piernas, se daban puñetazos unos a otros y se
movían con torpeza, mientras el blanco sepultaba sus abrigos de
lana y calcetines largos de punto. ¿Era blanco?

Coge un puñado generoso de nieve (un postre, Mont Blanc)
con su mano enguantada y se lo introduce en la boca, tragando un
poco de frío insípido. Los arriates serán amarillos en primavera,
éste rosa y crema, y debajo del árbol se abrirán las florecillas azules
que le han gustado toda la vida, las últimas, traídas de la tumba de
su madre. Si tuviese una hija, la sacaría al jardín el día en que se
abrieran y le contaría de dónde procedían. No, sacaría a su hija
todos los días, dos veces, al sol y bajo el emparrado, o a la nieve, se
sentaría con ella en el banco, haría construir un columpio para ella.
O para él, su pequeño. Reprime el escozor de las lágrimas, se dirige

airada hacia la extensión de nieve que reviste el muro trasero y dibuja en ésta una forma alargada con la mano. Más allá del muro hay árboles, luego la neblina pardusca del Bois de Boulogne. Rematando el vestido de la doncella de su cuadro con más blanco, con los trazos rápidos que ahora utiliza, dará luminosidad al conjunto de la imagen.

La carta que lleva dentro de la ropa le roza: habrá una esquina mal doblada. Se sacude la nieve de los guantes y abre su capa, el cuello del vestido, la extrae, consciente de que detrás tiene la parte trasera de la casa, las miradas de los criados. Pero ellos están muy atareados a esta hora, en la cocina o ventilando la sala y la habitación de su suegro mientras él está sentado junto a la ventana de su vestidor, demasiado ciego para ver siquiera la oscura silueta de su nuera en el jardín blanco.

En la carta no aparece el nombre de ella, sino una palabra cariñosa. Quien la escribe le habla de su día, de su nuevo cuadro, de los libros junto a la chimenea, pero entre líneas ella le oye decir algo totalmente diferente. Mantiene sus dedos húmedos y enguantados lejos de la tinta. Ya ha memorizado cada una de las palabras de la carta, pero quiere volver a ver la curva y negra prueba, la caligrafía sistemáticamente descuidada de quien la firma, su austeridad en el trazo. Es la misma franqueza despreocupada que ella ha detectado en los bocetos de él, una confianza en sí mismo que difiere de su propia impulsividad; fascinante, desconcertante incluso. Sus palabras destilan también seguridad, sólo que su significado es más profundo de lo que aparentan. El acento agudo, un mero roce con la punta de la pluma, una caricia; el acento grave, enérgico, hacia la izquierda, una advertencia. Habla de sí mismo, seguro pero contrito: *Je*, la jota mayúscula al comienzo de sus preciosas frases es una profunda inspiración con el diafragma, con una *e* rápida y contenida. Habla de ella y de las ganas de vivir que ella le ha dado (¿por casualidad?, le pregunta), y al igual que en sus últimas cartas, con su permiso, la trata de tú, la *t* respetuosa al comienzo de las frases, la *u* tierna, una mano ahuecada alrededor de una diminuta llama.

Sujetando la hoja de papel por los bordes, durante unos instantes ignora la música de cada una de las líneas, por el placer de volverla a descubrir momentos después. Él no pretende alterar su vida; sabe que a su edad pocos encantos puede ofrecerle; únicamente quiere que se le conceda respirar en presencia de ella y dar alas a sus más nobles pensamientos. Él se atreve a esperar que, aunque es posible que nunca hablen siquiera de eso, ella lo considere cuando menos un amigo leal. Se disculpa por importunarla con sentimientos indignos. A ella le da miedo que tras el prolongado ringorrango de su *pardonne-moi* y el delicado guión del mismo, él intuya que ella ya es suya.

Tiene los pies cada vez más fríos; la nieve está empezando a empaparle las botas. Dobla la carta, la oculta en un lugar secreto y apoya la cara en la corteza del árbol. No puede permitirse el lujo de quedarse ahí mucho tiempo, por si alguien que vea lo bastante bien se acerca a las ventanas que hay a sus espaldas, pero necesita apoyarse en algo. Su corazón no se ha estremecido por las palabras de él, con su retirada a medias, sino por su aplomo. Ya ha decidido no contestar a la carta; pero no se ha decidido a no releerla.

30

Kate

Robert insistió en acudir solo al psiquiatra, y cuando volvió me comentó como si tal cosa que tenía que tomar un medicamento, y el nombre y número de un terapeuta. No mencionó si llamaría o no al terapeuta, o si se tomaría la medicación. Ni siquiera me podía imaginar dónde lo guardaría y decidí no fisgonear durante un par de semanas. Me limitaría a esperar a ver qué hacía y le daría toda clase de ánimos. Al fin, el frasco apareció en nuestro botiquín del cuarto de baño: era litio. Oí su cascabeleo mañana y noche cada vez que él se tomaba una dosis.

Antes de que acabara la semana, Robert parecía más calmado y empezó de nuevo a pintar, aunque pasaba durmiendo por lo menos doce de cada veinticuatro horas, y comía medio en las nubes. Agradecí que estuviera dando sus clases de pintura sin más contratiempos y no haber percibido malestar alguno por parte de la universidad, si bien no sabía con seguridad de qué manera me habrían hecho llegar semejante malestar. Un día Robert me dijo que el psiquiatra quería verme y que él, Robert, pensaba que era una buena idea. Aquella tarde tenía cita con el médico (me pregunté por qué no me lo había comentado antes) y llegado el momento senté a Ingrid en su sillita del coche, porque Robert me había avisado con poca antelación como para buscar una canguro. Las montañas fueron pasando con rapidez, y al verlas pasar caí en la cuenta de que llevaba una temporada sin pisar siquiera la ciudad. Mi vida giraba en torno a la casa, el arenal, los columpios del parque cuando el tiempo era lo bastante caluroso, y el supermercado que había calle arriba. Contemplé el perfil serio de Robert al volante y finalmente le pregunté por qué creía que el psiquiatra quería verme.

—Le gusta conocer el punto de vista de cada miembro de la familia —dijo, y añadió—: Cree que de momento me está yendo bien. Con el litio. —Era la primera vez que mencionaba el nombre del medicamento.

—¿Tú también lo crees? —Le puse la mano sobre el muslo y sentí la contracción de sus músculos cuando frenaba.

—Me encuentro bastante bien —contestó—. Dudo que necesite tomarlo mucho tiempo más. Aunque ojalá no estuviera tan cansado: necesito la energía para pintar.

«Para pintar —pensé yo— ¿y también para estar con nosotras?» Se quedó dormido tras la cena sin jugar con Ingrid, y solía seguir dormido cuando por las mañanas me iba con ella de paseo. No dije nada más.

La clínica era una edificio alargado y bajo hecho de madera de aspecto costoso y con arbolillos plantados alrededor, desnudos y protegidos con un enrejado de plástico. Robert entró con total naturalidad, sujetando la puerta para que yo pasara con Ingrid en brazos. La sala de espera del interior, que me dio la impresión de que la compartían entre varios médicos, era espaciosa y en uno de sus extremos se colaba un enorme haz de luz solar. Finalmente, apareció un hombre, que sonrió y saludó a Robert con la cabeza, y me llamó por mi nombre. No llevaba una bata blanca ni un listado de pacientes; iba vestido con chaqueta y corbata y unos pantalones caqui bien planchados.

Le lancé una mirada a Robert, quien sacudió la cabeza.

—Te llama a ti —dijo—. Quiere hablar contigo. Si me necesita, me hará pasar a mí también.

De modo que dejé a Ingrid con Robert y seguí al doctor... bueno, ¿qué más da cómo se llamara? Era amable, de mediana edad y muy profesional. Las paredes de su despacho estaban cubiertas de diplomas y certificados enmarcados, tenía la mesa muy ordenada, con un gran pisapapeles de bronce colocado encima del único papel suelto que había en ella. Me senté de cara a su mesa, con los brazos vacíos sin Ingrid. Deseé haberla entrado conmigo y me preocupaba que Robert pudiera volver a hundir el rostro en sus manos en lugar de vigilar mientras ella iba de acá para allá entre enchufes y jarrones con flores. Pero cuando analicé un poco al doctor Q, descubrí que me caía bien. Su rostro era afable y me recordaba el de mi abuelo de Michigan. Cuando hablaba, tenía una voz grave, un poco gutural, como si hubiera venido de algún otro lugar cuando aún era adolescente de modo que su acento, fuera el que fuera, resultaba imposible de identificar; tan sólo detecté una ligera aspereza en las consonantes.

—Gracias por venir hoy a verme, señora Oliver —dijo—. Me resulta útil hablar con un miembro cercano de la familia, sobre todo cuando se trata de un paciente nuevo.

—Es un placer —respondí con sinceridad—. He estado muy preocupada por Robert.

—Por supuesto. —Recolocó el pisapapeles, se reclinó en su silla, me miró—. Sé que esto habrá sido duro para usted. No dude de que estoy muy encima de Robert y me satisface que el primer medicamento que hayamos probado esté dando buenos resultados.

—Desde luego, parece más tranquilo —admití yo.

—¿Puede hablarme un poco de lo primero que notó en su comportamiento que le pareciera diferente o que le preocupara? Robert me ha dicho que si ha ido al médico es gracias a usted.

Entrelacé las manos y le relaté nuestros problemas, los problemas de Robert, los vertiginosos altibajos del pasado año.

El doctor Q escuchó en silencio, sin mudar la expresión de su rostro, y su expresión era amable.

—¿Y a usted le parece que está más equilibrado tomando litio?

—Sí —contesté—. Todavía duerme un montón, y se queja de eso, pero parece que es capaz de levantarse e irse a dar clase casi todos los días. Se queja de que no puede pintar.

—La adaptación a un medicamento nuevo requiere tiempo, y averiguar qué medicamento funciona y en qué dosis requiere tiempo también. —El doctor Q volvió a colocar el pisapapeles con aire meditabundo, esta vez encima de la esquina superior izquierda del único papel que había en la mesa—. Sí creo que en el caso de su marido es importante que tome litio una temporada, y es probable que lo necesite permanentemente, eso o algún otro medicamento si con éste no obtenemos los resultados que deseamos. El proceso requerirá un poco de paciencia por parte de su marido… y de usted.

Me saltó una nueva alarma.

—¿Quiere decir que cree que siempre tendrá estos problemas? ¿No podrá dejar la medicación cuando mejore?

El doctor centró de nuevo el objeto de bronce sobre el documento. De pronto me recordó aquel juego de la infancia, piedra, papel o tijera, en el que un elemento podía ganar al otro, pero siempre había algo más que podía ganar al ganador; un ciclo fascinante.

—Se tarda un poco en elaborar un diagnóstico preciso. Pero creo que es probable que Robert padezca…

Y entonces me dijo el nombre de una enfermedad, una enfermedad que yo sólo conocía vagamente y que asociaba con cosas monstruosas, cosas que no tenían nada que ver conmigo, cosas por las que a la gente le daban electrochoques o por las que se suicidaban. Permanecí inmóvil unos segundos, tratando de asociar esas palabras con Robert, mi marido. Una sensación de frío se extendió por todo mi cuerpo.

—¿Me está diciendo que mi marido es un enfermo mental?

—En realidad, no sabemos exactamente cuál es la componente mental de cualquier enfermedad y cuál se debe al entorno o a la personalidad —objetó el doctor Q, y por primera vez lo odié: estaba echando balones fuera—. Es posible que Robert se estabilice con esta medicación, o quizá tengamos que probar otras cosas. Creo que, dada su inteligencia y su dedicación a su arte y su familia, puede usted abrigar la esperanza de que mejore bastante.

Pero era demasiado tarde. Robert ya no era únicamente Robert para mí. Era alguien con un diagnóstico. Supe entonces que nada volvería a ser lo mismo, jamás, por mucho que yo intentara ver a Robert igual que antes. Lo sentí en el alma por él, pero lo sentí más aún por mí. El doctor Q me había arrebatado lo que yo más preciaba, y estaba claro que no sabía lo que eso dolía. No tenía nada que darme a cambio, tan sólo la visión de su mano ordenando la mesa vacía. Ojalá hubiera tenido la gentileza de disculparse.

31

Kate

A Robert el litio le producía somnolencia. Un día chocó contra otro coche cuando se dirigía al museo de la ciudad; afortunadamente, iba despacio. Después de aquello, el doctor Q le dio un medicamento distinto, combinado con algo para la ansiedad. Robert me lo contó cuando le pedí detalles, cosa que hacía siempre que podía sin exasperarlo.

A mediados de diciembre parecía que el nuevo medicamento funcionaba lo bastante bien para permitirle pintar y llegar puntual a sus clases; volvía a parecerse al Robert enérgico de antes. Durante aquella época pintó en el estudio del campus, donde se quedaba hasta tarde varias noches por semana. En cierta ocasión en que lo fui a ver con Ingrid, lo encontré absorto en un retrato: la dama de mis pesadillas. Estaba sentada en un sillón, las manos cruzadas sobre su regazo. Fue uno de los geniales cuadros que más tarde le valieron su gran exposición de Chicago; esta vez era una imagen razonablemente alegre: iba vestida de amarillo y sonreía, como si estuviese recordando algo agradable o íntimo, con una mirada suave y un ramillete de flores encima de la mesa que había a su lado. Me produjo tal alivio verlo pintando, y con colores alegres, que casi dejé de preguntarme quién era ella.

Eso hizo que el impacto fuera más fuerte cuando un par de días después pasé por allí para llevarle a Robert unas cuantas galletas que Ingrid y yo habíamos conseguido hacer juntas, y me lo encontré trabajando en el mismo cuadro pero a partir de una modelo de carne y hueso. Parecía una alumna y estaba sentada en una silla plegable, no entre telas de recargado damasco. Por un momento, se me heló el corazón. Era joven y hermosa, y Robert estaba charlando con ella, como para lograr que permaneciera inmóvil mientras él repintaba el ángulo de la cabeza y el hombro. Pero no guardaba ningún parecido con la dama de su buhardilla. Tenía el pelo rubio y corto, los ojos claros y llevaba una sudadera de un equipo de fútbol universitario. Únicamente su hermoso cuerpo y su mandíbula cuadrada le daban alguna similitud con la mujer de cabellos rizados que había visto por primera vez en un bosquejo del bolsillo de Robert. Además, a él no pareció alterarle mi presencia, nos saludó a Ingrid y a mí con besos y me presentó a la chica como una de las modelos artísticas habituales; era un trabajo con el que los estudiantes podían ganarse un dinero. En cuanto a la chica, parecía bastante más contenta con Ingrid y por el hecho de que los exámenes casi hubiesen llegado a su fin que con Robert. Era evidente que Robert sólo la utilizaba para posar, y seguí sabiendo lo poco que sabía.

Tan sólo recuerdo un par de detalles de cuando Robert se fue al estado de Nueva York a primeros de enero. Estuvo abrazando a Ingrid un buen rato, y me di cuenta de que había crecido tanto que con las piernas abarcaba la mitad de la cintura de su padre; la niña tenía el cuerpo largo, y el pelo oscuro y encrespado de Robert. Lo otro que recuerdo es cuando volví a entrar en casa después de que su coche desapareciera por el camino en el bosque; tuvo que ser después, a menos que me hubiese negado a quedarme en el aire frío del porche siquiera un segundo más de la cuenta para verlo marchar. Recuerdo que entré para terminar de recoger nuestro desayuno y me pregunté con palabras claras y precisas, aunque sin pronunciarlas: «¿Es esto una separación?» Pero no encontré la respuesta ni en mi mente ni en la calidez de la cocina, con su olor a puré de manzana y tostadas. Todo parecía normal, aunque triste. Se respiraba incluso alivio en la casa. Me las había apañado bien hasta entonces, y seguiría haciéndolo.

Los mensajes de Robert solían venir garabateados en una postal e iban dirigidos tanto a Ingrid como a mí, y la frecuencia de sus llamadas de teléfono también era irregular, aunque suficiente. El invierno, en la parte norte del estado de Nueva York, era crudo, pero la nieve era maravillosa, impresionista. En cierta ocasión, Robert pintó al aire libre y por poco se congeló. El rector de la universidad le había dado la bienvenida. Su habitación estaba en las dependencias para profesores invitados y tenía buenas vistas sobre el bosque y el patio cuadrangular.

La mayor parte de sus alumnos carecía de talento, aunque ponían gran interés. El estudio era demasiado pequeño, pero podía pintar. La noche antes se había acostado a las cuatro de la mañana.

Luego una pequeña pausa, un breve silencio, y las postales volvían a llegar. Me gustaban más sus postales que sus llamadas, que estaban cargadas de tensos silencios, un abismo incluso más difícil de salvar, por cuanto no podíamos mirarnos a la cara. Procuré no telefonearle más a menudo de lo que él me telefoneaba. En cierta ocasión, envió un bosquejo para Ingrid, como si supiese que ella podía entender mejor este lenguaje. Lo colgué con celo de la pared de su habitación. Era de unos edificios góticos, montones de nieve y árboles desnudos. Si Ingrid lloraba por las noches, me la llevaba a la cama conmigo y a la mañana siguiente nos despertábamos la una sobre la otra. A últimos de febrero, Robert vino a casa en avión para pasar sus vacaciones de invierno y el cumpleaños de Ingrid. Durmió un montón e hicimos el amor, pero no tocamos ningún tema delicado. A principios de abril tendría también unos días de descanso, me dijo, pero había decidido pasarlos en el norte pintando. No protesté. Si en verano volvía con más obras concluidas, quizá sería más fácil vivir con él.

Cuando Robert se marchó de nuevo, mi madre vino a pasar una temporada y me mandó a nadar cada día a la piscina del campus. Durante ese año había perdido gran parte de los kilos engordados en el embarazo, y el resto me los quité nadando enérgicamente en el agua, recordando la sensación de juventud y optimismo que tan poco tiempo atrás había experimentado. En aquella visita, reparé por vez primera en el temblor de las manos de mi madre, las venitas dilatadas en sus mejillas y la ligera hinchazón de sus tobillos. Seguía ayudándome igual que siempre: cuando llegaba a casa, los platos siempre estaban limpios y secándose en el escurreplatos; el sinfín de vestidos de algodón de Ingrid, lavados y doblados, y le contaba a la niña todos los cuentos habidos y por haber.

Pero mi madre ya no era tan dueña de su cuerpo como antes, y tras regresar a Michigan empezó a decirme que le daba miedo andar por la calle cuando había helado. Salía de casa para irse al colmado o al dentista, o para trabajar de voluntaria en la biblioteca, y al ver el hielo volvía a entrar y acababa llamándome. Un día me contó que llevaba prácticamente una semana sin salir de casa. No quise esperar, sola, con la pregunta que me rondaba y no me dejaba dormir de noche, de modo que se lo consulté a Robert y éste no dudó en decir que sí, que mamá debería venirse a vivir con nosotros.

No tendría que haberme sorprendido, pero me sorprendió. Creo que había olvidado su pronta generosidad, su empleo del sí en lugar del no, su costumbre de regalarles chaquetas a los amigos o incluso a los desconocidos. Eso hizo que mi amor por él se avivara durante mi espera en casa, lejos de ese frío campus del estado de Nueva York. Se lo agradecí de todo corazón, le comenté que las azaleas empezaban a florecer, que había hojas verdes por doquier. Me dijo que pronto estaría en casa y me dio la impresión de que ambos sonreíamos por teléfono.

Cuando llamé a mi madre, no protestó como yo había supuesto; por el contrario, me dijo que se lo pensaría, pero que si venía, le gustaría ayudarnos a comprar una casa más grande. Yo nunca pensé que tenía tanto dinero, pero así era, y además el año anterior alguien le había ofrecido comprar su casa de Ann Arbor. Lo pensaría. Tal vez no fuese tan mala idea. ¿Qué tal estaba Ingrid del resfriado?

32

1878

En mayo, Yves insiste en que su tío los acompañe a Normandía, primero a Trouville y luego a un pueblo cerca de Étretat, un lugar tranquilo que ya han visitado varias veces y que les encanta. Es papá quien tiene la idea de volver a ir allí con su hermano, pero el propio Yves le apoya. Béatrice pone reparos: ¿por qué no van ellos tres, como siempre, y punto? Ella sola puede perfectamente cuidar de papá, y la casa que Yves suele alquilar sólo tiene un cuarto de invitados pequeño, sin un salón para tío Olivier si papá se queda en sus dependencias habituales. Si cambian de habitación a papá, éste no será capaz de encontrar nada o quizá se caiga de noche por las escaleras. Para papá ya es bastante duro tener que viajar, aunque es la paciencia personificada y se deleita sintiendo el sol y la brisa del canal de la Mancha en el rostro. Le suplica a Yves que se lo piense con calma.

Pero Yves se muestra inflexible. Puede que tenga que irse por trabajo en plenas vacaciones, así que ella por lo menos tendrá la ayuda de Olivier. Curioso: Olivier es aún mayor que papá, pero por su salud y agilidad parece que tenga quince años menos. El pelo de Olivier no era blanco antes de la muerte de su esposa, le contó Yves en cierta ocasión, pero eso sucedió un par de años antes de que ella, Béatrice, entrara en la familia. Olivier es robusto, vigoroso para su edad; puede ser útil. La insistencia de Yves en que Olivier los acompañe es lo más parecido a una queja que haya exteriorizado jamás por tener que cargar con el peso del cuidado de papá.

Ella vuelve a protestar (esta vez débilmente) y tres semanas después se hallan en un tren que sale despacio de la Gare Saint-Lazare, mientras Yves le cubre con una manta de viaje las piernas a papá y Olivier lee en voz alta las noticias de arte del periódico. Da la impresión de que esquiva la mirada de Béatrice, quien lo agradece, ya que su presencia llena el pequeño espacio hasta que le dan ganas de sentarse en otro vagón. Olivier parece haber rejuvenecido durante los meses que han pasado desde que empezara su correspondencia; su rostro parece bronceado antes incluso de que lleguen a la costa. Su poblada barba canosa está cuidadosamente recortada. Les dice que ha estado pintando en el bosque de Fontainebleau, y Béatrice se pregunta si ha pensado en ella mientras recorría aquellos senderos con su caballete o se detenía en claros que probablemente ella nunca vería. Por un momento, envidia los árboles agrupados alrededor de Olivier, la hierba que probablemente yacía bajo su largo contorno cuando descansaba, y al punto desvía la mente hacia otros pensamientos. ¿Estará sencillamente celosa de que él pueda viajar y pintar a su antojo, de su constante libertad?

Al otro lado de la ventanilla del tren, la ceniza pasa volando entre ella y los prados recién reverdecidos, los destellos del agua serpenteante. Yves deja la ventanilla cerrada para que el humo del carbón y el polvo no entren, aunque en el compartimento acaba haciendo demasiado calor. Ella ve vacas debajo de una arboleda, amapolas rojas y margaritas blancas y amarillas salpicando un prado. Como están solos, en familia, y están echadas las cortinas que los separan del pasillo, se ha quitado los guantes, el sombrero y la chaqueta a juego con éste. Cuando se reclina y cierra los ojos, percibe la mirada de Olivier y espera que su marido no lo note. Pero ¿qué hay que notar? Nada de nada, nada, y es así como ha de seguir; Yves no ha notado que hubiera nada entre ella y este hombre de pelo blanco al que Yves conoce desde que nació y que ahora también es pariente de ella.

Suena más adelante el silbato del tren, un sonido tan hueco como hueca se siente ella misma. La vida será larga, al menos para ella. ¿Acaso no es bueno? ¿Acaso ella no ha experimentado siempre la maravillosa sensación de que tiene todo el tiempo por delante? ¿Y si...? Abre los ojos y los clava resuelta en un pueblo distante, una mancha pálida, un campanario lejano en los prados. ¿Y si en toda esa extensión de tiempo no aparecen ni hijos ni Olivier? ¿Y si no aparecen más cartas de Olivier ni la mano de éste en su pelo? Ahora lo mira directamente mientras Yves abre un segundo periódico, y le complace ver que Olivier da un respingo, vuelve su hermosa cabeza hacia la ventanilla, coge su libro. ¡Le queda tan poco tiempo! Él morirá décadas antes que ella. ¿Y si eso bastase para vencer la resistencia que ella opone?

33

Kate

Lo cierto es que mamá tardó varios años en decidirse, y luego en vender la casa y pasar por los consabidos trámites legales. Durante ese tiempo, Robert y yo seguimos en la casita del campus. En cierta ocasión, me fui a Michigan para ayudarla a deshacerse de la mayoría de las pertenencias de mi padre, y las dos lloramos. Dejé a Ingrid con Robert, y me dio la impresión de que cuidaba bien de ella, aunque a mí me preocupaba que pudiera olvidar dónde estaba o que la dejara pasear por fuera sola.

En otoño Robert se fue diez días a Francia: ahora le tocaba a él marcharse. Quería volver a ver sus fantásticos museos, dijo; no había vuelto a ir desde que era estudiante en la universidad. Regresó tan renovado y entusiasmado que pensé que el dinero invertido había valido la pena. Además, tenía una exposición muy importante en Chicago el próximo enero, a invitación de uno de sus antiguos profesores; todos fuimos hasta allí en avión, por unos precios exorbitantes, y durante uno o dos días vi como Robert acariciaba la fama.

En abril las flores que a Robert y a mí nos gustaban brotaron de nuevo en el campus. Me adentré en el bosque en busca de flores silvestres, y paseamos por los jardines de la universidad para que Ingrid pudiese ver los arriates en flor. A fin de mes me compré un test de embarazo en el supermercado y observé que aparecía una línea rosa en la ventana blanca ovalada. Me daba miedo decírselo a Robert, aunque habíamos acordado intentar tener otro hijo. Solía estar cansado o deprimido, pero mi noticia pareció alegrarle y sentí que la vida de Ingrid estaría completa. ¿Qué sentido tenía traer un solo hijo al mundo? Esta vez nos dijeron que era un niño, y le compré a Ingrid un muñeco para que lo cogiese en brazos y le cambiara los pañales. En diciembre volvimos a ir en coche a la maternidad. Alumbré al bebé con una especie de concentración intensa y eficaz, y nos llevamos a Oscar a casa. Tenía el pelo rubio y se parecía a mi madre, aunque Robert insistió en que se parecía más a la suya. Ambas madres vinieron a ayudar durante varias semanas (la mía estaba aún en Michigan), se alojaron en las habitaciones que a nuestros vecinos les sobraban y disfrutaron hablando de parecidos. De nuevo volvía a empujar el cochecito, y tenía los brazos y el regazo constantemente ocupados.

Tengo una imagen imborrable de Robert de la época en que nuestros hijos eran pequeños y vivíamos en la universidad. No sé con certeza por qué recuerdo tan bien ese período, salvo porque aquella época fue una especie de cima perfecta en nuestras vidas, aunque creo que fue también la época en que Robert empezó realmente a perder el control. Incluso alguien con quien has compartido habitación, a quien has visto desnudo a diario y sentado en el váter con la puerta entreabierta, con el tiempo puede desdibujarse y convertirse en un contorno.

Pero durante toda aquella época en que los niños eran pequeños y antes de que mamá viniese a vivir con nosotros, el contorno de Robert estuvo completamente lleno de color y textura. Tenía un grueso jersey marrón que llevaba casi a diario cuando hacía frío, y recuerdo sus hebras negras y castañas, vistas de cerca, y el resto de cosas que quedaban atrapadas en él: pelusa y serrín, ramitas, toda clase de trocitos procedentes de su estudio de la facultad, de sus paseos y excursiones para pintar al aire libre. Le compré ese jersey de segunda mano a poco de conocernos; estaba impecable, procedía de Irlanda, lo habían tejido unas manos fuertes y le duró muchísimos años; de hecho, duró más que nuestro matrimonio. El jersey llenaba mis brazos cuando él volvía a casa. Le rozaba las mangas al acariciarle los codos a Robert. Debajo del jersey llevaba una vieja camiseta de manga larga o un suéter holgado de cuello alto, siempre de un color que contrastara con el jersey: escarlata claro o verde oscuro, no necesariamente a juego, pero en cierto modo llamativo. Llevaba el pelo largo o corto; los rizos le llegaban más abajo del cuello del jersey o iba rapado, con los pelos tiesos en la nuca, pero el jersey era siempre el mismo.

En aquella época mi vida era principalmente táctil; me imagino que en la suya predominaban el color y la línea, de modo que el uno no podía percibir muy bien el mundo del otro, o él no acababa de sentir mi presencia. Me pasaba el día entero tocando los platos y cuencos limpios cuando los guardaba, las cabezas de los niños, viscosas por el champú en la bañera, la suavidad de sus caras y los granitos de sus traseros irritados por las cacas, los fideos calientes, el peso de la ropa húmeda cuando la metía en la secadora y los peldaños de ladrillo de la entrada cuando me sentaba a leer durante ocho minutos mientras justo a un paso de mí los niños jugaban en el césped recién salido, que aún pinchaba, y luego, cuando uno de los niños se caía, tocaba el césped y el barro y la rodilla rasguñada, y las pegajosas tiritas, y la mejilla húmeda, y mis tejanos, y el cordón suelto del zapato.

Cuando Robert volvía a casa después de sus clases, yo tocaba su jersey marrón y los desordenados mechones rizados de su pelo, su mentón con barba de tres días, sus bolsillos traseros y sus manos callosas. Lo observaba al coger a los niños en brazos y sólo con verlo sentía cómo su áspera piel rozaba las pieles delicadas de nuestros hijos, y lo mucho que eso les gustaba. En aquellos momentos me parecía que Robert estaba totalmente presente entre nosotros, y sus caricias eran buena prueba de ello. Si yo no estaba agotada tras la jornada, él me acariciaba para mantenerme despierta un rato más, y entonces yo alargaba la mano en busca de sus costados tersos y sin vello, del suave y tupido vello entre sus piernas y de sus pezones chatos, perfectos. Entonces parecía que él dejaba de mirarme y que, finalmente, entraba en mi mundo táctil, en ese espacio libre que había entre nosotros, hasta que estrechábamos la distancia con una familiaridad feroz, con una rutina liberadora. En aquella época siempre me sentía cubierta de secreciones: gotas de leche, el chorro de pipí en mi cuello cuando le cambiaba los pañales a Oscar demasiado pronto, la espuma entre mis muslos, la saliva en mi mejilla.

Quizá fuera ésa la razón por la que pasé al mundo del tacto y dejé el mundo visual, por la que dejé de dibujar y pintar después de todos esos años de práctica casi diaria. Por mi familia, por su modo de lamerme y mordisquearme, besarme y tirar de mí, de echarme cosas encima: zumo, orina, semen, agua turbia. Me lavaba una y otra vez, lavaba las montañas de ropa sucia, cambiaba las sábanas y los discos de lactancia, frotaba y secaba los cuerpos. Quería limpiarme de nuevo, limpiarlos a todos ellos, pero justo cuando me disponía a hacer acopio de energía para lavarlo todo, aparecía siempre otra maravillosa sorpresa que absorbía mi atención.

Luego quisimos comprarnos una propiedad, como buenos adultos, y le enviamos a mi madre fotos de porches delanteros, y finalmente nos mudamos a nuestra casa el verano en que Ingrid tenía cinco años y Oscar uno y medio. Era lo que yo siempre había querido: dos niños preciosos, un jardín con un columpio que Robert instaló, por fin, después de pedírselo por favor durante un par de meses, una casita en una ciudad, Greenhill, la primera parte de cuyo nombre significaba precisamente «verde», y al menos uno de nosotros dos tenía un buen empleo. ¿Es lícito que consigamos lo que creemos que queremos? Y tenía a mi madre en casa. Durante sus primeros años con nosotros se ocupó del jardín, pasó la aspiradora y leyó durante una o dos horas al día en la terraza, debajo de un olmo que proyectaba las sombras de pequeñas hojas sobre su cabeza cana y las páginas blancas de su libro. Desde ahí podía incluso ver a Ingrid y a Oscar buscando orugas.

Es más, creo que aquélla fue una buena época para nosotros precisamente porque mi madre estuvo aquí. Yo tenía compañía, y Robert sacaba lo mejor de sí en su presencia. Ocasionalmente, trasnochaba o dormía en la facultad y después parecía cansado, y de vez en cuando pasaba por una fase de irritabilidad y luego dormía varios días hasta tarde. En general, reinaba la calma. Robert había cubierto de pintura el caos de su estudio de la buhardilla antes de irnos del campus. No supe hasta qué punto fue debido a los frascos de plástico naranja de nuestro botiquín. Cada cierto tiempo comentaba que había ido a ver al doctor Q, y a mí eso me bastaba... Naturalmente, el doctor Q a mí no me podía ayudar, pero al parecer estaba ayudando a mi marido.

Durante nuestro segundo año en la nueva casa, Robert dio clases en un retiro artístico en Maine. No habló mucho del mismo, pero pensé que le había sentado bien. Nos reíamos juntos de cosas de los niños y algunas noches, si no estaba demasiado cansada, Robert me buscaba con la mano y las cosas eran como siempre. Yo usaba trapos hechos con sus camisas viejas para limpiar el polvo; las habría reconocido en cualquier montón, habría sabido que eran de sus camisas, que eran él, con su olor aún presente. Parecía feliz con su empleo y yo había empezado un trabajo de media jornada como redactora, básicamente desde casa, para contribuir a pagar nuestra parte de la hipoteca mientras mi madre cuidaba de los niños.

Una mañana, después de que ella se los llevase al parque y de lavar las tazas y los platos del desayuno, subí para hacer las camas y ponerme a trabajar en el escritorio del distribuidor y vi que la puerta del estudio de Robert estaba abierta. Se había ido con su taza de café en una mano cuando yo me levantaba; estaba pasando por una fase madrugadora y se iba a pintar a la facultad. Esa mañana me fijé en que se le había caído algo al suelo, un trozo de papel, junto a la puerta abierta. Lo recogí sin pensar en nada concreto. Robert solía dejar papeles por la casa: notas, recordatorios, trozos de dibujos, servilletas arrugadas.

Lo que encontré en el suelo era aproximadamente un cuarto de folio desgarrado, como si alguien, al escribirlo, se hubiera enojado. Ese alguien era Robert: era su letra, pero más pulcra que de costumbre. Todavía guardo esas líneas escondidas en mi escritorio, no porque conservara el trozo de papel original (de hecho, acabé haciendo una bola con él y se la tiré por la cabeza a Robert, que la cogió, se la guardó en el bolsillo y jamás volví a verla). Conservo esas líneas porque, llevada por cierto instinto, me senté frente a mi escritorio, las copié y las escondí antes de vérmelas con Robert. Supongo que se me ocurrió que quizá las necesitaría algún día en un tribunal, o que, como mínimo, las querría tener más adelante cuando tal vez empezase a olvidarme de algunos detalles. «Mi querido amor», rezaba la carta, pero no iba dirigida a mí, ni había visto yo nunca aquellas palabras salidas de la pluma negra de Robert y colocadas en este orden.

Mi querido amor:

Acabo de recibir tu carta en este preciso instante, lo que me mueve a escribirte al punto. Sí, es cierto lo que insinúas, tan compasiva: durante estos años me he sentido solo. Y por extraño que parezca, me habría encantado que conocieras a mi mujer, aunque, de haber sido eso posible, tú y yo habríamos intimado en las circunstancias apropiadas y no con este amor que es de otro mundo, si me permites la expresión.

Desconocía que Robert pudiera escribir con un lenguaje tan florido ni ser tan romántico; las notas que solía escribirme eran breves y concisas. Durante unos instantes me produjo más náuseas este descubrimiento que el hecho de que se tratase de una carta de amor. El tono cortés, anticuado, pertenecía a un Robert que yo a duras penas reconocía, un Robert galante que jamás había exteriorizado su galantería con su esposa, a la que deseaba que la destinataria de la carta conociera o hubiera conocido.

Me quedé con sus palabras en la mano en la soleada biblioteca y me pregunté qué era lo que tenía delante. Robert se había sentido solo. Tenía un amor que no era de este mundo. Por supuesto que no lo era, puesto que estaba casado y tenía dos hijos y posiblemente también estuviese loco. ¿Y yo? ¿Acaso no me había sentido sola? Pero yo no tenía nada de otro mundo, sino una dura realidad con la que lidiar: los niños, los platos, las facturas, el psiquiatra de Robert. ¿Acaso se creía que el mundo real me gustaba más que a él?

Entré lentamente en su estudio y miré hacia el caballete. La mujer estaba ahí. Creía que me había acostumbrado a ella, a su presencia en nuestras vidas. Era un lienzo en el que Robert llevaba semanas trabajando: ella era lo único que había en el lienzo, y su cara aún no estaba terminada, pero yo misma habría podido rellenar ese óvalo áspero y pálido con los rasgos adecuados. Robert la había situado junto a una ventana, de pie, y llevaba puesta una provocativa y holgada túnica de color azul claro. En una mano sostenía un pincel. Dentro de uno o dos días le estaría sonriendo a Robert, o mirándolo seria, fijamente, con oscuros ojos llenos de amor. Había llegado a creer que era imaginaria, una quimera, parte de la visión que impulsaba el talento de Robert. Había sido ingenua, demasiado ingenua, porque mi instinto inicial resultó ser acertado: era real, y Robert le escribía cartas.

Sentí el repentino deseo de destrozar la habitación, hacer trizas sus cuadernos de dibujo, tirar al suelo a la dama-en-proceso, pintarrajearla y pisotearla, arrancar el caos de carteles y postales de la pared. Lo trillado de la escena me detuvo, la humillación de parecerme a la mujer celosa de una película. Y también una especie de curiosidad, una cautela que invadió mi cerebro como una droga: podría averiguar más cosas mientras Robert no supiera que yo lo sabía. Llevé el trozo de papel a mi escritorio, ya con la intención de copiar las palabras para guardármelas y volví a dejarlo en el suelo junto a la puerta abierta de su estudio por si lo echaba de menos. Me lo imaginé agachándose a recogerlo, pensando: «¡Uf, se me ha caído! ¡Por los pelos!»; y metiéndoselo en el bolsillo o en el cajón de su mesa.

Ése fue mi siguiente movimiento: revisé con delicadeza los cajones de la mesa de su estudio, devolviendo a su sitio con celo de archivero cualquier cosa que movía: grandes lápices de grafito, gomas grises de borrar, recibos de óleos, una barrita de chocolate a medio comer. Cartas en el fondo de un cajón, cartas en una letra que no reconocí, respuestas a cartas como la de él. *Querido Robert. Mi amado Robert. Mi querido Robert. Hoy he pensado en ti mientras trabajaba en mi nuevo bodegón. ¿Crees que vale la pena pintar bodegones? ¿Por qué pintar algo que está más muerto que vivo? Me pregunto cómo se le da vida a algo únicamente con ayuda de la mano, esta fuerza misteriosa que salta como la electricidad de lo contemplado al ojo, y luego del ojo a la mano, y luego de la mano al pincel, etcétera. Y de nuevo al ojo; todo se reduce a lo que uno pueda ver, ¿verdad?, porque por mucho que pueda hacer la mano, no puede arreglar la falta de visión. Ahora me voy corriendo a clase, pero pienso en ti constantemente. Sabes que te quiero. Mary.*

Me temblaron las manos. Me dieron náuseas, sentí que la habitación se movía a mi alrededor. Al fin sabía su nombre, y sabía que debía de ser una alumna o tal vez una profesora, aunque en tal caso es probable que hubiese reconocido su nombre. Tenía que irse corriendo a clase. El campus estaba lleno de alumnas que yo no conocía y que ni siquiera había visto; seguramente no las había visto a todas ni cuando vivíamos allí. Entonces recordé el boceto que había encontrado en el bolsillo de Robert cuando nos mudamos a Greenhill varios años antes. Esta relación duraba ya mucho tiempo; seguro que la había conocido en Nueva York. Desde entonces Robert había viajado al norte con frecuencia, incluido el largo semestre que pasó allí. ¿Se había ido para poder verla? ¿Había sido ésa la razón de su repentina ausencia, de su reticencia a llevarnos consigo? Por supuesto, ella pintaba, estudiaba bellas artes, era una pintora en activo, una auténtica artista. Él mismo la estaba pintando con un pincel en la mano. Desde luego, era pintora, como también lo había sido yo.

Por otra parte, se llamaba Mary, ¡qué nombre más vulgar!; el nombre de quien tuvo al Cordero de Dios, el nombre de la madre de Jesús. O de María Estuardo, reina de Escocia, o María Tudor, reina de Inglaterra, o María Magadalena. No, ese nombre no siempre era garantía de la pureza azul y blanca de la Virgen María. Su caligrafía era grande y juvenil pero no tosca, la ortografía correcta, las expresiones inteligentes y en ocasiones hasta sorprendentes, a menudo humorísticas, algunas veces un tanto cínicas. A veces ella le daba las gracias a Robert por un dibujo o añadía un bosquejo propio hecho con destreza; había uno que ocupaba una página entera y mostraba a gente sentada tranquilamente en una cafetería con tazas y teteras sobre las mesas. Una de las cartas tenía fecha de hacía unos cuantos meses, pero la mayoría no estaban fechadas y ninguna tenía sobre. Por alguna razón, Robert había decidido tirarlos, o quizás había abierto las cartas en otra parte sin preocuparse de conservar los sobres, o las había llevado consigo sin sobres; algunas de ellas estaban desgastadas, como si hubiesen estado en un bolsillo. Ella no mencionaba ningún encuentro o planes de verlo, pero en una carta hablaba de una ocasión en que se habían besado. De hecho, no había nada más que fuera realmente sexual en aquellas cartas, aunque ella decía a menudo que lo echaba de menos, que lo amaba, que soñaba despierta con él. En una se refería a él como «inalcanzable», lo que me llevó a pensar que a lo mejor no había pasado nada más entre ellos.

Y, sin embargo, si se amaban, había pasado de todo. Volví a dejar las cartas en el cajón. La carta de Robert era la que más me había disgustado; pero de él no había más, únicamente de ella. Y en el estudio no encontré nada más, nada en su despacho, nada en su segunda chaqueta, nada en su coche cuando también registré allí, aquella noche, con la excusa de buscar una linterna en la guantera (aunque Robert tampoco me habría seguido ni habría sospechado nada). Jugaba con los niños, sonreía durante la cena; se mostraba enérgico, pero tenía la mirada ausente. Ésa era la diferencia, la prueba.

34

Kate

Al día siguiente me encaré con él. Le pedí que se quedara en casa unos minutos después de que mi madre hubiese salido con los niños; sabía que aquel día Robert no tenía clases hasta la tarde. Yo había escondido las cartas en el comedor, salvo la escrita con la letra de Robert, que tenía guardada en mi bolsillo, y le pedí que se sentara para hablar. Robert estaba impaciente por irse a la facultad, pero su cuerpo se quedó inmóvil cuando le pregunté si se daba cuenta de que yo sabía lo que estaba pasando. Arqueó las cejas. Ahora era yo la que temblaba; aún no sabía con certeza si de ira o de miedo.

—¿A qué te refieres? —Su sorpresa parecía sincera. Llevaba ropa oscura y, como me pasaba algunas veces, su extraordinario atractivo físico acaparó inesperadamente mi atención: su cuerpo majestuoso y sus pronunciadas facciones.

—Primera pregunta: ¿la ves en la facultad? ¿La ves a diario? ¿Ha venido hasta aquí desde Nueva York, quizá?

Él se reclinó en su silla.

—¿A quién veo en la facultad?

—A la mujer —respondí—. A la mujer de todos tus cuadros. ¿Posa para ti en la facultad o en Nueva York?

Robert me miró lleno de odio.

—¿Qué? Creía que ya habíamos pasado por esto.

—¿La ves a diario? ¿O te envía cartas desde lejos?

—¿Me envía cartas? —Se quedó estupefacto al oír esto, pálido. De culpa, seguramente.

—No te molestes en contestar. Sé que sí.

—¿Sabes que sí? ¿Qué es lo que sabes? —Había ira en sus ojos, pero también desconcierto.

—Lo sé porque he descubierto las cartas que te manda.

Ahora me miró fijamente como si se hubiese quedado sin habla, como si realmente no supiese qué decir. Yo raras veces lo había visto tan desorientado, por lo menos cuando reaccionaba a algún estímulo externo. Puso ambas manos encima de la mesa, donde descansaron apoyadas en la lustrosa madera veteada; mamá la había encerado.

—¿Has descubierto cartas que ella me manda? —Lo curioso era que no parecía avergonzarse. Si hubiese tenido que describir su voz y la expresión de su cara en aquel momento, habría dicho que en cierto modo parecía ansioso, asustado, expectante. Me sacó de quicio; el tono de su voz hizo que me diese cuenta de que la quería con locura, adoraba incluso su sola mención.

—¡Sí! —chillé, poniéndome en pie de un salto y sacando el montón de cartas de debajo del salvamanteles—. Sí, hasta sé su nombre, ¡maldito idiota! Sé que se llama Mary. ¿Por qué las has dejado en esta casa, si no querías que lo descubriera? —Las tiré sobre la mesa delante de él, y Robert cogió una.

—Sí, Mary —dijo, y luego levantó la vista y casi esbozó una sonrisa, pero con tristeza—. No es nada. Bueno, nada no, pero no hay que darle tanta importancia.

Muy a mi pesar, rompí a llorar, y tuve la sensación de que no era tanto por lo que él había hecho como por lo que me había visto hacer a mí, sacando las cartas con ese dramatismo y tirándolas frente a él. Aquello era más humillante de lo que jamás me hubiera podido imaginar.

—¿Te parece que no es nada amar a otra mujer? ¿Qué me dices de esto? —Extraje de mi bolsillo el fragmento de la carta escrita por él, que indiscutiblemente contenía la caligrafía de Robert, y se lo lancé con fuerza.

Él lo cogió y lo alisó sobre la mesa. Creí detectar incredulidad en su rostro. Luego pareció recuperarse.

—Kate, ¿qué demonios te importa? Está muerta. ¡Está muerta!

—Tenía el contorno de la nariz y los labios pálido, la cara tensa—. Murió. ¿Acaso crees que no daría cualquier cosa por haberla salvado, por haberla dejado seguir pintando?

Ahora yo sollozaba más por la confusión que por todo lo demás.

—¿Está muerta? —Por la única carta fechada que había de Mary deduje que había vivido hasta hacía un par de meses. Sentí un extraño impulso políticamente correcto de decir: «¡Vaya, lo siento!». ¿Habría sufrido un accidente de coche? ¿Por qué él no me había parecido afligido durante las últimas semanas o meses? No había notado ningún cambio. Quizá, fuera cual fuera la relación entre ambos, a él le había importado realmente tan poco que no lloró su muerte. Pero eso me parecía atroz: ¿podía alguien ser tan insensible?

—Sí, está *muerta* —pronunció la palabra con una amargura de la que no le habría creído capaz—. Y aún la amo. Tienes toda la razón, así que ya puedes estar contenta. No sé por qué debería importarte. La amo. Y si no comprendes a qué clase de amor me refiero, no vale la pena ni que te lo explique. —Se levantó.

—No me vale. —Ahora que había roto a llorar, no podía dejarlo—. Eso lo empeora todo. No sé qué te traes entre manos ni a qué te refieres. No tienes *ni idea* de lo mucho que me he esforzado por comprenderte. Pero hemos terminado, Robert, y eso sí me vale... sí, me vale.

Levanté nuestro jarrón de porcelana del aparador, donde siempre había estado, fuera del alcance de los niños, y lo arrojé al otro lado de la habitación. Se me partió el corazón cuando se hizo añicos contra la chimenea, debajo de los retratos de los padres de mi padre, gente como es debido, oriunda de Cincinnati. Lamenté su destrucción ya entonces. Lo lamenté todo, excepto haber tenido a mis hijos.

35

1878

El pueblo donde están es más tranquilo que el vecino Étretat, pero Yves asegura que precisamente por eso le gusta más, mientras que el día que pasaron en Trouville le pareció aún más molesto: en verano debe de haber tanta gente en su paseo como en los Campos Elíseos, le dice a Béatrice. Si les apetece, siempre pueden ir en carruaje hasta Étretat para disfrutar de su serena elegancia, pero esta aldea de casas desde las que se puede ir a pie hasta la extensa playa les agrada a todos ellos, y la mayoría de los días se quedan allí tranquilamente, paseando entre los guijarros y por la arena.

Todas las noches, Béatrice lee a Montaigne en voz alta para papá, en el salón de alquiler con sus sillas baratas tapizadas en damasco y estantes repletos de conchas marinas. Los otros dos hombres escuchan o hablan en voz baja cerca de ellos. Asimismo, ha empezado un bordado nuevo que coserá en un cojín para el vestidor de Yves, su regalo de cumpleaños. Se afana en esta tarea un día tras otro, aguzando sus sentidos ante las delicadas florecitas doradas y violetas. Le gusta bordar sentada en la galería. Cuando levanta la cabeza ve el mar, a la izquierda los acantilados de color arena gris y coronados de verde y, lejos a la derecha, las casuchas desconchadas de los pescadores y las barcas varadas en la playa, las nubes sobre un horizonte borrascoso. Cada pocas horas llueve, y luego el sol vuelve a abrirse paso. El calor aumenta por días, hasta que, de pronto, una tormenta matutina los encierra en casa; al día siguiente, el sol todavía brilla más.

Todos sus pasatiempos le ayudan a esquivar a Olivier, pero una tarde él sale a la galería y se sienta a su lado. Béatrice conoce sus hábitos, y esto es un cambio. Por las mañanas y de nuevo al caer la tarde, cuando hace buen tiempo, Olivier pinta en la playa. Ha invitado a Béatrice a acompañarlo, pero sus improvisadas excusas (como que no tiene un lienzo preparado) siempre se lo impiden, de modo que él se va solo, alegremente, silbando, tocándose el sombrero al pasar por delante de la silla de la galería en la que está ella sentada.

Béatrice se pregunta si Olivier camina con paso enérgico porque se sabe observado; de nuevo tiene esa extraña sensación de que él se quita años cuando ella lo mira. ¿O será simplemente que Béatrice ha aprendido a ver a través de los ojos de Olivier —ahora más transparentes para ella— a la persona que hay detrás? Cada vez que Olivier se despide de Béatrice, ella contempla su espalda erguida, el viejo traje que se pone para pintar, su favorito, alejándose hacia la playa. Está intentando desaprender lo que sabe de él, verlo otra vez como un mayor de la familia de su marido que casualmente pasa las vacaciones con ellos, pero sabe demasiado acerca de sus pensamientos, sus expresiones, su dedicación a la pintura, lo mucho que admira lo que ella pinta. Naturalmente, aquí, en esta casa, no le envía cartas, pero las palabras flotan en el aire entre ambos: su caligrafía inclinada, el repentino salto de sus pensamientos sobre el papel, su afectuoso «tu» sobre la página.

Hoy lleva un libro en lugar de un caballete bajo el brazo. Se acomoda junto a ella en una silla grande, como decidido a que no le rechace. Béatrice se alegra, muy a su pesar, de haberse puesto su vestido verde claro de escote amarillo fruncido, por el que hace unos cuantos días él la comparó con un narciso; ojalá Olivier estuviera aún más cerca para que su hombro enfundado en una chaqueta gris pudiera rozar el suyo, ojalá se marchase, ojalá se subiera a un tren y volviera a París. Se le anuda la garganta. Olivier huele a algo agradable que se ha puesto en su baño, algún jabón o colonia desconocidos; ¿usará esta fragancia desde hace muchos años o la ha cambiado? El libro que Olivier tiene en el regazo permanece cerrado y Béatrice está segura de que no tiene la intención de leerlo, sospecha que confirma cuando ve el título: *La Loi des Latins*; lo reconoce porque lo ha visto en el estante de libros poco interesantes que hay dentro. Es evidente que lo ha cogido sin mirar antes de venir a sentarse con ella, una treta que le hace sonreír sin levantar la vista de su labor.

—*Bonjour* —saluda Béatrice en un tono que espera sea neutro, propio de un ama de casa.

—*Bonjour* —responde Olivier. Permanecen unos instantes sentados en silencio, y ésa, piensa ella, es la prueba, el problema incluso. Si fuesen unos auténticos desconocidos o unos miembros cualesquiera de la misma familia, ya estarían charlando de todo y de nada—. ¿Puedo hacerte una pregunta, querida?

—¡Naturalmente! —Béatrice agarra sus diminutas tijeras de pico de cigüeña y hojas repujadas; corta un hilo.

—¿Tienes la intención de evitarme durante un mes entero?

—Sólo han pasado seis días —replica.

—Y medio. O seis días y siete horas —la corrige Olivier. El efecto es tan cómico que ella levanta la vista y sonríe. Olivier tiene los ojos azules, no lo bastante viejos para ahuyentar a Béatrice como deberían—. Así está mejor —prosigue—. Tengo la esperanza de que el castigo no dure cuatro semanas.

—¿Castigo? —inquiere ella con la máxima suavidad posible. Intenta en vano volver a enhebrar su aguja.

—Sí, castigo. ¿Y por qué? ¿Por admirar a una joven artista desde la distancia? Con lo educado que he sido, ya podrías mostrarte algo más cordial.

—Entenderá usted... —empieza a decir ella, pero, cosa rara, la aguja le da problemas.

—Con permiso. —Olivier toma la aguja, enhebra cuidadosamente el delicado hilo de seda dorado y se la devuelve—. Ojos de viejo, ¿sabes? Se vuelven agudos con el uso.

Béatrice no puede evitar reírse. Por encima de todo, es esta chispa de humor que hay entre ambos y la capacidad que Olivier tiene de reírse de sí mismo lo que la desarma.

—Muy bien. Entonces tendrá usted la agudeza suficiente para entender que me resulte imposible…

—¿Prestarme la misma atención que a una piedra que se te hubiera metido en tu hermoso zapato? De hecho, le prestarías mucha más atención a la piedra, de modo que quizá tenga que mostrarme más insistente.

—No, por favor… —Béatrice vuelve a reírse. Detesta la alegría que centellea entre ambos en momentos como éste, el placer que cualquiera podría percibir. ¿Acaso no entiende este hombre que es parte integrante de su familia? ¿Y que es un anciano? Siente de nuevo el carácter esquivo de la edad. Si algo le ha enseñado Olivier es que las personas no se sienten viejas por dentro, al menos hasta que el cuerpo le pasa a uno su lúgubre factura; por eso papá parece anciano aunque sea más joven, mientras que este artista de pelo blanco y barba cana no parece saber cómo debería comportarse.

—Déjalo, *ma chère*. Soy demasiado anciano para hacerte ningún daño, y tu marido aprueba de todo corazón nuestra amistad.

—¿Y por qué no iba a hacerlo? —Béatrice procura parecer ofendida, pero el extraño placer que le produce su cercanía es demasiado intenso, y se sorprende a sí misma volviéndole a sonreír.

—De acuerdo, pues. Tú te lo has buscado. Si no hay objeción, podrás venir a pintar conmigo mañana por la mañana. Mi amigo, el pescador, asegura que hará tan buen tiempo que los peces se meterán de un salto en su barca. A decir verdad, yo creía que saltaban más cuando llovía. —Imita el dialecto de la costa, y ella se echa a reír. Olivier gesticula en dirección al agua—. No me gusta que estés aquí languideciendo entre toda esta labor. Una gran artista en ciernes debería estar fuera con su caballete.

Ahora Béatrice nota que se sonroja de cuello para arriba.

—No se burle de mí.

Olivier se vuelve hacia ella en el acto, muy serio, y la toma de la mano sin pensarlo, no como un gesto galante.

—No, no, hablo en serio. Si yo tuviese tu talento, no malgastaría ni un solo minuto.

—¿Malgastar? —Béatrice se debate entre el enfado y el llanto.

—¡Ay, querida! ¡Qué torpe soy! —Le besa la mano para disculparse y la suelta antes de que ella pueda protestar—. Es preciso que sepas cuánta fe tengo en tus obras. No te indignes. Simplemente, ven a pintar conmigo mañana: recordarás cuánto te gusta y te olvidarás por completo de mí y de mi torpeza. Me limitaré a llevarte al paisaje adecuado, ¿de acuerdo?

Béatrice ve de nuevo en sus ojos al chico vulnerable que Olivier lleva dentro. Se pasa una mano por la frente. No puede imaginarse amando a nadie más de lo que lo ama a él en este momento; no por sus cartas ni por su cortesía, sino por el hombre en sí y por el paso de los años, que lo han ido moldeando, llenándolo de confianza en sí mismo a la vez que de fragilidad. Traga saliva y clava la aguja primorosamente en su bordado.

—Sí, gracias. Iré.

Cuando tres semanas más tarde regresan a París, ella se lleva consigo cinco pequeños lienzos del agua, las barcas y el cielo.

36
Kate

Robert no se fue de casa enseguida, y yo tampoco; en realidad, me negaba a desarraigar a mi madre y a los niños o a dejar la casa con la que siempre había soñado, que me encantaba y que mi madre nos había ayudado a comprar. Después de romper aquel jarrón, Robert reunió su montón de cartas, se las metió en el bolsillo y se fue sin llevarse siquiera un cepillo de dientes o ropa de recambio. Quizás incluso entonces lo hubiese visto con mejores ojos, si hubiese tenido la prudencia de subirse a hacer la maleta.

No vi a Robert en varios días, y no sabía dónde estaba. A mi madre le dije únicamente que habíamos tenido una fuerte pelea y necesitábamos darnos un tiempo, y ella se mostró preocupada pero también imparcial; intuí que pensaba que el temporal pasaría. Traté de convencerme a mí misma de que él estaría con Mary, dondequiera que viviese, pero no podía sacudirme la sensación que tenía de que él había sido sincero cuando con tanta amargura me había dicho: «Está *muerta*». No parecía capaz de llorar realmente la muerte de nadie. Eso era casi lo peor del caso. El hecho de que su aventura amorosa se hubiese terminado con la muerte de ella no aliviaba mi dolor. Es más, le añadía a mi día a día una componente de obsesión, de inquietud, del que no podía deshacerme.

Una tarde de aquella semana mientras yo leía (no muy concentrada) a la entrada de casa y mi madre zurcía nuestra ropa en la silla de la terraza, y ambas vigilábamos a los niños, que estaban encharcando el jardín con la manguera, Robert apareció con el coche sin causar alboroto alguno y se bajó. Pude ver que tenía unas cuantas cosas guardadas en el maletero: caballetes, portafolios y cajas. El corazón se me anudó en la garganta. Se acercó por el camino de acceso y se desvió para besar a mi madre y preguntarle cómo se encontraba. Yo sabía que ella le diría que bien, aunque el día antes había tenido que llevarla al médico porque le había dado otro vahído; y aunque a estas alturas ella supiese que Robert prácticamente se había ido de casa.

Entonces Robert se acercó lentamente por el camino hacia mí y durante un instante vi su presencia en toda su globalidad, su cuerpo grande, que no era flaco ni gordo, los amplios movimientos de los músculos debajo de su camisa y sus pantalones. Su ropa parecía más sucia que nunca, y había sido más descuidado que de costumbre con la pintura, de tal modo que sus mangas arremangadas tenían salpicaduras rojas y sus pantalones deportivos, lamparones blancos y grises. Pude ver que la piel de su cara y cuello empezaba a envejecer, arrugas debajo de sus ojos, el castaño verdoso e intenso de su mirada, su pelo abundante, los rizos angelicales con hebras de plata, su gran tamaño, su distanciamiento, su autosuficiencia, su soledad. Quise levantarme de un salto y echarme en sus brazos, pero eso era lo que él debería estar haciendo conmigo; por el contrario, me quedé donde estaba, sintiéndome más menuda que nunca, encorsetada, delimitada por un marco. Una persona menuda, de pelo lacio y excesivamente limpia que él había olvidado cuidar en pos de su gran empresa artística, un ser básicamente invisible. Robert había olvidado incluso decirme cuál era el propósito de su empresa.

Se detuvo en los peldaños.

—Sólo he venido a recoger algunas cosas.

—Bien —dije yo.

—¿Quieres que vuelva? Os echo de menos a ti y a los niños.

—Si volvieras… —inquirí en voz baja tratando de que ésta no me temblara—, ¿realmente volverías o seguirías viviendo con un fantasma?

Pensé que Robert se enfadaría otra vez, pero al cabo de un momento, me dijo sin más:

—Déjalo ya, Kate. No lo entiendes.

Y yo sabía que si le gritaba algo como: «¿Que no lo entiendo? ¿Cómo que no lo entiendo?», no pararía de chillarle, ni siquiera delante de los niños y de mi madre. En lugar de eso, aferré el libro hasta que me dolieron los dedos y dejé que Robert entrara en casa y bajara al cabo de un rato con la proverbial maleta, en realidad, una vieja bolsa de lona de uno de nuestros armarios.

—Estaré fuera varias semanas. Te llamaré —me dijo. Se alejó y besó a los niños, y lanzó a Oscar por los aires, dejando que la ropa empapada de nuestros hijos le salpicase la camisa. Tardó en marcharse. Lo odié incluso por el dolor que él sentía. Por fin, se subió al coche y se fue. Sólo entonces me pregunté cómo era posible que se ausentase de su trabajo durante varias semanas seguidas. Aún no se me había ocurrido que quizá dejaría también de dar clases.

Casualmente, aquél fue uno de los últimos días que mi madre se sintió bien. Su médico nos citó en su consulta para decirnos que tenía leucemia avanzada. Podían darle quimio, pero probablemente le produciría más molestias que otra cosa. Ella optó, en cambio, por aceptar un folleto de un hospital para enfermos terminales y al irnos me agarró del brazo con fuerza para aliviar mi propio dolor.

37

Kate

Pasaré por alto parte de este episodio. Lo pasaré por alto, pero sí quiero describir cómo fue la vuelta de Robert. Le llamé por teléfono aquella noche y volvió durante las seis semanas que mi madre tardó en consumirse casi del todo. Por lo visto no se había ido más allá de la universidad, aunque en ningún momento me comentó dónde había dormido; quizás en los estudios o en una de las casas vacías del campus. ¿Estaría desocupada nuestra antigua casa? Tal vez hubiese dormido entre nuestros propios fantasmas, sobre un montón de mantas en el suelo, en los dormitorios en los que habíamos instalado a Ingrid y a Oscar de recién nacidos.

Cuando Robert volvió durante aquel breve período para ayudarme con mi madre, se instaló en su estudio, pero su actitud era tranquila y amable, y en ocasiones se llevaba en coche a los niños de excursión para que yo pudiera hacerle compañía a mi madre mientras se tomaba analgésicos y dormía siestas cada vez más largas. No le pregunté por su trabajo en la universidad. Pensé que esperaríamos juntos al momento en que tuviesen que intervenir las enfermeras del hospital. Estaba todo organizado, y mi madre incluso me había ayudado a organizarlo: ella me avisaría, me haría una señal y yo marcaría el número desde el teléfono de la cocina.

Pero, llegado el momento, únicamente Robert y yo estuvimos ahí, y ése fue el verdadero final de nuestro matrimonio, a menos que contemos los finales anteriores o las llamadas de teléfono posteriores que eran cada vez más escasas, o su huida a Washington, o cuando presenté la demanda de divorcio pero dejé su despacho intacto durante más de un año, o cuando empecé por fin a vaciarlo, o cuando guardé la mayoría de sus cuadros de doña Melancolía o como se llame. O incluso el momento en que me enteré de que había atacado un cuadro y lo habían detenido, o cuando más tarde supe que había accedido a ingresar en un psiquiátrico. O cuando quise ayudar a su madre a pagar al menos parte de los gastos; su madre aún quería que él mejorase, si era posible, para que algún día pudiese asistir a las graduaciones y las bodas de nuestros hijos.

Las personas cuyos matrimonios no se han derrumbado, o cuyos cónyuges mueren en lugar de marcharse, no saben que los matrimonios que terminan raras veces tienen un único final. Los matrimonios son como ciertos libros, una historia en la que, al volver la última página, crees que se ha acabado, y luego hay un epílogo, y después de eso tiendes a seguir preguntándote acerca de los personajes o imaginándote que sus vidas continúan sin ti, querido lector. Hasta que no te olvidas de ese libro, estás atrapado tratando de resolver qué habrá sido de esos personajes una vez que lo has cerrado.

Pero si tengo que elegir un solo final para Robert y para mí, ese final ocurrió el día en que murió mi madre, porque se murió más repentinamente de lo que nos habíamos imaginado. Estaba descansando en el sofá del salón, al sol. Incluso había accedido a que le preparase un poco de té, pero entonces le falló el corazón. Ése no es el término técnico, pero así es como yo pienso en ello, porque a mí también me falló el mío, y corrí hasta ella cuando sucedió, tirando en mi carrera la bandeja sobre la moqueta del salón. Me arrodillé y la sujeté por los brazos mientras nuestros corazones fallaban, y fue terrible, y terrible de presenciar, pero muy rápido, y habría sido mucho más terrible si yo no hubiese estado allí presente para abrazarla después de que ella hubiese cuidado tantos años de mí.

Cuando todo terminó y ella ya no era ella, la rodeé con mis brazos y la estreché con fuerza y finalmente recuperé la voz. Llamé a Robert, lo llamé a gritos, aunque todavía temerosa de molestar a mi madre. Él debió de oír mi tono de voz desde su despacho, detrás de la cocina, porque vino corriendo. Mi madre había perdido ya muchísimo peso y la levanté en brazos con facilidad, con mi mejilla contra la suya, en parte para no tener que volver a mirarla a la cara de momento. Alcé la vista, en cambio, hacia Robert. Lo que vi en su rostro terminó con nuestro matrimonio de igual modo que la vida de mi madre se había evaporado. Robert tenía los ojos en blanco. No nos estaba mirando, no me estaba mirando a mí mientras sostenía en brazos el cuerpo inerte de mi madre. No estaba pensando en cómo podía consolarme en aquellos primeros momentos o en cómo podía honrar su muerte, o de qué forma él mismo lamentaba su pérdida. Vi claramente que estaba viendo a alguien más, algo que hizo que su cara resplandeciese de horror, algo que yo no podía ver ni probablemente entender, porque era incluso peor que este momento, el peor de mi vida. Robert no estaba ahí.

Très chère Béatrice:

*Gracias por tu conmovedora carta. No me gusta pensar que
me he perdido otra velada contigo, ni siquiera por ver lo
mejor de Molière; disculpa mi ausencia. Me pregunto, con
bastantes celos, si los elegantes hermanos Thomas estuvie-
ron de nuevo allí; saber que están más cerca de ti por edad
que yo es quizá lo que me vuelve un tanto protector. De
hecho, ahora no me importa que se dediquen a revolotear a
tu alrededor o, lo que es más, que se coman con los ojos tus
obras, que deberían ser vistas únicamente por ojos críticos
(no los suyos). Disculpa mi indecoroso malhumor. Si pudiera evitar escribir, sin duda lo haría, pero la belleza de la
mañana me supera y me veo obligado a compartirla contigo.
Seguramente estarás junto a tu ventana, quizá con tu labor
o con algún libro, posiblemente el que la última vez dejé
descansando en tus manos. Cuando cometí la indiscreción
de admirarlas, me dijiste que son demasiado grandes; pero
son preciosas (hábiles) y guardan proporción con tu grácil
estatura. Además, no solamente parecen hábiles, sino que
lo son cuando manejas el pincel y el lápiz, y, sin duda, en
todo cuanto haces. Si pudiese sostener cada una de ellas en
las mías (siendo las mías, al fin y al cabo, aún más grandes
pero menos hábiles), besaría primero una y luego la otra,
respetuosamente.*

Perdóname, ya había olvidado que mi objetivo es com-
partir la belleza de la mañana contigo. He ido andando hasta
el museo del Jeu de Paume para despejarme después de que
me retirara tarde anoche por culpa del teatro y siento, queri-
da mía, que a fin de cuentas no tengo fuerzas para trasnochar
en exceso, ya que suelo despertarme temprano; habría prefe-
rido estar a tu lado ayer por la noche, y quizá mañana por la
noche vuelva a leerte en voz alta junto a tu cálido fuego o
permanezca completamente en silencio para poder adivinar
tus pensamientos. Cuando no pueda estar allí contigo, sién-
tate así, en actitud contemplativa.

Vuelvo a divagar. Andando hasta el Jeu de Paume he visto
una bandada de gorriones a los que daba de comer un anciano
caballero que quizá presenció en su día la última ofensiva de
Napoleón y que habría estado muy elegante con un sombrero
de tres picos. Te reirás de mis inocentes fantasías. Caminando
por el parque, había también un joven cura, que en algún otro
mundo quizá nos habría dado su bendición y cuya toga bailaba
al ritmo de su enérgico paso; sin duda, tenía prisa. Y yo, que
no la tenía, a pesar del frío, me he sentado en un banco a soñar
durante diez minutos, y tal vez puedas adivinar algunas de mis
reflexiones. Te ruego que no te rías por la melancolía de las
mismas.

Ahora, de vuelta en casa, después de entrar en calor y
haber desayunado, debo prepararme para una jornada de
reuniones y trabajo durante la cual pensaré sin cesar en ti y
tú te olvidarás por completo de mí. Pero mañana espero te-
ner una noticia que contarte y que te complacerá, y al menos
una de mis reuniones concierne a esta noticia y también está
relacionada con el nuevo cuadro y mi probable participación
en el Salón de este año. Disculpa tanto misterio, pero me
gustaría hablar de ello contigo, y tiene la suficiente impor-
tancia como para suplicarte que mañana por la mañana entre
las diez y las doce pases en algún momento por el estudio, si

estás libre, para hablar de negocios; de un negocio sumamente decoroso, puesto que Yves me ha instado a buscar tu aprobación. He incluido la dirección y un pequeño plano; la calle te parecerá pintoresca, pero no desagradable.

Hasta entonces, beso tu estilizada mano con respeto. Tu fiel amigo espera una bienvenida reprimenda, además de que aceptes mi invitación.

O. V.

38

Marlow

Dejé a Kate tras darle sinceramente las gracias y con las notas de nuestras sesiones metidas en mi maletín. Ella me dio la mano con afecto, pero pareció también aliviada al ver que me iba. En las afueras de la ciudad me paré en una cafetería, pero me quedé en el coche y saqué el móvil. Tan sólo me haría falta un poco de perspicacia. La telefonista de la centralita de Greenhill College me pareció amable, natural; se oía una especie de crujido de fondo, como si estuviera comiendo en el trabajo. Pedí por el Departamento de Arte y allí di con una secretaria igual de receptiva.

—Lamento llamar de forma inesperada —dije—. Soy el doctor Andrew Marlow. Estoy escribiendo un artículo sobre uno de sus antiguos profesores, Robert Oliver, para la revista *Art in America*. Exacto. Sí, sé que ya no está allí… De hecho, ya me he entrevistado con él en Washington.

Aunque hasta ese momento había estado de lo más tranquilo, noté que las raíces de mi pelo transpiraban; lamenté haber mencionado una revista concreta. La cuestión era si en la universidad sabían que a Robert lo habían detenido e ingresado en un psiquiátrico. Confiaba que el incidente de la Galería Nacional sólo hubiera aparecido en los periódicos locales de Washington. Me imaginé a Robert tumbado en su cama como un coloso vencido, los brazos detrás de la cabeza, las piernas cruzadas a la altura de los tobillos, los ojos clavados en el techo. «Puede usted hablar con quien le dé la gana.»

—Hoy pasaré por Greenhill —insistí despreocupadamente—, y sé que aviso con poco tiempo, pero quizá alguno de sus compañeros podría dedicarme unos minutos esta tarde o... o mañana por la mañana para hablarme un poco de su obra. Sí. Gracias.

La secretaria se fue un instante y volvió con sorprendente rapidez; visualicé un gran almacén tipo loft convertido en estudio, donde ella podría abordar a cualquiera de los que estaban frente a un caballete y hacerle una pregunta. Pero seguramente esa imagen no se correspondía con la realidad.

—¿El profesor Liddle? Muchas gracias. Por favor, dígale que siento avisar con tan poca antelación y que no le robaré demasiado tiempo. —Colgué el teléfono, entré en la cafetería, pedí un café con hielo y me enjugué la frente con la servilleta de papel. Quizá el joven de la barra adivinara al mirarme que yo era un mentiroso. «Antes no mentía —quise decirle—. Ha sido una gradual transformación.» No, eso no era del todo exacto: «Empecé a mentir hace poco, por casualidad»; una casualidad llamada Robert Oliver.

El trayecto hasta la universidad fue corto, de unos veinte minutos, pero mi incertidumbre hizo que se me hiciera eterno: había un gran cielo abovedado sobre las montañas, autopistas con amplios triángulos de flores silvestres rosas y blancas que no reconocí, el asfalto era liso. «Puede incluso hablar con Mary», me había dicho Robert. Era fácil recordarlo porque en mi presencia había hablado muy poco.

No cabían más que tres posibilidades, pensé. La primera era que su estado se hubiese deteriorado hasta el punto de tener alucinaciones a partir de su ruptura con Kate, y que ahora pensara que una mujer muerta aún vivía. Sin embargo, no era algo que yo pudiera demostrar. En principio, si a Robert lo acosaran las alucinaciones, no sería capaz de mantener su silencio de un modo tan premeditado. Otra posibilidad era que le hubiese estado mintiendo a Kate, intencionadamente, y que Mary no estuviera muerta. O... Pero la tercera posibilidad no acabó de perfilarse en mi mente y la deseché cuando tuve que empezar a estar pendiente de la salida que tenía que coger para ir a la universidad.

El entorno no se correspondía con mi imagen de los frondosos Apalaches; quizás había que alejarse más de la interestatal para eso. Un letrero me informó de que Greenhill College era la artífice del tramo de la buena carretera comarcal que había tomado, y, como para demostrarlo, había un grupo de jóvenes con chalecos naranjas recogiendo insignificantes cantidades de basura de la cuneta. La carretera serpenteaba entre montañas y pasaba por delante de un letrero que comprendí que seguramente era el que Kate me había descrito, un desgastado cartel de madera enmarcado con piedras grises sin labrar, y a continuación tomé el camino que conducía a Greenhill College.

El recinto tampoco estaba perdido en el bosque, aunque algunos de los edificios cercanos a la entrada eran tranquilas y viejas cabañas medio ocultas por matas de cicutas y rododendros. Un gran pabellón oficial resultó ser el comedor; detrás había residencias de estudiantes, que eran de madera, y edificaciones de ladrillo con aulas cubriendo la ladera, y más allá se extendía el bosque (jamás había visto un campus rodeado de tanto bosque). Los árboles de los jardines eran incluso más altos que los de Goldengrove, majestuosos, imponentes: robles que arañaban el cielo borrascoso, un imponente sicómoro, abetos altos como rascacielos. Tres estudiantes jugaban con un *frisbee* en el césped formando un triángulo perfectamente equilátero, y un profesor de barba dorada daba clase en el patio mientras sus alumnos mantenían en equilibrio los cuadernos sobre las piernas cruzadas. La estampa era idílica; yo mismo deseé volver a la universidad, volver a empezar. Y Robert Oliver había vivido durante varios años en este pequeño paraíso, enfermo y con frecuencia deprimido.

El Departamento de Arte resultó ser un bloque de cemento situado en uno de los extremos del campus; estacioné delante y me quedé mirando el museo contiguo al mismo, una larga y estrecha cabaña con una puerta pintada de colores. En el exterior, un tablón anunciaba una exposición de arte de un alumno. No me había imaginado que estaría tan nervioso. ¿De qué tenía miedo? Básicamente, estaba allí en una misión de salvamento. Si no estaba siendo sincero acerca de mi profesión o la relación de ésta con Robert Oliver, el antiguo profesor de arte, era porque sabía que, de lo contrario, no obtendría ninguna información. U obtendría menos; mucha menos, quizá.

Resultó que la secretaria era una estudiante, o lo bastante joven para serlo, tenía las caderas anchas y llevaba tejanos y camiseta blanca. Le dije que había venido para reunirme con Arnold Liddle, y ella me condujo por varios pasillos hasta la puerta de un despacho; vislumbré a alguien con las piernas encima de la mesa. Eran unas piernas esqueléticas enfundadas en unos raídos pantalones grises, a cuyo extremo asomaban unos pies con calcetines. Cuando entramos, las piernas bajaron y la persona, que estaba al teléfono, colgó bruscamente; era un teléfono normal, de los antiguos, no inalámbrico, y tardó un par de segundos en desenroscar el cable en espiral de su brazo. Luego se levantó y me dio la mano.

—¿El profesor Liddle? —pregunté.

—Llámame Arnold, por favor —me corrigió. La secretaria ya se había ido.

Arnold tenía un rostro afilado y enérgico, y entradas en su pelo pelirrojo, que caía ralo sobre el cuello de su camisa. Sus ojos eran azules, grandes y simpáticos, y su nariz, larga y roja. Sonrió y me indicó con un gesto un asiento del rincón, frente a él, y volvió a poner los pies en alto. Sentí el impulso de descalzarme también, pero no lo hice. En el despacho reinaba el desorden: había postales de exposiciones en galerías en un tablón de anuncios, un cartelón con una obra de Jasper Johns colgado en la pared que había junto a la mesa e instantáneas de un par de niños flacuchos montados en sus bicicletas. Arnold se arrellanó en su silla como si le encantase estar allí.

—¿En qué puedo ayudarte?

Entrelacé las manos y procuré aparentar serenidad.

—Tu recepcionista quizá te haya dicho que estoy haciendo una serie de entrevistas relacionadas con la obra de Robert Oliver… Pensó que tal vez podrías ayudarme.

Observé a Arnold atentamente. Parecía estar pensando en ello, en silencio, pero no con especial atención; después de todo, el incidente de la Galería Nacional quizá no hubiese llegado a sus oídos ni lo hubiese leído en la prensa. Noté un ligero alivio.

—Desde luego —dijo al fin—. Robert fue… ha sido mi colega durante unos siete años, y conozco bastante bien su obra, creo. Yo no diría exactamente que fuésemos amigos… Era un tipo reservado, ¿sabes?, pero siempre lo respeté. —Me pareció que después de esto el profesor no sabía muy bien qué decir, y me sorprendió que no me preguntara por mis credenciales o a qué se debía mi interés en obtener información de Robert Oliver. A saber qué le habría dicho la secretaria; fuera lo que fuera, a él le bastaba. ¿Le habría dicho que yo escribía para *Art in America*? ¿Y si el editor de la revista había sido su compañero de habitación en la facultad de Bellas Artes?

—Robert pintó un montón de obras estupendas aquí, ¿verdad? —aventuré.

—Bueno, sí —admitió Arnold—. Fue prolífico, una especie de supermán, siempre estaba pintando. Debo decir que sus cuadros me parecen poco originales, pero es un gran dibujante; un dibujante magnífico, de hecho. En cierta ocasión me comentó que en la facultad había estudiado arte abstracto durante algún tiempo y que no le había gustado… Supongo que no fue una temporada larga. Mientras estuvo aquí, trabajó sobre todo en dos o tres series diferentes. Veamos… Una de ellas era de ventanas y puertas, al estilo de los interiores de Bonnard, pero más realista, ya me entiendes. Expuso un par de esos cuadros aquí, en el vestíbulo del edificio central. Uno de ellos era un bodegón, brillante, si te gustan los bodegones: frutas, flores y copas; sus bodegones eran similares a los de Manet, pero siempre incluían algo extraño, como un enchufe, un frasco de aspirinas y yo qué sé qué más. Anomalías.

Muy bien hechas. Aquí hubo una gran exposición de esos cuadros y el Museo de Arte de Greenhill compró por lo menos uno, al igual que hicieron algunos otros museos. —Arnold se puso a hurgar en un bote que había en su mesa; sacó un cabo de lápiz y empezó a darle vueltas entre dos dedos—. Durante un par de años estuvo preparando una nueva serie, y poco antes de irse hizo aquí una exposición monográfica de esos cuadros. Para serte franco, era una serie muy rara. Lo vi trabajar en ella en el estudio, aunque supongo que pintaba sobre todo en casa.

Procuré no mostrar excesivo interés; por ahora ya había logrado sacar mi bloc de notas e imbuirme de una serenidad propia de periodista.

—Esa serie ¿Era también tradicionalista?

—¡Sí, claro! Pero rara. Todos los cuadros mostraban básicamente la misma escena, bastante truculenta: una joven que sostenía en sus brazos a una mujer mayor. La joven miraba horrorizada hacia abajo, a la otra mujer de más edad, que estaba… bueno, un disparo le había atravesado la cabeza, la habían matado de un tiro, ¿qué te parece? Era una especie de melodrama victoriano. La ropa, el pelo…, los detalles eran increíbles, mezclaba las pinceladas suaves con el realismo. No sé a quién consiguió que posara para la serie; estudiantes quizás, aunque yo no vi nunca a ninguna trabajando con él. Todavía hay un cuadro de aquella serie en la galería de la universidad; lo donó para el vestíbulo cuando lo reformaron. Yo también tengo una obra allí; todo el personal docente tiene una, lo que significa que hubo que hacer muchas vitrinas para las piezas de alfarería y demás. ¿Conoces bien a Robert Oliver? —me preguntó de sopetón.

—Me he entrevistado un par de veces con él en Washington —le dije, sobresaltado—. Yo no diría que lo conozco muy bien, pero lo encuentro interesante.

—¿Qué tal está? —Arnold me miraba con más perspicacia de la que yo había advertido anteriormente. ¿Cómo me había podido pasar desapercibida la inteligencia de sus ojos claros? Era una persona encantadora, natural y campechana. Tenía los brazos y piernas escuálidos extendidos sobre la mesa; era imposible no tenerle simpatía, pero ahora, además, me daba miedo.

—Bueno, tengo entendido que actualmente está trabajando en unos dibujos nuevos.

—Supongo que no volverá, ¿verdad? A mí en ningún momento me ha llegado noticia alguna de su posible regreso.

—No me comentó que planeara volver a Greenhill —confesé—. Por lo menos no hablé de eso con él, así que quizá tenga pensado... No lo sé. ¿Crees que le gustaba enseñar? ¿Cómo era con sus alumnos?

—Bueno, ya sabrás que se fugó con una alumna.

Esta vez me pilló completamente desprevenido.

—¿Qué?

El profesor parecía estar divirtiéndose.

—¿No te lo ha contado? Bueno, ella no estudiaba aquí. Por lo visto la conoció cuando se fue un trimestre a dar clases a otra universidad, pero después de que pidiera repentinamente una excedencia, nos enteramos de que se había ido a vivir con ella a Washington. Yo diría que ni siquiera envió una nota oficial de renuncia. No sé lo que pasó. No volvió, y punto. Habría sido nefasto para su carrera docente. Siempre me he preguntado cómo pudo hacer eso. No tenía aspecto de estar forrado, pero supongo que nunca se sabe. Quizá sus cuadros se vendiesen bastante bien; eso podría ser. En cualquier caso, fue una pena. Mi mujer conocía un poco a la suya, Kate, y me dijo que jamás le contó ni una palabra al respecto. Hacía ya tiempo que vivían en la ciudad, no en el campus. Es una mujer encantadora, Kate. No me puedo imaginar en qué estaría pensando el bueno de Bob. Pero ya se sabe: a veces la gente pierde el norte.

Me costaba seguir la conversación con algún comentario coherente, pero Arnold no pareció darse cuenta.

—En fin, de todas formas le deseo a Robert lo mejor. Era un tipo de buen corazón o por lo menos eso me parecía a mí. Supongo que su sitio está en primera división y probablemente este lugar se le quedara pequeño. Ésa es mi teoría —lo dijo sin amargura, como si el lugar que no había podido dar cabida a Robert fuese tan cómodo para Arnold como la butaca donde estaba arrellanado. Se puso a meditar con el cabo de lápiz en la mano y luego empezó a dibujar algo en un cuaderno—. ¿En qué vas a centrarte en tu artículo?

Volví a poner mis ideas en orden. ¿Debería preguntarle a Arnold cómo se llamaba aquella antigua alumna? No me atreví. De nuevo pensé que ella había sido su musa, la mujer del cuadro que tanto detestaba Kate. ¿*Mary?*

—Bueno, en los retratos femeninos de Oliver —dije.

De haber sido otra clase de persona, Arnold habría resoplado.

—Supongo que hizo un montón de retratos de mujeres. En su exposición de Chicago predominaban las mujeres, o más bien la misma mujer de pelo rizado y moreno. También lo vi pintar algunos de esos cuadros. El catálogo andará por aquí, en algún sitio, eso si su mujer no se lo ha llevado. En cierta ocasión le pregunté a Robert si conocía a esa mujer y él no me contestó, de modo que tampoco sé quién posó para los cuadros. Tal vez la misma alumna, aunque como te he dicho, seguro que alguien que no vivía aquí. O… No sé. Era un bicho raro, Robert. Tenía una forma de responderte… Te contestaba y después te dabas cuenta de que no te había dado ninguna información.

—¿Actuaba Robert…? ¿Notaste algo anormal en él antes de que se fuera de la universidad?

Arnold dejó su bosquejo sobre la mesa.

—¿Anormal? No, yo no diría eso, excepto por ese último puñado de cuadros raros… No debería decir algo así de la obra de un colega, pero tengo fama de decir lo que pienso, y te seré sincero: me dieron cierto repelús. Robert tiene un enorme talento para reproducir los estilos pictóricos del siglo XIX; aun cuando a uno no le gusten las imitaciones, su técnica es admirable. Esos bodegones eran impresionantes y una vez vi también una especie de paisaje impresionista que pintó. Cualquiera habría dicho que era verdaderamente impresionista. En cierta ocasión me dijo que lo único importante era la naturaleza, que odiaba el arte conceptual; yo tampoco pinto arte conceptual, pero no lo *odio*. Y me dije: «Entonces, ¿por qué diantres pinta ese latazo de escanas victorianas?» Hoy en día, si eso no es conceptual, no sé qué será; pintar así ya es una declaración de principios. Pero seguro que Robert ya te lo habrá comentado.

Comprendí que no obtendría mucha más información de Arnold: se dedicaba a observar cuadros, no personas. Me dio la impresión de que su imagen era trémula y se desdibujaba ante mí: era tan listo, insustancial y afable como Robert Oliver serio, profundo y atormentado. Si tuviese que elegir a uno de los dos como amigo, preferiría, sin duda, al taciturno y perspicaz Oliver, pensé.

—Si necesitas tomar más notas, puedo acompañarte a ver el cuadro de Bob —me comentó Arnold—. Me temo que, a día de hoy, eso es todo lo que encontrarás por aquí de él. Su mujer, Kate, vino un día a vaciar su despacho y se llevó todos los cuadros que él había dejado en el estudio de los profesores. Yo no estaba cuando ella vino, pero me lo contaron. A lo mejor a Bob no le apetecía llevárselos y, de no haber venido Kate, esos cuadros se habrían quedado aquí para siempre… ¡Quién sabe! No creo que intimara mucho con nadie de la universidad. ¡Venga, de todas formas necesito estirar las piernas!

Las enderezó como una cigüeña y salimos tranquilamente. La luz del sol que brillaba tras la puerta principal era de una maravillosa y tentadora intensidad; me pregunté cómo podía aguantar un artista dentro de aquel despachillo de cemento, pero eso quizá no dependiera de Arnold, que parecía haberle sacado el máximo partido.

39

Marlow

Lo seguí hasta la cabaña contigua, hecha con troncos y que hacía las veces de galería, que por dentro era grande y sofisticada, con un anexo retranqueado de cristal y estructuras pintadas de blanco que algún arquitecto había proyectado con el ojo puesto en algún premio local. La entrada tenía una claraboya y las paredes estaban cubiertas de lienzos y vitrinas de cristal que emitían un suave resplandor, repletas de cerámica.

Arnold señaló un gran cuadro colgado al otro lado de la sala y comprendí al punto a qué se refería: era estrafalario, de tremenda viveza y, sin embargo, excesivamente dramático, acartonado como una obra de teatro victoriana. Mostraba a una mujer con falda de vuelo y corpiño ajustado, su esbelto cuerpo inclinado hacia delante, arrodillada en una calle toscamente adoquinada; tal como Arnold había indicado, acunaba en sus brazos a una mujer de más edad, un cadáver de aspecto repulsivo, rostro pálido, ojos cerrados, boca entreabierta y en la frente un agujero de bala, un inconfundible y horrible túnel del que brotaba un hilo de sangre medio seco que le bajaba por el pelo suelto y el chal.

La joven iba elegantemente ataviada, pero su vestido verde claro estaba sucio y desgarrado, manchado de sangre en su parte delantera, donde estrechaba contra sí la cabeza de la mujer. Su pelo brillante y rizado estaba despeinado, las cintas del sombrero le caían sobre los hombros y tenía la cara inclinada sobre la de la mujer muerta, por lo que no pude ver los ojos luminosos con los que ya estaba acostumbrado a toparme. El fondo era menos nítido, pero parecía que había una pared, una calle estrecha de ciudad, un escaparate rotulado con palabras de letras borrosas, ilegibles, siluetas rojas y azules agachadas cerca de las mujeres, pero indistinguibles. En un extremo había un montón de algo, de color marrón o beis: ¿madera? ¿Sacos de arena? ¿Un almacén de madera?

El cuadro en su conjunto resultaba fascinante, pero también de una deliberada desmesura, a mi juicio: atroz y, al mismo tiempo, conmovedor. Destilaba miedo y desespero. La postura de las figuras y el patetismo de la obra me hicieron recordar mi primera visión de *La Piedad* de Miguel Ángel; una obra demasiado célebre como para que nadie pueda ya contemplarla con claridad, excepto quizá cuando se es lo bastante joven. La había visto en mi viaje a Italia terminada la universidad; en aquella época aún no estaba protegida por un cristal, así que lo único que me separaba de las figuras era una cuerda y una distancia de poco más de metro y medio. La luz natural que caía sobre María y Jesús los tocaba creando distintos tonos, y era como si ambos cuerpos estuvieran vivos y la sangre latiera en sus venas; no sólo la afligida madre, sino también el hijo recién fallecido. Lo increíblemente conmovedor era que él no estaba muerto. Para mí, que no soy creyente, no era una profecía de la resurrección, sino un retrato de la conmoción de María y de la fuerza vital que uno ve en los hospitales cuando alguna herida mortal le arrebata la vida a una persona joven. En aquel momento aprendí lo que diferenciaba a los genios de los demás.

Lo que más me sorprendió del cuadro de Robert, aparte del horror de la escena, era que fuese pintura narrativa, mientras que todas las imágenes que hasta entonces yo había visto de esta dama eran retratos. Pero ¿qué historia narraba? Posiblemente Robert no hubiese utilizado una modelo; recordé lo que Kate había dicho acerca de cómo en ocasiones Robert dibujaba y pintaba cosas que imaginaba. O quizás hubiese usado modelos, pero inventándose la escena; idea que reforzaba el vestido del siglo XIX. ¿Se había inventado el personaje de la dama abrazada a su madre asesinada? Tal vez incluso había estado pintando la cara oscura y la brillante de su propio ser, las dos partes de su mente dividida por la enfermedad. No me imaginaba a Robert plasmando historias reales.

—¿A ti tampoco te gusta? —Arnold parecía satisfecho.

—Está pintado con mucha destreza —respondí—. ¿Cuál de éstos es tuyo?

—¡Oh, el de esa pared! —dijo Arnold, señalando hacia un gran lienzo situado a nuestras espaldas, junto a la puerta. Se plantó delante del cuadro con los brazos cruzados. Era abstracto, unos cuadrados de color azul pálido grandes y blandos, que se fundían entre sí, todo ello cubierto con un brillo plateado, como si, al arrojar un guijarro cuadrado al agua, ésta formase cuadros concéntricos. Lo cierto es que era bastante curioso. Me volví a Arnold con una sonrisa.

—Me gusta.

—Gracias —dijo, contento—. Ahora lo estoy haciendo en amarillo. —Nos quedamos mirando el cuadro azul, la obra que había creado un par de años antes Arnold, que la observaba con ternura, con la cabeza ladeada, y me pareció que llevaba un tiempo sin detenerse a contemplar su cuadro—. En fin… —suspiró.

—Sí, será mejor que te deje volver a su despacho —comenté con gratitud—. Has sido muy amable.

—Si vuelves a hablar con Robert, dale recuerdos de mi parte —me pidió—. Dile que, pase lo que pase, aquí no lo olvidaremos.

—Cuenta con ello. —¿Le había mentido?

—Acuérdate de enviarme una copia de tu artículo —añadió desde la puerta, despidiéndose de mí con la mano.

Asentí y luego negué con la cabeza, y disimulé mi desliz devolviéndole el saludo con la mano antes de subirme al coche, pero Arnold había desaparecido. Me senté frente al volante unos momentos y tuve que hacer un esfuerzo para no hundir la cabeza en las manos. Luego me apeé, despacio, sintiendo que el edificio me vigilaba, y entré de nuevo en la galería. Pasé intencionadamente de largo los cuadros de la entrada, las vitrinas de relucientes cuencos y vasijas, los tapices de lino y lana. Me fui hasta la sala principal y uno por uno eché un vistazo a los cuadros allí colgados de los alumnos, leyendo las cartelas por encima, mirando sin fijarme el amasijo de colores, rojos, verdes y dorados: árboles, frutas, montañas, flores, cubos, motocicletas, palabras; un batiburrillo de obras, algunas excelentes, otras sorprendentemente chapuceras. Examiné cada cuadro hasta que, aturdido, empecé a confundir los colores y entonces, despacio, volví hacia el cuadro de Robert.

Naturalmente, ella seguía ahí, inclinada sobre su terrible carga, apretando la cabeza caída e inerte con su agujero de bala contra la verde curva de su seno, su propio rostro henchido de dolor más que desencajado, la mandíbula tensa, reprimiendo el llanto, las cejas morenas arqueadas con incredulidad expresando una tristeza aguda, furiosa, su rabia manifiesta también en el contorno de sus hombros, su falda agitada aún por sus rápidos movimientos: se había arrodillado en la calle sucia y se aferraba al preciado cuerpo. Conocía y amaba a la mujer muerta; no era una compasión abstracta. El cuadro era increíble. A pesar de toda mi experiencia, no atinaba a comprender cómo Robert había transmitido tanta emoción, tanto movimiento con la pintura; me podía imaginar algunas de las pinceladas que había dado, las mezclas de color, pero la viveza de la que había imbuido a la mujer viva y la falta de vida con la que había retratado a la muerta escapaban a mi entendimiento. Si el cuadro era obra de su imaginación, la cosa era más espeluznante aún. ¿Cómo podía tolerar la universidad el hecho de tener esta imagen colgada día a día a la vista de sus alumnos?

Me quedé mirándola fijamente hasta que me dio la impresión de que la mujer iba a soltar un grito de angustia o una llamada de auxilio, o a correr, o que se disponía a tensar su adorable espalda y su cintura para intentar levantar el pesado cuerpo y llevárselo. En cualquier momento podía pasar algo; eso era lo extraordinario. Robert había captado el instante de conmoción, de cambio total, de incredulidad. Me llevé la mano a la garganta y me tomé el pulso. Esperé a que ella alzase la cabeza. ¿Sería yo...? ¿Sería yo capaz de ayudarla si ella levantara la mirada?; ésa era la cuestión. Estaba a unos centímetros de mí, respirando viva, experimentando el segundo de calma irreal que precede a la desesperación más absoluta, y fui consciente de mi impotencia. Me di cuenta entonces, por primera vez, de lo que había conseguido Robert.

40

Marlow

Aquella tarde me llevó horas decidirme. Cuando me planté de nuevo en la puerta de Kate, había anochecido; había perdido un día más y a primera hora de la mañana tendría que iniciar el viaje de vuelta hacia Washington, apresurándome para llegar a tiempo a una visita que tenía programada para la tarde. En lugar de irme de Greenhill, había dado un paseo nervioso y había cenado en la ciudad; luego, en el último momento, me había alejado de la carretera de la montaña donde vivían los Hadley, de nuevo en dirección al otro lado del valle. En el vecindario de Kate, los árboles se erguían amenazadores ante mí y había luces tras las ventanas de las casas de estilo Tudor; ladró un perro. Avancé lentamente por el camino de entrada. No era tarde, pero tampoco era una hora decente. ¿Por qué demonios no había llamado antes de venir? ¿En qué estaría pensando? Sin embargo, ya no había vuelta atrás.

Cuando llegué a su porche, la luz se encendió automáticamente y casi esperaba que se disparase una alarma. En el salón había una lámpara encendida. No había ningún otro indicio de vida, aunque también pude ver un resplandor procedente de las habitaciones del fondo. Levanté la mano para llamar al timbre, luego cambié de idea con mi último vestigio de sensatez y di, en cambio, varios golpes sonoros en la puerta. De la puerta interior salió una sombra que se aproximó: era Kate, su grácil cuerpo entró y salió del haz de luz de la lámpara, sus cabellos emitieron destellos, sus movimientos eran cautos. Miró con detenimiento por el cristal con rostro tenso y a continuación, al parecer reconociéndome pero aún más cautelosa por ello, vino hasta la puerta y la abrió lentamente.

—Lo siento mucho —dije—. Lamento molestarte tan tarde, no estoy loco… —aunque de eso no estaba del todo seguro y, una vez dicho, sonó peor que si no lo hubiera dicho—. Verás, me voy mañana por la mañana y… quisiera ver los otros cuadros.

Kate soltó el pomo de la puerta y me miró directamente a la cara. Tenía una expresión de dolor, de desdén, una mirada de «¡esto es el colmo!», pero al mismo tiempo llena de infinita paciencia. Me quedé plantado, perdiendo la esperanza por segundos. Dentro de un momento me diría que no, me diría que desde luego me había vuelto loco, me saldría con que no sabía de qué le estaba hablando, que allí no se me había perdido nada y que quería que me fuese; en cambio, se hizo a un lado para dejarme entrar.

La casa estaba sumamente tranquila, y me sentí como un intruso de la peor calaña, torpe y de andares ruidosos. ¿A qué precio había creado Kate esta paz? A mi alrededor había comodidades, la luz de una lámpara, un orden perfecto, el suave aroma de la madera y las flores que recordaba el aliento de los propios niños; supuse que dormirían arriba y su inadvertida vulnerabilidad me hizo sentir aún más culpable. Me daba miedo subir por esos escalones y oír su leve respirar, pero en lugar de eso, y para mi sorpresa, Kate abrió una puerta del comedor y me hizo bajar unas escaleras hasta el sótano. Olía a polvo, a tierra reseca, a leña vieja. Bajamos lentamente por la escalera; a pesar de la bombilla encendida sobre nuestras cabezas, tuve la sensación de que descendíamos a las tinieblas. El olor me recordó algo de mi infancia: era curiosamente agradable, algún lugar que había visitado o donde había jugado. La silueta esbelta de Kate se movía delante de mí. Posé mis ojos en la coronilla de su cabeza de color castaño dorado bajo aquella bombilla desnuda e inadecuada, y me dio la impresión de que se escabullía de mí, adentrándose en un sueño. En un rincón había un montón de leña; en otro, una antigua rueca; y cubos de plástico y macetas de cerámica vacías.

Sin decir palabra, Kate me condujo hasta un armario de madera que había en el extremo opuesto de la única estancia. Yo abrí la puerta, como si estuviese aún en un sueño, y me di cuenta de que había sido hecho a medida para albergar los lienzos ordenada y separadamente, como un tendedero en un estudio, y que estaba lleno de cuadros. Kate mantuvo la puerta entreabierta; su mano blanca contrastaba con la madera. Yo alargué el brazo, extraje cuidadosamente un cuadro en medio de la oscuridad que nos envolvía y lo apoyé en la pared más próxima, luego otro, luego el siguiente y otro, hasta que vacié el armario y tuve contra la parede ocho grandes lienzos enmarcados. Algunos debían de ser de las exposiciones de Robert; me pregunté si en éstas habría vendido muchos más, y a qué hogares y museos habrían ido a parar.

La luz era pésima, como ya he comentado, pero eso no hacía sino volverlos aún más reales. Siete de los cuadros mostraban alguna versión de la escena con la que me había topado aquella misma tarde en la galería de Greenhill College: la dama inclinada sobre el cadáver de alguien querido, a veces un primer plano de las dos caras pegadas la una a la otra, enormes sobre el lienzo, el rostro aún lozano y de rasgos pronunciados junto al pálido más envejecido. Otras veces era una escena similar, pero ella ahogaba su llanto en el cuello de la mujer muerta como bebiéndose su sangre o mezclándola con sus propias lágrimas; melodramático, sí, pero también dolorosamente conmovedor. En otro, ella estaba de pie presionando un pañuelo contra sus labios, con el cuerpo inerte a sus pies, mirando a su alrededor desesperada en busca de ayuda. ¿Era ése el momento anterior o posterior al pintado en el cuadro de Greenhill College? Una y otra vez, la mujer de cabellos rizados aparecía sorprendida, horrorizada, afligida. La historia no avanzaba ni retrocedía en ningún momento; ella estaba para siempre atrapada en aquel único suceso.

El octavo cuadro era el más grande, y completamente diferente, y Kate ya se había colocado enfrente de él. Era una escena con tres mujeres y un hombre de cuerpo entero, dispuestos con extraño formalismo, un realismo sobrecogedor, carente del habitual sello decimonónico de Robert. No, era inequívocamente contemporáneo, como el cuadro sensual que había visto en el estudio que Robert tenía en casa dos pisos por encima de nosotros. El hombre estaba en primer plano, dos de las mujeres, tras él, a su derecha, y una a su izquierda. Las cuatro figuras miraban de frente y con seriedad al espectador y vestían ropa actual. Las tres mujeres llevaban tejanos y blusas de sedas de colores claros, el hombre, un jersey desgarrado y pantalones caqui. Reconocí a todas las figuras, salvo a una. La más menuda de las mujeres era Kate, su pelo de color oro viejo más largo de como lo llevaba ahora, sus ojos azules grandes y serios, cada peca en su lugar, el cuerpo erguido. A su lado había una mujer que yo no conocía, joven también y mucho más alta, de largas piernas, con el pelo lacio y rojizo y una cara angulosa, las manos en los bolsillos delanteros de sus tejanos. ¿O la había visto en alguna otra parte? ¿Quién podía ser? A la izquierda del hombre había una figura femenina que me resultaba familiar, enfundada en una blusa moderna de seda gris y unos vaqueros desgastados a los que no me tenía acostumbrado, con los pies descalzos, el mismo rostro expresivo que yo veía en mis sueños, mientras el oscuro pelo rizado le caía por debajo de los hombros. Verla con ropa actual hizo que se me encogiera el corazón ante la posibilidad de dar realmente con ella.

El hombre del cuadro era Robert Oliver, por supuesto. Era casi como tenerlo ahí presente: su pelo desgreñado y ropa gastada, sus enormes ojos verdosos. Sólo parecía reparar a medias en las mujeres que lo rodeaban; él mismo era el tema principal, el primer plano, miraba al frente con rotundo desafío, rehusando perder protagonismo ni siquiera ante el espectador. En realidad, estaba solo a pesar de las tres Gracias que lo rodeaban. Era un cuadro turbador, pensé: descarado, egocéntrico, desconcertante. Kate lo miraba fijamente casi de la misma forma en que su efigie nos miraba desde el lienzo, con los ojos muy abiertos y el menudo cuerpo erguido como el de una bailarina. Me acerqué titubeante hacia ella hasta que quedamos hombro con hombro, luego la rodeé con el brazo. No pretendía nada más que consolarla. Ella se volvió a mí con un indefinido cinismo en su expresión, casi una sonrisa.

—No los has destruido —le dije.

Ella me miró sin pestañear, sin rechazar mi brazo. Tenía hombros de pájaro, unos huesecillos huecos.

—Robert es un artista genial. Como padre era bastante bueno y como marido bastante malo, pero sé que es genial. No me corresponde a mí destruir estas obras.

No había ninguna magnanimidad en su voz; fue una afirmación de lo más natural y directa. Entonces se apartó de mí, deshaciéndose elegantemente de mi brazo: tema zanjado. No sonrió. Se arregló el pelo mientras contemplaba de nuevo el cuadro.

—¿Qué harás con ellas? —pregunté al fin.

Kate lo entendió.

—Guardarlas hasta que sepa qué hacer.

Tenía tanto sentido lo que Kate acababa de responderme con gran aplomo y seguridad que no le hice más preguntas. Me dio la impresión de que algún día estas inquietantes imágenes podrían servir para costear la universidad de sus hijos, eso si Kate sabía venderlas bien. Me ayudó a colocar de nuevo todos los cuadros en sus rieles y cerramos juntos la puerta del armario. Por último, la seguí otra vez hasta arriba, por la escalera de madera y el salón hasta el porche, donde nos detuvimos.

—Me da igual lo que hagas —dijo ella—. Haz lo que creas conveniente.

Supe que eso significaba que tenía su permiso para decirle finalmente a Robert que había visto a su mujer, que no había visto a sus hijos salvo en fotos, que había visto la casa elegante y limpia en la que él había vivido, los cuadros que Kate guardaba para un futuro que no alcanzaba a ver.

Durante unos instantes ninguno de los dos dijo nada, y entonces ella se irguió un poco más —aunque no tanto como se habría tenido que erguir para llegar a la mejilla de Robert Oliver— y me besó con formalidad.

—Que tengas un buen viaje de vuelta —me dijo—. Conduce con cuidado. —No me dio recuerdos para nadie.

Asentí, incapaz de hablar, y bajé los escalones, oyendo como ella cerraba la puerta a mis espaldas por última vez. En cuanto me incorporé a la carretera, subí el volumen de la radio del coche, luego la apagué y canté en voz alta en medio del silencio, en voz más alta, golpeando con fuerza el volante con la mano. Aún podía ver los cuadros de Robert a la luz de la bombilla desnuda y supe que quizá jamás volvería a verlos; pero me sentía tremendamente vivo, o quizás era que la vida se abría ante mí.

41

1878

El exterior del edificio donde está su estudio en la rue Lamartine es poco atractivo. Béatrice lo observa sentada desde su carruaje. Lleva desde ayer diciéndose a sí misma que se traería a su doncella consigo. Pero en el último momento, antes de salir de casa, se da cuenta de que no quiere ningún testigo. En la nota innecesaria que le ha dejado a su ama de llaves explica que se va a ver a una amiga y da instrucciones de que a mediodía le lleven una bandeja con el almuerzo a su suegro.

La fachada del edificio es una realidad inevitable y al tragar saliva nota el lazo de su sombrero; se lo ha atado demasiado fuerte. La mañana toca a su fin: en las calles reina el bullicio de los carruajes, el sonoro chacoloteo de los caballos de los carros de reparto. En sus cafés, los camareros ponen bien las sillas, y una anciana barre la basura junto al bordillo. Béatrice observa mientras la mujer, que lleva unos guantes andrajosos y una falda remendada, acepta unas cuantas monedas de un hombre que lleva un largo delantal y sigue calle abajo con la escoba y el cubo.

La nota que hay en el pequeño bolso de Béatrice contiene una dirección y un bosquejo del edificio. Él la ha invitado a ver un gran lienzo nuevo, que le gustaría enviarle al jurado del Salón la semana que viene, de modo que ella debe verlo ahora o esperar hasta entonces… ¿y quién sabe si se lo aceptarán? Es un pretexto poco sólido; ella sabe que, lo cuelguen o no en el Salón, verá el cuadro más adelante con Yves. Pero Olivier le ha comentado varias veces que se presentará, que será difícil trasladar el lienzo, y le ha expresado sus dudas. El tema del cuadro y los problemas que éste plantea se han convertido en la preocupación de ambos, casi en un proyecto compartido. Es un retrato de una joven, le ha dicho Olivier hace muy poco. Béatrice no se atreve a preguntar quién es: sin duda, una modelo. Olivier también ha pensado en enviar un paisaje que pintó hace tiempo en lugar del retrato. Béatrice sabe todo esto y está orgullosa de participar, de que la consulte; ésa es su endeble excusa para presentarse allí sola con un sombrero nuevo. Además, no es como ir a verlo a su casa; tan sólo la ha engatusado para que vaya a su estudio y es posible que allí también haya más gente, tomando refrescos y observando los cuadros.

Deja que el carruaje se retire durante una hora y se recoge la falda para bajar. Se ha puesto un vestido de paseo de color ciruela y una capa de lana azul ribeteada de piel gris. Su sombrero hace juego con la capa; tiene la forma de los sombreros de moda, de terciopelo azul con forro plateado y cubierto de nomeolvides, flores de achicoria y lupinos de seda que parecen asombrosamente reales, como si el sombrero estuviera adornado con flores del campo. El espejo de casa le ha dicho que ya tiene las mejillas sonrojadas, y que le brillan los ojos quizá por el remordimiento.

Béatrice observa sus zapatos de cuero negro al apearse del carruaje, pisando los adoquines, sorteando un charco de agua turbia. Cae en la cuenta de que esta parte de la ciudad fue escenario de algunos conflictos e intenta imaginársela ocho años antes, con barracas amontonadas y quizás incluso cadáveres, pero su imaginación no la distrae del todo; sólo piensa en el hombre que la está esperando arriba, en algún lugar. ¿Podrá verla desde ahí? Tiene la precaución de no volver a levantar la vista. Con la falda recogida por una mano enguantada, se abre paso hasta el portal, llama a la puerta y comprende que debe entrar directamente: no hay ningún criado que abra. En el interior, una destartalada escalera la conduce hasta el tercer piso, hasta el estudio de Olivier. Ninguna de las puertas cerradas de los otros pisos se abre mientras ella pasa por delante. Se queda mirando una placa con su nombre y toma aire —el corsé le aprieta— antes de llamar.

Olivier abre de inmediato, como si hubiese estado justo detrás de la puerta, pendiente de su llegada, y se miran el uno al otro sin hablar. Hace más de una semana que no se ven las caras y durante ese tiempo algo se ha intensificado entre ellos. Sus miradas se encuentran, inevitablemente, sabedoras de ello, y Béatrice nota que Olivier se da cuenta de que algo ha cambiado. Por su parte, a Béatrice la intimida la edad de Olivier, porque no lo ha visto últimamente y lo conoce cada vez más como hombre, de forma objetiva; es guapo, de algo más de mediana edad, pero en los pliegues de la nariz, las comisuras de la boca y debajo de los ojos tiene unas marcadas arrugas verticales, y su pelo presenta abundantes canas.

Detrás de ese rostro Béatrice ve al joven que seguramente fue Olivier, y este joven le devuelve la mirada fija como a través de una máscara que nunca ha querido llevar, vulnerable y expresivo, dejando ver unos ojos todavía llenos de vida… pero no tanta como en otro tiempo: tiene los párpados inferiores rojizos y caídos y su azul está atenuado, no es el que era. Lleva el pelo peinado con una raya que deja al descubierto la piel rosada a los ojos de Béatrice cuando Olivier se inclina sobre su mano. La barba tiene aún algo de castaño, de calidez en las raíces, y sus labios son también cálidos cuando entran en contacto con el dorso de la mano de Béatrice. En su fugaz contacto, percibe su esencia, ni al chico enamorado que hay detrás de su mirada ni al hombre maduro, sino al artista en sí, intemporal y con una larga vida a sus espaldas. Su presencia la atraviesa como el inesperado tañido de una campana, por lo que, al final, Béatrice no consigue recobrar el aliento.

—Pase, por favor —dice él—. *Entrez, je vous en prie.* Éste es mi estudio. —No la tutea.

Sostiene la puerta para que ella entre y Béatrice se da ahora cuenta de que Olivier lleva un traje viejo, más raído que los que le ha visto puestos con anterioridad, con una bata de artista de lino abierta encima de la chaqueta. Las mangas están arremangadas, como si fueran demasiado largas incluso para él. Su camisa blanca tiene unas cuantas salpicaduras de pintura en el pecho, y su corbata es de seda negra, también deshilachada. Olivier no se ha cambiado para la visita; deja que lo vea cuando trabaja. Béatrice entra en la habitación y se da cuenta de que no hay nadie más; siente la proximidad de Olivier junto a la puerta. Éste la cierra suavemente tras ella, como si no quisiera llamar su atención sobre algo de lo que ambos son conscientes: el posible menoscabo de sus reputaciones. La puerta está cerrada. Ya está hecho. Ella desearía sentir más remordimiento, más vergüenza; se recuerda a sí misma que el mundo exterior puede seguir considerando que él es un mero pariente, un anciano elegante que puede perfectamente invitar a la esposa de su sobrino a ver un cuadro.

Pero es como si en lugar de cerrar una puerta él la hubiese abierto, creando un gran espacio de luz natural y aire entre ellos. Al cabo de un instante, Olivier se mueve, y ahora la tutea:

—¿Me permites tu capa?

Ella recuerda los gestos cotidianos, se desata el sombrero y lo levanta recto para quitárselo sin despeinarse los tirabuzones del cabello. Se desabrocha la capa a la altura del cuello y la dobla en dos, verticalmente y de dentro afuera para proteger el delicado pelo. Le entrega ambos a Olivier y él se los lleva por otra puerta. Estando sola en el estudio, ella siente que la intimidad de la habitación aumenta sin su ocupante. La luz entra a raudales por las altas ventanas, limpias por dentro y con antiestéticas rayas por fuera, y sobre su cabeza hay una claraboya ornamentada. Puede oír los sonidos de la calle de abajo; golpes amortiguados, traqueteos, hierros que chirrían, cascos de caballos… todos tan débiles que Béatrice no necesita creer ya más en su existencia, ni pensar que su cochero está tomándose algo caliente en unas caballerizas calle arriba, donde quizá conozca a otros cocheros y deje de pensar en ella durante una hora. Olivier vuelve y señala sus cuadros, hacia los que ella no ha mirado deliberadamente.

—No he censurado nada —dice—. Tú también eres artista.

—Lo dice sin ostentación, casi con timidez, y ella sonríe y aparta la vista.

—Gracias. Para mí es un honor que haya dejado su estudio tal cual es. —Pero Béatrice necesita un pequeño empujón para contemplar los cuadros.

Olivier señala:

—Aquí está el que colgaron en el Salón el pasado año. Tal vez no sea mucho suponer que aún lo recuerdes.

Se acuerda muy bien: es un paisaje de tres o cuatro palmos de ancho, una obra refinada, con un prado flotante cubierto con una alfombra de flores blancas y amarillas, una vaca que pasta en un extremo, árboles marrones con mezcla de verde. Es algo conservador, bastante parecido al estilo de Corot, piensa ella, y se reprende a sí misma por ello: Olivier pinta como siempre, y es bueno. Pero es un recordatorio más de los años que los separan.

—Te gusta, pero crees que está anticuado—dice él.

—No, no —protesta ella, pero Olivier levanta una mano para detenerla.

—Entre amigos —afirma Olivier— no puede haber más que sinceridad. —Sus ojos son de un azul intenso; ¿por qué ha pensado ella que estaban viejos? Ahora irradian un vigor que supera en intensidad a la mismísima juventud.

—Muy bien —repone Béatrice—. Entonces me gusta más la valentía de éste. —dice dirigiéndose hacia un gran lienzo apoyado en el suelo—. ¿Es éste el que va a presentar?

—Por desgracia, no. —Ahora él se ríe… Béatrice siente el cuerpo de Olivier próximo al suyo. En realidad, si no lo mira, tiene la sensación de que es un joven quien habita en ese cuerpo—. Su valentía, como tú dices, quizá sea excesiva, y no me lo aceptarían.

En el cuadro aparece un árbol en primer plano y, sentado debajo, sobre la hierba, un individuo con un elegante traje y sombrero, de piernas cruzadas con descuido y con sus largas manos encima de las rodillas. La perspectiva está tan lograda que a Béatrice le dan ganas de rodear el árbol para ver lo que hay detrás. La técnica del pincel es más moderna que en el cuadro de la vaca; aquí Béatrice puede detectar una influencia artística.

—¿Manifiesta éste una admiración por la obra de *monsieur* Manet?

—Una admiración reticente, querida, sí. Tienes buen ojo. En el Salón podrían decir que resulta ofensivo, porque carece de finalidad.

—¿Quién es el joven?

—El hijo que nunca he tenido. —Olivier habla con desenfado, pero ella analiza su cara y se siente desconcertada, temerosa ante su confesión—. ¡Oh, simplemente pienso en él de este modo…! Es mi ahijado de Normandía, que ahora vive en París; lo veo varias veces al año y damos algún que otro paseo largo. Un chico al que aprecio, hijo de unos jóvenes amigos míos. Dentro de unos años será un buen médico, no para de estudiar. Yo soy el único que consigue llevárselo al campo a hacer ejercicio, y creo que él piensa que es a mí, a su pobre y anciano padrino, a quien le conviene hacerlo; por eso viene conmigo, fingiendo que acepta mis consejos sobre salud. Así pues, los dos intentamos engañarnos mutuamente.

—¡Es magnífico! —exclama ella con sinceridad.

—¡Ah, bueno! —Él le roza su manga de color ciruela—. ¡Ven! Te enseñaré el resto y luego tomaremos un té.

A Béatrice le cuesta más mirar los demás cuadros, pero lo hace resueltamente; modelos medio vestidas, la espalda de una mujer desnuda, grácil, inacabada… ¿Significa eso que la mujer volverá un día de estos al estudio y se quitará de nuevo la ropa? ¿Habrá sido alguna vez amante de Olivier? ¿No es eso propio de los artistas? Intenta no pensar en ello más que como colega, intenta que no le importe. Las modelos suelen ser mujeres de conducta disoluta, como todo el mundo sabe, pero ella misma ha venido sola a los aposentos privados de un hombre, a su estudio; ¿acaso es ella mejor que esas mujeres? Reprime su miedo y se vuelve para examinar los bodegones de Olivier, frutas y flores, que él le explica que son obras de su juventud. A ella le parecen un tanto apagados, pero pintados con destreza, delicados; le recuerdan las obras maestras de la pintura clásica.

—Estuve en Holanda justo antes de pintar estos cuadros —dice él—. El otro día los saqué para ver qué tal se habían conservado. Son piezas de anticuario, ¿verdad?

Béatrice es prudente y no contesta.

—¿Y el cuadro que presenta este año? ¿Lo he visto ya?

—Todavía no. —Olivier atraviesa la larga sala, pasa por delante de los dos desgastados sillones y la pequeña mesa redonda donde ella se imagina que servirá el té. Apoyado en la pared hay un lienzo cubierto con una tela, un lienzo grande; Olivier lo levanta con ambas manos y lo apoya en una silla—. ¿Seguro que lo quieres ver?

Por primera vez Béatrice está asustada, casi le da miedo ese hombre, esa figura familiar a la que ella comprende ahora de un modo completamente distinto debido a sus cartas, a su franqueza, a que ha desnudado su alma; le da miedo la extraña reacción de su propio corazón estando allí junto a él. Se vuelve hacia Olivier, inquisitiva, pero la pregunta no le viene a la cabeza. ¿Por qué titubea a la hora de enseñarle su cuadro? Quizá sea un desnudo verdaderamente escandaloso o alguna otra escena que ella no alcanza a imaginarse. Nota la presencia de su marido, expresando su desagrado, sus brazos cruzados le dan a entender que ha ido demasiado lejos. Pero en su carta Olivier le ha dicho que Yves quería que ella viese este cuadro. No sabe qué pensar ni qué decir.

Cuando Olivier levanta la sábana, Béatrice contiene el aliento, y el sonido que emite al hacerlo es audible para ambos. Es su cuadro, su doncella de cabellos dorados sentada haciendo labor, su propio sofá de color rosa, las pinceladas sueltas y libres que intentó hacer y que, sin embargo, son distinguibles, absolutamente distinguibles.

—Comprenderás por qué este año he elegido éste para presentarlo al Salón —me dice—. Lo ha pintado una artista mejor que yo.

Béatrice se lleva las manos a la cara y los ojos se le empañan, para su vergüenza, de lágrimas.

—¿Qué pretende usted? —su propia voz le suena débil —. ¿Está jugando conmigo?

Olivier se vuelve hacia ella, súbitamente preocupado.

—No, no… No era mi intención ofenderte. Me lo llevé a casa la semana pasada, después de que nos dieras las buenas noches. Debes dejar que lo presente por ti. Yves ha dado su pleno consentimiento y únicamente ha pedido que proteja tu intimidad utilizando un seudónimo. Pero el cuadro es extraordinario: has combinado en él lo antiguo y lo moderno. Cuando me lo enseñaste, comprendí que el jurado tenía que verlo, aun cuando le resulte demasiado moderno. Sólo quiero que me des tu permiso.

—¿Sabe él que te lo llevaste? —Por alguna razón, Béatrice no quiere pronunciar el nombre de su marido aquí, en el estudio de este otro hombre.

—Sí, por supuesto. Se lo pregunté primero a él, en vez de a ti, porque sabía que él me diría que sí y tú me dirías que no.

—Y te digo que no —replica ella, mientras las lágrimas se le desbordan y le resbalan por la cara. Se siente humillada, ella, que raramente llora, ni siquiera delante de su marido. No puede explicar lo que siente al ver este cuadro tan íntimo en un contexto desconocido u oír que alguien lo elogia, sobre todo eso. Se enjuga el rostro y busca un pañuelo en el bolso de terciopelo que cuelga de su muñeca. Olivier ha avanzado hacia ella, extrayendo algo del interior de su chaqueta. Ahora es Olivier quien le enjuga la cara: le da palmaditas y le seca las lágrimas con unas manos que se han pasado años sujetando pinceles y lápices y espátulas para paleta. Con las palmas ahuecadas, él la sujeta deliberadamente por los codos, como si los estuviera pesando, y luego la atrae hacia sí.

Por primera vez Béatrice apoya su cabeza contra el cuello de Olivier, contra su mejilla, sintiendo que es lícito porque él la está consolando. Olivier le acaricia el pelo y la nuca, y con el roce una red de escalofríos se expande por ésta. Las yemas de sus dedos suben hacia la masa de trenzas que ella tiene en el cogote, tocándolas sin alterar su meticulosa colocación, y con el brazo la rodea por los hombros. Olivier la estrecha contra su pecho, de modo que ella tiene que poner una mano en la espalda de él para mantener el equilibrio. Le acaricia la mejilla, la oreja; él ya se ha acercado mucho, por lo que su boca encuentra la de ella antes de que lo haga su mano. Sus labios son cálidos y secos pero gruesos, como el cuero ablandado, y el aliento le huele a café y pan. A Béatrice la han besado muchas veces, pero únicamente Yves, así que lo primero que percibe es que esos labios nuevos le son extraños; sólo después se da cuenta de que son más hábiles que los de su marido, más insistentes.

El beso prohibido de Olivier y su propio deseo de ser besada por él le producen una oleada de ardor en la cara y cuello abajo, le hace un nudo en las entrañas, le hace sentir un deseo que nunca había experimentado. Ahora él la sujeta por la parte superior de los brazos, como con miedo a que ella se aparte. La atenaza con fuerza, y de nuevo siente Béatrice los años previos a que se conocieran, en los que él fue aumentando esa fuerza simplemente viviendo y trabajando.

—No puedo consentirlo —intenta decir ella, pero las palabras desaparecen bajo los labios de él, y Béatrice no sabe si está diciendo que no puede consentir que él envíe su cuadro al Salón o que no puede consentir que la bese. Es Olivier quien le empuja el torso con delicadeza. Está temblando, tan nervioso como ella.

—Perdóname. —Se le atragantan las palabras. Sostiene la mirada de Béatrice, pero está obnubilado. Ahora que ella puede volverlo a mirar, ve que ciertamente es mayor. Y valiente, comprende de pronto—. No pretendía ofenderte más aún. No sé en qué estaría pensando.

Béatrice le cree, pero sabe que Olivier estaba pensando sólo en ella.

—No estoy ofendida —afirma Béatrice con un hilo de voz que a duras penas ella misma puede oír, arreglándose las mangas, el bolso, sus guantes. El pañuelo de Olivier está a los pies de ambos. A Béatrice el corsé le impide agacharse a recogerlo; teme perder el equilibrio. Él se inclina para cogerlo, pero en lugar de dárselo a ella, se lo guarda lentamente en la chaqueta.

—La culpa es mía —le dice Olivier. Béatrice se sorprende a sí misma al clavar los ojos en los zapatos de él, de cuero marrón, con las puntas algo gastadas y el lateral de uno salpicado de pintura amarilla. Está viendo los zapatos que usa para pintar en el día a día.

—No —musita ella—. No debería haber venido.

—Béatrice —dice él, tómandola de la mano, serio y formal. Ella recuerda con punzante tristeza el momento en que, ya hace años, Yves le pidió que se casara con él: la misma formalidad; al fin y al cabo, son tío y sobrino, así pues ¿por qué no pueden compartir gestos y rasgos de familia?

—Debo irme —dice, intentando retirar la mano, pero él la retiene.

—Antes de que te vayas, te ruego que comprendas que te respeto y te amo. Me has deslumbrado, tu persona me ha deslumbrado. Jamás te pediré nada, salvo postrarme a tus pies. Permíteme que te lo confiese tan sólo una vez. —La intensidad de su voz y el contraste de ésta con ese rostro que le resulta tan familiar la conmueven.

—Me honra usted —responde ella con resignación, buscando con la mirada su capa y su sombrero. Recuerda que están en la otra habitación.

—También adoro tus obras, tu instinto artístico, y esa adoración es independiente de mi amor por ti. Tienes un talento indescriptible —ahora habla con voz más serena. Béatrice comprende que, a pesar de la naturaleza del momento, él es sincero. Está triste, serio; es un hombre a quien el tiempo ya dejó atrás y le queda poco por delante. Olivier permanece frente a ella unos instantes y luego desparece en la habitación contigua para ir a buscar sus cosas. Béatrice se ata el sombrero con dedos temblorosos; él la envuelve cuidadosamente con la capa mientras ella se abotona el cuello.

Cuando se vuelve, la cara de desconcierto de Olivier es tal que ella se acerca hasta él sin pararse a pensar. Le da un beso en la mejilla, se detiene y luego lo besa en la boca, fugazmente. Muy a su pesar, su textura y su sabor ya le resultan familiares.

—Debo irme, de verdad —afirma ella. Ninguno de los dos menciona el té o su cuadro. Él le abre la puerta y hace una reverencia en silencio. Béatrice baja por la escalera agarrada de la barandilla hasta que sale a la calle. Aguza el oído para oír el sonido de la puerta de Olivier al cerrarse, pero no lo oye; quizás esté aún en el umbral de la puerta abierta del último piso del edificio. Su carruaje no volverá hasta dentro de media hora, por lo menos, así que o sube andando hasta las caballerizas que están al final de la manzana o busca un cabriolé que la lleve a casa. Se apoya en la fachada del edificio de Olivier unos instantes, sintiendo la pared a través del guante, tratando de calmar su mente. Lo consigue.

Pero más tarde, cuando se sienta sola en su galería intentando simplificarlo todo, el beso vuelve a ella, llenando el aire que la rodea. Impregna los ventanales, la moqueta, los pliegues de su vestido, las páginas de su libro. «Te ruego que comprendas que te respeto y te amo.» Ella no puede borrar el beso. A la mañana siguiente ya no quiere borrarlo. No quiere herir a nadie, no le hará daño a nadie, pero quiere conservar ese momento en el recuerdo mientras pueda.

42

Marlow

Antes del amanecer, cargué el coche y fantaseé con mi trayecto en dirección norte por el estado de Virginia, por autovías cuyos márgenes se habían vuelto aún más verdes desde mi viaje al sur. Hacía un día ligeramente frío, la lluvia caía durante varios minutos y luego paraba, caía y paraba, y empecé a echar de menos mi casa. Me fui directo a Dupont Circle para visitar al único paciente que tenía a última hora. El paciente habló; la fuerza de la costumbre me empujó a hacer las preguntas pertinentes, escuché, le ajusté la medicación y dejé que se marchara, seguro de las decisiones que había tomado.

Cuando llegué a mi apartamento al anochecer, deshice rápidamente la maleta y me calenté una lata de sopa. En comparación con la lúgubre casita de los Hadley (ahora podía decirlo: yo no habría dudado en demoler la casa entera y construir algo con el doble de ventanas), mi casa estaba impecable, sus estancias eran acogedoras, los apliques estaban perfectamente ajustados sobre cada cuadro, las cortinas de lino eran suaves al tacto tras haber pasado por la tintorería hacía un mes. El lugar olía a aguarrás y óleos (algo que normalmente no percibo a menos que haya estado unos días fuera), y a los narcisos que florecían en la cocina; se habían abierto en mi ausencia, y los regué agradecido, aunque procurando no excederme con el agua. Me acerqué hasta la antigua colección de enciclopedias de mi padre, puse la mano en un tomo y me detuve: ya habría tiempo para eso. Así pues, me di una ducha caliente, apagué las luces y me acosté.

El día siguiente fue ajetreado: el personal de Goldengrove me necesitaba más que nunca tras mi ausencia; a algunos de mis pacientes no les había ido tan bien como me había imaginado y las enfermeras parecían malhumoradas; tenía la mesa cubierta de papeles. Durante las primeras horas logré pasar un momento por la habitación de Robert Oliver, quien estaba sentado en una silla plegable frente al tablón que hacía las veces de mesa y estante para material de pintura, dibujando. Tenía sus cartas junto a él, distribuidas en dos montones; me pregunté cómo las habría dividido. Cuando entré, cerró su cuaderno de dibujo y se volvió para mirarme. Lo interpreté como una buena señal; en ocasiones ignoraba por completo mi presencia, estuviese o no pintando, y era capaz de permanecer así durante largos y desconcertantes períodos de tiempo. La expresión de su cara era hosca y de cansancio, y tras reconocer mi rostro desvió la mirada hacia mi ropa.

Me pregunté, quizá por enésima vez, si su silencio estaría haciendo que subestimara hasta qué punto le afectaba en estos momentos su enfermedad; es posible que fuese mucho más grave de lo que yo podía determinar observándolo, por muy atentamente que lo hiciera. Me pregunté asimismo si él tendría algún modo de adivinar dónde había estado yo, y pensé en sentarme en el gran sillón y pedirle que limpiase su pincel, y se sentara frente a mí en la cama, que me escuchara mientras le daba noticias de su ex mujer. Podría decirle: «Sé que, cuando la besó por primera vez, la levantó en volandas». Podría decirle: «Todavía hay cardenales en su comedero para pájaros, y el laurel de montaña está empezando a florecer». Podría decirle: «Ahora tengo aún más claro que eres un genio». O podría preguntarle: «¿Qué te sugiere la palabra *Étretat*?».

—¿Qué tal estás, Robert? —Me quedé en la puerta.

Él retomó su dibujo.

—Estupendo. Bueno, me voy a ver a unas cuantas personas más. —¿Por qué había empleado ese término? Nunca me había gustado. Barrí la habitación con la mirada. Nada parecía diferente, peligroso o alterado. Le deseé que lo pasara bien con sus dibujos, le comenté que el día prometía ser soleado y me despedí con la sonrisa más sincera de la que fui capaz, aunque él ni siquiera me estuviese mirando.

Hice rondas de visitas sin descanso hasta el término de la jornada y me quedé hasta tarde en el despacho para adelantar trabajo. Cuando el personal de día se hubo marchado y ya estaban recogiendo la cena servida a los pacientes, eché el pestillo a la puerta de mi despacho y acto seguido me senté delante del ordenador.

Y vi lo que había empezado a recordar. Era una ciudad costera de Normandía, una zona que pintaron muchos artistas durante el siglo XIX, especialmente Eugène Boudin y su inquieto protegido, Claude Monet. Encontré las famosas imágenes: los imponentes y escarpados acantilados de Monet, el famoso arco de roca sobre la playa. Pero, al parecer, Étretat había atraído a otros pintores: a muchísimos, incluidos Olivier Vignot y hasta Gilbert Thomas, el que aparecía en el autorretrato con monedas de la Galería Nacional; ambos habían pintado esa costa. Casi todos los pintores que podían permitirse subir a una de las nuevas líneas de ferrocarril del norte habían intentado, por lo visto, llegar hasta Étretat: los grandes maestros y los pintores menores, los que pintaban los fines de semana y la asociación de acuarelistas. En la historia artística de Étretat, los acantilados de Monet destacaban sobre todos los demás; claro que fue él quien definió el Impresionismo.

Di con una fotografía reciente de la ciudad; el impresionante arco estaba igual que en la época impresionista. Aún había amplias playas con barcas arrastradas hasta la arena y volcadas sobre ésta, acantilados coronados de verde hierba, callejuelas bordeadas de casas y hoteles antiguos y elegantes, muchos de los cuales quizás estuvieran allí mientras Monet pintaba a pocos metros de distancia. Nada de esto parecía guardar relación alguna con los garabatos que había en la pared de Robert Oliver, excepto tal vez a través de su biblioteca personal de obras sobre Francia, en las que sin duda habría topado con el nombre de la ciudad y alguna que otra ilustración de su sensacional entorno. ¿Habría estado él allí para experimentar también el «júbilo» que solían sentir las artistas en ese lugar? ¿Tal vez durante el viaje a Francia que Kate había mencionado? Volví a preguntarme si Robert padecía quizá ligeras delusiones. Étretat era un callejón sin salida, precioso, el acantilado de mi pantalla dibujaba un arco sobre el canal de la Mancha que desaparecía en el agua. Monet había pintado el arco una cantidad asombrosa de veces desde distintas perspectivas, y Robert, a menos que se me hubiese escapado algo, ninguna.

Al día siguiente era sábado y salí a correr por la mañana. Sólo fui hasta el Zoo Nacional y volví, mientras pensaba en aquellas montañas que había visto al pasar por los alrededores de Greenhill. Apoyado en la verja de la puerta del zoo, estaba estirando mis tensos tendones de Aquiles, cuando pensé por primera vez que quizá nunca sería capaz de curar a Robert. ¿Y cómo sabría cuándo tenía que dejar de intentarlo?

43

Marlow

La mañana del miércoles siguiente a mi carrera hasta el zoo, una carta con remitente de Greenhill en la esquina superior del sobre me estaba esperando en Goldengrove. La letra era pulcra, femenina, ordenada: era Kate. Me fui a mi despacho sin pasar primero a ver a Robert ni a ningún otro paciente, cerré la puerta y extraje el abrecartas que me había regalado mi madre cuando me licencié en la universidad; a menudo pensaba que no debería guardar semejante tesoro en mi despacho, de fácil acceso, pero me gustaba tenerlo cerca. La carta era de una sola página y, a diferencia de la dirección del sobre, estaba escrita con el ordenador.

Querido doctor Marlow:

Espero que mi carta le llegue sin problemas. Gracias por haber venido a Greenhill. Si le he podido ayudar en algo a usted o (indirectamente) a Robert, me alegro. No creo que podamos seguir mucho tiempo en contacto y estoy segura de que lo entenderá. Me encantaron nuestras conversaciones, aún pienso en ellas, y creo que si alguien puede ayudar a Robert, ha de ser alguien como usted.

Hay una cosa que no le di cuando estuvo aquí, en parte por razones personales y en parte porque no sabía si sería ético, pero he decidido que quiero que lo sepa. Es el apellido de la mujer que le escribió a Robert las cartas de las que le hablé. Entonces no le dije que una de ellas estaba escrita en un papel de carta personalizado y tenía su nombre completo

en el margen superior. Tal como le comenté, también era
artista, se llamaba Mary R. Bertison. Es algo que aún me
resulta muy doloroso y no estaba segura de querer compartir
ese detalle con usted, o incluso de si estaba mal que lo hicie-
ra. Pero si de verdad va a intentar ayudarle, creo que debo
darle su nombre. Tal vez pueda averiguar algo acerca de su
persona, aunque no sé muy bien en qué sentido podría serle
de utilidad.

Le deseo toda la suerte del mundo en su trabajo y espe-
cialmente en sus esfuerzos por ayudar a Robert.
Le saluda atentamente,

Kate Oliver

Era una carta generosa, honesta, irritante, delicada, amable; podía
oír la determinación de Kate en cada una de sus frases, su decisión
de hacer lo que consideraba correcto. Sentada probablemente
frente a su mesa de la biblioteca del piso de arriba, a primera hora
de la mañana quizá, habría tecleado obstinadamente a pesar del
dolor, cerrando el sobre antes de poder cambiar de parecer, preparándose un té en la cocina a continuación, pegando el sello. Se le
habría hecho difícil ayudar a Robert, pero al mismo se tiempo se
habría sentido satisfecha; me la imaginaba con una impecable blusa ceñida, unos tejanos y pendientes brillantes en las orejas, dejando la carta en una bandeja junto a la puerta principal, yendo a
despertar a los niños, para los que reservaba su sonrisa. Sentí un
repentino y doloroso vacío.

Pero la carta daba igual; aunque ahora se hubiese abierto otra
puerta, ella quería zanjar el asunto y yo tenía que respetar sus deseos. Escribí con el ordenador una respuesta breve, agradecida y
profesional, y la cerré en un sobre para que alguien del personal la
enviara por correo. Kate no me había proporcionado ninguna dirección de correo electrónico ni había utilizado la que figuraba en la
tarjeta que yo le había dado en Greenhill; al parecer, únicamente
quería esta comunicación oficial y más lenta entre nosotros, una car-

ta tangible que atravesara el país entre una marea anónima de correspondencia, toda ella herméticamente cerrada. Era lo que quizás habríamos hecho en el siglo XIX, pensé, este cortés y secreto intercambio de papel, una conversación a distancia. Preferí guardar la carta de Kate en mis archivos personales y no en la carpeta de Robert.

El resto fue sorprendentemente fácil, nada detectivesco. Mary R. Bertison vivía en Washington y su nombre completo figuraba en el listín telefónico, que indicaba que residía en la Calle 3, en la zona noreste. En otras palabras, tal como había sospechado, muy posiblemente estuviese viva. Se me hizo extraño desentrañar este misterio de la silenciosa vida de Robert Oliver. Me imaginé que podría haber más de una mujer con este nombre en la ciudad, pero lo dudaba. Después de comer, marqué el número de teléfono desde la mesa de mi despacho, una vez más con la puerta cerrada para evitar miradas u oídos indiscretos. Teniendo en cuenta que era artista, a lo mejor estaría en casa, pensé; por otra parte, si pintaba, probablemente tuviese un empleo para poder llegar a fin de mes, como yo; en mi caso, era médico y trabajaba la nada desdeñable cantidad de 55 horas a la semana. Su teléfono sonó cinco o seis veces. Con cada tono mis esperanzas disminuían —quería cogerla desprevenida— y entonces saltó el contestador automático: «Soy Mary Bertison, éste es el contestador automático del... », dijo con firmeza una voz femenina agradable, un tanto aguda, quizá, por la necesidad de grabar un mensaje en el teléfono, pero sonaba firme, la voz de contralto de una persona formada.

De pronto se me ocurrió que, en realidad, ella tal vez reaccionaría mejor a un mensaje cortés que a una llamada imprevista, y eso le daría tiempo para pensar en mi petición.

—Buenos días, señorita Bertison. Soy el doctor Andrew Marlow, psiquiatra del Centro Residencial Goldengrove, en Rockville. Tengo a un paciente que, por lo que sé, es un pintor amigo suyo, y quisiera saber si podría usted ayudarnos un poco.

Ese prudente «nos» hizo que diera un respingo muy a mi pesar. Aquello no era un trabajo en equipo. Y el mensaje en sí bastaría para que ella se preocupase, si seguía, cuando menos, considerando a Robert un íntimo amigo. Pero si él había vivido con ella o había venido a Washington para estar con ella, tal como Kate sospechaba, ¿por qué demonios no se había presentado ya en Goldengrove a estas alturas? Por otra parte, los periódicos no habían divulgado el ingreso de Robert en un centro psiquiátrico.

—Puede llamarme al centro cualquier día laborable, y me pondré en contacto con usted lo antes posible. Mi teléfono es… —lo dije con claridad, añadí la información de mi busca y colgué.

A continuación me fui a ver a Robert; muy a mi pesar me sentía como si tuviese las manos manchadas de sangre. Kate no me había pedido que no le mencionara a Mary Bertison, pero cuando llegué a su habitación aún dudaba si hacerlo o no. De no ser por mi llamada, ella jamás se habría enterado de que Robert estaba recibiendo tratamiento psiquiátrico. En su primer día en Goldengrove Robert me había dicho con desdén: «Puede incluso hablar con Mary». Sin embargo, es todo lo que había dicho, y debe de haber veinte millones de Marys en los Estados Unidos. A lo mejor Robert recordaba exactamente sus palabras. Pero ¿tendría que explicarle de dónde había sacado su apellido?

Llamé a la puerta, que estaba entornada, y entré. Robert estaba pintando frente al caballete, tranquilo, con su pincel levantado y sus hombros macizos relajados con naturalidad; por un momento me pregunté si habría experimentado alguna mejoría en los últimos días. ¿Era de verdad necesario que estuviese aquí sólo porque no hablaba? Entonces Robert alzó la vista, ceñudo, y vi el rojo de sus ojos, la tristeza absoluta que le invadió el rostro al verme.

Me senté en el sillón y hablé antes de que pudiese perder el valor de hacerlo.

—Robert, ¿por qué no me lo cuentas?

Sonó más a frustración de lo que yo hubiese querido. Para mi íntima alegría, él pareció sorprenderse; por lo menos había reaccionado. Pero me satisfizo menos ver que esbozaba una sonrisa que yo interpreté como de triunfo, conquista, insolencia, como si mi pregunta pusiese de manifiesto que me había vuelto a hacer salir los colores.

De hecho, eso me sacó de mis casillas y quizá precipitase mi decisión.

—Podría hablarme, por ejemplo, de Mary Bertison. ¿Ha pensado en ponerse en contacto con ella? O, mejor dicho, ¿por qué no ha venido ella a verlo?

Robert empezó a acercárseme, con el pincel en su mano alzada, antes de recuperar de nuevo el control. Sus ojos eran enormes y destilaban esa inteligencia castrada que había detectado en ellos el día que nos conocimos, antes de que él hubiese aprendido a ocultarla en mi presencia. Pero no podía responder sin perder la partida y logró no decir palabra. Sentí una punzada de compasión; él mismo se había puesto contra las cuerdas y ahora Robert tenía que quedarse allí. Aunque exteriorizara su rabia contra mí o contra el mundo, o posiblemente contra Mary Bertison, o me preguntase cómo había conseguido información sobre ella, renunciaría a la única parcela de intimidad y poder que se había reservado para sí mismo: el derecho a guardar silencio en su tormento.

—Muy bien —dije con suavidad; o eso esperaba. Sí, Robert me daba lástima, pero yo sabía que también se aprovecharía de esto; dispondría de tiempo de sobra para reflexionar y conjeturar sobre mis movimientos y las posibles fuentes de información que me habían proporcionado el apellido de Mary Bertison. Pensé en asegurarle que yo mismo se lo contaría, siempre y cuando diese con su Mary en particular, así como cualquier cosa que ésta me contara.

Pero le había dado ya tanta información que decidí ser yo quien guardara silencio; si él podía, yo también. Me senté con él sin decir nada durante otros cinco minutos mientras Robert jugueteaba con el pincel en su manaza y miraba fijamente al lienzo. Por fin, me levanté. Al llegar a la puerta me volví un instante, casi arrepintiéndome; su cabeza despeinada estaba gacha, con los ojos clavados en el suelo, y su aflicción me sacudió como una ola. De hecho, me siguió por el pasillo y hasta las habitaciones de mis otros pacientes más «normales» (confieso que ésa era la sensación que tenía, aunque no sea un palabra que me guste emplear en ningún caso), con sus trastornos comunes y corrientes.

Tuve que ver pacientes durante toda la tarde, pero la mayoría de ellos estaban razonablemente estables, y me fui a casa en coche sintiéndome satisfecho, casi contento. La neblina que cubría la carretera del Rock Creek Park era dorada, y el agua centelleaba en su lecho cada vez que tomaba una curva. Me daba la impresión de que tendría que aparcar temporalmente un cuadro en el que llevaba toda la semana trabajando; era un retrato a partir de una fotografía de mi padre, y la nariz y la boca sencillamente no me habían salido bien, pero a lo mejor cambiando de tercio durante unos cuantos días, podría retomarlo con más éxito. Tenía unos cuantos tomates (no muy buenos para comerlos en esta temporada, pero bastante brillantes) que tardarían una semana en estropearse. Si los colocaba en la ventana de mi estudio, quizá constituirían una especie de Bonnard moderno o —no seamos tan modestos— un nuevo Marlow. El problema era la luz, pero ahora que los días eran más largos podía captar un poco de luz vespertina después del trabajo y, si me veía con ánimos, quizá me levantara algo más temprano para empezar también un lienzo por las mañanas.

Ya estaba pensando en los colores y el lugar donde colocaría los tomates, de modo que casi ni me acordé de girar el volante para meter el coche en el garaje, un espacio frío y húmedo bajo el edificio de mi apartamento cuyo alquiler cuesta prácticamente la mitad que el de la vivienda. De vez en cuando ansiaba tener otro empleo, en el que no tuviese que atravesar regularmente y echando chispas la periferia de Washington para poder prescindir del coche. Pero ¿cómo iba a marcharme de Goldengrove? Y la idea de pasarme la jornada entera sentado en la consulta de Dupont Circle, tratando a pacientes lo bastante sanos como para poder entrar a pedir consejo por su propio pie, no me atraía.

Mi mente estaba completamente absorta en estas cosas (mi bodegón, la luz del atardecer que rebotaba en el lento caudal de Rock Creek, el humor de los demás conductores) y mis manos ocupadas buscando las llaves. Como siempre, subí por las escaleras para hacer más ejercicio. No la vi hasta que llegué prácticamente a mi puerta. Estaba apoyada en la pared como si llevase allí un rato, relajada e impaciente a la vez, los brazos cruzados, las botas bien plantadas en el suelo. Tal como yo la recordaba, llevaba tejanos y una larga camisa blanca, esta vez con una americana negra encima, y bajo la pésima luz del pasillo su pelo era de color caoba. Me quedé tan sorprendido que «frené en seco»; supe entonces, y lo sabría ya para siempre, lo que significaba realmente esa expresión.

—¡Es usted! —exclamé, pero eso no sirvió para despejar mi confusión. Era, sin duda, la chica del museo, la que me había sonreído con complicidad frente al bodegón de Manet en la Galería Nacional, la que había observado atentamente la versión de *Leda* de Gilbert Thomas y me había vuelto a sonreír en la acera. Habría pensado en ella quizás una o dos veces y luego había olvidado que existía. ¿De dónde había salido? Era como si viviese en otro mundo, como un hada o un ángel, y hubiese vuelto a aparecer sin que hubiera pasado el tiempo, sin dar explicaciones propias de los humanos.

Se enderezó y me dio la mano.

—¿El doctor Marlow?

44

Marlow

—Sí —dije, allí de pie con las llaves colgando de mis dedos, mi otra mano indecisa en la suya. Me asombró la disimulada ferocidad de sus modales y, de nuevo, inevitablemente, su atractivo. Era tan alta como yo, tendría treinta y pico años, preciosa pero no de belleza convencional; era imponente. La luz se le reflejaba en el pelo, llevaba el flequillo demasiado recto y demasiado corto sobre su blanca frente, la larga onda restante, suave y de color rojizo púrpura, le llegaba bastante por debajo de los hombros. Me atenazó la mano con fuerza e instintivamente yo la estreché con la mía al saludarla.

Esbozó una sonrisa, como solidarizándose con mi situación.

—Lamento haberlo asustado. Soy Mary Bertison.

No podía apartar los ojos de ella.

—Pero usted estaba en el museo… En la Galería Nacional.

—Y entonces me sacudió una momentánea decepción que se llevó por delante a mi perplejidad: ella no era la musa de cabellos rizados de los sueños de Robert. Nueva oleada de asombro: también la había visto recientemente en un cuadro, vestida con sus tejanos azules y una holgada blusa de seda.

Ahora arrugó la frente, claramente confusa a su vez, y me soltó la mano.

—Quiero decir —repetí— que más o menos ya nos conocíamos. Delante del cuadro de *Leda* y ese bodegón de Manet, ¿se acuerda?, el de las copas y la fruta. —Me sentí estúpido. ¿Por qué había pensado que me recordaría?—. Ya lo entiendo… Sí, debió de ir usted a ver el cuadro de Robert. Es decir, el cuadro de Gilbert Thomas.

—Ahora me acuerdo —dijo ella lentamente, y saltaba a la vista que no era la clase de mujer que mentiría para quedar bien. Se irguió, sin inmutarse por haber invadido mi mismísima casa, mirándome fijamente—. Usted me sonrió, y luego, fuera…

—¿Fue allí a ver el cuadro de Robert? —repetí.

—Sí, el que intentó apuñalar. —Asintió con la cabeza—. Acababa de enterarme de la historia, porque alguien me pasó el artículo con varias semanas de retraso, un amigo que dio casualmente con la noticia. Yo no suelo leer la prensa. —Entonces se echó a reír, no con amargura sino un tanto divertida por lo rara que era la situación, como si le pareciera algo lógico—. ¡Qué curioso! Si alguno de los dos hubiese sabido quién era el otro, podríamos haber hablado allí mismo en lugar de hacerlo ahora.

Logré sobreponerme y abrí la puerta con llave. Sin ningún género de dudas, era poco ortodoxo por mi parte mantener una conversación acerca de un paciente en mi propio apartamento; de hecho, sabía que no era una buena idea dejar entrar a esta atractiva desconocida, pero la cortesía y la curiosidad podían más que yo. Después de todo, yo la había llamado por teléfono y ella se había presentado casi de inmediato, como por arte de magia.

—¿Cómo ha encontrado mi casa? —A diferencia del suyo, mi nombre no figuraba en la guía.

—En Internet, con su nombre y su número de teléfono no ha sido difícil.

La invité a pasar primero.

—Adelante. Ya que está aquí, podríamos hablar.

—Sí, de lo contrario estaríamos desperdiciando una segunda oportunidad. —Su dentadura era de color crema y brillaba. Recordé su elegancia desenvuelta, la armonía de su aspecto enfundada en botas y tejanos, la delicada blusa debajo de su chaqueta, como si fuese mitad vaquera, mitad dama refinada.

—Por favor, siéntese y deme un minuto para organizarme. ¿Le apetece un té? ¿Zumo? —Decidí paliar el hecho de haberla invitado a entrar no sirviéndole por lo menos nada de alcohol, aunque, algo atípico en mí, yo empezaba a ansiar una copa.

—Gracias —dijo ella con suma educación, y se sentó como una invitada en un salón victoriano, acomodándose con un único e impecable ademán en una de mis sillas tapizadas de lino, sus botas cruzadas, los pies escondidos hacia un lado, las manos estilizadas y elegantes sobre su regazo. Esta mujer era un enigma. Reparé en el sonido culto de su discurso, como lo había notado en el mensaje de su contestador automático, en su forma de hablar pausada y refinada. Su voz era suave, pero también firme y comunicativa. Profesora, pensé de nuevo. Me siguió con la mirada—. Sí, un poco de zumo, por favor, si no es molestia.

Me fui a la cocina y serví dos vasos de zumo de naranja, lo único que tenía a mano, y puse unas cuantas galletas saladas en un plato. Mientras volvía con la bandeja, recordé a Kate sirviéndome en su salón de Greenhill, dejándome llevar el salmón a la mesa de comedor. Y más tarde dándome el apellido de esta extraña y grácil chica, la clave para encontrarla.

—No estaba cien por cien seguro de haber dado con la correcta Mary Bertison —dije, pasándole un vaso—. Pero no puede ser una coincidencia que se pasara usted un buen rato delante del cuadro que Robert Oliver intentó apuñalar.

—Por supuesto que no. —Tomó un sorbo de zumo, dejó el vaso y por primera vez me miró a la cara con ojos suplicantes, sin suficiencia—. Lamento molestarle de esta manera. Hace casi tres meses que no tengo noticias de Robert, y estaba preocupada… —No añadió «destrozada», pero me pregunté, por el súbito control que me pareció que ejercía sobre su rostro gesticulador, si quizás este adjetivo sería más adecuado—. Lo que tenía claro era que yo no iba a contactar con él. Verá, tuvimos una gran bronca. Pensé que simplemente se encerraría en algún sitio a pintar, para ignorarme, y que acabaría teniendo noticias suyas. Pasé semanas preocupada y luego me ha sorprendido mucho recibir su mensaje, doctor, y como la jornada laboral ya había terminado, me he dado cuenta de que a esta hora ya no lo encontraría en Goldengrove y de que no pegaría ojo en toda la noche si no conseguía localizarlo.

—¿Por qué no ha probado en mi busca? —inquirí—. No es que no me alegre de tener esta oportunidad para hablar con usted: estoy encantado de que haya venido.

—¿Lo está? —Vi que a su vez ella me perdonaba por mi simplismo. No cabía duda de que Robert Oliver elegía a mujeres interesantes. Sonrió—. Sí que lo he intentado, pero si lo comprueba verá que está apagado.

Lo comprobé; tenía razón.

—Lo siento —dije—. Procuro que eso no pase nunca.

—De todas formas, es mejor que hablemos en persona. —El titubeo había desaparecido, la confianza en sí misma había vuelto, sonrió ampliamente—. Por favor, dígame que Robert está bien. No estoy pidiendo verlo; de hecho, la verdad es que no quiero verlo. Tan sólo quiero saber que no corre peligro.

—Está en nuestras manos y creo que se encuentra bien —la informé con cautela—. Por ahora, y siempre y cuando esté con nosotros. Pero también ha estado deprimido y en ocasiones agitado. Lo que más me preocupa es su falta de colaboración. No quiere hablar.

Me dio la impresión de que ella asimilaba esto mientras se mordía la cara interna de la mejilla durante varios segundos, y me miraba fijamente.

—¿Nada en absoluto?

—Nada. Bueno, el primer día un poco. De hecho, una de las pocas cosas que Robert me dijo aquel día fue: «Puede incluso hablar con Mary, si quiere». Por eso me sentí con la libertad de llamarla.

—¿Eso es todo lo que ha dicho de mí?

—Es más de lo que ha dicho sobre cualquier otra persona. Es prácticamente todo lo que ha dicho en mi presencia. También mencionó a su ex mujer.

Ella asintió.

—Y por eso me ha encontrado usted, porque Robert mencionó mi nombre.

—No exactamente —me arriesgué a decir, instintivamente—. Kate me dijo su apellido.

Mary dio un respingo, y para mi asombro sus ojos se llenaron de lágrimas.

—Eso la honra —dijo con voz entrecortada. Me levanté y le fui a buscar un pañuelo de papel—. Gracias.

—¿Conoce usted a Kate?

—En cierto modo, sí. Sólo la he visto una vez, brevemente. Ella no sabía quién era yo, pero yo sí sabía quién era ella. Verá, Robert me comentó en cierta ocasión que en la familia de Kate había algunos cuáqueros de Filadelfia, como en la mía. Es posible que nuestros abuelos o bisabuelos se conocieran. ¿No es extraño? Me cayó bien —añadió dándose unos toques en los ojos para enjugarse las pestañas.

—A mí también. —No me había imaginado que diría eso.

—¿La conoce? ¿Está aquí? —Mary miró a su alrededor, como esperando que la ex mujer de Robert se uniese a nosotros.

—No, no está en Washington. De hecho, no ha venido a ver a Robert en ningún momento. No ha venido nadie a verlo.

—Siempre supe que acabaría solo. —Esta vez habló con naturalidad, con voz un tanto dura, e introdujo el pañuelo de papel en el bolsillo de sus tejanos estirando la pierna para hacerle sitio—. ¿Sabe? En realidad, es incapaz de amar a nadie y, al final, esas personas siempre acaban solas, por mucho amor que hayan recibido.

—¿Quería usted a Robert? ¿O lo quiere? —pregunté yo mismo con naturalidad, pero lo más amablemente que pude.

—¡Oh, sí! Por supuesto que sí. Robert es extraordinario. —Dijo esto como si fuese un rasgo distintivo en sí mismo, como tener el pelo castaño o las orejas grandes—. ¿No cree?

Me terminé el zumo.

—Pocas veces he tropezado con alguien con tanto talento. Ésa es una de las razones por las que quiero que progrese, que se mejore. Pero hay algo que me tiene confuso; varias cosas. ¿Por qué no se enteró usted antes de su desaparición o de su paradero? ¿Acaso no vivían juntos?

Ella asintió:

—Cuando vino a Washington, sí. Al principio fue maravilloso estar con él a todas horas y luego empezó a tener remordimientos, a pasar largas temporadas callado, a enfadarse conmigo por tonterías. Creo que no tenía palabras para expresar lo mucho que lamentaba haber dejado a su familia y supongo que sabía que no podía volver, aun cuando su esposa lo aceptase. Verá, no era feliz con ella —se limitó a añadir, y yo me pregunté si esto serían ilusiones suyas—. Rompimos hace meses. De vez en cuando él me llamaba o intentábamos cenar juntos, o ir a una exposición de arte o al cine, pero no funcionó; en mi fuero interno yo sólo quería que volviera y él, consciente de eso en todo momento, se esfumaba otra vez. Al final tiré la toalla, porque eso era lo mejor para mí; me dio un poco de tranquilidad, al menos un poco. Contribuyó a ello la tremenda bronca que tuvimos justo antes de que se fuera por última vez; en parte, discutimos por algo relacionado con el arte, aunque en realidad el enfrentamiento era entre él y yo.

Ella alzó una mano en un gesto de resignación.

—Creí que si lo dejaba solo, quizás acabaría llamándome, pero no lo hizo. El problema de alguien como Robert es que nunca deja de sorprenderte. No te imaginas volviendo a amar a nadie, porque todo el mundo te empieza a parecer insignificante a su lado, carente de interés. Eso mismo le dije una vez a Robert, que nunca sabía por dónde iba, y él se rió. Pero luego resultó ser cierto.

Inspiró hondo. Cuando la tristeza la embargaba, la hacía parecer diez años más joven, aniñada, no mayor ni más cansada; un curioso fenómeno. Seguramente era lo bastante joven para ser mi hija, por lo menos si yo me hubiese casado y tuviera una hija en la veintena, como algunos de mis compañeros de clase del instituto.

—Entonces ¿no lo ha visto en... cuánto tiempo, antes de que lo arrestaran?

—Aproximadamente tres meses. Ni siquiera sabía dónde vivía en aquel entonces; sigo sin saberlo. A veces a sus amigos les pedía prestados sus apartamentos o dormía en sus sofás, creo, y otras probablemente durmiera en hoteles de mala muerte de la ciudad. No tenía teléfono móvil, los odia, y nunca sabía cómo localizarlo. ¿Sabe si siguió en contacto con Kate?

—No estoy seguro —reconocí—. Me parece que la ha llamado unas cuantas veces para hablar con los niños, pero eso es todo. Creo que la depresión le sobrevino gradualmente, que se fue quedando aislado, lo que es probable que culminara en la idea de atacar un cuadro. La policía contactó con ella cuando Robert fue detenido. —Tuve la vaga sensación de que, cuando ahora hablaba con las mujeres de Robert, ya no estaba quebrantando el pacto de confidencialidad con mi paciente.

—¿Está realmente enfermo? —Me fijé en que había dicho «enfermo» en lugar de «indispuesto» o «loco».

—Sí, está enfermo —contesté—, pero estoy convencido de que mejorará bastante; eso si habla y se involucra en su tratamiento. Las ganas que tenga un paciente de curarse desempeñan un papel muy importante en la curación.

—Eso pasa con casi todo —dijo ella, pensativa, lo que la hizo parecer más joven que nunca.

—Mientras vivió con él, ¿se dio usted cuenta de que Robert tenía problemas psicológicos? —Le pasé el plato de galletas saladas, y ella aceptó una pero la sostuvo con ambas manos en lugar de comérsela.

—No. Vagamente. Es decir, no pensé que fueran psicológicos. Yo sabía que de vez en cuando se medicaba, si se alteraba o se inquietaba por las cosas, pero mucha gente lo hace, y él aseguraba que le ayudaba a dormir. Nunca me comentó que tuviera problemas graves. Desde luego, jamás mencionó que hubiera sufrido con anterioridad ningún ataque de nervios. No creo que tuviera nunca uno de verdad; de lo contrario, me habría dicho algo, porque estábamos muy unidos —esto último lo afirmó con cierta beligerancia, como si yo pudiese quizá contradecir su aseveración—. Supongo que simplemente vi que surgían ciertos problemas sin saber qué eran.

—¿Qué es lo que vio? —Cogí una galleta salada. El día había sido largo y su desenlace frente a la puerta de mi apartamento, confuso. Y todavía no se había acabado—. ¿Detectó algo que le preocupara?

Ella meditó y se retiró un mechón de pelo con una mano.

—Básicamente, Robert era impredecible. Algunas veces me decía que llegaría a casa a la hora de cenar y luego pasaba la noche fuera, y otras veces me decía que se iba a ver una obra o un estreno teatral con un amigo y no se levantaba del sofá; se quedaba simplemente ahí sentado leyendo una revista y durmiendo, y yo no me atrevía a preguntarle qué pensaría el amigo que lo estaba esperando. Llegó un momento en que me daba miedo preguntarle qué planes tenía, porque se mostraba quisquilloso ante semejantes preguntas, y también me daba miedo hacer planes con él, porque podía cambiar de idea en el último momento. Al principio pensé que era únicamente porque ambos estábamos acostumbrados a tener muchísima libertad, pero no me gustaba que me dejaran plantada. Y aún menos si habíamos quedado con otras personas y él las dejaba también plantadas. Ya sabe a qué me refiero.

Se calló y yo asentí para animarla a continuar.

—Por ejemplo, en cierta ocasión —prosiguió Mary— lo organizamos todo para que él conociese a mi hermana y a su marido, que habían venido a la ciudad para un conferencia, y Robert simplemente no se presentó en el restaurante. Estuve toda la cena con ellos dos y cada minuto fue peor que el anterior. Mi hermana es muy organizada y pragmática, y creo que no salía de su asombro. Luego no se sorprendió mucho cuando Robert me dejó y ella tuvo que consolarme por teléfono. Después de aquella cena volví a casa y me encontré a Robert dormido en nuestra cama con la ropa puesta, y lo sacudí para despertarlo, pero no recordaba en absoluto que hubiera quedado para cenar. Se negó a hablar de ello o a reconocer que había metido la pata incluso al día siguiente. Se negaba a hablar de sus sentimientos en general. O a reconocer sus errores.

Me abstuve de sacar a colación su insistencia en que Robert y ella habían estado muy unidos. Se inclinó sobre su galleta y al fin se la comió, como si recordar le abriera el apetito, luego se limpió los dedos delicadamente con la servilleta que yo le había dado.

—¿Cómo pudo ser tan grosero? Le invité a conocer a mi hermana y mi cuñado porque pensaba que íbamos en serio, él y yo. Me había dicho que había dejado a su mujer, que de todas formas ella ya no lo quería en casa y que tenía la sensación de que lo nuestro iba para largo. Más tarde me dijo que ella había presentado la demanda de divorcio y que él se lo había concedido. No es que habláramos de casarnos. En realidad, nunca he querido casarme con nadie, no acabo de encontrarle el sentido, porque no creo que quiera ser madre, pero Robert era mi media naranja, a falta de otra expresión mejor.

Pensé que quizá se le volverían a llenar los ojos de lágrimas; por el contrario, sacudió su brillante cabeza, desafiante, desilusionada, enfadada.

—¿Por qué le estoy contando todo esto? He venido aquí para saber cómo está Robert, no para hablarle de mi vida privada. —Entonces sonrió de nuevo, pero con tristeza, con los ojos clavados en sus manos—. Doctor Marlow, podría usted hacerle hablar a una piedra.

Di un respingo; era la frase que me decía siempre mi amigo John Garcia, el halago que yo más valoraba, una de las piedras angulares de nuestra larga amistad. Jamás la había oído en boca de otra persona.

—Gracias. Y no he pretendido sonsacarle nada que no quiera contarme. Pero lo que ya ha compartido conmigo me es muy útil.

—Veamos. —Me dedicó una sonrisa auténtica, de nuevo alegre, divertida a su pesar—. Ahora sabe que Robert tomaba algún medicamento antes de ir a parar a usted, eso si no lo sabía ya, y se siente un poco mejor porque sabe que Robert se negó a hablar de sus sentimientos incluso con la mujer con la que vivía, así que en realidad no ha fracasado.

—Señora, me asusta usted —dije medio en broma—. Y está en lo cierto. —No vi que hubiera razón alguna para comentarle que me había enterado de estas cosas también a través de Kate.

Mary se rió en voz alta.

—Ahora que le he hablado de mi Robert, hábleme usted del suyo.

Así pues, le hablé de él, honesta y exhaustivamente, y con una sensación más tangible de estar quebrantando la confidencialidad médico-paciente, cosa que sin duda estaba haciendo. Naturalmente, no le conté nada de lo que Kate me había dicho, pero le describí gran parte del comportamiento de Robert desde que había caído en mis manos. El medio (contarle todo eso) tendría que justificar el fin; tenía muchas más cosas que preguntarle y pedirle, y con lo perspicaz y vehemente que era ella, debería pagar por anticipado tal privilegio. Terminé asegurándole que en Goldengrove vigilábamos muy de cerca a Robert, que creía que ahora mismo no corría ningún peligro, y que no parecía inclinado a hacerse daño a sí mismo ni a nadie más, aun cuando hubiese ingresado allí por intentar apuñalar un cuadro.

Ella me escuchó con atención y sin interrumpirme para hacerme preguntas. Sus ojos eran grandes y claros, cándidos, de un color extraño parecido al del agua, tal como recordaba del museo, con un cerco más oscuro alrededor que bien podía ser maquillaje hábilmente puesto. También Mary podría hacerle hablar a una piedra, y así se lo dije.

—Gracias, es un honor —dijo—. A decir verdad, hubo una época en que pensé en convertirme en terapeuta, pero eso fue hace mucho tiempo.

—Y, en cambio, es usted artista y profesora —aventuré. Ella se me quedó mirando—. ¡Oh, no ha sido tan difícil averiguarlo! La vi analizando la superficie de Leda en un ángulo oblicuo, muy de cerca; normalmente eso sólo lo hace un pintor, o tal vez un historiador del arte. No me la imagino desempeñando un cargo puramente académico, eso la aburriría, por lo que debe de dar clases de pintura o desempeñar alguna otra actividad plástica para ganarse la vida, y habla con la seguridad de un profesor nato. ¿Estoy siendo impertinente ya?

—Sí —contestó ella, entrelazando las manos alrededor de su rodilla enfundada en los tejanos—. Y usted es artista, también; se crió en Connecticut, y ese cuadro que hay ahí encima de la repisa de la chimenea, el de la iglesia de su pueblo, lo pintó usted. Es un buen cuadro, se dedica en serio y tiene talento, como muy bien sabe. Su padre era pastor, pero un pastor bastante progresista, que habría estado orgulloso de usted aunque no hubiera entrado en la facultad de Medicina. Le interesan especialmente la psicología de la creatividad y los trastornos que atormentan a muchas personas creativas o incluso brillantes como Robert, que es por lo que ha pensado en convertirlo en el tema de su próximo artículo. Es usted una atípica mezcla de científico y artista, de modo que entiende a esa clase de personas, si bien tiene una gran capacidad para aferrarse a su propia cordura. El deporte ayuda; corre o hace ejercicio desde hace mucho, razón por la que parece diez años más joven de lo que es. Se rige por el orden y la lógica, así que no importa demasiado que viva solo y haga jornadas laborales tan largas.

—¡Pare! —exclamé, tapándome las orejas con las manos—. ¿Cómo sabe todo eso?

—Por Internet, naturalmente. Por su apartamento, y observándolo a usted. Y ha firmado su cuadro con sus iniciales en la esquina inferior derecha, ¿sabe? Si junta la información de todas esas fuentes, eso es lo que sale. Además, sir Arthur Conan Doyle era mi escritor favorito de pequeña.

—También era uno de los míos. —Pensé en estrechar su mano de largos dedos sin anillos.

Ella no había dejado de sonreír.

—¿Recuerda que en cierta ocasión Sherlock Holmes dedujo a la perfección el carácter y la profesión de un hombre, su pasado, a partir de un bastón que éste se había dejado en su habitación? Pues aquí yo tengo un apartamento entero a partir del cual trabajar. Holmes tampoco tenía Internet.

—Creo que usted es la persona que más puede ayudar a Robert —dije lentamente—. ¿Estaría dispuesta a contarme todo lo que vivió con él?

—¿Todo? —No me estaba mirando directamente a los ojos.

—Perdón. Me refería a todo lo que usted crea que le sería útil a alguien que está intentando entender a Robert. —No le di tiempo para negarse ni aceptar—. ¿Sabe lo del cuadro que intentó apuñalar?

—¿Lo de Leda? Sí. Bueno, un poco. En parte son conjeturas, pero me he informado.

—¿Qué hace a la hora de cenar, señorita Bertison?

Mary miró hacia un lado y se tocó la boca con las yemas de los dedos como si le sorprendiera encontrar allí una pizca de sonrisa todavía. Cuando volvió el rostro, la pintura de debajo de sus ojos cristalinos se intensificó, era azul grisácea, sombras sobre la nieve, un *effet de neige*. Tenía la piel muy clara. Se irguió en la silla, con la americana puesta, sus preciosas caderas y piernas enfundadas en unos descoloridos tejanos que contrastaban con mi sofá, sus delicados hombros levantados a la defensiva. Esta joven había sufrido durante semanas, meses incluso, y no tenía dos niños que la consolaran. De nuevo, sentí una desagradable rabia contra Robert Oliver, la súbita desaparición de mi objetividad médica.

Pero ella no estaba enfadada.

—¿A la hora de cenar? Nada, para variar. —Entrelazó las manos—. Me parece bien, siempre y cuando paguemos la cuenta a medias. Pero no me pida que le hable más de Robert por ahora. Si no le importa, preferiría escribir parte de la historia para no acabar llorando delante de un completo desconocido.

—Soy un desconocido a secas —dije—, no un *completo* desconocido; no olvide que fuimos juntos al museo.

Ella se me quedó mirando en la semipenumbra de mi salón; tenía razón, en mí era todo muy metódico, lógico, y dentro de un momento me levantaría para encender otra lámpara, le preguntaría si le apetecía algo más antes de irnos, me disculparía por ir al cuarto de baño, me lavaría las manos y buscaría un abrigo ligero. Durante la cena seguramente hablaríamos de Robert al menos un poco, pero también de pintura y de artistas, de nuestras infancias con Conan Doyle y nuestra forma de ganarnos la vida. Y, en cualquier caso, esperaba que habláramos de Robert Oliver, esta vez y en el futuro. Los ojos de Mary eran expresivos; no alegres, pero sí mostraban un leve interés en lo que veían por la habitación, y yo dispondría por lo menos de dos horas en el mejor restaurante de los alrededores para hacerle sonreír.

1878

Ma chère:

Te ruego disculpes mi comportamiento inexcusable. No fue premeditado, ni por falta de respeto, créeme, sino más bien por un anhelo que únicamente tú has tenido el poder de despertar en mí en los últimos años. Tal vez algún día entiendas que un hombre que se enfrenta al final de su vida es capaz de perder la cabeza por unos instantes y pensar solamente en la importancia creciente de lo que perderá. No ha sido intención mía deshonrarte, y es preciso que sepas al punto que los motivos que me llevaron a invitarte a ver el cuadro eran puros.

Es una obra extraordinaria; sé que pintarás muchas más, pero te ruego que me des permiso, a modo de expiación y disculpa, para dejar que el jurado vea lo magnífica que es la primera. No creo que se les escape su delicadeza, sutileza y elegancia, y aunque sean tan estúpidos que no acepten el cuadro, aun así lo habrá podido ver alguien, por más que sean tan sólo los miembros del jurado. Haré lo que me ordenes en cuanto a usar tu nombre o un seudónimo. Compláceme en esto para que pueda tener la sensación de haber hecho algo por tu talento y por ti.

Por lo que a mí respecta, he decidido presentar el cuadro de mi joven ahijado, en vista de tu admiración por el mismo, pero eso, naturalmente, lo haré con mi propio nombre y existen aún más posibilidades de que lo rechacen. Debemos estar preparados para ello.

Tu humilde siervo,

O. V.

45

Mary

Hay ciertas cosas de mi historia que pasé con Robert Oliver que nunca he podido poner en claro, ni siquiera para mi propia tranquilidad, y sigo queriendo hacerlo, si tal cosa es posible. Durante una de nuestras últimas discusiones Robert dijo que nuestra relación se había torcido desde el principio, porque yo lo había separado de otra mujer. Lo cual era terrible y obviamente falso, pero está claro que era totalmente cierto que Robert ya estaba casado cuando me enamoré de él la primera vez, y que seguía casado cuando me enamoré una segunda vez.

Esta mañana le he comentado a mi hermana, Martha, que un médico me ha pedido que le cuente todo lo que se me ocurra sobre Robert, y ella ha dicho: «Bueno, Mary, ahora tendrás la oportunidad de hablar de él durante veinticuatro horas seguidas sin agobiar a nadie». Yo le he dicho: «Si alguien no tiene que leerlo, ésa eres precisamente tú». No la culpo por haber hecho este comentario mordaz y cariñoso; en nuestro peor momento fue su hombro sobre el que vertí la mayor parte de mis lágrimas por Robert Oliver. Es una hermana magnífica, muy sacrificada. Tal vez Robert me habría hecho más daño del que me hizo, si ella no me hubiese ayudado a alejarme de él. Por otra parte, si hubiese seguido sus consejos, quizá no habría vivido muchas cosas que ahora mismo no puedo decir que lamente del todo. Aunque mi hermana es una mujer pragmática, en ocasiones se arrepiente de las cosas; yo no suelo hacerlo, pero Robert Oliver es casi la excepción que confirma la regla.

Me gustaría referir la historia con minuciosidad, de modo que empezaré por mí misma. Nací en Filadelfia, al igual que Martha.

Nuestros padres se divorciaron cuando yo tenía cinco años y Martha cuatro, y después de aquello la figura de mi padre se fue desvaneciendo gradualmente: de hecho, se marchó de nuestro barrio de Chestnut Hill y se fue al centro de la ciudad con sus trajes, a un bonito apartamento sin muebles al que íbamos una vez a la semana, luego una vez cada dos, donde principalmente veíamos dibujos animados en la tele mientras él leía montañas de papeles que guardaba en lo que llamaba «camisas». Y en cierta ocasión me encontré una camisa suya, pero de algodón, enredada debajo de su cama con unas bragas de encaje beige. No estábamos seguras de qué hacer con ninguna de las prendas y no nos pareció adecuado dejarlas allí, así que cuando papá bajó a la esquina a comprar la revista *Sunday Inquirer* y nuestras rosquillas, para lo cual solía tardar entre tres y cuatro horas, metimos las dos prendas en una olla, la llevamos al jardín trasero de su edificio de apartamentos de obra vista, y las enterramos entre la barandilla de hierro forjado y un tronco de árbol cubierto de hiedra.

Cuando yo tenía nueve años, papá dejó Filadelfia y se fue a San Francisco, adonde íbamos a verlo una vez al año. San Francisco era más divertido; el apartamento de papá tenía vistas sobre un océano cubierto con un manto de niebla, y podíamos dar de comer a las gaviotas desde el balcón. Muzzy, nuestra madre, nos mandó solas hasta allí en avión en cuanto consideró que teníamos edad suficiente. Después, nuestras visitas a San Francisco se redujeron a una cada dos años o cada tres, luego pasaron a ser ocasionales, íbamos si nos apetecía y si Muzzy estaba dispuesta a pagar el viaje, y finalmente papá desapareció en un empleo en Tokio y nos envió una foto suya en la que rodeaba con el brazo a una japonesa.

Creo que Muzzy se alegró de que papá se fuera a San Francisco. Eso le permitía cuidar a sus anchas de Martha y de mí, y lo hizo con tanto vigor y energía que ninguna de las dos ha querido nunca tener hijos. Martha asegura que se sentiría en la obligación de hacer lo mismo que nuestra madre hizo por nosotras, o incluso más, y que no lo resistiría, pero yo creo que en nuestro fuero interno ambas sabemos que no daríamos la talla. Aprovechando la excelente y antigua cuenta bancaria cuáquera de sus padres (nunca supimos con seguridad si estaba llena de aceite, avena, acciones de ferrocarriles o dinero de verdad), Muzzy nos mandó durante doce años a un magnífico colegio de los Amigos, nombre con el que se suele denominar a los quáqueros, un lugar en el que profesores de voz dulce con el pelo gris perfectamente cortado se arrodillaban para ver si estabas bien, cuando alguien te golpeaba con una pieza de un juego de bloques de construcción. Estudiábamos los escritos de George Fox, asistíamos a las celebraciones cuáqueras y plantábamos girasoles en un barrio pobre del norte de Filadelfia.

Mi primera experiencia amorosa tuvo lugar cuando estudiaba secundaria en los Amigos. Uno de los edificios del colegio era una casa que había sido una estación del Ferrocarril Subterráneo;* en la buhardilla había una trampilla recortada en el suelo de un viejo armario. Aquel edificio albergaba las clases de séptimo y octavo curso, y cuando llegué a esos cursos me gustaba quedarme unos minutos dentro, después de que todos se hubieran ido a comer, para escuchar los espíritus de los hombres y mujeres que habían escapado hacia la libertad. En febrero de 1980 (yo tenía trece años), Edward Roan-Tillinger también se quedó dentro a la hora de comer y me besó en el rincón de lectura de séptimo curso. Yo llevaba un par de años esperando esto y no estuvo mal como primer beso, aunque el borde de su lengua me supo a trozo de carne dura, y pude ver a George Fox mirándonos fijamente desde su retrato, al otro lado del aula. A la semana siguiente, Edward había dirigido su atención hacia Paige Hennessy, que tenía el pelo rojizo y liso, y vivía en el campo. No tardé más de unas cuantas semanas en dejar de odiarla.

---

* Red clandestina organizada en el siglo XIX en los Estados Unidos para ayudar a los esclavos afroamericanos que se escapaban de las plantaciones. (N. de la T.)

Es una pena que en la trayectoria de las mujeres no haya más que hombres: primero chicos, luego otros chicos, luego hombres, hombres y más hombres. Esto me recuerda nuestros libros de texto de historia del colegio, en los que todo eran guerras y elecciones, una guerra detrás de otra, con monótonos períodos de paz, cuando los había, tratados superficialmente. (Nuestros profesores desaprobaban esto y añadían temas extras de historia social y movimientos de protesta, pero el mensaje de los libros seguía siendo el mismo.) No sé por qué las mujeres tienden a contar sus vidas de esta forma, pero supongo que incluso yo he empezado a hacer lo mismo, quizá porque usted me ha pedido que le hable de mí y a la vez le describa mi relación con Robert Oliver.

Mis años de bachillerato, para seguir el relato con minuciosidad, no giraron únicamente en torno a los chicos, claro está; también giraron en torno a Emily Brontë y la Guerra de Secesión, en torno a la botánica de los parques en declive de Filadelfia, en torno a la técnica del *frotagge*, las labores de punto, *El Paraíso Perdido*, los helados y la loca de mi amiga Jenny (a quien llevé en coche a la clínica para abortar antes incluso de que yo me sacara la blusa delante de un chico). Durante aquellos años aprendí esgrima, me encantaba el atuendo blanco y el suave olor a humedad de nuestro reducido gimnasio cuáquero, y el momento en que la punta de la hoja de la espada daba un pinchazo en la chaquetilla de tu oponente; y aprendí a llevar una cuña llena de orina sin derramarla como voluntaria del Chestnut Hill Hospital, y a servir té con una sonrisa en los interminables encuentros con fines benéficos que organizaba Muzzy, por lo que sus caritativas amigas decían: «Tienes una hija adorable, Dorothy. Oye, ¿tu madre también era rubia?». Que era lo que yo quería oír. Aprendí a ponerme sombra de ojos y tampones de tal modo que no notaba que estaban ahí (me lo enseñó una amiga; Muzzy jamás habría hablado de algo semejante), y a golpear de lleno la pelota con mi *stick* de hockey sobre hierba, y a hacer bolas de palomitas de colores, y a hablar francés y español de forma bastante correcta, y a sentir secretamente lástima de otra chica cuando le di de lado (aunque no fuera necesario), y a retapizar sillitas con bordados en punto de cruz. Además de todo esto, descubrí la sensación de la pintura bajo mi pincel, pero me reservaré eso para un poco más tarde.

Creía que había aprendido muchas de estas cosas yo sola o a través de mis profesores, pero ahora entiendo que siempre formaron parte del plan global de Muzzy. De igual modo que cada noche en la bañera nos frotaba entre los dedos de pies y manos cuando apenas andábamos, llegando a las tiernas zonas palmeadas con un dedo firmemente envuelto en un paño, también se aseguró de que sus niñas supieran tensarse las tiras de los sujetadores antes de ponérselos cada vez, lavar a mano blusas de seda únicamente en agua fría y pedir ensalada cuando salíamos a comer. (En honor a la verdad, Muzzy también quería que supiésemos los nombres y siglos de los reyes y reinas ingleses más importantes, y conociésemos la geografía de Pensilvania y el funcionamiento del mercado de valores.) Acudía a nuestras reuniones de padres y profesores con una pequeña libreta en la mano, nos llevaba cada Navidad a comprar un vestido nuevo para las fiestas, zurcía ella misma nuestros tejanos pero nos llevaba a cortar el pelo a una peluquería concreta del centro de la ciudad.

En la actualidad, Martha es sofisticada y yo del montón, aunque pasé por una larga fase en la que únicamente me ponía ropa vieja y estropeada. A Muzzy le han hecho una traqueotomía, pero cuando vamos a verla (sigue viviendo en casa, con una asistenta en el segundo piso y una profesora de párvulos en el apartamento del ático, que ha alquilado), dice entrecortadamente: «¡Oh, chicas, al final habéis salido maravillosas! ¡Estoy tan agradecida!» Martha y yo sabemos que su gratitud va principalmente dirigida hacia sí misma, pero aun así nos sentimos de maravilla en el pequeño salón repleto de antigüedades, nos sentimos extraordinarias y gráciles y exitosas, invencibles, como unas amazonas.

Pero ¿para qué sirvió tanto vestido, refinamiento, tantos modales, tanto tensar las tiras de los sujetadores? La pregunta me devuelve al tema de los hombres: Muzzy no hablaba de hombres ni de sexo, no teníamos en casa a un padre que amenazase a nuestros novios o siquiera que preguntara por ellos, y los intentos de Muzzy por protegernos de los chicos fueron demasiado discretos como para influirnos en exceso.

—Cuando un chico paga una cita entera es que quiere algo —nos decía.

—Muzzy —Martha ponía los ojos en blanco como de costumbre—, estamos en la década de 1980. Ya no estamos en 1955. Despierta.

—Despierta tú también. Ya sé en qué año estamos —decía Muzzy suavemente, y se iba al teléfono a pedir tartas de calabaza para la cena de Acción de Gracias o a llamar a su tía enferma de Bryn Mawr, o se acercaba hasta la tienda de lámparas para ver si también arreglaban candelabros antiguos. Siempre decía que no habría tenido inconveniente en buscarse un empleo, pero que mientras pudiese costear nuestra educación ella misma («ella misma» se refería al aceite y la avena del banco), consideraba que sería más útil estando en casa para nosotras.

En lo que respecta a mí, yo pensaba que, además, se quedaba en casa principalmente para controlarnos; pero como nunca preguntaba por nuestros novios, nosotras no le contábamos gran cosa a menos que el chico fuese nuestra pareja en el baile de fin de curso, en cuyo caso éste entraba en casa exactamente una vez, con su esmoquin, para darle la mano y llamarla «señora Bertison». («¡Qué chico tan simpático, Mary! –diría después–. ¿Hace mucho que lo conoces? ¿No es su madre la que organiza la campaña de hortalizas orgánicas en el colegio, o me confundo de persona?») Baile tras baile, este pequeño ritual hizo que en cierto modo me sintiera menos culpable, que en cierto modo sintiera que contaba con su aprobación, cuando luego el chico deslizaba una mano hasta la parte inferior de la espalda de mi vestido, por ejemplo. A medida que fui creciendo, cada vez le conté menos cosas a Muzzy y para cuando Robert Oliver apareció en mi vida, yo ya había pasado la adolescencia sumergida en un mundo que compartía conmigo misma, alguna amiga o novio ocasionales, y mis diarios. Durante el tiempo que vivimos juntos, Robert me dijo que él también se había sentido solo desde pequeño y creo que ésa fue una de las cosas que más me cautivaron de él.

46

Mary

Para infinita consternación de Muzzy, antes de empezar en la universidad me tomé dos años libres para trabajar en una librería del centro de la ciudad, aunque luego entré en la universidad obedientemente y con mis propios ahorros. El Barnett College era un buen sitio para mí. Debería poder decir que la universidad me produjo mucha angustia, que me preocupaban mi futuro y el sentido de mi vida: la niña rica, mimada y protegida, se tiene que enfrentar con los grandes libros del mundo occidental y se ve arrollada por su propia banalidad. O quizá la niña rica, mimada y protegida, descubre que Barnett es más de lo mismo, se vende sus posesiones, sale a recorrer mundo para ver cómo es la vida real y duerme en la calle con un perro durante diez años.

Tal vez no me mimaran tanto; Muzzy nos dejó claro que la avena cuáquera no nos pagaría escapadas para ir a esquiar ni zapatos italianos de lujo, y teníamos una austera asignación mensual para ropa. Y tal vez tampoco me protegieran tanto; los proyectos sociales de los Amigos, las viviendas del barrio del norte de Filadelfia, los refugios para mujeres maltratadas, los vómitos con sangre del Chestnut Hill Hospital… todo eso me aportó datos de un mundo lleno de dolor. El plan de estudios de Barnett no fue nada del otro mundo, y trabajé en la biblioteca para ayudar a Muzzy a comprarme los libros de texto y los billetes de tren para ir a casa. De hecho, únicamente experimenté las típicas crisis universitarias provocadas por el otro sexo y los exámenes trimestrales. Sin embargo, fue allí donde descubrí algo que nadie podrá arrebatarme jamás y, en cierto modo, ésa fue una crisis propiamente dicha, una crisis de felicidad.

En el colegio de los Amigos siempre me gustó la clase de arte; me gustaba nuestra menuda y enérgica profesora de bachillerato y sus batas con manchas moradas, y a ella le gustaron mis figuras de arcilla pintadas, descendientes directos de los hipopótamos de cuarto curso que estaban en el armario donde Muzzy guardaba sus objetos más preciados. Nunca estuve entre los alumnos más aventajados de la clase de arte, el grupo de individuos solitarios que ganaban premios estatales y presentaban solicitudes en la Escuela de Diseño de Rhode Island o en el Savannah College of Art and Design mientras los demás nos preguntábamos si podríamos entrar en la Ivy League. Pero en Barnett descubrí el arte que llevo dentro.

Curiosamente, todo empezó con una decepción, casi con un error. Yo tenía pensado estudiar Inglés como asignatura principal, pero era obligatorio elegir alguna opcional de arte. No logro recordar qué rama era, Expresión creativa, tal vez, y al empezar el segundo semestre me matriculé en una clase de Poesía creativa, porque el chico de tercero con el que creía que pronto saldría era poeta y no quería sentirme una completa ignorante a su lado.

Resultó que esta clase ya estaba llena y me pasaron a otra opcional llamada Comprensión visual. Mucho más tarde me enteré de que Robert Oliver, un veleidoso pintor y profesor invitado, cuyo castigo era impartir la asignatura durante aquel trimestre, en privado la llamaba «Incomprensión visual». La universidad se enorgullecía de que los alumnos que no iban a especializarse en arte pudiesen tener de profesor a un artista consolidado, y la asignatura de Comprensión visual era la única carga que tendría que soportar Robert Oliver durante su estancia en Barnett, una clase que englobaba temas de pintura y de historia del arte y a la que asistían alumnos reacios de todo el espectro curricular. Una mañana de enero me encontré sentada entre ellos frente a una larga mesa del estudio de pintura.

El profesor Oliver se retrasó y me quedé ahí sentada intentando no establecer contacto visual con mis compañeros de clase, a ninguno de los cuales conocía. Siempre me mostraba tímida al comienzo de cualquier asignatura; para evitar mirar a nadie a los ojos, dirigí la vista hacia las altas y sucias ventanas. A través de éstas pude ver los prados blancos, el montón de nieve en el alféizar de la ventana. Los rayos del sol caían sobre los numerosos caballetes y taburetes distribuidos sin orden, sobre la deteriorada mesa y el suelo mellado y manchado de pintura; sobre el bodegón de sombreros, las manzanas arrugadas y las estatuillas africanas dispuestas encima de una peana que había delante; sobre los tornos de colores y los carteles publicitarios de museos. Reconocí la silla amarilla de Van Gogh y uno de Degas descolorido, pero no la serie de cuadrados concéntricos, de color intenso, que más tarde nos diría Robert que eran reproducciones de la obra de Josef Albers. Mis compañeros de clase hablaban entre sí mientras hacían explotar sus globos de chicle, garabateaban en sus libretas y se rascaban el estómago. La chica que estaba junto a mí tenía el pelo morado; me había fijado en ella aquella mañana en el comedor.

Entonces la puerta del estudio se abrió y entró Robert. Sólo tenía treinta y cuatro años, aunque yo eso lo ignoraba. Pensaba, como piensan los universitarios, que tanto él como el resto de mis profesores superaban la cincuentena; en otras palabras, que eran unos viejos. Robert era una mole, y su estatura y su energía resultaban imponentes. Tenía las manos largas y una cara bastante demacrada, aunque no su cuerpo; debajo de la ropa era macizo y fuerte (si bien probablemente anciano). Iba vestido con unos gruesos pantalones de pana manchados de un intenso marrón dorado, con cercos desgastados en rodillas y muslos. Encima de estos llevaba una camisa amarilla, las mangas enrolladas hasta los codos y un raído chaleco de punto color aceituna que parecía tejido a mano. Así era; su madre lo había tejido para su padre durante los últimos años de vida de éste.

En realidad, más adelante llegué a saber tantas cosas de Robert que me cuesta aislar del resto la primera impresión que me produjo. Tenía el entrecejo muy fruncido, la frente arrugada. En aquel primer momento pensé que, de no parecer tan cascarrabias e ir tan desaliñado, habría resultado atractivo. Tenía la boca ancha, relajada, los labios gruesos, la piel ligeramente aceitunada, la nariz sumamente larga, el pelo oscuro pero también rojizo y rizado, mal cortado; fue en parte esta desusada abundancia de pelo la que me hizo pensar que era mayor de lo que en realidad era.

Al parecer, reparó entonces en que estábamos sentados alrededor de la mesa, se quedó quieto unos segundos y sonrió. Cuando sonrió comprendí que seguramente me había equivocado tachándolo de desaliñado y malhumorado. Saltaba a la vista que se alegraba de vernos. Era una persona cálida, una persona de piel y mirada cálidas vestida con prendas viejas de colores suaves. Cuando lo veías sonreír, podías perdonarle su aspecto pasado de moda y su desaliño.

Robert llevaba dos libros debajo del brazo; cerró la puerta a sus espaldas, se fue hasta la cabecera de la mesa y dejó los libros encima. Todos lo miramos expectantes. Reparé en que sus manos estaban un poco deformadas, como si fueran incluso más viejas que él; eran unas manos atípicas, muy grandes y gruesas pero gráciles. Llevaba un ancho anillo de boda de oro mate.

—Buenos días —dijo. Su voz era sonora y áspera a la vez—. Ésta es la clase de pintura para los que no se especializan en arte, también conocida como Comprensión visual. Espero que estéis todos tan encantados como yo de estar aquí —una irónica mentira, pero en aquel momento resultó convincente— y que ésta sea vuestra clase, y no os hayáis equivocado.

Desdobló una hoja de papel y leyó en voz alta nuestros nombres, lenta y cuidadosamente, haciendo pausas para corregir la pronunciación de los mismos y saludando a cada cual con un movimiento de cabeza cuando confirmábamos nuestra presencia. Se rascó los antebrazos; seguía de pie delante de nosotros. Tenía un vello oscuro en el dorso de las manos y pintura coagulada alrededor de las uñas, como si nunca acabaran de quedar del todo limpias.

—Estos son todos los nombres que tengo. ¿Me falta alguien?

Una chica alzó la mano; al igual que yo, no había podido matricularse en otra clase, pero a diferencia de mí no estaba en su lista y quería saber si se podía quedar. Robert parecía pensativo. Se rascó la cabeza a través de los oscuros mechones que allí brotaban. Tenía nueve alumnos, dijo, que era menos de lo que le habían asegurado. Sí, podía quedarse, si quería. Tendría que pedirle constancia escrita al catedrático del departamento, pero no habría ningún problema. ¿Alguna pregunta más? ¿Dudas? Bien. ¿Cuántos de nosotros habíamos pintado con anterioridad?

Una cuantas manos se levantaron, pero titubeantes. La mía se quedó firmemente apoyada en la mesa. Sólo después supe lo mucho que le costaban a Robert los primeros días de clase de cualquier asignatura. Los dos éramos tímidos, cada uno a su manera, aunque él en clase lo disimulaba bastante bien.

—Como sabéis, no se necesita experiencia previa para esta asignatura. Es asimismo importante recordar que, en realidad, un pintor nunca deja de ser un principiante. —Esta frase fue un error, como bien podría haberle dicho yo; los universitarios detestan especialmente el trato condescendiente, y a los elementos feministas de la clase sin duda les habría ofendido ese «pintor» masculino en representación de todos los artistas (yo me incluía entre esos elementos, aunque en clase no era dada a abuchear en voz alta, como hacían algunas de las chicas que conocía). Era muy probable que Robert las pasara canutas en esta clase. Me dediqué a observarlo con creciente interés.

Pero ahora parecía haber cambiado de táctica. Tamborileó con los dedos sobre los libros que tenía delante y se sentó. Entrelazó sus manos manchadas de pintura como si se dispusiera a rezar. Suspiró.

—Siempre es difícil hablar del origen de la pintura. Si tomamos como referencia las pinturas rupestres europeas, la pintura es casi tan antigua como el ser humano. Vivimos en un universo de formas y colores, y naturalmente queremos reproducirlo... aunque los colores de nuestro mundo moderno son mucho más intensos desde que se inventó el color sintético. Tu camiseta, por ejemplo —asintió mirando a un chico que estaba enfrente de mí—. O, si me permites que use este ejemplo, tu pelo. —Sonrió hacia la chica de los mechones violetas, gesticulando ampliamente hacia ella con su mano grande, la mano del anillo. Todo el mundo se echó a reír, la chica sonrió orgullosa de oreja a oreja.

De pronto me sentí cómoda allí, me gustó la sensación de aquel comienzo de semestre, el olor a pintura, la luz del sol invernal entrando a raudales en el estudio, las hileras de caballetes esperando a recibir nuestros cuadros carentes de habilidad, y este hombre desaliñado pero, en cierto modo, elegante que se ofrecía a iniciarnos en todos los misterios del color, la luz y la forma. Sentada en su clase evoqué por un momento el placer que había experimentado en las clases de arte de bachillerato, que en el marco de las materias restantes que aquí estudiaba no venía a cuento, pero era un recuerdo importante ahora que las había retomado.

No me acuerdo de nada más de aquella clase; supongo que debimos de escuchar a Robert hablando de la historia de la pintura o de algunos principios técnicos del medio. Quizás hiciera circular por la clase los libros que había traído consigo o gesticulase hacia el cartel de Van Gogh. Por fin, debimos de acercarnos a los caballetes, si no en esa clase en la siguiente. En algún momento dado (tal vez no hasta el siguiente encuentro), Robert debió de explicarnos un poco cómo se obtenía pintura apretando un tubo, cómo había que rascar la paleta para limpiarla, cómo se esbozaba una silueta en un lienzo.

Sí recuerdo que, en cierta ocasión, dijo que no sabía si era ridículo o sublime que intentáramos pintar al óleo cuando la mayoría de nosotros no había hecho ningún curso de dibujo, ni de perspectiva o anatomía, pero que al menos entenderíamos un poco lo difícil que era el medio y recordaríamos el olor de la pintura en nuestras manos. Hasta nosotros pudimos intuir que poner a pintar a un puñado de alumnos cuya especialidad no era la artística había sido un experimento, una decisión del departamento, no suya. Robert trató de convencernos de que no le importaba realmente.

Pero me sorprendió más que mencionara lo del olor de la pintura en las manos, porque ésta era una de las cosas que más me gustaba de la clase de Comprensión visual, igual que cuando en el bachillerato estudié Arte; me encantaba olerme las manos después de lavármelas antes de cenar para demostrarme a mí misma una y otra vez que era imposible eliminar el olor a pintura. Realmente lo era. No se iba con ninguna clase de jabón. Me olía las manos en el transcurso de otras clases y me miraba la pintura que se me quedaba enganchada en las uñas, si no me las limpiaba a conciencia, tal como Robert nos había enseñado. Me olía las manos sobre la almohada cuando me iba a dormir o cuando acariciaba con ellas el suave pelo del poeta de tercero con quien ahora estaba saliendo. Ningún perfume podía ocultar o ni siquiera superar ese olor acre y grasiento, que a diario se mezclaba en mi piel con el olor igualmente penetrante del aguarrás, que nunca acababa de eliminar del todo los rastros de pintura.

Este placer olfativo sólo era superado por el placer de aplicar la pintura en el lienzo. Las siluetas que dibujé en la clase de Robert eran ciertamente toscas a pesar de los esfuerzos previamente realizados por mi profesora de bachillerato; bosquejé en el estudio los desiguales contornos de los cuencos y las maderas recicladas, las estatuillas africanas, la torre de frutas que Robert trajo un día y que apiló cuidadosamente con sus manos casi deformadas, en una llevaba el anillo de boda. Al mirarlo, me entraban ganas de decirle que ya adoraba el olor a pintura en mis manos y que ya sabía que jamás lo olvidaría, aun cuando no siguiera pintando una vez finalizada la clase; quería que Robert supiera que no todos éramos tan insensibles a sus lecciones como probablemente pensaba. Tenía la sensación de que no podía decirle algo así en clase; habría sido motivo de burla por parte de la chica del pelo morado y de la estrella de las pistas de atletismo que usaba sus zapatillas deportivas cuando teníamos que crear nuestros propios bodegones. Por otro lado, no podía ir a ver al profesor Oliver en sus horas de oficina y sentarme en su despacho para decirle que apreciaba el olor de mis manos; eso habría sido igualmente ridículo.

Por el contrario, observé y esperé a tener una pregunta seria que hacerle, algo que pudiera realmente preguntarle. Hasta entonces no me habían surgido preguntas. Yo únicamente sabía que era más patosa con el lápiz y el pincel de lo que mi antigua profesora me había insinuado jamás, y que al profesor Oliver no le había gustado mucho mi cuenco azul de naranjas; las proporciones del cuenco estaban mal, me había dicho un día, aunque los colores de las naranjas estaban bien mezclados... y acto seguido había pasado al lienzo de otra persona, en el que había problemas aun peores. Deseé haber dibujado mejor el cuenco, haberle dedicado más tiempo en lugar de tener tanta prisa por hacer las naranjas.

Pero no había ninguna pregunta inteligente que pudiese formular al respecto. Tenía que aprender a dibujar y, no sin cierta sorpresa, empecé a afanarme en este objetivo, consultando libros de la biblioteca de arte y llevándomelos a mi habitación de la residencia, donde podía sentarme a copiar manzanas y cajas, cubos, las ancas de los caballos, un dibujo imposible de la cabeza de un sátiro realizado por Miguel Ángel. Era impresionante lo mal que se me daba esto, y los dibujé una y otra vez hasta que me pareció que algunos de los trazos me salían con más facilidad. Empecé a darme el gusto de soñar con la Facultad de Bellas Artes, para inquietud de Muzzy; ella estaba de acuerdo en que yo picotease del bufé que constituían las artes liberales, probando algo nuevo cada semestre (Historia de la música, Ciencias políticas...), pero tenía la esperanza de que toda esa degustación desembocase finalmente en Derecho o Medicina.

Como en mi mente la Facultad de Bellas Artes seguía quedándome claramente muy lejos, empecé a dibujar objetos reales de mi habitación: el jarrón que mi tío me había traído de Estambul años atrás, la celosía de la ventana, perfectamente enmarcada para la residencia alrededor de 1930. Dibujé ramilletes de forsitias que la naturalista de mi compañera de habitación traía de sus paseos, y la delicada mano de mi poeta, que yacía dormido en mi cama mientras mi compañera de cuarto estaba en su seminario de cuatro horas sobre Obras maestras de la literatura. Me compré cuadernos de dibujo de distintos tamaños para poderlos guardar en mi escritorio o llevarlos en mi mochila con los libros. Me fui al museo de arte de la universidad, que para estar en una facultad albergaba una colección sorprendentemente magnífica, y traté de copiar lo que vi allí: un grabado de Matisse y un dibujo de Berthe Morisot. Cada tarea que me proponía tenía un sabor especial, un sabor que se intensificaba cada vez que hacía nuevos esfuerzos por aprender a dibujar; en parte lo hacía por mí misma y en parte para lograr tener una buena pregunta que trasladarle al profesor Oliver.

1878

Amor mío:

He recibido tu carta en este preciso instante y ésta me mueve
a escribirte de inmediato. Sí, tal como misericordiosamente
insinuas, durante estos años me he sentido solo. Y por extraño que pueda parecer, me habría encantado que conocieras a
mi mujer, aunque de haber sido eso posible, tú y yo habríamos
intimado en las circunstancias apropiadas sin tener que amar-
nos platónicamente, si me permites la expresión. Todo viudo
está destinado a despertar compasión y, sin embargo, yo no he
percibido compasión alguna en tu carta, sino únicamente un
generoso pesar por mi persona que te honra como amiga.

Tienes razón: lloro su muerte y siempre lo haré, aunque
fue la manera en que murió lo que me ha causado la mayor
de las angustias, no el mero hecho de que no siga con vida; y
de eso no puedo hablar, ni siquiera contigo, por lo menos no
todavía. Algún día lo haré, lo prometo.

Asimismo, no intentaré decirte que has llenado este vacío, porque nadie llena la ausencia que deja otra persona;
simplemente has hecho que mi corazón vuelva a estar ocupado y por eso te debo más de lo que tu edad y tu experiencia me permitirían explicarte. Aun a riesgo de parecer altivo

o incluso arrogante (hallarás el modo de perdonarme), te aseguro que algún día entenderás el consuelo que ha sido para mí amarte. Estoy casi seguro de que crees que es tu amor por mí lo que me reconforta, pero cuando hayas vivido tanto como yo sabrás que es el permiso que me das para amarte, amor mío, lo que ha aliviado el desconsuelo que llevo dentro.

Finalmente, te agradezco que aceptes mi propuesta, tan sólo espero no haber sido demasiado insistente. Y por supuesto que utilizaremos el seudónimo que sugieres; en lo sucesivo, Marie Rivière será mi respetada compañera de profesión, y con suma discreción un servidor le entregará este cuadro al jurado. Mañana lo llevaré yo mismo, puesto que el tiempo apremia.

Con gratitud, ton

O.V.

Posdata: *Gilbert Thomas, el amigo de Yves, pasó por el estudio con su más bien taciturno hermano (creo que también conoces a Armand) para comprar uno de mis paisajes de Fontainebleau, que hace algún tiempo accedí a vender a través de su galería. Quizás él pueda ayudarte, ¿no crees? Alabó sobremanera tu chica de cabellos dorados, aunque naturalmente no dije nada acerca de su verdadero autor; de hecho, comentó una o dos veces que el estilo le resultaba familiar, pero no supo decir por qué. Me temo que no tendrá escrúpulos a la hora de incrementar los precios de los cuadros de su galería, pero que quizá le esté dando excesiva importancia. La admiración que manifestó por tu pincel dice bien de él, aun cuando desconozca quién lo sostiene… si quisieras, algún día podrías venderle alguna obra.*

47

Mary

Finalmente, comprendí que no tenía ninguna pregunta para el profesor Oliver: lo que tenía era un portafolios mediocre. Tenía mi cuaderno de dibujo, uno más bien grande repleto de sátiros y cajas, de bodegones. Tenía unas hojas sueltas en las que había dibujado a una de las mujeres de Matisse, realizada únicamente a partir de seis trazos, que bailaba con abandono en la página (por muchas veces que copiara aquellas líneas no podía hacer que la mujer bailase realmente), y cinco versiones del jarrón con una sombra sobre la mesa, junto a éste. ¿Estaba la sombra en el sitio correcto? ¿Era ésa mi pregunta? Me compré un grueso tubo portaplanos en la tienda de material artístico y lo metí todo dentro, y en nuestra siguiente clase esperé a una oportunidad para concertar una reunión con el profesor Oliver.

Nos estaba preparando una nueva lección: esta semana pintaríamos una muñeca y la que viene a un modelo de carne y hueso. La muñeca había que terminarla fuera del horario de clase y traerla para su posterior evaluación. No me gustaba la idea de pintar una muñeca, pero cuando Robert nos la enseñó y la puso encima de una silla de madera para muñecas, me sentí un poco mejor. Era antigua, esbelta y rígida, hecha aparentemente con madera pintada, con el pelo enmarañado de color oro viejo y unos ojos azules que miraban fijamente, pero había en su rostro un no sé qué astuto y observador que me gustó. Robert le colocó sus manos tiesas sobre el regazo y ella quedó frente a nosotros, alerta y medio viva. Llevaba un vestido azul con una deshilachada flor de seda roja prendida en el cuello de éste. El profesor Oliver se volvió hacia la clase. «Era de mi abuela –anunció–. Se llama Irene.»

A continuación cogió un bloc de dibujo y nos demostró en silencio cómo debíamos ensamblar su silueta enlazando las extremidades: la cabeza ovalada, los brazos y las piernas articulados debajo del vestido, el torso erguido. Debíamos prestar mucha atención a las rodillas en escorzo, nos dijo, ya que la veríamos de frente. Su falda le ocultaría las rodillas, pero éstas seguían estando ahí; deberíamos encontrar el modo de mostrar la parte frontal de las rodillas bajo el vestido. Esto pertenecía al ámbito del dibujo de ropa, dijo, que no estudiaríamos ese semestre; simplemente, era demasiado complicado. Pero el ejercicio nos ayudaría a apreciar las extremidades debajo de una tela, la consistencia de un cuerpo enfundado en la ropa. Para un pintor no era un mal tema de reflexión, nos aseguró Robert.

Se puso a hacernos una demostración, y yo lo observé; observé la descolorida manga arremangada del brazo con el que dibujaba, sus ojos marrones verdosos moviéndose rápidamente de la hoja a la muñeca y viceversa mientras el resto de su cuerpo permanecía inmóvil y concentrado en su presa. La parte posterior de su pelo rizado estaba aplastado como si se hubiese quedado dormido sobre éste y luego hubiese olvidado cepillarlo, y un mechón de la parte frontal estaba tieso, crecía como una planta. Pude apreciar que no era consciente de nuestra presencia ni de su pelo, no era consciente de nada salvo de la muñeca de rodillas que redondeaban la parte delantera de su frágil vestido. De pronto, deseé aquella inconsciencia para mí misma. Yo nunca me abstraía. Estaba siempre observando a la gente; estaba siempre preguntándome si los demás me observaban. ¿Cómo iba a convertirme en una artista como el profesor Oliver, a menos que pudiese abstraerme delante de un grupo entero de personas, abstraerme así de todo menos del problema en cuestión, el sonido de mi lápiz sobre la página y los trazos fluidos saliendo de éste? Me invadió la desesperación. Me concentré tanto en el perfil de nariz larga de Robert que empecé a ver un halo de luz alrededor de toda su cabeza. Me resultaba imposible hacerle mi no-pregunta, presentarle mi supuesto portafolios para que le echara un vistazo. Me resultaría más mortificante que viera el resto de mis trabajos que el hecho de que no los viera nunca. El dibujo ni siquiera formaba parte de mi especialidad; yo era un ejemplo del arte orientado a los que no hacíamos una especialización artística, una diletante que sabía tapizar sillitas y tocar al piano sonatas de Beethoven. Para la gente como yo, Robert facilitaba este muestrario de dificultades de la pintura auténtica: un poco de anatomía, un poco de dibujo de ropa, unas cuantas sombras, luz por aquí y color por ahí. «Al menos sabréis lo difícil que es esto en realidad.»

Me volví hacia mi lienzo y me dispuse a intentar bosquejar la muñeca articulada, y cubrirla con un poco de color. Todo el mundo se puso a trabajar, incluidos los estudiantes displicentes que se lo tomaban en serio por el alivio que suponía estar en un lugar tranquilo, en una clase donde no había que hablar, una burbuja alejada de las conversaciones, alejada de la vida de la residencia. Yo también me puse a trabajar, pero a tontas y a locas, moviendo el lápiz y luego apretujando los tubos para cubrir de óleo mi paleta rascada a conciencia únicamente porque no quería que nadie me viera quieta. Por dentro estaba quieta. Sentí que las lágrimas afluían a mis ojos.

Aquel día podría haber dejado de pintar para siempre, dejar de pintar incluso antes de empezar, pero de repente, Robert, que había ido pasando de caballete en caballete, se detuvo justo a mis espaldas. Deseé no empezar a temblar; quise pedirle que, por favor, no mirara lo que estaba haciendo, y entonces se inclinó hacia delante y con uno de sus dedos curiosamente grandes señaló la cabeza que yo había dibujado.

—Muy bien —dijo—. Es impresionante lo mucho que has progresado. —Yo no podía hablar. Su camisa de algodón amarilla estaba tan cerca de mí que llenó mi campo visual cuando volví la cabeza para intentar agradecer aquellas palabras. Su brazo y la mano que señalaba estaban bronceados. Robert era asombrosamente real, feo, intenso, seguro. Yo creía que mi persona, todo aquello en lo que me había criado, era insignificante y aburrido, pero su presencia hizo que por un momento fuera importante.

—Gracias —repuse con valentía—. He trabajado duro; de hecho, me preguntaba si podría ir a verlo en sus horas de visita y hacerle algunas preguntas, enseñarle algunas otras cosas que he estado dibujando para prepararme de cara a la clase de dibujo de otoño.

Mientras hablaba me volví un poco más y lo miré. Su rostro anguloso era más suave de lo que me había parecido, un tanto carnoso alrededor de nariz y mentón, la piel apenas empezaba a estar fláccida; era una cara que envejecería deprisa, porque su dueño no le prestaba atención. Sentí lo tersa que estaba mi suave cara, la curva de mi barbilla y cuello, el brillo de mi pelo, cuidadosamente cepillado y con las puntas sanas cortadas en línea recta. Él era espantoso, claro que estaba viejo y ajado. Yo era joven y tenía ganas de comerme el mundo. Quizá jugase con ventaja. Robert sonrió, era una sonrisa amable, aunque no personal; una sonrisa cálida, la sonrisa de un hombre al que en realidad no le disgustaba la gente, aun cuando pudiese abstraerse completamente de la misma mientras bosquejaba una muñeca.

—Desde luego que sí —me dijo—. Pasa cuando quieras. Estoy en el despacho los lunes y los miércoles de diez a doce. ¿Sabes dónde está mi despacho?

—Sí —mentí. Lo encontraría.

Aproximadamente una semana después de que Robert Oliver me invitara a pasar por su despacho, reuní el valor suficiente para llevarle mi portafolios. Cuando llegué sujetando con fuerza mi gran carpeta de cartulina, la puerta estaba entreabierta y pude ver su enorme silueta moviéndose en el interior de una diminuta habitación. Pasé tímidamente por delante del tablón de anuncios colgado en su puerta (había postales, dibujos animados y, curiosamente, un único guante fijado con un clavo) y entré sin llamar. Caí en la cuenta de que debería haber llamado y me di la vuelta, pero desistí porque Robert ya me había visto.

—¡Ah…, hola! —me saludó.

Estaba guardando unos cuantos papeles en un archivador y reparé en que los metía en el cajón en montones aplanados, porque dentro no había carpetas con raíles, como si simplemente quisiera esconderlos o sacarlos de su mesa y no le importara no volverlos a encontrar nunca más. Su despacho era un revoltijo de libretas, dibujos, material de pintura, toda clase de bodegones (algunos de los cuales recordaba de nuestra clase), cajas de carboncillos y pasteles, cables eléctricos, botellas de agua vacías, envoltorios de sándwiches, bocetos, tazas de café, papeleo de la universidad… había papeles por doquier.

Las paredes estaban casi igual de llenas: postales de diversos lugares y pinturas pegadas con celo detrás de su mesa, notas recordatorias, citas (no pude acercarme lo bastante para leer ninguna), que tapaban parcialmente los pocos y grandes carteles que había de obras de arte. Recuerdo que uno de los carteles era de la Galería Nacional, para la exposición «Matisse en Niza» que yo misma había visto con Muzzy. Robert había forrado la bata a rayas abierta de la dama pintada por Matisse con notas escritas a mano.

También recuerdo que, por algún motivo (eso pensé), había un libro de poesía coronando el desorden de su mesa; era la nueva traducción de la *Colección de Poemas* de Czeslaw Milosz, y me sorprendió la idea de que un pintor leyese poesía, después de que mi novio poeta me hubiera convencido temporalmente de que sólo a los poetas les estaba permitido hacerlo. Ésa fue la primera vez que oí hablar de la poesía de Milosz, que a Robert le apasionaba y que más tarde me leyó; aún tengo ese mismo volumen, el que vi encima de su mesa aquel día. Es uno de los pocos regalos que conservo de él; Robert regalaba sus cosas con la misma naturalidad con la que se apropiaba de las ajenas, una cualidad que a primera vista parecía generosidad, hasta que te dabas cuenta de que jamás recordaba el cumpleaños de nadie ni saldaba las pequeñas deudas.

—Pasa, por favor. —Robert estaba despejando una silla de un rincón, cosa que hizo trasladando el desorden de papeles al cajón del archivador. Volvió a cerrar el cajón—. Siéntate.

Me senté obedientemente, entre una alta maceta de aloe y una especie de tambor nativo que él había utilizado en cierta ocasión para el bodegón de nuestro estudio. Conocía sus cuentas y conchas de memoria.

—Gracias por dejarme venir a verlo —dije con toda la naturalidad que pude. En la atestada y pequeña habitación, su presencia corporal era incluso más intimidatoria que en la clase; parecía que las paredes se encogieran a su alrededor, como si su cabeza rozarse el techo, empujándolo. Con su formidable envergadura, podría sin duda haber alargado los dos brazos a la vez y tocar una pared con cada uno de ellos. Eso me recordó el libro que teníamos de pequeñas mi hermana y yo sobre los mitos griegos, en los que los dioses eran descritos con un gran parecido a los seres humanos pero más grandes. Robert dio un seco tirón a las perneras de sus pantalones caqui y se sentó en la silla frente a su mesa, girando para mirarme. Tenía una cara amable, propia de profesor, interesada, aunque percibí su distracción; en realidad en aquel momento ya no me escuchaba.

—¡Faltaría más! Es un placer. ¿Qué tal te va la clase y en qué puedo ayudarte?

Jugueteé con los bordes de mi portafolios, luego procuré quedarme quieta. Había pensado muchas veces en lo que él me diría, sobre todo cuando viera lo mucho que me había esforzado en los dibujos, pero había olvidado ensayar lo que yo quería decirle; curioso, después de haber puesto especial atención en mi atuendo y de haberme cepillado una vez más antes de entrar en el edificio.

—Bueno —contesté—, la clase me gusta mucho… de hecho, me encanta. Jamás me había planteado ser artista, pero estoy en ello; me refiero a que estoy empezando a ver las cosas de otra manera. Mire donde mire. —No era esto lo que había querido decirle, pero con sus ojos entornados y clavados en mí, tuve la sensación de que le estaba dando una primicia, que me salió de sopetón. Tenía unos ojos asombrosos, especialmente en las distancias cortas, no eran grandes a menos que los abriera mucho, pero su forma era preciosa, eran de color marrón verdoso, el color de las aceitunas verdes; su pelo desgreñado y lo que entonces me parecía una piel envejecida pasaban a un segundo plano. ¿O era el contraste entre aquellos ojos perfectos y su desaliño lo que resultaba tan asombroso? Jamás llegué a descubrirlo, ni siquiera mucho después, cuando tuve permiso para escudriñarlos, a él y sus ojos, con todas las células de mi ser—. Lo que quiero decir es que estoy empezando a mirar las cosas en lugar de simplemente verlas. Salgo de la residencia de estudiantes por las mañanas y por primera vez me fijo en las ramas de los árboles. Tomo buena nota, y luego vuelvo y las dibujo.

Ahora Robert me estaba escuchando. Me miraba con atención, no concentrado en esa voz interna que a menudo parecía oír en plena clase; ya no se mostraba elegantemente indiferente, ni despreocupado. Sus enormes manos descansaban sobre sus rodillas, y me miraba. No lo hacía por cortesía; no estaba pensando en sí mismo; ni tan siquiera estaba pensando en mí ni en mi pelo perfectamente cepillado. Estaba centrado en mis palabras, como si yo le hubiese dado un misterioso apretón de manos o hubiese pronunciado una frase en una lengua que él conoció de pequeño y que no había oído en muchos años. Sus despeinadas y oscuras cejas se arquearon por la sorpresa.

—¿Esos son tus trabajos? —Señaló la carpeta de cartulina.

—Sí. —Se la entregué, agarrándola con torpeza por los bordes. El corazón me latía con fuerza. Robert la abrió sobre su regazo y analizó el primer dibujo: el jarrón de mi tío colocado junto a un cuenco con fruta robada del comedor. Lo vi boca abajo encima de su rodilla; fue terrible, una parodia. En clase, él en ocasiones ponía boca abajo nuestros trabajos, para que pensáramos en cómo disponer las formas, en crear una composición más que una lámpara o una muñeca; hacía eso para enseñarnos las formas puras, para que afloraran nuestras imprecisiones. Me pregunté por qué le había enseñado ese boceto; no debí enseñárselo a nadie y menos aún a Robert Oliver. Debería habérselo ocultado, haberlo ocultado todo—. Sé que tendré que practicar por lo menos diez años más.

Él no contestó nada, se acercó un poco más el bosquejo a los ojos, luego lo alejó lentamente. Comprendí que, bien mirado, diez años era demasiado optimista. Por fin habló:

—Verás, no está muy bien hecho —dijo.

Me dio la impresión de que mi silla se escoraba como un barco en aguas agitadas. No tuve tiempo para pensar.

—Sin embargo —me dijo—, está vivo, y eso es algo que no se puede enseñar. Es un don. —Hojeó unos cuantos bocetos más. Sabía que ahora debía de estar analizando mis ramas del árbol y al poeta descamisado de tercero; yo me había esmerado en ordenar las grandes hojas. Ahora, las manzanas de Cézanne que había copiado y luego la mano de mi compañera de habitación, que había tenido la amabilidad de mantenerla inmóvil encima de una mesa. Había probado un poco de todo y por cada bosquejo que había incluido, había descartado otros diez; por lo menos sensatez no me faltaba. Robert Oliver volvió a levantar rápidamente la vista, sin verme pero penetrándome con la mira—. ¿Estudiaste Arte en bachillerato? ¿Llevas mucho tiempo dibujando?

—Sí y no —respondí con la sensación de que había algunas preguntas a las que sí podía contestar—. Cada año teníamos una clase de Arte, pero era bastante floja. La verdad es que no aprendimos a dibujar. Aparte de eso, únicamente he asistido a esta clase, la suya, y tal como usted nos dijo, empecé a dibujar por mi cuenta hace varias semanas porque estaba pintándolo todo fatal. Usted nos dijo que no podríamos pintar de verdad hasta que aprendiésemos a dibujar.

—Exacto —musitó él. Hojeó de nuevo mis bocetos del último al primero, lentamente—. Entonces como quien dice acabas de empezar. —Tenía esta manera de clavar de repente los ojos en ti, como si te acabara de encontrar; era enervante y emocionante—.

Lo cierto es que tienes bastante talento. —Volvió a pasar una página, como desconcertado, luego cerró el portafolios—. ¿Te gusta esto? —inquirió con seriedad.

—Me gusta más que todo lo que he hecho hasta ahora —contesté, dándome cuenta al decirlo de que era verdad y no simplemente la respuesta adecuada.

—Entonces dibújalo todo. Haz un centenar de dibujos al día —dijo con vehemencia—. Y recuerda que es una vida infernal.

¿Cómo podía ser infernal el cielo que se abría ante mí? No me gustaba que me mandasen hacer nada (era algo que siempre me revolvía las tripas), pero Robert Oliver me había hecho feliz.

—Gracias.

—No me lo agradecerás —repuso él, no con seriedad sino con tristeza. «¿Se habrá olvidado de ser feliz?», me pregunté. «¡Tiene que ser terrible envejecer!» Sentí mucha lástima por él, me alegré mucho por mí, por toda mi juventud y optimismo, y mi repentino descubrimiento de que mi vida iba a ser magnífica. Sacudió la cabeza, sonrió; fue una sonrisa corriente y de cansancio—. Limítate a trabajar con ahínco. ¿Por qué no te inscribes en el taller de pintura que se imparte aquí en verano? Puedo recomendarte.

«A Muzzy le encantará eso», pensé, pero dije:

—Gracias… estaba pensando en inscribirme. —Ni siquiera me había planteado quedarme a pasar el verano en el campus; todos mis amigos se iban a Nueva York a trabajar y yo estaba casi decidida a hacer lo mismo—. ¿Imparte usted el taller?

—No, no —dijo Robert. Otra vez parecía abstraído, como si tuviese cosas que requirieran de nuevo su atención; más papeles con los que embutir los cajones, quizá—. Sólo estaré aquí este semestre. Como invitado. Tengo que recuperar mi vida. —Yo no había tenido eso en cuenta. Me pregunté cómo sería su vida, aparte de los cuadros y los dibujos que era capaz de hacer en cualquier parte y, naturalmente, sus importantísimos alumnos, como yo. Llevaba un anillo en su mano izquierda, pero lo más probable era que su mujer estuviese aquí con él, aunque yo no la había visto nunca.

—¿Suele dar clases en alguna otra parte? —Comprendí demasiado tarde que probablemente ya debería saber esto sobre él, pero Robert no pareció advertir mi ignorancia.

—Sí, trabajo en la Universidad de Greenhill, en Carolina del Norte. Es un lugar pequeño y bonito con buenos estudios. Tengo que volver a casa. —Sonrió—. Mi hija me echa de menos.

Me chocó bastante. Yo había pensado que los artistas no tenían hijos, que desde luego no deberían tenerlos. Eso le daba a la vida de Robert un sentido mundano que no creí que me gustara mucho.

—¿Cuántos años tiene? —pregunté por educación.

—Catorce meses. Es una escultora en ciernes. —Su sonrisa se ensanchó; Robert estaba muy lejos, en algún lugar íntimo al que sentía que pertenecía.

—¿Por qué no han venido con usted? —Pregunté esto para castigarlo un poco por el hecho de tenerlas a ellas.

—¡Oh, es que lo tienen todo allí! La universidad tiene servicio de guardería y mi mujer acaba de empezar un trabajo de media jornada. Pronto volveré con ellas.

Parecía melancólico; vi que adoraba a su bebé, desde su misterioso mundo, y tal vez también quisiese a su diligente esposa. Era decepcionante el modo en que la gente mayor acababa teniendo vidas tan corrientes. Pensé que sería mejor no abusar del buen recibimiento ni exponerme a más decepciones.

—Bueno, será mejor que le deje seguir trabajando. Muchas gracias por echar un vistazo a mis bocetos y por… y por sus ánimos. Se lo agradezco de veras.

—Cuando quieras —me dijo—. Espero que te vaya bien. Tráeme algunos bocetos más cuando te apetezca y acuérdate de inscribirte en ese taller. Lo imparte James Ladd, y es fantástico.

«Pero no es usted», pensé.

—Gracias. —Alargué la mano, queriendo cerrar esta reunión con algún ritual. Robert se levantó, una vez más me pareció muy alto, y aceptó mi apretón. Le di la mano con firmeza, para demos-

trarle mi seriedad, mi agradecimiento, que quizás incluso estaba
ante una futura colega. Aquella mano era maravillosa; nunca la había tocado con anterioridad. Envolvió la mía. Los nudillos eran
gruesos y estaban secos, su mano me atenazaba a su vez con fuerza,
si bien con automatismo... fue como un abrazo. Tragué saliva para
obligarme a soltarla—. Gracias —repetí, volviéndome aturdida hacia la puerta con el portafolios bajo el brazo.

—Hasta pronto. —No vi, sino que más bien sentí que retomaba alguna clase de actividad frente a su mesa. Pero en ese último
segundo también había visto algo en él que no podía nombrar;
posiblemente a él también le hubiese conmovido mi roce o... no,
quizá tan sólo hubiese notado que a mí me había conmovido el
suyo. La idea me abrumó; no perdí el rubor de la cara hasta que
recorrí la mitad del camino hacia la residencia, bajo el cielo ventoso y resplandeciente, y cruzarme con la multitud de estudiantes
que se iban a comer. Entonces recordé: «Haz un centenar de dibujos al día».

Lo recordé durante casi diez años. Aún lo recuerdo.

Mon cher ami:

No sé por dónde empezar esta carta, salvo para decirle que la suya me ha emocionado mucho. Si le aliviara hablarme de su amada esposa, puede estar seguro de que me hallará dispuesta a escucharle. Papá me dijo en cierta ocasión, pero muy de pasada, que la perdió inesperadamente y que se apenó casi hasta el punto de enfermar antes de marcharse del país. Me imagino que, debido a esto, sus años en el extranjero fueron solitarios y que dejó París, en parte, para llorar su pérdida. Si le alivia hablar conmigo, le escucharé lo mejor que sepa, aunque gracias a Dios no estoy muy familiarizada con semejantes pérdidas. Es lo mínimo que puedo hacer por usted después de lo que ha hecho por mí, de su aliento y su fe en mis obras. Ahora cada mañana voy entusiasmada a mi estudio de la galería, sabiendo que estos cuadros tienen al menos un gentil admirador. En otras palabras, aunque esperaré con tanta impaciencia como usted el veredicto del jurado, sus palabras son para mí más importantes de lo que serán jamás las buenas o malas noticias procedentes de esa fuente. Quizás esto le parezca una bravata propia de una artista joven, y quizá tenga razón, en parte. Pero también soy sincera.

Con todo mi cariño,

Béatrice

48

Mary

Aquella no fue la última vez que estuve a solas con Robert Oliver antes de que se fuera de Barnett; tuvimos un encuentro más, pero primero tengo que hablarle de algunas otras cosas. Nuestra clase había terminado; habíamos pintado, en general mal, tres bodegones, una muñeca y a un modelo escuetamente tapado, no desnudo, un musculoso estudiante de química. No podía evitar sentir el deseo de que Robert pintara y dibujara más con nosotros, para que así pudiéramos ver cómo funcionaba aquello realmente. Algunas de sus obras habían sido incluidas en la exposición primaveral del profesorado, y fui a verlas. Había aportado cuatro lienzos nuevos, todos pintados (¿dónde? ¿en casa? ¿por las noches?) a lo largo del trimestre que llevaba entre nosotros. Procuré ver en ellos los temas que nos enseñaba en clase: forma, composición, elección del color, mezcla de pinturas... ¿Los habría puesto boca abajo mientras trabajaba en ellos? Traté de encontrar triángulos en sus cuadros, verticales, horizontales. Pero su temática y la viveza de sus pinceladas eran tan intensas que resultaba difícil ver más allá de las escenas.

Uno de los cuadros de Robert que había en la exposición era un autorretrato (volví a verlo años más tarde, antes de que él lo destruyera) tan objetivo como vehemente, y otros dos eran casi impresionistas y mostraban prados de montaña y árboles, con dos hombres vestidos con ropa moderna que se perdían en el borde del lienzo. Me gustó el contraste entre la técnica de pincel decimonónica y las figuras contemporáneas. Descubrí que a Robert no le importaba que la gente creyera o no que tenía un estilo propio; él veía su trabajo como un largo experimento y raras veces usaba un único enfoque o técnica durante más de unos cuantos meses.

Luego estaba el cuarto cuadro. Me quedé delante de ése durante un buen rato, porque no pude evitarlo. Verá, me topé con ella mucho tiempo antes de que Robert y yo fuéramos amantes; ella ya estaba allí, siempre allí. Era el retrato de una mujer con un vestido de marcado escote y pasado de moda, una especie de vestido de baile. En una mano sostenía un abanico cerrado y en la otra un libro, también cerrado, como si no pudiese decidirse entre ir a una fiesta o quedarse en casa a leer. Su pelo era abundante y oscuro, con suaves y tupidos rizos, y estaba adornado con flores. Pensé que su expresión era meditabunda y profundamente inteligente, un tanto cautelosa. Absorta en sus pensamientos, de pronto había tomado conciencia de que estaba siendo observada. Recuerdo que me pregunté cómo había podido Robert captar una expresión tan fugaz.

Debe de ser su mujer posando disfrazada, dije para mis adentros; el retrato destilaba esa clase de intimidad. Por alguna razón, no me gustó conocerla de aquella forma, sobre todo porque previamente ya me la había imaginado aburrida y trabajadora, con su niña pequeña y su cómodo empleo. Pensar que ella podía ser tan vital y hermosa a ojos de Robert, me causó una sorpresa ligeramente desagradable. Era joven, pero no demasiado para pertenecerle a Robert, y rebosaba un movimiento suspendido tan sutil que tenías la sensación de que al cabo de un instante te sonreiría, pero únicamente después de haberte reconocido. Era escalofriante.

La otra cosa a destacar del cuadro era el decorado. La dama estaba sentada en un gran sofá negro, un tanto reclinada, con un espejo en la pared que tenía a sus espaldas y otro en el techo. El espejo estaba tan hábilmente pintado que hasta pensé que yo misma me reflejaría en él; por el contrario, vi en el fondo a Robert Oliver con su caballete, vestido con su arrugada ropa moderna, se había pintado a sí mismo pintándola a ella, y en el centro del espejo se veía la parte posterior del suave recogido de la dama y su esbelto cuello. Robert tenía la mirada levantada hacia ella, modelo además de esposa, con rostro serio y de preocupación.

De modo que era a él a quien ella sonreiría dentro de un instante. Sentí una puñalada de puros celos, aunque no habría sabido decir si era porque me había imaginado que me sonreiría a mí en lugar de a él o porque no quería que Robert le devolviese la sonrisa. El espejo los reflejaba a él y su caballete enmarcados además por una ventana que era la fuente de luz que le entraba por detrás mientras pintaba, una ventana de sillería con celosía. Barnett tenía algunos edificios de estilo neogótico de las décadas de 1920 y 1930; seguramente Robert se habría ido a un comedor o a uno de los antiguos edificios de aulas en busca de esos detalles. A través de la ventana reflejada en el espejo podías ver lo que parecían una playa, acantilados a uno de los lados y un cielo azul que se fundía con el horizonte del agua.

Retrato y autorretrato, sujeto y espectador, espejo y ventana, paisaje y arquitectura: era un cuadro extraordinario, un cuadro que se te enredaba con la mente, usando la jerga de nuestras residencias de estudiantes y comedores. Quise quedarme frente a él eternamente, intentando descifrar la historia. Robert lo había titulado *Óleo sobre lienzo*, aunque los otros tres lienzos tenían títulos de verdad. Deseé que pasara por la galería a fin de poder preguntarle qué significaba, decirle que era de una belleza asfixiante, desconcertante. Me producía una especie de angustia marcharme y dejarlo; consulté el catálogo que tenía en la mano, pero la galería de la universidad había decidido reproducir en éste uno de sus otros cuadros y tratarlo en detalle, mientras que esta obra aparecía simplemente catalogada y fechada. Si me iba, quizá nunca más volvería a verlo, quizá nunca más vería a esta mujer cuyos ojos anhelantes se clavaban en los míos; probablemente por eso volví a verlo un par de veces más antes de que la exposición cerrara.

49

Mary

Y entonces, un buen día, volví a ver a Robert, solo, justo cuando acababa el semestre. Nuestra clase había concluido con una pequeña fiesta en el estudio, y al término de ésta él nos había acompañado gentilmente a todos hasta la puerta, sin prestarle especial atención a nadie y regalándonos a cada uno una sonrisa de orgullo; todos lo habíamos hecho mejor, nos confesó, de lo que jamás se habría imaginado que podríamos. A los pocos días, durante la semana de exámenes, me dirigía hacia la biblioteca por un camino cubierto de pétalos cuando casi choqué con él.

—¡Qué casualidad tropezarme aquí contigo! —exclamó él, parando en seco y extendiendo su largo brazo como para sujetarme o impedir que chocara literalmente con él. Su mano se cerró alrededor de la parte superior de mi brazo. Fue un gesto más íntimo de lo que probablemente él pretendía, claro que había estado a punto de estrellarme contra su caja torácica.

—Literalmente —añadí, y me gustó la risa sincera de Robert, algo que no había visto antes. Echó la cabeza un poco hacia atrás; se dejó llevar por el placer de la risa, con espontaneidad. Era un sonido alegre; yo también me reí al oírlo. Permanecimos allí felizmente debajo los árboles primaverales, una persona madura y otra persona joven cuyo trabajo conjunto había terminado. Por esa razón no había nada que decir y, sin embargo, nos quedamos ahí, sonriendo, porque el día era cálido y el largo invierno al norte del estado no había frustrado nuestros distintos sueños, y porque el semestre estaba a punto de finalizar y liberar a todo el mundo; una transición, un alivio—. Durante los meses de verano haré aquel taller de pintura —dije para llenar el agradable silencio—. Gracias otra vez por su consejo. —Y entonces recordé—: ¡Ah..., fui a ver la exposición de la galería! Me encantaron sus cuadros. —No mencioné que había ido tres veces.

—¡Vaya, gracias! —No dijo nada más; acababa de aprender algo más de él: que no le gustaba hacer comentarios sobre los comentarios que hacía la gente de sus obras.

—La verdad es que me surgieron un montón de preguntas acerca de uno de ellos —aventuré—. Lo que quiero decir es que algunas de las cosas que pintó en ese cuadro me parecieron muy curiosas y deseé que hubiera estado usted allí para preguntárselo en el momento.

Entonces una sombra cruzó su cara; fue algo sutil... una nube delgada y pequeña en un día primaveral, y nunca supe si Robert se había imaginado qué cuadro iba yo a nombrarle o si fue mi «deseé que hubiera estado usted allí» lo que hizo que le recorriera un... ¿qué? ¿Un escalofrío premonitorio? ¿Acaso no se exteriorizan así todos los amores, acaso no contienen las semillas tanto de su eclosión como de su destrucción en las primeras palabras, el primer aliento, la primera idea? Robert frunció el entrecejo y me miró con atención. Me pregunté si la atención iba dirigida a mí o hacia algo ajeno a la escena.

—Puedes preguntármelo ahora —dijo con una pizca de sequedad. Entonces sonrió—. ¿Te apetece que nos sentemos un momento? —Miró a su alrededor y yo también lo hice; las sillas y mesas del fondo de la cafetería quedaban completamente a la vista al otro lado del patio cuadrangular—. ¿Qué tal ahí? —inquirió—. Tenía la intención de hacer un descanso y tomarme una limonada.

En lugar de eso comimos sentados al aire libre entre estudiantes y mochilas, algunos de ellos estudiaban para los exámenes, otros tomaban café mientras charlaban al sol. Robert se comió un sándwich de atún enorme con pepinillos en vinagre y una cantidad enorme de patatas chips, y yo me tomé una ensalada. Él insistió en pagar la comida y yo insistí en comprar dos vasos de papel grandes de limonada; era turbia y de garrafón, pero aun así estaba buena. Empezamos comiendo en silencio. Había entregado mi último cuadro, nos habíamos despedido en la última clase y aunque ahora estaba esperando el momento adecuado para preguntarle acerca de su *Óleo sobre lienzo*, tuve la sensación de que al haber dejado de ser profesor y alumna quizá ya éramos algo así como amigos. Nada más ocurrírseme la idea, la deseché por atrevida; él era un gran maestro y yo era alguien insignificante con una pizca de talento. Hasta ese momento no había reparado del todo en los pájaros que habían vuelto después de un invierno predominantemente nevoso, ni en la luminosidad de los árboles y los edificios, o en las ventanas con celosía del comedor, abiertas para dejar entrar la primavera.

Robert encendió un cigarrillo disculpándose antes.

—No suelo fumar —dijo—. Pero esta semana me he comprado un paquete como premio. No pretendo comprarme ninguno más. Lo hago una vez al año. —Entró en la cafetería a buscar un cenicero y cuando salió, se acomodó en su silla y dijo—: Muy bien, adelante, pero ya sabes que no suelo contestar a preguntas sobre mis cuadros. —Yo no lo sabía; quise decirle que no sabía nada sobre él. Sin embargo, Robert parecía divertido o predispuesto a divertirse, y me dio la impresión de que sus ojos se fijaban en mi pelo cuando lo aparté tras mis hombros (en aquel entonces todavía me llegaba hasta la cintura y todavía lo tenía rubio, mi color natural).

Pero él no dijo nada más, de modo que tuve que hablar.

—¿Significa eso que no debería preguntarle?

—Puedes preguntarme, pero es posible que no te responda, eso es todo. No creo que los pintores tengan las respuestas sobre sus propios cuadros. Nadie sabe nada de un cuadro, salvo el propio cuadro. En cualquier caso, un cuadro debe encerrar alguna especie de misterio para que tenga algún valor.

Apuré mi limonada, haciendo acopio de valor.

—Me gustaron muchísimo todos sus cuadros. Los paisajes son realmente maravillosos. —Por aquel entonces, era demasiado joven para saber cómo debió de sonarle esto a un genio, pero por lo menos no se me ocurrió decir nada del autorretrato—. Lo que quería era preguntarle por ese cuadro grande, el de la mujer sentada en el sofá. Me imagino que es su mujer, pero lleva puesto esa especie de vestido fascinante de época. ¿Qué historia hay detrás de eso?

Él volvió a mirarme, pero en esta ocasión estaba ausente, a la defensiva.

—¿Qué historia?

—Me refiero a que tiene tantos detalles… la ventana y el espejo; es tan complejo y ella parece totalmente viva. ¿Posó para usted o usó tal vez una fotografía?

Robert me traspasó con la mirada, al parecer me traspasó directamente hasta la pared de piedra que tenía a mis espaldas, la fachada de la asociación de estudiantes.

—No es mi mujer y no utilizo fotografías. —Su voz era suave, aunque distante, y dio una calada a su cigarrillo. Observó su otra mano sobre la mesa, doblando los dedos, masajeándose los nudillos: era el largo declive de un pintor hacia la artritis, comprendí más tarde. Cuando levantó de nuevo la vista, tenía los ojos entornados, pero esta vez clavados en mí, no en un horizonte impreciso—. Si te digo quién es ella, ¿guardarás el secreto?

Al oír esto sentí una punzada, la clase de horror que sientes de pequeño cuando un adulto pretende decirte algo de adultos: informarte de algún pesar íntimo, por ejemplo, o de un problema financiero que tú ya has intuido pero que debería permitírsete ignorar durante varios años más de infancia, o de algo, Dios no lo quiera, aterrador, sexual. ¿Me hablaría de un amor maduro secreto y sórdido? La gente de mediana edad tenía esas cosas a veces, aunque fuera demasiado mayor para éstas y debiera ser más sensata. ¡Cuánto más agradable resultaba ser joven y libre, y poder hacer alarde de los amores y errores y del cuerpo propios! Yo tenía por costumbre compadecerme de cualquiera que tuviera más de treinta años y fui lo bastante insensible para no hacer una excepción con el ajado de Robert Oliver, que se estaba fumando su único cigarrillo primaveral.

—Por supuesto —contesté, aunque el corazón me latía deprisa—. Sé guardar un secreto.

—Bien... —Robert tiró la ceniza en el cenicero prestado—. Lo cierto es que no sé quién es. —Parpadeó deprisa—. ¡Oh, Dios mío! —exclamó con la voz llena de desesperación—. ¡Si pudiera saber quién es ella!

Esto fue tan sorprendente, tan difícil de responder, tan espeluznante y extraño que estuve unos instantes sin decir nada; casi fingí que él no había pronunciado la última frase. Sencillamente, no supe cómo interpretarlo, no supe cómo reaccionar. ¿Cómo podía pintar a alguien sin saber quién era? Yo había dado por sentado que pintaba a amigas o a su mujer, o que contrataba modelos siempre que quería, que la gente posaba para él. ¿Sería posible que hubiera encontrado a una mujer imponente en la calle, como Picasso? No quise preguntárselo directamente, dejando al descubierto mi confusión e ignorancia. Entonces se me ocurrió una posibilidad:

—¿Se refiere a que se la imaginó?

Esta vez Robert parecía ceñudo y me pregunté si después de todo me caía bien. De hecho, quizá fuese cruel. O estuviese loco.

—No, en cierto modo es de carne y hueso. —Entonces, para mi indescriptible alivio, sonrió, aunque también me sentí ligeramente ofendida. Robert golpeteó el paquete de tabaco para sacar un segundo cigarrillo—. ¿Te apetece otra limonada?

—No, gracias —respondí. Tenía el orgullo herido; él había planteado un misterio angustioso sin siquiera darme una pista, y no parecía tener ninguna sensación de haberme excluido, a mí, su alumna, su invitada a comer, la chica del pelo bonito. Había también algo espantoso en ello. Se me ocurrió que si él podía explicarme lo que había querido decir con esas extrañas afirmaciones, me ilustraría al instante sobre la esencia de la pintura, el milagro del arte, pero era obvio que había dado por sentado que yo no lo entendería. Una parte de mí no quería conocer sus misteriosos secretos, pero eso a la vez me dolía. Dejé mi vaso y el tenedor blanco de plástico ordenadamente sobre mi plato, como si estuviese en una de las cenas íntimas de Muzzy con sus amigas—. Lo siento... tengo que volver a la biblioteca. Exámenes. —Me levanté, desafiante con mis tejanos y mis botas; por una vez más alta que mi profesor, que seguía sentado—. Muchas gracias por la comida. Ha sido usted muy amable. —Cogí mi plato sin mirarlo.

Él también se puso de pie y me detuvo poniendo con suavidad una mano grande sobre mi brazo, con lo que volví a dejar el plato.

—Estás enfadada —comentó con una especie de asombro en la voz—. ¿Qué he hecho para ofenderte? ¿Ha sido por no contestar a tu pregunta?

—No puedo culparlo por pensar que no entendería su respuesta —dije con frialdad—, pero ¿por qué juega conmigo? O conoce a la mujer o no la conoce, ¿verdad? —Su mano era milagrosamente cálida a través de la manga de mi blusa; no quise que la retirara, nunca, pero lo hizo al cabo de un segundo.

—Lo lamento —dijo—. Te he dicho la verdad... no entiendo quién es realmente la mujer de mi cuadro. —Se volvió a sentar y no fue necesario que me lo indicara: me senté con él, lentamente. Sacudió la cabeza, mirando fijamente la aparente mancha de cacas de pájaro que había en un borde de la mesa—. No puedo explicarle esto ni siquiera a mi mujer; creo que no querría enterarse de ello. Me topé con esta mujer hace años, en el Museo Metropolitano de Arte, en una sala abarrotada de gente. Yo estaba preparando una exposición en Nueva York formada íntegramente por cuadros de jóvenes bailarinas de ballet, algunas de las cuales no eran más que unas niñas en realidad... eran tan perfectas, parecían pajarillos. Y empecé a ir al Met para empaparme de los cuadros de Degas, como referencia, porque es evidente que ha sido uno de los grandes pintores de ballet, probablemente el más importante de todos.

Asentí orgullosa; esta vez sabía de qué hablaba.

—La vi una de las últimas veces que fui al museo, antes de que nos mudáramos a Greenhill, y nunca más pude sacarme su imagen de la cabeza. Nunca. No pude olvidarla.

—Debía de ser guapa —aventuré.

—Mucho —me dijo Robert—. Y no sólo guapa. —Parecía ausente, de vuelta en el museo, mirando fijamente a una mujer entre la multitud que un segundo después se esfumó; pude intuir el romanticismo del momento y seguí sintiendo envidia de aquella desconocida que había permanecido en su mente durante tanto tiempo. No se me ocurrió hasta más tarde que ni siquiera Robert Oliver podría haber memorizado una cara tan deprisa.

—¿No volvió para intentar encontrarla? —Deseé que no lo hubiera hecho.

—¡Oh, naturalmente! La vi un par de veces más y ya no la volví a ver nunca.

Un romance no materializado.

—Entonces empezó a imaginársela —lo aguijoneé.

Esta vez me sonrió y sentí que un calor se extendía por mi nuca.

—Bueno, supongo que desde el principio tenías razón. Supongo que sí. —Se levantó de nuevo, confiado y tranquilizador, y regresamos afablemente hasta la fachada de la asociación de estudiantes. Se detuvo bajo el sol y extendió la mano—. Que pases un buen verano, Mary. Que te vaya bien el curso que viene. Si eres constante y trabajas duro, estoy seguro de que te irá bien.

—Lo mismo digo —repuse míseramente, sonriendo—. Quiero decir, buena suerte con sus clases… con sus cuadros. ¿Regresará enseguida a Carolina del Norte?

—Sí, sí, la semana que viene. —Se inclinó y me besó en la mejilla, como si se estuviera despidiendo de todo el campus y de cada uno de los alumnos que tenía allí, y del norte gélido, todo ello convenientemente concentrado en mi persona. La impersonalidad del gesto me dejó sin aliento. Sus labios eran cálidos y de una sequedad agradable.

—Bueno, adiós —dije, y me di la vuelta, obligándome a marcharme. La única cosa sorprendente fue que no oí a Robert girarse y caminar en dirección contraria; sentí su presencia allí durante un buen rato y yo era demasiado orgullosa para mirar hacia atrás. Pensé que probablemente estaría ahí plantado con los ojos clavados en sus pies o en la acera, absorto en su visión de la mujer que había vislumbrado unas cuantas veces en Nueva York o tal vez soñando despierto con su mujer y sus hijos, con su hogar. Seguro que estaría emocionado por dejar todo esto y volver junto a su familia, a su vida real. Pero también me había dicho: «No puedo explicarle esto ni siquiera a mi mujer». Había sido la receptora de su fortuito intento por explicar su visión; era una privilegiada. Su intento se me quedó grabado al igual que a él se le había quedado grabada la cara de la desconocida.

50

Mary

Después de que Robert y yo rompiéramos, hace meses, empecé a hacer bocetos por las mañanas en una cafetería que aún frecuento en ocasiones. Siempre me ha gustado esa expresión, «frecuentar» una cafetería. Necesitaba un sitio alejado de los estudios de la universidad donde ahora doy clase. En aquella zona no hay muchas cafeterías lo bastante tranquilas para que los profesores puedan pasar el rato. Tienes demasiadas posibilidades de tropezarte con tus antiguos alumnos (o lo que es peor, con los actuales) y ponerte a charlar con ellos; por el contrario, descubrí una cafetería entre mi casa y el trabajo, al lado de una parada de metro de nombre elegante.

No es que no me gusten mis alumnos; al revés, ahora son mi vida, los únicos hijos que tendré, mi futuro. Los adoro, con todas sus crisis y sus excusas y su egoísmo. Me encanta verlos en plena revelación artística, o cuando experimentan una súbita predilección por las acuarelas, un romance con el carboncillo, o una obsesión con el azul, que empieza a aparecer en todos sus cuadros de un modo tal que tienen que explicarle al resto de la clase lo que ocurre: «Es que… ahora me ha dado por esto». En general, no pueden explicar el porqué; cada nuevo amor simplemente los arrolla. Por desgracia, si no es la pintura, a veces es el alcohol o la coca (aunque la verdad es que eso no me lo cuentan), o una chica o chico de su clase de historia, o los ensayos para una obra de teatro; tienen unas ojeras muy marcadas bajo los ojos, en clase están encorvados y se les ilumina la cara cuando aparezco con un Gauguin que en bachillerato les fascinaba. «¡Para mí!», chillan. Cuando acaba el trimestre, me regalan hueveras de cartón pintadas. Los adoro.

Pero también tienes que alejarte de los alumnos para pintar por tu cuenta, así que durante una temporada tuve por costumbre dibujar objetos reales de mi cafetería favorita, justo después del desayuno, si me sobraba tiempo antes de que empezaran mis clases. Dibujaba las hileras de teteras sobre un estante, el jarrón Ming de imitación, las mesas y sillas, el cartel de salida, el ya muy visto póster de Mucha al lado de un estante con periódicos, las botellas de sirope italiano de etiquetas diferentes pero casi a juego y, finalmente, a la gente. Me lancé de nuevo a dibujar a desconocidos, como solía hacer de estudiante: tres asiáticas de mediana edad que hablaban atropelladamente frente a sus bollos y vasos de papel, un joven con una larga cola de caballo medio dormido encima de su mesa o una mujer de cuarenta y pico años con su ordenador portátil.

Volví a fijarme en la gente y eso hizo que la herida de mi ruptura con Robert cicatrizara un poco, recuperando la sensación de que era una entre muchos y de que todas esas otras personas (con sus distintas chaquetas y gafas, y ojos de formas y colores diversos) habían tenido a sus Roberts, sus grandes fracasos, sus alegrías y sus penas. Procuré reflejar su alegría y su pesar en mis dibujos. A algunas de ellas les gustaba que las dibujara y me sonreían de soslayo. Aquellas mañanas hicieron que, en cierto modo, me fuera más fácil aceptar que estaba sola y no quería mirar a otros hombres, aunque con el tiempo eso quizá dejase de ser así. Al cabo de aproximadamente cien años.

1879

Mon cher ami:

No puedo entender por qué no me ha escrito ni venido a ver estas semanas. ¿He hecho algo que le haya ofendido? Pensaba que estaba aún de viaje, pero Yves asegura que está en la ciudad. Quizás he cometido un error dando por hecho que su cariño era tan intenso como el mío, en cuyo caso le ruego disculpe el error de su amiga,

Béatrice de Clerval

51

Marlow

A la mañana siguiente de mi cena con Mary Bertison el tráfico era denso, posiblemente porque me había puesto en marcha tarde. Me gusta adelantarme a las aglomeraciones, llegar antes que las recepcionistas, tener las carreteras y luego el aparcamiento y los pasillos de Goldengrove para mí, ponerme al día del papeleo durante veinte minutos a solas. Aquella mañana me había entretenido, observando el sol que iluminaba mi solitaria mesa de desayuno, y cocinándome un segundo huevo. Después de nuestra agradable cena, había dejado a Mary en un taxi (rechazó mi cortés ofrecimiento de llevarla en coche hasta su puerta) pero por la mañana el apartamento que ella no había vuelto a pisar, mi apartamento, estaba lleno de ella. La veía sentada en mi sofá, tan pronto inquieta y hostil como confiada.

Me había servido una segunda taza de café que sabía que más tarde lamentaría; miré por mi ventana hacia los árboles de la calle, que ahora estaban completamente verdes, habían echado hojas de cara al verano. Recordé su larga mano desechando algún comentario mío y a ella misma comentando algo. Durante la cena habíamos hablado de libros y de pintura; me dejó claro que ya había hablado bastante de Robert Oliver por aquella noche. Pero esa mañana aún podía recordar el temblor en su voz al decirme que prefería escribir sobre él que hablar de él.

A medio camino de Goldengrove apagué mi grabación musical favorita del momento, que normalmente habría subido de volumen a estas alturas: se trataba de algunas de las suites francesas de J. S. Bach, interpretadas por András Schiff; un torrente glorioso, una onda de luz, luego de nuevo el torrente de agua. Me dije a mí mismo que apagara la música porque no podía concentrarme en el tráfico tan denso y escuchar atentamente al mismo tiempo; la gente se estaba cortando el paso mutuamente en las rampas de acceso, tocaba el claxon, paraba sin avisar.

Pero tampoco estaba seguro de que en mi coche hubiese espacio para las presencias de Bach y Mary a la vez, para la escena del entusiasmo de Mary cuando durante la cena se olvidó por unos minutos de Robert Oliver y habló de sus cuadros recientes, una serie de mujeres de blanco. Le había preguntado respetuosamente si en algún momento podría verlos; al fin y al cabo, ella había echado un fugaz vistazo al paisaje de mi pequeña ciudad y yo ni siquiera lo consideraba una de mis mejores obras. Mary había titubeado, accediendo vagamente, manteniendo las distancias entre nosotros. No, no había sitio en mi coche para las suites francesas, el verde cada vez más intenso de los márgenes de la carretera y el rostro alerta y angelical de Mary Bertison. O quizá no hubiera sitio para mí. Nunca me había parecido tan pequeño mi coche, tan necesitado de un techo descapotable.

Una vez concluida la ronda de visitas matutina, me encontré la habitación de Robert vacía. Lo había dejado para el final y no había ni rastro de él. La enfermera del vestíbulo me dijo que estaba fuera paseando con un miembro del personal, pero cuando salí a paso tranquilo por las puertas traseras y crucé el porche no lo vi enseguida. No creo haber mencionado que Goldengrove, como mi consulta de Dupont Circle, es una reliquia de tiempos más gloriosos, una mansión que fue testigo de increíbles fiestas en la época de Gatsby y la Metro Goldwyn Mayer; con frecuencia me pregunto si los pacientes que andan arrastrando los pies por sus pasillos no serán levantados y quizás hasta levemente sanados por la elegancia decó que los rodea, las paredes soleadas y los frisos egipcios de imitación. El edificio fue restaurado por dentro y por fuera varios años antes de mi llegada. Me gusta especialmente el porche: tiene una pared de adobe y serpentina y altas macetas que (en parte y gracias a mi insistencia) se mantienen llenas de geranios blancos. Desde allí se puede ver toda la finca hasta el borrón de árboles que bordean el Little Sheridan, un afluente poco entusiasta del río Potomac. Algunos de los jardines originales han sido revitalizados, aunque darles vida a todos requeriría más recursos de los que tenemos. Hay parterres y un gran reloj de sol que no es originario de la casa. En la depresión que hay más allá de los jardines se extiende un pequeño lago poco profundo (demasiado poco para que uno se ahogue en él), con una glorieta al otro lado (demasiado baja para que uno se haga daño saltando del tejado y con las vigas del interior ocultas por un falso techo que impide que haya ahorcamientos).

Todo esto impresiona a las familias que guían a sus seres queridos al relativo silencio del lugar; a veces veo a miembros de una familia enjugándose las lágrimas aquí fuera en el porche, reconfortándose unos a otros: «¡Mira lo bonito que es, y es sólo temporal!» Y normalmente es sólo temporal. La mayoría de estas familias jamás verá los hospitales públicos de la ciudad donde la gente que no tiene recursos es enviada a batallar con sus demonios, lugares sin jardines, sin pintura nueva y a veces sin suficiente papel higiénico. Vi algunos de esos hospitales durante mis prácticas y me cuesta borrar aquellas imágenes, aunque aquí estoy, empleado en una clínica privada probablemente de forma indefinida. No sabemos exactamente cuándo nos aburguesamos o perdemos la energía para trabajar en favor del cambio, pero lo hacemos. Quizá debería haberlo intentando con más ahínco; pero, a mi manera, me siento útil.

Al salir por el otro extremo del porche, vi a Robert a cierta distancia en el césped. No estaba paseando; estaba pintando, había colocado el caballete que yo le había proporcionado de tal modo que quedaba frente a la vista que se extendía hasta el río que empezaba en los márgenes del jardín. No muy lejos un miembro del personal paseaba con un paciente que, al parecer, había insistido en seguir con la bata puesta (a fin de cuentas, si se nos diera la opción, ¿cuántos de nosotros nos vestiríamos así?) Me gustó comprobar que los empleados seguían mis órdenes de mantener a Robert Oliver vigilado de cerca, pero sin atosigarlo. Puede que no le gustara nada que lo vigilaran, pero seguro que agradecería esta porción de intimidad que le era concedida en el proceso.

Me quedé observando su silueta mientras él examinaba el paisaje; se decantaría por ese árbol alto y bastante deformado de la derecha, predije, e ignoraría el silo que asomaba sobre los árboles lejos a la izquierda, al otro lado del Sheridan. Sus hombros (cubiertos por la camisa descolorida que se ponía casi a diario, ignorando el hecho de que yo le había conseguido algunas más) estaban rectos, su cabeza un poco inclinada hacia el lienzo, aunque calculé que habría atornillado las patas del caballete a la altura máxima. Sus propias piernas estaban enfundadas en unos pantalones informales carentes de gracia alguna; cambió el peso del cuerpo, meditabundo.

Verlo pintar era extraordinario; lo había hecho con anterioridad, pero siempre entre paredes, donde él era consciente de mi presencia. Ahora podía observarlo sin que él lo supiera, aunque no podía ver el lienzo. Me pregunté qué daría Mary Bertison por gozar de este privilegio durante unos cuantos segundos; pero no… ella me había dicho que no quería volver a ver a Robert. Si yo le ayudaba a curarse y él volvía al mundo exterior, si volvía a ser profesor, artista, ex marido, un padre con una custodia compartida, un hombre que comprara verduras, y que fuese al gimnasio y pagase el alquiler de un pequeño apartamento en Washington o en el centro de Greenhill, o en Santa Fe, ¿seguiría prefiriendo mantenerse alejado de Mary? Y, lo que era más importante, ¿seguiría ella sintiendo rabia contra él? ¿Era feo por mi parte esperar que así fuera?

Caminé tranquilamente hasta él, con las manos a la espalda, y no hablé hasta que estuve a un par de metros de distancia. Él se volvió enseguida, mirándome ceñudo; un león enjaulado entre barrotes que no había que aporrear. Incliné la cabeza para indicarle que le interrumpía con buenas intenciones.

—Buenos días, Robert.

Él retomó su tarea; eso, al menos, demostraba cierta confianza o quizás estuviese demasiado absorto como para dejar siquiera que un psiquiatra lo interrumpiese. Me planté a su lado y miré abiertamente al lienzo con la esperanza de que eso pudiera hacerle reaccionar, pero él siguió mirando, verificando y dando toques con el pincel. Entonces sostuvo el pincel levantado hacia el horizonte lejano, luego descendió la mirada hacia el lienzo y se encorvó para centrarse en una piedra que había en la orilla de su lago pintado. Deduje que llevaba lo menos un par de horas trabajando en el lienzo, a no ser que fuese increíblemente rápido; éste empezaba a adquirir formas completas. Me maravillaron la luz sobre la superficie del agua (la superficie de su lienzo) y la frágil viveza de los remotos árboles.

Pero no dije nada de mi admiración, por temor a su silencio, que sofocaría incluso las palabras más cálidas que se me pudieran ocurrir. Resultaba alentador ver a Robert pintando algo que no fuera la dama de ojos oscuros y sonrisa triste, especialmente algo real. Tenía dos pinceles en la mano con la que pintaba y observé en silencio mientras él cambiaba de uno a otro; el hábito y la destreza de media vida. ¿Debería decirle que había conocido a Mary Bertison? ¿Que mientras tomábamos un buen vino y un pescado a la papillote, ella me había empezado a contar su historia y parte de la de él? ¿Que aún lo amaba bastante como para querer ayudarme a curarlo; que no quería volver a verlo jamás; que su pelo brillaba bajo cualquier luz que se reflejara en éste, iluminando sus reflejos caoba, dorados y morados; que no podía pronunciar el nombre de Robert sin temblor o renuencia en la voz; que yo sabía cómo cogía ella el tenedor, cómo se apoyaba en una pared, cómo cruzaba los brazos protegiéndose del mundo; que al igual que su ex mujer, Mary Bertison no era la modelo del retrato que salía una y otra vez de su rabioso pincel; que ella, Mary, guardaba en cierto modo sin saberlo el secreto de la identidad de aquella modelo; que yo daría con la mujer a la que él amaba más que a nadie en el mundo y descubriría por qué ésta le había robado no sólo su corazón sino también su mente?

Dejando a un lado las definiciones clínicas y considerando únicamente la vida humana, pensé, mientras lo veía cogiendo una pizca de blanco y un poco de amarillo cadmio para las copas de sus árboles, que eso era la propia esencia de la enfermedad mental. No era una enfermedad dejar que otra persona (o una creencia o un lugar) le arrebatase a uno el corazón. Pero si uno entregaba su mente a una de esas cosas, renunciando a la capacidad para tomar decisiones, al final enfermaba; eso, si el hecho de hacerlo no era ya un indicio de enfermedad. Miré alternativamente a Robert y a su paisaje, los espacios gris pálido del cielo donde es probable que pretendiera dar cuerpo a unas nubes, la mancha informe en su lago que, sin duda, acabaría convertida en los reflejos de éstas. Hacía mucho tiempo que no se me ocurría ninguna reflexión novedosa acerca de las enfermedades que día a día intentaba tratar. O acerca del amor en sí.

—Gracias, Robert —dije en voz alta, y acto seguido me alejé. Él no se giró para verme marchar o, si lo hizo, yo ya me había vuelto de espaldas.

Aquella noche Mary me telefoneó. Me sorprendió considerablemente (yo mismo había decidido llamarla, pero esperaría aún unos cuantos días) y tardé unos instantes en entender quién estaba al otro lado de la línea. Esa voz de contralto que durante la cena había acabado por gustarme todavía más, se mostró titubeante al decirme que había estado pensando en su promesa de escribirme sus recuerdos de Robert. Lo haría por fascículos. Eso también le iría bien a ella; me los mandaría por correo. Yo podía juntarlos y tener la historia completa, si quería, usarlos como tope para las puertas o reciclar el montón entero. Ya había empezado a escribir. Se rió con bastante nerviosismo.

Me sentí momentáneamente decepcionado, porque este arreglo implicaba que no la vería en persona. Aunque ¿para qué quería volver a verla? Era una mujer libre y soltera, pero también la antigua pareja de mi paciente. Entonces oí que decía que le gustaría cenar otra vez conmigo algún día (le tocaba a ella invitarme, ya que pese a sus protestas yo había insistido en pagar la cuenta de nuestra primera cena) y que quizá fuese mejor esperar a que me hubiese enviado sus memorias. No sabía cuánto podía faltar para eso, pero tenía muchas ganas de repetir la cena y que había sido divertido hablar conmigo. Esa simple palabra, «divertido», por alguna razón me llegó al alma. Le dije que me encantaría, que lo comprendía, que esperaría a sus misivas. Y, muy a mi pesar, colgué con una sonrisa.

52

Mary

Enamorarse de alguien inalcanzable es como un cuadro que vi en cierta ocasión. Vi este cuadro antes de adoptar la costumbre (ahora de muchos años) de anotar la información básica sobre cualquier obra que me llame la atención en un museo o galería, en un libro o en casa de alguien. En mi estudio de casa, además de todas mis postales de cuadros, guardo una caja con fichas y cada una de ellas ha sido escrita por mí: el título del cuadro, el nombre del artista, la fecha, el sitio donde lo vi, una sinopsis de cualquier historieta sobre el cuadro que haya descubierto en la cartela o en el libro, a veces hasta una descripción aproximada de la obra: el campanario de la iglesia está a la izquierda, la calle en primer plano.

Cuando me siento frustrada y creo que mi propio lienzo no va por buen camino, hojeo mis fichas y doy con una idea; añado el campanario de la iglesia, visto a la modelo de rojo o parto las olas en cinco picos afilados y separados. De vez en cuando me sorprendo a mí misma hojeando en mi fichero, física o tan sólo mentalmente, en busca de aquel importante cuadro del que no tengo ninguna ficha. Lo vi cuando tenía veinte y tantos años (ni siquiera recuerdo en qué año), probablemente en un museo, porque al terminar la facultad, allí donde iba me dedicaba a visitar todos los museos que podía.

Esta obra concreta era impresionista; es lo único que sé con seguridad. Aparecía un hombre sentado en un banco de un jardín, esos jardines agrestes y exuberantes que los impresionistas franceses propiciaban e incluso plantaban cuando necesitaban uno, una rebelión absoluta contra la formalidad de los jardines franceses y la pintura francesa. El hombre, de gran estatura, estaba ahí sentado en el banco, dentro de una especie de glorieta con emparrado verde y de lavanda, vestido como un caballero (supongo que era un caballero) con un abrigo y un chaleco de etiqueta, pantalones grises, sombrero ceniciento. Parecía satisfecho, displicente pero también ligeramente alerta, como si estuviese pendiente de algo. Si te apartabas del cuadro, veías su expresión con más nitidez. (Ésta es otra razón por la que creo que vi el cuadro colgado y no en un libro; recuerdo haber retrocedido unos pasos.)

Cerca de él, en una silla de jardín (¿en otro banco o descansando en un balancín?), estaba sentada una dama cuyo atuendo igualaba al suyo en elegancia, rayas negras sobre un fondo blanco, un pequeño sombrero inclinado hacia delante sobre el alto recogido de su pelo, una sombrilla a rayas junto a ella. Si te alejabas todavía más del cuadro, podías ver otra silueta femenina caminando al fondo entre arbustos en flor, los colores suaves de su vestido casi fundiéndose con el jardín. Tenía el pelo claro, no oscuro como el de ellos dos, y no llevaba sombrero, lo que supongo que indicaba su juventud o, en cierto modo, su insuficiente respetabilidad. El conjunto tenía un marco dorado, magnífico, ornamentado y bastante sucio.

No recuerdo haberme identificado con este cuadro en el momento en que lo vi; simplemente permaneció en mí como un sueño y mi mente lo ha evocado una y otra vez. De hecho, durante años he consultado estudios sobre el Impresionismo sin dar con él. Para empezar, no tengo ninguna prueba de que fuera francés, sólo que se parecía a los cuadros del Impresionismo francés. El caballero y sus dos mujeres podrían haber estado en un jardín de fines del siglo XIX de San Francisco o Connecticut, o Sussex o incluso la Toscana. En ocasiones me doy cuenta de que he analizado esa imagen tantas veces en mi mente que creo que me la he inventado, o que en algún momento dado la he soñado y a la mañana siguiente me he levantado recordándola.

Y, sin embargo, aquellas personas del jardín me parecen vívidas. Jamás se me ocurriría desequilibrar la composición sacando a la mujer refinada, arreglada y vestida a rayas del lado izquierdo del cuadro, pero en la imagen hay tensión: ¿Por qué da la impresión de que la joven de los matorrales en flor no tiene cabida? ¿Es la hija del hombre? No, algo te dice (me dice) que no. Deambula perpetuamente hacia la derecha del lienzo, reacia a irse. ¿Por qué el caballero elegantemente vestido no se levanta de un salto y le agarra por la manga, no hace que ella se detenga unos minutos, no le dice antes de que se aleje que él también la ama, que siempre la ha amado?

Entonces visualizo simplemente esas dos siluetas en movimiento mientras el sol ilumina sin descanso las flores y arbustos pintados con bruscas pinceladas, y la dama bien vestida permanece imperturbable en su silla, sosteniendo su sombrilla, segura del lugar que ocupa al lado del hombre. El caballero se levanta; abandona la glorieta con paso airado, como por impulso, y agarra a la chica del vestido de colores suaves por la manga, por el brazo. A su manera, ella también demuestra firmeza. Tan sólo hay flores entre ambos, que rozan la falda de ella y manchan de polen los pantalones hechos a medida de él. La mano del caballero es de piel aceitunada, un tanto gruesa, incluso con los nudillos un tanto deformados. Él la detiene atenazándola. Nunca se han hablado así con anterioridad; no, no están hablando ahora. Se funden al instante en un abrazo, sus rostros se calientan juntos bajo el sol intenso. No creo que ni siquiera se besen en un primer momento; ella está sollozando de alivio, porque la mejilla de él y el contacto de la barba contra su frente es tal como se había imaginado que sería; ¿estará él también sollozando quizás?

1879

Querida mía:

Disculpa mi debilidad al no haberte escrito, y haberme aleja-
do de un modo tan indecoroso. Al principio sí que fue una
ausencia lógica; como te comenté, me fui al sur aproximada-
mente una semana y descansé un poco tras una leve indispo-
sición. Sin embargo, eso también fue una excusa; me recluí
allí no únicamente para reponerme de mi resfriado, y con la
idea de pintar un paisaje que no había visto en años, sino
también para reponerme de una dolencia más profunda que
te insinué hace algún tiempo. Tal como has podido ver en el
encabezamiento de esta carta, no he hecho ningún progreso.
Te he llevado constantemente conmigo, mi musa, y he pensa-
do en ti con asombrosa viveza, no sólo en tu belleza y grata
compañía sino también en tu risa, en tu más mínimo gesto,
en cada una de las palabras que me has dicho desde que me
empecé a encariñar de ti más de lo debido, ese afecto que
siento en tu presencia y fuera de ella.

De manera que no he regresado a París menos afligido que
cuando me fui, y a mi llegada he decidido intentar incluso aquí
dedicarme a pintar y dejarte en paz. No te ocultaré la alegría
que me produjo tu carta; pensar que tal vez, en cierto modo,

habías deseado que no te dejara sola, que tú también me habías echado de menos. No, no... no hay nada por lo que ofenderse, salvo aquello en lo que yo, en mi propia insensatez, te haya ofendido a ti. No tengo más alternativa que decidir vivir cerca de ti con toda la serenidad que sea capaz de acopiar.

¡Qué tontería que un anciano se conmueva tanto!, pensarás, aun cuando seas demasiado atenta como para no decírmelo. Naturalmente, tendrás razón. Pero en ese caso, amor mío, estarás también subestimando tu propio poder, el poder de tu presencia, tus ganas de vivir y el modo en que eso me enternece. Te dejaré tranquila en la medida de lo posible, aunque ya no volveré a separarme de ti completamente, puesto que no pareces desearlo más que yo. Alabados sean por ello todos esos dioses imperiosos y deteriorados que vi en Italia.

Sin embargo, ésta es sólo una parte de mi historia. En este punto es preciso que inspire hondo y aplace unos instantes la tarea de escribirte, para reunir la fuerza extra que necesitaré. Durante todo el tiempo que he estado fuera he tenido la sensación de que no podría, aun cuando fuera tu deseo, volver junto a ti ya en persona, ya por carta, sin cumplir la promesa más difícil que te he hecho.

Como recordarás, te dije que algún día te hablaría de mi esposa. He lamentado esa afirmación a todas horas. Soy lo bastante egoísta para creer que no me puedes conocer sin conocerla a ella, e incluso que es posible (como tú supusiste) que obtenga cierto alivio hablándote de ella. Y, mientras viva, sería incapaz de romper intencionadamente cualquier promesa que te hubiera hecho. Como te imaginarás, si pudiera darte todo mi pasado y esconderme en tu futuro, lo haría; y no poder hacerlo es mi eterno pesar. Ves que mi egoísmo es desbordante... al pensar, como pienso, que quizá seas feliz conmigo cuando ya lo tienes todo para ser feliz.

Al mismo tiempo, he lamentado profundamente mi error haciéndote esta promesa, porque la de mi esposa no es

*una historia que con gusto querría yo que estuviese en tu
pensamiento, de adorable inocencia y esperanza para el
mundo. (Sé que esto te molestará y no verás la triste realidad
de mi afirmación hasta que sea demasiado tarde.) En cualquier caso, te ruego que aplaces la lectura de las siguientes
páginas durante una hora hasta que te sientas capaz de oír
algo terrible, aunque sumamente real; y te pido que comprendas que lamentaré cada palabra. Cuando hayas leído
esto, sabrás un poco más de lo que sabe mi hermano y mucho
más que mi sobrino. Y más, sin duda, que el resto del mundo
entero. Asimismo, sabrás que se trata de un asunto político
y, en consecuencia, parte de mi seguridad recaerá en tus manos. ¿Y por qué debería hacer semejante cosa, decirte algo
que únicamente puede consternarte? Bien, ésa es la naturaleza del amor; es brutal en sus demandas. El día que adviert-
tas su brutal naturaleza por ti misma, echarás la vista atrás y
me conocerás aún mejor, y me perdonarás. Probablemente
ya me habré ido hará tiempo, pero esté donde esté te bende-
ciré por tu comprensión.*

*Conocí a mi mujer bastante tarde en mi vida; yo tenía ya
cuarenta y tres años y ella cuarenta. Su nombre, como quizá
sepas por mi hermano, era Hélène. Era una mujer de buena
familia, procedente de Ruan. Nunca se había casado, no por
ninguna falta de aptitudes por su parte, sino porque cuidó de
su madre viuda, quien falleció tan sólo dos años antes de que
nos conociéramos. Después de la muerte de su madre se fue a
vivir a París con la familia de su hermana mayor, y se volvió
tan indispensable para ellos como lo había sido para su madre. Era una persona digna y dulce, seria pero no carente de
humor, y desde nuestro primer encuentro me atrajeron su
porte y su consideración hacia los demás. Le interesaba la
pintura, aunque había recibido poca educación artística y se
decantaba más por los libros; leía en alemán y también un
poco en latín, su padre había creído en la preparación de sus*

hijas. Y era devota de un modo que ponía en evidencia mis propias e insignificantes dudas. Admiraba su determinación en todo lo que hacía.

Su cuñado, un viejo amigo mío, fue mi valedor durante el noviazgo (aunque para el bien de mi reputación quizá supiese demasiado sobre mí), y estipuló que aportara una dote generosa. Nos casamos en la iglesia de Saint-Germain-l'Auxerrois, ante la presencia de unos cuantos amigos y familiares, y nos instalamos en una casa de Saint-Germain. Vivimos sin sobresaltos. Yo seguí con mis exposiciones de cuadros y ella se ocupó maravillosamente de la casa, en la que mis amigos se sentían a gusto. Llegué a quererla mucho, con un amor que tenía más aprecio que pasión. Éramos demasiado mayores para esperar descendencia, pero estábamos contentos el uno al lado del otro y, con su influencia, experimenté una acentuación de mi propia esencia y el amansamiento de parte de lo que ella consideraba, sin duda, mi descarriada vida anterior. Gracias a su firme confianza en mí, mi enfrascamiento en la pintura también se incrementó y mi habilidad aumentó.

Podríamos haber vivido felizmente así, si nuestro emperador no se hubiese considerado en el derecho de meter a Francia en esa guerra absolutamente inútil invadiendo Prusia; tú eras una niña, querida, pero las noticias de la batalla de Sedán también deben de ser espantosas en tu recuerdo. Luego vino la terrible venganza de sus ejércitos y el asedio que devastó nuestra pobre ciudad. Ahora debo decirte, y con franqueza, que yo me contaba entre aquellos a los que todo esto enfureció hasta el límite. Es cierto que no formé parte de la bárbara multitud, pero fui uno de esos moderados que creía que París y Francia habían sufrido sobradamente a manos del despotismo irreflexivo y palaciego, y que se sublevó contra éste.

Sabes que muchos de esos años los pasé en Italia, pero lo que no te he dicho es que era un exiliado, me alejé de lo que,

indudablemente, habría sido un peligro, hasta que pude ase-
gurarme de reanudar una vida tranquila en mi ciudad natal;
también me alejé con dolor y cinismo. De hecho, era simpati-
zante de la Comuna, y en el fondo de mi corazón no me aver-
güenzo de ello, aunque lloro la pérdida de aquellos de mis
camaradas a los que el Estado no perdonó sus convicciones.
Verdaderamente, ¿por qué iba cualquier ciudadano de París a
tener que soportar sin una reacción revolucionaria (o al me-
nos la más ferviente de las quejas) lo que desde el principio
no habíamos aprobado? Jamás he abandonado esa creencia,
pero el precio que pagué por ello fue tan alto que, de haber
sabido cuál sería el coste, quizá no habría actuado.

La Comuna se inició el 26 de marzo y mi unidad tubo
pocas complicaciones reales hasta primeros de abril, cuando
empezó la lucha en las calles donde estábamos apostados. Se-
guramente tú vivías ya en las afueras, libre de riesgos, como
sé por preguntas que le he ido formulando a Yves desde mi
regreso; él me cuenta que no conoció a tu familia hasta más
tarde, pero que saliste indemne del desastre, al margen de las
privaciones a las que nadie pudo escapar. Tal vez me dirás que
oíste disparos en calles lejanas, tal vez ni siquiera eso. Allí
donde hubo tiroteos me involucré pasando mensajes de una
brigada a otra, dibujando la histórica escena donde podía sin
poner en peligro más vidas que la mía propia.

Hélène no compartía mi alineamiento. Su fe la ligaba por
completo a los derechos del recientemente caído régimen,
pero era sensible a todo cuanto yo creía; me pidió que no
compartiese con ella nada que pudiera comprometerme, por
si nos capturaban a cualquiera de los dos. En honor a este
deseo no le dije dónde estaba acampada la brigada en la que
me había implicado intensamente, y no te lo diré ahora. Era
una calle vieja y estrecha; la sitiamos durante la noche del 25
de mayo, conscientes de que esta defensa sería de suma im-
portancia para la defensa de la zona si, como esperábamos, el

falso gobierno enviaba milicias al día siguiente para intentar desarticularnos.

Le prometí a Hélène no llegar tarde, pero en el transcurso de la noche surgió la necesidad de transmitirles una serie de mensajes a nuestros camaradas de Montmartre, y yo me ofrecí voluntario para dar esos mensajes, puesto que la policía aún no sospechaba de mí. De hecho, me desplacé hasta esa zona sin ser descubierto y habría vuelto de igual modo, de no haber sido atrapado y detenido. Fue mi primer encuentro con la milicia. Mi interrogatorio se prolongó y en varias ocasiones amenazó con volverse violento, y no me soltaron hasta las doce del mediodía siguiente. Durante muchas horas creí que quizá me ejecutarían allí mismo. De nuevo, no te contaré los detalles de mi interrogatorio, ya que no deseo que tengas conocimiento de ellos, ni siquiera ocho años después. Fue una experiencia aterradora.

Pero sí te contaré y debo contarte lo que es infinitamente peor: Hélène, al ver que por la noche no había vuelto, se asustó y empezó a buscarme al alba, preguntando entre nuestros vecinos hasta que su temor convenció al fin a uno de ellos de que la llevase a nuestra barricada. Yo seguía encarcelado. Hélène se plantó delante de la barricada para preguntar por mí en el preciso instante en que las tropas del centro aparecieron. Abrieron fuego contra todos los presentes, comuneros y transeúntes por igual. Naturalmente, el gobierno ha negado tales incidentes. Ella cayó de un disparo en la frente. Uno de mis compañeros la reconoció, la sacó a rastras del tiroteo y protegió su cuerpo tras los escombros.

Cuando llegué, tras haber ido primero corriendo a nuestra casa y haberla encontrado vacía, su cuerpo ya estaba casi frío. Yació en mis brazos mientras la sangre que salía a borbotones de la herida se secaba en su pelo y su ropa. Su rostro manifestaba únicamente sorpresa, aunque los ojos se le habían cerrado solos. La zarandeé, la llamé, traté de despertar-

la. Mi único y lamentable consuelo residía en que había muerto en el acto; en eso y la convicción de que, de haber ella sabido lo que estaba a punto de pasar, en ese momento naturalmente se habría encomendado a su Dios.

La enterré, más deprisa de lo que yo quería, en el cementerio de Montparnasse. A los pocos días mi dolor se vio aumentado por la rápida derrota de nuestra causa y la ejecución de miles de camaradas, y especialmente de nuestros organizadores. Durante esta extinción final huí de Francia con la ayuda de un amigo que vivía cerca de una de las puertas de la ciudad. Viajé solo hacia Menton y la frontera, sintiendo que no podía hacer nada más por un país que había renunciado a su única esperanza de justicia, y reacio a vivir con el miedo a un futuro arresto.

A lo largo de todo este calvario mi hermano me fue leal, velando en silencio por la memoria y la tumba de Hélène y escribiéndome de vez en cuando durante mi ausencia para aconsejarme si podía o no volver. Yo era un personaje sin importancia en ese drama y, a fin de cuentas, no era de interés para un gobierno que tenía una gran reconstrucción por delante. Volví, en efecto, no movido por ningún deseo de contribuir al bienestar de Francia, sino por gratitud hacia mi hermano y el deseo de serle útil en sus achaques. Descubrí, no por él sino a través de Yves, que estaba perdiendo la vista. Cualquier ayuda que pudiera prestarle y el hábito tenaz de continuar pintando eran los únicos placeres que me quedaban hasta que te conocí. Era un desgraciado sin esposa, hijos ni país. Vivía sin el sueño del progreso social que debe ser la motivación de todo hombre pensante, y mis noches eran un horror por la muerte que había llenado mis brazos con un sacrificio inútil y cruel.

El resplandor de tu presencia, tus dones naturales, la delicadeza de tu cariño y amistad han significado para mí más de lo que puedo expresar. Creo que ahora necesitaré menos que nunca explicártelo. No te ofenderé insistiendo en que guardes el secreto; la mayor parte de mi felicidad ya está en tus manos. Y por miedo a ser incapaz o reacio a cumplir mi promesa y enviarte estas verdades sobre mí mismo, daré rápidamente la carta por concluida, firmando con toda el alma.

Tuyo

O.V.

53

Marlow

Había prestado especial atención a la información de Mary acerca de que Robert Oliver había visto por primera vez a la mujer de su obsesión en medio de una multitud en el Museo Metropolitano de Arte, y ahora me planteaba la posibilidad de poderle preguntar directamente a Robert sobre el incidente. Lo que sea que hubiera pasado allí, lo que sea que él hubiese visto en ella, desde entonces había absorbido gran parte de su atención (y probablemente dado forma a su enfermedad). Si él se había imaginado a la mujer entre aquella multitud en el Met; en otras palabras, si ella había sido su alucinación, esto implicaría un replanteamiento de mi diagnóstico de Robert y un giro serio en su tratamiento. Hubiera o no visto originalmente a una mujer de carne y hueso, ¿pintaba ahora de memoria? ¿O seguía alucinando? El hecho de que, al parecer, estuviese pintando a una mujer contemporánea, a la que había visto fugazmente una sola vez, con ropa del siglo XIX, implicaba en sí cierto acto de imaginación, quizás involuntario. ¿Tenía otras alucinaciones? Si las tenía, no las estaba pintando, al menos no de momento.

En cualquier caso, para cuando se trasladó a Greenhill con Kate, había estado imaginando la cara de la mujer por lo menos ocasionalmente; al fin y al cabo, durante su viaje hacia el sur Kate había encontrado un bosquejo de ella en el bolsillo de la camisa de Robert. Pero si yo le preguntaba a Robert por la primera vez que había visto a la mujer e incluía cualquier dato sobre el museo, él sabría de inmediato que había estado hablando con alguien cercano a él, y entonces el abanico de posibilidades sería muy reducido; tal vez un abanico de una sola persona, puesto que él ya sabía que yo conocía el apellido de Mary. Por lo visto se había confiado con Mary, pero no con Kate, y no era probable que hubiese hablado con nadie más, a menos que hubiese tenido amigos en Nueva York a quienes hubiera podido hablarles de la inolvidable primera vez que había visto a la mujer. Él le había dado a entender a Mary que había visto a la desconocida tan sólo unas cuantas veces, pero eso me costaba creerlo, especialmente tras haber visto esos impactantes cuadros en casa de Kate. Seguro que la había conocido íntimamente y había retenido su cara y su porte con el paso del tiempo. Robert afirmaba que no trabajaba con fotografías, pero ¿habría podido convencer a una desconocida de que posara para él hasta tener material suficiente a partir del cual trabajar en futuros retratos?

Pero no podía arriesgarme a preguntarle nada de esto a Robert; si le revelaba el alcance de mis conocimientos, jamás me ganaría su confianza. Decirle que sabía el nombre de Mary probablemente había sido un error. En una de mis visitas matutinas al gran sillón de su habitación, sí que llegué tan lejos como para preguntarle dónde había visto por primera vez a la mujer que inspiraba la mayor parte de su obra. Robert me miró fugazmente, luego retomó la novela que estaba leyendo. Al cabo de un rato no pude más que excusarme y desearle un buen día. Había empezado a llevarse de los estantes de la sala de los pacientes manoseadas novelas criminales y de misterio en rústica que leía con una especie de apática dedicación cuando no pintaba; se tragaba alrededor de una a la semana y siempre eran las más mediocres y burdas sobre la mafia o la CIA, o misterios de asesinatos cometidos en Las Vegas.

Tuve que preguntarme si Robert, dado que él mismo había sido arrestado por llevar una navaja en la mano, sentía cierta compasión por los criminales de estos libros. Kate había dicho que en ocasiones Robert leía novelas de suspense y yo las había visto en los estantes de su despacho, pero también había dicho que leía catálogos de exposiciones y ensayos de historia. Había libros mucho mejores que esas novelas de detectives en el cuarto de estar de los pacientes, incluidas varias biografías de artistas y escritores (confieso que yo mismo puse unas cuantas en los estantes para ver si él las cogía), pero nunca las tocó. Tan sólo me cabía esperar que leyendo historias de crímenes Robert no estuviese tomándole el gusto a la violencia, aunque tampoco detecté indicios al respecto. Era tan improbable que me contara dónde y cómo había topado con su modelo favorita como que me explicara por qué reducía su lectura a la mismísima escoria de la estantería de la sala.

Sin embargo, la historia de Mary sobre el primer vistazo fugaz de Robert a su dama me había dado que pensar, y quizá también fuese el hecho de que ella me recordara alegremente la genialidad de Sherlock Holmes lo que me hizo tratar de arrojar luz una y otra vez sobre esa pequeña historia. Un día incluso llamé a Mary y le pedí que me reprodujera el relato tal como Robert se lo había contado en el Barnett College, y ella lo hizo, prácticamente con las mismas palabras. ¿Por qué se lo pedí? Ella había prometido explicarme más cosas, y lo haría. Le di las gracias con educación, agradeciéndole los fascículos que me iba enviando y con cuidado de no presionarla en absoluto para ninguna clase de cita.

No obstante, no pude deshacerme de la impresión que me producía aquel momento y se apoderó de mí una idea holmesiana: una sospecha concreta, pero también la sensación de que, por principio, uno debía ir en persona a ver la escena de los hechos. Se trataba únicamente del Met y yo había estado allí muchas veces a lo largo de los años, pero quería dar con el lugar de la primera alucinación de Robert, o inspiración o… ¿habría sido enamoramiento? Aun cuando no hubiese ningún revólver en la escena, ningún trozo de cuerda colgando del techo, nada que uno pudiese examinar con una lupa… bueno, era una tontería, pero iría en parte porque podía compaginarlo con una misión más importante, una visita a mi padre. No había subido a Connecticut en un año casi, me había excedido en seis meses, y aunque me pareció alegre por teléfono y en las breves cartas que me mandaba con papel de la parroquia (había que acabarlo, me decía, y él despreciaba el correo electrónico), me preocupaba que si le pasaba cualquier cosa nunca me lo diría a través de ninguno de esos medios. Y si algo podía pasarle, en realidad, sería posiblemente un bajón de ánimo, del cual sin duda no me informaría.

Teniendo todo esto presente, elegí un fin de semana cercano y me compré dos billetes de tren, uno de ida y vuelta de Washington a la Penn Station de Manhattan y el otro un enlace hasta mi pueblo natal con vuelta a Nueva York. Me permití el lujo de reservar una habitación para una noche en un antiguo hotel deslucido pero agradable cerca de Washington Square, un lugar donde en cierta ocasión pasé un fin de semana con una chica con la que digamos que esperaba haberme casado; ahora me sorprendía cuánto tiempo había pasado desde aquello y lo lejos que ella quedaba en mi recuerdo, una mujer a la que en su día había abrazado en la cama de un hotel y con la que me había sentado en los bancos del Parque de Washington Square mientras me señalaba todas las especies de árboles que allí crecían. No sabía qué había sido de ella; probablemente se hubiese casado con otra persona y ya fuese abuela.

Pensé momentáneamente en invitar a Mary a venir conmigo a Nueva York, pero no logré explicarme qué podría conllevar aquello o cómo se lo tomaría ella, cómo podía yo solucionar o siquiera sacar el tema de las habitaciones del hotel. Quizá, dado que el pasado de Robert Oliver la consumía incluso con más intensidad que a mí, habría sido conveniente ir con ella al museo. Pero era un enigma demasiado complejo. Al final no le hablé de mis planes; de todas formas, ella no me había telefoneado en un par de semanas y yo supuse que cuando estuviera preparada me haría llegar más fascículos de su versión de Robert. Decidí que la llamaría a mi regreso. Le dije a mi equipo que faltaría un día al trabajo para ir a ver a mi padre, y a continuación di las instrucciones habituales para que vigilasen a Robert y al resto de pacientes que me preocupaban y me interesaba que vigilaran con especial atención.

Desde la Penn Station me fui directamente a la Terminal Grand Central para coger el tren de cercanías de la línea de New Haven; me quedaría a pasar la noche con mi padre antes de mi visita a la ciudad. No es un trayecto desagradable y siempre me ha gustado el tren, que me sirve tanto para leer como para soñar despierto. Esta vez leí parte del libro que me había llevado, una traducción de *Rojo y negro*, pero también observé cómo pasaba el paisaje del verano incipiente, el núcleo tristemente deteriorado del Corredor del Noreste, los almacenes de paredes de ladrillo, los jardines traseros de los barrios de pequeñas ciudades y suburbios urbanos cercanos a la vía férrea, a una mujer que tendía la ropa a cámara lenta, a niños en el patio de cemento de una escuela, el impresionante vertedero con gaviotas que lo sobrevolaban como buitres, el centelleo del metal aquí y allí sobre el suelo.

Debí de dormitar, porque cuando llegamos a la costa de Connecticut el sol iluminaba el agua salada. Siempre me ha encantado esa primera imagen de Long Island Sound, las Thimble Islands, los viejos pilotes, los muelles repletos de flamantes barcos nuevos. Podría decirse que me crié en esta costa, más o menos; nuestra ciudad está a dieciséis kilómetros tierra adentro, pero en mi infancia un sábado equivalía a un picnic en la playa cercana a Grantford, una caminata por los jardines de Lyme Manor, o un paseo por los caminos que bordeaban los pantanos y que desembocaban en algún pequeño mirador desde el que podía avistar mirlos de alas rojas con los prismáticos de mamá. Nunca he vivido alejado del olor del agua salada o sus afluentes.

De hecho, nuestro pueblo se construyó en una orilla del río Connecticut que los británicos se habrían quedado por las armas en 1812, si los gobernantes del pueblo no se hubieran apresurado a negociar con el capitán británico, momento en el cual el capitán descubrió que el alcalde era primo de su padre y tuvieron lugar pacíficas reverencias y el intercambio de noticias de casa. El alcalde insistió en su predisposición general a reconocer al rey, el capitán omitió la declaración obviamente carente de entusiasmo de su primo y todos se despidieron como amigos. Aquella noche el pueblo se congregó en la parroquia (no en la de mi padre, sino en una muy antigua que está justo encima mismo del agua) en acción de gracias. Todos los pueblos circundantes ardieron a manos de los británicos, y el alcalde acogió y dio cobijo a sus habitantes motivado seguramente por la generosidad pero también la culpa. Nuestro pueblo es el orgullo de los conservacionistas históricos locales; nuestras iglesias, el hostal y las antiguas casas son originales, sus vigas intactas han sido conservadas por los lazos de sangre. A mi padre le encanta contar esa historia; de pequeño me harté de ella, y nunca la he olvidado, y me conmueve volver a ver el agua del río y la agrupación de construcciones coloniales del casco antiguo, muchas de las cuales son actualmente tiendas repletas de velas caras y bolsos.

El ferrocarril llegó tan sólo treinta años después de que el caballeroso capitán se fuera, pero se detenía en la otra punta del pueblo. La antigua estación desapareció hace mucho tiempo, y ocupa su lugar un magnífico edificio del año 1895 aproximadamente; la sala de espera (de latón, mármol y madera oscura) tiene el mismo olor a cera para muebles que tenía cuando en 1957 mis padres y yo esperábamos el tren que nos llevaría a Nueva York a ver el número navideño del teatro Radio City Music Hall. Hoy, había un par de pasajeros leyendo el *Boston Globe* en los bancos de madera que yo empecé a adorar antes de que mis pies llegaran siquiera al suelo.

Mi padre estaba allí esperándome, su sombrero de *tweed* en una mano de piel fina y transparente, sus ojos azules brillantes y agradecidos cuando localizaron mi cara. Me dio un abrazo, un apretón en los hombros, y me apartó el torso para examinarme, como si yo aún siguiese creciendo y él necesitara comprobar mis progresos. Sonreí, preguntándome si me vería con todo mi pelo todavía castaño y poblando mi cabeza, o con los pantalones de franela y el grueso jersey con los que volvía de la facultad, en lugar de ver a un hombre en la cincuentena, razonablemente pulcro,

con unos sencillos pantalones, un polo y una chaqueta informal. Y
sentí ese conocido placer que supone saberse el niño de alguien.
Me escandalizó no haberlo visto en tanto tiempo; en años anteriores había ido más a menudo y decidí al instante volver de visita
mucho antes. Este hombre de casi noventa años era mi prueba de
la continuidad de la vida, el eslabón entre mi persona y la mortalidad; la inmortalidad, habría dicho él con una sonrisa reprobadora,
el pastor que llevaba dentro siempre tolerante con el científico que
había en mí. Yo albergaba pocas dudas de que él se iría al cielo
cuando me dejara, aunque no creía en el cielo desde los diez años.
¿Adónde más podía ir a parar una persona como él?

Al notar sus brazos rodeándome se me ocurrió que yo ya conocía todo el trauma que acompaña a la muerte de unos padres, y
sabía asimismo que, llegado el momento, el trauma de perder a mi
padre se vería intensificado por la pérdida previa de mi madre, de
los recuerdos que compartíamos de ella, y por el hecho de que él
era mi último protector, el segundo en irse. En realidad, yo había
ayudado a pacientes a pasar por semejantes trances y su dolor era
a menudo persistente y complejo; después de haber perdido a mi
madre llegué a comprender que incluso la más discreta desaparición de la presencia paterna o materna podía ser devastadora. Si
un paciente presentaba síntomas más graves, alguna lucha en curso
contra una enfermedad mental, la muerte de un progenitor podía
hacer tambalear precarios equilibrios y destruir pautas de supervi-
vencia que pendían de un hilo.

Pero ninguno de mis conocimientos profesionales podía consolarme con antelación de la pérdida final de este hombre afable,
de pelo blanco, enfundado en su ligero abrigo de verano, con su
visión entre optimista y cínica de la naturaleza humana y su cacha-
za para pasar año tras año su examen de la vista pese a las descon-
fiadas miradas de los funcionarios del departamento de Tráfico.
Ahora, al verlo de pie frente a mí, a sus ochenta y nueve años cum-
plidos este otoño y, sin embargo, tan entero, percibí tanto su presencia como su inminente ausencia. Al verlo esperándome con su

ropa de calidad, el bulto de las llaves del coche y el billetero en los bolsillos de sus pantalones, sus zapatos embetunados, sentí como siempre tanto su realidad como el aire ligero que algún día lo sustituiría. Extrañamente, a veces creía que no lo valoraría en su totalidad hasta que se hubiese ido, quizá por la incertidumbre que implicaba amar a alguien que está con un pie en el otro mundo.

Aprovechando que él estaba aún aquí, lo abracé a mi vez con firmeza (incluso fuerte), y se sorprendió tanto que tuvo que hacer contrapeso. Había encogido; ahora le sacaba una cabeza.

—Hola, hijo mío —dijo, sonriendo abiertamente y asiéndome con fuerza de la parte superior de mi brazo—. ¿Nos vamos?

—¡Claro, papá! —Me colgué al hombro la bolsa de viaje, rechazando la mano que él había alargado para cogerla. En el aparcamiento le pregunté si quería que condujese yo, luego lamenté mi pregunta; me miró con fingida seriedad, sacó las gafas del bolsillo interior de su americana y las limpió con su pañuelo antes de ponérselas—. ¿Desde cuándo conduces con gafas? —inquirí para disimular el planchazo.

—¡Oh! Supuestamente desde hace años, pero en realidad no las necesitaba. Ahora reconozco que me es más fácil conducir con esto encima de la nariz. —Arrancó y salimos magistralmente del aparcamiento. Me fijé en que conducía más despacio de lo que recordaba y en que miraba al frente con ojos entornados; probablemente las gafas fueran viejas. Me dio la impresión de que su tozudez era uno de los rasgos principales que le había pasado a su único hijo; un rasgo que se había perpetuado fortaleciéndonos a ambos, pero ¿nos había convertido también en seres solitarios?

54

Marlow

Nuestra casa se sitúa tan sólo a unos cuantos kilómetros de la estación, apartada del núcleo histórico del pueblo y a un corto paseo del agua. Esta vez, por alguna razón, sentí una punzada cuando vi la puerta principal al final de la breve pero melancólica hilera de árboles de la vida. Habían pasado décadas desde la última vez que vi a mi madre abrir aquella puerta; no sé por qué en esta ocasión eso me afectó más que de costumbre.

Para disimular (nada le habría dolido más a mi padre que oírme mencionar en voz alta semejante punzada) comenté lo bonito que estaba el jardín y dejé que mi padre me señalara los setos que había podado la semana anterior, la hierba que mantenía perfectamente segada con su cortacésped. Percibí el olor familiar de los bojes y las macetas de balsaminas que flanqueaban la pequeña puerta principal. No era un jardín grande, por lo menos la parte frontal, porque el comerciante del siglo XVII que había construido la casa quiso que estuviera cerca de la calle. El jardín trasero ocupaba una extensión mayor, hasta los irregulares restos de una huerta, así como hasta un huerto que mi madre había más o menos cuidado en sus horas libres. Mi padre todavía plantaba tomates cada verano y entre estos brotaban unas cuantas raíces de perejil retorcidas, pero no era tan buen jardinero como ella.

Mi padre abrió la puerta con llave y me condujo al interior, y como siempre me asaltaron objetos y olores con los que había crecido: la raída alfombra turca del recibidor, la rinconera que albergaba un gato de cerámica que hice un día en la clase de plástica y que barnicé para que se pareciera a los que había en el libro que mi ma-

dre tenía sobre el antiguo arte egipcio; ¡se había sentido tan orgullosa de mi iniciativa, de mi ojo para las manualidades! Supongo que
todos los niños hacen unos cuantos mazacotes de este tipo, pero no
todas las madres las guardan para siempre. El radiador del recibidor
tintineaba y hacía ruido; evidentemente no era del siglo XVIII, pero
mantenía caliente el piso de abajo y desprendía un olor que siempre
me había gustado, como a tela chamuscada.

—Lo he encendido esta misma mañana —se disculpó mi padre—. Para ser verano hace un frío tremendo.

—Buena idea. —Dejé mi bolsa al lado del radiador y entré en
el cuarto de baño de la cocina para lavarme las manos. La casa
estaba ordenada, limpia, era agradable, y los suelos resplandecían
(durante el pasado año mi padre había sucumbido a mi insistencia
de que tuviese una asistenta, una señora polaca de Deep River que
venía cada quince días). Mi padre decía que restregaba incluso las
tuberías que había debajo del fregadero de la cocina. Eso le habría
gustado a mi madre, señalé, y él tuvo que darme la razón.

Cuando ambos nos hubimos aseado me comentó que tenía un
poco de sopa que ofrecerme, aunque fuese tarde para comer, y
empezó a verterla en un cazo al fuego. Reparé en que le temblaban
un poco las manos y esta vez me impuse para que me dejara preparar nuestra comida, calenté la sopa y saqué los pepinillos en vinagre, el pan de centeno y el té inglés que le encantaba, y calenté
la leche para que no le enfriara su té. Él se sentó en la silla de mim-
bre que mi madre había comprado para la esquina de la cocina, y
se puso a hablarme de sus feligreses sin mencionar sus nombres,
aunque de todas formas yo sabía quiénes eran la mayoría de ellos,
porque o ellos mismos o sus hijos ya mayores llevaban muchos
años con él: una había perdido a su marido en un accidente de
coche, otro se había jubilado después de dar clases durante cuarenta años en el instituto y lo había celebrado con una crisis de fe
muy personal pero desesperante.

—Le dije que no podemos estar seguros de nada, salvo del
poder del amor —me dijo—, y que no tenía ninguna necesidad de

creer en una fuente concreta de ese amor, siempre y cuando pudiese seguir dando y recibiendo un poco en su propia vida.

—¿Volvió a creer en Dios? —inquirí, exprimiendo las bolsitas de té.

—¡Oh, no! —Mi padre estaba sentado con las manos tranquilamente metidas entre sus rodillas, sus ojos llorosos clavados en mí—. No esperaba que lo hiciera. De hecho, es probable que llevase años sin creer y que sus clases simplemente lo mantuviesen demasiado atareado para preocuparse del asunto. Ahora viene a verme una vez a la semana y jugamos al ajedrez. Me aseguro de ganarle.

«Y te aseguras de que recibe amor», añadí con silenciosa admiración. Mi padre jamás había manifestado la más mínima falta de respeto por mi ateísmo natural, ni siquiera cuando en bachillerato y de nuevo en la facultad había querido discutir con él, con la intención de provocarlo. «La fe es simplemente aquello que para nosotros es real», me decía siempre a modo de respuesta, y a continuación citaba a San Agustín o a un místico sufí, y me troceaba una pera o preparaba el tablero de ajedrez.

Durante y después de la comida, mientras tomábamos unos cuantos trocitos de chocolate negro, el frugal placer de mi padre, me preguntó qué tal me iba el trabajo. Yo había ido con la intención de no mencionarle a Robert Oliver; tenía la ligera sensación de que mi preocupación por ese hombre podría parecer un desequilibrio, una injusticia para con mis demás pacientes, entre otras cosas o, lo que era peor, de no ser quizá capaz de justificar ante él las acciones que había llevado a cabo en nombre de Robert. Pero en la absoluta quietud del comedor, me sorprendí a mí mismo contándole prácticamente toda la historia. Al igual que mi padre, no revelé el nombre de mi feligrés. Mi padre escuchó con un interés que intuí que era genuino mientras untaba su pan de centeno con mantequilla; como a mí, nada le gustaba más que un retrato humano. Le hablé de mis conversaciones con Kate; omití el hecho de que por la noche había vuelto a casa de Kate y de que había invitado a Mary a cenar. Quizás él hubiese incluso disculpado esas cosas, dando automáticamente por descontado que quien me preocupaba era Robert.

Cuando le describí cómo Robert se ponía una y otra vez la misma ropa, cambiándose únicamente lo justo para que fuera lavada; su persistente lectura de libros que estaban por debajo de su capacidad intelectual y su infinito silencio, mi padre asintió. Apuró su sopa, dejó la cuchara. Se le resbaló de la mano, repiqueteando en el plato, y la puso recta.

—Es su penitencia —dijo.

—¿Qué quieres decir? —Cogí un último cuadrado de chocolate.

—Este hombre está haciendo penitencia. Eso es lo que estás describiendo, creo. Castiga su cuerpo y reprime el deseo de su alma de hablar de su desdicha. Se mortifica cuerpo y mente para expiar algo.

—¿Para expiar? Pero ¿el qué?

Mi padre sirvió otra taza de té, cuidadosamente, y me abstuve de ayudarle.

—Bueno, probablemente tú sepas eso mejor que yo ¿no?

—Abandonó a su mujer y sus hijos —medité en voz alta—. Es posible que por otra mujer. Pero creo que no fue tan sencillo. Su ex mujer no parece tener la impresión de que él fuera nunca realmente suyo, y tampoco la mujer con la que él se fue. Al cabo de poco tiempo también dejó a la segunda mujer. Y como no quiere hablar conmigo, no tengo modo alguno de adivinar lo culpable que se siente respecto a ninguna de ellas.

—A mí me parece —dijo mi padre, dándose unos toques en los labios con una servilleta de papel azul— que todos esos cuadros forman parte de su penitencia. Tal vez le esté pidiendo perdón a ella.

—¿Te refieres a la mujer que pinta? Recuerda que es posible que sea un producto de su imaginación —señalé yo—. Si él se basó en una persona de carne y hueso, como cree su mujer, fue una persona que en realidad no conoció. Y la mujer a la que ha dejado recientemente por lo visto también cree que él no pudo conocer bien a la misteriosa dama, aun cuando fuese real; aunque no estoy seguro de estar de acuerdo.

—¿Acaso no es ella la primera interesada en pensar eso? —Mi padre se reclinó en su silla mientras contemplaba nuestros platos de comida vacíos con la misma atención que normalmente me dedicaba cuando salía de peón reina—. Sería, sin duda, horrible para ella descubrir que él ha estado pintando una y otra vez a una mujer de carne y hueso a la que conocía íntimamente, sobre todo teniendo en cuenta la clase de retratos que has descrito, la pasión que hay en ellos.

—Es verdad —repuse—. Pero sea su modelo real o una alucinación, ¿por qué iba a necesitar hacer penitencia por ella? ¿Podría tratarse de alguien real a quien de alguna manera hizo daño? Si está pidiendo perdón a una alucinación, está peor de lo que hasta ahora creía.

Curiosamente, mi padre repitió lo que siempre me había dicho durante el bachillerato, un eco de la frase en la que había estado pensando tan sólo instantes antes.

—La fe es aquello que para nosotros es real.

—Sí —afirmé. Sentí un súbito resentimiento; no podía siquiera volver al hogar paterno, mi santuario, sin que Robert Oliver me siguiera—. Lo que está claro es que tiene su diosa.

—Quizás ella lo tenga a él —comentó mi padre—. Venga, que recogeré estos platos y probablemente te apetecerá dormir una siesta después del viaje.

No podía negar que la casa me sosegaba, como siempre hacía. Los relojes de pared de cada habitación, algunos de ellos casi tan antiguos como las repisas de las chimeneas sobre las que estaban, emitían un sonido que parecía decir: «Duerme, duerme, duerme». En el mundo exterior era muy raro que yo descansara suficientemente de una semana a otra, y nunca me había gustado desperdiciar los fines de semana durmiendo siestas. Ayudé a mi padre a recoger y lo dejé con una esponja jabonosa en la mano. A continuación subí las escaleras y me fui a mi cuarto.

Mi cuarto siempre había sido mi cuarto, y en él había colgado un retrato de mi madre pintado por mí (a partir de una fotografía; no era un purista como Robert) aproximadamente un año antes de su muerte. Se me ocurrió que de haber sabido lo que pronto le pasaría, habría organizado sesiones para pintarla en vivo, por muy molesto que quizás eso hubiera sido para cualquiera de los dos; lo habría hecho no porque ello hubiese podido mejorar el retrato (en cualquier caso, en aquella época yo no era muy bueno), sino porque nos habría dado otras ocho o diez horas juntos. De ser así, habría podido memorizar su cara en vivo, calcular sus pequeñas irregularidades con un pincel sostenido horizontal o verticalmente, sonreírle mirándola a los ojos cada vez que yo levantara la vista de mi cuadro. Tal como estaba, el retrato mostraba a una mujer pulcra, casi guapa y digna de profundo aire pensativo en la expresión de su rostro, pero carente de la vida y la fuerza que había visto en ella en la vida real, carente de ese destello de humor llano. Llevaba puesta su rebeca negra y su alzacuello, una sonrisa cordial; debió de hacerse la fotografía para una circular de la parroquia o una pared del despacho.

Ahora deseé, como había deseado a menudo, haberla pintado con el vestido rojo chillón que mi padre le había comprado en Navidad con mi aprobación cuando yo tenía doce años, la única prenda que le he visto comprarle jamás. Ella se lo había puesto para nosotros, se había recogido el pelo y abrochado alrededor del cuello el collar de perlas que había llevado para su boda. Era un vestido sencillo de lana suave, adecuado para la esposa de un pastor y para la pastora en que recientemente se había convertido. Cuando bajó las escaleras para la cena de Navidad, ambos nos quedamos boquiabiertos, y mi padre nos hizo una foto a mi madre y a mí, en blanco y negro: mi madre en su vestido de color vivo y yo con mi primera americana, que ya me iba corta de mangas; ¿adónde había ido a parar esa foto? Tenía que acordarme de preguntarle a mi padre si lo sabía.

Mi cuarto estaba empapelado con un descolorido estampado a rayas marrones y verdes; la pequeña alfombra parecía recién lavada, pensé, un poco demasiado mullida, y el suelo de madera encerado (la asistenta polaca). Me tumbé en la estrecha cama que seguía considerando mía y me quedé dormido; me desperté en medio del silencio, dándome cuenta de que tan sólo había dormido veinte minutos, para a continuación sumirme en un sueño más profundo durante una hora más.

55

Marlow

Cuando me desperté, mi padre estaba de pie en la puerta sonriendo, y comprendí que el crujido de las escaleras mientras él las subía lentamente había sido mi despertador.

—Sé que no te gusta dormir siestas demasiado largas —dijo en tono de disculpa.

—¡No, no me gusta! —Me apoyé con dificultad sobre un codo. El reloj de mi pared marcaba casi las cinco y media—. ¿Te gustaría dar un paseo? —Me gustaba salir con mi padre a pasear siempre que lo venía a ver y se le iluminó la cara.

—Por supuesto —repuso—. ¿Vamos hasta Duck Lane?

Sabía que esto quería decir hasta la tumba de mi madre, y hoy no tenía ánimos para ello, pero por él acepté al instante, me incorporé y empecé a ponerme los zapatos. Oí a mi padre volviendo a bajar las escaleras, agarrándose de la barandilla, sin duda, y juntando ambos pies en cada peldaño antes de avanzar; agradecí su precaución, aunque no pude evitar recordar el apresurado ruido sordo de sus pies cuando bajaba a desayunar o su estrépito al subir de nuevo a por un libro que se había olvidado, antes de irse al despacho parroquial. Paseamos también lentamente por el camino, su mano en mi brazo y su sombrero en la cabeza, y pude ver a cada lado el inicio del verano, fresco y cambiante por momentos, los juncos del pantano, un cuervo alzando el vuelo, un tenue sol vespertino que caía sobre las casas de los vecinos, cuya fechas de construcción estaban encima de sus puertas principales; 1792, 1814 (ésa sencillamente había escapado a la invasión británica, comprendí, y a la educada negativa del alcalde a que su pueblo fuera quemado).

Tal como supe que haría, mi padre se detuvo frente a las puertas del cementerio, que permanecían abiertas hasta el anochecer, y me apretó el brazo con suma suavidad; entramos juntos pasando por delante de lápidas manchadas de liquen que contenían los nombres de fundadores olvidados, unas cuantas con aquella puritana calavera alada en lo alto para advertirnos del final que tendremos todos hayamos pecado o no, seguidas de las tumbas más recientes. La de mi madre estaba al lado de una familia llamada Penrose, a la que nunca habíamos conocido, y la parcela era lo bastante grande para dar cabida a mi padre cuando él se uniese a ella. Por primera vez pensé que debería decidir si adquirir o no una parcela aquí; a diferencia de ellos, yo ya había optado por donar mi cuerpo a la ciencia para que luego lo incinerasen, pero quizá cupiese una urna entre mis padres; nos imaginé a los tres durmiendo eternamente juntos en esta cama de matrimonio, mi reducido yo entre sus cuerpos protectores.

La imagen no fue lo suficientemente real para entristecerme más; lo que me deprimió fue ver el nombre de mi madre y su fecha de nacimiento y muerte, cincelados con letras sencillas sobre el granito, su vida excesivamente fugaz; ¿cuál era el verso de Shakespeare, el del soneto? A veces, a veces... «y el tiempo del verano tiene tan breve plazo».

Se lo cité en voz alta a mi padre, que se había agachado para retirar una rama de la parcela, y me sonrió y sacudió la cabeza.

—Hay un soneto mejor para esta ocasión. —Lentamente pero con buena puntería, lanzó la rama hacia los arbustos cercanos a la valla—. «Pero si entretanto pienso en ti, querido amigo, toda pérdida me es restituida y las penas ceden.»

Tuve la sensación de que se refería a mí, el amigo que le quedaba, así como a mi madre, y que estaba agradecido. En los últimos años yo había intentado pensar en ella en paz, no como la había visto durante aquellos minutos finales, resistiéndose a despedirse de nosotros. Me desconcertaba, como solía pasarme, lo cual era peor, el hecho de que hubiese tenido que morir a los cincuenta y cuatro años o el modo en que se había ido. Aquellas dos tristes realidades iban de la mano, pero nunca me cansaba de intentar separarlas, de intentar desligar una desdicha de la otra. Estando allí los dos, no tuve el valor de agarrar a mi padre del brazo o de rodearlo con el mío, y me emocioné mucho cuando él hizo exactamente eso conmigo, su escuálida mano anciana atenazando mi espalda.

—Yo también lloro por ella, Andrew —me dijo con naturalidad—, pero aprendes que las personas no están tan lejos, especialmente cuando se tiene mi edad.

Me abstuve de señalar la habitual diferencia de nuestras perspectivas: yo creía que el reencuentro con mi madre pasaba por la fusión, dentro de millones de años, de los átomos que habían compuesto nuestros cuerpos.

—Sí, a veces la siento cerca, cuando me esfuerzo al máximo. —No logré decir nada más con el nudo que tenía en la garganta, así que no lo intenté, y por alguna razón me acordé de Mary, sentada en mi sofá con su blusa blanca y sus tejanos azules, diciéndome que no quería volver a ver jamás a Robert Oliver. Hay maneras distintas de experimentar el dolor en circunstancias distintas; excepto contra su voluntad, mi madre no me desasistió en ningún momento durante aquellos minutos que constituyeron su adiós.

Seguimos caminando un poco más por Duck Lane y luego mi padre me indicó con un pequeño descanso, y un giro en el que arrastró los pies, que ya tenía bastante, y volvimos tranquilamente a casa más despacio todavía. Comenté que el vecindario seguía siendo tranquilo a pesar de la nueva expansión del pueblo hacia el oeste, y él me dijo que agradecía la presencia del río, el cual había impedido que la interestatal estuviese más cerca aún. El silencio de la calle en sí me preocupó; ¿cuánta compañía podía mi padre tener aquí, cuando no habíamos visto ni un solo vecino por la calle desde que habíamos empezado nuestra excursión? Mi padre asintió, como si el silencio que lo rodeaba fuese estupendo. Frente a nuestro camino de acceso, me detuve para decir algo más que se me había ocurrido en el cementerio, pero había sido incapaz de pronunciar: no sobre lo que añoraba a mi madre, sino sobre el otro fantasma que me había perseguido hasta allí.

—Papá. No estoy seguro de haber hecho lo correcto. Con este paciente del que te he hablado.

Él lo entendió al instante.

—¿Lo dices porque has indagado entre la gente de su entorno?

Apoyé una mano en uno de los troncos de nuestros árboles de la vida. Tenía la textura velluda y la corteza escamosa que recordaba de mi infancia, la dureza de la propia madera justo debajo.

—Sí, él me dio permiso verbalmente, pero...

—¿Lo dices porque él no sabe que lo estás haciendo o porque tú no estás seguro de tus propios motivos?

Como siempre, cuando hablaba con él de algo importante, su perspicacia me dejaba un tanto estupefacto. De hecho, yo no le había dicho nada de eso.

—Por las dos cosas, supongo.

—Entonces analiza primero tus motivos y el resto se irá poniendo en su sitio, digo yo.

—Lo haré, gracias.

Durante la cena, que insistí en preparar para los dos, y nuestra posterior partida frente a la mesa de ajedrez del salón (él preparó y encendió el fuego sentándose en una silla baja junto a la chimenea y atizando los leños en la rejilla de ésta) me habló de sus proyectos literarios y de una mujer diez años más joven que él que una o dos veces al mes venía en coche desde Essex para leerle en voz alta, aunque él aún podía leer solo. Esto era lo primero que me decía de ella y, un poco sorprendido, le pregunté cómo la había conocido.

—Solía vivir aquí y venir a la parroquia antes de que me jubilase, y luego su marido y ella se mudaron, pero no lejos, por lo que después venían a oír mi sermón emérito anual. Él murió y no tuve noticias de ella en mucho tiempo, pero finalmente me escribió una carta y ahora tenemos estos agradables encuentros. A mi edad no se puede pedir mucho, naturalmente —añadió—, ni a la suya, pero me hace un poco de compañía. —Supe que también me estaba diciendo que, aparte de a mi madre y a mí, jamás podría amar a nadie lo bastante como para rehacer su corto futuro. Alargó el brazo para coger su reina y entonces cambió de idea—. ¿Con quién estás saliendo actualmente? —me preguntó.

Era una pregunta poco frecuente viniendo de él, y la recibí con agrado.

—Ya sabes que soy peor soltero que tú, papá. Pero casi diría que he encontrado a alguien.

—Te refieres a la chica joven —me dijo con suavidad—, ¿verdad? Aquélla a la que tu paciente ha dejado hace poco.

—Es imposible ocultarte algo. —Lo observé mientras salvaba un alfil—. Sí. Pero realmente es demasiado joven para mí, y creo que sigue obsesionada con lo que este otro hombre le hizo. —No añadí que haberla usado para mis pesquisas profesionales complicaba mi relación con ella, o que aun cuando ahora fuese soltera, había sido amante de mi paciente y por tanto se abría un dilema moral; igualmente mi padre tendría muy claro todo eso—. Las mujeres recién abandonadas pueden ser complicadas.

—Y ella no es sólo complicada, sino independiente, atípica y guapa —declaró mi padre.

—Por supuesto. —Para despistarlo fingí sufrir por la seguridad de mi rey.

No lo engañé.

—Y estás principalmente preocupado porque hasta hace poco estaba con tu paciente.

—Bueno, es un asunto difícil de obviar.

—Pero ella está libre ahora y en términos prácticos ha acabado con él ¿no? —Me lanzó una mirada penetrante.

Me alegró ser capaz de asentir con la cabeza.

—Sí, yo diría que sí.

—¿Cuántos años tiene ella exactamente?

—Treinta y pocos. Da clases de pintura en una universidad local y también pinta mucho por su cuenta. No he visto sus cuadros, pero me da la impresión de que probablemente es bastante buena. Ha pasado por toda clase de trabajos esporádicos para poder seguir dedicándose en serio a la pintura. Tiene agallas.

—Tu madre tenía veintitantos cuando me casé con ella. Y yo era bastantes años mayor que ella.

—Lo sé, papá. Pero la diferencia era mucho menor. Y no todo el mundo está hecho para un matrimonio como el vuestro.

—Todo el mundo está hecho para el matrimonio —comentó con un destello de alegría; bajo la suave luz de la lámpara y la lumbre aceptó mi desafío. Él sabía que yo jamás pondría mi rey en peligro, ni siquiera para dejarle ganar—. El problema es simplemente encontrar a la persona adecuada. Pregúntale a Platón. Tan sólo tienes que asegurarte de que ella acaba tus pensamientos y tú acabas los suyos. Eso es todo cuanto necesitas.

—Lo sé, lo sé.

—Y luego le tienes que decir: «Señorita, me he dado cuenta de que tiene usted el corazón roto. Permítame que se lo cure».

—No sabía que fueras un romántico, papá.

Él se rió.

—¡Oh, jamás habría podido decírselo a ninguna mujer!

—Pero tampoco te hizo falta, ¿verdad?

Él cabeceó, sus ojos más azules de lo habitual.

—No me hizo falta. Además, si se me hubiera ocurrido decirle algo así a tu madre, me habría dicho que me calmara y le hiciera el favor de sacar la basura.

«Y te habría besado en la frente al decírtelo» —pensé yo.

—Papá, ¿por qué no vienes mañana conmigo a Nueva York? Iré al museo y en mi habitación de hotel sobra una cama. Hace mucho tiempo que no bajas por allí.

Él suspiró.

—Ése es un viaje increíblemente largo para mí ahora mismo. No podría pasear contigo como es debido. En estos momentos, para mí incluso ir al supermercado es una odisea.

—Lo entiendo. —Pero no pude evitar insistir; no quería que dejase ya de ver mundo—. Muy bien, pues, ¿no te gustaría venirme a ver a Washington este verano? Vendré a buscarte e iremos en coche. O tal vez en otoño, cuando haga más fresco.

—Gracias, Andrew. —Me dio jaque—. Me lo pensaré. —Sabía que no lo haría.

—¿Qué tal si al menos te cambias las gafas, Cyril? —Era una vieja broma de su hijo: cuando tenía que pedirle algo especial a su padre lo llamaba por su nombre de pila.

—No empieces a reñirme, hijo. —Ahora sonreía mirando al tablero y decidí dejarle ganar, cosa que de todas formas ya casi había hecho; desde luego para ver las fichas no tenía ningún problema.

56

1879

Ella se despierta gritando. Yves, con su gorro de dormir, la está sacudiendo por el hombro y le trae un poco de coñac de su vestidor. Sólo es un sueño, le dice ella, jadeando. Él le dice que, naturalmente, sólo es un sueño. ¿Con qué ha soñado? Con nada, dice ella; no ha sido más que un extraña maniobra de su imaginación. En cuanto la ha tranquilizado, él vuelve a estar soñoliento; ella sabe que estas últimas semanas ha trabajado como un burro; deja que él crea que está tranquila para que pueda volver a sumirse en sus propios sueños. Él respira con suavidad, inspirando y sacando el aire, mientras ella enciende una vela y se sienta con su bata ribeteada de rosa en el borde de la cama hasta que la luz empieza a filtrarse por las cortinas.

Finalmente, Béatrice necesita el orinal; lo saca cuidadosamente de debajo de la cama y lo usa, recogiéndose la bata para apartarla. Cuando se limpia hay un hilillo de un color parecido al rojo cadmio, y tiene que revolver en la cómoda de su vestidor en busca de las compresas de tela que Esmé ha dejado dobladas en el primer cajón. Un mes más sin esperanza. La propia sangre resulta horripilante después de su sueño; la ve burbujeando sobre un rostro blanco, filtrándose en los adoquines, la sangre de una mujer que se mezcla en el barro con la sangre de hombres que han muerto por sus convicciones.

Apaga de un soplo la vela por miedo a que Yves se vuelva a despertar; los ojos le escuecen por las lágrimas. Piensa en Oliver. No puede hablarle de su sueño, no le ocasionaría semejante dolor. Pero ahora desearía que estuviese aquí, sentado en la silla de damasco que hay junto a la ventana, abrazándola. Encuentra una bata que le abrigue más y se sienta allí sola, con el pelo suelto y las lágrimas cayéndole lentamente por el cuello. Si él estuviese aquí, se sentaría primero en su silla, su largo y más bien enjuto cuerpo llenaría el espacio; entonces ella se acurrucaría en su regazo como una niña. Él la abrazaría, enjugaría su rostro, le arrebujaría los hombros y las rodillas con la bata. Es el hombre más cariñoso que ha conocido jamás, este hombre que en el pasado esquivaba balas con un cuaderno de dibujo en la mano. Claro que ¿por qué iba él a consolarla?, se pregunta ella. Seguramente él esté más necesitado. Lo cual le hace evocar otra vez el sueño y ella se encoge en la silla, aplastando los senos contra sus brazos, esperando a que el pasado de él se desvanezca en ella.

57

Marlow

Como siempre, el trayecto hasta Nueva York en esa dirección fue magnífico, el extremo del perfil apareció antes de que lo hiciera la ciudad, como una avanzadilla de lanzas en fila: el World Trade Center, el Empire State, la Chrysler y un montón de insignificantes y altísimos edificios cuyos nombres y funciones no conozco ni conoceré nunca; bancos, supongo, y edificios de oficinas megalíticos. Cuesta visualizar la ciudad sin ese perfil, con el aspecto que debía de tener incluso hace cuarenta años, y ahora cada vez cuesta más imaginarse las Torres Gemelas de nuevo en él. Pero aquella mañana en el tren, sentí la fuerza que da dormir sobrada y profundamente y el cosquilleo por ver la vitalidad de la ciudad. Era también una sensación de estar de vacaciones o por lo menos sin trabajar (dos veces ya en el intervalo de un par de meses). Consulté mi teléfono móvil por enésima vez; no había mensajes de Goldengrove ni de ninguno de los pacientes de mi consulta privada, de modo que era verdaderamente libre. Se me ocurrió que quizás había llamado Mary, pero no lo había hecho, ¿y por qué debería? Tendría que esperar al menos varias semanas más antes de poderle volver a llamar yo mismo; deseé otra vez que me hubiese dejado entrevistarla, al igual que Kate, pero ver sus palabras en el folio me producía un placer especial y su relato posiblemente fuese más sincero de lo que habría sido, de habérmelo tenido que contar cara a cara.

Hasta que dejé mis bolsas en el Hotel Washington y salí a pasear por el Village, no comprendí por qué había elegido este barrio, si bien inconscientemente. Éstas eran las calles de Robert, y de Kate; él había ido cada día andando desde aquí hasta la facultad, se había encontrado en bares con los amigos con quienes intercambiaba opiniones y sudaderas, y había expuesto sus obras en pequeñas galerías que no estaban lejos. Me hubiera gustado que Kate me dijera su dirección, aunque no acababa de imaginarme a mí mismo buscando realmente el edificio, estirando el cuello para verlo: «Robert Oliver durmió aquí». Pero, curiosamente, sentía su presencia; resultaba fácil imaginarlo más o menos con veintinueve años, justo como era ahora pero sin canas en su pelo ondulado. Lo de Kate ya era más enigmático; seguro que en aquel entonces era distinta, pero no lograba visualizar de qué manera.

Recorrí las calles buscándolos, como si fuese un juego: aquella joven con el pelo rubio al rape y falda larga, el estudiante con una cartera colgada al hombro por la correa… no, Robert era más alto y de físico más impactante que cualquier persona de esta concurrida acera. Aquí su presencia habría destacado, como lo hacía en Goldengrove, aunque Nueva York habría absorbido mejor su viveza. Por primera vez me pregunté si parte de su depresión se debería a una simple falta de ubicación: una persona imponente, que destacaba más que la media, necesitaba un entorno que casara con su energía. ¿Se habría ido marchitando gradualmente, lejos de Manhattan? Fue Kate la que quiso mudarse a un lugar más tranquilo, a un refugio donde criar a los hijos. ¿O su exilio de esta ciudad de ritmo trepidante había simplemente incrementado su determinación de fomentar su vocación…? ¿Era ésa la ferocidad que Kate había observado en él cuando pintaba en la buhardilla y se dormía saltándose las clases en Greenhill? ¿Había estado él intentando realmente que lo expulsaran de la facultad a fin de poder justificar un regreso a Nueva York? ¿Por qué, cuando finalmente huyó, se había ido a Washington en lugar de Nueva York? Que hubiese elegido una ciudad diferente hablaba a favor de la fuerza de su vínculo con Mary o quizá confirmase que su musa de cabellos oscuros ya no estaba en Nueva York, si es que había estado alguna vez.

Pasé por delante del lugar donde podía decirse que el poeta Dylan Thomas había muerto en la cuneta o, cuando menos, de ahí lo habían sacado para ser llevado por última vez al hospital, y las casas adosadas en las que el escritor Henry James había ambientado *Washington Square*; mi padre me había recordado eso esa misma mañana, sacando un ejemplar de la estantería de su despacho y mirándome por encima de sus gafas mal graduadas: «Sigues encontrando tiempo para leer, ¿verdad, Andrew?» La heroína de ese libro había vivido en una de las cuidadas casas que daban a la plaza, y tras rechazar finalmente a su avaro pretendiente se había dedicado a bordar «de por vida, por así decirlo», me leyó mi padre en voz alta.

Nuevamente el siglo XIX; pensé en Robert y su misteriosa dama, con su falda de vuelo y diminutos botones, sus ojos oscuros más vivos de lo que en principio podía transmitir la pintura. Esa mañana Washington Square estaba tranquila bajo el sol veraniego, la gente charlaba en los bancos como se había hecho desde generaciones, como yo mismo había hecho con una mujer con la que había creído que quizá me casaría; todo este tiempo se nos había escapado de las manos, desapareciendo, y todos nosotros íbamos desapareciendo con él. Había cierto consuelo en el modo en que la ciudad seguía su curso sin nosotros.

Me comí un sándwich en un café, luego cogí el metro en Christopher Street hasta la Calle 79 oeste y me subí a un autobús que cruzaba toda la ciudad. Central Park estaba rebosante de verde, había gente que patinaba e iba en bici, personas que hacían *footing* a las que aquellos sobre ruedas no mataban por los pelos; era un sábado sublime, Nueva York era exactamente como debería ser, como no había visto en años. Recordé más que nunca mi mundo aquí, cuyos radios partían hacia el sur desde su eje, la Universidad Columbia, mis aulas y mi residencia de estudiante universitario. Para mí Nueva York era sinónimo de juventud, como para Robert y Kate. Me bajé del autobús y caminé un par de manzanas hasta el Met. Los escalones del museo estaban repletos de visitantes, allí posados como pájaros, haciéndose fotografías unos a otros, ruidosos, revoloteando hasta abajo para comprar perritos calientes o coca-colas en los carritos ambulantes cercanos, esperando a hacer su visita o a sus amigos, o descansando los pies. Me colé entre ellos y subí hasta las puertas.

Hacía casi una década que no entraba allí, me di cuenta en ese momento; ¿cómo podía haber dejado que se interpusiera tanto tiempo entre esta milagrosa entrada y yo, el inmenso vestíbulo con sus jarrones de flores frescas, el barullo de gente que circulaba por éste, la entrada al Antiguo Egipto abriéndose en un lateral? Varios años más tarde mi mujer vino sola a visitar el museo y me dijo que justo debajo de la escalera principal habían abierto un área nueva; había girado para entrar, cansada de dar vueltas, y se había tropezado con una exposición sobre el Egipto bizantino. Sólo cabían dos o tres personas a la vez en el espacio; ella había entrado al volver una esquina y se había encontrado sola rodeada tan sólo de unos cuantas antigüedades, perfectamente iluminadas. Y después me explicó que se le habían llenado los ojos de lágrimas, porque la escena le había hecho sentir su conexión con otros seres humanos. («Pero ¡si estabas sola allí!», le dije. Ella me contestó: «Sí, sola con aquellos objetos que alguien hizo».)

Sabía que querría quedarme a pasar la tarde, aun cuando mi visita en nombre de Robert durase únicamente cinco minutos. Recordé ahora tesoros medio olvidados: mobiliario colonial, balcones españoles, piezas barrocas, un lánguido y gran Gauguin que me gustaba especialmente… No debería haber venido un sábado, cuando la concurrencia alcanzaba su punto álgido; ¿podría ver algo de cerca? Por otra parte, Robert había vislumbrado a su dama entre una muchedumbre, de modo que estar aquí integrado entre la multitud quizá fuese lo adecuado. Con un pin metálico y de color del museo enganchado en la parte superior del bolsillo de mi camisa y mi chaqueta sobre el brazo, subí por la colosal escalera.

Había olvidado preguntar si la colección de Degas estaba toda en un solo sitio, o si la habían trasladado desde la obsesión de Robert con ésta en la década de los ochenta. Tampoco importaba mucho; siempre podía volver al mostrador de información y, de todas formas, tal vez no era información lo que buscaba. Encontré las salas impresionistas más o menos donde las recordaba, y la frondosidad del espacio me dejó perplejo; la masa de gente aquí era considerable, pero tuve fugaces visiones de huertos, senderos de jardines, aguas tranquilas, barcos, y de los majestuosos arcos naturales de Monet. Era una lástima que estas imágenes se hubiesen convertido en un icono, una melodía que todos estábamos cansados de tararear. Pero cada vez que me acercaba a uno de aquellos lienzos, la vieja melodía era silenciada por una oleada de algo indescriptible, un color que en realidad era casi melodía, una pintura espesa que transmitía verdaderamente los olores de los prados y el océano. Me acordé del montón de libros que Kate había encontrado junto al sofá de la buhardilla de Robert, libros que habían inspirado las enérgicas escenas pintadas en las paredes y el techo de ésta. Aquellas obras no habían caducado para él, un artista contemporáneo, sino que en cierto modo eran nuevas y refrescantes, incluso en reproducciones en color con acabado satinado de la biblioteca. Él mismo era un tradicionalista, naturalmente, pero en el sinfín de exposiciones y pósters había descubierto algo todavía revolucionario.

La colección de Degas estaba principalmente repartida en cuatro salas, pero había unas cuantas muestras más de su obra (sobre todo grandes retratos que yo no recordaba) distribuidas por el sector de la colección del siglo XIX. Había olvidado, también, que la colección que tenía el Met de su obra era seguramente una de las más grandes que existen, quizá la mayor del mundo; tomé nota para comprobarlo. La primera sala albergaba un molde en bronce de la escultura más famosa de Degas, *La pequeña bailarina de catorce años*, con la falda de auténtico tutú descolorido y el lazo de satén que resbalaba por la trenza que colgaba sobre su espalda. Se interponía en el camino de cualquiera que entrase, tenía el rostro levantado, ciego y sumiso, pero quizá conmovido por un sueño que alguien que no bailara no podría entender, las manos entrelazadas a la espalda, la zona lumbar delicadamente arqueada, el pie derecho adelantado e increíblemente torcido hacia el exterior con la hermosa deformidad para la que ella había entrenado.

Las paredes que la rodeaban estaban dominadas por Degas, aparte de unos cuantos pintores más aquí y allí: estaban sus retratos de mujeres corrientes oliendo flores en sus casas, y los lienzos de bailarinas. Las bailarinas llenaban casi por completo las dos salas siguientes, jóvenes bailarinas con los pies en la barra o en una silla, atándose las zapatillas, sus tutús vueltos hacia arriba al inclinarse, como las plumas de los cisnes cuando buscan comida bajo el agua; su sensualidad te obligaba a escudriñar los contornos de sus cuerpos como podrías escudriñarlas en un ballet real, la intimidad realzada al verlas ensayando, entre bastidores, fuera del escenario, normales, cansadas, tímidas, imperfectas, menores de edad o demasiado mayores, exquisitas. Fui avanzando de una sala a otra y luego me detuve ante una tercera para echar un vistazo a mi alrededor.

Después de las bailarinas había una pequeña sala con los desnudos de Degas, mujeres que salían de la bañera y se envolvían con enormes toallas blancas. Los desnudos estaban entrados en carnes, como si las bailarinas hubiesen envejecido y ganado peso, o después de todo hubiesen acabado teniendo curvas pese a la disciplina de sus ajustados corpiños y mullidos tutús. No había nada que me indicara la presencia de Robert o de la dama que antaño él había visto en estas galerías; aunque tal vez ella misma hubiese estado aquí como fan de Degas. A Robert le habían dado permiso para dibujar en el museo, había montado su caballete o se había instalado con su cuaderno de dibujo una concurrida mañana de finales de los ochenta, y había visto a una mujer entre la multitud para luego perderla de vista. Si su intención había sido bosquejar, ¿por qué estaba allí rodeado de gente? Yo ni siquiera sabía si en aquel entonces la distribución de estas salas era la misma, y comprobarlo, aunque fuese únicamente para saberlo, me haría parecer un fanático. Este peregrinaje estaba siendo ridículo; ya estaba cansado de los empujones de la gente, de todas esas personas que recogían impresiones de las impresiones de los impresionistas, recopilando de primera mano imágenes que ya conocían de tercera.

Pensé en Robert y decidí bajar a alguna sala tranquila de muebles o jarrones chinos que despertaran el interés de menos gente. Quizás él se había sentido así: es posible que aquel día hubiera estado cansado, que se hubiera girado de cara a la muchedumbre (yo mismo probé a hacerlo y mis ojos se posaron en una mujer de pelo canoso enfundada en un vestido rojo, que le estaba dando la mano a una niña pequeña; la niña, que también parecía ya cansada, tenía la mirada más perdida entre la gente que en los cuadros). Pero aquel día, Robert, al mirar al frente hacia la masa de gente se encontró con una mujer que jamás podría olvidar, una mujer posiblemente vestida con ropa del siglo XIX para un ensayo o una fotografía, o para gastarle una broma a alguien... Eran posibilidades que no se me habían ocurrido hasta ahora. Tal vez se hubiese acercado hasta ella y hubiesen hablado, incluso entre la muchedumbre.

—¿Hay algún otro cuadro de Degas? —le pregunté al vigilante de la puerta.

—¿De Degas? —repuso arqueando las cejas—. Sí, hay dos más en aquella sala. —Le di las gracias y me dirigí hacia allí. Me gustaba hacer las cosas a conciencia; tal vez Robert había vivido aquí su epifanía o su alucinación. En la siguiente sala había menos gente, posiblemente porque había menos cuadros de Monet. Examiné un dibujo al pastel sobre cartulina marrón, en rosa y blanco, una bailarina que bajaba sus largos brazos estirados hacia su larga pierna, y otro de tres o cuatro bailarinas de espaldas al pintor, que se rodeaban por la cintura con los brazos o se arreglaban los lazos del pelo.

Había terminado. Me volví buscando con la mirada una salida en el otro extremo de la galería, en la dirección contraria a la muchedumbre que había dejado atrás. Y ahí estaba, frente a mí, un retrato al óleo de aproximadamente un metro de ancho por uno de alto, pintado con soltura pero con absoluta precisión, el rostro que conocía, la sonrisa esquiva, el sombrero atado bajo el mentón. Sus ojos estaban tan vivos que no podías darte la vuelta sin encontrártelos. Crucé aturdido la sala, que se me antojó inmensa; tardé horas en llegar hasta ella. Sin duda, era la misma mujer, pintada de hombros hacia arriba, unos hombros cubiertos de tela azul. A medida que me acercaba me dio la impresión de que me sonreía un poco más; su cara estaba maravillosamente viva. Si hubiese tenido que adivinar quién era el pintor, habría dicho que Manet, aunque el retrato no tenía su genialidad. Debía de ser del mismo período, sin embargo: las cuidadosas pinceladas que daban forma a los hombros y el vestido, el encaje del cuello, la oscura suntuosidad de su pelo, no pertenecían del todo al campo del Impresionismo; su rostro tenía cierto realismo de estilos anteriores. Escudriñé la cartela: «*Retrato de Béatrice de Clerval*, 1879. Olivier Vignot». ¡Béatrice de Clerval! ¡Y pintado por Olivier! Muy bien, era una mujer de carne y hueso, pero no estaba viva.

El hombre del mostrador de información de la planta baja me ayudó en todo lo que pudo. No, no tenían ningún otro cuadro de Olivier Vignot ni ningún otro título en el que figurase Béatrice de Clerval. La obra llevaba en la colección desde 1966, tras haber sido comprada a una colección privada de París. Mientras Robert estaba en Nueva York ocupando un puesto de profesor titular, el cuadro fue prestado por el plazo de un año a una exposición itinerante sobre el retrato francés durante el auge del Impresionismo. Me sonrió y asintió con la cabeza; eso era todo lo que tenía… ¿me había sido útil?

Le di las gracias, tenía la boca seca. Robert había visto el cuadro una o dos veces antes de que fuese retirado para viajar con una exposición. No había tenido alucinaciones, únicamente había recibido el impacto de una imagen maravillosa. ¿De verdad no le preguntó a nadie qué había pasado con el cuadro? Tal vez, o tal vez no; que ella hubiera desaparecido es lo que había fomentado el mito sobre ella. Y si había vuelto al museo en años posteriores, a Robert había dejado de importarle que el cuadro estuviese o no físicamente allí; para entonces ya había estado pintando su propia versión de ella. Aunque hubiese visto este cuadro sólo unas cuantas veces, seguramente había hecho un boceto del mismo, un muy buen boceto para que luego sus cuadros guardaran con ella un parecido tan fiel.

¿O había vuelto a ver el cuadro en un libro? Obviamente, ni artista ni sujeto eran famosos, pero la calidad de la obra de Vignot había llamado suficientemente la atención del Met como para que éste comprara el retrato. Probé también en la tienda de regalos, pero no había ninguna postal del mismo, ningún libro con una ilustración. Subí las escaleras de nuevo y volví a entrar en la galería. Ella estaba allí esperando, radiante, sonriente, a punto de hablar. Extraje mi cuaderno de dibujo y la dibujé, la posición de la cabeza... ¡ojalá supiese hacerlo mejor! A continuación me quedé unos instantes mirándola a los ojos. Me costaría horrores irme sin llevármela conmigo.

58

Mary

Al salir de la Facultad de Bellas Artes trabajé en lo que pude hasta que, finalmente, conseguí dar unas cuantas clases en Washington. De vez en cuando exponía un cuadro o recibía una pequeña beca, o incluso me admitían en un buen taller. El taller del que le quiero hablar es uno al que asistí hace varios años, a últimos de agosto. Se impartía en una antigua finca de Maine, en la costa, una zona que siempre había querido ver y quizá pintar. Me fui hasta allí desde Washington en mi pequeña furgoneta, mi Chevrolet azul, de la que luego me deshice. Me encantaba esa furgoneta. Metí mis caballetes detrás, mi caja grande de madera llena de bártulos, mi saco de dormir y mi almohada, la bolsa de lona que había utilizado mi padre en su servicio militar en Corea repleta de tejanos y camisetas blancas, bañadores viejos, toallas viejas, todo viejo.

Mientras preparaba aquella bolsa me di cuenta de que estaba en las antípodas de Muzzy y su educación; Muzzy jamás habría aprobado mi modo de hacer la maleta ni lo que había metido en ella, ese revoltijo de ropa deshilachada, zapatillas de deporte grises y cajas de material artístico. Le habría espantado mi sudadera de Barnett con las letras agrietadas en la parte frontal y mis pantalones de *sport* con la tela del bolsillo trasero descosida. Sin embargo, sucia no iba; llevaba el pelo largo y brillante, la piel suave y las prendas viejas muy limpias. Llevaba una cadena de oro con un colgante granate alrededor del cuello, me compré sujetadores nuevos de encaje y braguitas con los que acicalarme bajo la andrajosa superficie. Me encantaba ir así, con mis escasas redondeces secretamente engalanadas, ocultas a la vista, no para ningún hombre (en la universidad me había acabado hartando de todos ellos), sino para el momento en que por la noche me sacara mi blusa blanca manchada de pintura y los tejanos a través de los cuales se me veían las rodillas. Era sólo para mí; yo era mi propio tesoro.

Me puse en marcha muy temprano y fui por carreteras secundarias hacia Maine, pasando la noche en Rhode Island en un motel medio vacío de la década de los cincuenta, casitas blancas con un letrero de estrambóticas letras negras; el lugar entero me recordó con inquietud el motel de la película *Psicosis*. No obstante, allí no había asesinos; dormí plácidamente casi hasta las ocho y me tomé unos huevos fritos en el restaurante repleto de humo de la puerta de al lado. Estando ahí, dibujé un poco en mi libreta, plasmando las finas cortinas (con manchas pegadas de moscas muertas) anudadas a cada lado de las jardineras llenas de flores artificiales que había frente a la ventana, a la gente que bebía café.

En la frontera de Maine había una señal de peligro por el cruce de alces y los márgenes de la carretera se fueron llenando de árboles de hoja perenne, tupidos a ambos lados como ejércitos de gigantes; no había casas, ni salidas, tan sólo kilómetros y kilómetros de altos abetos. Y, de repente, en el mismísimo borde de la carretera apareció un montón de arena blanca y comprendí que me estaba acercando al océano. Me produjo una emoción punzante, como lo que solía sentir cuando Muzzy nos llevaba en coche a Cape May, en Nueva Jersey, a pasar nuestras vacaciones anuales. Me imaginé pintando la playa, el paisaje o sentándome en las rocas junto al agua a la luz de la luna, completamente sola. En aquella época todavía disfrutaba horrores de un romance «conmigo misma», como yo lo llamaba; aún no sabía que con el tiempo ese romance se vuelve solitario y afilado hasta estropearte algún que otro día (te estropea más que eso, si no vas con cuidado).

Tuve que fijarme mucho para dar con la carretera adecuada que cruzaba aquel pueblo y conducía hasta el retiro; los folletos del taller venían con un pequeño mapa que acababa en una bahía alejada de la civilización. El último par de caminos que tomé eran de tierra, se abrían paso entre densos pinares como cintas taladas, pero no brutalmente, porque había arbolillos de pino brotando en el arcén a la sombra del bosque. Tras varios kilómetros llegué a una casa de galleta de jengibre (en cualquier caso, eso parecía), una caseta de vigilancia de madera con un cartel colgado que rezaba: «CENTRO DE RETIRO ROCKY BEACH»; no había nadie por ahí, y al avanzar un poco más giré por una curva hacia una extensión de verde césped. Pude ver una gran mansión de madera con el mismo adorno de galleta de jengibre bajo los aleros, bosque y justo al fondo vislumbré el océano. La casa era enorme, estaba pintada de un rosa apagado, y el césped no era únicamente césped, sino jardines, emparrados, senderos, una glorieta rosa, árboles centenarios, una zona llana donde alguien había montado los aros del croquet, una hamaca. Consulté mi reloj; tenía tiempo de sobras para inscribirme.

El comedor, donde todo el mundo se encontró aquella noche para la primera cena, estaba en una cochera sin tabiques. Tenía unas vigas altas y toscas, y ventanas bordeadas de cristales cuadrados de colores. Ocho o diez largas mesas habían sido dispuestas sobre un suelo de madera astillado, y unos chicos y chicas jóvenes (estudiantes universitarios; a simple vista ya me parecieron más jóvenes que yo) iban de una a otra dejando jarras de agua. En un extremo de la sala había un bufé con unas cuantas botellas de vino, vasos, un cuenco con flores y al lado de éste cubiteras llenas de cervezas. Sentí un hormigueo en el estómago; aquello era como el primer día en un colegio nuevo (aunque de pequeña yo había ido al mismo colegio durante doce años), o como mi orientación universitaria, donde te das cuenta de que no conoces absolutamente a nadie y, por tanto, no le importas a nadie, y de que tienes que hacer algo al respecto. Vi a algunas personas hablando en pequeños grupos cerca de las bebidas. Me forcé a cruzar el comedor a grandes zancadas hacia esas cervezas (en aquella época me sentía orgullosa de mis pasos largos) y saqué una de su lecho de hielo sin mirar a mi

alrededor. Cuando me erguí para buscar un abridor, mi hombro y
mi codo chocaron con Robert Oliver.

No había duda de que era Robert. Estaba allí plantado de perfil, en posición de tres cuartos, hablando con alguien, apartándose
de mi camino, esquivando el estorbo (yo) sin siquiera mirar a su
alrededor. Estaba hablando con otro hombre, un hombre de cabeza delgada y barba canosa y rala. Era Robert Oliver, total y absolutamente. Su pelo rizado estaba un poco más largo por detrás de lo
que yo recordaba, con algunas canas nuevas que lo hacían cente-
llear, y a través del agujero de su camisa de algodón azul asomaba
un codo moreno. En el catálogo del taller no figuraba su nombre;
¿por qué estaría aquí? Había pintura o grasa en la parte trasera de
sus pantalones de algodón de color claro, como si, al igual que un
niño pequeño, se hubiese limpiado la mano en el trasero. Llevaba
unas gruesas sandalias sin correa trasera a pesar del fresco que ya
se colaba por la puerta aquella noche veraniega en Nueva Inglaterra. Sostenía una cerveza en una mano y con la otra gesticulaba
hacia el hombre de cabeza alargada. Era tan alto como recordaba,
imponente.

Me quedé inmóvil, con los ojos clavados en su oreja, en el tupido rizo de pelo que rodeaba esa oreja, en ese hombro que aún me
resultaba familiar, en la palma de su estilizada mano alzada mientras razonaba. Se volvió a medias, como si percibiese mi mirada
fija, y luego siguió conversando. Recordaba ese sólido y grácil equilibrio de sus paseos por el estudio. Entonces volvió a mirar hacia
mí, con las cejas fruncidas, pero no era ninguna reacción tardía
como en las películas; era más bien como si hubiese extraviado
algo o estuviese intentando recordar qué había venido a buscar al
comedor. Me reconoció sin reconocerme. Yo me alejé poco a poco,
apartando la cara. Me asustó pensar que, si quería, podía acercarme a él y darle unos golpecitos en el hombro a través de su camisa
azul, interrumpir su conversación con más rotundidad. Me daba
miedo su perplejidad, el ambiguo: «¡Oh, lo siento! ¿De qué te conozco?» El «me alegro de volverte a ver, seas quien seas». Pensé en

los cientos (¿o miles?) de alumnos a los que probablemente había dado clase durante todo este tiempo. Prefería no hablar con él a descubrir que era una más del montón.

No dudé en dirigirme hacia la primera persona cuya mirada pude captar, que resultó ser un chico delgado y fuerte con la camisa desabrochada hasta el esternón. Era un esternón impresionante, bronceado y prominente; lucía una gran cadena con un símbolo de la paz colgando. Sus pechos bronceados y planos se arqueaban a cada lado del mismo como dos finas pechugas de pollo cortadas. Levanté la vista, intuyendo que llevaría una larga melena retro a juego con el colgante, pero tenía el pelo claro y rapado. Su cara era tan dura como el esternón, su nariz aguileña, sus ojos de color castaño claro, pequeños, me miraban parpadeando con inseguridad.

—¡Es guay esta fiesta! —comentó.

—No, no es especialmente guay. —Sentí una gran antipatía, que sabía que venía injustamente causada por ese momento en que había visto el hombro de Robert Oliver girándose hacia mí y luego apartándose.

—A mí tampoco me gusta. —El chico se encogió de hombros y se rió; su pecho desnudo se hundió momentáneamente. Era más joven de lo que me había imaginado, más joven que yo. Su sonrisa era simpática y hacía que le brillaran los ojos. De nuevo, sentí una perversa antipatía hacia él; por supuesto que era demasiado guay para que le gustara cualquier concentración de seres humanos, o por lo menos para reconocer que le gustaba cuando alguien más estaba en desacuerdo—. ¿Qué tal estás? Soy Frank. —Me dio la mano, abandonando por segundos toda su imagen retro, era un niño de papá, un caballero. El momento fue de lo más oportuno, impecable, cautivador. Hubo una deferencia en su gesto que reconocía mi veteranía (¡oh, seis años!); hubo también una chispa en él que me dio a entender que era una mujer sexy. No pude evitar admirar su técnica de admiración. Me dio la impresión de que sabía que yo rozaba los treinta, que era mayor, y de que a través de la seca tibieza de su mano me decía que ese número le gustaba, que le gustaba mucho. Me dieron ganas de reírme, pero no lo hice.

—Mary Bertison —me presenté. Vi de reojo que Robert se había movido; se dirigía hacia las puertas del comedor para hablar con alguien más. Seguí de espaldas. Mi pelo hacía parcialmente de cortina, de capa con la que protegerme.

—Dime, ¿qué te trae por aquí?

—La confrontación de vidas pasadas —respondí. Al menos no me había preguntado si era una de los profesoras.

Frank arqueó las cejas.

—Era sólo una broma —dije—. Estoy aquí para hacer el taller de paisajismo.

—¡Qué guay! —Frank sonrió con satisfacción—. Yo también. Es decir, yo también lo voy a hacer.

—¿A qué facultad has ido? —inquirí intentando sustituir con un sorbo de cerveza el perfil de Robert Oliver, que me distraía.

—Al Savannah College of Art and Design —dijo con naturalidad—. Tengo un máster en Bellas Artes. —El SCAD estaba adquiriendo una reputación bastante buena y él parecía ciertamente joven para haberse licenciado ya; muy a mi pesar, sentí un destello de respeto.

—¿Cuándo te licenciaste?

—Hace tres meses —confesó. Eso explicaba sus modales propios de fiestas universitarias y su sonrisita—. Me han dado una beca para asistir a este curso de paisajismo, porque en otoño empezaré a dar clases y digamos que necesito añadir eso al cuadro.

«El cuadro...», dije para mis adentros, «el cuadro con mi retrato, Frank el artista dotado, y mi prometedor futuro». Bueno, unos cuantos años alejado de la universidad de Bellas Artes serían el remedio perfecto para liberarlo de su cuadro; por otra parte, ¿ya tenía trabajo de profesor? Ahora Robert Oliver estaba totalmente fuera de mi campo de visión, incluso aunque ladeara mi cabeza y mi perspectiva cambiara. Se había ido a algún otro punto de la sala sin reconocerme en absoluto, sin siquiera percibir en ésta mi gran anhelo de ser reconocida; por el contrario, estaba completamente atascada con «Frank».

—¿Dónde enseñarás? —inquirí para disimular mi mezquindad interior.

—En el SCAD —volvió a decir Frank, lo que me hizo pensar. ¿Lo habían contratado como profesor nada más terminar para impartir el temario que acababa de estudiar, como alumno graduado en un máster de Bellas Artes? Eso era bastante atípico; quizás hiciera bien en soñar con su futuro. Estuve unos segundos sin decir nada, preguntándome cuándo empezaría la cena y si me sentaría lo más lejos o lo más cerca posible de Robert Oliver. Mejor lejos, decidí. Frank me estaba escudriñando con interés.

—Tienes un pelo increíble —dijo al fin.

—Gracias —repuse—. En tercero me lo dejé crecer para poder hacer de princesa en la obra de teatro de la clase.

Él arqueó de nuevo las cejas.

—Así que vas a hacer paisajismo. Seguramente será fantástico. Casi me alegro de que Judy Durbin se haya roto la pierna.

—¿Se ha roto la pierna?

—Sí. Sé que es realmente buena, y la verdad es que no me alegra que se haya roto la pierna, pero ¿no te parece guay que tengamos a Robert Oliver de profe?

—¿Qué? —Dirigí la mirada hacia Robert pese a mis mejores esfuerzos por no hacerlo. Ahora estaba entre un grupo de alumnos, les sacaba a casi todos una cabeza y los hombros de alto, estaba de espaldas a mí; inalcanzable, inalcanzable al otro lado de la sala—. ¿Tenemos a Robert Oliver?

—Me he enterado esta tarde al llegar. No sé si ya está aquí. Durbin se rompió la pierna haciendo senderismo; la secretaria me ha dicho que Durbin le comentó que pudo realmente oír cómo se le partía el hueso. Fue una mala caída, con una operación complicada y demás, así que el director llamó a su colega Robert Oliver. ¿Te lo puedes creer? No sé, ¡qué suerte! No para Durbin.

Una especie de carrete de película empezó a pasar frente a mí, dándome vueltas: Robert Oliver paseando por los jardines con nosotros, señalando ángulos de luz y fijando la perspectiva en aquellas colinas bajas y azules de tierra adentro, aquellas que yo había pasado de largo en coche. ¿Podíamos verlas desde la orilla? El primer día tendría que decirle: «¡Ah, hola! Supongo que no se acordará de mí, pero...». Y luego tendría que pintar toda la semana con él ahí delante, deambulando entre nuestros caballetes. Solté un suspiro.

Frank parecía desconcertado.

—¿No te gusta su obra? Me refiero a que es tradicionalista y tal, pero ¡Dios, cómo pinta!

Me salvó el fuerte estruendo de un timbre al parecer tocado desde fuera para anunciar la hora de la cena, un sonido que oiría dos veces al día durante cinco días, un sonido que aún me perfora el estómago cuando pienso en él. Todo el mundo empezó a reunirse alrededor de las mesas. Me demoré junto a Frank hasta que vi que Robert se había sentado a la mesa más cercana a su pequeño grupo de gente, como para continuar con la conversación. Entonces empujé lentamente a Frank hasta una silla lo más alejada posible de Robert y sus ilustres colegas. Nos sentamos juntos y criticamos la cena, que era la más pura definición de comida sana, seguida de una tarta de fresas y tazas de café. La sirvieron unos alumnos que Frank aseguró que eran artistas en prácticas que estudiaban en una academia o facultad de Bellas Artes; no hubo que hacer cola alguna, porque estos estupendos jóvenes nos pusieron los platos llenos delante. Alguno hasta me sirvió el agua.

Mientras comíamos Frank no paró de hablarme de sus clases, su exposición junto con otros alumnos, sus amigos rebosantes de talento que al salir de Savannah se dispersarían por grandes ciudades de todo el país.

—Jason se va a Chicago... es posible que el verano siguiente me vaya una temporada con él. Chicago es el segundo lugar al que hay que ir por orden de importancia, eso es bastante evidente... —Etcétera. Fue soporífero, pero mantuvo mi confusión a raya, y para cuando llegó la tarta de fresas tuve la seguridad de que aquella noche Robert Oliver ni me reconocería ni me dejaría de reconocer. Podía notar el musculoso hombro de Frank pegado al mío, su boca acercándose cada vez más a mi oreja, su no verbalizado «quizás esto sea el principio de algo/mi cuarto está al final de la zona de hombres». Durante el postre el director del programa se puso de pie tras un micrófono en un extremo de la cochera (resultó ser el hombre cabeza de bala, de pelo ralo y canoso) y nos expresó lo mucho que se alegraba de contar con un grupo nuevo tan magnífico, el gran talento que teníamos, lo difícil que había sido rechazar todas las demás solicitudes, igualmente estupendas. («Y también todo lo que habrían ingresado con ellas», me susurró Frank.)

Tras el discurso, todo el mundo se levantó y merodeó por ahí varios minutos mientras los artistas en prácticas entraban flechados para recoger los platos. Una mujer con vestido morado y enormes pendientes nos dijo a Frank y a mí que habría una hoguera detrás de los establos y que por qué no íbamos un rato.

—Es una tradición de la primera noche —explicó ella como si hubiese estado muchas veces en estos talleres. Salimos a la oscuridad (de nuevo pude oler el océano, y las estrellas iban apareciendo sobre nuestras cabezas) y cuando bordeamos los edificios había ya un tremendo chaparrón de chispas lloviendo en sentido invertido, hacia el cielo, e iluminando los rostros de la gente. No podía ver más allá de los árboles que había en el margen del jardín, pero me pareció oír el batido de las olas. En el folleto de solicitud ponía que la casa estaba a un corto paseo andando de la playa; mañana indagaría. De los árboles colgaban unos cuantos farolillos de papel, como si estuviéramos en un festival.

Sentí una súbita oleada de esperanza: esto sería mágico, eliminaría el largo y reciente tedio de mis empleos de profesora de bajo nivel, uno en una facultad urbana y el otro en un centro social, acortaría las distancias entre mi vida laboral y mi vida secreta en casa con mis cuadros y dibujos, acabaría con mi sed de rodearme de artistas colegas, un anhelo que había ido creciendo sin control desde mi licenciatura. Aquí, en tan sólo unos cuantos días, me convertiría en mejor pintora de lo que jamás había soñado que llegaría a ser. Ni siquiera los comentarios alegremente despectivos de Frank pudieron echar por tierra mi desaforada esperanza.

—¡Vaya chusma! —exclamó, y usó eso como excusa para envolverme el brazo con unos dedos seguros y conducirnos a ambos lejos del entorno lleno de humo de la hoguera.

Robert se encontraba entre la gente de más edad, profesores, empleados fijos (reconocí a la mujer del vestido morado), también fuera del alcance del humo, con un botellín de cerveza en la mano. El botellín había captado la luz del fuego, que lo hacía resplandecer desde el interior, como un topacio. Ahora estaba escuchando al director. Me acordé de ese truco suyo, que posiblemente no fuese un truco, de escuchar más de lo que hablaba. Tenía que inclinar la cabeza un poco para escuchar a casi todo el mundo y eso le daba un aspecto de concentración y atención, y entonces levantaba la vista o miraba a lo lejos mientras escuchaba, como si lo que el interlocutor estaba diciendo estuviese escrito en el cielo. Se había puesto un jersey que tenía parte del cuello deshilachado; se me ocurrió que teníamos en común la afición por la ropa vieja.

Se me pasó por la cabeza acercarme a la hoguera, entrando en su campo de luz e intentando llamar la atención de Robert, y acto seguido deseché la idea. Faltaba poco para el bochorno de mañana. «¡Oh, sí, (no) me acuerdo de ti!» Lo interesante sería ver si mentía al respecto. Frank me estaba pasando una cerveza... «a menos que quieras algo más fuerte». No quería. Ahora él estaba haciendo presión contra mi hombro, mi vieja sudadera, y después de haber tomado un poco de cerveza esa sensación de su duro brazo contra el mío no me pareció desagradable. Podía ver la cabeza de Robert Oliver bajo la luz de las estrellas, sus brillantes ojos clavados por un momento en las llamas que teníamos delante, su pelo encrespado condenadamente tieso, su rostro dulce y sereno. Era un rostro con arrugas más profundas de lo que recordaba, claro que ahora tendría por lo menos cuarenta años; tenía unos marcados surcos junto a las comisuras de los labios, que desaparecían cuando sonreía.

Me dirigí a Frank, que se estaba apoyando de forma más evidente contra mi sudadera:

—Creo que me iré a la cama —dije, esperando transmitir despreocupada indiferencia—. Que duermas bien. Mañana será un gran día. —Lamenté la última afirmación; no sería tan gran día para Frank el Maravilloso Artista como lo sería para mí, la mequetrefe con talento, pero no era necesario que él supiera eso.

Frank me miró por encima de su cerveza, pesaroso y demasiado joven para ocultarlo.

—Sí, claro. Que duermas bien, ¿vale?

Aún no había nadie acostado en la larga habitación destinada a las chicas, otro establo reformado que albergaba a las alumnas en pequeños compartimentos estancos. Estaba claro que aquí no había privacidad, pese al intento por poner sólidos tabiques entre los huéspedes. Tenía todavía un olor ligeramente caballuno, que con una punzada nostálgica me recordó los tres años durante los que Muzzy nos obligó a Martha y a mí a asistir a clases de hípica. «Te colocas tan bien sobre el caballo», me decía con aprobación después de cada clase, como si eso bastase para justificar todo el tiempo y el gasto. Utilicé el váter de asiento frío que había en el fondo de la habitación (más bien al fondo del pasillo) y a continuación me encerré en mi cubículo para deshacer el equipaje. Había una mesa lo suficientemente grande para dibujar, una silla dura, una diminuta cómoda con un espejo enmarcado encima, una cama estrecha con estrechas sábanas blancas, un tablón de anuncios sin nada, salvo agujeros de chinchetas, y una ventana con cortinas marrones.

Tras unos instantes de desorientación, eché las cortinas y abrí la cremallera de mi saco de dormir para extenderlo encima de la cama y estar más calentita. Metí mi ropa andrajosa en los cajones, dejé mis cuadernos de dibujo y mi diario encima de la mesa. Colgué mi sudadera en el dorso de la puerta. Saqué mi pijama y mi libro. A través de la ventana cerrada me llegaron sonidos de alegría, voces, carcajadas lejanas. «¿Por qué me estoy excluyendo de todo eso?», me pregunté, aunque con tanta satisfacción como melancolía. Mi furgoneta estaba estacionada en el aparcamiento cercano al edificio central y el largo trayecto me había dejado exhausta, lista para irme a dormir, o casi. De pie frente al espejo llevé a cabo mi ritual de desnudo nocturno, sacándome la camiseta por la cabeza. Debajo llevaba mi delicado y costoso sujetador. Me quedé muy erguida, contemplándome. Un autorretrato, noche tras noche. A continuación me quité el sujetador y lo dejé a un lado, y de nuevo me quedé contemplando: a mí misma, y sólo para mí. Autorretrato, desnudo. Después de mirarme largo rato, me puse mi pijama grisáceo y me metí en la cama; las sábanas estaban frías, mi libro, que consideraba lectura obligatoria, era una biografía de Isaac Newton. Mi mano encontró el interruptor de la luz, y mi cabeza encontró la almohada.

1879

Mi querida amiga:

Tu carta me ha conmovido inmensamente y me ha llenado de dolor haberte causado dolor, cosa que percibo al leer entre tus líneas valientes y desinteresadas. He lamentado a cada instante haberte mandado la carta, temiendo que no solamente te llenaría la cabeza de imágenes horribles (aquellas con las que yo mismo tengo que vivir), sino que también provocaría un lastimoso intento de compasión. Soy humano, y te amo, pero juro que nada de esto ha estado en mi ánimo. Esta pena hace que me alegre de que me hablases de tu pesadilla, querida, pese a tus reservas a la hora de hacerlo; de este modo puedo sufrir a la vez que tú, lamentando como lamento haberte causado una noche en vela.

Si mi esposa hubiese, efectivamente, muerto en tan tiernos brazos como los tuyos, habría creído que la abrazaba un ángel o la hija que nunca tuvo. Tu carta ya ha producido una extraña alteración en mis pensamientos acerca de aquel día, los cuales me ocupan y atormentan con frecuencia; hasta esta mañana mi más ferviente deseo ha sido siempre que ella, de tener que morir, hubiese podido morir en mis brazos. Y ahora creo que si hubiese podido morir envuelta en el suave abrazo de una hija, de una persona con tu instintiva ternura y coraje, habría sido todavía más reconfortante, tanto para ella como para mí. Gracias, ángel mío, por aligerarme de parte de este peso y por hacerme sentir tu generosa naturaleza. He destruido tu carta, si bien a regañadientes, para que jamás se te pueda vincular con conocimiento alguno de un pasado delicado. Asimismo, espero que destruyas la mía, tanto ésta como la anterior.

Tengo que salir un rato; esta mañana no consigo pensar con claridad ni sosegarme dentro de casa. Caminaré un poco y me aseguraré de que esto te sea enviado con absolutas garantías, envuelto en el agradecido corazón de tu

O.V.

59

Mary

A la mañana siguiente me levanté temprano, como si alguien me hubiese susurrado (completamente despierta, sabiendo con exactitud dónde estaba) y en lo primero que pensé fue en el océano. Tardé nada más unos minutos en ponerme mis pantalones de sport limpios y una sudadera, y cepillarme el pelo y los dientes en el frío cuarto de baño colectivo con arañas en el techo. A continuación salí sigilosamente del establo, mojándome las zapatillas de deporte con el rocío; sabía que luego lo lamentaría, porque no me había traído otro par. La mañana era gris por la niebla, que se fue disipando en irregulares jirones sobre mi cabeza para mostrar un cielo despejado, los árboles de hoja perenne estaban llenos de cuervos y telarañas, en los abedules ya había algunas hojas amarillas.

Tal como me había imaginado, justo detrás del montón de cenizas que quedaban de la hoguera de la noche anterior salía un camino que se alejaba de las instalaciones. Estaba yendo en la dirección correcta, hacia el océano, y después de estar varios minutos escuchando el golpeteo de mis zapatos en el sendero y los sonidos del bosque, fui a parar a una playa pedregosa, a las embestidas del agua y las algas, la espumosa marea entre grises lenguas de tierra. La niebla estaba suspendida justo sobre el agua, luchando por abrirse, con lo que vislumbré un cielo claro en lo alto, pero tan sólo alcanzaba a ver uno o dos metros de olas. No se veía el horizonte del mar, únicamente aquella niebla y el contorno de la tierra firme bordeada de sombríos y enhiestos abetos, cuyas hileras rompían un puñado de casitas. Me saqué los zapatos y me arremangué los pantalones hasta la rodilla. El agua estaba fresca, luego fría, luego muy fría, penetró en los huesos de mi pie e hizo que la piel de las pantorrillas se me pusiera de gallina. Las algas marinas me lamieron los tobillos.

De pronto sentí miedo, sola en el bosque, con el olor a pino, el Atlántico invisible. Todo estaba quieto, aparte del oleaje del agua. No me atreví a meterme más hondo y a que el agua me sobrepasara los tobillos; tuve de pronto ese repentino miedo infantil a los tiburones y a enredarme con las algas, la sensación de que podría sufrir un tirón y hundirme en el mar. No había horizonte hacia el que mirar; la niebla me devolvía mi mirada como una especie de ceguera. Me pregunté cómo se pintaría la niebla y traté de recordar si alguna vez había visto un cuadro dominado principalmente por ésta. Quizás alguna cosa de Turner o un grabado japonés. Nieve sí que había visto, y lluvia, y nubes suspendidas sobre montañas, pero no se me ocurría ningún cuadro con este tipo de niebla. Por fin, me alejé de la marea y localicé una roca en la que sentarme, una roca lo bastante alta, lo bastante seca y lo bastante lisa para no arruinarme la parte trasera de los pantalones, y otra roca más alta en la que apoyar la espalda. De igual modo, había un placer infantil en aquello, en encontrar el propio trono, y me sumí en un sueño. Seguía sentada ahí cuando Robert Oliver salió del bosque.

Estaba solo y parecía ensimismado, como había estado yo un instante antes; caminaba lentamente, con la mirada puesta en sus pies sobre el sendero, y en ocasiones la levantaba hacia los árboles o hacia el agua nebulosa. Iba descalzo, con unos pantalones de pana viejos y llevaba una arrugada camisa de algodón amarilla abierta encima de una camiseta que tenía algunas letras que, desde donde yo estaba, no formaban palabras completas. Ahora tendría que presentarme quisiera o no. Se me pasó por la cabeza levantarme y saludarlo, y acto seguido lo dejé correr; me dispuse a levantarme y entonces me di cuenta de que seguía estando fuera de su campo de visión. Volví a sentarme tras mis pedruscos agonizando de vergüenza. Si todo iba bien, Robert metería brevemente los pies en el agua, comprobaría la temperatura y daría media vuelta para regresar a las instalaciones del centro; yo esperaría unos veinte minutos, dejaría que se me pasara el bochorno y regresaría sola a hurtadillas. Me acurruqué contra la fría roca. No podía quitarle los ojos de encima; si me veía y me reconocía (lo cual probablemente no haría) yo quería ser testigo de ello.

Entonces hizo lo que, sin saberlo, yo más había temido y anhelado: se quitó la ropa. No se volvió de cara al océano ni se escondió junto al bosque; simplemente bajó las manos y se desabochó los pantalones, se los sacó (no llevaba calzoncillos) y luego se sacó camisa y camiseta, tirándolo todo amontonado por encima de la línea de la marea y andando hacia el agua. Me quedé helada. Robert estaba tan sólo a varios metros de distancia de mí, con su larga y musculosa espalda y sus piernas desnudas, frotándose la cabeza como para dominar su pelo o despertar la mente tras el sueño, entonces se puso relajadamente en jarras. Podría haber sido un modelo artístico que estiraba las extremidades agarrotadas mientras la clase hacía un descanso. Se quedó contemplando el mar, relajado, completamente solo (que él supiera). Volvió un poco la cabeza, hacia el lado opuesto al que yo me encontraba. Torció su cuerpo, suavemente, calentando, de modo que muy a mi pesar vi fugazmente su oscuro e hirsuto vello, su pene colgando. Después se metió rápidamente en el agua (mientras yo me quedaba temblando, observando, preguntándome qué hacer) y se zambulló, una larga zambullida poco honda que lo alejó de las últimas rocas, y dio unas cuantas brazadas. Yo ya sabía lo fría que debía de estar el agua que lo cubría, pero él no dio media vuelta hasta haber nadado unos veinte metros mar adentro.

Al fin giró en el agua, volvió más deprisa y se puso de pie, dando algún bandazo y cayendo al agua. Estaba chorreando y respiraba entrecortadamente; se enjugó la cara. Las gotas de agua brillaban en el vello de su cuerpo y los tupidos rizos mojados de su cabeza. En la orilla, por fin me vio. En un momento así no puedes apartar la vista, aunque quieras, y es imposible fingir: ¿cómo puedes perderte a Poseidón saliendo majestuosamente del océano?, ¿cómo puedes fingir que te estás mirando las uñas o estás arrancando caracoles de la roca? Me limité a quedarme ahí sentada, muda, miserable pero también perpleja. En ese instante incluso pensé que me habría gustado poder pintar la escena; una idea estereotipada, algo que raras veces se me ocurre en el momento. Robert se detuvo y me observó brevemente, un tanto sorprendido, pero no hizo ademán alguno de taparse.

—Hola —dijo, atento, cauteloso, posiblemente divertido.

—Hola —contesté con toda la seguridad que pude—. Lo siento.

—¡Oh, no, no te preocupes! —Cogió la ropa de la arena pedregosa y, utilizando la camiseta, se secó con pudor pero sin prisas, a continuación se puso los pantalones y la camisa Oxford amarilla. Se acercó un poco más—. Si he sido yo el que te ha asustado, lo siento —me dijo. Se quedó ahí examinándome, y vi en sus ojos la expresión de reconocimiento a medias que yo me había temido; vi, tristemente, que no recordaba de qué me conocía.

—Y, por si fuera poco, encima nos conocemos. —Sonó más categórico y con más dureza de lo que hubiera querido.

Robert ladeó la cabeza, como si el suelo pudiese decirle mi nombre y lo que debería recordar de mí.

—Perdona —dijo por fin—. Me siento fatal, pero recuérdame quién eres.

—¡Oh, no pasa nada! —Igualmente, lo fulminé con la mirada—. Seguro que tiene usted un millón de alumnos. Estuve en una de sus clases en Barnett, hace mucho tiempo, tan sólo durante un trimestre. Fue en la asignatura de Comprensión visual. Pero como fue realmente usted quien me inició en el arte, siempre he querido darle las gracias por ello.

Ahora me miraba fijamente, sin molestarse en ocultar que buscaba en mí el rostro de mi juventud, como podría haber hecho una persona más educada.

—Espera. —Esperé—. Comimos juntos una vez, ¿verdad? Recuerdo algo de aquello. Pero tu pelo…

—Exacto. Lo tenía de otro color, rubio. Me lo teñí, porque estaba cansada de que la gente se fijara únicamente en eso.

—Sí, lo siento. Ya me acuerdo. Tu nombre era…

—Mary Bertison —dije, y ahora que se había vestido le di la mano.

—Me alegro de volver a verte. Soy Robert Oliver.

Yo ya no era alumna suya o no volvería a serlo hasta las diez de esta mañana.

—Ya sé que es Robert Oliver —repuse con el mayor sarcasmo que pude.

Él se echó a reír.

—¿Qué te trae por aquí?

—Asistir a la clase de paisajismo —contesté—, sólo que no sabía que la impartiría usted.

—Sí, ha sido una emergencia. —Ahora se estaba frotando el pelo con ambas manos, como si deseara haber tenido una toalla—. Pero ¡qué estupenda coincidencia! Ahora podré ver cómo has progresado.

—Salvo que no se acordará de cómo pintaba antes —señalé, y él se volvió a reír, liberando todas las tensiones de un modo fabuloso, sin una pizca de ironía ni conciencia en ello; Robert se reía como un niño. Me acordé entonces de aquellos gestos de mano y brazo, y de cómo se curvaban las comisuras de sus labios, del rostro extrañamente esculpido, de su encanto, que era embrujador porque carecía de conciencia alguna, como si estuviese simplemente vendiendo su cuerpo y éste resultase ser bueno, aunque lo tratara con la falta de cariño propia del arrendatario. Regresamos juntos a paso lento y allí donde el sendero permitía sólo una sola fila, él iba delante, no como los caballeros, y yo me sentí aliviada por no tener que sentir sus ojos clavados en mi espalda ni preguntarme cuál sería la expresión de su cara. Al llegar al límite de los jardines, con la mansión completamente a la vista y el centelleo del rocío sobre la hierba, pude ver que la gente entraba rápidamente a desayunar y caí en la cuenta de que teníamos que unirnos a ellos.

—Aquí no conozco a nadie más que a usted —confesé de modo impulsivo, y ambos nos detuvimos donde terminaba el bosque.

—Yo tampoco —dijo él, dedicándome su sincera sonrisa—. Excepto al director, que es un pelmazo de campeonato.

Necesitaba irme corriendo, estar sola durante unos minutos y no tener que entrar en un comedor colectivo en compañía de un hombre que acababa de ver saliendo desnudo del océano; Robert parecía haber olvidado ya el incidente, como si hubiese tenido lugar mucho tiempo atrás, tanto como nuestra clase de Comprensión visual.

—Tengo que ir a buscar algunas cosas a mi habitación —le dije.

—Te veré en clase. —Me dio la impresión de que estaba a punto de darme unos golpecitos en el hombro o una palmada en la espalda, de hombre a hombre, pero por lo visto se lo pensó mejor y me dejó marchar. Caminé despacio hacia el establo y me encerré unos minutos en mi compartimento de paredes encaladas. Me quedé quieta, agradeciendo que la puerta estuviese cerrada con pestillo. Allí acurrucada, recordé que tres años antes, en un viaje a Florencia costeado con el sudor de mi frente, la primera y única vez que había estado en Italia, había ido al Convento de San Marcos y había visto los murales de Fra Angelico en las antiguas celdas de los monjes, ahora vacías. Había turistas por los pasillos, y monjes modernos vigilando en distintos puntos, pero esperé hasta que no hubo nadie mirando, me metí en una pequeña celda blanca y cerré la puerta saltándome las normas. Me quedé allí, por fin sola, sintiéndome culpable pero decidida. La diminuta habitación estaba vacía, salvo por un ángel pintado por Fra Angelico, de color dorado y rosa y verde intensos en una pared, con las alas dobladas tras él y la luz del sol que se filtraba por la ventana enrejada. Incluso entonces entendí que el monje que antaño había vivido en aquel espacio, que por lo demás era como una cárcel, no había querido otra cosa, nada más que estar allí; nada, ni siquiera a su Dios.

60

Marlow

Al salir del Metropolitan, caminé una manzana y me adentré en Central Park por un lateral. Tal como me había imaginado, se estaba de maravilla allí, todo verde y lleno de arriates en flor. Encontré un banco limpio, saqué mi móvil y marqué el número al que llevaba un par de semanas sin llamar. Era sábado por la tarde; ¿dónde estaría ella los sábados? Verdaderamente, no sabía nada de su vida actual, excepto que me estaba inmiscuyendo en ella.

Descolgó al segundo tono y pude oír sonidos de fondo, de un restaurante o algún lugar público.

—¿Diga? —preguntó, y recordé la firmeza de su voz, el aspecto enjuto de sus manos estilizadas.

—Mary —repuse—. Soy Andrew Marlow.

Mary tardó cerca de cinco horas en reunirse conmigo en Washington Square; llegó a tiempo para la cena, que degustamos juntos en el restaurante de mi hotel. Después de su improvisado trayecto en autobús estaba muerta de hambre; seguro que había cogido el autobús en lugar del tren porque era más barato, aunque no me dijo eso. Mientras comía me habló de su cómica odisea para comprar el último billete de aquel autobús. A mí me había sorprendido que insistiera siquiera en venir. Tenía la cara colorada propia de la emoción de haber hecho algo espontáneo y llevaba el pelo largo retirado de las sienes con pequeños clips; llevaba un jersey turquesa fino y un collar de varias vueltas de cuentas negras.

Procuré no darle importancia al hecho de que el delicioso color de su cara se debiera a Robert Oliver, al alivio o posiblemente al placer incluso de descubrir algo sobre la vida de éste que explicara su deserción y justificara la propia adoración previa de Mary por él. Esta vez los ojos de Mary eran azules (pensé en Kate), por el jersey. Por lo visto cambiaban como el mar; dependían del cielo y del clima. Zampó como una bestia educada, usando cuchillo y tenedor con elegancia y engullendo un plato gigantesco de pollo con cuscús. A petición suya, le describí con mayor detalle el retrato de Béatrice de Clerval y el préstamo por el que debió de ser retirado justo después de que Robert lo hubiese visto.

—Aunque, si vio el retrato sólo un par de veces, es raro que lo memorizase tan bien como para luego pintarlo durante años —añadí. Mis codos ya estaban descansando sobre la mesa y, ante las protestas de Mary, había pedido café y postres para ambos.

—¡Oh, es que no lo hizo! —Mary dejó en el plato el cuchillo y el tenedor juntos.

—¿No memorizó el retrato? Pues lo pintó con tal precisión que a ella la he reconocido nada más verla.

—No… no le hizo falta memorizarlo. Tenía el retrato en un libro.

Puse las manos en mi regazo.

—Ya sabía usted todo esto.

Ella no parpadeó.

—Sí, lo siento. Pensaba contárselo cuando llegase a esa parte de la historia. En realidad, ya lo he escrito para dárselo. Pero no sabía lo del cuadro del museo. En el libro no ponía dónde estaba el cuadro; de hecho, yo supuse que estaría en Francia. E iba a hablarle de ello. Le he traído el resto de mis recuerdos o como quiera llamarlos. He tardado bastante en ponerlos todos por escrito y luego los he dejado reposar un poco. —No había disculpa alguna en su tono de voz—. Durante el tiempo que vivió conmigo, Robert tenía montones de libros junto a su sofá.

—Kate me contó lo mismo… me refiero a lo de los montones de libros. Aunque no creo que ella viese nunca ese retrato en ninguno de los libros; de lo contrario, me lo habría dicho. —Entonces caí en la cuenta de que era la primera vez que le daba a Mary información directa sobre Kate. Dije para mis adentros que no volvería a hacerlo.

Mary arqueó las cejas.

—Me imagino lo que Kate tuvo que vivir. Me lo he imaginado muchas veces.

—Vivió con Robert —señalé.

—Sí, por eso. —Su expresividad había desaparecido ahora, o se había ocultado tras una nube, y se puso a juguetear con su vaso de vino.

—Mañana la llevaré a ver el cuadro —añadí para animarla.

—¿Me llevará? —Mary sonrió—. ¿No cree que ya sé dónde está el Met?

—¡Naturalmente! —Por un momento había olvidado que era lo bastante joven como para ofenderse—. Me refería a que podemos ir juntos a verlo.

—Me encantaría. Para eso he venido.

—¿Sólo para eso? —Lamenté mi comentario al instante; no era mi intención parecer pícaro o ligón. Sin esperarlo, me vino al pensamiento mi conversación con mi padre: «Las mujeres recién abandonadas pueden ser complicadas. Y ella no es sólo complicada, sino independiente, atípica y guapa. Por supuesto».

—Verá, yo di por sentado que aquel retrato se encontraba en Francia, que eso era lo que lo había arrastrado hasta allí y que él había ido para verlo otra vez.

Me mantuve impasible.

—¿Se fue a Francia? ¿Mientras estaban juntos?

—Sí. Se subió a un avión y se fue a otro país sin decírmelo. Nunca me explicó por qué lo mantuvo en secreto. —Había tensión en su cara, y con ambas manos se retiró el pelo de ésta—. Le dije que me molestaba que se hubiera gastado dinero en irse solo de viaje, cuando por lo visto no le llegaba para ayudarme a pagar el alquiler o la comida, pero en realidad me molestaba más el hecho de que me lo hubiera ocultado. Eso me hizo dar cuenta de que conmigo actuaba igual que con Kate, con secretismo. Era como si en ningún momento se le hubiese pasado por la cabeza invitarme a ir con él. Nuestra mayor discusión fue por eso, aunque fingiéramos que era por la pintura, y cuando volvió de su viaje, aguantamos juntos nada más unos días y luego se marchó.

A Mary se le llenaron ahora los ojos de lágrimas, las primeras que veía desde la noche en que había llorado en mi sofá. ¡Dios mío! Si en aquel momento hubiese estado frente a la puerta de la habitación de Robert, habría entrado y le habría propinado un puñetazo en lugar de sentarme en el sillón. Mary se enjugó los ojos. Creo que ninguno de los dos respiraba desde hacía un par de minutos.

—Mary, ¿puedo preguntarle una cosa? ¿Le dijo usted que se fuera o la dejó él?

—Le dije que se fuera. Me daba miedo no hacerlo y que él decidiera irse, porque entonces perdería también la poca autoestima que me quedaba.

Llevaba mucho tiempo esperando para hacer estas preguntas.

—¿Sabía usted que Robert llevaba encima un fajo de cartas viejas cuando atacó el cuadro? Cartas entre Béatrice de Clerval y Olivier Vignot, el autor del retrato.

Mary se quedó momentáneamente helada, luego asintió.

—No sabía que eran también de Olivier Vignot.

—¿Echó usted un vistazo a las cartas?

—Sí, más o menos. Luego le cuento más cosas.

Tuve que dejarlo ahí. Ella me miró directamente a los ojos; su rostro sereno carecía de rencor. Pensé que lo que estaba viendo frente a mí, sin reservas, era quizá lo que su amor por Robert había representado para ella. No había conocido en toda mi vida a nadie tan asombroso como esta chica, que en los museos contemplaba oblicuamente la pintura de un lienzo, que comía como un hombre refinado y se retiraba el pelo de la cara con una caricia como una ninfa; a excepción hecha, tal vez, de una mujer a la que únicamente conocía a través de viejas cartas y de cuadros: la dama de Olivier Vignot y Robert Oliver. Pero entendía por qué Robert había podido amar, lo mejor que había sabido, a la mujer viva mientras amaba a la muerta.

Quise decirle lo mucho que sentía el dolor que sus palabras contenían, pero no sabía cómo decirlo sin parecer condescendiente, de modo que en lugar de eso me concentré en quedarme ahí sentado, mirándola con la mayor ternura posible. Además, por la forma en que apuró su café y buscó su chaqueta, supe que nuestra cena había terminado. Pero la noche planteaba un último problema y tuve que pensar en cómo abordarlo.

—He ido a consultarlo a recepción y les quedan habitaciones libres. Me encantaría…

—No, no. —Puso un par de billetes debajo de su plato y se deslizó por el banco corrido—. Tengo una amiga en la Calle 28 que ya me espera en su casa… la he llamado antes. Pasaré por aquí a eso de las nueve de la mañana.

—Sí, se lo ruego. Podemos tomar un café e ir al norte de la ciudad.

—Perfecto. Tenga, esto es para usted. —Metió una mano en el bolso y me dio un grueso sobre; esta vez duro y abultado, como si además de papeles llevase un libro.

Ahora Mary había recuperado ya el control y yo me apresuré a ponerme de pie. Costaba seguir el ritmo de esta chica. De no haber sido tan digna o de no estar ahora sonriéndome, habría pensado que era una persona irritable. Ante mi sorpresa, me puso una mano en el brazo para no perder el equilibrio y luego alargó el cuello para besarme en la mejilla; era casi de mi misma estatura. Sus labios eran tibios y suaves.

Cuando llegué a mi habitación todavía era pronto; tenía toda la noche por delante. Había pensado en llamar al único viejo amigo que tenía en la ciudad: Alan Glickman, un compañero de instituto con el que había conseguido no perder el contacto, principalmente gracias a que nos llamábamos un par de veces al año. Me divertía su agudo sentido del humor, pero ni siquiera me había ocupado de llamarle con antelación y era probable que ya hubiera hecho planes. Además, el sobre de Mary estaba en el borde de la cama. Irme y dejarlo aquí siquiera por unas horas, sería como olvidarme a alguien en la habitación.

Me senté a abrirlo y extraje el fajo de hojas mecanografiadas y un delgado libro en rústica repleto de reproducciones en color. Me tumbé en la cama con las páginas de Mary. La puerta tenía el cerrojo echado y los estores estaban desenrollados, pero sentí que una presencia inundaba la habitación, un anhelo que podría haber traspasado con la mano.

61

Mary

Durante el desayuno Frank monopolizó mi atención.

—¿Estás preparada? —preguntó mientras sostenía una bandeja que contenía dos cuencos de cereales, un plato de huevos con beicon, y tres vasos de zumo de naranja. Esta mañana nos teníamos que servir solos: reinaba la democracia. Había encontrado un rincón soleado e iba por mi segunda taza de café y un huevo frito, y no había ni rastro de Robert Oliver. Tal vez no desayunase.

—¿Preparada para qué? —repliqué.

—Para el primer día. —Dejó la bandeja sin preguntarme si deseaba compañía.

—Adelante, siéntate —le dije—. Me apetecía un poco de compañía en este maravilloso y solitario rincón.

Él sonrió, aparentemente divertido por mi irritabilidad; ¿qué me había hecho pensar que el sarcasmo funcionaría? Se había levantado un par de crestas junto a la frente y llevaba unos tejanos grisáceos, una sudadera y unas desgastadas zapatillas de baloncesto, y un collar de cuentas rojas y azules. Dobló la espalda sobre su flexible cintura y encorvó los hombros para comerse los cereales. Era perfecto en su inmadurez, y él lo sabía. Me lo imaginé con sesenta y cinco años, flaco y de brazos delgados, con juanetes y probablemente un tatuaje arrugado en algún sitio.

—El primer día va a ser largo —anunció—. Por eso te he preguntado si estás preparada. Tengo entendido que Oliver nos tendrá un montón de horas pintando al aire libre. Es muy vehemente.

Intenté seguir tomando el café.

—Es una clase de paisajismo, no un entrenamiento de fútbol.

—¡Oh, yo no estaría tan seguro! —Mientras tanto, Frank iba mascando su desayuno—. He oído cosas sobre este tipo. No para nunca. Se ha hecho un nombre como retratista, pero ahora mismo se dedica realmente a los paisajes. Se pasa todo el día al aire libre, como un animal.

—O como Monet —dije, y al instante me arrepentí. Frank desvió la vista como si yo me estuviese metiendo el dedo en la nariz.

—¿Monet? —musitó y, pese a que tenía la boca llena de comida, percibí su desdén y desconcierto. Nos acabamos nuestros huevos en un silencio no del todo amigable.

La ladera que Robert Oliver había elegido para nuestro primer ejercicio de paisajismo tenía vistas sobre el océano y las islas rocosas; estaba integrada en un parque estatal y me pregunté cómo había sabido llegar hasta aquí exactamente, hasta este formidable escenario. Robert hundió las patas de su caballete en el suelo. Todos nos reunimos a su alrededor, con nuestro material en la mano o tras haberlo dejado sobre la hierba, para observar mientras él nos demostraba cómo se hacía un bosquejo, mientras nos enseñaba cómo centrarnos primero en la forma sin tener en cuenta aún lo que esas formas representaban, y luego nos hacía sugerencias sobre el color. Necesitaríamos una base grisácea, nos dijo, para reproducir la luz fría e intensa que nos rodeaba, pero también algunos tonos terrosos más cálidos para pintar después los troncos de los árboles, la hierba e incluso el agua.

Aquella mañana, su intervención en clase había sido mínima:

—Sois todos unos artistas consumados y prolíficos, y no creo que sea necesario hablar mucho… salgamos a trabajar sobre el terreno y veamos qué pasa, más tarde, cuando tengamos unos cuantos cuadros que analizar, ya hablaremos de la composición. —Después de aquello, me alegré de salir enseguida al aire libre. Habíamos venido en coche hasta esta zona y luego subido bosque a través desde el aparcamiento, cargando nuestros equipos a cuestas. El seminario nos había provisto de sándwiches y manzanas; esperábamos que a lo largo del día no se pusiese a llover.

Ahora empezaba a recordar muchas cosas de Robert Oliver, a quien tenía lo bastante cerca para ver su demostración, pero no tanto como para parecer ansiosa; reconocí esa apasionada insistencia en la forma, el modo en que la convicción volvía más grave su voz cuando nos decía que lo ignoráramos todo, salvo la geometría de la escena, hasta que nos saliera bien, el modo en que retrocedía, descansando el peso de su cuerpo en los talones, para examinar su trabajo cada pocos minutos, y luego volvía a acercarse. Me fijé en que Robert se comunicaba de una manera o de otra con todos; más que nunca, desplegó ese natural y desenfadado don de la hospitalidad que tenía, como si dondequiera que enseñara hubiese un comedor en lugar de una clase y estuviéramos todos comiendo a su mesa. Era irresistible, y los demás alumnos parecieron sentirse al punto atraídos por él, porque se apiñaron confiados alrededor de su lienzo. Robert señaló varias vistas y las formas que podrían adquirir en un lienzo, a continuación bosquejó las formas del paisaje que había elegido y les aplicó color, en su mayoría ocre oscuro, además de una fina capa de intenso marrón.

En la ladera había suficientes puntos sin desnivel para que seis personas montaran sus caballetes con estabilidad, y todos nos dedicamos un rato a buscar vistas. De hecho, era difícil equivocarse; era difícil decidir qué parte de los ciento ochenta grados de esplendor natural pintar. Por fin, me decidí por una amplia vista de abetos que se extendían sigilosamente hasta la playa y el agua, con la mole de la Isla des Roches a la derecha y un horizonte liso de agua uniéndose con el cielo a la izquierda. Le faltaba equilibrio; moví un poco el caballete y el paisaje quedó enmarcado en el extremo izquierdo por unos árboles de hoja perenne que había junto a la playa, que añadirían interés a ese lado del lienzo.

Una vez elegido el lugar, Frank plantó con entusiasmo su caballete cerca del mío, como si yo le hubiera invitado a hacerlo y me sintiera honrada por su compañía. Algunos de los alumnos parecían bastante simpáticos; eran de mi edad o mayores, principalmente mujeres, lo que hacía que Frank pareciera un niño precoz. Dos de las mujeres, que aseguraban conocerse ya de un seminario en Santa Fe, se habían puesto a hablar amigablemente conmigo en la furgoneta. Vi que ponían sus caballetes en trechos inferiores de la colina al tiempo que hablaban de sus paletas. Asimismo, había un anciano muy tímido, que Frank me dijo entre susurros que había expuesto en el Williams College un año antes; se instaló cerca de nosotros y empezó a bosquejar con pintura en lugar de lápices.

Frank no solamente había fijado las patas de su caballete en el suelo cerca del mío, sino que también lo dirigió más o menos en la misma dirección; disgustada, comprendí que pintaríamos escenas muy similares, lo cual supondría la competencia directa de nuestas habilidades. Por lo menos se concentró enseguida y probablemente no me molestaría; ya tenía la paleta preparada con unos cuantos colores básicos, y estaba usando grafito para delinear la masa lejana de la isla y el contorno de la orilla en primer plano. Pintaba deprisa, con seguridad, y su flaca espalda se movía debajo de la camisa con un ritmo elegante.

Aparté la vista y empecé a preparar mi paleta: verde, ocre oscuro, un azul suave con una pizca de gris, un chorro de blanco y otro de negro. Ya me arrepentía de no haber reemplazado dos de mis pinceles antes del seminario; estos eran magníficos, pero los tenía desde hacía tanto tiempo que habían perdido algunos pelos. Mi empleo de profesora, una vez pagado el alquiler y la comida, no daba tanto de sí como para comprarme material artístico caro, y Washington no era barato, aunque había encontrado un apartamento en un barrio al que Muzzy jamás habría dado su visto bueno y que, por suerte, nunca venía a ver. Tampoco se me ocurriría pedirle dinero después del chasco que se había llevado, porque no estudié lo que ella quería. («Pero hoy en día hay muchos licenciados en Bellas Artes que luego estudian derecho, ¿verdad, cariño? Y tú siempre has sido muy peleona.») Renové mi promesa, como hacía a diario: seguiría intentando tener un *book* de trabajos decente, participar en suficientes exposiciones, acumular suficientes referencias brillantes y buscarme un trabajo de profesora de verdad. Como Frank no me estaba mirando, levanté rabiosa la vista hacia él. Si me iba bien en este taller, tal vez Robert Oliver pudiese ayudarme de alguna forma. Miré furtivamente hacia él y descubrí que también estaba pintando ensimismado. No pude ver su lienzo desde mi posición, pero era grande y había empezado a llenarlo de largas pinceladas.

Naturalmente, el color del agua cambiaba de una hora para otra, haciendo difícil captarlo, y la cima de la Isla des Roches resultó ser un desafío; mi versión de la misma fue un poco demasiado suave, como unas natillas o una crema batida en lugar de una roca de color claro, el pueblo, enclavado en su orilla más baja, era con suerte borroso. Robert estuvo mucho rato pintando ladera abajo, y me pregunté, temerosa, si en algún momento se acercaría a ver nuestros lienzos.

Por fin, paramos para comer. Robert se desperezó, entrelazando sus enormes manos por encima de la cabeza, y el resto lo imitamos cada uno a nuestra manera, alzando la vista, dejando los pinceles o levantando los brazos. Yo sabía que comeríamos deprisa, y cuando Robert se sentó en una zona soleada que había colina abajo y sacó su comida de una gran bolsa de tela, todos lo seguimos, apiñándonos a su alrededor con nuestros propios sándwiches. Me dedicó una sonrisa; ¿me había estado buscando con la mirada un segundo antes? Frank se puso a hablar con las dos simpáticas mujeres sobre el éxito de su reciente exposición en Savannah, y Robert se inclinó para preguntarme qué tal iba mi paisaje.

—Fatal —contesté, lo cual por algún motivo le hizo sonreír—. No sé —dije animándome—, ¿ha probado alguna vez ese postre llamado isla flotante? —Robert se echó a reír y prometió venir a echarle un vistazo.

62

Mary

Finalizada la comida, Robert nos dejó y se fue a pasear por el bosque; para hacer pipí, comprendí más tarde, algo que yo misma me ocupé de hacer en cuanto los tres hombres se pusieron a pintar de nuevo; tenía un pañuelo de papel en el bolsillo, que enterré debajo de las húmedas hojas y ramas cubiertas de líquenes. Después de comer empezamos unos lienzos nuevos para ajustar el cambio de luz, y seguimos pintando durante horas. Empecé a darme cuenta de que el comentario que había hecho Frank acerca de la dedicación de Robert a la naturaleza era acertado; al fin y al cabo, no se acercó a ver el trabajo de nadie y me sentí aliviada y a la par decepcionada. Me dolían las piernas y la espalda, y empecé a ver platos de comida frente a mí en lugar de las texturas del agua y los abetos.

Por fin, justo antes de las cuatro, Robert se paseó despacio entre nosotros, haciendo sugerencias, escuchando problemas, nos reunió a todos un momento para preguntarnos qué nos parecían las diferencias entre la luz matutina y la vespertina de aquel paisaje, y nos comentó que pintar un acantilado no era distinto a pintar un párpado; debíamos tener presente que la luz revela las formas, al margen de cuál sea el objeto. Por último se detuvo junto a mi caballete y se quedó analizando el lienzo con los brazos cruzados.

—Los árboles están muy bien —dijo—. Realmente bien. Mira, si pones una sombra más oscura en este lado de la isla… ¿te importa? —Sacudí la cabeza, y él me cogió un pincel—. No tengas reparo en oscurecer una sombra, si necesitas contraste —musitó, y vi cómo mi isla cobraba una dimensión geológica real bajo su mano. Y no me importó que mejorase mi trabajo—. Ya está. Ya no lo toco más, prefiero que sigas tú. —Me rozó el brazo con sus grandes dedos y me dejó, y me puse a pintar con afán, casi con ofuscación, hasta que el sol se puso lo bastante como para interferir en la buena visibilidad.

—Estoy muerto de hambre —dijo Frank entre dientes, inclinándose hacia mi burbuja espacial—. Este tipo está chalado. ¿No estás hambrienta? ¡Qué árboles tan guays! —añadió—. Deben de gustarte los árboles.

Intenté entender sus palabras pero no pude, no pude siquiera decir «¿qué?» Estaba completamente entumecida, helada debajo de mi sudadera y el pañuelo de algodón que me había enrollado alrededor del cuello, y la brisa marina era cada vez más fría; no había pintado con tanta intensidad en muchísimo tiempo, si bien lo hacía casi a diario en los ratos libres que me dejaba el trabajo. Ahora que estaba tan profundamente concentrada en mis sombras y necesitaba agregar unas cuantas manchas blancas al conjunto de la escena, para darle luminosidad, me surgió otra duda más para preguntarle a Robert. ¿Debería esperar y añadir mañana el blanco para que la luz se pareciese más a aquélla con la que habíamos empezado a pintar, o hacerlo ahora, deprisa y de memoria?

Bajé por la pendiente hasta el caballete de Robert, junto al que estaba empezando a limpiar sus pinceles y rascar la paleta. Cada equis segundos paraba para volver a mirar su lienzo y extender la vista hacia el paisaje. Se me ocurrió que durante un buen rato había olvidado enseñarnos nada, y sentí una punzada de solidaridad; ajeno a su entorno, él también se había entregado al movimiento del pincel y la mano, los dedos y la muñeca. Pensé que podíamos aprender simplemente estando cerca de esa clase de obsesión. Me quedé delante de su obra. Robert hacía que pintar pareciera fácil: ver formas básicas y perfilarlas, añadir color, darles toques de luz; los árboles, el agua, las rocas, la estrecha playa de abajo. La superficie no estaba acabada; si había tiempo, Robert probablemente trabajaría al menos otra tarde entera en este lienzo, como nosotros. Las formas evolucionarían hasta adquirir pleno realismo; retocaría aquí y allí los detalles de la rama, la hoja y la ola.

Pero sí que había completado, maravillosamente, una sección de su lienzo. Me pregunté por qué la había terminado antes que el resto: la playa escarpada y las rocas pálidas que se extendían hasta el océano, los suaves colores de las piedras y las algas rojizas. Estábamos a bastante altura sobre el nivel del mar, y Robert había captado esa sensación de estar mirando hacia abajo, u oblicuamente, a las dos lejanas figuras que caminaban de la mano por la orilla, la más pequeña agachándose como para sacar algo de una poza, la más alta erguida. Se las veía con la suficiente nitidez, estaban lo bastante cerca como para poder ver la larga falda de la mujer agitada por el viento, el sombrero de la niña colgando de sus cintas azules, dos únicas personas en agradable compañía mutua donde no había habido nadie, salvo unos alumnos pintando toda la tarde en la colina de arriba. Me sorprendí a mí misma mirándolas fijamente, luego mirándolo a él; Robert retocó el minúsculo zapato de la mujer con un pincel, como si embetunara su punta, y a continuación volvió a limpiar los pelos de cebellina. Yo había olvidado la pregunta que quería hacerle… algo acerca del cambio de la luz.

Robert se volvió hacia mí con una sonrisa, como si hubiese sabido que estaba allí e incluso quién era.

—¿Te ha ido bien la tarde?

—Muy bien —respondí. Su actitud relajada me hizo pensar que sería una estupidez preguntarle por qué había incluido dos figuras ficticias en la escena veraniega que teníamos delante. Era famoso por sus alusiones al siglo XIX y tenía todo el derecho del mundo a meter lo que le diese la gana en una clase de paisajismo, para eso se llamaba Robert Oliver. Deseé que alguien más se lo preguntase.

Entonces deseé algo distinto: llegarlo a conocer algún día lo bastante bien para preguntarle cualquier cosa. Me lanzó una mirada con la expresión cordial y distante que yo recordaba de la universidad; tenía un rostro enigmático y codificado. Por la abertura de su camisa sobre el pecho vi hebras plateadas en su oscuro pelo.

Quise alargar la mano y tocar aquellos pelos, para ver si con la edad se habían vuelto más suaves o más ásperos, ¿cuál de las dos cosas? Se había arremangado la camisa hasta los codos. Ahora estaba en esa postura imponente tan suya, con los brazos cruzados, las manos envolviendo sus codos desnudos y las piernas bien plantadas en el suelo para contrarrestar la inclinación de la pendiente.

—La vista es sensacional —comentó afablemente—. Supongo que deberíamos irnos ya a cenar. —*Era* sensacional, podría haber señalado yo, pero no incluía ninguna figura de vestido largo bordeando la marea. Habría sido imposible dar con otra orilla tan increíblemente desierta, con otro paisaje sin gente, ¿no había sido ése el tema central del ejercicio?

63

1879

A últimos de marzo, su cuadro de la doncella de cabellos dorados es aceptado en el Salón con el seudónimo de Marie Rivière. Olivier va a darles la noticia en persona. Él, Yves y papá, beben a su salud de sus mejores copas de cristal sentados a la mesa de comedor mientras ella reprime la sonrisa de sus labios. Intenta no mirar a Olivier y lo consigue; ya se va acostumbrando a ver a todos sus amores juntos alrededor de una mesa. Esa noche la felicidad le impide conciliar el sueño, es un gozo complejo que parece arrebatarle parte de la euforia inicial producida por el cuadro. En su siguiente carta, Olivier le dice que es una reacción natural. Le comenta que debe de sentirse tan vulnerable como exultante, y que simplemente tiene que seguir pintando, como cualquier artista.

Ella empieza un nuevo lienzo, éste de los cisnes del Bois de Boulogne; Yves saca tiempo para acompañarla los sábados, a fin de que no tenga que pasear o pintar sola en ningún momento. En cambio, a veces es Olivier el que va con ella y le ayuda a mezclar colores, y en cierta ocasión la pinta sentada en un banco cerca del agua, un pequeño retrato de ella desde el encaje del cuello hasta la parte superior de su sombrero, que ha sido echado hacia atrás para mostrar sus grandes ojos. Él asegura que es el mejor retrato de su carrera. Al dorso escribe con audaces pinceladas: *Retrato de Béatrice de Clerval*, 1879, y firma en una esquina.

Una noche en que Olivier no está allí, Gilbert y Armand Thomas van otra vez a cenar. Gilbert, el hermano mayor, es un hombre atractivo de estudiados movimientos, una compañía grata para un cuarto de estar. Armand es más reservado, viste con tanta elegancia como

Gilbert, pero muestra cierta tendencia a la apatía. Se complementan el uno al otro, Armand realza la intensidad de Gilbert, y Gilbert hace que el silencio de Armand parezca refinado en lugar de tedioso. Gilbert tiene un acceso especial a las obras seleccionadas por el jurado del Salón y ahora expuestas; cuando los demás invitados se han ido y se quedan ellos cuatro en la sala, afirma que ha visto el trabajo que ha presentado Olivier Vignot, del joven debajo del árbol, así como la misteriosa obra que monsieur Vignot ha presentado en nombre de una artista desconocida, una tal *madame* o *mademoiselle* Rivière. Es curioso que el cuadro le recuerde algo; y también un fastidio que Vignot se niegue a revelar la identidad de madame Rivière, porque seguramente no es su nombre real.

Gilbert se dirige a Yves mientras habla, luego a Béatrice. Su alargada y hermosa cabeza se inclina hacia un lado cuando les pregunta si conocen a esta pintora; quizá joven y tímida. ¡Qué valiente ha sido esta mujer anónima enviando una obra al Salón! Yves niega con la cabeza y Béatrice aparta la vista; a Yves nunca se le ha dado bien disimular. Gilbert añade que es una pena que ninguno de los dos tenga más información, y que *monsieur* Vignot se muestre tan hermético. Siempre ha creído que Olivier Vignot no es lo que parece a simple vista; tiene una larga historia a sus espaldas…, como pintor. Como siempre, la habitación es acogedora, los muebles han sido retapizados con colores nuevos, están los enormes morillos de papá, la luz del fuego y las delicadas velas que iluminan el cuadro que Béatrice ha pintado de su jardín, enmarcado en oro al otro lado de la sala. Gilbert habla en tono ponderado, sus modales son respetuosos y refinados; lanza una mirada al cuadro y luego hacia ella, y se estira los perfectos puños de su camisa. Por primera vez desde que le dio permiso a Olivier para que presentara su obra, Béatrice se asusta. Pero habiendo sido aceptado el cuadro, ¿en qué sentido podría realmente perjudicarle a Gilbert Thomas descubrir su identidad?

Parece que Gilbert vaya a expresar algo de mayor calado y ahora ella se inquieta de verdad. Quizá se trate de un halago, de una sutil indirecta acerca de que quizá podría vender sus obras, si es que ella está dispuesta a seguirle el juego. Es posible que esté dispuesta a eso, pero no a preguntarle qué quiere decir. De igual modo que ha percibido la bondad de Olivier, su idealismo, desde la primera noche que se vieron junto a este fuego, intuye que hay algo en Gilbert Thomas que no encaja, algo impreciso y cruel que rechina en su interior. Desea que se vaya, pero no acierta a explicarse por qué. A Yves le parece ingenioso; le ha comprado un cuadro, una imagen preciosa de Degas (pintor considerablemente radical), una pequeña bailarina que está de pie con las manos apoyadas en las caderas mientras observa a sus compañeras de baile trabajando en la barra. Béatrice lleva la conversación hacia dicha adquisición, y Gilbert, al que Armand secunda, le contesta con entusiasmo que Degas será uno de los grandes, están convencidos de ello, que ya ha sido una buena inversión.

Béatrice se siente aliviada cuando se marchan, Gilbert le besa y le aprieta la mano y le pide a Yves que le dé recuerdos a su tío de parte de los dos.

64

Mary

Me gustaría poder decir que Robert Oliver y yo fuimos buenos amigos desde aquel momento, que a partir de entonces fue mi mentor y sabio consejero, y defensor acérrimo de mis obras, que me ayudó en mi carrera y yo, a mi vez, admiré la suya, y que todo siguió su curso hasta que falleció a los ochenta y tres años, dejándome en el testamento dos de sus cuadros. Pero nada de esto fue así. Robert sigue evidentemente vivo y toda nuestra extraña historia final concluyó y pasó a formar parte del pasado. Ignoro cuánto recordará él ahora de la historia; si tuviera que adivinarlo, diría que no toda, tampoco nada, sino algo. Supongo que recuerda algunas cosas de mí, otras de los dos juntos, y que se desprendió del resto como le ocurre al humus cuando hay una riada. Si él hubiera recordado todo y lo hubiera absorbido por sus poros, como hice yo, no le estaría explicando todo esto a su psiquiatra, ni a ninguno otro, y él quizá no estaría loco. ¿Es ésa la palabra, loco? Ya estaba loco antes, en el sentido de que no era como los demás, y por eso lo amaba.

La noche de nuestra primera clase de paisajismo al aire libre me senté al lado de Robert durante la cena y, naturalmente, Frank se sentó a mi lado con su desabotonada camisa. Me entraron ganas de decirle que se la abrochara de una vez. Robert estuvo un buen rato hablando con un miembro del profesorado, que tenía a su otro lado, una mujer de setenta y tantos años, una *grande dame* del arte encontrado, pero de vez en cuando miraba a su alrededor y me sonreía, en general distraídamente y en cierta ocasión con una franqueza que me asustó, hasta que me di cuenta de que se la dedicaba a Frank por igual; al parecer, el tratamiento que Frank le había dado al agua y al horizonte le había gustado más que el mío. Si Frank creía que me iba a dejar en ridículo delante de Robert, estaba completamente equivocado, me prometí a mí misma mientras escuchaba a Frank, que acaparó la práctica totalidad de la atención de Robert en mis narices. Cuando Frank hubo terminado su largo pavoneo en forma de preguntas técnicas, Robert volvió a dirigirse a mí; al fin y al cabo, me tenía justo pegada a su mandíbula. Me dio un golpecito en el hombro:

—Estás muy callada —me dijo sonriente.

—Frank hace mucho ruido —repuse en voz baja. Mi intención había sido decirlo más alto, a modo de pequeña reprimenda para Frank, pero me salió en voz baja y áspera, como si fuese únicamente dirigido al oído de Robert Oliver. Bajó los ojos para mirarme; como he dicho, Robert tiene que bajar la vista para mirar a casi todo el mundo. Siento recurrir a este tópico, pero nuestras miradas se encontraron. Nuestras miradas se encontraron y lo hicieron por primera vez en nuestra relación, que a fin de cuentas había sufrido una interrupción de muchos años.

—Está sólo empezando su carrera —comentó, lo cual me hizo sentir un poco mejor—. ¿Por qué no me cuentas qué tal te van las cosas? ¿Estudiaste Bellas Artes?

—Sí —contesté. Tuve que inclinarme mucho hacia él para que pudiera oírme; en el orificio de su oreja había pelos finos y negros.

—Lo siento por ti —repuso a su vez en voz más alta pero suave.

—No fue tan horrible —admití—. En el fondo disfruté.

Robert se giró, con lo que pude verlo otra vez de frente. Sentí que era peligroso para mí verlo así, que él era mucho más vital de lo que debería ser una persona. Se estaba riendo, tenía una dentadura grande y de buen aspecto, pero amarillenta; propia de la madurez. Era maravilloso que no pareciera preocuparle nada o incluso saber que sus dientes eran amarillos. Frank se blanquearía los suyos un par de veces al mes antes de los treinta. El mundo estaba lleno de Franks, cuando debería estar lleno de Roberts Oliver.

—Yo también disfruté en parte —me dijo él—. Me dio un motivo de enfado.

Me atreví a encogerme de hombros.

—¿Por qué iba el arte a hacer enfadar a nadie? A mí me trae sin cuidado lo que hagan los demás.

Lo estaba imitando, imitaba su propia indiferencia, pero por lo visto le pareció insólito, porque frunció las cejas.

—Quizá tengas razón. En cualquier caso, esa etapa se supera, ¿verdad? —Estaba compartiendo su experiencia conmigo, no era una pregunta real.

—Sí —contesté, atreviéndome a mirarlo de nuevo a los ojos. Después de hacerlo un par de veces, no me resultó difícil.

—Tú lo has superado joven —me dijo tranquilamente.

—No soy tan joven. —No había sido su intención parecer hostil, pero me miró más detenidamente aún. Sus ojos se perdieron por mi cuello, recorrieron mis pechos... hicieron el habitual repaso masculino ante la presencia femenina, automático, animal. Lamenté que hubiese mostrado esa mirada, era impersonal. Hizo que me preguntara por su mujer. Ahora, como en Barnett, Robert llevaba su ancho anillo de oro puesto, de modo que tuve que presumir que seguía estando casado. Sin embargo, cuando volvió a hablar su rostro era tierno—. Tu cuadro es enormemente interpretativo.

Entonces se volvió, por alguna razón se puso a debatir con las otras personas que nos rodeaban y habló con la mesa en general, por lo que no averigüé, como mínimo entonces, a qué clase de interpretación se había referido. Me concentré en mi comida; de cualquier forma, con todo ese ruido no podía oír nada. Tras un rato así, Robert volvió a dirigirse a mí, y de nuevo se produjo esa tranquilidad entre nosotros, esa espera.

—¿A qué te dedicas ahora?

Decidí decirle la verdad.

—Bueno, tengo dos trabajos tediosos en Washington. Y cada tres meses me voy a Filadelfia a ver a mi achacosa madre. Por las noches pinto.

—Pintas por las noches —repitió él—. ¿Has pedido hacer ya alguna exposición?

—No sola, ni conjuntamente siquiera —contesté despacio—. Supongo que podría haberme movido más para que me dieran una oportunidad; no sé, en la facultad quizá, pero las clases me mantienen tan ocupada que no puedo pensar con claridad al respecto. O tal vez no me sienta del todo preparada. Seguiré pintando siempre que pueda y ya está.

—Deberías exponer. Pintando como pintas, alguna manera habrá de conseguirlo.

Me hubiera gustado que explicara mejor ese «como pintas», pero a caballo regalado, no le mires el dentado, sobre todo teniendo en cuenta que ya había calificado mi único paisaje de «interpretativo». Dije para mis adentros que no me tragaría nada, aunque desde hacía años sabía que Robert Oliver no halagaba en vano, y supe instintivamente que, aun cuando me hubiese repasado con los ojos, un acto reflejo, no recurriría al halago para conseguir nada de mí. Era sencillamente demasiado fiel a la verdad artística; podías verlo en cada arruga de su cara y hombros, oírlo en su voz. Más tarde comprendí que ese halago o rechazo sin rodeos era lo más fiable de él; era impersonal, igual que su mirada al recorrer mi cuerpo. Había cierta frialdad en él, una mirada fría debajo de su piel de color cálido y su sonrisa, una cualidad que me inspiraba confianza porque yo misma confiaba en ella. Podía valerse de un simple encogimiento de hombros para rechazarte o para ignorar tu trabajo si no creía que fuese bueno. Lo hacía sin esfuerzo, sin verse en el dilema de tener que hacer concesiones por razones personales. Valoraba la pintura y los cuadros sin ambages, los propios o los ajenos, no lo convertía en algo personal.

De postre había cuencos de fresones frescos. Me levanté a buscar una taza de té negro con crema de leche, que sabía que me mantendría despierta, aunque de cualquier forma estaba demasiado emocionada por toda la situación como para pensar en dormir. Tal vez pudiese pintar hasta tarde. Había estudios abiertos toda la noche, que no estaban demasiado lejos de los establos donde dormíamos; garajes que antaño habían probablemente albergado los primeros Ford Modelo T de la finca y que ahora estaban equipados con grandes tragaluces. Podía quedarme ahí a pintar, a realizar quizás unas cuantas versiones más de ese paisaje partiendo de la primera inacabada. Y después, descaradamente, podría decirle a Robert Oliver en el desayuno o en nuestra próxima ladera: «Estoy un poco cansada, ¡es que estuve pintando hasta las tres de la madrugada!» O quizás él saldría a pasear por la noche y pasaría por delante, y me vería por la ventana del garaje pintando con ahínco; entraría tranquilamente, me daría un golpecito en el hombro con una sonrisa y me diría que el cuadro era muy «interpretativo». Eso era cuanto yo quería: su atención, fugaz y casi inocentemente, pero no del todo.

Mientras apuraba mi té, Robert se levantó de la mesa, imponente, sus caderas enfundadas en sus desgastados vaqueros me llegaban a la altura de la cabeza; dio las buenas noches a todos. Probablemente tuviese cosas más importantes que hacer, como sus propias obras. Para mi indignación, Frank se fue de la mesa tras él, su perfil cincelado giraba a un lado y otro mientras hablaba por los codos. Al menos eso impediría que, en cambio, Frank me siguiera, se abriera la camisa un poco más o me preguntara si quería dar un paseo por el bosque. Abandonada no por uno sino por dos hombres, sentí una punzada de soledad y traté de valorar de nuevo mi independencia, mi romance *conmigo misma*. Decididamente, me iría a pintar, no para ahuyentar a Frank o atraer a Robert Oliver, sino por el hecho de pintar. Estaba aquí para aprovechar el tiempo, para reiniciar mis motores, que petardeaban, para disfrutar de mis breves y preciadas vacaciones; ¡que se fueran al cuerno todos los hombres!

Por esa razón Robert me encontró en el garaje, tan tarde que las otras dos o tres personas que estaban pintando en distintos puntos del gran espacio con olor a humedad ya habían recogido sus cosas y se habían ido, tan tarde que yo estaba mareada, veía verde en lugar de azul, puse un poco de amarillo con demasiada rapidez, lo rasqué y decidí parar. Había rehecho mi paisaje de la tarde en un nuevo lienzo traído de mi compartimento, con diversos cambios. Había recordado las margaritas de la hierba, que con la luz del día no había llegado a hacer, y las puse sobre la superficie de la ladera intentando que flotaran, aunque más bien se hundieron. Y también introduje otro cambio. Cuando Robert entró y cerró la puerta lateral a sus espaldas, yo estaba ya tan cansada de dar vueltas a esos cambios que me pareció una manifestación de la visión que había tenido durante la cena, de mi deseo de que se presentase aquí. Lo cierto es que no había vuelto a pensar en él, aunque, en cierto modo, había ocupado mis pensamientos sin ser yo consciente de ello, así que ahora lo miré como si se tratase de una aparición.

Se me puso delante, esbozó una sonrisa y cruzó los brazos.

—¡Sigues levantada! ¿Estás preparando tu futura exposición?

Yo me quedé mirándolo fijamente. Robert era irreal, estaba rodeado de una aureola bajo las luces que colgaban del techo. Muy a mi pesar, pensé que se parecía a un arcángel de uno de esos trípticos medievales, sobrenatural, con el pelo bastante largo y rizado, su cabeza circundada por un círculo dorado, sus enormes alas convenientemente plegadas mientras daba algún mensaje celestial. Su descolorida vestimenta dorada, la oscura luminosidad de su pelo, sus ojos aceitunados; todo aquello debería ir acompañado de unas alas, y si Robert hubiese tenido alas, habrían sido inmensas. Sentí que trascendía los límites de la historia y los convencionalismos, me sentí en los tambaleantes confines de un mundo demasiado humano para ser real o demasiado real para ser verdaderamente humano: tan sólo me sentía a mí misma, el cuadro de mi caballete, que ya no quería que él viera, y a este hombre corpulento de pelo rizado que estaba a dos metros de distancia.

—¿Es usted un ángel? —pregunté, pero me pareció erróneo y estúpido en el acto.

Sin embargo, él se rascó debajo del mentón con incipiente barba oscura, y se echó a reír.

—A duras penas. ¿Te he asustado?

Sacudí la cabeza.

—Por unos instantes me ha parecido que usted resplandecía, como si tuviese que llevar una túnica dorada.

Robert tuvo la gentileza de parecer confundido, o quizá lo estuviese de verdad.

—No encajaría con ninguna definición de ángel.

Forcé una carcajada.

—Debo de estar muy cansada entonces.

—¿Puedo verlo? —Más que acercarse exactamente a mí, Robert se acercó a mi caballete. Era demasiado tarde; no podía negarme. Ya se había puesto detrás de mí y procuré no girarme a ver su cara, pero tampoco pude evitarlo. Se quedó observando mi paisaje y luego su perfil se tornó serio. Desdobló los brazos y los dejó caer a ambos lados del cuerpo—. ¿Por qué las has añadido?

Señaló hacia las dos figuras que paseaban a lo largo de mi orilla retocada, a la mujer con falda larga junto a la niña pequeña.

—No lo sé —contesté titubeando—. Me ha gustado lo que usted ha pintado.

—¿No se te ocurrió pensar que quizá me pertenecían?

Me pregunté si su tono rozaba la amenaza; su pregunta era un tanto extraña, pero lo que sentí fue sobre todo mi propia estupidez y las estúpidas lágrimas agolpadas, pero todavía ocultas tras mi disgusto. ¿De veras iba a reprenderme? Recuperé el coraje.

—¿Hay algo que pertenezca a un solo artista?

Robert tenía el semblante hosco pero también reflexivo, estaba interesado en mi pregunta. En aquel entonces yo era un poco más joven; no entendía que la gente puede simplemente *aparentar* interés por algo que no sea sí misma. Por fin dijo:

—No, supongo que tienes razón. Supongo que soy posesivo con las imágenes con las que he estado viviendo durante mucho tiempo, nada más.

De pronto, me vi de nuevo en aquel campus, muchísimos años antes; curiosamente, la conversación era la misma, yo le estaba preguntando por la identidad de la mujer de sus lienzos y él se disponía a contestar: «¡Si supiese quién era!»

Por el contrario, le toqué el brazo; descaradamente, quizá.

—¿Sabe una cosa? Creo que ya hemos hablado de esto antes.

Él arqueó las cejas.

—¿Ah, sí?

—Sí, en los jardines de Barnett, cuando yo estudiaba allí y usted había expuesto ese retrato de una mujer frente a un espejo.

—¿Y te preguntas si ésta es la misma mujer?

—Sí, me lo pregunto.

La luz del gran estudio abierto era desagradable y precaria; sentí un hormigueo en el cuerpo debido al cansancio y a la proximidad de este desconocido que con el paso de los años no había hecho más que ganar atractivo. Apenas podía dar crédito al hecho de que tras un lapso de tiempo hubiese vuelto a aparecer en mi vida. En realidad, me estaba mirando con las cejas fruncidas.

—¿Por qué lo quieres saber?

Vacilé. Podría haber dicho muchas cosas, pero en la crudeza de aquel tiempo y espacio, en aquella irrealidad que parecía no tener futuro ni consecuencias, dije lo más impulsivo, lo más sincero.

—Algo me dice —contesté lentamente— que si supiera por qué sigue pintando lo mismo después de tantos años, podría llegar a conocerlo. Sabría quién es usted.

Mis palabras flotaron en la habitación y oí su crudeza, y pensé que debería avergonzarme, pero no lo hice. Robert Oliver se quedó petrificado, mirándome fijamente como si me hubiese estado escuchando hasta ahora y quisiera conocer mi reacción al argumento que iba a exponer. Pero en lugar de comentar nada, se quedó ahí callado (yo me sentí incluso insolentemente alta a su lado, lo bastante alta para llegar a su barbilla), y al final, en lugar de hablar, me acarició el pelo con los dedos. Estiró sobre mi hombro un largo mechón y lo alisó sólo con las yemas de los dedos, sin tocarme realmente.

Recordé con un respingo que éste era el gesto de Muzzy; pensé en las manos de mi madre, ahora muy envejecidas, cuando de jovencita me cogían un mechón de pelo, y ella me decía lo brillante y lacio y suave que lo tenía, y lo soltaba con ternura. Era su gesto más dulce, de hecho, una silenciosa disculpa por toda la disciplina y la formación contra la que yo me había rebelado hasta que el desgaste nos creó resentimiento. Me quedé lo más quieta que pude, temerosa de empezar a estremecerme visiblemente, esperando que Robert no me tocara más porque eso podría hacerme temblar delante de él. Alzó ambas manos y me peinó el pelo con caricias, ordenándolo detrás de mis hombros, como si lo quisiese así para un retrato. Vi que tenía el semblante pensativo, triste, lleno de asombro. Entonces dejó caer los brazos y permaneció ahí unos instantes más, como si quisiese decir algo. Y acto seguido se dio la vuelta y se fue. Su dorso era corpulento y de movimientos pausados, abrió y cerró la puerta con lentitud y educación; no hubo despedidas.

Cuando lo hube perdido de vista, limpié mis pinceles, pegué el caballete a una esquina, apagué las deslumbrantes bombillas y salí del edificio. La noche tenía un denso olor a rocío. Las estrellas aún brillaban; eran unas estrellas que por lo visto no existían en Washington. Envuelta en la oscuridad, me llevé las manos al pelo y tiré de éste hacia delante para que cayera sobre mi pecho, entonces levanté un mechón y lo besé justo donde unos instantes antes había estado la mano de Robert.

65

1879

Por fin, un espléndido día de primavera, visitan el Salón. Van juntos, ella, Olivier e Yves, aunque Olivier y ella volverán a ir otro día los dos solos. La mano enguantada de Béatrice está oculta debajo del brazo de él, para ver sus dos cuadros, colgados en distintas salas. Han estado allí en años anteriores, pero ésta es la primera vez (el tiempo demostrará que la primera de dos) que Béatrice busca con la mirada su propio lienzo entre los centenares de cuadros que abarrotan las paredes. El ritual de asistencia le resulta familiar, pero hoy todo es diferente; es posible que cada persona que ve entre el gentío de los pasillos haya visto su cuadro, que le haya echado un indiferente vistazo, que al contemplarlo se haya identificado con él o le haya espantado su ínfima calidad. La muchedumbre ya no es una imagen borrosa de atuendos a la moda, sino que la forman individuos capaces de emitir un juicio.

Esto, piensa ella, es lo que implica ser un pintor conocido, expuesto al público. Ahora se alegra de no haber usado su propio nombre. Es probable que hayan pasado por delante de su cuadro ministros del gobierno; tal vez también *monsieur* Manet y Lamelle, antiguo profesor de Béatrice. Lleva puesto su vestido y sombrero nuevos, ambos de color gris perla, el vestido ribeteado con un estrecho galón carmesí, el pequeño sombrero chato inclinado hacia delante sobre la frente con largas cintas rojas que cuelgan por la espalda. Su pelo está recogido en un apretado moño debajo del sombrero, su cintura estrechamente encorsetada, la parte posterior de su falda pellizcada por una serie de prietas cascadas de tela superpuestas, el borde de la cual se arrastra tras Béatrice.

Ella percibe la mirada de admiración de Olivier, al hombre más joven que hay tras esos ojos. Agradece que Yves se haya detenido a ver un cuadro, sujetando con las dos manos el sombrero a la espalda.

La tarde ha sido maravillosa, pero esa noche Béatrice vuelve a tener el mismo sueño horrible. Está en la barricada; ha llegado demasiado tarde y la mujer de Olivier se desangra en sus brazos. No le escribirá a Olivier para hablarle de esto, pero Yves ha oído sus gemidos. A las pocas noches le dice categóricamente a Béatrice que es preciso que la vea un médico; que está nerviosa y pálida. El médico le receta té, un bistec de ternera cada dos días y un vaso de vino tinto en las comidas. Cuando la pesadilla se repite varias veces más, Yves le anuncia que le ha organizado unas vacaciones en la costa normanda que ambos adoran.

Están los dos en el pequeño tocador de Béatrice, donde ella lleva toda la tarde descansando con un libro; Esmé ha encendido el fuego. Yves le dice que debe cuidarse y que si no está bien es absurdo que se siga cansando con los cuidados de la casa. Por el semblante preocupado de Yves y las arrugas que tiene debajo de los ojos, ella comprende que no aceptará un no por respuesta; ésa es la determinación, la voluntad, el amor por el orden con el que Yves ha cosechado tantos éxitos en su carrera y que le ha ayudado una y otra vez en los momentos difíciles vividos en la ciudad. Últimamente, Béatrice se ha olvidado de escudriñar su rostro en busca de la persona a la que conoce y admira desde hace años; sus penetrantes ojos grises, su aspecto de absoluta prosperidad, su boca sorprendentemente amable, su poblada barba castaña. Hace bastante tiempo que no se fija en la lozanía de su rostro; quizá sea simplemente que Yves está en la flor de la vida, de la suya y la de ella (tiene seis años más que Béatrice).

—¿Puedes desatender tus asuntos? —le pregunta a Yves mientras cierra el libro.

Yves cepilla la zona de las rodillas de su traje; no se ha cambiado para la cena y el polvo de la ciudad sigue pegado a su ropa. Las sillas blancas y azules de Béatrice son un poco demasiado pequeñas para él.

—Yo no podré venir —contesta Yves con pesar—. No me importaría descansar un poco, pero ahora mismo, con las oficinas nuevas, me resultaría tremendamente complicado marcharme. Le he pedido a Olivier que te lleve.

Ella se arma de valor para guardar silencio unos instantes, pero se le ha caído el alma a los pies. ¿Es esto lo que la vida le tiene reservado? Se plantea la posibilidad de contarle a Yves que la historia de su tío es la causa de su estado de nerviosismo, pero no quiere traicionar la confianza que Olivier ha depositado en ella. Además, Yves jamás entendería cómo el amor de una persona puede ser el causante de las pesadillas de otra.

—¿No le ocasionará eso muchas molestias? —replica ella al fin.

—¡Oh! Al principio estaba dudoso, pero le he insistido mucho y sabe cuánto le agradeceré que vuelvas a tener un poco de color en la cara.

Que aún están a tiempo de concebir un hijo y también que Yves está permanentemente ocupado o cansado, y llevan varios meses sin hacer el amor, son cosas que flotan tácitamente en el aire, entre ellos. Béatrice se pregunta si él estará sugiriendo una especie de borrón y cuenta nueva, pero antes quiere que ella se recupere.

—Si te he decepcionado, lo siento, querida, pero en este momento sencillamente no puedo irme. —Yves se abraza la rodilla con las manos; hay preocupación en su rostro—. Te sentará bien y, si te aburres, no es necesario que te quedes más de quince días.

—¿Y qué pasa con papá?

Él sacude la cabeza.

—Nos las apañaremos bien solos. Los criados pueden ocuparse de nosotros.

Al parecer, el destino de Béatrice se despliega ante sí. Vuelve a ver el cuerpo tras la barricada, a Olivier, cuyo pelo aún no es blanco, arrodillado y destrozado por el dolor. Si esto es lo que la vida espera de ella, transigirá. Hasta ahora y pese a todos los esfuerzos por parte del hombre de negocios que está sentado frente a ella, no ha entendido lo que es el amor. Se serena, abocada a su destino; le sonríe a Yves. Si hay que hacerlo, lo hará con todas las de la ley.

—Muy bien, cariño. Iré. Pero dejaré aquí a Esmé para que os atienda a papá y a ti.

—Tonterías. Nosotros nos las arreglaremos, y tú la necesitas para que cuide de ti.

—Olivier puede cuidar de mí —replica ella con valentía—. Papá depende de Esmé casi tanto como de mí.

—¿Estás segura, mi vida? No quiero que hagas ningún sacrificio, si no te encuentras bien.

—Por supuesto que estoy segura —dice Béatrice rotundamente. Ahora que el viaje es inevitable, se siente eufórica, como si ya no necesitara mirar dónde pisa—. Disfrutaré de mi independencia, ya sabes lo pendiente que está Esmé de mí, y estaré mucho más tranquila sabiendo que a papá lo atienden bien.

Yves asiente. Ella intuye que el médico le habrá dicho que le dé a su mujer todo lo que pida, que es preciso que descanse; la salud de una mujer puede deteriorarse excesivamente deprisa, y sobre todo la de una mujer en edad de concebir. Él hará que el médico vuelva a verla, sin duda, antes de partir, y pagará los excesivos honorarios para quedarse tranquilo. A ella la invade una oleada de cariño hacia este hombre sensato y comprensivo. Cae en la cuenta de que es posible que Yves haya achacado su malestar al cuadro o a los nervios por haberlo enviado al Salón, pero no ha dicho ni palabra de ambas cosas. Se levanta, deslizando de nuevo los pies en las zapatillas, y atraviesa la habitación para besarle en la frente. Si algún día ella se recupera, el mérito será de Yves. Todo el mérito.

París

Mayo de 1879

Amor mío:

Ciertamente, lamento que Yves no nos acompañe a Étretat, pero confío en que no te importará ponerte en mis respetuosas manos. He conseguido los billetes, tal como me pediste, y el jueves a las siete de la mañana pasaré a recogerte en un cabriolé. Escríbeme antes para hacerme saber lo que te puedo traer en lo que a material artístico se refiere; estoy seguro de que ésa será mejor medicina que cualquier otra cosa que pueda hacer por ti.

Olivier Vignot

66

Mary

Durante el desayuno de la segunda mañana me mentalicé para esquivar la mirada de Robert, en caso de que ésta se encontrara con la mía, pero para mi alivio él no estaba allí, e incluso Frank parecía haber encontrado alguien más con quien hablar. Me encorvé sobre mi café y mi tostada, atontada después de tanto pintar y por falta se sueño, sin ganas de que empezase el día. Me había recogido el pelo en un moño alto para que no me molestara y me había puesto una descolorida camisa de color caqui con pintura en el borde inferior, la que menos le gustaba a Muzzy. El café caliente me ayudó a templar los nervios; al fin y al cabo, era una estupidez pensar en este hombre, este desconocido inalcanzable, extraño y famoso, y me propuse no hacerlo. La mañana estaba terriblemente despejada, era perfecta para una sesión de paisajismo al aire libre; a las nueve estaba de nuevo en la furgoneta. Conducía Robert, y una de las mujeres de más edad le ayudaba consultando un mapa. Frank me iba dando codazos desde su asiento, contiguo al mío, y era como si la noche anterior no hubiese existido nunca.

En esta ocasión pintamos a orillas de un lago, que tenía una casita ruinosa al otro lado y un entramado de abedules comunes bordeando sus márgenes. En clave de humor, Robert nos advirtió que no pintáramos ningún alce. Ni mujeres con vestidos largos, podría haber añadido yo pese al dolor de cabeza. Monté mi caballete lo más lejos que pude del suyo sin arrimarme a Frank. De ninguna manera quería que Robert pensara que lo estaba persiguiendo, y mi única recompensa fue que durante toda la tarde él, deliberadamente, evitó mirarme y ni siquiera se acercó a evaluar mi cuadro, que en cualquier caso era una calamidad. Eso quería decir que la conversación de la noche anterior corría aún por sus venas también; de lo contrario, estaría bromeando conmigo, su antigua alumna. No lograba recordar lo que sabía sobre los árboles o las sombras, o cualquier otra cosa; parecía que estuviese pintando una zanja fangosa en la que únicamente era capaz de ver mi propia silueta distorsionada, removiendo el agua, algo que dentro de lo familiar me resultaba siniestro.

Comimos agrupados en torno a dos mesas de *picnic* (no me senté en la de Robert) y al término de la jornada nos reunimos alrededor del lienzo de Robert (¿cómo lograba que el agua pareciese tan absolutamente real?), y éste nos habló del contorno de la orilla y de su elección de colores para las lejanas colinas azules. El reto de este paisaje estaba en su esencia monocromática, colinas azules, lago azul, cielo azul y la tentación de excederse en el blanco de los abedules para crear contraste. Pero si nos fijábamos bien, dijo Robert, nos daríamos cuenta de que en aquellos apagados tonos había una variedad increíble. Frank se frotó detrás de la oreja con un dedo, escuchando con tal cara de me-parece-muy-bien-pero-yo-sé-más que me entraron ganas de darle una bofetada; ¿qué le hacía pensar que sabía más que Robert Oliver?

Lo de la cena fue peor; Robert entró en el comedor abarrotado después que yo y, al parecer, eligió una silla lo más alejada posible de mí tras barrer mi mesa con la mirada. Posteriormente, encendieron la hoguera en el oscuro jardín y la gente bebió cervezas, charló y se rió con un nuevo nivel de abandono, como si las amistades ya se hubiesen consolidado. ¿Y qué había consolidado yo? Había matado el tiempo con Frank el Perfecto, o había regresado sola a mi habitación o esquivado y pensado en nuestro genial profesor, cuando podría haber estado haciendo amistades. Contemplé la posibilidad de llevarme un par de cervezas, buscar a una de las mujeres que me había caído bien de la clase de paisajismo y sentarnos tranquilamente en un banco del jardín para oírle hablar de su vida familiar, de la facultad a la que había ido y de la exposición colectiva en la que había participado, del trabajo de su marido... pero me cansé antes incluso de empezar. Escudriñé al grupo de gente buscando la cabeza rizada de Robert y la encontré; descollaba sobre un grupo que incluía a un par de compañeros míos de clase, aunque me gustó comprobar que esta vez Frank no estaba pegado a él. Cogí mi sudadera y me fui con los hombros gachos hacia los establos, mi cama y mi libro; Isaac Newton me haría más compañía que toda esta gente que tan bien se lo estaba pasando, y en cuanto hubiese dormido más de tres horas yo misma sería una compañía decente.

En los establos no había ni un alma, las hileras de puertecitas de las habitaciones estaban cerradas, excepto la mía, que por lo visto me había dejado abierta; había sido una imprudencia, aunque llevaba el monedero en el bolsillo de los vaqueros y el resto de mis cosas no me preocupaban. De todas formas, aquí nadie parecía cerrar mucho con llave. Entré, entumecida, y muy a mi pesar se me escapó un leve grito; Frank estaba sentado en el borde de mi cama, llevaba una limpia camisa blanca abierta hasta la cintura, pantalones vaqueros y un collar de gruesas cuentas marrones que, de hecho, se parecía bastante al mío. Tenía un cuaderno de dibujo en la mano; estaba frotando con el pulgar un dibujo recién hecho, difuminando contornos. Su bronceado era espectacular, las costillas de su pecho musculoso se habían contraído al inclinarse sobre el papel; frotó con concentración durante un segundo más y luego levantó la vista y sonrió. Procuré no ponerme literalmente en jarras.

—¿Se puede saber que haces aquí?

Él dejó el boceto y me sonrió de oreja a oreja.

—¡Oh, venga ya! Llevas días evitándome.

—Podría avisar a la organización y decirles que te echaran.

Puso cara de escucharme con más seriedad.

—Pero no lo harás. Te has fijado en mí tanto como yo en ti. Deja de rehuirme.

—No te rehuyo. Creo que la palabra es «ignorar». Te he estado ignorando, y quizá no estés acostumbrado a eso.

—¿Crees que no sé que soy un niño de papá? —Ladeó su erizada cabeza rubia y me miró—. ¿Y qué me dices de ti? —Para mi consternación, su sonrisa era contagiosa. Crucé los brazos—. ¿Tú también eres una niña de papá?

—Si no fueras un niño de papá, está claro que no te habrías presentado aquí de esta forma totalmente inapropiada.

—¡Vamos anda! —insistió Frank—. Ésa no es tu idea de lo apropiado y lo inapropiado. En cualquier caso, no he venido para acostarme contigo, engreída. Desde el primer día he tenido la sensación de que, simplemente, podíamos ser amigos, y he pensado que quizás hablarías conmigo si estábamos a solas y no tenías que fardar delante de los demás.

Me dieron ganas de matarlo.

—¿Fardar? Nunca he visto a nadie más preocupado por la imagen de lo que pareces estar tú, pipiolo.

—¡Oh! Ya veo de qué pie cojeas. Eres una antiesnob. Mejor; al fin y al cabo, estudiaste Bellas Artes y sé dónde. No está mal. —Frank sonrió y me enseñó su cuaderno de dibujo—. Oye… he estado intentando hacerme un autorretrato frente a tu espejo. Ahora lo estaba retocando. ¿Tengo cara de fardón?

A regañadientes, le eché un vistazo al dibujo. Era un rostro melancólico, sereno y meditabundo que yo no habría asociado con lo que había visto de Frank. Además, estaba bien hecho.

—El sombreado está fatal —comenté—. Y la boca es demasiado grande.

—Me gusta grande.

—Sal de mi cama, señorito —ordené.

—Antes ven aquí y dame un beso.

Debería haberle dado una bofetada, pero me empecé a reír.

—Podría ser tu madre.

—No es verdad —repuso él. Dejó el cuaderno de dibujo encima de la cama, se levantó (tenía exactamente mi misma altura, anchura y hechura) y puso una mano a cada lado de mí, en la pared, un gesto que seguramente había sacado de las películas de Hollywood—. Eres joven y guapa, y deberías dejar de ser tan gruñona y divertirte un poco. Estamos en unas colonias *artísticas*.

—Debería hacer que te echaran de estas colonias *artísticas*, ni-ñato.

—Veamos… tienes, ¿qué? ¿Ocho años más que yo? ¿Cinco? ¡Qué honor! —Me puso una mano en la cara y empezó a acariciarme la mejilla, de manera que sentí un ardiente calambre desde el hombro hasta las raíces de mi pelo—. ¿Te gusta aparentar que eres autosuficiente o realmente disfrutas durmiendo sola en este cubículo?

—No te lo diré pero en cualquier caso, los hombres tienen prohibida la entrada aquí —dije, apartando su mano, que reanudó al instante su delicada tarea sobre mi sien y mandíbula abajo. Muy a mi pesar, empecé a desear poner aquella mano sutil, diestra y joven en otro lugar, para sentirla en todas partes.

—Eso es únicamente en teoría. —Se inclinó hacia delante, pero lentamente, como para hipnotizarme, una inicitiva que le funcionó. Su aliento despedía un olor agradable y fresco. Se quedó ahí hasta que yo le besé primero, humillándome, pero llena de ardor, y entonces sus labios se fundieron totalmente con los míos, con una pasión contenida que me produjo un hormigueo en el estómago. Podría haber acabado pasando la noche apoyada en ese sedoso pecho, si él no me hubiese puesto la mano en el pelo para coger un mechón.

—Eres maravillosa —comentó.

Me escapé de él por debajo de su brazo bronceado.

—Tú también, encanto, pero olvídalo.

Frank se rió con un buen humor sorprendente.

—Muy bien. Si cambias de opinión, avísame. No tienes que estar tan sola, si no quieres. Podríamos simplemente tener una de esas estupendas conversaciones que tú insistes en evitar.

—Vete, por favor. Ya vale.

Frank cogió su cuaderno de dibujo y se fue con tanta discreción como Robert Oliver se había ido del estudio la noche antes, cerrando incluso respetuosamente la puerta al salir, como para demostrarme la madurez de la que yo no lo creía capaz. Cuando tuve la certeza de que había salido del edificio, me tiré sobre la cama, me limpié la boca con el dorso de la manga y hasta lloré un poco, pero con fuerza.

67

1879

Cuando su tren llega a la costa, es de noche y los dos están en silencio; ella está agotada, su velo un poco manchado de hollín, lo que le produce la sensación de que no ve bien. En Fécamp se preparan para salir del tren y subirse a un carruaje en dirección a Étretat. Olivier coge sus maletas de menor tamaño del estante del compartimento en el que han estado hablando durante todo el día (los baúles se los llevarán los mozos) y cuando se pone de pie, a ella le da la impresión de que está agarrotado, de que debajo de su traje de viaje bien confeccionado su cuerpo está indudablemente viejo, de que no tiene sentido que le ponga la mano en el codo mientras habla con ella, no porque él no sea Yves, sino porque no es joven. Sin embargo, se vuelve a sentar y le coge de la mano. Ambos llevan guantes.

—Te cojo de la mano —le dice él—, porque puedo, y porque es la mano más hermosa del mundo.

Ella no puede decir nada equiparable a eso, y el tren traquetea al frenar. Por el contrario, retira la mano, se quita el guante y vuelve a unirla a la de él. Olivier la levanta para examinarla, y bajo la tenue luz del compartimento ella la ve objetivamente, repara como siempre en que sus dedos son demasiado largos, la mano entera demasiado grande para la pequeña muñeca, en que tiene pintura azul en las yemas del pulgar y el índice. Cree que él besará su mano, pero únicamente inclina la cabeza, como si reflexionase sobre algo íntimo, y se la suelta. A continuación Olivier se levanta con agilidad, coge sus maletas y le cede cortésmente el paso para que abandone el compartimento antes que él.

El revisor le ayuda a salir a la noche, que huele a carbón y campos húmedos. El monstruoso tren que dejan atrás sigue resoplando, el vapor blanco del motor contrasta con las oscuras hileras de casas, las siluetas de los maquinistas y los pasajeros son imprecisas. En el carruaje, Olivier la acomoda cuidadosamente en un asiento junto a él; los caballos arrancan y, por enésima vez, ella se pregunta por qué ha accedido a hacer semejante viaje. ¿Ha sido por la insistencia de Yves o porque Olivier quería que ella viniese con él? ¿O porque ella misma quería y ha sido demasiado cobarde para disuadir a Yves, demasiado curiosa?

Cuando llegan, Étretat es una imagen borrosa de lámparas de gas y calles adoquinadas. Olivier le da una mano para ayudarla a bajar, y ella se arrebuja en su capa y se despereza discretamente (también está agarrotada tras el viaje). La brisa huele a agua salada; en algún lugar, ahí fuera, está el Canal, emitiendo su solitario sonido. Étretat tiene el aspecto herido de un centro turístico sorprendido en temporada baja. Ella ya conoce aquella melodía, conoce esta ciudad de visitas anteriores, pero esta noche le parece un destino nuevo, una zona selvática, los confines de la Tierra. Ahora Olivier está dando unas cuantas instrucciones sobre el equipaje de ambos. Cuando ella se atreve a lanzar una mirada hacia su perfil, él le resulta distante, triste. ¿Qué décadas lo han traído hasta aquí? ¿Visitó esta costa con su mujer tiempo atrás? ¿Puede ella preguntarle algo así? A la luz de las farolas, el rostro de Olivier le parece arrugado, sus labios elegantes, delicados, arrugados también. En las ventanas del primer piso de una de las altas casas con chimenea que hay al otro lado de la estación, alguien ha encendido unas velas; ella puede apreciar una silueta que se mueve en el interior, quizás una mujer que está ordenando una habitación antes de irse a la cama. Se pregunta cómo será la vida en aquella casa y por qué a ella misma le ha tocado vivir en otra distinta, en París; piensa en lo fácil que habría sido para el destino hacer semejante trueque.

Olivier lo hace todo con elegancia, es un hombre habituado desde hace mucho tiempo a su propia piel; acostumbrado, también, a salirse tranquilamente con la suya. Al observarlo, ella se da cuenta con una repentina sensación de vértigo de que, a menos que le diga que no de alguna manera, acabará yaciendo desnuda en sus brazos, aquí, en esta ciudad. Es una idea chocante, pero una vez que se le ocurre, no puede ignorarla. Tendrá que encontrar fuerzas para articular esa palabra, *non*. *Non*; entre ellos no existe esa palabra, tan sólo esta extraña sinceridad del alma. Él está más cerca de la muerte que ella; no tiene tiempo para esperar respuestas, y a ella le enternece en exceso su deseo. Lo ineluctable del destino le hace un nudo en el pecho.

—Estarás cansada, querida —le dice Olivier—. ¿Vamos directamente al hotel? Estoy seguro de que algo nos darán de cenar.

—¿Son bonitas nuestras habitaciones? —Lo pregunta con más brusquedad de la pretendida, porque se refiere a otra cosa.

Él la mira sorprendido, con amabilidad, divertido.

—Sí, las dos son muy bonitas y creo que tienes, además, un saloncito. —Una oleada de bochorno la recorre. Naturalmente; Yves los ha enviado juntos aquí. Olivier tiene la delicadeza de no sonreír.

—Espero que mañana querrás dormir hasta tarde y, si te apetece, podemos quedar a última hora de la mañana para pintar. Veremos qué tal tiempo hace... supongo que magnífico, a juzgar por el roce de esta brisa.

El mozo ya sube calle arriba con el equipaje de ambos en un carro con ruedas, con sus maletas y cajas, con el baúl de correas de cuero de Béatrice. Ella y el tío de su marido están a solas en los confines de otro mundo, delimitado únicamente por el agua oscura y salada, un lugar en el que ella no conoce a nadie más que a él. De repente, le entran ganas de reírse.

Por el contrario, deja en el suelo la maleta que contiene su preciado material artístico y se levanta el velo; se acerca a él y le pone las manos sobre los hombros. A la luz de la farola, los ojos de Olivier miran con atención. Si le sorprende el rostro levantado de Béatrice o su espontaneidad, lo disimula en el acto. A ella, a su vez, le sorprende aceptar su beso sin reservas, sentir en él sus cuarenta años de experiencia, ver el contorno de su pómulo. Su boca es cálida y conmovedora. Ella forma parte de una sucesión de amores, pero en este momento es su único amor y será el último. El inolvidable, el que él se llevará consigo hasta el final.

68

Mary

El tercer día fue el más sorprendente. Me sería imposible describir cada uno de los más o menos quinientos días que viví con Robert Oliver, pero los primeros días de un amor son intensos; los recuerdas con detalle, porque son una representación de todos los demás. Incluso explican por qué un determinado amor no ha funcionado.

La tercera mañana del seminario desayuné frente a la misma mesa que un par de profesoras que no parecieron reparar en mi presencia en el otro extremo de ésta; había sido un acierto llevarme el libro. Una de ellas era una mujer de unos sesenta años, a la que reconocí vagamente como profesora de artes gráficas del retiro, y la otra tendría unos cuarenta y cinco, una profesora de pintura, de pelo corto y teñido de rubio, que empezó comentando que no consideraba que el nivel de los alumnos fuera tan alto como el del año anterior. «Bien, pues entonces me dedicaré a leer mi libro, señora», pensé. Los huevos estaban demasiado crudos, no como a mí me gustaban.

—No sé cuál es el motivo. —La profesora tomó un gran sorbo de café, y la otra mujer asintió—. Espero que el gran Robert Oliver no se lleve un chasco, eso es todo.

—Estoy convencida de que sobrevivirá. Ahora da clases en una universidad pequeña, ¿verdad?

—Sí, creo que Greenhill, en Carolina del Norte. En honor a la verdad, tiene un departamento muy bueno, pero dista mucho de parecerse a lo que habría en una facultad como Dios manda. Me refiero al contenido artístico.

—Por lo visto a los alumnos les cae bien —comentó con suavidad la profesora de Artes Gráficas; era evidente que no había relacionado a la lectora que comía unos huevos con desgana frente a su misma mesa con el grupo de alumnos de Robert. Mantuve la cabeza agachada. No es que la estupidez ajena me dé vergüenza, es que sencillamente hace que me entren ganas de largarme.

—Naturalmente que sí. —La mujer teñida de rubio apartó su taza de café—. Oliver hizo la portada de la revista *ARTnews*, lo llaman de todas partes para exponer y tiene las espaldas muy anchas como para darle importancia a eso y dejar de dar clases en medio de la nada. Tampoco le perjudica medir dos metros y parecerse a Júpiter.

«Más bien a Poseidón», corregí para mis adentros mientras cortaba mi beicon. «O a Neptuno. No tenéis ni idea.»

—Estoy segura de que sus alumnas lo persiguen a todas horas —dijo la profesora de Artes Gráficas.

—Lógico. —Su colega parecía encantada de que hubiera salido este tema—. Y se rumorean cosas, pero quién sabe qué hay de cierto. A mí me parece que es un tanto olvidadizo, lo cual es reconfortante. O puede que sea uno de esos hombres que, al final, realmente no se fija en nadie más que en sí mismo. Creo que además tiene mujer e hijos. Pero nunca se sabe. Cuanto mayor me hago más pienso que los cuarentones son un misterio total, en general decepcionante.

Me pregunté de qué edad prefería ella a los hombres. Sin ir más lejos, podría presentarle al huracán Frank.

La profesora de Artes Gráficas suspiró.

—Lo sé. Yo estuve casada durante veintiún años, ¡veintiún años! y sigo pensando que no llegué a conocer a mi ex marido.

—¿Quieres llevarte otro café? —inquirió la mujer del pelo erizado, y se fueron juntas sin mirar en mi dirección. Mientras se alejaban me fijé en lo grácil que era la mujer más joven; de hecho, era guapísima, iba vestida de negro, que estiliza, con un cinturón rojo, a sus cuarenta y cinco años era más esbelta que la mayoría de las mujeres de veinte. Tal vez ella misma aceptaría el reto que suponía la persona de Robert Oliver y podrían comparar sus portadas de *ARTnews*. Sólo que Robert jamás estaría interesado en esa clase de competencia; se rascaría la cabeza y cruzaría los brazos, y se pondría a pensar en otra cosa. Me pregunté si la imagen de incorruptible que tenía de él era correcta; ¿era simplemente olvidadizo, como había dicho la mujer? A mí no me había parecido que estuviera muy ausente dos noches antes y, sin embargo, no había pasado gran cosa entre nosotros. Apuré mi té deprisa y volví a los establos para coger mis cosas. Si no era un despistado, significaba que probablemente yo fuese insignificante.

Robert nos reunió de nuevo junto a los vehículos, pero en esta ocasión dijo que iríamos andando en lugar de ir en furgoneta. Para mi sorpresa, nos llevó a través del bosque por el sendero que yo había recorrido el primer día para ir hasta el agua, y montamos nuestros caballetes en la playa rocosa en la que primero lo había visto zambullirse en la fría marea para luego salir de ésta. Dedicó una sonrisa al grupo, sin excluirme, y nos dio varias pautas sobre el ángulo de la luz y el modo en que podíamos esperar que ésta cambiase. Haríamos un lienzo de la mañana, aquí mismo, pararíamos para comer en las instalaciones del centro, y después un segundo lienzo de la tarde. Para mí eso zanjó el asunto: si Robert era capaz de volver a este lugar y dar aquí una clase de paisajismo, es que era verdaderamente olvidadizo, sobre todo con respecto a mí. Sentí una especie de triste alivio; no sólo me había equivocado, comportándome con poca ética, sino que además había sido una estúpida por creer que él había sentido lo mismo que yo. Podría haberme puesto a llorar al ver a Robert moviéndose entre sus alumnos, indicándonos que colocáramos nuestros caballetes así o asá; al mismo tiempo, sentí que reconquistaba mi libertad, el romance conmigo misma, la soledad. Había hecho bien en valorar eso, y también en tomarme lo de Frank en broma y echarlo de la habitación.

Me recogí el pelo y me situé de cara al promontorio más largo que avanzaba en el océano, desde donde podía captar una espesura de abetos enraizados en la roca del Atlántico. Supe al instante que éste iba a ser un buen lienzo, que la mañana sería estupenda.

Mi mano bosquejó con facilidad las siluetas y mis ojos se llenaron inmediatamente de los grises y marrones subyacentes, del verde de los abetos que de lejos parecía negro. Ni tan siquiera la presencia de Robert, que se alejó para montar su propio caballete delante de todos, que se inclinó y agachó con su camisa amarilla de algodón... nada de eso logró distraerme mucho rato. Pinté con afán hasta que paramos para picar algo y cuando levanté la vista después de limpiar mis cepillos, Robert me estaba sonriendo en medio del grupo con una naturalidad que confirmó mis conclusiones. Empecé a hablarle, a decirle algo sobre el paisaje y los desafíos que planteaba, pero él ya se había girado para hablar con alguien más.

Estuvimos pintando hasta la hora de comer y volvimos a empezar a la una con lienzos en blanco. Mi cuadro de la mañana, apoyado en un árbol para que se secara, me había gustado más que ninguno de los que había hecho en meses; me prometí a mí misma volver otro día a la hora adecuada para acabarlo, quizá la mañana en que todo el mundo terminase el seminario, para lo cual faltaban únicamente dos días más. Me hubiera hecho ilusión que Robert se acercase a verlo, pero hoy no había examinado el cuadro de nadie. Por la tarde trabajamos en nuestra silenciosa extensión de tierra, colocando los caballetes aquí y allí; Robert se fue hasta el margen del bosque con el suyo, pero volvió cuando al atardecer la luz empezó a apagarse, habló un poco con nosotros del paisaje y nos condujo de vuelta al centro. Estaba menos satisfecha con mi segundo lienzo, pero él pasó por delante y lo elogió levemente, nos hizo comentarios a todos por igual y luego nos reunió para una observación final. Habían sido dos sesiones estupendas, una jornada agradable y productiva, pensé, y deseé que llegara la noche para tomarme una cerveza con uno o dos pintores colegas y luego irme a la cama a dormir a pierna suelta.

69

Mary

Durante la cena, me hice rápidamente con una cerveza, y después me senté un rato cerca del fuego con dos hombres inscritos en la clase de acuarelas. Su diálogo acerca de las relativas ventajas de los óleos y las acuarelas para pintar paisajes era interesante y me retuvo allí más tiempo del que pretendía. Por fin, me excusé y me sacudí la parte trasera de mis tejanos antes de disponerme a ir hacia mi cama cuidadosamente hecha. Frank estaba hablando con otra persona junto al fuego, una chica joven y guapa, así que no tenía que preocuparme por encontrármelo sentado de nuevo delante de mi espejo. De todas maneras, di un gran rodeo para esquivarlo y eso fue lo que me llevó hasta el borde del jardín, hasta la profunda oscuridad donde la luz de la hoguera no alcanzaba.

Allí había un hombre, en los linderos del bosque, un hombre alto que se estaba frotando los ojos con las manos, a continuación se frotó la cabeza, como cansado y distraído, y en lugar de mirar hacia atrás, a la hoguera, con su multitud de siluetas festivas, miraba hacia los árboles. Al cabo de unos cuantos minutos empezó a adentrarse en el bosque, recorriendo el sendero en el que yo ya pensaba como nuestro, y lo seguí, consciente de que no debería. Había justo la luz crepuscular necesaria para iluminar sus grandes zancadas delante de mí y para que me asegurara de que no se había enterado de que lo seguían. Dije un par de veces para mis adentros que debería dar media vuelta, darle intimidad. Se dirigía hacia la orilla en la que habíamos pintado aquel día; a lo mejor quería ver algunas de las formas que habíamos pintado allí, aun cuando ahora se viesen a medias, y si se había alejado solo de las instalaciones del centro lo más probable era que no quisiera compañía.

Me detuve en el margen del bosque y observé cómo continuaba bajando por las piedras de la playa, que tintineaban unas contra otras bajo sus pies. Las embestidas del océano eran audibles; el brillo del agua se prolongaba oscuro hacia un horizonte todavía más oscuro. Empezaban a aparecer las estrellas, pero el cielo seguía siendo más azul que negro, de color zafiro. Era robert. Su camisa era clara y su silueta se movía ahora a lo largo de la orilla del agua. Se quedó inmóvil, entonces se agachó para coger algo, llevó el brazo hacia atrás con el gesto de un niño que tiene una pelota de béisbol en la mano, y lo arrojó con fuerza lejos de la arena; era una piedra. Fue un gesto rápido y furioso: de rabia, de desesperación quizá, de liberación. Lo observé sin moverme, medio atemorizada por sus emociones. Acto seguido se acuclilló, un movimiento curioso para una persona tan corpulenta, de nuevo un gesto infantil, y me pareció que hundía la cabeza en las manos.

Por un momento me pregunté si estaría cansado, irritado (como lo estaba yo) por la falta de sueño y la continua imposición de estar rodeado de gente en el seminario, o si quizás estaría incluso llorando, aunque no lograba imaginarme por qué podía llorar alguien como Robert Oliver. Ahora se sentó en la arena (pensé que debía de estar húmeda y dura) y se quedó ahí un buen rato con la cabeza entre las manos. Las olas avanzaron con suavidad, rompiendo blancas y apenas visibles en la oscuridad. Me quedé observando y él se limitó a permanecer ahí sentado, sus hombros y espalda brillaban baja la luz trémula. Al final, siempre me dejo llevar por el corazón, aunque la razón y la tradición también tienen su importancia. Ojalá pudiera explicar el porqué, pero no lo sé. Eché a andar hacia la playa mientras oía el repiqueteo de las piedras bajo mis pies, y en un momento dado casi tropecé.

Robert no se volvió hasta que estuve muy cerca, e incluso entonces no pude ver la expresión de su rostro. Pero me reconociera o no desde el primer momento, me vio y se levantó; se levantó de un salto. En ese instante, sentí finalmente vergüenza y verdadero temor por haber invadido su soledad. Nos quedamos mirando el uno al otro. Y ahora pude ver su cara; sombría, angustiada, y mi presencia no la había despejado.

—¿Qué haces aquí? —preguntó tajantemente.

Moví los labios, pero no me salió la voz. En lugar de eso, alargué el brazo y cogí su mano, que era muy grande, muy cálida, y que automáticamente se cerró sobre la mía.

—Deberías volver, Mary —dijo él con un temblor en la voz (eso me pareció). Me satisfizo que hubiera usado mi nombre con tanta naturalidad.

—Lo sé —repuse—. Pero te he visto y me he preocupado.

—No te preocupes por mí —me dijo, y su mano envolvió con más fuerza la mía, como dándome a entender que eso a su vez le hacía preocuparse por mí.

—¿Estás bien?

—No —contestó en voz baja—, pero eso no importa.

—Por supuesto que importa. Que uno esté bien siempre es importante. —«Eres idiota», dije para mis adentros, pero estaba el problema de su enorme mano envolviendo la mía.

—¿Crees que los artistas tienen que estar bien necesariamente? —Robert sonrió y creí que quizás hasta se reiría de mí.

—Todo el mundo debería estar bien —contesté resueltamente, y supe que, en efecto, era una idiota y que ése era mi destino, y no me importó.

Me soltó la mano y se volvió hacia el océano.

—¿Has tenido alguna vez la sensación de que las vidas que vivieron otras personas en el pasado siguen siendo reales?

Esto me pareció lo bastante raro y fuera de contexto para darme escalofríos. Pese a su extraña afirmación yo deseaba fervientemente que él se encontrase bien, así que pensé en Isaac Newton. Entonces pensé que Robert Oliver pintaba a menudo figuras históricas o pseudo-históricas, incluidas aquellas alejadas figuras que había visto en su paisaje durante nuestro primer día completo aquí, y me di cuenta de que para él ésta debía de ser una pregunta normal.

—Sin duda.

—Quiero decir —continuó Robert como si le estuviese hablando a la orilla del agua— que cuando ves un cuadro pintado por alguien que lleva muerto mucho tiempo, sabes con seguridad que esa persona vivió realmente.

—Yo también pienso a veces en eso —confesé, si bien su comentario no casaba con mi primera teoría sobre él, acerca de su ingenuo interés por añadir figuras históricas en sus lienzos—. ¿Te refieres a alguien concreto?

Robert no me respondió, pero como yo estaba a su lado, al cabo de un momento me rodeó con un brazo, entonces me acarició el pelo que caía sobre mi espalda, una continuación de su gesto de hacía dos noches. Este hombre era más raro de lo que me había imaginado; no era tan sólo excentricidad, sino auténtica extravagancia, una especie de ensimismamiento en su propio mundo, una desconexión. Estoy convencida de que mi hermana Martha le habría dado un beso en la mejilla y se habría ido de la playa, y lo mismo haría cualquier persona sensata que conozco. Pero aquello no era cuestión de sensatez sino de sensibilidad. Robert me acarició el pelo. Levanté mi mano para coger la suya, y a continuación la acerqué a mi cara y la besé en la oscuridad.

Besar la mano de alguien es un gesto más propio de hombres que de mujeres, o un gesto que demuestra respeto (hacia la realeza, hacia un obispo, hacia los moribundos). Y mi intención era respetuosa; quise darle a entender que su presencia me intimidaba y me emocionaba, además de asustarme un poco. Él se giró hacia mí y me atrajo hacia él, flexionando un brazo suavemente alrededor de mi nuca y pasando la otra mano sobre mi rostro como si le estuviese quitando el polvo, y me estrechó contra su cuerpo para besarme. Jamás me habían besado así, jamás; su boca transmitía una pasión completamente espontánea, un deseo posiblemente desligado incluso de mí, lleno del acto en sí mismo. Puso la mano donde terminaba mi espalda y me apretó hacia arriba y contra él, y pude sentir el calor de su pecho a través de su camisa raída, los pequeños botones presionándome como para marcarme la piel.

Entonces me soltó lentamente.

—No puedo hacer esto —dijo, como embriagado. Su aliento no olía a alcohol, ni siquiera a la cerveza que yo sí me había tomado. Me puso las manos en la cara y me volvió a besar, con precipitación, y esta vez tuve la sensación de que Robert sabía perfectamente quién era yo—. Vete, por favor.

—Está bien. —Yo, a quien Muzzy había llamado terca, a quien los profesores del instituto habían considerado un tanto huraña y los profesores de la Facultad de Bellas Artes habían encontrado complicada, di media vuelta obedientemente y me fui de la oscura playa a trompicones.

70

1879

Desde la habitación que ella tiene en la posada se ve el agua; la de él sabe que está en la misma planta, pero en el otro extremo del pasillo, de modo que seguramente da a la parte de atrás, a la ciudad. El mobiliario es sencillo, una mezcla de muebles viejos. En el tocador hay una brillante concha incrustada. Unas cortinas de encaje velan la noche. El posadero le ha encendido lámparas y una vela, y le ha dejado una bandeja tapada con un paño: estofado de ave, una ensalada de puerros y un trozo de *tarte aux pommes* fría. Se asea en la palangana y come con voracidad. La chimenea no está encendida, tal vez no esté de servicio durante esa estación, o quieran ahorrar combustible. Podría pedir que la encendieran, pero a lo mejor tendría que intervenir Olivier y ella prefiere recordar su beso en el andén de la estación, no verlo ahora con cara de cansancio.

Se quita su vestido de viaje y sus botas, contenta, encantada de no haberse traído consigo a su doncella. Por una vez hará las cosas por sí misma. Junto a la fría chimenea, se saca el cubrecorsé, se desata el corsé y lo deja provisionalmente sobre una silla. Se deshace de la camisa y se quita las enaguas, se pone el camisón por la cabeza, huele a ella, a su hogar, resulta reconfortante. Empieza a abotonarse el cuello, entonces para y se lo vuelve a sacar; lo extiende encima de la cama y se sienta delante del tocador únicamente en ropa interior. El frío de la habitación hace que se le ponga la piel de gallina. Desde hace un año o más no se ha detenido a observar su cuerpo, desnudo de cintura para arriba. Su piel es más tersa de lo que creía; tiene veintisiete años. No recuerda cuándo le ha besado Yves los pezones por última vez… ¿hace cuatro meses, seis? Durante la larga primavera ella ha olvidado seducirlo incluso los días adecuados del mes. Se ha descentrado. Además, normalmente él está de viaje o cansado, o quizá obtenga todo lo que quiere en alguna otra parte.

Cubre cada montículo de su pecho con una mano, se fija en la incidencia de la luz de la vela en sus anillos. En este momento sabe más sobre Olivier que sobre el hombre con el que vive. Las décadas vividas por Olivier no encierran ningún secreto para ella, mientras que Yves es un misterio que entra y sale de su casa, asintiendo y elogiando todo. Aprieta fuerte con ambas manos. Frente al espejo, su cuello es alargado, su rostro está pálido tras el viaje en tren, sus ojos son demasiado oscuros, su mentón demasiado cuadrado, sus rizos demasiado tupidos. No tiene nada hermoso, piensa mientras se quita las horquillas del pelo. Se desenrosca el pesado moño de la nuca y deja caer el pelo sobre sus hombros y entre sus senos, se mira como la miraría Olivier, y se queda embelesada: un autorretrato, un desnudo, un tema que ella jamás pintará.

71

Mary

Al día siguiente Robert y yo no nos miramos; de hecho, no sé si él me miró o no, porque para entonces lo único que se me ocurrió fue ignorar cuanto me rodeaba, salvo mi mano sobre el pincel. A día de hoy, los paisajes que pinté en aquel seminario me siguen gustando tanto como todo lo demás que he ido pintando. Son tensos, es decir, están llenos de tensión. Hasta yo, cuando ahora los veo, puedo percibir en ellos esa pizca de misterio que todo cuadro necesita para tener éxito, tal como Robert me insinuó en cierta ocasión. Aquel último día ignoré a Robert, ignoré a Frank, ignoré a la gente que tuve a mi alrededor durante nuestras tres últimas comidas, ignoré la oscuridad y las estrellas, y la hoguera e incluso mi propio cuerpo acurrucado en la cama blanca de los establos. Tras mi agotamiento inicial, dormí profundamente. Ni siquiera sabía si la última mañana vería a Robert, e ignoré mis esperanzas encontradas por verlo y no verlo. Todo lo demás dependería necesariamente de él; la culpa era suya por ser tan ambiguo.

La mañana en que nos íbamos del seminario fue un trajín; se suponía que a las diez todo el mundo tenía que estar fuera, porque al día siguiente empezaba un retiro de psicología jungiana, y el personal tenía que limpiar nuestro comedor y los establos para dejarlos a punto para el siguiente grupo. Puse mi bolsa de lona encima de la cama e introduje metódicamente mis cosas. Durante el desayuno, Frank me dio una palmada en el hombro, muy contento; estaba claro que se había acostado con alguien. Le ofrecí la mano con solemnidad. Las dos simpáticas mujeres de mi clase de pintura me dieron sus direcciones de correo electrónico.

No vi a Robert por ningún lado, lo cual me produjo una punzada pero de nuevo también esa extraña sensación de alivio, como si me hubiese librado por los pelos de estrellarme contra una pared. Posiblamente se hubiese ido a primera hora, ya que el trayecto de regreso a Carolina del Norte era largo. En el camino de acceso, los artistas habían formado una caravana con sus vehículos, muchos de ellos cubiertos de pegatinas gigantes; un par de viejos y enormes coches de ciudad iban hasta los topes de material artístico, había una furgoneta pintada con remolinos y estrellas como los de Van Gogh, manos que se despedían por las ventanillas, gente que gritaba un último adiós a sus compañeros de taller. Cargué mi furgoneta y entonces me repensé lo de esperar en la cola y me fui, en cambio, a dar un paseo por el bosque en una dirección que no había tomado todavía; había suficientes senderos desbrozados para perderse durante cuarenta minutos sin alejarse demasiado de la finca. Me gustaba la maleza con sus ramas de abeto cubiertas de líquenes y las matas enmarañadas, la luz de los prados que se filtraba en el bosque.

Al volver del bosque, el embotellamiento de vehículos había desaparecido y tan sólo quedaban tres o cuatro coches. Robert estaba cargando uno de ellos; yo no sabía que tenía un Honda azul pequeño, aunque se me podría haber ocurrido comprobar las matrículas que fueran de Carolina del Norte. Al parecer, su sistema para cargar el coche consistía en ir metiendo cosas en el maletero, la mayoría de las cuales no estaban en bolsas ni en cajas; pude ver cómo apiñaba algunas prendas de ropa, libros y un taburete plegable. Su caballete y sus portaplanos con lienzos dentro ya habían sido cuidadosamente guardados, y por lo visto usaba el resto de sus pertenencias para protegerlos. Estaba pensando en caminar discretamente hacia mi furgoneta cuando él se volvió y me vio, y me hizo parar.

—Mary, ¿te vas?

Me acerqué hasta él; no pude evitarlo.

—¿Acaso no se va todo el mundo?

—Yo no. —Para mi sorpresa, en su rostro había una sonrisa cómplice, como la de un adolescente que sale a hurtadillas de casa.

Parecía rejuvenecido y radiante, tenía el pelo erizado pero aún brillante por la humedad, como si acabase de salir de la ducha—. He dormido hasta tarde y al despertarme he decidido irme a pintar.

—¿Y has ido?

—No, me refería a que voy a ir ahora.

—¿Adónde irás? —Por algún motivo, había empezado a sentirme celosa, molesta por ser excluida de su felicidad secreta. Pero ¿por qué debería importarme?

—Hay un extenso parque nacional a unos cuarenta y cinco minutos de aquí en dirección sur, justo en la costa. Cerca de la Bahía de Penobscot. Lo vi en el viaje de ida.

—¿No tienes que ir hasta Carolina del Norte?

—¡Claro! —Estrujó una sudadera de lana gris y la usó para inmovilizar con más firmeza una pata del caballete—. Pero tengo tres días para hacerlo y, si corro, puedo hacerlo en dos.

Me quedé ahí plantada, vacilante.

—Que disfrutes, pues. Y que tengas un buen viaje.

—¿No quieres venir?

—¿A Carolina del Norte? —inquirí estúpidamente. Tuve una fugaz visión de mí misma viajando con él hasta su casa para ver cómo era su vida allí, a su mujer morena (no, ésa era la dama de los cuadros) y sus dos hijos. Le había oído comentar con alguien del grupo que ahora tenía dos.

Robert se echó a reír.

—No, no, a pintar. ¿Tienes mucha prisa?

Lo que menos me apetecía del mundo eran «las prisas». Su sonrisa era tan cálida, tan amable y tan normal... Así planteado, no podía entrañar ningún peligro.

—No —contesté despacio—. No tengo que estar de vuelta hasta dentro de dos días y, si también corro, puedo llegar en uno. —Entonces pensé que aquello debía de haber sonado como si me estuviese insinuando, a lo que había que sumar lo de la noche anterior, cuando probablemente no había sido ésa su intención, y noté que me ruborizaba. Pero él no pareció darse cuenta.

Así es como pasamos el día pintando juntos en la playa de algún lugar al sur de... bueno, qué más da; es mi secreto y, de todas formas, casi toda la costa de Maine es pintoresca. La cala que Robert eligió era ciertamente preciosa: un prado pedregoso revestido de arbustos de arándano, flores silvestres veraniegas que se prolongaban hasta unos acantilados poco escarpados y al pie de estos las maderas amontonadas, que el mar había arrastrado hasta la playa, una playa de suaves piedras de todos los tamaños, el agua misteriosamente escindida por islas. Hacía un día soleado, caluroso y soplaba la brisa en el Atlántico; al menos así es como lo recuerdo. Fijamos nuestros caballetes entre las rocas grises y verdes y azul pizarra, y pintamos el agua y las ondulaciones de la tierra. Robert comentó que se parecía a la costa sur de Noruega, que había visto en cierta ocasión justo al acabar la facultad. Archivé esto en el minúsculo almacén de información que tenía sobre él.

Sin embargo, aquel día no hablamos mucho; estuvimos principalmente a un par de metros de distancia y pintamos en silencio. Mi cuadro marchaba bien a pesar de tener la atención dividida, o quizá debido a ello, en cierto modo. Me di media hora para el primer lienzo, que era pequeño; a modo de experimento, trabajé deprisa, sujetando el pincel lo más suavemente que pude. El agua era de un azul intenso, el cielo de una claridad prácticamente incolora, la espuma que ribeteaba las olas, de color marfil con un matiz cálido y orgánico. Cuando retiré el lienzo del caballete y lo puse a secar contra una roca, Robert le dio un rápido vistazo. Descubrí que no me importaba que no dijera nada, como si ya no fuese mi profesor, sino un simple acompañante.

Rehice el segundo lienzo con más tranquilidad y tan sólo había acabado parte del fondo cuando paramos a comer. El personal del comedor había tenido la amabilidad de dejar que me aprovisionara de sándwiches de huevo y fruta. Al parecer, Robert no se había traído comida y no sé muy bien qué habría comido, de no habérsela dado yo. Al terminar, saqué mi tubo de protector solar y me puse un poco en cara y brazos; en aquella zona la brisa soplaba en frías ráfagas, pero ya notaba que me había quemado. Se lo ofrecí a Robert, como había hecho con mi comida, pero él se rió y lo rechazó.

—No todos tenemos la piel tan blanca. —Y entonces me volvió a tocar el pelo con una mano, y la mejilla, con las yemas de sus dedos, como si estuviera simplemente maravillado, y yo sonreí, pero no contesté y nos pusimos de nuevo a trabajar.

A medida que la luz empezó a debilitarse y escasear, cambiaron las sombras de la superficie de las islas y empezó a preocuparme que se nos echara la noche encima. Tendríamos que dormir en algún sitio, no nosotros, sino yo. Si me ponía en camino a las seis o las siete, podía llegar a Portland y buscar allí un motel. El motel tenía que ser barato y necesitaría tiempo para buscar algo barato. Y me negaba a pensar en Robert Oliver y sus planes o (había empezado a sospechar) su falta de estos. Ya era suficiente (seguro que sí) haber pasado este día pintando más o menos a su lado.

Robert empezó a pintar su lienzo más despacio; percibí el cansancio en su pincel antes de que hiciera un alto o hablara.

—¿Lo tienes ya?

—Podría parar —confesé—. Quizá necesite un cuarto de hora más para poder recordar algunos colores y sombras, pero he perdido la luz original.

Al cabo de un rato Robert empezó a limpiar su cepillo.

—¿Vamos a comer algo?

—¿A comer, qué? ¿Escaramujos? —Señalé hacia el acantilado que teníamos justo detrás. Eran unos escaramujos preciosos, más grandes que ninguno que hubiera visto jamás, rubíes que contrastaban con el verde de la valla natural que formaban los rosales silvestres. Si desde allí levantabas la vista y mirabas al frente, no se veía más que cielo azul. Nos quedamos los dos juntos mirando hacia aquella tríada de colores: el rojo, el verde y el azul, intensos hasta parecer surrealistas.

—También podríamos comer algas —propuso Robert—. No te preocupes, algo encontraremos.

72
1879

Étretat, por la tarde. La luz se extiende con majestuosidad por toda la playa, pero no le ha salido bien el cuadro. Es la segunda vez que intenta pintar este paisaje de barcas de pesca volcadas sobre los guijarros. Ella quiere introducir una figura humana y, finalmente, se decide por el efecto que producirán dos damas y un caballero que están paseando por los acantilados, damas de ciudad con sombrillas de colores, quienes dan un toque perfecto que contrasta con el ojo de aguja más oscuro que hay a lo lejos. Hoy también hay otro pintor con ellos, un hombre corpulento de barba castaña que ha colocado las patas de su caballete casi en la marea; ella se arrepiente de no haberlo elegido a él como sujeto en lugar de a las damas. Olivier y ella se miran cuando el hombre pasa por delante de ellos en dirección a la orilla del agua, será una compañía silenciosa que se sumará al silencio de ambos.

Hoy el cielo no le sale bien, ni siquiera después de añadir más blanco mezclado ligeramente con ocre. Olivier se inclina para preguntarle por qué mueve la cabeza. El ocre que hay en la intensa luz del mundo real pinta el pelo encrespado de Olivier, su bigote y su camisa de color claro. No pretendía hacerlo, pero cuando él se acerca, ella le pone una mano en la mejilla. Él coge y retiene sus dedos, los besa con un ardor que a ella la sacude. A la vista de las ventanas de la ciudad, a la vista de las anchas espaldas del desconocido que pinta los acantilados, de las damas bajo sus lejanas sombrillas, se besan durante un instante interminable; es su tercer beso. Esta vez nota que la boca de Olivier está sedienta, que ella abre la suya como Yves nada más habría intentado en la oscuridad de su dormitorio.

La lengua de Olivier es firme y el aliento de su boca fresco; entonces ella comprende, al tiempo que le rodea el cuello con los brazos, que en su interior él sigue siendo realmente joven y que su boca es el pasaje hacia esa juventud, un túnel hacia la marea.

Olivier se detiene con la misma brusquedad.

—Amor mío. —Deja el pincel y se aleja unos cuantos pasos, las piedras se entrechocan de forma audible bajo sus botas. Se queda mirando fijamente hacia el mar, y ella no lo ve como algo melodramático, tan sólo su necesidad de distanciarse un poco para serenarse. De todos modos, ella lo sigue y une su mano a la de él. La mano de Olivier está más envejecida que su boca.

—No —dice ella—. La culpa ha sido mía.

—Te amo. —Es una explicación. Él sigue con la mirada extendida sobre el horizonte. A ella su voz le parece triste.

—¿Y por qué es eso tan desesperante? —Ella observa su perfil en busca de una respuesta. Acto seguido él se vuelve y le coge la otra mano.

—Cuidado con lo que dices, querida. —Ahora su rostro está sereno, relajado, vuelve a ser totalmente él—. La esperanza de un anciano es más frágil de lo que te imaginas.

Ella reprime el impulso de patalear sobre los guijarros sueltos, pero eso únicamente le haría parecer infantil.

—¿Por qué crees que no puedo entenderlo?

Él le aprieta las manos con fuerza, la sigue mirando de frente. Por una vez, a ella le gusta la indiferencia de Olivier ante la posibilidad de que haya curiosos.

—Tal vez puedas —afirma él. Esboza una sonrisa, su sonrisa es cariñosa y solemne, su dentadura amarillenta pero uniforme. Cada vez que Olivier sonríe, ella sabe a qué se deben sus líneas de expresión; en cada ocasión el misterio se resuelve. Ahora ella sabe que también lo ama, no sólo por ser quien es, sino por quién fue mucho antes de que ella naciese, y porque algún día morirá con su nombre en los labios. Ella lo rodea con los brazos sin previa invitación, rodea su cuerpo enjuto, sus costillas y su cintura cubiertos por capas de ropa, y lo abraza con fuerza. Apoya la mejilla en el hombro de su vieja chaqueta, donde encaja a la perfección. Él la estrecha a su vez completamente; los inunda una intensa pasión. Aquel momento —concluirá ella más tarde—, define el breve futuro que tiene Olivier por delante e incluso el suyo más extenso en el tiempo.

73

Mary

El restaurante que encontramos, después de bajar en caravana unos cuantos kilómetros más en dirección sur con nuestros coches, que olían a pintura fresca, era de imitación italiana, de esos con botellas con fundas de paja trenzada, manteles y cortinas a cuadros rojos, y un florero en la mesa con una rosa de color rosa. Era lunes por la noche y el local estaba vacío, a excepción de otra... (he estado a punto de escribir *pareja*) y un hombre que estaba cenando solo. Robert pidió una vela.

—¿De qué color dirías que es? —me preguntó después de que el camarero adolescente la encendiera.

—¿La llama? —repuse. Ya había empezado a darme cuenta de que, con frecuencia, no lograba entender a Robert, no podía seguir el hilo íntimo y en ocasiones caótico de sus razonamientos. Pero, por lo general, me gustaba dónde desembocaba éste.

—No, la rosa.

—Sería rosa, si todo lo demás no fuera rojo y blanco —conjeturé.

—Correcto. —Y a continuación me habló de la pintura que usaría para esa rosa, del tipo y el color de pintura, de la cantidad de blanco que añadiría. Los dos pedimos lasaña, y él comió con placer mientras yo iba picoteando la mía, hambrienta pero cohibida—. Cuéntame algo más sobre ti.

—Sabes más de mí que yo de ti —objeté—. De todas formas, no hay mucho que contar; voy a trabajar, me desvivo por el montón de alumnos que tengo de todas las edades, vuelvo a casa y pinto. No tengo... familia, y supongo que tampoco deseo especialmente tenerla. Eso es todo. Una historia aburridísima.

Robert bebió del vino tinto que había pedido para ambos; yo apenas había probado el mío.

—No es aburrida. Pintas con dedicación y eso lo es todo.

—Te toca —le dije, y me forcé a comer un poco de lasaña.

Entonces Robert se relajó; dejó el tenedor, se reclinó y se arremangó una manga que se le había bajado. A su edad, su epidermis estaba justo en la fase en que lucía unos ligeros surcos, como los del buen cuero un poco curtido. Bajo aquella luz, sus ojos y su pelo parecían del mismo color, y había en ambos un no sé qué tenso y un tanto salvaje.

—Bueno, lo mío es también muy aburrido —comentó—. Sólo que mi vida no está tan bien organizada, supongo. Vivo en una ciudad pequeña de la que ocasionalmente me escapo, pero lo cierto es que me gusta. Imparto un sinfín de clases de pintura a universitarios en su mayoría carentes de talento o con muy poco. Estoy orgulloso de ellos, y les gustan mis clases. Y expongo mis obras en algún sitio que otro. Me gusta haber dejado de ser un artista neoyorquino, aunque echo de menos Nueva York.

No intervine para decir que sus exposiciones en «algún sitio que otro» eran la consecuencia lógica de una carrera absolutamente extraordinaria.

—¿Cuándo viviste en Nueva York?

—Durante mis años de facultad y posteriormente. Fui un rebelde en una de las escuelas de arte neoyorquinas que rechazaron mi propia carpeta de trabajo. Y en total estuve allí unos ocho años. La verdad es que pinté un montón. Pero Kate, mi mujer, no estaba muy contenta en la ciudad, así que nos mudamos. Y no me arrepiento. Greenhill es un buen sitio para ella y los niños. —Dijo esto con franqueza. Durante un largo instante en el que me sentí como si me cayera de un árbol, deseé que desde un restaurante muy lejano alguien hablara de mí y de los hijos que no quería tener con tanta naturalidad y cariño.

—¿De dónde sacas el tiempo para tus propias obras? —Se me ocurrió que un cambio de tercio sería lo mejor.

—No duermo mucho... a veces. Me refiero a que veces no necesito muchas horas de sueño.

—Como Picasso —puntualicé sonriente para que entendiera que no lo había dicho en serio.

—Exactamente como Picasso —convino él, sonriendo también—. Tengo un estudio en casa, lo que significa que puedo simplemente subir a pintar por las noches en lugar de volver a la facultad y tener que abrir un montón de puertas.

Lo visualicé buscando una llave en todos sus bolsillos.

Robert se acabó su vino y se sirvió más, pero me fijé en que lo hacía con moderación; debía de tener la intención de conducir y, además, sin percances. No había ningún motel pegado a nuestro puerto italiano.

—En cualquier caso —concluyó—, hace algún tiempo que nos mudamos y nos fuimos de las casitas de la universidad. Ahora tenemos mucho más espacio. Eso también ha sido un acierto, aunque ahora el trayecto a la facultad es de veinte minutos en coche en lugar de cuatro andando.

—¡Qué se la va a hacer! —Me comí el resto de mi lasaña para después no tener que añadir el hambre a cualquier posible lista de lamentos. Aún tenía que acabarme el libro de Isaac Newton, personaje que estaba resultando ser muy interesante, más de lo que me había imaginado. La razón contra la fe.

Robert pidió postre y hablamos sobre nuestros pintores favoritos. Yo confesé mi fascinación por Matisse e hice conjeturas en voz alta sobre cómo nuestra alegre mesa, y las cortinas y la rosa podrían haber acabado saliendo del pincel de Matisse. Robert se echó a reír y no reconoció que era más tradicional que eso y que le interesaban los impresionistas; quizá fuese obvio, o era consciente del gran alcance de su obra y había dejado de justificarlo. Su fama iba en considerable aumento; había puesto en su sitio a sus profesores y a aquellos de sus compañeros de clase que defendían el arte conceptual y se burlaban de él. Leí todo esto entre líneas mientras él iba hablando. Hablamos también de literatura;

a él le encantaba la poesía y citó versos de Yeats y Auden, a los que yo había leído por encima en el colegio, y a Czeslaw Milosz, cuya antología de poemas había leído hacía mucho tiempo de cabo a rabo, porque había visto un volumen de estos encima de la mesa de Robert. La mayoría de las novelas no le gustaban y amenacé con enviarle una bomba por correo, una larga novela victoriana: O *La piedra lunar* o *Middlemarch*. Él se rió y prometió no leerla.

—Pero *debería* gustarte la literatura del siglo XIX —añadí—. O por lo menos los escritores franceses, ya que te encanta el Impresionismo.

—Yo no he dicho que me guste el Impresionismo —me corrigió él—. He dicho que pinto lo que pinto. Por mis propios motivos. Y, casualmente, parte de mi obra se asemeja al Impresionismo.

Tampoco había dicho eso, pero no quise corregirle también. Recuerdo que me contó asimismo una historia sobre un avión en el que había viajado y que, al parecer, estuvo a punto de estrellarse.

—Fue en un avión que volaba de Nueva York a Greenhill, en la época en que tenía ese empleo de profesor en tu universidad, en Barnett para ser exactos. Y hubo algún problema con uno de los motores, así que el piloto anunció por el intercomunicador que posiblemente tendríamos que hacer un aterrizaje de emergencia, aunque casi habíamos llegado al aeropuerto La Guardia. La mujer que estaba sentada a mi lado se asustó mucho. Era una mujer de mediana edad, más o menos del montón. Antes de aquello había estado hablando conmigo sobre el trabajo de su marido o no sé qué. Cuando el avión empezó a dar bandazos y la señal de abrocharse los cinturones se encendió, ella alargó los brazos y me agarró del cuello.

Robert enrolló la servilleta formando un grueso tubo.

—Yo también me asusté, y recuerdo que pensé que quería vivir; me dio pánico tener a aquella mujer agarrada a mi cuello así. Y, siento decir esto, pero la aparté de mí. Siempre había creído que en un momento de crisis saldría mi valentía intrínseca, que reaccionaría de forma automática como esos individuos que sacan a otras personas de aviones siniestrados y en llamas. —Alzó la cabeza, encogió los hombros—. ¿Por qué te cuento esto? En cualquier caso, cuando minutos después aterrizamos sanos y salvos, ella rehuyó mi mirada. Estaba de espaldas a mí, llorando. Ni siquiera me dejó ayudarle con su bolsa de mano y ni me miró.

No supe qué decir, aunque sentí una punzante compasión. La expresión de su rostro era sombría, severa; me recordó aquel día en la universidad en que robert me había hablado de la mujer cuyo rostro no podía olvidar.

—Fui incapaz de contárselo a mi mujer. —Alisó la servilleta con las dos manos—. Ella piensa que no sé cuidar suficientemente bien de nadie. —Entonces sonrió—. ¿Has visto qué confesiones tan ridículas me sonsacas?

Me sentía complacida.

Por fin, Robert desperezó sus anchos brazos y se empeñó en pagar la cuenta, pero cedió ante mi insistencia de que pagáramos a medias, y nos levantamos. Se excusó para ir al lavabo (yo había ido ya dos veces, principalmente para estar sola unos segundos y preguntarme frente al espejo qué estaba haciendo) y el restaurante me pareció aún más vacío sin él. Luego salimos al oscuro aparcamiento, que olía a océano, a fritos y a pescado, y nos quedamos junto a mi coche.

—Bueno, me voy a poner en marcha —dijo, pero no con indiferencia esta vez, lo cual me habría dolido más—. Me gusta conducir de noche.

—Sí, supongo que tienes un largo viaje por delante. Yo también me pondré en marcha. —Por el contrario, pensé que le dejaría salir primero y conducir más deprisa. Entonces pararía en el primer motel decente del primer pueblo que encontrara; era demasiado tarde para llegar a Portland o estaba demasiado cansada, o demasiado triste. En cambio, Robert parecía dispuesto a conducir hasta Florida de un tirón.

—Ha sido encantador. —Me rodeó lentamente con los brazos y me chocó que empleara una palabra tan femenina. Me abrazó unos instantes y me besó en la mejilla, y yo tuve la precaución de no moverme; a fin de cuentas, tenía que memorizarlo.

—Así es. —Entonces me liberé de él y abrí la puerta de mi furgoneta.

—Espera... aquí tienes mi dirección y número de teléfono. Si vienes por el sur, llámame.

«Y un cuerno.» Yo no llevaba encima ninguna tarjeta de visita, pero encontré un trozo de papel en mi guantera y anoté en él mi dirección de correo electrónico y mi teléfono.

Robert le echó un vistazo.

—No utilizo mucho el correo electrónico —me dijo—. Lo uso por trabajo, si tengo que hacerlo, pero poco más. ¿Por qué no me das tu dirección de verdad y algún día te envío un dibujo?

Añadí la dirección de mi casa.

Robert me acarició el pelo, como si fuese la última vez.

—Supongo que lo entiendes.

—¡Oh, sí! —Le besé fugazmente la mejilla. Tenía un sabor acre, incluso muy levemente aceitoso, a un aceite virgen extra de primera calidad, prensado en frío; su recuerdo permaneció horas en mis labios. Me subí a la furgoneta. Arranqué y me fui.

Su primer dibujo llegó a mi buzón diez días después. Era un simple boceto, caprichoso y apresurado, en un papel doblado; mostraba la silueta de una especie de sátiro saliendo de las olas y a una doncella sentada en una roca cercana. En la carta adjunta ponía que había estado pensando en nuestras conversaciones, con las que había disfrutado, y que estaba trabajando en un nuevo lienzo basado en su cuadro de la playa; me pregunté en el acto si habría incluido las figuras de la mujer y la niña. Me proporcionó un apartado de correos y me dijo que le escribiese a esa dirección, y que tenía que mandarle un dibujo mejor que el suyo, para bajarle los humos.

74

Mary

Robert y yo nos escribimos durante mucho tiempo, y aquellas cartas siguen siendo una de las mejores cosas que he vivido jamás. Es curioso: en esta era del correo electrónico y los buzones de voz, y todas esas cosas con las que ni siquiera yo he crecido, una simple y vieja carta escrita en papel adquiere una intimidad asombrosa. Finalizada la jornada, al volver a casa me encontraba con una (muchos días, ninguna) o con un boceto, o ambas cosas, metidas en un sobre con mi dirección garabateada con la rápida escritura de Robert. Con los dibujos, me hice un collage en el tablón que había colgado encima de mi escritorio. En casa, mi despacho es también mi habitación, o vicecersa; podía ver todos sus bocetos, una exposición que iba aumentando, cuando me tumbaba en la cama con mi libro por las noches o cuando me despertaba por las mañanas.

Curiosamente, nada más clavar dos o tres bocetos de aquellos, dejé de tener esa sensación de soltería y de estar siempre buscando a alguien, a la persona adecuada. Empecé a pertenecer a Robert; yo, que nunca había querido pertenecer a nada. Supongo que, al final, pertenecemos a aquello que amamos. No es que pensara que Robert estaba disponible o que yo tenía obligación de serle fiel; al principio era únicamente la sensación de no querer que nadie más viera esos dibujos desde mi cama. Robert dibujaba árboles, gente, casas, a mí, de memoria; en su último proyecto estaba teniendo «mala racha». Todavía no sé qué significaba para él enviarme todas aquellas imágenes, no sé si las habría hecho igualmente para embutirlas en un archivador o las habría tirado al suelo de su despacho, o si hizo más o las dibujó con renovada inspiración porque eran para mí.

En cierta ocasión, me envió un fragmento de un poema de Czeslaw Milosz, con una nota en la que decía que era uno de sus favoritos. No supe si interpretarlo o no como una declaración del propio Robert, pero lo llevé en mi bolsillo durante varios días antes de añadirlo a mi tablón:

¡Oh, amor mío! ¿Dónde están ellos? ¿Adónde han ido?
El destello de una mano, la línea de un movimiento, el susurro de los guijarros.
Lo pregunto no con tristeza, sino con asombro.

Sin embargo, no enganché sus cartas en mi tablón. Éstas a veces llegaban con los bocetos, a veces solas, y a menudo eran muy breves, una idea, una reflexión, una imagen. Creo que, en el fondo, Robert era (es) también un escritor; si alguien hubiera compilado ordenadamente todos esos fragmentos que me escribía, habrían dado lugar a una especie de novela corta e impresionista, pero muy buena, sobre su vida cotidiana y la naturaleza que constantemente intentaba pintar. Yo le contestaba cada vez; mi norma era copiar lo que sea que él hiciese para mantener un equilibrio, de modo que si él nada más me enviaba un boceto, yo a mi vez le enviaba únicamente un boceto, y si él me escribía nada más una carta, yo le contestaba únicamente con una carta. Si me enviaba las dos cosas, aplicaba mi norma, y a lo mejor le escribía una carta más larga y la ilustraba en la misma hoja.

Desconozco si él se fijó alguna vez en esta pauta, y es una de las cosas que no le pregunté, pero que evitó que le escribiese con excesiva frecuencia. En cuanto nuestra correspondencia fue tomando ritmo, nos enviamos cartas o bocetos varias veces a la semana. Tras nuestra última pelea creé una regla totalmente nueva: quemaría únicamente las cartas y conservaría los bocetos, aunque de mi tablón lo saqué todo menos su primer boceto. El primero, el del sátiro y la doncella, lo encolé en una cartulina a las pocas semanas de que Robert se fuera de casa y pinté encima con acuarelas, y luego hice una serie de tres pequeños cuadros a juego basados en él. También podría haber mezclado los colores con lágrimas auténticas, ¡qué doloroso era pintar llorando!

Con frecuencia, visualizaba el buzón privado en el que Robert introducía la mano cada pocos días. Me preguntaba qué tamaño tendría y si le cabía la mano o sólo los dedos; lo visualizaba a él palpando en su interior, como cuando Alicia en el País de las Maravillas le propina una patada a algún animalito, una lagartija o un ratón, con un pie atascado en la chimenea. Naturalmente, él sabía mi dirección, lo que significaba que sabía dónde vivía. Y también vi una vez la Universidad de Greenhill; aproximadamente a mitad de nuestra correspondencia, Robert me sorprendió invitándome a asistir a la inauguración de una exposición que hacía allí, la segunda desde que había empezado a dar clases. Me dijo que me invitaba porque había respaldado su obra y me insinuó que no podía ofrecerme un sitio donde dormir; de lo cual inferí que quería invitarme, pero no estaba seguro de querer que yo fuese.

No era mi deseo contrariarle, pero tampoco me gustaba ir en contra de mí misma, así que me fui en coche desde Washington (como sabe, está únicamente a un día largo de viaje) y me instalé en un Motel 6 de las afueras de la ciudad. Hubo un cóctel con vino y quesos en la nueva galería de arte del campus de Greenhill. Como no me atreví a telefonear a Robert, le mandé una nota a su apartado de correos varios días antes de mi llegada para la inauguración, que no recibió hasta demasiado tarde.

Cuando llegué al cóctel me temblaban las manos. No había visto a Robert desde el seminario de Maine (y desde que habíamos empezado a escribirnos) y ya me arrepentía de haber venido; quizá se ofendería, quizá pensase que había venido a alterar de algún modo su vida, lo cual honestamente no pretendía. Tan sólo quería verlo, tal vez de lejos, y ver los cuadros nuevos de cuya concepción y ejecución yo había oído hablar semana tras semana. Me había vestido muy informal, con un cuello alto negro y mis habituales pantalones vaqueros, y llegué a la galería media hora después de que empezaran a servir las copas. Vi a Robert nada más entrar, descollando entre el gentío en una esquina; al parecer, varios invitados con sendas copas de vino en las manos le estaban haciendo preguntas sobre sus cuadros. El lugar estaba abarrotado, no sólo de alumnos y profesores, sino también de un montón de gente elegante que no tenía aspecto de estudiar en una pequeña universidad rural. Probablemente hubiese también compradores allí.

Los cuadros, cuando tenías ocasión de vislumbrarlos, eran fascinantes; en primer lugar, eran más grandes que cualquier obra realizada por él que yo hubiera visto antes, eran prácticamente paisajes y retratos de tamaño natural, a menudo retratos de cuerpo entero de la dama que recordaba de sus lienzos en el Barnett College, salvo que ahora su tamaño no solamente era mayor, sino que había sido empujada a una escena terrible en la que, afligida, estrechaba en sus brazos lo que parecía el cadáver de otra mujer de más edad. Me pregunté si sería su madre. La mujer de más edad tenía una herida horripilante en medio de la frente. Recuerdo que había otros cadáveres en el suelo, algunos boca abajo sobre los adoquines o con sangre en la espalda, pero eran cuerpos de hombres. El segundo plano era más impreciso que las figuras: una especie de calle, una pared, escombros o basura amontonada. Las imágenes eran claramente de mediados del siglo XIX; pensé al instante en el cuadro de Manet de la ejecución del Emperador Maximiliano I de México, el que parece un Goya, aunque las imágenes de Robert eran más minuciosas y realistas.

Resultaba difícil saber de qué iba todo aquello; lo único que sé es que en cuanto veías esos cuadros, la fuerza de la fantasía de Robert te arrollaba: la mujer estaba tan hermosa como siempre, incluso con el rostro pálido y la parte frontal de su vestido manchada, pero Robert había plasmado algo horrible. Y el hecho de que ella fuera preciosa lo volvía más horrible todavía, era como si algo le hubiera obligado a verla con sangre en el vestido, y la cara adusta.

Yo había deducido por sus cartas que los cuadros eran brutales y extraños, pero verlos en persona era completamente diferente, chocante; sentí un temor momentáneo, como si me hubiese estado carteando con un asesino. Fue muy desconcertante; me hizo dudar de mi creciente amor hacia Robert. Entonces reparé en la calidad formidable y escultural de las figuras, la sensación de compasión, el dolor más profundo que la herida abierta, y supe que estaba ante cuadros cuya importancia tardaría mucho más que todos nosotros en desaparecer.

Estuve a punto de irme sin siquiera saludar a Robert, en parte por lo conmocionada que estaba, para mantener la sensación de intimidad entre nosotros... y en parte también por una timidez asombrosa, lo reconozco. Pero había hecho un largo viaje en coche, así que cuando algunos admiradores se fueron, me obligué finalmente a acercarme hasta él. Robert me vio abriéndome paso entre el gentío, y por unos momentos se quedó petrificado. Entonces, una expresión de sobresalto y alegría iluminó su cara (posteriormente, el recuerdo de aquella expresión fue para mí como un tesoro), pero recuperó la compostura y vino hacia mí para darme afectuosamente la mano, consiguiendo que todo fuera muy formal, que saliese bien, y consiguió susurrarme que mi visita le había emocionado. Yo había medio olvidado lo corpulento que era Robert en persona, lo espectacular que era, su extraño atractivo. Me envolvió el codo con la mano; empezó a presentarme a un corrillo de personas que iban y venían sin dar más datos que mi nombre y, en un par de ocasiones, diciendo que también pintaba.

Entre esa gente, durante esas escuetas presentaciones, se encontraba su mujer, también me dio la mano afectuosamente e intentó hacerme alguna pregunta amable sobre mí misma, para que fuera quien fuera me sintiese bien recibida. Afortunadamente, alguien la abordó un segundo después. Haberla identificado me produjo una súbita angustia, sentí una oleada de algo que habría llamado celos, de no haber sabido lo absurdo que sería eso. Me cayó bien de entrada, pero muy a mi pesar nunca más volveríamos a hablar. Era mucho más baja que Robert (yo me había imaginado a su lado una especie de cazadora, una amazona, una Diana imponente); de hecho, apenas me llegaba al hombro. Tenía el pelo rubio oscuro y pecas, era como una flor dorada vestida con un tallo verde. Si hubiera sido amiga mía, le habría pedido que me dejase pintarla únicamente por el placer de elegir los colores.

Conservé el calor de su mano en la mía durante el resto de la velada, después de haberme ido pronto y discretamente sin volver a hablar con Robert, para que no tuviese que hacer frente al interrogante de dónde me alojaba y por cuánto tiempo; y también de regreso, después de llevar varias horas de coche en dirección a Washington, cuando yacía acurrucada y muda en la cama de un motel al sur de Virginia, llena de Robert. Llena de ellos, de Robert y su mujer.

Mayo de 1879

Étretat
Para: M. Yves Vignot
Rue de Bologne, Passy, París

Mon cher mari:
Espero que, como cabe esperar, papá y tú recibáis esta carta
sin problemas. ¿Has tenido mucho trabajo? ¿Regresarás a
Niza o puedes quedarte en casa varias semanas, como preten-
días? ¿Sigue lloviendo?

Aquí todo va como una seda y he pasado el primer día
pintando en el paseo, ya que hace un tiempo muy soleado
para ser mayo, si bien fresco, y ahora estoy descansando an-
tes de cenar. El tío me ha acompañado. Está trabajando en
un gran lienzo del agua y los acantilados. Yo confieso que
sólo he pintado una cosa que me haya gustado y que, además,
está bastante abocetada: un par de lugareñas que pasean con
sus enormes y preciosas faldas recogidas y una niña que las
sigue dificultosamente, pero sin duda tendré que intentar
algo más sublime a fin de no bajar el listón. El paisaje es tan
bello como lo recordaba de nuestra visita, aunque está muy
cambiado por las diferencias propias de la estación: las coli-
nas empiezan ya a verdear y el horizonte parece gris azulado,
sin esas nubes esponjosas que hay en pleno verano. Nuestro
hotel es bastante acogedor, de modo que no tienes por qué
preocuparte; está impoluto, bien decorado y me gusta su re-

lativa sencillez. Esta mañana he desayunado copiosamente; habrías dado tu aprobación. El viaje no me cansó en absoluto y nada más llegar a mi habitación me quedé plácidamente dormida. El tío se ha traído consigo los apuntes para varios artículos que se dedicará a preparar cuando no pintemos, por lo que podré descansar esas horas, tal como me pediste. Asimismo, he empezado a leer a Thackeray, para pasar el rato. No es necesario que me mandes a nadie. Me las arreglo de maravilla y me alegra que Esmé cuide tan entrañablemente de papá, aunque aproveche para hacer otras cosas. Por favor, cuídate mucho; no salgas sin abrigo, a menos que el tiempo se vuelva más primaveral. Lealmente tuya,

Béatrice

75

Mary

Una mañana me di cuenta de que llevaba cinco días sin recibir ninguna carta ni dibujo de Robert, que entonces era mucho tiempo para nosotros. Su último boceto había sido un autorretrato en el que caricaturizaba humorísticamente sus propios y pronunciados rasgos, su pelo rizado y, en cierto modo, vivo como el de Medusa, la hechicera. Al pie de éste había escrito: «¡Oh, Robert Oliver! ¿Cuándo pondrás orden en tu vida?» Fue probablemente la única vez que lo vi haciendo una autocrítica directa, y me sorprendió un poco. Pero la interpreté como una alusión a una de las «melancolías» de las que, de improviso, me hablaba en ocasiones, o como un reconocimiento de la progresiva doble vida que llevaba debido a nuestras cartas. En realidad, me lo tomé como una especie de cumplido, que es la manera en que uno quiere ver las cosas cuando está enamorado, ¿verdad? Pero entonces estuvo tres días sin mandarme nada, que fueron cuatro y luego cinco, y me salté mi norma y le escribí por segunda vez, preocupada, ansiosa, intentando aparentar normalidad.

Estoy convencida de que Robert nunca recibió aquella carta; a menos que la oficina de correos haya tirado mi carta a la basura y cerrado su buzón, lo más probable es que siga ahí dentro, esperando a la mano que nunca llegó a introducirse para sacarla. O quizá Kate haya vaciado a la larga el buzón, tirando la carta. De ser así, me gusta pensar que no la leyó. A la mañana siguiente de haberla enviado, el interfono de mi apartamento sonó a las seis y media. Yo estaba todavía en albornoz, con el pelo mojado pero peinado, preparándome para ir a mi clase de dibujo. Nadie había llamado nunca a mi timbre a esa hora, y al instante pensé en avisar a la policía; ése era el tipo de barrio donde vivía. Pero simplemente para ver qué pasaba, pulsé el botón de mi altavoz y pregunté quién era.

—Robert —dijo una voz; una voz potente, grave y extraña. Sonaba cansada, incluso un tanto vacilante, pero supe que era la suya. La habría reconocido en el espacio sideral.

—Dame un minuto —pedí—. Espera. Será sólo un minuto.

—Podría haberle abierto, pero me moría de ganas de bajar; no me lo podía creer. Me puse lo primero que encontré, cogí las llaves y corrí descalza hasta el ascensor. Desde el primer piso, pude verlo a través de las puertas de cristal. Llevaba una bolsa de lona colgada al hombro; parecía muy cansado, tenía peor aspecto que nunca pero también estaba alerta, porque escudriñó el vestíbulo buscándome.

Me pareció un sueño, pero igualmente giré la llave, abrí y corrí hacia él, y él tiró la bolsa al suelo y me levantó en brazos, estrechándome con fuerza; sentí que hundía su cara en mi hombro y mi pelo, y los olía. En aquel primer momento, ni siquiera nos besamos; creo que yo estaba sollozando aliviada, porque el roce de su mejilla era tal como me había imaginado que sería, y quizás él también sollozara un poco. Al deshacer el abrazo, el pelo de uno se había pegado en la cara del otro por las lágrimas y el sudor perlaba la frente de Robert. Lucía una barba de varios días; sin afeitar y con una camisa vieja encima de otra parecía un leñador vagando por las aceras de un barrio de Washington.

—¿Qué ha pasado? —le pregunté, porque eso fue todo cuanto alcancé a decir.

—Verás, Kate me ha echado —confesó, cogiendo de nuevo la bolsa como si ésa fuese la confirmación de su exilio. Y ante mi cara de sorpresa, supongo que añadió—: No por ti. Ha sido por otra cosa.

Mi cara debía de ser de sorpresa total, porque me rodeó los hombros con un brazo.

—No te preocupes. Tranquila. Ha sido únicamente por mis cuadros, luego te lo cuento.

—¿Has conducido toda la noche? —pregunté.

—Sí. ¿Puedo dejar el coche ahí? —Señaló hacia la calle, sus señales y basura, e incomprensibles parquímetros.

—¡Claro que puedes! —repuse—. Y a partir de las nueve se lo llevará la grúa. —Entonces los dos nos echamos a reír y él volvió a peinarme con caricias, un gesto que recordaba de nuestro encuentro en el seminario de Maine, y me besó una y otra vez.

—¿Ya son las nueve?

—No —contesté—. Nos quedan más de dos horas. —Subimos la pesada bolsa a mi apartamento, cerré la puerta con llave al entrar y llamé al trabajo diciendo que estaba enferma.

76

Mary

Robert no vino a vivir conmigo; simplemente se quedó, con su pesada bolsa y el resto de cosas que había traído en el coche: caballetes, pinturas, lienzos, zapatos de recambio y una botella de vino que había comprado para regalarme a su llegada. Así como no se me habría pasado por la cabeza preguntarle qué planes tenía o decirle que se buscase otro sitio donde vivir, tampoco se me ocurrió irme del apartamento. Reconozco que aquello fue una especie de paraíso para mí, despertarme con su brazo tostado extendido sobre mi almohada, los tirabuzones de su pelo oscuro sobre mi hombro. Yo me iba a clase y luego volvía a casa sin quedarme a pintar en la academia como hacía normalmente, y nos metíamos otra vez en la cama hasta media tarde.

Los sábados y los domingos nos levantábamos alrededor de las doce del mediodía y nos íbamos a pintar por los parques, o nos acercábamos hasta Virginia en coche o, si llovía, visitábamos la Galería Nacional. Recuerdo con nitidez que por lo menos una vez recorrimos aquella sala de la Galería Nacional de Arte en la que está colgado el cuadro de *Leda*, y esos retratos y ese impresionante Manet con las copas de vino; juro que Robert le prestó más atención al cuadro de Manet que al de *Leda*, que no pareció interesarle; al menos ésa fue su actitud cuando yo estuve allí con él. Leímos todas las cartelas y él hizo comentarios sobre la técnica de Manet, y luego se alejó sacudiendo la cabeza denotando una admiración para la que no tenía palabras. Transcurrida la primera semana, Robert me dijo seriamente que yo no estaba pintando suficiente y que creía que era por su culpa. Habitualmente, al llegar a casa tenía un lienzo preparado para mí, con una base gris o beige extendida. Con su estímulo, empecé a pintar con más afán que en mucho tiempo y a atreverme a intentar temas más complicados. Pinté, por ejemplo, al propio Robert sentado en mi taburete de la cocina con sus pantalones de algodón color caqui, desnudo de cintura para arriba. Al darse cuenta de que de forma rutinaria evitaba pintar las manos, me enseñó a dibujarlas mejor. Me enseñó a no desdeñar las flores y los arreglos florales en mis bodegones, señalando que muchos de los grandes pintores habían considerado que eran un importante desafío. En cierta ocasión, trajo a casa un conejo muerto (sigo sin comprender de dónde lo sacó) y una trucha grande, y amontonamos fruta y flores a su alrededor y pintamos un par de bodegones barrocos, cada uno con su estilo propio, y nos reímos al ver el resultado. Después Robert despellejó al conejo y cocinó tanto éste como la trucha, y estaban deliciosos. Me dijo que había aprendido a cocinar con su madre, que era francesa; desde luego, que yo sepa, no cocinó casi nunca; solíamos abrir sopa enlatada y una botella de vino, y poco más.

Y leíamos juntos casi todas las noches, a veces durante horas. Él me leía en voz alta a su autor favorito, Milosz, y poemas en francés que me iba traduciendo sobre la marcha. Yo le leía algunas de las novelas que siempre me habían gustado, la colección de clásicos de Muzzy: Lewis Carroll, Conan Doyle y Robert Louis Stevenson, con las que él no había crecido. Leíamos para el otro vestidos o desnudos, enrollados juntos en mis sábanas azul pálido o repanchingados en el suelo delante de mi sofá, enfundados en nuestros jerseys viejos. Robert usaba mi carné de la biblioteca para traer a casa libros de Manet, Morisot, Monet, Sisley, Pissarro... Sisley le gustaba especialmente y decía que era mejor que todos los demás juntos. De vez en cuando copiaba los efectos de sus obras en pequeños lienzos que se reservaba con esa finalidad.

En ocasiones, Robert caía en un estado de ánimo silencioso o hasta triste, y cuando le acariciaba el brazo me decía que echaba de menos a sus hijos, e incluso miraba fotos de ellos, pero nunca mencionaba a Kate. A mí me daba miedo que no pudiera o no quisiera quedarse para siempre; también tenía la esperanza de que a la larga encontraría el modo de acabar con su matrimonio y su presencia en mi vida fuera menos provisional. No supe que tenía un nuevo apartado de correos, uno en Washington, hasta que un buen día comentó que había recogido allí su correo y leído la solicitud de divorcio de Kate. Él le había enviado la dirección del apartado, me dijo, por si ella lo necesitaba en caso de emergencia. Me explicó que había decidido regresar brevemente a casa para iniciar los trámites y ver a los niños. Me explicó que dormiría en un motel o en casa de amigos; creo que ésa fue su manera de dejarme; claro que no pretendía volver con Kate. Hubo algo en su firmeza al decirme que jamás volvería con ella que me produjo escalofríos; supe que si podía sentir eso por ella, algún día podría sentir lo mismo por mí. Habría preferido verlo apesadumbrado, ver cierta ambigüedad, aunque no las suficientes dudas como para alejarse de mí.

Pero parecía curiosamente decidido a dejar a Kate, decía que ella no entendía lo más importante de él, pero no dijo qué era. No quise preguntar, ya que entonces parecería que tampoco lo entendía. A su regreso tras cinco días en Greenhill, me trajo una biografía de Thomas Eakins (siempre me decía que mis cuadros le recordaban la obra de Eakins, que en cierto modo su esencia era asombrosamente americana) y me contó con entusiasmo sus pequeñas aventuras del viaje, y que los niños estaban muy guapos y muy bien y que les había hecho un montón de fotos, y de Kate no me dijo nada. Y acto seguido me llevó a la habitación que en aquel entonces yo consideraba nuestra, y me tumbó en la cama y me hizo el amor con insistente concentración, como si me hubiese echado de menos todo el tiempo.

Este miniparaíso no me preparó en absoluto para su gradual cambio de humor. Llegó el otoño y con éste el desánimo de Robert; siempre había sido mi estación favorita, el momento para empezar de nuevo: zapatos nuevos para el curso, alumnos nuevos, colores maravillosos. Pero, al parecer, para Robert era una especie de marchitamiento, el allanamiento de la melancolía, el fin del verano y de nuestra felicidad inicial. Las hojas de los ginkgo de mi barrio se transformaron en papel crepé amarillo; los castaños se diseminaron por nuestros parques favoritos. Pinté nuevos lienzos y le propuse una escapada al campo de batalla de Manassas entre semana, el día que no tenía clases. Pero, por primera vez, Robert rehusó pintar y se puso a rumiar sentado debajo de un árbol de una colina histórica, como si estuviese escuchando voces fantasmales del enfrentamiento allí acontecido, de la masacre. Yo pinté sola en aquel campo, con la esperanza de que Robert se recuperaría, si lo dejaba un rato solo, pero aquella noche se enfadó conmigo por tonterías, amenazó con romper un plato y salió solo a dar un largo paseo. A mi pesar, lloré un poco; es que no me gusta hacer eso, ¿sabe?; sencillamente me resultaba demasiado doloroso verlo en ese estado, y sentir que me rechazaba después de los maravillosos momentos que habíamos vivido juntos.

Pero también encontraba normal que le quedaran secuelas de su separación legal de Kate (tenían aún tres meses por delante antes de la concesión del divorcio) y de lo difícil que le estaba siendo cortar con su antigua vida. Yo sabía que debía de sentirse presionado para encontrar un trabajo en Washington, aunque no dio señal alguna de estarlo buscando; intuí que tendría algunos pequeños ingresos por su cuenta o dispondría de un fondo, probablemente gracias a la venta de sus extraordinarios cuadros, pero estaba claro que eso no duraría para siempre. Tampoco me gustaba preguntarle por sus ingresos, y había tenido la precaución de mantener nuestro dinero en cuentas separadas, si bien yo seguía pagando el alquiler como siempre había hecho, y comprando nuestra comida. Él aparecía a menudo en casa con algunas provisiones, con vino o algún pequeño y útil obsequio, por lo que mi economía no se resintió demasiado, aunque había empezado a preguntarme si, al final, debería pedirle que compartiera conmigo el alquiler y las facturas de los suministros, porque llegaba justa a fin de mes. Podría haberle pedido a Muzzy que me ayudara, pero no había reaccionado muy positivamente al hecho de que estuviese viviendo con un artista en trámites de divorcio, y eso me frenó. («Sé cómo es el amor», me dijo con suavidad durante una visita que le hice mientras vivía con Robert. Eso fue antes del espectáculo dantesco de su tumor, su traqueostomía y su aparato especial para hablar. «Lo sé, cariño, más de lo que te imaginas. Pero, verás, ¡vales tanto! Siempre he querido que encontraras a alguien que *cuidara* un poco de ti.») Ahora Robert seguramente tendría que pasarles una manutención a los niños, y no me atreví a preguntarle por los detalles cuando se sentó ceñudo en el sofá.

Algún que otro domingo soleado su estado de ánimo mejoraba, y yo recuperaba la esperanza y olvidaba con facilidad los días pasados, y me convencía a mí misma de que esto eran puntos de inflexión en nuestra relación. Verá, no es que pensara exactamente en el matrimonio, pero sí en algún tipo de vida con Robert a más largo plazo, una vida en la que hubiera compromiso, en la que alquiláramos un apartamento con un estudio, aunáramos nuestras fuerzas y recursos y planes, y viajáramos a Italia y Grecia en una pseudo-luna de miel para poder pintar allí e ir a ver todas las magníficas esculturas, cuadros y paisajes que anhelaba ver. Era un sueño impreciso, pero había ido creciendo sin que yo me diera cuenta, como un dragón bajo mi cama, minando mi romance «conmigo misma» antes de que comprendiese lo que estaba ocurriendo. Aquellos fines de semana aún felices hacíamos viajes cortos, principalmente gracias a mi insistencia, y nos llevábamos el almuerzo preparado en casa para ahorrar dinero; donde más disfruté fue en Harpers Ferry, donde nos hospedamos en un hostal barato y paseamos por todo el pueblo.

A primeros de diciembre, llegué una noche a casa y vi que Robert se había ido, y no tuve noticias de él en varios días. Volvió con energías curiosamente renovadas y me dijo que se había ido a ver a un viejo amigo de Baltimore, lo cual no me pareció que fuera mentira. En otra ocasión, se fue a Nueva York. Después de aquella visita no es que pareciese renovado, sino verdaderamente eufórico, y esa noche estuvo demasiado atareado para hacer el amor, cosa que antes no había pasado nunca, y se quedó en el salón, plantado delante de su caballete, haciendo bocetos con carboncillo. Lavé los platos de la cena para atemperar mi enfado (¿acaso se creía Robert que los platos se lavaban solos todos los días?), y procuré no mirar al otro lado de la barra que separaba mi diminuta cocina de mi diminuto salón mientras él bosquejaba un rostro que yo no había visto desde mi impulsivo viaje a Greenhill con ocasión de su exposición en la universidad: era muy guapa, con su pelo moreno rizado tan parecido al de Robert, su delicada mandíbula cuadrada, su sonrisa pensativa.

La reconocí al instante. De hecho, al verla me asombró no haber notado su ausencia durante todos estos felices meses; en ningún momento me había extrañado que Robert la excluyera completamente de sus cuadros y dibujos durante el tiempo que vivió conmigo. No había siquiera incluido en segundo plano las figuras de madre e hija que había visto en algunos de sus paisajes previos, como el que Robert había pintado en la costa de Maine durante nuestro seminario. Su reaparición aquella noche surtió un extraño efecto en mí, un temor inquietante, como la sensación que experimentas cuando alguien entra con demasiado sigilo en una habitación y se coloca a tus espaldas. Dije para mis adentros que Robert no me daba miedo, pero si no era eso, entonces ¿de qué tenía miedo?

77

1879

Ella observa a Olivier mientras pinta.

Están en la playa envueltos por la luz vespertina, y él ha empezado un segundo lienzo: uno por la mañana y otro por la tarde. Está pintando los acantilados y dos grandes barcas grises de remos que los pescadores han varado playa adentro, con los remos recogidos en su interior, las redes y boyas de corcho captando los rayos de un sol esquivo. Esboza primero con ocre oscuro en el lienzo ya imprimado, y a continuación empieza a dar forma a los acantilados con más ocre, con azul y un gris verdoso sombreado. Ella tiene ganas de sugerirle que aclare su paleta, tal como en cierta ocasión le dijo su profesor; se pregunta por qué este paisaje de luces y cielo oscilantes a Olivier le parece en el fondo tan sombrío. Pero ella cree que a estas alturas ni su obra ni su vida pueden cambiar mucho. Permanece en silencio junto a él, demorándose, observante, cuando se dispone a instalar sus cosas, su taburete plegable y su caballete de madera portátil. Lleva puesto un fino vestido de lana para protegerse del frío de la tarde resplandeciente, y una chaqueta de lana más gruesa encima. La brisa se enreda en su falda y en las cintas de su sombrero. Observa cómo él da vida parcialmente a las aguas agitadas. Pero ¿por qué no le pone más luz al cuadro?

Se aleja y se abotona el blusón encima de la ropa, prepara su lienzo, abre el práctico taburete de madera. Se queda frente al caballete como hace él, en lugar de sentarse, con los tacones de las botas hundidos entre los guijarros. Procura olvidarse de la silueta cercana de Olivier, de su cabeza plateada inclinada sobre su obra, de su espalda erguida. Su propio lienzo ya tiene una fina capa de color gris pálido; es el que ha elegido para la luz vespertina. Añade un chorro generoso de aguamarina en su paleta y rojo cadmio para las amapolas, sus flores favoritas, que hay en los acantilados de los extremos izquierdo y derecho.

Entonces consulta su reloj de bolsillo con cadena y se da a sí misma media hora, entorna los ojos, sujeta el pincel lo más suavemente posible y pinta desde la muñeca y el antebrazo, con pinceladas rápidas. El agua tiene un color rosáceo y azul verdoso, el cielo es prácticamente incoloro, las rocas de la playa son rosadas y grises, la espuma que ribetea las olas es beige. Pinta la silueta de Olivier enfundada en un traje oscuro, su pelo blanco, pero como si estuviese a mayor distancia, una figura secundaria de la playa. Da unos toques de color ocre puro a los acantilados, luego unos toques verdes y después motea con rojo las amapolas. También hay flores blancas, y flores amarillas más pequeñas; le parece que el acantilado está cerca y lejos a la vez.

Los treinta minutos han pasado.

Olivier se gira, como si entendiera que su primera fase del lienzo ha concluido. Ella ve que él sigue trabajando lentamente en la extensión de agua, todavía no ha llegado de nuevo a las barcas o a los acantilados siquiera. Será una obra minuciosa, controlada y hasta hermosa, y le llevará días. Él se acerca a ver su lienzo. Ella se queda contemplándolo con él, notando que su codo le roza el hombro. A través de sus ojos ella toma conciencia de su propia destreza y de los fallos que tiene el cuadro: está vivo, en movimiento, pero es demasiado tosco hasta para su gusto, un experimento fallido. Ella desea que él no hable y, para su alivio, Olivier no interrumpe el rugido de las olas contra los tupidos guijarros, el sonido de las piedras al rodar y ser arrastradas hacia el mar; por el contrario, asiente con la cabeza y baja la vista hacia ella. Tiene los ojos permanentemente enrojecidos, la piel del contorno de estos le cuelga un poco. En aquel momento, ella no cambiaría su presencia por nada del mundo, sencillamente porque él está mucho más cerca de los confines de éste que ella. Porque se siente comprendida.

Aquella noche cenan con los demás huéspedes, sentados uno frente al otro, pasándose la salsera o la fuente de pequeñas setas. La propietaria, al servirle la ternera a Olivier, le dice que cierto caballero ha pasado por ahí esa tarde preguntando si se hospedaba un pintor famoso en la posada, amigo suyo de París; no ha dejado ninguna tarjeta. ¿Es famoso *monsieur* Vignot?, le pregunta la mujer. Olivier se echa a reír y sacude la cabeza. Son muchos los artistas famosos que han pintado en Étretat, le contesta, pero él no es precisamente uno de ellos. Béatrice se toma una copa de vino y lo lamenta. Se sientan a leer en la sala principal en compañía de un huésped inglés con bigote, que hace crujir los periódicos ingleses y carraspea por algo que ve en ellos. Entonces ella deja su libro e intenta escribirle una segunda carta a Yves, sin mucho éxito; a su pluma no parece gustarle el papel, por muchas veces que la sumerja en la tinta y seque ésta. El reloj de pared chino da las diez, y Olivier se levanta para hacerle una reverencia, le sonríe afectuosamente mirándola con sus ojos enrojecidos por el viento, y parece a punto de darle un beso pero no lo hace.

Cuando se ha ido escaleras arriba, ella lo comprende: Olivier nunca le pedirá nada más. Jamás la visitará en la intimidad, jamás le propondrá que sea ella quien lo visite, jamás hará ningún otro movimiento impropio de un caballero y familiar. No iniciará nada. El beso en su estudio fue el primero y el último, tal como le prometió; el beso de Béatrice en el andén de la estación fue bajo su propia responsabilidad, como el beso que los dos se dieron en la playa; ambos cogieron a Olivier desprevenido. Ella está segura de que él considera que esta compostura es un halago; una demostración de su respeto y su cariño. Pero el resultado es un dilema cruel; pase lo que pase tendrá que llevarlo Béatrice a cabo y vivir después con ello. Lo que sea que experimenten juntos surgirá de su propio deseo, de su relativa juventud. Ella no se imagina a sí misma llamando a su puerta del piso de arriba. Olivier le ha dejado un rastro de migas de pan, como el niño del cuento.

Más tarde, tras la lectura en la sala de la hospedería y ya en su cama blanca, Béatrice apenas duerme observando el leve movimiento de las cortinas allí donde ha dejado una ventana abierta al amenazante aire de la noche, sintiendo la ciudad a su alrededor, oyendo el Canal al golpear los esquistos de la playa.

78

Mary

Tras el regreso de la dama de cabellos oscuro a sus cuadros, Robert pasó semanas preocupado, y no sólo preocupado, sino también callado y susceptible. Dormía mucho y no se lavaba, y su presencia empezó a repelerme como nunca hasta entonces. A veces dormía en el sofá. Unas cuantas semanas antes yo había organizado un encuentro con mi hermana y su marido para que lo conocieran, y Robert ni siquiera apareció. Humillada, me quedé sentada a una mesa de un pequeño restaurante provenzal llamado Lavandou que a mi hermana y a mí siempre nos había encantado. A día de hoy, aunque tuviese dinero para despilfarrarlo en una cena exquisita, no se me ocurriría volver allí.

Para lo único que Robert tenía energía era la pintura, y lo único que pintaba era a esta mujer. A aquellas alturas tuve la sensatez de no preguntar quién era, porque siempre obtenía esas respuestas vagas y casi místicas que tanto me irritaban. Nada había cambiado, pensé en cierta ocasión con amargura, desde mi época de estudiante, en la que Robert se había mostrado intencionadamente enigmático acerca del lugar donde había visto este tema para su obra y de por qué lo pintaba.

Puede que yo hubiese seguido siempre creyendo que él había conocido a esta mujer en persona (con su cara, sus rizos morenos, sus vestidos y demás), de no haber hojeado algunos de sus libros un día en que él se fue a comprar lienzos. Era la primera vez en muchos días que salía del apartamento; me pareció una buena señal que hubiera tenido energías para ir a hacer un recado y también para pensar en algunos cuadros nuevos. Cuando se fue, me quedé merodeando por el sofá, que se había convertido en una especie de estudio para Robert, de modo que hasta olía a él. Me dejé caer e inspiré el olor de su pelo y su ropa, sin que su irritable presencia me causara molestias. Estaba plagado de cosas, como un estudio de verdad: trozos de papel, material de dibujo, libros de poesía, ropa usada y tomos de la biblioteca llenos de retratos. Ahora estaba obsesionado con los retratos, y la misteriosa dama era su único tema. Parecía haber olvidado su antigua afición por los paisajes, su gran habilidad para pintar bodegones, su versatilidad innata. Me fijé en que los estores de mi saloncito estaban bajados y en que habían estado días así, mientras yo iba y venía corriendo de mis clases.

Como una prueba de mi propia imbecilidad, fui sacudida por la certeza de que Robert estaba deprimido. Lo que él llamaba sus «malas rachas» era una simple y vulgar depresión, y quizá más grave de lo que yo había estado dispuesta a aceptar. Sabía que entre sus cosas guardaba medicamentos y que se los tomaba de vez en cuando, pero Robert me había dicho que eran para ayudarle ocasionalmente a conciliar el sueño tras una larga noche pintando, y nunca lo vi tomando nada con regularidad. Por otra parte, tampoco es que hiciera nunca nada con regularidad. Me dediqué a lamentar la transformación de mi luminoso y pequeño apartamento, llorando esa pérdida para no tener que pensar en la transformación de mi alma gemela.

Entonces empecé a ordenar, metiendo todo el caos de Robert en un cesto, amontonando los libros cuidadosamente al lado de la cama, doblando las mantas, ahuecando los cojines del sofá, llevando los vasos sucios y cuencos de cereales a la cocina. Y tuve una repentina visión de mí misma, una persona alta, limpia y competente que estaba recogiendo de la alfombra los platos de otra persona. Creo que en ese momento supe que estábamos condenados al fracaso, no por la idiosincrasia de Robert, sino por la percepción de mi propia individualidad. Lo visualicé haciéndose un poco más pequeño y noté que se me encogía el corazón. Subí los estores y limpié la mesa de centro, y traje un jarrón de flores de la cocina para que le diera la reconquistada luz del sol.

Podría haber dejado las cosas ahí, ¿sabe?, haberlas dejado en el nivel habitual de tenemos-que-romper. Me quedé sentada en el sofá un rato más, triste, asustada, sintiendo que a mi yo le faltaba algo. Pero ya que estaba ahí sentada, empecé a hojear los libros de Robert. Los tres primeros libros eran de la biblioteca y trataban sobre Rembrandt, y había otro sobre Leonardo da Vinci; al parecer, las preferencias de Robert se alejaban un tanto del siglo XIX. Debajo había un grueso libro sobre el Cubismo, que yo no le había visto siquiera abrir.

Y junto a esos había dos libros sobre los impresionistas, uno sobre los retratos pintados por todos ellos (estuve hojeando las familiares imágenes) y el otro, de manera menos previsible, era un libro en rústica delgado e ilustrado sobre las mujeres del mundo impresionista, que abarcaba el papel crucial que desempeñó Berthe Morisot desde la primera exposición impresionista hasta principios del siglo XX, pasando por pintoras posteriores y menos conocidas del movimiento. Que Robert tuviera semejante libro me produjo un destello de respeto (al abrirlo me di cuenta de que era suyo, no un volumen de la biblioteca), y que estuviese manoseado, una sensación de asombro; lo había leído de cabo a rabo, consultado con frecuencia e incluso manchado un poco de pintura.

Le adjunto un ejemplar de este volumen, que yo misma he estado buscando durante este mes para dárselo, ya que él se llevó el suyo consigo. Vaya a la página cuarenta y nueve y verá lo que vi al hojearlo: un retrato de la dama de Robert y un paisaje marino de la costa de Normandía junto a la propia dama. Descubrí que Béatrice de Clerval era una pintora de gran talento, que rozando la treintena renunció al arte; el escueto texto biográfico atribuía su deserción al hecho de haber sido madre, cosa que hizo a la peligrosa y madura edad de veintinueve años, en una época en que las mujeres de su clase eran exhortadas a dedicarse exclusivamente a la vida familiar.

La reproducción del retrato era en color, y el rostro de la dama me resultó inconfundible; conocía incluso su fruncido escote amarillo claro sobre verde pálido, el lazo de su sombrero, el suave carmín exacto que llevaba en mejillas y labios, la expresión mezcla de cautela y alegría. Según el texto, de joven había sido una artista muy prometedora, estudió desde los diecisiete años hasta los veintitantos con el profesor de academia Georges Lamelle, expuso un cuadro una sola vez en el Salón bajo el seudónimo de Marie Rivière y murió de gripe en 1910; su hija, Aude, periodista en París antes de la Segunda Guerra Mundial, falleció en 1966. El marido de Béatrice de Clerval era un reputado funcionario público que puso en marcha las oficinas de correos modernas de cuatro o cinco ciudades francesas. Ella se codeó con la familia Manet, la familia Morisot, el fotógrafo Nadar y Mallarmé. Actualmente, la obra de Clerval se puede ver en el Museo de Orsay, el Museo de Maintenon, la Galería de Arte de la Universidad de Yale, la Universidad de Michigan y diversas colecciones privadas, entre las que destaca la de Pedro Caillet, en Acapulco.

Pues bien, todo eso lo verá en el libro, pero quiero intentar explicarle la impresión que tuvieron sobre mis sentimientos esta colección de imágenes y la biografía que acompañaba a la misma. Saber que tu pareja está obsesionada con una mujer viva que vislumbró tiempo atrás, alguien a quien ha visto únicamente una o dos veces, te produce inquietud; entra dentro de lo razonable que un artista, un artista como Robert, se obsesione con alguna que otra imagen. Pero descubrir que Robert estaba obsesionado con una mujer a la que jamás había visto con vida, me provocó una inquietud mucho mayor; en realidad, fue un impacto emocional. No puedes tener celos de alguien que está muerto y, sin embargo, el hecho de que antaño ella hubiera estado siquiera viva me produjo un sentimiento peligrosamente rayano en los celos y, además, el hecho de que llevase mucho tiempo muerta era, en cierto modo, grotesco, como si hubiese pillado a Robert cometiendo cierto acto indefinido de necrofilia.

No, eso no es así. Los vivos a menudo siguen amando a los muertos; jamás se nos ocurriría criticar a un viudo por aferrarse al recuerdo de su esposa o incluso obsesionarse con ella hasta cierto punto. Pero alguien a quien Robert nunca había conocido en persona, a quien no hubiera podido conocer, alguien que había fallecido más de cuarenta años antes de que él mismo naciera... era vomitivo. Supongo que he sido demasiado gráfica en mi descripción, pero sí que sentí náuseas. Aquello me superó. Al ver a Robert pintando una y otra vez un rostro que yo creía vivo... nunca había pensado que pudiese estar loco; pero ahora que sabía que se trataba de una mujer fallecida tiempo atrás, me pregunté si Robert tendría algún problema de verdad.

Leí la reseña biográfica varias veces para asegurarme de que no se me había escapado nada. Quizá no se supiese gran cosa de Béatrice de Clerval, o quizá su retirada del mundo artístico y su reclusión en el hogar había aburrido a todos los historiadores de arte. Por lo visto, tras su retirada vivió durante décadas sin hacer nada digno de mención, hasta que murió. En los años ochenta se celebró una retrospectiva de su obra en un museo parisino cuyo nombre no reconocí, es probable que pidiesen prestados los cuadros a colecciones privadas, que los colgaran y los volvieran a retirar antes incluso de que yo solicitase una plaza universitaria. Miré de nuevo su retrato. Ahí estaba su sonrisa melancólica, el hoyuelo de su mejilla izquierda cerca de la boca. Sus ojos seguían los míos incluso desde la página satinada.

Cuando ya no lo pude soportar más, cerré el libro y lo devolví al montón. Acto seguido lo cogí otra vez, y anoté el título y el autor, la información de la publicación y algunos de los datos que contenía sobre Clerval, lo coloqué cuidadosamente en su sitio y escondí mis apuntes en el escritorio. Me fui a nuestra habitación, hice la cama y me tumbé en ella. Al cabo de un rato, me fui a la cocina y también la ordené, y me hice la comida con lo que encontré en los armarios. Hacía mucho tiempo que no cocinaba algo de verdad. Amaba a Robert, y me ocuparía de que recibiese el mejor tratamiento posible, los mejores cuidados para ayudarle a mejorar; me había comentado que todavía tenía seguro médico. Cuando volvió a casa, parecía contento y comimos juntos a la luz de las velas e hicimos el amor sobre la alfombra del salón (no pareció darse cuenta de que yo había ordenado el sofá), y él me hizo una foto envuelta en una manta. No dije nada del libro ni los retratos.

Aquella semana las cosas fueron un poco mejor, al menos aparentemente, hasta que Robert me anunció que se iba de nuevo a Greenhill. Me dijo que tenía que ir a ver al abogado con Kate y arreglar algunas cuestiones económicas; estaría fuera una semana. Me llevé un chasco, pero pensé que ir solucionando esos temas quizá fuese lo mejor para su estado de ánimo, así que simplemente le di un beso de despedida y lo dejé marchar. Se iba en avión; su vuelo salió mientras yo estaba dando clase y no pude llevarlo en coche al aeropuerto. Estuvo fuera tan sólo una semana, apareció una noche muy cansado y despidiendo un olor extraño, como a viaje, un olor a sucio pero también exótico en cierto modo. Se pasó dos días durmiendo.

Al tercer día, salió del apartamento para hacer unos recados y yo registré todas sus cosas, sin pudor (o, mejor dicho, con pudor pero decidida a saber más). Robert aún no había deshecho su maleta y en ella encontré recibos en francés, en algunos ponía «París», de un hotel, de restaurantes, del Aeropuerto De Gaulle... En uno de los bolsillos de su chaqueta había un billete de avión arrugado de Air France, además de su pasaporte, que nunca había visto con anterioridad. La mayoría de las personas salen horribles en las fotos de los pasaportes; Robert estaba guapísimo. Entre su ropa encontré un paquete envuelto en papel marrón y en su interior un fajo de cartas atadas con una cinta, cartas muy antiguas, aparentemente en francés. Jamás las había visto. Me pregunté si tendrían quizás algo que ver con su madre, si serían viejas cartas de la familia o las habría obtenido en Francia. Cuando vi la firma en la primera de ellas, me quedé petrificada durante un rato angustioso y luego las volví a cerrar y metí el paquete de nuevo en su equipaje.

Y a continuación tuve que decidir lo que le diría a Robert.
«¿Por qué has ido a Francia?» Esa pregunta era sólo ligeramente
menos importante que: «¿Por qué no me dijiste que te ibas a Francia? o ¿Por qué no me llevaste contigo?» Pero no me atreví a preguntarlo; habría herido mi orgullo, que a esas alturas estaba ya muy
dolorido, como habría dicho Muzzy. En lugar de eso nos peleamos,
o me peleé con él, la tomé con él por un cuadro, un bodegón en el
que habíamos trabajado los dos, y lo eché de casa, aunque él se fue
sin rechistar demasiado. Me desahogué con mi hermana, juré no
volverlo a dejar entrar si aparecía de nuevo, intenté olvidarlo, y ahí
termina la historia. Pero me preocupé al ver que no se ponía en
contacto conmigo para nada. Durante mucho tiempo no supe que
al salir de mi casa se había ido a la Galería Nacional (o sólo meses
después) y había intentado atacar un cuadro. No era propio de él.
En absoluto.

79

Marlow

Mary y yo nos volvimos a ver en mi hotel para desayunar, nos encontramos en el restaurante medio vacío. El desayuno fue más silencioso que la cena de la noche anterior; el rubor de su excitación inicial había desaparecido y de nuevo reparé en esas ojeras moradas, nieve sombreada bajo sus ojos. Esta mañana su mirada en sí parecía sombría, nublada. Tenía varias pecas en la nariz que yo no había detectado hasta ahora, diminutas manchas; era completamente distinta a la de Kate.

—¿Ha pasado mala noche? —le pregunté, a riesgo de ganarme una de sus miradas fulminantes.

—Sí —contestó—. Me he puesto a pensar en la cantidad de cosas que le he contado sobre Robert, muchas de ellas íntimas, y me lo imaginaba a usted ahí sentado en su habitación dándole vueltas a todo.

—¿Cómo sabe que le he estado dando vueltas? —Le pasé un plato con tostadas.

—Es lo que habría hecho yo —se limitó a decir.

—Pues sí, pienso en esto constantemente. Es admirable que me haya dejado usted saber tantas cosas de él; lo que ha hecho me ayudará más que cualquier otra cosa a ayudar a Robert. —Hice una pausa, tanteando su reacción mientras ella dejaba enfriar su tostada—. Ya entiendo por qué lo esperó tanto tiempo cuando no estaba disponible.

—Cuando era inalcanzable —me corrigió.

—Y por qué lo ama.

—Lo amaba, no lo amo.

No había contado con estas respuestas y me concentré en mis huevos benedict para no tener que mirarla a los ojos. De hecho, estuvimos básicamente en silencio hasta que acabamos el desayuno, pero al cabo de un rato el silencio se me hizo agradable.

En el Met, ella se quedó contemplando el *Retrato de Béatrice de Clerval*, 1879, la imagen con la que había topado por vez primera en un libro que Robert había dejado junto a su sofá.

—¿Sabe qué? Yo creo que Robert vino aquí de nuevo y la volvió a ver —comentó ella.

Observé el perfil de Mary; recordé de súbito que era la segunda vez que estábamos juntos en un museo.

—¿Eso cree?

—Bueno, tal como le mandé por escrito, durante el tiempo que vivió conmigo viajó a Nueva York al menos en una ocasión, y volvió curiosamente agitado.

—Mary, ¿quiere ir a ver a Robert? Cuando volvamos a Washington, podría acompañarla. El lunes, si le va bien. —No había sido mi intención decirlo tan de sopetón.

—¿Lo dice porque quiere que yo le interrogue para proporcionarle a usted más información? —Estaba erguida y rígida, examinando una vez más el rostro de Béatrice sin mirarme.

Di un respingo.

—No, no… yo no le pediría eso. Usted ya me ha ayudado a verlo con otros ojos. Nada más lo decía porque no es mi intención impedirle verlo, si es lo que necesita.

Ella se giró. Entonces se acercó a mí, como en busca de protección, con Béatrice de Clerval de testigo; es más, de repente unió su mano a la mía.

—No —dijo—. No quiero verlo. Gracias. —Retiró la mano y se fue a dar una vuelta para ver las bailarinas de Degas y sus desnudos secándose con enormes toallas. Al cabo de unos minutos regresó—. ¿Nos vamos?

Fuera, hacía un día de verano soleado y agradable, más cálido que caluroso. Compré dos perritos calientes con mostaza en uno de los puestos que había en la calle. («¿Cómo sabe que no soy vegetariana?», me dijo Mary, aunque ya habíamos comido juntos un par veces más.) Dimos un paseo por Central Park y comimos en un banco, limpiándonos las manos con servilletas de papel. De repente Mary limpió mis manos de mostaza además de las suyas, y pensé que habría sido una madre fantástica, aunque lógicamente no lo dije. Extendí los dedos.

—Mi mano parece mucho más envejecida que la suya, ¿verdad?

—¡Claro! Es que *está* un poco más envejecida que la mía. Si nació usted en 1947, la diferencia es de veinte años.

—Prefiero no preguntarle cómo ha averiguado eso.

—No hay ninguna necesidad, Sherlock.

Me la quedé mirando. La sombra de los robles y las hayas moteaba su cara y su blusa blanca de manga corta, la delicada piel de su cuello.

—¡Qué guapa es!

—No me diga eso, por favor —repuso ella, bajando los ojos a su regazo.

—Ha sido sólo un cumplido, respetuoso. Es usted como un cuadro.

—Eso es absurdo. —Estrujó las servilletas y las encestó en una papelera que había cerca de nuestro banco—. En realidad, ninguna mujer quiere ser como un cuadro. —Pero cuando se volvió a mí, nuestras miradas se encontraron mientras de fondo retumbaba el extraño eco de lo que cada uno de nosotros acababa de decir. Ella apartó la vista primero—. ¿Ha estado casado alguna vez?

—No.

—¿Por qué no?

—¡Oh! La carrera de medicina fue larga y luego no encontré a la persona adecuada.

Mary cruzó las piernas enfundadas en sus tejanos.

—¡Ya! ¿Se ha enamorado alguna vez?

—Varias veces.

—¿Últimamente?

—No. —Me puse a pensar—. Quizá sí. Casi sí.

Mary enarcó las cejas hasta que desaparecieron debajo de su corto flequillo.

—Decídase.

—Lo estoy intentando —repliqué con la máxima serenidad que pude. Era como hablar con un ciervo salvaje, con algún animal que podía levantarse de un salto y echar a correr. Alargué un brazo sobre el respaldo del banco sin tocarla y miré hacia el parque, hacia los recodos de los senderos de gravilla, las rocas, los montículos verdes bajo árboles majestuosos, la gente que paseaba e iba en bici por un camino próximo. Su beso me cogió desprevenido; al principio sólo me pareció que su cara estaba demasiado cerca. Me besó con suavidad, titubeante. Yo me incorporé lentamente, puse las manos en sus sienes y le devolví el beso, también con suavidad, con cuidado de no asustarla más; el corazón me latía con fuerza. Mi viejo corazón.

Supe que al cabo de un minuto Mary se apartaría, que entonces se apoyaría en mí y empezaría a sollozar sin emitir sonido alguno, que yo la abrazaría hasta que acabase, que pronto nos despediríamos con un beso más apasionado para hacer el viaje a casa por separado, y que ella diría entonces algo como: «Lo siento, Andrew, no estoy preparada para esto». Pero yo contaba con la ventaja, de que en mi profesión había aprendido a esperar, y ya había entendido unas cuantas cosas de Mary: que le encantaba irse a pasar el día a Virginia para pintar, como a mí; que necesitaba comer cada pocas horas, y quería sentir que era ella quien tomaba sus decisiones. «Señorita –le dije, pero para mis adentros–, me he dado cuenta de que tiene usted el corazón roto. Permítame que se lo cure.»

80

1879

Ella no puede dejar de pensar en su propio cuerpo. Seguramente, debería pensar un poco en el de Olivier, que ha vivido tantas cosas interesantes. En lugar de eso, reflexiona sobre la picadura de mosquito que tiene en el dorso de la muñeca derecha, se rasca, se la enseña a él con camaradería mientras pintan en la playa la mañana del segundo día. Contemplan juntos el blanco antebrazo, allí donde ella se ha arremangado el blusón de lino. Su muñeca, con ese diminuto cerco rojo, la mano estilizada y sus anillos... ella misma los observa con deseo, como debe de hacer él. Están en la playa pintando frente a sus caballetes; ella ha dejado sus pinceles, pero Olivier sigue sujetando uno pequeño mojado en pintura azul oscura.

Se quedan mirando el recodo de su brazo, y entonces ella lo levanta lentamente hacia él, hacia su rostro. Cuando está tan cerca que él no puede malinterpretar sus intenciones, Olivier hunde los labios en la piel. Ella se estremece, más por la escena que por la sensación. Él le baja suavemente el brazo y sus miradas se encuentran. A ella no se le ocurre ninguna palabra adecuada para esta situación. El rostro de Olivier, enrojecido por la emoción o por la brisa del Canal, contrasta con su pelo blanco. ¿Estará abochornado? Es una pregunta que ella podría plantearle en un momento de intimidad que aún no se permite a sí misma visualizar.

81

Marlow

Después de mis conversaciones con Mary y estando de nuevo en Goldengrove probé el experimento de quedarme durante una hora en silencio con Robert en su habitación; me llevé un cuaderno de dibujo y me senté en mi sillón para dibujarlo a él mientras, sentado, dibujaba a Béatrice de Clerval. Tenía ganas de decirle que sabía quién era ella, pero, como de costumbre, la prudencia me lo impidió; al fin y al cabo, quizá necesitase averiguar más cosas sobre ella antes de hacer eso, o sobre él. Tras una primera mirada de fastidio por mi presencia y una segunda mirada hostil que me dio a entender que Robert había detectado que él era el protagonista de mi dibujo, me ignoró, pero, a menos que fueran imaginaciones mías, se coló en la habitación una ligera sensación de camaradería. No había más sonido que el rasguño de nuestros respectivos lápices, y era relajante.

El paréntesis para dibujar que había hecho a media mañana le dio al día una especie de armonía que raras veces experimento en Goldengrove. El perfil de Robert era muy interesante; y el hecho de que no manifestase ira ni se levantara y se apartara, o de que no perturbase de cualquier otra manera mi concentración, me alegró y sorprendió bastante. Cabía la posibilidad de que se hubiese retraído más aún y simplemente prescindiera de mí, pero tuve la sensación de que de verdad aceptaba mi gesto. Concluido mi intento, guardé el lápiz en el bolsillo de mi chaqueta y arranqué el dibujo de mi cuaderno, dejándolo en silencio sobre su cama. Estaba bastante bien, pensé, aunque naturalmente carecía de la genial expresividad de sus retratos. Robert no levantó la vista cuando me fui, pero cuando eché un vistazo un par de días más tarde, vi que había colgado mi regalo con cinta adhesiva en su galería, si bien no en un lugar destacado.

Como si se hubiese enterado de un modo o de otro de la hora que había pasado con Robert, Mary telefoneó aquella misma noche.

—Quiero preguntarte algo.

—Lo que sea. Es lo justo.

—Quiero leer las cartas. Las de Béatrice y Olivier.

Vacilé tan sólo un instante.

—Por supuesto. Te haré una copia de las traducciones que tengo por ahora, y del resto a medida que las vaya recibiendo.

—Gracias.

—¿Qué tal estás?

—Bien —dijo ella—. Trabajando, bueno, pintando, porque el semestre ha terminado.

—¿Te gustaría ir a Virginia a pintar este fin de semana? ¿Sólo durante una tarde? Según las previsiones el tiempo será primaveral, y yo tenía pensado ir. Puedo llevarte las cartas entonces.

Ella se quedó momentáneamente en silencio.

—Sí, creo que me gustaría.

—Quería llamarte antes, pero has guardado las distancias.

—Sí, lo sé. Lo siento. —Su lamento parecía sincero.

—No pasa nada. Me imagino lo mal que lo habrás pasado este último año.

—¿Te refieres a que te lo imaginas como profesional?

Suspiré muy a mi pesar.

—No, como amigo.

—Gracias —dijo ella, y me pareció oír que se le atragantaban las lágrimas en su voz—. No me vendría mal un amigo.

—La verdad es que a mí tampoco. —Era más de lo que le habría dicho a nadie seis meses antes, y lo sabía.

—¿Sábado o domingo?

—En principio el sábado, pero dependerá del tiempo.

—¿Andrew? —Habló con dulzura, casi sonriendo.

—¿Qué?

—Nada. Gracias.

—Al contrario, gracias a ti —repuse—. Me alegro de que quieras ir.

El sábado Mary llevaba una gruesa chaqueta roja, el pelo recogido en un moño y prendido con dos palillos, y estuvimos gran parte del día pintando juntos. Después, bajo un sol que calentaba demasiado para esa época del año, comimos al aire libre y charlamos. Su cara tenía buen color, y cuando me incliné sobre la manta para besarla, ella me rodeó el cuello con los brazos y me atrajo hacia sí; en esta ocasión sin lágrimas, aunque únicamente nos besamos. Cenamos fuera de la ciudad y la dejé en su apartamento, en una manzana del noreste llena de basura amontonada. En su bolso tenía una copia de las cartas. No me invitó a subir, pero cuando llegó a la puerta principal retrocedió para besarme otra vez antes de entrar dentro.

82
1879

Para: Yves Vignot

Passy, París

Mon cher mari:

Espero que recibas la carta sin problemas y que papá se esté recuperando. Gracias por tu amable carta. Los achaques de papá me preocupan; desearía estar allí para cuidarlo personalmente. Unas compresas calientes sobre el pecho suelen funcionar, pero supongo que Esmé ya habrá probado eso. Te ruego que le mandes un saludo cariñoso de mi parte.

En cuanto a mí, no puedo decir que me esté aburriendo por aquí, aunque Étretat es un lugar tranquilo en temporada baja. He concluido un lienzo, si concluir es la palabra adecuada, además de un pastel y dos bocetos. El tío me ayuda mucho haciéndome sugerencias sobre el color; claro que nuestro manejo del pincel es tan diferente que a este respecto siempre tengo que apañármelas sola. Sin embargo, respeto profundamente sus conocimientos. Ahora me está diciendo que haga un lienzo mucho más grande, uno con un tema ambicioso que podría presentar al jurado del Salón el año que viene, aunque la autora sería madame Rivière. Sin embargo, no sé si quiero acometer un proyecto de tal envergadura.

Haber dormido bien las últimas dos noches me ha reanimado bastante.

Béatrice deja la pluma y echa un vistazo a la habitación empapelada. La primera noche se durmió de puro agotamiento del viaje y la tercera la ha pasado medio en vela, pensando en los labios firmes y secos de Olivier al acercarse a su brazo; en la delicada forma de la boca del anciano y la pálida extensión de su propia piel.

Sabe qué sería lo adecuado: debería decirle a Olivier que está indispuesta (podría decirle que son nervios, la excusa eterna) y que es preciso que vuelvan a casa de inmediato. Pero ésa es la razón principal por la que Yves la ha enviado aquí. Aun cuando pudiese fingir con éxito, Olivier se daría cuenta. Le ha sentado de maravilla el aire fresco del Canal, con las extensiones de agua y cielo entrando por sus poros, un alivio tras el agobio de París. Le encanta pintar en la costa, envuelta en su cálida capa. Adora la compañía de Olivier, su conversación, las horas que pasan juntos leyendo por las noches. Él ha ampliado sus horizontes más de lo que ella jamás había creído posible.

En lugar de eso, seca la última palabra de su carta y examina el bucle de la *d* de *dormi*. Si ella pide regresar, Olivier sabrá que miente; pensará que está huyendo. Le dolerá. No puede hacer eso; le debe lealtad a cambio de su vulnerabilidad, de las veces que él une su mano a la de ella cuando puede que sea la última vez que toque a una mujer. Especialmente cuando ella podría arremeter contra él, porque tiene la ventaja de ser joven.

Se acerca hasta la ventana y gira la aldaba. Desde esa altura sobre la calle tiene una vista oblicua de la extensión beige grisácea de la playa y del agua más gris. La brisa agita las cortinas y levanta la falda de su vestido de día, que está extendido sobre una silla. Procura pensar en Yves, pero al cerrar los ojos ve una irritante caricatura, como una viñeta de humor sobre política de alguno de los periódicos que él lee. Yves con sombrero y abrigo, la cabeza enorme, desproporcionada, sujetando un bastón debajo de un brazo mientras se pone los guantes antes de darle un beso de despedida. Es más fácil visualizar a Olivier: está con ella en la playa, erguido y alto, sutil, con su pelo canoso, el rostro sonrosado y con arrugas, los ojos azules lacrimosos, su traje marrón bien confeccionado y raído, sus manos de artesano y dedos de yemas cuadradas y ligeramente hinchados alrededor del pincel. La imagen la entristece de un modo que no siente cuando él está realmente con ella.

Pero ni siquiera puede mantener esta visión durante mucho rato; es reemplazada por la calle en sí, las fachadas de ladrillo y minucioso artesonado de una hilera de tiendas nuevas que le bloquean parcialmente la vista de la playa. Lo que no desaparece de su mente es una pregunta. ¿Cuántas noches podrá pasar en este estado indefinido? Por la tarde irán a algún punto de la soleada y amplia playa para pintar, regresarán a sus habitaciones para cambiarse antes de la cena, volverán a cenar rodeados de gente, se sentarán en la recargada sala del hotel y hablarán de lo que están leyendo. Ella sentirá que ya está en sus brazos, en espíritu; ¿no debería eso bastar? Y luego se retirará a su habitación y empezará su vigilia nocturna.

La otra pregunta que se plantea, con los codos apoyados en el alféizar, es aún más difícil. ¿Desea a Olivier? No encuentra nada en la extensión de la orilla o las barcas volcadas que le susurre una respuesta. Cierra la ventana con los labios fruncidos. La vida lo decidirá, y quizá ya lo haya decidido; es una respuesta débil, pero no hay otra, y ha llegado el momento de irse juntos a pintar.

83

Marlow

Una noche al volver a casa me encontré una carta (una carta muy hospitalaria, para mi sorpresa) de Pedro Caillet. Después de leerla, me sorprendí, a mi vez, acercándome hasta el teléfono y llamando a una agencia de viajes.

Querido doctor Marlow:
Gracias por su carta de hace dos semanas. Probablemente sepa usted más que yo de Béatrice de Clerval, pero será un placer ayudarle. Por favor, a ser posible venga a hablar conmigo entre los días 16 y 23 de marzo. Posteriormente me iré de viaje a Roma y no podré ser su anfitrión. En respuesta a su otra pregunta, no me ha llegado noticia alguna de ningún pintor norteamericano que esté investigando la obra de Clerval; semejante persona no se ha puesto en contacto conmigo en ningún momento.
Un saludo cordial,

P. Caillet

Entonces llamé a Mary.

—¿Qué te parece si vamos a Acapulco dentro de un par de semanas?

Tenía la voz pastosa, como si hubiese estado durmiendo pese a lo avanzado de la tarde.

—¿Qué? Hablas como en un... ¡qué sé yo! ¡Como en las páginas de contactos de Internet!

—¿Estás dormida? ¿Sabes qué hora es?

—No me agobies, Andrew. Es mi día libre, y estuve pintando hasta muy tarde.

—¿Hasta qué hora?

—Hasta las cuatro y media.

—¡Ah…, estos artistas! Yo ya estaba en Goldengrove a las siete de la mañana. ¿Qué me dices? ¿Te gustaría ir a Acapulco?

—¿Hablas en serio?

—Sí. Pero no de vacaciones. Tengo cosas que investigar allí.

—Tu investigación ¿Está relacionada con Robert, por casualidad?

—No, está relacionada con Béatrice de Clerval.

Ella se rió. Me llegó al alma oír su risa justo después de haber pronunciado el nombre de Robert. Tal vez sí lo estuviese olvidando realmente.

—Anoche soñé contigo.

—¿Conmigo? —El corazón me dio un brinco casi ridículo.

—Sí. Fue un sueño muy dulce. Soñé que descubría que habías inventado tú la lavanda.

—¿Qué? ¿El color o la planta?

—Supongo que el aroma. Es mi favorito.

—Gracias. ¿Qué hiciste en el sueño al descubrirlo?

—Da igual.

—¿Vas a hacerte de rogar?

—No. Está bien. Te besé en señal de agradecimiento. En la mejilla. Eso es todo.

—Entonces, ¿quieres venir a Acapulco?

Mary se volvió a reír, al parecer bien despierta.

—Por supuesto que quiero ir a Acapulco. Pero sabes que no me lo puedo permitir.

—Yo sí —repuse en voz baja—. Me he pasado años ahorrando, porque mis padres me dijeron que lo hiciera. —Y luego no tuve a nadie en quien gastarme el dinero, omití añadir—. Podríamos organizarlo para tus vacaciones de primavera. ¿No es la misma semana que te he propuesto? ¿Acaso no es eso una señal?

Se hizo el silencio, como cuando te detienes a escuchar en el bosque. Escuché; oí su respiración, al igual que oyes (tras el primer silencio, ya apaciguado y tranquilo) los pájaros entre las ramas de las copas de los árboles o el crujido que produce una ardilla sobre las hojas caídas a un par de metros de distancia.

—Vale —dijo Mary lentamente. Me pareció detectar en su voz años de ahorro, porque su madre también le había dicho que ahorrase, pero sin prácticamente nada que ahorrar, años en los que había conseguido pintar aprovechando cualquier minuto libre o dinero suelto que pudiese reservar durante unos cuantos días o semanas o meses, el miedo y el orgullo que le impedían pedir prestado, el dinero probablemente escaso que le había regalado años atrás su madre del sobrante de su formación, la dedicación que impedía que Mary dejase la enseñanza, los alumnos que no tenían ni idea del modo en que su cuenta corriente temblaba al borde de los números rojos después de pagar el alquiler, la calefacción y la comida; toda la constelación de miserias que yo me había evitado estudiando en la Facultad de Medicina. Desde entonces yo tan sólo había pintado diez cuadros que me gustasen. En los años sesenta, Monet pintó sesenta paisajes únicamente de Étretat, muchos de ellos obras maestras; en el estudio de Mary había visto el montón de lienzos apoyados contra las paredes, los cientos de grabados y dibujos en sus estantes. Me preguntaba cuántos le seguirían gustando.

—Vale —repitió Mary, pero con la voz más animada—, déjame pensarlo. —Me la podía imaginar moviéndose en una cama que yo no había visto nunca; ahora estaría incorporándose para sujetar el auricular, quizá llevase una de sus blusas blancas y holgadas, y se estuviese apartando el pelo hacia un lado—. Pero, si voy contigo, hay otro problema.

—Deja que te evite el mal trago de decirlo. No tendrás que dormir conmigo, si aceptas mi invitación —le dije, notando al instante que lo había dicho con más dureza de la pretendida—. Encontraré una solución para que durmamos separados.

Pude oír que cogía aire como si estuviese a punto de gritar o reírse.

—¡Oh, no! El problema es que es posible que quiera *dormir* contigo allí, pero no quisiera que pensaras que lo hago para agradecerte que me hayas pagado el viaje.

—¡Vaya! —exclamé—. ¿Y ahora qué digo?

—Nada. —Tuve la seguridad de que Mary se estaba casi riendo—. No digas nada, por favor.

Pero dos semanas después, en el aeropuerto, tras una insólita tormenta de nieve en Washington, nos mostramos reservados y cohibidos el uno con el otro. Empecé a preguntarme si esta aventura había sido una buena idea o resultaría ser un engorro para ambos. Habíamos quedado en encontrarnos en la puerta de embarque, que estaba repleta de estudiantes impacientes, que podrían haber sido alumnos de Mary, sentados en filas, vestidos ya con ropa de verano, aunque al otro lado de la ventana los aviones avanzaban sobre montones de nieve sucia. Mary vino a mi encuentro con un portaplanos colgado de un hombro y su caballete portátil en la mano, y se inclinó hacia delante para besarme en la mejilla, pero forzadamente. Se había enrollado el pelo en un moño y llevaba un largo jersey azul marino encima de una falda negra. En comparación con la escena de fondo de inquietos adolescentes en pantalones cortos y camisas de colores vivos, ella parecía una lega salida del convento para irse de excursión. Pensé que ni siquiera se me había ocurrido traer mi equipo de pintura. Pero ¿qué me pasaba? Únicamente podría ver cómo ella pintaba.

En el avión charlamos con desgana, como si llevásemos años viajando juntos, y luego se quedó dormida, al principio con el tronco erguido en su asiento pero cayéndose gradualmente hacia mí, su pelo suave rozando mi hombro: «Estuve pintando hasta muy tarde». Yo me había imaginado que hablaríamos sin parar durante nuestro primer viaje de verdad juntos, pero ella, en cambio, se había dormido, casi encima de mí, se enderezaba de vez en cuando sin despertarse, como si temiese esta progresiva familiaridad entre nosotros. Mi hombro cobró vida bajo sus cabezadas. Cogí con cuidado un libro nuevo sobre el tratamiento del trastorno límite de la personalidad, que llevaba algún tiempo intentando leer (mi lectura de libros relacionados con mi profesión había empezado a verse mermada bajo el peso de mis pesquisas sobre Robert y Béatrice), pero no fui capaz de comprender más de una frase seguida; poco a poco, las palabras se fueron desenmarañando.

Y luego me sacudió esa desagradable imagen que más tarde o más temprano se colaba en mi pensamiento: me imaginaba la cabeza de Mary sobre el hombro de Robert Oliver, su hombro desnudo. ¿Había sido sincera conmigo al decirme que ya no amaba a Robert?; al fin y al cabo, cabía la posibilidad de que él se curase bajo mis cuidados, o de que al menos mejorase. ¿O la verdad era más compleja? ¿Y si yo ya no tenía ganas de ayudarle, teniendo en cuenta lo que podía pasar, si él volvía a tener una vida normal? Pasé otra página. Cuando le daba la luz que se abría paso entre las nubes de fuera, el pelo de Mary era castaño claro, dorado en la superficie bajo la tenue luz de lectura del avión y más oscuro cuando se dejaba caer hacia el lado opuesto de la ventanilla; brillaba como la madera tallada. Levanté un dedo y, con infinita delicadeza, le acaricié la zona de la coronilla; ella se removió y masculló algo, todavía dormida. Sus pestañas eran rosadas y descansaban sobre la piel blanca. Tenía un pequeño lunar junto al rabillo del ojo izquierdo. Pensé en la galaxia de pecas de Kate, en la cara demacrada de mi madre y sus ojos enormes de mirada aún compasiva antes de morir. Cuando volví a pasar una página, Mary se enderezó, se envolvió con su jersey y se acomodó contra la ventanilla, huyendo de mí. Todavía dormida.

84

1879

Ella se va al ropero y elige uno de los dos vestidos de día, azul o marrón suave, decidiéndose al fin por el marrón, unas medias tupidas que le abriguen y unos zapatos resistentes. Se recoge el pelo con horquillas y coge su larga capa, su sombrero forrado de seda carmesí y sus viejos guantes. Él la está esperando en la calle. Ella le sonríe sin reservas, feliz de verlo alegre. Quizá nada importe, salvo esta extraña dicha que se proporcionan mutuamente. Él lleva sus dos caballetes, y ella insiste en cargar con las bolsas. La de Olivier es una *musette de chasse* de cuero estropeado que tiene desde los veintiocho años; es una de las muchas cosas que sabe ahora de él.

Al llegar a la orilla dejan sus equipos perfectamente amontonados junto al malecón y se van a dar un corto paseo sin necesidad de ponerse de acuerdo. Hoy hace mucho viento, pero es más cálido, huele a hierba; hay amapolas y margaritas en abundancia. Ella le coge de la mano cada vez que necesita ayuda para salvar un lugar escarpado del camino. Ascienden por los riscos del este hasta una meseta a cierta altura sobre el Canal, desde donde pueden ver la playa, y los arcos y columnas, más espectaculares, que hay al otro lado. Ella tiene vértigo y no se asoma al borde, pero él echa un vistazo y le comenta que hoy la espuma de las olas salpica con fuerza, mojando el acantilado de abajo; que es sensacional.

Están completamente solos, el panorama es tan maravilloso que ella tiene la sensación de que nada más importa, y menos aún algo tan insignificante como ellos dos; incluso su deseo de tener hijos, esa espina que ella lleva clavada dentro, carece momentáneamente de importancia. No recuerda qué forma tiene la culpa ni a qué sabe. La proximidad de él es el alivio de ella, una pequeña pincelada humana en un paisaje sublime. Cuando él se acerca de nuevo, ella se apoya en él. Él le estrecha los hombros, acurrucándolos contra la parte delantera de la chaqueta que usa para pintar, rodeándola con los brazos como para apartarla del borde del acantilado. Ella está rebosante de puro alivio, luego de placer y más tarde de deseo. El viento los sacude con fuerza. Él le besa un lado del cuello por debajo del sombrero, el borde de su pelo recogido con horquillas; tal vez porque no puede verlo, ella olvida calcular la diferencia de edad que los separa.

Así podría ser con las luces apagadas, los dos juntos sin ninguna barrera, la oscuridad ocultando sus diferencias. La idea hace que el ardor palpite por su cuerpo hacia la roca que hay bajo sus pies. Él debe de notarlo, porque la estrecha contra sí. Ella es consciente de lo abultada que es su falda, del volumen de las enaguas, siente lo que él debe de sentir y, en medio de eso, la extraña sensación de pertenecerse el uno al otro, al mar y al horizonte, su fuerte abrazo en la inmensidad. Permanecen así durante tanto rato que ella pierde la noción del paso de su propia vida. Cuando el viento empieza a ser frío, regresan hacia la playa sin hablar y montan sus caballetes.

85

Marlow

Las calles de Acapulco se me antojaron de ensueño; únicamente me costaba creer que en mis cincuenta y dos años de vida jamás hubiese bajado al sur de la frontera. La larga carretera con calzadas separadas que va hasta la ciudad me sonaba de las películas, con su mezcla de hormigón y acero en obras, las ruinosas casas de dos pisos decoradas con buganvillas y recambios de automóvil oxidados, los pequeños restaurantes de colores vistosos y las inmensas palmeras datileras, también de aspecto oxidado, agitadas por el viento. El taxista nos habló en un inglés entrecortado, señalando el casco antiguo de la ciudad, adonde iríamos mañana para mi cita con Caillet.

Había reservado una habitación en un hotel turístico que John Garcia me había dicho que era el mejor lugar del mundo para una luna de miel; él se había alojado allí durante la suya. Me había dicho esto sin bromear, sin humor, sin curiosidad en su voz cuando le había telefoneado para pedirle su consejo y le había dicho que me había enamorado. Naturalmente, no le expliqué quién era ella; eso tendría que llegar más adelante, con explicaciones. «¡Qué buenas noticias, Andrew!», fue todo lo que dijo; entre líneas oí probables conversaciones pasadas con su mujer: «Los años no pasan en balde, ¿encontrará algún día a alguien el pobre Marlow?» Y detrás de eso la satisfacción de los que llevan mucho tiempo casados, de los que aún están casados. Pero John no había dicho nada más, tan sólo me dio el nombre del hotel, La Reina. Le di las gracias silenciosamente mientras observaba a Mary entrando en el vestíbulo, cada una de cuyas caras estaba abierta a un montón de palmeras, al océano más allá de éstas y al viento cálido que lo peinaba. El viento tenía un olor suave y tropical, e imposible de identificar para mí, como el de cierta clase de fruta madura que yo no había comido nunca. Mary se había quitado su largo jersey de monja y estaba ahí con su fina blusa, su falda en la que se enredaba la brisa, su cabeza echada hacia atrás para mirar hacia el techo del enorme patio, las hileras piramidales de balcones cubiertos de enredaderas.

—Se parece a los Jardines Colgantes de Babilonia —dijo ella, mirándome de reojo. Me entraron ganas de acercarme por detrás, rodearle tranquilamente la cintura con los brazos y estrecharla contra mí, pero intuí que no le gustaría que me tomase semejantes confianzas en un lugar nuevo, un lugar curioso donde estábamos solos entre desconocidos; por el contrario, levanté la vista hacia la claraboya como ella. A continuación fuimos hasta el largo mostrador de mármol negro de la recepción y nos dieron dos llaves para una habitación (tras un fugaz titubeo durante el cual ella pareció comprender y luego aceptar que yo le hubiese tomado la palabra). Subimos en ascensor juntos y en silencio. Era de cristal, y el patio se alejó deprisa de nuestros pies hasta que llegamos casi hasta el techo. Pensé, no por última vez, lo improcedente que era alojarse en este tipo de hotel en un país tan desesperadamente pobre que millones de sus habitantes aporreaban las puertas de nuestra nación con la esperanza de encontrar un salario digno. Pero no lo hacía por mí, dije para mis adentros; lo hacía por Mary, quien por las noches bajaba la calefacción de su apartamento a doce grados para disminuir la factura del gas.

Nuestra habitación era amplia, sencilla y decorada con elegancia: Mary se puso a curiosear, tocando la lámpara de mármol translúcido y el estuco suave de las paredes. La cama (de la que aparté la vista) era ancha y tenía una colcha de lino beige. Nuestra única gran ventana daba a otros balcones con enredaderas similares y sillas negras de madera, y al vertiginoso pozo del patio central de abajo. Me pregunté si debería haber cogido una habitación con vistas al océano pese al coste adicional (¿había sido un tacaño, teniendo en cuenta los gastos que ya había tenido?) Mary se giró hacia mí, sonriente, insegura, abochornada; supuse que no quería que pareciese que me estaba dando las gracias por rodearla de todos estos lujos, pero que, sin embargo, quería decir algo.

—¿Te gusta? —le pregunté para ser yo y no ella quien metiese la pata.

Mary se rió.

—Sí. No hay quien te aguante, pero me encanta. Tengo la sensación de que descansaré bien aquí.

—Me aseguraré de ello. —La rodeé con los brazos y la besé en la frente, y ella me besó en la boca, y acto seguido se apartó de mí y se ocupó en su equipaje. No volvimos a tocarnos hasta que fuimos dando un paseo hasta la playa, donde Mary me cogió de la mano con los zapatos en su otra mano, y caminamos por la marea entrante. El agua estaba increíblemente caliente, como el té que se deja en una tetera. Unas impresionantes palmeras bordeaban la playa, repleta de pequeñas cabañas con techos de paja y gente que hablaba en inglés y en español, que tenía la radio puesta y corría tras sus bronceados hijos. El sol lo salpicaba todo, el regocijo era infinito. Yo no había caminado por la orilla del mar desde hacía años (puede que seis o siete, pensé repentinamente horrorizado) y no había visto el océano Pacífico desde que tenía veintidós. Mary se recogió un poco la falda de tal modo que sus delgadas rodillas y largas espinillas resplandecieron desnudas en el agua, y se arremangó la blusa. Noté cómo temblaba junto a mí por el viento, o quizá simplemente vibrase con él.

—¿Quieres venir conmigo mañana? —le pregunté en voz muy alta debido al tremendo ruido de las olas.

—¿A ver a… cómo se llama? ¿Caillet? —Mary vadeó una lengua de marea—. ¿Tu quieres que vaya?

—Sí, a menos que prefieras quedarte a pintar.

—Puedo pintar el resto del tiempo —dijo ella con sensatez.

De vuelta hacia los jardines del hotel, vi que el acceso a la playa estaba patrullado por un guardia que llevaba un fusil M16 colgado sobre el uniforme.

Comimos en la terraza que había frente al vestíbulo. Mary se levantó un par de veces para ver la laguna y la cascada artificiales de fuera, donde había un par de flamencos vivos caminando (¿serían propiedad del hotel?, ¿salvajes?) Bebimos tequila en vasos pequeños de cristal grueso y los levantamos para brindar pero sin decir nada, brindando únicamente por estar allí los dos. Comimos cebiche, guacamole, tortillas... y el sabor de la lima y el cilantro permaneció en mi boca como una promesa. Esta sensación producida por el viento cálido, el susurro de las palmeras y el resuello del Pacífico no me resultaba completamente desconocida; procedía de los conceptos de jungla y océano que había tenido en mi infancia, de *La isla del tesoro* y *Peter Pan*; sí, se suponía que era eso lo que tenían que evocar estos centros turísticos, una versión mágica e inocua del trópico. Y el lugar también evocaba en mí algo más, la sensación, por ejemplo, de un largo viaje, como el de mi libro favorito, *Lord Jim*, y el aroma del Lejano Oriente y el Lejano Oeste. «El señor Kurtz; muerto», pero ¿no era ése el epígrafe de un capítulo de otra novela de Conrad, *El corazón de las tinieblas*? Fue una cita que T. S. Eliot utilizó para el comienzo de uno de sus poemas; evocaba en mí también a un Gauguin saliendo de una cabaña después de mantener relaciones sexuales para reanudar su pintura, un ciclo anual homogéneo porque por el clima y el calor nadie tenía que llevar mucha ropa.

—Tendremos que salir hacia casa de Caillet hacia las nueve —dije para desviar mi atención de la primera oleada de endulzamiento que me produjo el tequila en la cabeza y del perfil de Mary mientras se ponía detrás de la oreja un mechón de pelo—. Me pidió que fuéramos por la mañana antes de que empiece a hacer calor. Vive en el casco antiguo de la ciudad, en la bahía. Ver esa casa, sea como sea, será toda una aventura.

—¿Él pinta?

—Sí... es crítico y coleccionista, pero por la entrevista suya que leí, creo que por encima de todo es pintor.

Cuando regresamos a nuestra habitación, la sensación de alivio por estar en un lugar nuevo y la fatiga tras nuestro aterrizaje matutino se apoderaron de mí. Yo había vislumbrado a Mary tumbada a mi lado en la cama y durmiendo conmigo, y nuestro cohibimiento reduciéndose gradualmente entre nosotros, pero ella cogió su caballete y su bolsa.

—No te vayas lejos —dije muy a mi pesar al recordar al guardia de la playa. Pero lamenté mis palabras; no es que tuviese la sensación de que ella era joven y no me entendería, sino de que yo era mayor y podía parecer que le estaba mandando o reprendiendo.

Pero Mary no se alteró.

—Lo sé. Me instalaré en el jardín que hay junto al vestíbulo. Mirando a la playa, en el lado derecho. Por si necesitas localizarme. —Su dulzura me sorprendió y cuando me tumbé en la cama (ni siquiera me vi capaz de quitarme la camisa, estando ella ahí), Mary se inclinó y me besó como nos habíamos besado aquella tarde sobre mi manta de *picnic*, con todo el deseo acumulado y previamente reprimido. Reaccioné con pasión, pero echado sin moverme, dispuesto a dejarla salir de la habitación, puesto que eso quería ella. Al llegar a la puerta se volvió y me sonrió de nuevo; relajada, cariñosa, como si se sintiera a salvo conmigo.

Entonces desapareció. Me sumí en un sueño de un laberinto de árboles y luz solar, un oleaje que palpitaba en algún punto más allá de mis párpados. La luz era mortecina cuando sonó el despertador; por unos momentos pensé que había faltado a una cita, probablemente con Robert Oliver, y me incorporé aterrorizado. Se me encogió el corazón, pero no... Robert Oliver estaba vivo y, que yo supiese, relativamente bien, y en Goldengrove tenían el número de teléfono del hotel. Me acerqué a la ventana y descorrí las pesadas cortinas, luego los visillos, y vi a gente andando abajo de todo en el vestíbulo, donde habían sido encendidas unas cuantas lámparas.

Otro horror: ¿dónde estaba Mary? Nada más había dormido dos horas, pero pensé que la había dejado sola por ahí demasiado rato; di con mis chancletas y me las puse. En los jardines, las frondas de las palmeras se movían y agitaban estrepitosamente, se había levantado un viento que mugía desde el océano, ahora con demasiada fuerza como para no ser un tanto amenazante, y las olas rompían con furia cerca del hotel. Mary estaba exactamente donde había asegurado que estaría, retocando el lienzo, retrocediendo para contemplarlo, deteniendo el movimiento del pincel durante un instante. Estaba de pie con el peso del cuerpo sobre una cadera, luego cambió tranquilamente el peso al otro lado, pero percibí en ella esa clase de prisa que sientes cuando estás acabando una sesión de paisajismo y empiezas a perder la luz; la aceleración, el modo en que la sombra se aproxima cada vez más rápido hacia ti, el deseo de hacer retroceder el tiempo o de ahuyentar de tu lienzo esa sombra que se acerca sigilosa.

Al cabo de un instante reparó en mí y se volvió.

—Ya no hay luz.

Me puse tras ella.

—Es extraordinario. —Lo dije en serio. Su paisaje de colores suaves y ásperos (el azul del mar tenía ya en su superficie el brillo incoloro de la noche) era un auténtico logro, pero a su vez vi algo patético en él. Desconozco qué es lo que en ocasiones confiere patetismo a un paisaje, pero esos son los lienzos delante de los cuales te quedas más rato, sea cual sea su técnica. Mary había captado el último latido de un día perfecto, perfecto porque se estaba acabando. No supe cómo decirle todo esto o si querría que le dijera nada más, así que me quedé callado y observé su perfil mientras ella examinaba su obra.

—No está nada mal —comentó Mary al fin, y empezó a limpiar la paleta con una espátula, rascando las virutas sobre una pequeña caja. Sostuve el lienzo húmedo mientras ella cerraba el caballete y recogía todo.

—¿Tienes hambre? Deberíamos cenar pronto, porque mañana habrá que madrugar y tendremos un día movido. —Comprendí al punto mi torpeza; podía parecer que le estaba dando prisa para que nos fuéramos a la cama y que al mismo tiempo actuaba con paternalismo con ella.

Para mi sorpresa, Mary se giró en la penumbra, me agarró y me besó con fuerza, esquivando el lienzo y riéndose.

—¿Quieres dejar de preocuparte? Deja de *preocuparte*.

Yo también me reí; aliviado por su buena reacción y un tanto avergonzado.

—Hago lo que puedo.

86

1879

Aquella noche, en la sala, ella se sienta cerca de él en lugar de hacerlo al otro lado de la habitación. Sus manos no pueden concentrarse en el bordado; lo abandona sobre su regazo y observa a Olivier. Él está leyendo, con la cabeza primorosamente peinada e inclinada sobre su libro. La otomana que ha elegido es demasiado corta para sus largas piernas. Se ha cambiado de ropa para la cena, pero ella aún lo ve con su traje raído y el grueso blusón por encima. Olivier levanta la mirada y con una sonrisa se ofrece a leer en voz alta. Ella acepta. Se trata de *Le Rouge et le Noir*; ella lo ha leído ya dos veces, una para sí misma y otra para papá, y el desdichado Julien la ha emocionado, y a menudo exasperado. Ahora no puede escuchar.

Por el contrario, observa sus labios, sintiendo su propia estupidez, su lamentable incapacidad para entender las palabras. Al cabo de unos cuantos minutos él deja el libro.

—No estás prestando ninguna atención en absoluto, querida.

—No, me temo que no.

—Estoy convencido de que la culpa no la tiene Stendhal, por lo que solamente quedo yo. ¿He cometido algún error? Bueno, sí, lo sé.

—¡Qué disparate! —Es lo más parecido a un arrebato que ella osa exteriorizar en esta sala donde impera la corrección y está rodeada del resto de huéspedes—. ¡Déjalo!

Él la mira con ojos entornados.

—Pues lo dejo.

—Te ruego que me disculpes. —Ella baja el tono de voz, y rasca con las uñas el encaje de la parte delantera de su falda—. Es sólo que no tienes ni idea del efecto que obras en mí.

—¿El efecto de exasperarte, tal vez? —Pero su serena sonrisa es irresistible para ella. Él sabe perfectamente que ha atraído su atención—. Veamos…, deja que te lea otra cosa. —Olivier busca entre los volúmenes olvidados de los estantes de la propietaria—. Algo edificante, *Les mythes grecs*.

Ella se acomoda, concentrándose en cada puntada, pero la primera elección de Olivier tiene trampa.

—*Leda y el Cisne*. Leda era una princesa de extraordinaria belleza y, al atisbarla, el poderoso Zeus se sintió atraído por ella. Transformado en un cisne, se abalanzó sobre Leda…

Olivier levanta la vista del libro para mirarla.

—Pobre Zeus. No se pudo controlar.

—Pobre Leda —le corrige ella recatadamente; se ha restablecido la paz. Ella corta el hilo con sus tijeras de pico de cigüeña—. La culpa no fue suya.

—¿Crees que a Zeus le gustaba ser un cisne, al margen de su cortejo a Leda? —Olivier ha dejado el libro abierto sobre su rodilla—. Da igual… probablemente le gustara cualquier cosa que llevara a cabo, salvo quizá castigar a los demás dioses cuando era necesario.

—¡Oh, no lo sé! —sugiere ella por el placer discutir; ¿por qué siempre disfruta tanto con él?—. Tal vez deseara poder visitar a la adorable Leda con forma humana, o incluso poder ser simplemente humano por unas horas, para tener una vida normal.

—No, no. —Olivier coge el libro y lo vuelve a dejar—. Me temo que debo discrepar; piensa en el gozo de ser un cisne que surcando los cielos la descubre a ella.

—Sí, supongo que sí.

—Sería un cuadro maravilloso, ¿verdad? Precisamente la clase de obra que el jurado del Salón de París aceptaría con agrado. —Olivier permanece unos instantes callado—. Obviamente, el tema ya ha sido tratado con anterioridad, pero ¿y si se hiciera con un nuevo enfoque, un nuevo estilo…? ¿Un tema antiguo pero pintado en nuestra época, con más naturalidad?

—¡Claro! ¿Por qué no lo intentas? —Ella deja las tijeras y lo mira. Su entusiasmo, su presencia, la inundan de amor; un amor que se le agolpa en la garganta, detrás de los ojos, y que se desborda de su ser mientras coloca bien el bordado sobre su regazo.

—No —contesta él—. Únicamente podría hacerlo un pintor más atrevido que yo, alguien que tenga debilidad por los cisnes pero también un pincel audaz. Tú, por ejemplo.

Ella vuelve a coger su labor, su aguja, la seda.

—Es un disparate. ¿Cómo iba yo a poder pintar algo así?

—Con mi ayuda —afirma él.

—¡Oh, no! —Ella por poco lo llama «cariño», pero se muerde la lengua—. Jamás he hecho un lienzo semejante, tan complicado, y necesitaría una modelo que hiciera de Leda, naturalmente, y un decorado.

—Podrías pintar gran parte al aire libre. —Sus ojos están clavados en ella—. ¿Por qué no en tu jardín? Eso le daría un aire nuevo. Podrías dibujar un cisne del Bois de Boulogne; ya lo has hecho, y muy bien. Y tu doncella podría servite de modelo, como ya ha hecho con anterioridad.

—Es tan... no lo sé. Es un tema lleno de fuerza para mí... para una mujer. ¿Cómo iba madame Rivière a presentarlo algún día?

—Ése sería su problema, no el tuyo. —Olivier habla en serio, pero sonríe, levemente, sus ojos brillan más que antes—. ¿Tendrías miedo, si yo estuviese allí para ayudarte? ¿No podrías arriesgarte? ¿Ser valiente? ¿Acaso no hay cosas que trascienden a la censura del público, cosas que deberían intentarse y valorarse?

Ha llegado el momento; el reto que él le plantea, el pánico de ella, su anhelo, todo se le concentra en el pecho.

—¿Si tú estuvieras allí para ayudarme?

—Sí. ¿Tendrías miedo?

Ella se obliga a mirarlo. Le falta aire. Él adivinará que ella lo desea, sí que lo desea, aun cuando procure evitar pronunciar las palabras.

—No —contesta ella despacio—. Si tú estuvieras allí para ayudarme, no. No creo que pudiera temerle realmente a nada, si estuvieras conmigo.

Él le sostiene la mirada, y a ella le encanta el hecho de que Olivier no sonría; no hay triunfo en esta mirada, nada que ella pueda atribuir a la vanidad. En todo caso, parece estar al borde de las lágrimas.

—Entonces te ayudaré —asegura en voz tan baja que ella a duras penas puede oírlo.

Ella no dice nada, también está al borde de las lágrimas.

Él la contempla durante un largo minuto, entonces coge de nuevo el libro.

—¿Quieres oír la historia de Leda?

87

Marlow

Cenamos en una mesa próxima al bar del vesítublo, en el lateral abierto del edificio, donde podíamos oír los azotes de las olas que apenas divisábamos y ver las frondas de las palmeras cocoteras ondeando. La brisa vespertina se había convertido ciertamente en un viento que las sacudía y hacía susurrar de tal modo que el ruido era tan persistente como el sonido del océano, y de nuevo pensé en *Lord Jim*. Le pregunté a Mary qué estaba leyendo, y ella me habló de una novela contemporánea de la que yo no había oído hablar, una traducción de un joven escritor vietnamita. Aparté la atención de sus palabras y la dirigí hacia sus ojos, curiosamente ocultos por el parpadeo de nuestra vela, y hacia su estrecho pómulo. Los camareros del bar se estaban encaramando a un taburete para encender las antorchas de un par de recipientes de piedra que estaban a mayor altura que las copas y las botellas, con lo que el bar parecía un altar de sacrificios; un resultado espectacular, maya o azteca, obra de algún diseñador.

Vi que también Mary había desviado su atención, aunque no había parado de hablarme de los vietnamitas que en la novela emigraban por mar del país para huir del comunismo, y reparé en que sólo había otra pareja cenando cerca de nosotros y tres niños divirtiéndose con un guacamayo escarlata que se acicalaba las plumas, posado en una rama a varios metros de distancia. Los turistas entraban y salían al viento: un hombre en silla de ruedas, empujada por una mujer más joven que se inclinaba hacia él para decirle algo, una familia que lucía un pelo brillante y paseaba por los alrededores, echando un vistazo a las fuentes apagadas de color turquesa y al quisquilloso pájaro.

Al ver todo esto, me sentí dividido en dos: medio fascinado por la presencia de Mary (el vello claro de sus brazos a la luz de la vela, y el otro más fino incluso, prácticamente invisible, a lo largo de su mejilla) y medio hipnotizado por la novedad de este lugar, sus olores y espacio reverberantes, la gente que estaba de paso... y se dirigía hacia ¿qué placeres? Pocas veces había estado yo en un lugar destinado enteramente al placer; en realidad, mis padres no habían creído en semejantes vivencias ni en gastarse dinero en ellas, y mi vida adulta había girado casi por completo en torno al trabajo, con alguna que otra escapada edificante o excursión al campo para pintar. Esto era diferente, en primer lugar por la suavidad del viento, el lujo que había por doquier, los olores a sal y palmera, pero también por la ausencia de arquitectura centenaria o parques estatales, de algo que observar o explorar, de justificación; era un lugar exclusivamente destinado a la relajación.

—Todo esto es para rendir culto al océano, ¿verdad? —dijo Mary, y me di cuenta de que había interrumpido la descripción de su novela para acabar mi propio pensamiento. Me quedé sin habla; tenía un nudo en la garganta. La sincronización de nuestros pensamientos era pura coincidencia, pero me entraron ganas de abalanzarme sobre la mesa y besarla, de llorar casi... ¿y por qué? Quizá por la gente que había conocido, que ya no estaba viva y que se estaba perdiendo esto, o por todos aquellos que no eran yo en ese momento, que no eran mi yo más afortunado, con todo ese futuro que, al parecer, se abría ante mí.

Asentí, esperando transmitirle mi prudente aprobación, y comimos en silencio. Durante varios minutos, los sabores de la guayaba y la salsa y el exquisito pescado acapararon mi atención, pero seguí observando a Mary, o dejando que ella me observara. Me vi a mí mismo como si al otro lado del bar hubiese un espejo: había rebasado un poco la flor de la vida; tenía los hombros anchos pero ligeramente encorvados, mi pelo era todavía grueso pero empezaba también a encanecer, la tenue luz hacía más pronunciadas las arrugas que iban desde las aletas de mi nariz hasta las comisuras de mi boca, mi cintura (oculta por la servilleta de lino) estaba todo lo estrecha que podía conservarla. Llevaba mucho tiempo viviendo en armonía con este cuerpo al que había exigido poco, únicamente le había pedido que me llevase y trajese del trabajo y lo había sometido a un poco de ejercicio varias veces por semana. Lo vestía y lo lavaba, lo alimentaba, le hacía tragar vitaminas. Dentro de una o dos horas lo dejaría en manos de Mary, eso si ella aún quería que lo hiciese.

Al pensar en esto me recorrió un escalofrío, primero de placer: sus dedos en mi cuello, entre mis piernas, mis manos sobre sus senos, de los que tan sólo conocía su impreciso contorno a través de su blusa. Luego un escalofrío de pudor: mis años desenmascarados por la luz de la mesilla de noche, mi larga carestía de amor, mi posible e inesperado gatillazo, su decepción. Tuve que desechar de mi mente la imagen de Kate, y la imagen de Robert, que se superponía a la de cada una de ellas: Kate y Mary. ¿Qué hacía yo aquí, con la segunda pareja de Robert? Pero ahora Mary era algo distinto para mí; era ella misma. ¿Cómo no iba a estar aquí con ella?

—¡Madre mía! —exclamé en voz alta.

Mary alzó la vista hacia mí mientras se llevaba el tenedor a los labios, sobresaltada, su cortina de pelo le cayó hacia delante sobre un hombro.

—No es nada —dije. Ella, serena, incondicional, bebió agua. La bendije en silencio por no ser la clase de mujer que constantemente te pregunta en qué estás pensando. Entonces se me ocurrió que a mí me pagaban muy bien por hacerle a la gente exactamente esa pregunta todo el día; sonreí a regañadientes. Mary me estaba mirando con evidente desconcierto, pero no dijo nada. Era una persona que ni siquiera quería saberlo todo, lo cual hizo que sintiera una oleada de cariño hacia ella; vivía en su propia burbuja, tenía una hermosa timidez natural.

Después de cenar subimos juntos arriba sin hablar, como si nos hubiesen arrebatado las palabras; no me atreví a mirarla durante los segundos que tardé en abrir la puerta de nuestra habitación. Me pregunté si debería esperar en el pasillo mientras ella utilizaba el cuarto de baño, y entonces decidí que sería más incómodo preguntarle si prefería que me quedase fuera que entrar con ella. De modo que entré tras ella en nuestro espacio compartido y me eché en la cama completamente vestido, con un ejemplar del *Washington Post* que alguien se había dejado allí, mientras ella se duchaba tras la puerta cerrada del baño. Cuando salió, llevaba puesto uno de los albornoces proporcionados por el hotel, blanco y grueso, y el pelo mojado colgaba sobre éste. Tenía cara y cuello sonrojados. Nos quedamos los dos inmóviles, mirándonos fijamente el uno al otro.

—Yo también me daré una ducha —anuncié, tratando de doblar mi periódico y luego tratando de dejarlo en la cama con naturalidad.

—Muy bien —convino ella. Habló con voz tensa y fría. «Se arrepiente de esto –pensé–. Se arrepiente de haber accedido a venir, de verse en esta situación conmigo. Ahora se siente atrapada.» Y me sentí repentinamente incómodo, mala pata; allí estábamos los dos y tendríamos que pasar por ello, poniendo a mal tiempo, buena cara. Me levanté sin intentar volver a hablar con ella y me saqué los zapatos y los calcetines; mis pies me parecieron miserablemente escuálidos sobre la alfombra de color claro. Extraje mi neceser de la maleta mientras ella se desplazaba hacia el rincón de la habitación para dejarme pasar al cuarto de baño. ¿Cómo se me había ocurrido pensar que esto funcionaría? Al entrar cerré la puerta sin hacer ruido. El hombre del espejo probablemente tuviese otro defecto: que no era Robert Oliver. Pues bien, ¡Robert Oliver podía irse también a freír espárragos! Me desnudé, obligándome a no apartar la vista del cerco de musgo plateado de mis pechos. Por lo menos había mantenido la línea y mis músculos flexibles, pero ahora ella jamás los tocaría; al fin y al cabo, no había ninguna necesidad de pasar por ello. No habría un antes y un después en la historia de Mary. Había sido una estupidez pensar en intentarlo.

Me lavé bajo el chorro de la ducha con el agua tan caliente que dolía, enjabonándome los genitales, aunque lo más probable es que ella no los tocara. Me afeité mi mentón maduro meticulosamente frente al espejo y me puse el otro albornoz de baño del hotel. («¡Si le gusta nuestro albornoz, llévese uno a casa! Pídalo en la tienda del vestíbulo.» Y luego te daba un infarto al saber el precio en pesos.) Me cepillé los dientes y me peiné el pelo tras secarlo con una toalla. Además, a estas alturas era imposible que dejase entrar a nadie en mi vida, de una forma seria; eso estaba claro. Empecé a preguntarme cómo cualquiera de los dos podría conciliar el sueño después de no hacer el amor. Quizás estuviese aún a tiempo de pedir una habitación individual para mí; le cedería a ella la cama de matrimonio, me llevaría la maleta y la dejaría descansar sola y tranquila. Deseé que pudiéramos acordar esta separación de habitaciones, y lo que sea que conllevara, sin pelearnos, con dignidad y civismo. En el momento oportuno le diría que, si optaba por irse antes de Acapulco, lo entendería. Una vez que hube decidido esto yo solo y tras apretar el puño de una mano durante un par de segundos para sosegar mi respiración, pude abrir la puerta del baño lamentando únicamente abandonar mi refugio lleno de vaho para iniciar semejante conversación.

Para mi sorpresa, la habitación estaba a oscuras. Durante unos instantes, pensé que ella misma habría solucionado el asunto trasladándose a otro cuarto, y entonces vi el brillo tenue de una silueta en un rincón; Mary estaba sentada en el borde de la cama, justo fuera del alcance de la luz procedente del baño. Su pelo era tan oscuro como la habitación y el contorno de su cuerpo desnudo, borroso. Apagué la luz del lavabo con los dedos rígidos y di dos pasos hacia ella antes de pensar en quitarme mi propio albornoz. Lo tiré sobre la silla del escritorio, o donde me pareció que estaba la silla, y llegué hasta Mary con pasos titubeantes. Aun entonces, no me sentí lo bastante confiado para extender mis manos hacia ella, pero noté que Mary se levantaba para ir a mi encuentro, de modo que el calor de su aliento se acercó a mi boca y el calor de su piel entró en contacto conmigo. Comprendí que había sido un témpano, que había sido un témpano de hielo durante años. Como

dos pájaros, sus manos se posaron en mis hombros fríos y desnudos. A continuación llenó lentamente todas las demás carencias:
mi boca muda, el espacio hueco de mi pecho, mis manos vacías.

Empecé por primera vez a dibujar la anatomía humana en un curso con George Bo, en la Art League School; dediqué una larga
temporada a hacer dos veces ese curso y luego otro para aprender
a pintar el cuerpo humano, porque me di cuenta de que los retratos que estaba intentando pintar jamás mejorarían, a menos que
aprendiera los músculos que había debajo de la cara, el cuello, los
brazos y las manos. En clase dibujábamos músculos, sin cesar,
pero al final los cubríamos de piel; sobre esas fibras largas y lisas,
sobre los músculos que nos permiten andar y agacharnos y estirar-
nos, dibujábamos piel. Hay muchas cosas del cuerpo que ni siquiera una persona observadora sabe, muchas cosas escondidas
en todos nosotros.

Cuando empecé a estudiar anatomía en calidad de artista, años
después de haberla estudiado en medicina, me pregunté si esta
nueva perspectiva volvería a hacer que viese la carne humana con
frialdad. Naturalmente, no fue así. Conocer los músculos que dan
lugar al hoyuelo que hay a cada lado de la base de la columna no
ha disminuido mi deseo de acariciar dicho hoyuelo, y lo mismo
ocurre con el modo en que la propia columna vertebral divide la
larga espalda de forma impecable. Sé dibujar los músculos flexo-
res de la cadera que permiten que la cintura se incline hacia un
lado y otro, si bien en la mayoría de mis retratos no los necesito,
porque me gusta mostrar a mis sujetos del esternón hacia arriba
para concentrarme en los hombros y el rostro. Pero también conozco bien ese hueso, y los músculos que salen de él, y la clavícula
con su ligera ondulación y forma de gancho, y la carne suave que
hay entre ellos. Cuando lo necesito, puedo dibujar correctamente
los músculos tensos del muslo que sostiene el tronco, el largo tramo desde la rodilla hasta el glúteo, el abultamiento firme hacia el

interior de la pierna. Los pintores muestran los músculos a través de la piel, a través de la ropa, pero también pintan algo más, algo escurridizo e inmutable a la vez: la emoción del cuerpo, su calor y realidad pulsátil, su vida. Y, por extensión, sus movimientos, sus suaves sonidos, la corriente de emociones que surgen y nos inundan cuando nos aman lo suficiente como para olvidarnos de nosotros mismos.

Rayando el alba, Mary apoyó la cabeza en mi cuello y se durmió; y yo, acunando todo su ser con mis brazos anteriormente vacíos, también me dormí enseguida, con mi mejilla contra su pelo.

88

1879

Aquella noche, a la luz de la vela de su habitación, ella contempla un libro hasta tarde, sin ver, sin comprender. Cuando el reloj de abajo da la medianoche, se cepilla el pelo y cuelga la ropa en las perchas del armario. Se pone su camisón de recambio (el mejor, con sus diminutos volantes fruncidos en el cuello y las muñecas, y sus millones de pliegues cubriéndole los senos) y se anuda encima la bata. Se lava cara y manos en la palangana, se pone sus silenciosas zapatillas bordadas en oro, coge su llave y apaga la vela. Se arrodilla junto a la cama y reza una breve oración en conmemoración de la gracia que perderá, pidiendo perdón por adelantado. Perversamente, es a Zeus a quien ve cuando cierra los ojos.

Su puerta no rechina. Cuando intenta abrir la de Olivier al final del pasillo, descubre que no está cerrada por dentro, lo que le da seguridad y acelera los latidos de su corazón; al entrar, la cierra con sumo sigilo y echa el pestillo. Él también ha estado leyendo, en la silla junto a la ventana vestida con cortinas, con una vela sobre el escritorio. Su rostro es vetusto, su aspecto fugazmente cadavérico bajo la austera luz, y ella reprime el impulso de regresar a su habitación. Entonces la mirada de Olivier encuentra la suya, y es serena y suave. Lleva puesta una bata de color escarlata que ella no ha visto nunca. Cierra su libro, apaga la vela y se levanta para abrir un poco las cortinas; ella entiende que ahora podrán verse el uno al otro al menos vagamente con la luz de las farolas de gas que se cuela desde la calle, sin ser observados desde el exterior. Ella no se ha movido. Él se acerca a ella y le pone con suavidad las manos en los hombros. Busca su mirada en la penumbra.

—Amor mío —susurra Olivier. Luego susurra su nombre.

La besa en la boca, empezando por una de las comisuras. Se abre un paisaje ante ella que resquebraja su miedo y su inseguridad, un camino soleado de algún lugar que él debe de haber recorrido años antes de que ella lo conociera, posiblemente años antes de que ella naciese, un camino bajo sicómoros que se pierde en el horizonte. Él besa sus labios, milímetro a milímetro. Ella le pone a su vez las manos sobre los hombros, y bajo la seda sus huesos son nudosos, como el mecanismo de un reloj bien fabricado o una rama de un árbol majestuoso. Olivier bebe de su boca, saborea la juventud que hay en ésta, vierte en la cavidad de su interior las cosas que el amor le ha enseñado décadas antes de este momento, tirando una diminuta piedra en el pozo.

Cuando ella está jadeando, él se yergue, le desabrocha el camisón empezando por la perla de más arriba y mete su mano ahuecada y tierna, retirándolo con suavidad sobre sus hombros y dejando que se deslice por su cuerpo hasta el suelo. Por unos instantes, ella teme que esto sea simplemente otra clase de anatomía para él, hombre de mundo, titán del pincel, amigo de modelos. Pero entonces le acaricia la boca con una mano y desciende la otra lentamente, y ella repara en el brillo, en el rastro que el agua salada ha dejado en su rostro. Él es quien está mudando de piel, no ella; él es a quien ella consolará en sus brazos casi hasta el amanecer.

89

Marlow

Caillet vivía en una casa con vistas a la bahía de Acapulco, en una calle de villas adosadas que quedaba por encima del alcance del agua. Era un barrio de elegantes casas de adobe apiñadas entre adelfas, y de paredes de estuco adornadas con buganvillas. Abrió la puerta un hombre con bigote y chaqueta blanca de camarero. Cruzada la puerta del jardín de Caillet, otro hombre, éste con camisa y pantalones marrones, regaba con esmero la hierba y un naranjo. Había pájaros en las ramas y rosas que trepaban por los postigos de la casa. Mary, de pie a mi lado vestida con su falda larga y blusa clara, estaba mirando a su alrededor (el colorido, seguro) alerta como un gato, su mano descaradamente en la mía. Yo había telefoneado a Caillet esa mañana para cerciorarme de que contaba con mi visita, y añadí que esperaba que no le importase que fuera con una amiga pintora, a lo que él accedió con gravedad. Por teléfono, su voz era afable y profunda, con un acento que me pareció francés.

Ahora se abrió la puerta que había entre las flores y salió un hombre a recibirnos; el propio Caillet, pensé al instante. No era alto, pero su porte inconfundible. Llevaba puesta una chaqueta nehru negra encima de una camisa azul oscura y sostenía un puro encendido en una mano, de tal modo que el humo ascendía por el umbral de la puerta envolviéndolo. Tenía el pelo blanco e hirsuto, la piel del color del ladrillo, como si con el paso de los años el sol mexicano le hubiese dado un aspecto de misteriosa dureza. De cerca, su sonrisa era auténtica, su mirada oscura se desvaneció. Nos dimos la mano.

—Buenos días —saludó con la misma voz de barítono, y besó la mano de Mary, pero prosaicamente. Acto seguido sostuvo la puerta abierta para dejarnos entrar.

El interior de la casa era muy fresco; había aire acondicionado y las paredes eran gruesas. Caillet nos condujo desde el recibidor de techo bajo por puertas pintadas de vivos colores hasta una espaciosa sala con columnas. Allí me puse a mirar con estupefacción los cuadros de las paredes, cuya calidad saltaba a la vista. El mobiliario era moderno y sobrio, accidental, pero esos cuadros estaban colgados en filas de cuatro o cinco desde la altura de la cintura hasta el techo, un caleidoscopio. Abarcaban un amplio abanico de estilos y épocas, desde unos cuantos lienzos que parecían daneses o flamencos del siglo XVII hasta formas abstractas y un inquietante retrato que yo estaba convencido de que era de Alice Neel. Pero el tema dominante era el Impresionismo: prados soleados, jardines, álamos, agua. Era como si hubiésemos cruzado el umbral que separaba a México de Francia y accedido a un universo diferente. Naturalmente, algunos de los cuadros que nos rodeaban podrían haber sido de la Inglaterra o California del siglo XIX, pero a simple vista tuve la sensación de que estábamos ante el patrimonio cultural de Caillet, lugares que quizás él mismo hubiese conocido y por los que hubiese paseado; tal vez ésa fuera la razón por la que había coleccionado aquellas imágenes.

Percibí que Mary se movía. Se había girado y estaba delante de un enorme lienzo colgado junto a la puerta por la que habíamos entrado. Mostraba un paisaje invernal, nieve, arbustos dorados bajo su peso cremoso, la orilla de un río, la superficie de éste helada con una pátina plateada y grietas de agua de color aceituna claro; unas pinceladas y capas de pintura que me resultaban familiares, un blanco que no era blanco, dorado, lavanda, el nombre y la fecha en gruesas letras y números negros en la esquina inferior derecha. Un Monet.

Busqué con la mirada a Caillet, que estaba tranquilamente de pie junto a su sofá minimalista al tiempo que (cosa sorprendente) el humo de su puro se desplazaba a la deriva entre todos estos tesoros.

—Sí —dijo, aunque yo no había preguntado nada—. Lo compré en París en 1954. —Su acento era áspero, la voz subyacente sonora y suave—. Costó muy caro, incluso entonces. Pero no me he arrepentido siquiera un solo instante. —Nos indicó con un ademán que nos sentáramos junto a él sobre la tapicería de lino gris claro. En el centro había una mesa de cristal con cierta planta espinosa en flor y un libro de arte: *Antoine et Pedro Caillet: une rétrospective double.* La cubierta satinada mostraba dos cuadros verticales, radicalmente distintos entre sí en la forma y el color, pero reproducidos uno al lado del otro en un díptico forzado; reconocí en ellos los estilos de algunos de los cuadros abstractos de la sala. Anhelé coger el libro y hojearlo, pero no quise parecer arrogante, y ahora el hombre de la chaqueta blanca estaba trayendo una bandeja repleta de vasos y jarras, hielo, limas, zumo de naranja, una botella de agua carbonatada y un ramillete de flores blancas.

El propio Caillet nos preparó los refrescos. Había empezado a parecerme casi tan callado como Robert Oliver, pero obsequió a Mary con el ramillete de flores.

—Para que las pinte, joven. —Pensé que eso haría saltar a Mary, que es lo que le habría pasado, si yo le hubiese dicho algo semejante. Por el contrario, sonrió y acarició las flores en su regazo enfundado en negro. Caillet tiró la ceniza del puro golpeteándolo en un cuenco de cristal que había encima de la mesa. Aguardó mientras su empleado cerraba las persianas de un lado de la sala, dejando a oscuras la mitad de los cuadros. Por fin, se volvió a nosotros y habló.

—Querían ustedes información sobre Béatrice de Clerval. Sí, yo tuve algunas de sus primeras obras y, como quizás hayan leído, sólo pintó en su juventud. Se cree que dejó de pintar a los veintiocho años. Ya saben que Monet pintó hasta los ochenta y seis y Renoir hasta que tuvo setenta y nueve años. Picasso, naturalmente, trabajó hasta que falleció a los noventa y uno. —Señaló a sus espaldas una serie de cuatro corridas de toros—. La mayoría de los artistas no deja de pintar. De modo que, como ven, el caso de Clerval fue extraño, claro que entonces las mujeres no encontraban tanto apoyo. Ella tenía muchísimo talento. Podría haber sido una de las grandes. Era tan sólo un poco más joven que los primeros impresionistas; once años menor que Monet, por ejemplo. Figúrense… —Presionó la colilla de su puro contra el cuenco de cristal. Sus uñas parecían arregladas; jamás había visto una mano tan perfecta en un anciano, y menos aún en un pintor—. Habría sido una artista importante, como Morisot y Cassatt, de no haberse puesto trabas a sí misma. —Se volvió a reclinar.

—Ha dicho que tuvo algunas de sus obras. ¿Ya no las tiene? —No pude evitar echar un vistazo alrededor de la cavernosa sala. Mary también la estaba escudriñando.

—¡Oh, tengo algunas! Vendí la mayor parte en 1936 y 1937 para pagar mis deudas. —Caillet se arregló el pelo de la coronilla. No parecía lamentar esta decisión en absoluto—. Le compré sus cuadros a Henri Robinson… que aún vive, por cierto. En París. No hemos mantenido el contacto, pero hace muy poco vi su nombre en el artículo de una revista. Sigue escribiendo sobre literatura, muebles y filosofía. Filosofía y curiosidades. —De haber sido la clase de hombre que resopla, habría resoplado.

—¿Quién es Henri Robinson? —pregunté.

Caillet me miró fijamente unos segundos, a continuación bajó la mirada hacia el cactus de Navidad, o lo que fuese, que había entre nosotros.

—Es un magnífico crítico y coleccionista de arte, y fue amante de Aude de Clerval hasta que ésta murió. Aude era la hija de Béatrice. Le dejó a Henri el que seguramente fue el mejor cuadro de Béatrice, *El rapto del cisne.*

Yo asentí, esperando que continuara, aunque en el material que había consultado hasta ahora no había visto mención alguna de esta obra. Pero Caillet parecía haber vuelto a caer en un profundo silencio. Al cabo de un momento, empezó a rebuscar en el bolsillo interno de su chaqueta y por fin extrajo otro puro, éste pequeño y delgado, como un hijo del primero. Una búsqueda más exhaustiva tuvo como resultado un encendedor de plata, y sus viejas manos maravillosamente arregladas pasaron por el ritual completo de encendido ahuecando la mano. Le dio una calada y el humo se alejó de él formando volutas.

—¿Conoció usted a Aude de Clerval en persona? —pregunté al fin. Estaba empezando a preguntarme si obtendríamos de este hombre elegante algo más que la más elemental de las informaciones.

Caillet volvió a reclinarse y apoyó un brazo sobre la otra mano.

—Sí —respondió—. Sí, la conocí. Me robó a mi amante.

Un larguísimo silencio siguió a esta sugerente declaración, durante el cual Caillet fumó lentamente y Mary y yo evitamos mirarnos. Pensé en decir algo que no pusiera en peligro nuestra investigación y acabé por recurrir a mis tácticas profesionales.

—Eso debió de ser muy duro para usted.

Caillet sonrió.

—¡Oh! En aquel momento fue duro, pero eso es porque yo era joven y pensaba que aquello tenía importancia. En cualquier caso, Aude de Clerval me caía bien. A su modo, era una mujer maravillosa, y creo que hizo feliz a mi amigo. Y también hizo posible que él me comprara aproximadamente la mitad de mi colección, y eso hizo posible que mi hermano y yo... —señaló el catálogo de museo de encima de la mesa—... pintáramos. Así que la vida lo va compensando todo. Aude quería los cuadros pintados por su madre que yo había comprado, especialmente *El rapto del cisne*. Lo tuve en mi propiedad nada más un tiempo; procedía de la venta de la finca parisina de Armand Thomas, el menor de los hermanos Thomas.

Caillet golpeteó el cenicero con su purito.

—Aude creía que ése era el mejor cuadro de su madre y también el último, aunque no estoy seguro. Podría decirse que todo el mundo tuvo lo que quiso. Pero Aude murió en 1966, así que Henri ha tenido que vivir durante años sin ella. Por lo visto tanto Henri como yo estamos condenados a ser longevos. Él es incluso mayor que yo, el pobre. Y Aude era veintidós años mayor que él. El homosexual y la vieja dama; formaban una pareja curiosa. El corazón no envejece, sólo la mente. —Pareció tanto rato sumido en estos pensamientos que empecé a preguntarme si consumía sustancias, aparte del tabaco y el tequila, o si simplemente había caído en los silencios propios de quien vive solo.

Esta vez fue Mary la que interrumpió su ensoñación, y su pregunta me sorprendió.

—¿Hablaba Aude de su madre?

Caillet le lanzó una mirada, su rubicundo rostro alerta, recordando.

—Sí, algunas veces. Le explicaré lo que recuerdo, que no es mucho. La traté solamente poco tiempo, porque después de que Henri se enamorara de ella, yo me fui de París y me vine aquí, a Acapulco. Verán, me crié aquí. Mi padre fue principalmente un ingeniero francés y mi madre era una profesora mexicana. Recuerdo que Aude dijo un día que su madre había sido una gran artista toda su vida. «Nadie deja de ser artista», nos dijo. Y yo le rebatí que un pintor que deja de pintar ya no es un pintor. Lo que importa es el acto de pintar. Sí, estábamos en una cafetería de la rue Pigalle. En otra ocasión nos dijo que su madre había sido la mejor amiga que había tenido en la vida, y lo cierto es que aquello pareció dolerle a Henri. La propia Aude no pintaba, únicamente se dedicó a coleccionar las obras de su madre. Después de comprármelo a mí, custodió con celo *El rapto del cisne*, una tradición que me imagino que el pobre Henri habrá continuado, ya que el cuadro jamás ha aparecido en ningún sitio ni jamás se ha escrito nada sobre él, que yo sepa. Creo que a Henri le gustaba Aude porque era muy completa, consumada, tan *parfaite*. Ella sola se bastaba. Él era medio inglés también (por sus abuelos paternos), siempre fue un poco el forastero, y Aude era total y absolutamente francesa. Y tal vez él quiso demostrarle que podía tener un último amigo en la vida. Vivieron la guerra juntos, en una situación de terrible penuria. Él le fue fiel hasta el final. Ella tuvo una muerte lenta.

Caillet golpeteó su purito y apuntó con éste hacia el techo con una mano levantada. Estaba claro que podía hablar largo y tendido una vez que arrancaba.

—A juzgar por el pequeño retrato realizado por Olivier Vignot, Aude no fue exactamente una belleza como su madre; quiero decir que Béatrice de Clerval era una belleza. Pero Aude era alta, tenía un rostro interesante… lo que en francés llaman *jolie laide*, era fea un instante y fascinante al siguiente. Yo mismo la pinté una vez, a poco de conocerla. Ese cuadro se lo quedó Henri. No suelo pintar retratos y no creo en los autorretratos. —Se dirigió a Mary—. ¿Usted pinta autorretratos, *madame*?

—No —contestó ella.

Caillet la miró fijamente durante un rato más, con una mejilla descansando en su mano, como si ella fuese una emisaria de una tribu que él otrora hubiera estudiado. Entonces sonrió de nuevo, y una ternura indulgente transformó de tal manera su rostro que me sorprendí a mí mismo pensando, sin venir al caso, que habría sido un abuelo de lo más cariñoso; eso dando, naturalmente, por sentado que no era realmente abuelo.

—Pero han venido para ver los cuadros de Béatrice de Clerval, no a un viejo mexicano y parlanchín. Vengan, se los enseñaré.

90

Marlow

Nos pusimos de pie en el acto, pero Caillet no nos llevó directamente hasta las obras de Béatrice. Por el contrario, nos hizo un recorrido, el pausado recorrido del coleccionista que ama sus cuadros y los presenta como si fueran sus hijos. Había un pequeño lienzo de Sisley, fechado en 1894, que había adquirido en Arles, nos dijo, gratis, porque él fue el primero en autentificarlo. Había dos lienzos de Mary Cassatt, de mujeres leyendo, y un paisaje al pastel sobre papel marrón de Berthe Morisot, cinco pinceladas de verde, cuatro de azul y una pizca de amarillo. A Mary es el que más le gustó.

—¡Es tan sencillo! ¡Y perfecto! —Y había un paisaje impresionista de tal belleza que los dos nos detuvimos delante del mismo; un castillo que se erguía entre el espeso follaje, palmeras y una luz dorada.

—Es Mallorca. —Caillet señaló con un dedo romo—. La madre de mi madre vivía allí, y de pequeño solía ir a verla. Se llamaba Elaine Gurevich. No vivía en el castillo, lógicamente, pero dábamos paseos por ahí. El cuadro es suyo; fue mi primera profesora. Adoraba la música, la literatura, el arte… Yo dormía en su cama y si me despertaba a las cuatro de la madrugada, ella estaba siempre leyendo con la luz encendida. Creo que era la persona a la que más quería en el mundo. —Se alejó—. ¡Ojalá hubiera pintado más! En parte, siempre he tenido la sensación de que pinto por ella.

Había asimismo obras del siglo XX; de de Kooning y una pequeña de Klee, y las abstracciones del propio Caillet y de su hermano. La obra de Pedro era sorprendentemente colorida y alegre, mientras que la de Antoine tendía a líneas plateadas y blancas.

—Mi hermano está muerto —dijo Caillet categórico—. Falleció en la Ciudad de México hace seis años. Fue mi gran amigo; trabajamos juntos durante treinta años. Estoy más orgulloso de la obra de Antoine que de la mía propia. Era una persona reflexiva y profunda, una persona maravillosa. Su trabajo me inspiró. Precisamente en unos días me voy de viaje a Roma para una exposición de su obra. Ése será mi último viaje. —Se arregló el pelo—. Cuando murió Antoine, decidí dejar de pintar. Era más honesto eso que seguir incansablemente. Algunas veces es mejor que un artista no dure demasiado. Lo que significa que ya no soy pintor. Enterré mi último cuadro con él. ¿Saben que Renoir se hizo enterrar con su pincel atado en la mano? Y Dufy.

Eso explicaba sus impecables uñas, pensé, el perfecto atuendo azul y negro, la falta de olores de un estudio. Deseé poder preguntarle qué hacía ahora con su tiempo, pero la casa, tan exquisita como su propietario, hizo que la respuesta fuera obvia: nada. Tenía el aspecto de un hombre que espera pensativo a su cita, del paciente que llega demasiado pronto a la sala de espera y no se ha traído ningún libro o periódico, pero que se niega a coger cualquiera de las atractivas revistas que hay allí. No hacer nada era, al parecer, un trabajo a tiempo completo para Pedro Caillet; se lo podía permitir, y sus cuadros le servían de silenciosa compañía. Me sorprendió que no nos hubiera preguntado nada sobre nosotros, excepto si Mary pintaba autorretratos; no parecía querer saber por qué estábamos interesados en sus antiguos amigos. Se había desprendido hasta de la curiosidad.

Ahora Caillet salió de la cueva de su salón y cruzó el umbral de la puerta amarilla y roja hacia el comedor. Aquí vimos algo diferente: tesoros del arte popular mexicano. Había una larga mesa verde rodeada de sillas azules, sobre la cual colgaba una lámpara de estaño perforado con forma de pájaro, y un aparador antiguo de madera, nada de lo cual parecía esperar invitados a cenar. Una pared estaba decorada con un tapiz bordado, de personas y animales de color magenta, esmeralda y naranja ocupados en sus tareas sobre un fondo negro. La pared de enfrente mostraba (incongruentemente, pensé) tres cuadros impresionistas y un retrato más realista a lápiz de la cabeza de una mujer, que parecía del siglo XX. Caillet alzó una mano como para saludarlos a todos.

—A Aude le gustaban especialmente estos tres óleos —comentó—, de modo que me negué a vendérselos. Aparte de eso, fui muy gentil y le vendí todos los demás, mi colección entera; que no era grande, quizás unas doce obras, puesto que Béatrice, como les he comentado antes, no pintó tanto.

Los cuadros eran extraordinarios, incluso a simple vista, la demostración de un talento impresionista discretamente soberbio. Uno de ellos mostraba a una chica de cabellos dorados delante de un espejo. Una doncella, una presencia sombría en segundo plano, le traía la ropa a la chica, o quizá se estuviese llevando algo de la habitación, o quizá simplemente la estuviese observando; había un no sé qué furtivo y quimérico en la figura algo más distante que se atisbaba en el espejo. El efecto era fascinante, sensual e inquietante. Estaba viendo en persona mi primer cuadro de Béatrice de Clerval, y cada una de las pocas obras pintadas por ella que he visto desde entonces transmite una inquietud de este tipo. En la esquina había una marca de un negro intenso, que parecía decorativa, como unos caracteres chinos, hasta que descifrabas las letras: *BdC*, una firma.

El óleo de mayor tamaño mostraba a un hombre sentado en un banco a la sombra de unos arbustos en flor toscamente pintados. Pensé en el jardín de las cartas de Béatrice y retrocedí un paso para verlo con más claridad, moviéndome con cuidado para no chocar con las sillas azules. El hombre llevaba un sombrero y una chaqueta abierta con un pañuelo anudado al cuello. Estaba leyendo un libro. En primer plano había una flores intensamente alegres, escarlata y amarillas y rosas, que destacaban en contraste con el verde, mientras que el hombre era una figura borrosa, relajada y equilibrada, pero mucho menos importante en la composición, pensé. ¿Había considerado Béatrice de Clerval que su marido era un elemento mucho menos decisivo que su jardín, o había simplemente envuelto su intimidad en la imprecisión?

Caillet, desde el otro lado de la mesa, confirmó algunas de mis sospechas.

—Ése es el marido de Béatrice, Yves Vignot, tal como corroboró su hija Aude. Quizá sepan que a la muerte de su madre, Aude se cambió el apellido Vignot para llamarse Aude de Clerval; una lealtad fanática, supongo, o tal vez intuyese el alcance de los logros de su madre como artista y quisiese una pizca de su gloria. Estaba sumamente orgullosa de su madre.

Anduvo hasta un extremo del comedor y se quedó allí, contemplando un pato de cerámica con velas incrustadas sin encender que había en una vitrina de estaño perforado. Mary y yo nos volvimos para examinar el tercer cuadro de Béatrice de Clerval, que mostraba un estanque de un parque, cuya superficie plana era encrespada por el viento, que alborotaba el reflejo de los árboles ondulantes proyectados sobre el agua. Este virtuoso paisaje se veía realzado por un jardín de flores en un extremo del estanque y los contornos de unos pájaros sobre el agua, incluido un cisne que desplegaba sus alas para levantar el vuelo. Era una obra sensacional; se me ocurrió que (al menos a mi modo de ver) el tratamiento de la luz sobre el agua se acercaba al de Monet. ¿Por qué dejaría de pintar una persona con semejante talento? La forma del cisne, hecho con pinceladas rápidas, era la esencia del vuelo, del movimiento repentino y libre.

—Béatrice debió de observar a muchos cisnes —comentó Mary.

—Está completamente vivo —convine. Me giré hacia Caillet, quien se había apoyado en el respaldo de una silla y nos estaba mirando—. ¿Sabe dónde fue pintado este cuadro?

—Cuando Aude me pidió que se lo vendiera, me explicó que era el Bois de Boulogne, próximo a la casa de sus padres en Passy. Su madre lo pintó en junio de 1880, justo antes de dejar la pintura. Lo llamó *El último cisne*; en cualquier caso, eso es lo que pone en el dorso. Es una verdadera maravilla, ¿verdad? Henri casi habría matado con tal de comprarlo para Aude. Me escribió tres veces para pedírmelo cuando ella se estaba muriendo. En la tercera carta estaba enfadado, dentro de lo que era Henri.

Caillet agitó una mano como si aquella emoción hubiese sido desechada hasta el fin de los tiempos.

—Yo creo que éste fue el último cuadro que hizo Béatrice de Clerval, aunque no puedo demostrarlo. Pero eso explicaría el título, es su último cisne, y el hecho de que jamás haya encontrado información sobre cuadro alguno con fecha posterior. Naturalmente, Henri cree que el cuadro que tiene es el último, el que se llama *El rapto del cisne*. Tiene una actitud muy extraña con respecto al cuadro. Es cierto que no había ningún cuadro más tardío en la primera exposición de las obras de Béatrice en los ochenta; tuvo lugar en el Museo de Maintenon, en París. ¿Estaban ustedes al tanto de aquella exposición? Yo les presté este enorme lienzo para la ocasión. A fin de cuentas… ¡qué más da! —añadió, inclinándose lentamente hacia delante con las manos sobre el respaldo de una silla—. Es un cuadro soberbio, uno de los mejores de mi colección. Se quedará aquí hasta que me muera.

No añadió qué pasaría posteriormente, y decidí no preguntárselo. En lugar de eso, señalé el retrato dibujado.

—¿Quién es? —No era una pieza del todo profesional; era un dibujo de una mujer de pelo corto ondulado al estilo de una estrella de cine de los años treinta, de ejecución un tanto torpe pero a su vez de mirada expresiva, con unos ojos llenos de vida, y boca delicada de labios finos. Daba la impresión de que la mujer miraba más que hablaba, como si hubiese decidido no decir nada, ni entonces ni después, y eso incrementaba la intensidad de su mirada. No era exactamente una mujer hermosa, pero destilaba cierta belleza y hasta fascinación; había rehusado descaradamente ser guapa.

Caillet ladeó la cabeza.

—Ésa es Aude —dijo—. Me dio el retrato cuando aún éramos amigos, y lo he conservado en su honor. Pensé que le habría gustado estar aquí junto a los cuadros de su madre. Estoy convencido de que, dondequiera que esté ahora, le gustará.

—¿Quién lo dibujó? —En una esquina del dibujo ponía 1936.

—Henri. A los seis años de conocerla. Un año antes de que yo me marchase. Él tenía treinta y cuatro años, yo veinticuatro y Aude cincuenta y seis. De modo que yo tengo su retrato de Aude y él tiene el mío; una bonita simetría. Como les he dicho, no era guapa, aunque él sí.

Caillet se dio la vuelta, como si la conversación hubiese llegado a su conclusión lógica, y si él lo quería, así sería. Los visualicé rápidamente a todos: él se había ido a México justo antes de la guerra, entonces, huyendo no sólo de problemas amorosos, sino también del inminente desastre europeo. Él era diez años menor que Henri, y a un artista veinteañero Aude debió de parecerle anciana a los cincuenta y seis (únicamente cuatro años más de los que tenía yo en la actualidad, comprendí experimentando una punzada de dolor). Pero la mujer del dibujo no parecía anciana y no se parecía a Béatrice de Clerval, si el retrato que le había hecho Vignot era fiel. No se parecía lo más mínimo, a menos que el brillo de los ojos contara. ¿Dónde y cómo habían pasado la guerra Aude y Henri? Ambos habían sobrevivido a ésta.

—Entonces ¿Henri Robinson sigue vivo? —no pude evitar decir mientras seguíamos a Caillet de regreso a su salón galería.

—Estaba vivo el año pasado —contestó Caillet sin girarse—. Me mandó una tarjeta por su noventa y siete cumpleaños. Supongo que cumplir noventa y siete le hace a uno recordar todos sus amores pasados.

Cuando llegamos de nuevo a los sofás, él no nos indicó que nos sentáramos con su amable ademán, sino que permaneció de pie en medio de la sala. Me di cuenta de que, si no me había equivocado en todos mis cálculos, él mismo tendría unos ochenta y ocho años. Apenas daba crédito. Estaba frente a nosotros, elegante, erguido, su piel tersa de color rojo oscuro, su pelo blanco grueso y peinado hacia atrás con esmero, su traje negro de corte atípico bien planchado, un hombre que se conservaba a la perfección, como si se hubiese tropezado con el regalo de la vida eterna y se hubiese cansado cortésmente hasta de eso.

—Ahora me siento cansado —anunció, aunque tenía aspecto de poderse pasar el día entero ahí plantado.

—Ha sido usted muy amable —le dije al punto—. Le ruego que me disculpe por pedirle una última cosa. Con su permiso, me gustaría escribir a Henri Robinson para pedirle más información sobre la obra de Béatrice de Clerval. ¿Hay alguna dirección que no tenga inconveniente en darme?

—Por supuesto —contestó, cruzando los brazos, el primer signo de impaciencia que había visto en él—. Ahora le consigo los datos. —Se volvió y salió de la sala, y le oímos llamar a alguien en voz baja y controlada. Al cabo de un momento regresó con una vieja libreta de direcciones, encuadernada en cuero, y el hombre que nos había traído la bandeja con las bebidas. Hubo una pequeña negociación entre ellos y el hombre anotó algo para mí mientras Caillet observaba.

Les di las gracias a ambos; era una dirección de París con un número de apartamento. Caillet la repasó leyendo por encima de mi hombro.

—Dele muchos recuerdos de mi parte... de un viejo francés a otro. —Entonces sonrió, como si estuviese evocando un recuerdo desde la distancia, y lamenté haberle pedido un favor tan personal.

Se dirigió a Mary:

—Adiós, querida. Es un placer volver a ver a una mujer hermosa. —Ella le dio la mano y él la besó respetuosamente, sin emoción—. Adiós, *mon ami.* —Nos dimos la mano; su apretón fue fuerte y seco, como el anterior—. Es probable que no volvamos a vernos, pero le deseo toda la suerte del mundo en su investigación.

Nos acompañó en silencio hasta la puerta principal y la sostuvo abierta; ahora no había ni rastro del criado.

—Adiós, adiós —repitió, pero en voz tan baja que apenas pudimos oírle. Me volví desde el camino y me despedí con la mano;

estaba enmarcado por sus rosas y buganvillas, increíblemente erguido, atractivo, embalsamado, solo. Mary se despidió también y sacudió la cabeza sin hablar. Él no nos devolvió el saludo.

Aquella noche, mientras hacíamos el amor por segunda vez en nuestra relación (adentrándonos con más seguridad en la corriente; de la noche a la mañana nos habíamos convertido en antiguos amantes) descubrí que las lágrimas habían humedecido las mejillas de Mary.

—¿Qué te ocurre, mi amor?

—Es... por lo de hoy.

—¿Por Caillet? —supuse.

—Por Henri Robinson —dijo ella—. Por haber cuidado durante tantos años de la anciana que amaba. —Y me acarició el hombro con la mano.

91
1879

Ella baja a desayunar un poco tarde pero aseada y como nueva, tan sólo le pesan un poco los párpados. Siente su cuerpo completamente distinto, irreconocible, lleva un sencillo peinado que luce cuando Esmé no está presente. Siente el alma contraída. Quizás ésa sea la esencia del pecado: conocer la condición del alma y experimentar un escozor dentro del cuerpo. Pero vergonzosamente nota su corazón ligero y eso hace que la mañana le parezca hermosa; el mar es un espejo gigante al otro lado de las ventanas y su falda de muselina resulta agradable al tacto. Le pregunta a la posadera, con astucia e intentando mirarla directamente a los ojos, si tiene noticias de Olivier. La anciana afirma que *monsieur* ha salido temprano para dar su paseo y que ha dejado un sobre para Béatrice en la mesa del vestíbulo. Cuando ella va a mirar, la nota no está allí; tal vez la haya cogido él mismo para dársela. Luego le preguntará.

La mujer le sirve café caliente y panecillos, junto con una tarta de mermelada; esta mujer gruesa y de edad con vestido azul, de hombros gachos y encogida, tiene la edad de Olivier. Ella siente una especie de compasión por la anciana, con quien Olivier podría casarse como es debido y hacerla feliz. Entonces piensa en un pequeño episodio de la pasada noche, en algo, una caricia concreta que debe de haber durado dos o tres minutos como mucho, pero que se le ha quedado pegada a la piel. Pide con humildad si hay más mantequilla y oye que la mujer engulle su «*oui*» mientras inspira, y nota la presión de una mano cálida e impersonal sobre su hombro. Béatrice se pregunta por qué se siente más culpable viendo a esta desconocida, con su delantal y su aspecto satisfecho, que

al pensar en Yves, el marido cargado de trabajo y ahora traiciona-
do. Pero es cierto. Así es como se siente.

Y en ese instante aparece él; Yves Vignot. Es uno de los dos
momentos más raros de la vida de Béatrice. Entra en el comedor
como una alucinación, mientras se saca los guantes, tras haber dejado ya el sombrero y el bastón en algún lugar de la entrada; ahora
ella recuerda haber oído que la puerta principal se abría y se cerraba. El pequeño hotel se llena de él, está en todas partes, su borrosa
chaqueta oscura e impecable y barbuda sonrisa, su «*Eh, bien!*»
Esperaba sorprender a Béatrice, pero la sorpresa que se lleva casi
le causa un desvanecimiento. Por unos instantes, la agradable sala
provinciana, un tanto tosca y moderna, se funde con sus habitaciones de Passy, como si el placer y la culpa de Béatrice hubieran
atraído a su marido hacia ella, o a ella hacia él.

—¡Vaya susto te has dado! —Yves tira sus guantes y se acerca
a besarla, y ella logra levantarse a tiempo—. Lo lamento, querida.
Debería habérmelo imaginado. —Su rostro está compungido—.
Y todavía no estás del todo bien… ¿cómo se me habrá ocurrido
darte una sorpresa? —Su beso en la mejilla es cálido, como si él
supiera que esto hará que ella se recupere.

—¡Qué sorpresa tan agradable! —consigue ella decir—.
¿Cómo has hecho para escaparte?

—Les he dicho que mi querida esposa estaba enferma y que
necesitaba ocuparme de ella. ¡Oh! No es que haya mencionado
ninguna enfermedad grave, pero el supervisor ha sido bastante
comprensivo y como todos los demás están a mi cargo… —Sonríe.

A ella no se le ocurre nada que pueda decir sin un temblor o
sin que parezca mentira. Afortunadamente, él está feliz de verla y
encantado con la aventura del viaje, así que cuando se sientan de
nuevo frente al frío café de Béatrice, él ya ha concluido que ella
tiene mejor aspecto del esperado y que la vía del tren es mejor de
lo que recordaba, y que está muy contento de no estar en la oficina. Después de lavarse las manos, tomarse dos tazas de café y una
gran ración de pan, mantequilla y tarta de mermelada, le pide '

su habitación. Él ya se ha reservado otra; no quiere invadir el pequeño reino de su mujer, añade mientras le da un apretón en el hombro. Yves es tan corpulento, tan serio y, sin embargo, alegre, con su poblada y bien recortada barba. ¡Es tan joven!, piensa ella.

Al subir por las escaleras él le rodea por la cintura con un brazo. La ha echado de menos, le dice, incluso más de lo normal. No es que hubiera pensado que no la echaría de menos, pero la ha añorado incluso más que eso. Su alegría hace que a ella le entren ganas de llorar. Béatrice había olvidado la seguridad que le proporciona su brazo, lo fuerte que es; lo recuerda ahora, al notarlo. En su habitación, él cierra la puerta cuando entran y elogia todos los arreglos que ha hecho Béatrice con la despreocupación de quien está de vacaciones: las conchas que ha coleccionado para el tocador, el pequeño y lustroso escritorio donde dibuja si hace mal tiempo. Ella se entretiene lo máximo posible en la explicación de cada una de estas cosas. Él la escucha hasta el final, de pie y sonriente.

—Ahora que te veo mejor, tienes un aspecto maravillosamente saludable. Tienes auténticas rosas en tus mejillas.

—Bueno, he salido a pintar prácticamente cada mañana y cada tarde. —A continuación le enseñará sus lienzos.

—Espero que Olivier vaya contigo —comenta con cierta seriedad.

—¡Pues claro que viene! —Béatrice encuentra el lienzo de las barcas de las primeras sesiones y se lo deja ver—. De hecho, me ha animado para que pinte todos los días, a condición de que me abrigue bien. Siempre me acuerdo de abrigarme.

—Es precioso. —Sostiene el cuadro un momento, y ella siente una punzada al pensar lo positivo que él ha sido siempre, mucho antes de que Olivier apareciese. Luego lo deja con cuidado, consciente de que aún no está seco, y le coge de las manos—. Y tú estás radiante.

—Aún estoy un poco cansada —asegura Béatrice—, pero gracias.

—Al contrario, has recuperado el color… es más, vuelves a ser tú. —Yves encierra las manos de Béatrice en las suyas, ahora con meza, y le da un largo beso. Para ella sus labios son algo natural y atemorizante. Él le rodea la cara con las manos y la vuelve a besar, acto seguido se quita el abrigo mientras musita que aún no se ha bañado. Echa el pestillo de la puerta y corre las cortinas. El viaje y la liberación del trabajo le han devuelto la juventud, afirma Yves, o eso cree ella que dice, porque lo oye a través de la cortina de su pelo (se le han aflojado las horquillas) y luego otra vez mientras él se desabotona, se deshebilla y se desabrocha, mientras dibuja una línea que desciende por su cuerpo sobre la cama y la toma con su estilo lento y prosaico, mientras ella tarda en encenderse, como es habitual, y el hueco que hay entre ellos se acorta con una familiaridad feroz pese a las imágenes que ella ve tras sus párpados. Hace meses que Yves no la toca, y ahora Béatrice se da cuenta de que probablemente él se haya estado conteniendo, preocupado por su salud. ¿Cómo había podido pensar otra cosa?

Por fin, él duerme apoyado en su hombro durante varios minutos, un hombre cansado y sorprendentemente joven con una cuenta bancaria creciente, un hombre que ha hecho un paréntesis en su vida y se ha subido a un tren para estar de nuevo cerca de ella.

Apreciado Monsieur Robinson:

Le ruego que disculpe esta carta de un extraño. Soy psiquiatra y trabajo en Washington D.C.; desde hace poco me ocupo del tratamiento de un distinguido artista norteamericano. Su caso es bastante atípico, y parte del mismo gira en torno a una obsesión por la pintora francesa impresionista Béatrice de Clerval. Tengo entendido que tuvo usted una relación personal a la vez que profesional con ella y que colecciona sus obras, incluido el lienzo conocido como El rapto del cisne.

    ¿Le importaría que el mes que viene fuera a verlo a su casa de París durante aproximadamente una hora? Le agradecería mucho que pudiera ayudarme dándome un poco más de información sobre su vida y su obra. Podría ser sumamente importante para mí de cara al cuidado de mi prestigioso paciente. Por favor, hágamelo saber lo antes posible.

    Le saluda atentamente,

Andrew Marlow
doctor en medicina

92

Marlow

En parte para distraerme de las visiones y en parte para ver qué estaba haciendo, fui a ver a Robert una vez de tantas. Había ido aquella mañana, un viernes. Cuando volví por la tarde a su habitación, me lo encontré de pie frente al caballete que yo le había dado. La semana había sido larga y había dormido fatal. ¡Ojalá Mary viniese más a menudo!; me daba la impresión de que en sus brazos siempre descansaba bien. Como de costumbre, pensé en ella al entrar en la habitación de Robert. Es más, me pregunté cómo era posible que él me mirara y no viera los secretos que guardaba, lo que me recordó lo poco que sabía realmente de él. No podía oír su vida a través de esa ropa vieja y bien lavada, de su raída camisa amarilla y pantalones manchados de pintura, o ni tan siquiera a través del color tostado de su cara y sus brazos bajo las mangas arremangadas, o los rizos de su pelo con hebras de plata. Ni siquiera podía conocerlo a través de los ojos enrojecidos y cansados con los que me desafiaba. Si me faltaba información, ¿cómo iba a darle el alta? Y aunque se la diera, ¿cómo iba a dejar de hacerme preguntas acerca de su amor por una mujer que llevaba muerta desde 1910?

Hoy la estaba pintando (hasta ahí nada nuevo) y me senté en el sillón a observar. Robert no giró el caballete hacia el otro lado. Supuse que era por una especie de orgullo, como su silencio. Ella no tenía rostro; Robert estaba aún pintando el color rosado de su vestido y perfilando el sofá negro sobre el que estaba sentada. Parte de su habilidad consistía en pintar sin modelos, comprendí. ¿Había sido ése uno de los regalos que ella le había hecho?

De pronto, me sulfuré. Me levanté del sillón de un salto y di un paso hacia delante. Él pintaba con el brazo levantado, moviendo el pincel, ignorándome.

—¡Robert!

No dijo nada, pero me lanzó una mirada fugaz y luego se concentró de nuevo en el lienzo. Como he dicho, soy razonablemente alto, estoy razonablemente en forma, aunque disto mucho de tener el aspecto despreocupado e imponente de Robert. Me pregunté qué sentiría si le propinara un puñetazo. Kate seguramente había tenido ganas de hacerlo. Y Mary. Podría decirle: «Lo hice por ella. Puede usted hablar con quien le dé la gana».

—Robert, míreme.

Él bajó el pincel y me dedicó una cara de paciencia y mofa como la que recuerdo que utilizaba yo en mi adolescencia para provocar conscientemente a mis padres. Yo no tenía hijos adolescentes, pero su gesto, que seguramente algo significaría, me contrarió más de lo que cualquier arrebato suyo hubiera podido contrariarme jamás. Era como si esperase a que la fastidiosa interrupción cesara para poder volver a pintar.

Carraspeé y me tranquilicé.

—Robert, ¿entiene mi deseo de ayudarle? ¿Le gustaría volver a tener una vida normal…, una vida ahí fuera? —Gesticulé hacia la ventana, pero supe que con la palabra «normal» ya había perdido este asalto.

Él devolvió su atención al caballete.

—Quiero ayudarle, pero me será imposible hacerlo a menos que usted colabore. Me he tomado ciertas molestias por usted, ¿sabe?, y si está lo bastante bien para pintar, sin duda lo estará para hablar.

Ahora la expresión de su cara era serena pero hosca.

Esperé. ¿Podía haber algo peor que gritarle a un paciente? (¿Acostarse con su ex novia, quizá?) Muy a mi pesar, noté que empezaba a alzar la voz. Lo que más me irritaba era mi sensación de que él sabía que no quería ayudarle simplemente por su propio bien.

—Maldito sea, Robert —dije con voz queda, pero temblorosa, en lugar de gritar. De pronto se me ocurrió que en todos mis años de formación y ejercicio de la profesión jamás me había comportado así con nadie. Jamás. Seguí mirándolo mientras salía de la habitación. No me daba miedo que se abalanzara sobre mí o me tirara algo; yo mismo corría el peligro de hacerlo. Más tarde lamenté no haber apartado los ojos de él en aquel momento, porque me vi obligado a ver los cambios en su expresión; no me devolvió la mirada, pero levantó el rostro hacia el lienzo con una leve sonrisa. Triunfo: una victoria insignificante, pero probablemente el único tipo de victoria que podía conseguir en la actualidad.

93
1879

Yves se queda media semana, recorre la playa con una mano sobre el hombro de Olivier y besando a Béatrice en la nuca cuando ella agacha la cabeza para sujetarse el pelo con horquillas. Está disfrutando de unas auténticas vacaciones; en privado dice que son una luna de miel. Le encanta contemplar el Canal; le *relaja* enormemente. Pero lamentándolo mucho, debe regresar, y se disculpa por tener que dejarlos tan pronto. Ella no se atreve a mirar a Olivier durante todo el tiempo que Yves está allí, salvo para pasarle la sal o el pan en la mesa. Le resulta insoportable y, sin embargo, hay momentos en los que ella se mira al espejo o los ve a los dos paseando juntos, y siente que está rodeada de amor, se siente amada por ambos, como si esto fuera lo correcto. Cogen un cabriolé con Yves hasta la estación de Fécamp; Olivier pone reparos, pero Yves insiste en que vaya para que Béatrice no tenga que hacer el trayecto de vuelta sola. El tren silba con estrépito; las ruedas inician su ronco movimiento. Yves se asoma a la ventanilla y saluda con el sombrero en la mano.

Ellos regresan al hotel y se sientan en el mirador a hablar de temas cotidianos. Pintan en la playa y cenan; ahora que el tercer invitado se ha ido, de nuevo son la pareja que eran. En virtud de cierta anuencia mutua, ella no vuelve a poner un pie en la habitación de Olivier, ni él la visita a ella tampoco. Cualquier muro entre ellos ha sido ya derribado, y Béatrice no ansía una repetición. Le basta con compartir este silencioso recuerdo con él. El instante en que él… o el instante en que ella…, o el modo en que las lágrimas de sorpresa y placer de Olivier cayeron sobre el rostro de Béatrice.

Ella había creído que después de semejante transgresión él le pertenecería para siempre, pero lo mismo puede decirse a la inversa.

En el tren de regreso a París, cuando están solos, él le sostiene la mano en su gran guante, como si de un pájaro se tratase, y la besa antes de que ella se apee para solicitar su equipaje. Hablan muy poco. Ella sabe, sin necesidad de preguntarlo, que él vendrá a cenar al día siguiente. Juntos le explicarán a papá casi todo sobre sus vacaciones. Empezarán a trabajar conjuntamente en su gran cuadro. Ella lo recordará a él, su cuerpo largo y suave, su pelo plateado, al joven enamorado que lleva dentro, hasta el día de su propia muerte. Siempre lo llevará consigo, será un espíritu del Canal.

94

Marlow

La contestación de Henri Robinson fue impactante.

Monsieur le Docteur:

Gracias por su carta. Creo que su paciente debe de ser un hombre llamado Robert Oliver. Vino a verme a París hará casi diez años y de nuevo más recientemente, y tengo motivos para creer que durante su segunda visita se llevó algo valioso de mi apartamento. Mentiría si le dijera que deseo ayudar a su paciente, pero si pudiera usted arrojar un poco de luz sobre este asunto, estaré encantado de recibirlo. Contemplaré la posibilidad de dejarle ver El rapto del cisne. *Le ruego que tenga presente que no está en venta. ¿Qué le parecería cualquier mañana de la primera semana de abril, si le va bien?*

Saludos cordiales,

Henri Robinson

95

Marlow

Deseaba fervientemente poder llevarme a Mary conmigo a París, pero tenía clases. Por cómo rehusó, supe que no habría venido aun cuando el viaje hubiera coincidido con sus vacaciones; después de lo de Acapulco, no podía aceptar un regalo de tales dimensiones. Una vez había sido un placer, pero con dos estaría en deuda. Di con un libro sobre el Museo de Orsay, al que sabía que ella quería ir desde hacía tiempo, y ella lo hojeó lentamente.

Aun así, negó con la cabeza, de pie en mi cocina mientras su melena captaba la luz. Era un no decisivo. No era tanto un rechazo como la serena comprensión de las propias limitaciones. Estaba preparando el desayuno para los dos mientras hablábamos, un gesto sorprendentemente hogareño. Era la cuarta vez que se quedaba a dormir en mi apartamento; todavía podía contar las noches. Cuando se fue, más temprano que yo incluso (hacia el estudio o las clases de la universidad, o a la cafetería en la que le gustaba dibujar los días que tenía menos carga de trabajo), dejé la cama sin hacer y cerré la puerta de la habitación al salir para conservar su aroma. Volcó cuatro huevos y un poco de beicon en un plato, y me los colocó delante con una amplia sonrisa.

—No puedo ir contigo a Francia, pero puedo cocinarte unos huevos, por esta vez. Pero que no sirva de precendente.

Serví el café.

—Si vienes a Francia conmigo, podrás tomar esos magníficos huevos pasados por agua en pequeñas hueveras acompañados de pan y mermelada, y un café mucho mejor que éste.

—*Merci.* Ya sabes la respuesta.

—Sí, pero ¿qué me dirás cuando te pida que te cases conmigo, si ni siquiera consigo que te subas a un avión para ir a Francia?

Mary se quedó helada. Lo había dicho con naturalidad, casi sin saber que lo iba a decir, pero ahora comprendí que llevaba semanas planeándolo. Ella estaba jugando con el tenedor. Mi obstáculo, pensé demasiado tarde, tomó la forma de un Robert Oliver repanchingado en algún sitio a mis espaldas. No fue necesario preguntarle a Mary qué éra lo que le mantenía la mirada fija, de nada serviría advertirle que allí no había nadie, o que el Robert que conoció había sido reemplazado por un hombre aletargado que se dedicaba a hacer bocetos desde su habitación de un psiquiátrico. ¿Le había pedido Robert alguna vez que se casara con él, aunque fuese bromeando? La respuesta, dije para mis adentros, estaba escrita en las arrugas que rodeaban la boca y los ojos de Mary, en su cortina de pelo.

Entonces se rió.

—Si he llegado hasta aquí sin casarme, doctor, ahora no necesito hacerlo. —Y me sorprendió, con esa forma suya de saber cosas que yo no pensaba que alguien de su generación sabría, con una frase de una canción de Cole Porter—: «Porque los maridos son todos un aburrimiento y no dan más que problemas».

—Bésame, Kate —dije rápidamente el título de la película, dando un manotazo encima de la mesa—. De todas formas, eres demasiado joven para casarte sin permiso de tu madre. Y no soy ningún Humbert Humbert, ningún…

Ella se rió y me salpicó unas gotas de zumo de naranja.

—No seas zalamero. —Volvió a coger el tenedor y cortó sus huevos—. Cuando tú tengas ochenta, amigo, yo tendré…

—Serás mayor que yo ahora, pero fíjate en lo joven que soy. «Bésame, Kate!» —exclamé, y Mary se rió con más naturalidad y se sentó en mi regazo. Pero había un eco extraño en la cocina, el nombre de Kate, la ex mujer de Robert. Los dos lo percibimos sin decir nada. Tal vez para acallarlo, Mary me besó con fuerza. Entonces le di mi último trozo de beicon y así terminamos de desayunar, con Mary en mi regazo y los dos bien pegaditos para ahuyentar los malos espíritus.

Tenía un montón de cosas que hacer antes de irme de viaje, y el día antes de volar hacia París el papeleo me ocupó gran parte de la mañana. Vi a Robert a mediodía y me senté con él manteniendo el silencio habitual; no tenía ninguna intención de decirle aún que había decidido hacerle una visita a Henri Robinson. Probablemente repararía en mi ausencia, pero como él no estaría dispuesto a hacerle preguntas a nadie, yo sí lo estaba a dejar que mi paradero levantara sus sospechas.

Asimismo, había algo más de lo que tenía que ocuparme. Alrededor de las cuatro volví a la habitación de Robert, cuando sabía que él estaba en el jardín pintando. Para mi alivio, su puerta estaba abierta, con lo que no tuve la sensación de allanamiento que habría tenido en caso contrario, aunque en el pasillo miré un par de veces por encima de mi hombro. Encontré las cartas en el estante superior del armario, el fajo estaba muy bien cuidado. Sentí placer al volver a tener en mis manos los originales, como si los hubiese echado de menos sin saberlo; el papel desgastado, la tinta marrón, la caligrafía elegante de Béatrice. Quizá Robert se enfadaría cuando descubriera que no estaban, e intuiría quién se los había vuelto a llevar. Pero eso no había modo de evitarlo. Los introduje en mi maletín y salí sigilosamente.

Mary pasó la noche en mi apartamento. De pronto me desperté y me la encontré también despierta y mirándome fijamente en la semipenumbra. Acerqué una mano a su cara.

—¿Por qué no duermes?

Ella suspiró y giró la cara para besar mis dedos.

—He dormido, pero me he despertado sobresaltada. Luego me he puesto a pensar en tu viaje a Francia.

Atraje su sedosa cabeza hacia mi cuello.

—¿Qué?

—Creo que estoy celosa.

—Ya sabes que estabas invitada.

—No es por eso. No quería ir. Pero, en cierto modo, *la* verás, ¿verdad?

—No olvides que yo no soy...

—No eres Robert, lo sé. Pero no te puedes ni imaginar lo que fue vivir con ellos.

Me apoyé con dificultad sobre un codo para mirarla a la cara.

—¿Con ellos? ¿De qué me estás hablando?

—Con Robert y Béatrice. —Su voz era penetrante y clara, no pastosa por el sueño—. Creo que es algo que únicamente podría decirle a un psiquiatra.

—Y es algo que yo únicamente podría oír de labios del amor de mi vida. —Vi el destello de sus dientes en la oscuridad; acerqué una mano a su cara y la besé—. Tranquilízate, mi amor, y duérmete.

—Por favor, deja que la pobre muera como es debido.

—Lo haré.

Ella acomodó su frente en mi hombro y la envolví con su pelo como si fuese un amplio chal antes de que se volviera a dormir. Esta vez fui yo quien se quedó despierto. Dormido o no, pensé en Robert, en Goldengrove, en la cama un tanto pequeña para su robusta complexión. ¿Por qué había ido a Francia en aquellas dos ocasiones? ¿Había sido porque se preguntaba, al igual que yo, qué mano había pintado *Leda*? ¿Había hallado una respuesta? Quizá sí que hubiera sido realmente un tema demasiado delicado para una mujer de 1879 en un país católico. Si Robert creía que su propia doña Melancolía había hecho el cuadro, ¿por qué iba a atacarlo? ¿Había tenido celos del cisne por alguna razón que yo no podía comprender? Pensé en levantarme, vestirme, coger las llaves del coche y conducir hasta Goldengrove. Conocía los códigos de las alarmas, los trámites de acceso, al personal nocturno. Iría silenciosamente hasta la habitación de Robert, llamaría a la puerta, la abriría y lo zarandearía para despertarlo. Sobresaltado, él hablaría. «Me llevé una navaja al museo. La ataqué porque...»

Hundí la cara en el pelo de Mary y esperé a que se me pasara el impulso.

96

Marlow

El aeropuerto De Gaulle era más ruidoso de lo que recordaba y, en cierto modo, más grande, más frío y funcional. Sería aquí mismo donde tres años después de lo que ahora estoy narrando, llegando para una luna de miel tardía, vería la misma terminal despejada por la policía y oiría la explosión desde un lugar seguro tras unas cuantas tiendas: estaban explosionando una maleta que habían dejado en medio de una de las inmensas salas. El ruido nos traspasó los nervios, un eco de la bomba que resultó no estar dentro. Pero en el año 2000, yo tenía los nervios más tranquilos y estaba solo.

Cogí un taxi hasta el hotel que Zoe me había recomendado: allí mi habitación era poco más que una caja de cemento, con una ventana que daba al hueco de ventilación del edificio central y una cama dura y chirriante; pero estaba a un paso de la Gare de Lyon y tan sólo a unos metros de un bistró con el consabido toldo, que el dueño enrollaba por las mañanas mediante una gran manivela. Dejé mis bolsas y me fui allí para ingerir la primera de numerosas comidas, ésta increíblemente gratificante después del vuelo en avión, el café era humeante y cargado, con abundante leche. Luego volví a la caja de mi cuarto y dormí como un tronco durante una hora, incluso pese a la cafeína. Cuando me desperté, tuve la sensación de que había perdido la mitad del día. Me duché con agua caliente, gimiendo de placer; me afeité y paseé un poco por la ciudad con una guía de viaje de bolsillo.

Henri vivía en Montmartre, pero en cualquier caso no lo iría a ver hasta mañana por la mañana. A los pocos minutos de haber dejado el hotel, vislumbré las cúpulas de la Basílica del Sacré-Coeur recortadas contra el cielo. Recordaba algunos monumentos históricos de mi anterior visita, hacía unos doce o trece años. La guía me recordó que la blanca iglesia de ensueño había sido construida tras la caída de la Comuna de París como símbolo del poder del gobierno. Sin embargo, no me vi con energías para entrar a visitarla y, por el contrario, seguí paseando; el libro se quedó en mi bolsillo la mayor parte del día, excepto en una ocasión en la que me puse a mirar unas casetas de libros, junto al Sena, y me alejé mucho del hotel. El clima era húmedo, entre cálido y fresco, la luz del sol se abría paso de vez en cuando para dar brillo al agua. Lamenté no haber venido en tanto tiempo, cuando todo esto estaba a un simple viaje en avión desde Washington. Cogí una escalera que bajaba hasta el nivel del río, extendí mi pañuelo sobre la resbaladiza piedra y me senté a dibujar el barco (un restaurante bordeado de macetas de flores) anclado al otro lado.

También me moría de ganas de ver los cuadros de Béatrice de Clerval en el Museo de Orsay antes de que cerraran; los del Museo de Maintenon podían esperar hasta mañana, después de visitar a Henri Robinson. Seguí a lo largo del río hacia el Museo de Orsay; la última vez que estuve en París no lo visité, y en aquel entonces lo habían inaugurado recientemente. No intentaré describir la impresión que causa en uno el inmenso vestíbulo con techo de cristal, su colección de esculturas, el fantasma lleno de esplendor de la estación de tren que otrora prestó un servicio a la generación de Béatrice de Clerval y a otras. Era bellísimo; me quedé allí varias horas.

Primero fui a ver la obra de Monet y estar delante de *Olympia*, y ver su desafiante mirada, me produjo una sensación embriagadora. Entonces topé con una maravillosa sorpresa: un lienzo de Pissarro que mostraba una casa de Louveciennes en invierno. No recordaba haberlo visto nunca en ningún sitio, la casa rojiza y los sinuosos árboles cargados de nieve, la nieve bajo los pies, la mujer y la niña pequeña de la mano y abrigadas contra el frío. Pensé en Béatrice y su hija, pero este cuadro estaba fechado en 1872, años antes del nacimiento de Aude. Había, asimismo, otros paisajes invernales en la galería: de Monet y de Sisley, más de Pissarro, *effets d'hiver*, nieve y carros y cercas, árboles y más nieve. Vi cielos nublados sobre los campanarios de las iglesias de sus pueblos de adopción: Louveciennes, Marly-le-Roi y otros tantos... y sobre los parques de París. Al igual que a Béatrice, a estos pintores les habían fascinado sus jardines en invierno.

Junto a Sisley y Pissarro encontré dos cuadros de Béatrice de Clerval, uno era un retrato de una chica de cabellos dorados que estaba cosiendo (debía de ser la doncella descrita en las cartas). El otro era un cuadro de un cisne que flotaba con aire pensativo sobre el agua marrón, un cisne del montón, nada espectacular. Béatrice había practicado esa figura con rigor, pensé, preparándose quizá para el cuadro que vería mañana en casa de Henri Robinson. Descubrí un paisaje realizado por Olivier Vignot, una escena bucólica, unas vacas que pastaban, un prado, una hilera de álamos, nubes perezosas y fecundas. Tal vez Béatrice había respetado su obra más de lo que me había imaginado; era un cuadro hecho con pericia, aunque a duras penas innovador. La cartela lo fechaba en 1854. Béatrice, pensé, tenía tres años en aquella época.

Una vez que acabé mi recorrido, improvisé una cena a base de bistec y *frites*, y volví al hotel. Allí, a pesar de mis esfuerzos por leer un capítulo de una excelente crónica de la guerra franco-prusiana, dormí durante trece horas y me desperté a la mañana siguiente a una hora razonable, descubriendo una realidad igualmente razonable: que ya no era un joven mochilero.

97

Marlow

La calle de Henri Robinson en Montmartre era empinada; no estrecha, pero de todos modos pintoresca, con balcones de hierro forjado. Di con la dirección y me quedé unos cuantos minutos en la calle antes de llamar; el timbre sonó con fuerza, aunque su apartamento se encontraba en la segunda planta del edificio. Subí; la escalera estaba oscura y polvorienta, y me pregunté cómo un hombre de noventa y ocho años podía ascender por ella. La única puerta de la segunda planta se abrió antes de que yo pudiera tocarla; allí había una anciana, una mujer con un vestido marrón, medias tupidas y zapatos. Durante unos extraños instantes, me pareció estar viendo a Aude de Clerval. La mujer llevaba un delantal y era de sonrisa fácil, y pronunció unas palabras que no entendí para guiarme hasta el cuarto de estar. De haber vivido hasta ahora, Aude habría tenido ciento veinte años.

Henri Robinson recibía en una jungla; las plantas inundaban el espacio con ordenada profusión. La habitación era soleada, por lo menos por el lado que daba a la calle, la luz se filtraba por las cortinas de seda de listas rosadas. Las paredes eran de un suave y pálido jade, al igual que un par de puertas cerradas. Había cuadros por doquier, no con la meticulosa distribución que había visto en casa de su viejo amigo Caillet, sino ocupando cualquier espacio disponible. Cerca del sillón de Henri había un retrato al óleo que supuse que sería Aude de Clerval, una mujer de edad de rostro alargado y ojos azules, con un peinado de los años cuarenta o cincuenta. Me pregunté si era ése el retrato de Aude que Pedro Caillet afirmaba haber pintado; no vi ninguna firma. Asimismo, había varias obras pequeñas que podrían haber sido de Seurat (en cualquier caso, eran puntillistas) y un sinfín de cuadros del período de entreguerras. No vi nada que se pareciera a la obra de Béatrice de Clerval y ni rastro de un cuadro que pudiera titularse *El rapto del cisne*. Las hornacinas y estantes que no se hundían bajo el peso de los libros lucían una colección de cerámica de esmalte celedón, que podría haber sido coreana y antigua. Tal vez pudiera preguntarle más tarde al respecto.

Henri Robinson estaba sentado en un sillón prácticamente tan desgastado como él mismo. Cuando entré, se levantó despacio pese a mi conato de protesta, unas torpes palabras en francés para que no se levantara, y extendió una mano translúcida. Era un poco más bajo que yo, de complexión esquelética pero capaz de mantenerse erguido una vez que se había enderezado. Llevaba una camisa de vestir a rayas, pantalones oscuros y una chaqueta roja con botones dorados. Los mechones de pelo que le quedaban estaban peinados hacia atrás, su nariz era tan translúcida como sus manos, tenía las mejillas sonrojadas y los ojos de un marrón que perdía intensidad tras las gafas. En la juventud debió de ser un rostro atractivo, de ojos oscuros y pómulos altos, y una nariz delicada y recta. Le temblaban las manos y los brazos, pero su apretón fue firme. Pensé con un escalofrío que estaba tocando una mano que había acariciado la de Aude, cuya propia mano sin duda Béatrice había sostenido y acariciado en el pasado.

—Buenos días —dijo en un inglés claro pero con un cierto acento afrancesado—. Pase y siéntese, por favor. —De nuevo la mano con venas azules, que me señalaba un sillón—. Hay demasiados periódicos. —Su sonrisa reveló unos dientes jóvenes y alineados: dentadura postiza. Aparté los papeles del segundo sillón y esperé a que él se hubiera sentado en su propia butaca ayudándose de sus escuálidos brazos.

—*Monsieur* Robinson, gracias por recibirme.

—Es un placer —me contestó—. Aunque, como le dije, el hombre del que me habló no está entre mis favoritos.

—Robert Oliver está enfermo —expliqué—. Supongo que estaba enfermo cuando le robó esto, porque su estado es cíclico, y crónico. Pero sé que tuvo que llevarse un disgusto. —Extraje las cartas del bolsillo interior de mi chaqueta; las había introducido en un sobre, del que las saqué dejando el fajo en sus manos.

Él bajó los ojos con asombro, luego me miró.

—¿Son suyas? —pregunté.

—Sí —dijo. Movió un poco la cara, la nariz se le enrojeció y frunció, la voz se le empañó como si el fantasma de las lágrimas se hubiese apoderado de él unos instantes—. En realidad, pertenecían a Aude de Clerval, con quien viví durante más de veinticinco años. Su madre se las dio cuando se estaba muriendo.

Pensé en Béatrice, no joven y ardiente, sino en la madurez, con el pelo blanco quizá, destrozada por la enfermedad, consumida cuando debería haber estado en la flor de la vida. Había fallecido a los casi sesenta años. Más o menos a mi edad, y yo ni siquiera tenía una hija de la que despedirme.

Asentí con discreción para demostrarle que comprendía su indignación. La vista de Henri Robinson parecía bastante aguda a través de sus gafas de montura dorada.

—Es probable que mi paciente, Robert Oliver, no se diera cuenta del daño que podría hacer con este hurto. No le puedo pedir que lo perdone, pero quizá lo pueda comprender. Estaba enamorado de Béatrice de Clerval.

—Eso lo sé —repuso el anciano con bastante brusquedad—. Yo también se qué es la obsesión, si es a eso a lo que se refiere.

—Debo decirle que he leído las cartas. Las hice traducir. Y me imagino que nadie podía evitar quererla.

—Al parecer, era muy dulce, *tendre*. Verá, yo también la quise a través de su hija. Pero ¿a qué se debe su interés por ella, doctor Marlow?

Había recordado mi nombre.

—A Robert Oliver. —Describí la detención de Robert, mis esfuerzos por lograr conocerlo durante sus primeras semanas que estuvo a mi cargo, el rostro que dibujaba y luego pintaba en lugar de hablar, mi necesidad de entender la visión que lo impulsaba. Henri Robinson me escuchó juntando las manos, con los hombros encorvados bajo el jersey, simiesco y absorto. De vez en cuando parpadeaba pero no decía nada. Con una extraña sensación de alivio, le seguí hablando de mi entrevista a Kate, de los cuadros de Béatrice pintados por Robert, de Mary y la historia que Robert le contó acerca de que había descubierto el rostro de Béatrice entre la multitud. No mencioné que había ido a ver a Pedro Caillet. Podía darle recuerdos de su parte después, si me parecía oportuno.

Henri Robinson escuchó en silencio. Pensé en mi padre... Robinson, igual que mi padre, adivinaría muchas cosas aun cuando no se lo contara todo. Hablé despacio y con claridad, no sabía con certeza qué nivel de inglés tendría, y avergonzado de no intentar siquiera practicar mi francés oxidado. Daba la impresión de que me entendía, en todos los sentidos. Cuando hube terminado, golpeteó con los dedos el fajo de cartas que descansaba en su regazo.

—Doctor Marlow —me dijo—, le estoy profundamente agradecido por habérmelas devuelto. Di por sentado que me las había robado Robert Oliver... las perdí de vista después de su segunda visita. La verdad es que las ha tenido durante muchos años.

Recordé haberme agachado en el suelo del despacho de casa de Kate y haber leído la palabra «Étretat».

—Sí. En fin, supongo que, si ha dejado de hablar, eso tampoco se lo habrá contado. —Henri Robinson puso sus huesudas rodillas rectas—. Vino aquí por primera vez a principios de la década de 1990, tras leer un artículo sobre mi relación con Aude de Clerval. Me escribió, y me conmovieron tanto su entusiasmo y la evidente seriedad con la que se tomaba el arte que accedí a dejar que viniera a verme. Hablamos bastante; sí, desde luego en aquel entonces hablaba. Y sabía escuchar. De hecho, era muy interesante.

—¿Puede decirme de qué hablaron, *monsieur* Robinson?

—Sí que puedo. —Colocó un brazo en cada reposabrazos del sillón. Con esa delicada nariz y mentón, y su pelo enmarañado, este hombre destilaba una fuerza extraordinaria—. Nunca he olvidado el instante en que entró en mi apartamento. Como sabe, Robert Oliver es muy alto, tiene un porte imponente, como el de un cantante de ópera. No pude evitar sentirme un poco intimidado; él era un completo desconocido y yo estaba solo en aquella época. Pero era encantador. Se sentó en el sillón, donde está usted sentado creo, y hablamos primero de pintura y luego de mi colección, que había donado al Museo de Maintenon, a excepción de una obra. Se fue a verla la misma tarde, y le impresionó mucho.

—Yo todavía no he ido al Maintenon, pero tengo la intención de hacerlo —comenté.

—Sea como sea, estuvimos aquí sentados charlando, y finalmente me preguntó si podía contarle lo que sabía sobre Béatrice de Clerval. Le hablé un poco de su vida y su obra, y me dijo que de eso ya sabía muchas cosas porque había estado investigando. Quería saber cómo hablaba Aude de su madre. No me cupo duda de que los cuadros de Béatrice le apasionaban, si «pasión» es la palabra correcta. Desprendía algo muy cálido; de hecho…, me atraía.

Henri tosió.

—De modo que empecé a relatarle lo que recordaba de labios de Aude: que su madre había sido dulce y alegre, una eterna enamorada del arte, pero completamente volcada en su hija. Aude me aseguró que en todos los años que la conoció su madre jamás pintó ni dibujó. Jamás. Y que jamás habló de sus cuadros con pesar; se reía si Aude le preguntaba al respecto y decía que su hija era su mejor obra, y que ya no necesitaba nada más. En la adolescencia, Aude empezó a dibujar y pintar un poco, y su madre siempre se mostró solícita y entusiasta, pero nunca participó. En cierta ocasión, Aude me contó que le suplicó a su madre que dibujase con ella y que su madre le dijo: «Ya he hecho mis últimos dibujos, cariño, y te están esperando». Y se negó a explicar lo que quería decir y por qué no quería dibujar más. Es algo que siempre preocupó a Aude.

Henri Robinson se volvió hacia mí, sus ojos oscuros estaban cubiertos por una brillante película parecida al agua jabonosa, que podrían haber sido cataratas o quizás el reflejo de sus gafas.

—Doctor Marlow, soy un hombre viejo y quise mucho a Aude de Clerval. Nunca se ha ido del todo. Y Robert Oliver parecía sumamente interesado en su historia y en la historia de Béatrice de Clerval, así que le leí las cartas. Se las leí. A posteriori, creo que Aude habría querido que lo hiciera. Aude y yo las leímos juntos en voz alta una o dos veces, y dijo que creía que eran para las personas que pudiesen apreciar la historia que había en las mismas. Por eso nunca las he publicado ni he escrito sobre ellas.

—¿Le leyó las cartas a Robert?

—Bueno, sé que seguramente no debería haberlo hecho, pero era tal su interés que pensé que necesitaba oírlas. Fue un error.

Me imaginé a Robert, apoyado en sus grandes codos e inclinado hacia delante, escuchando mientras el hombre frágil del otro sillón leía en voz alta las palabras de Béatrice y Olivier.

—¿Las entendió?

—¿Se refiere a la lengua? ¡Oh!, se las traduje cuando fue necesario. Y su francés era bastante bueno, ¿sabe? ¿O se refiere al contenido de las cartas? No sé qué es lo que entendió del contenido.

—¿Cuál fue su reacción?

—Cuando llegué al final, vi que la expresión de su cara era muy… ¿Cómo lo llaman ustedes…? Sombría. Creí que iba a llorar. Entonces dijo algo extraño, pero como si pensara en voz alta: «Vivieron, ¿verdad?» Y le dije que sí, que cuando uno lee cartas viejas entiende que la gente del pasado realmente vivió, y es muy conmovedor. Yo mismo me emocioné leyéndoselas en voz alta a este desconocido. Pero él me dijo que no, que no…, que se refería a que ellos realmente habían vivido, pero él no. —Henri Robinson meneó la cabeza con los ojos clavados en mí—. Entonces empecé a pensar que era un poco excéntrico. Pero, como es lógico, estoy acostumbrado a tratar con artistas. Aude era tremendamente peculiar con respecto a su historia y los cuadros de su madre; era algo que me gustaba de ella. —Hizo una pausa—. Antes de despedirnos, Robert me dijo que las cartas le habían ayudado a saber mejor lo que Béatrice habría querido que él pintase. Dijo que se entregaría en cuerpo y alma a pintar su vida, a su memoria y a rendirle tributo. Hablaba como un hombre enamorado de los muertos, como dice usted... Sé lo que eso significa, doctor. Me hago cargo.

Observándolo, intuí lo inquieto que habría sido antaño, lo sumamente inteligente que era todavía; veinte años atrás, habría estado deambulando por el cuarto de estar al tiempo que hablaba conmigo, acariciando los lomos de sus libros, recolocando un cuadro torcido, arrancando una hoja muerta de una planta. Tal vez Aude hubiese sido tan serena y equilibrada como los dos retratos que había visto de ella; una mujer profunda, rebosante de dignidad. Los visualicé a los dos juntos, el joven enérgico y seductor que quizá le habría contagiado a ella una sensación de vitalidad, y la mujer segura y bastante fría cuya adoración él había convertido en vocación.

—¿Dijo algo más Robert?

Robinson se encogió de hombros.

—Nada que pueda recordar. Pero mi memoria no es lo que era. Poco después de aquello se fue. Me dio las gracias muy educadamente y me dijo que su visita siempre formaría parte de su arte. No esperaba volver a verlo nunca más.

—Pero ¿hubo una segunda vez?

—Aquello fue una sorpresa y una visita mucho más corta, hace menos de dos años, creo. No me escribió antes de venir, de modo que yo no sabía que estaba en París. Un buen día sonó el timbre, e Yvonne fue a abrir y apareció con Oliver. Me quedé atónito. Dijo que estaba en París para localizar escenarios para su obra, y había decidido venir a verme. Para entonces yo estaba más achacoso; no podía caminar bien y en ocasiones no lograba recordar las cosas. ¿Sabía usted que este año he cumplido noventa y ocho años?

Asentí.

—Sí... felicidades.

—Es una casualidad, doctor Marlow, no un honor. En cualquier caso, Robert vino y estuvimos hablando. En un momento dado me tuve que levantar para ir al cuarto de baño y él me ayudó a llegar hasta allí andando, porque Yvonne estaba en la cocina hablando por teléfono. Tenía mucha fuerza. Pero, verá, recuerdo todo eso porque aproximadamente a la semana de irse Robert quise echar un vistazo a las cartas, y habían desaparecido.

—¿Dónde las tenía guardadas? —Procuré preguntarlo con naturalidad.

—En aquel cajón. —Con unos dedos blancos señaló un armario que había al otro lado del cuarto de estar—. Puede mirar en su interior, si quiere. Sigue vacío, salvo por una cosa. —Cerró una mano sobre las cartas de su regazo—. Ahora podré devolverlas a su sitio. Supe que tenía que haber sido Oliver, porque recibo pocas visitas e Yvonne sería incapaz de tocarlas; sabe cuánto significan para mí. Verá, hace algunos años cedí todos los cuadros, todos los cuadros de Béatrice. Todos, salvo *El rapto del cisne*. Están en el Museo de Maintenon. Sé que me puedo morir en cualquier momento. Aude quería que nos los quedáramos, pero también quería protegerlos, de modo que tomé la mejor decisión posible. Lo de *El rapto del cisne* es otra historia. Aún no sé con seguridad qué hacer con ese cuadro. Durante la primera visita de Robert Oliver hubo unos minutos en los que incluso pensé en regalárselo algún día. Gracias a Dios no lo hice. Las cartas eran cuanto tenía del amor de Aude por su madre. Para mí son un tesoro.

Más que ver, percibí la rabia del anciano, y le pregunté con la mayor diplomacia de que fui capaz.

—¿Y trató de recuperarlas?

—¡Naturalmente! Escribí a Oliver a la dirección que me había dado la primera vez, pero la carta me fue devuelta al cabo de un mes. Alguien anotó en la carta que en esa dirección no había nadie con ese nombre.

Quizá fuese Kate, ella misma furiosa.

—¿Y nunca volvió a tener noticias suyas?

—Sí. Lo cual empeoró las cosas, creo. Me envió una nota. Por ahora es el único objeto que hay en ese cajón.

98

Marlow

Con los ojos de Robinson clavados en mí, me levanté y fui lentamente hasta el armario que él me había indicado. Me parecía irreal estar en este apartamento abarrotado con un hombre de casi cien años, hurgando de nuevo en el pasado de un paciente que no solamente había atacado una obra de arte, sino que, a la postre, también había robado documentos privados. Y, sin embargo, no me atrevía del todo a culpar a Robert. El *jet lag* se apoderó de mí; pensé en los brazos de Mary y de repente me entraron ganas de volver a casa con ella. Entonces recordé que ella no estaba en mi casa, sino en la suya. ¿Qué importancia tenían cuatro noches y un desayuno para alguien joven y libre? Abrí el cajón con dedos lánguidos.

En el interior había un sobre con fecha anterior al ataque de *Leda* por parte de Robert: sin remite, con matasellos de Washington y franqueo internacional. Dentro del sobre, un papel de carta doblado.

Apreciado señor Robinson:

Le ruego que me disculpe por haber tomado prestadas sus cartas. Se las DEVOLVERÉ *más tarde o más temprano, pero estoy trabajando en varios cuadros importantes y necesito leerlas todos los días. Son unas cartas maravillosas, están llenas de ella, y espero que le parezca bien. No tengo modo de excusarme, pero quizás, a fin de cuentas, estén más seguras en mis manos. Al leerlas retuve la suficiente información como para haber hecho ya una serie de cuadros que creo que, de momento, son los mejores que he pintado, pero* NECESITO PODER *leerlas absolutamente todos los días. Algunas veces me levanto por la noche y las leo. Mi nueva serie, que es importante, le demostrará al mundo que Béatrice de Clerval fue una de las grandes mujeres de su tiempo y una de las artistas más destacadas del siglo* XIX. *Dejó de pintar demasiado joven. Yo debo continuar por ella. Alguien tiene que vindicarla, ya que, de no haberle sido cruelmente impedido (¿por qué motivo?), podría haber seguido pintando durante décadas. Usted y yo sabemos que era un genio. Entenderá cómo he llegado a amarla y admirarla. Aunque usted mismo no pinte, quizá sepa lo que supone no poder pintar cuando se quiere hacerlo.*

Gracias por su ayuda y por lo útiles que han sido para mí las palabras de Béatrice, y le ruego que disculpe mi decisión. Se lo compensaré con creces.

Un saludo,

Robert Oliver

No puedo describir de qué manera se me cayó el alma a los pies con esta carta. Era la primera vez que oía hablar a Robert con su propia voz, al menos con la voz de aquel momento. Las repeticiones que había en la misma, la irracionalidad, las fantasías acerca de la importancia de su misión, todo apuntaba a que padecía manía. El hurto egocéntrico del tesoro de otra persona a mí me entristecía tanto como a Robert parecía escapársele su importancia; al mismo tiempo, lo interpreté como la pérdida del contacto con la realidad que había culminado en el ataque a *Leda*. Me disponía a devolver la carta al cajón, pero Henri Robinson me lo impidió con un gesto.

—Quédesela, si quiere.

—Es triste y estremecedora —comenté, pero me la metí en la chaqueta—. Conviene que intentemos tener presente que Robert Oliver es un paciente psiquiátrico y que, ciertamente, ha recuperado usted las cartas. Pero no puedo ni debo defenderlo.

—Celebro que me haya devuelto usted mis cartas —se limitó a decir él—. Son muy íntimas. Por respeto a Aude, jamás las publicaría, y me daba miedo que Robert Oliver lo hiciese.

—En ese caso tal vez debería destruirlas —sugerí, aunque a duras penas yo mismo podía soportar esa idea—. Es posible que un día haya algún historiador de arte que se interese demasiado por ellas.

—Lo pensaré. —Unió las manos entrelazando los dedos.

«No piense demasiado», tuve ganas de decirle.

—¡Cuánto lo siento! —Levantó la vista hacia mí—. He perdido completamente los modales. ¿Le apetece un café? ¿Un té, quizá?

—No, gracias. Es usted muy amable, pero no lo entretendré mucho más. —Me volví a sentar delante de él—. ¿Puedo pedirle otro favor sin abusar de su hospitalidad? —Titubeé—. ¿Podría ver *El rapto del cisne*?

Me miró con seriedad, como repasando cuanto habíamos dicho ya. ¿Me había dado información inexacta o inventada? Nunca lo sabría. Se acercó los afilados dedos a la barbilla.

—A Robert Oliver no se lo enseñé, y ahora me alegro de no haberlo hecho.

Esto me cogió desprevenido.

—¿No le pidió verlo?

—Creo que no sabía que lo tenía. No es muy conocido. De hecho, es una información confidencial. —Entonces levantó bruscamente la cabeza—. ¿Cómo lo ha sabido *usted*? ¿Cómo ha sabido que lo tenía?

Tendría que decirle lo que debería haber dicho antes, y temí que pudiera abrir viejas heridas.

—*Monsieur* Robinson —dije—, he querido decírselo antes, pero no me atrevía... Fui a ver a Pedro Caillet a México. Fue muy amable conmigo, igual que usted, y así es como tuve noticias de su persona. Me dio recuerdos para usted.

—¡Ah..., Pedro y sus recuerdos! —Pero sonrió casi con picardía. Aún había amistad entre estos hombres, con su rivalidad anquilosada, separada por un océano y tiempo atrás perdonada—. Así que le dijo que le vendió a Aude *El rapto del cisne*, ¿y usted le creyó?

Ahora fui yo quien lo miró fijamente.

—Sí. Eso es lo que me dijo.

—Supongo que realmente se lo cree, el pobre viejo zorro. De hecho, fue él quien intentó comprárselo a Aude. Ambos consideraban que era extraordinario. Aude lo compró del patrimonio de Armand Thomas, un galerista de París. Nunca había sido expuesto, lo cual es extraño, y tampoco ha sido expuesto desde entonces. Aude nunca se lo habría vendido a Pedro, ni a nadie, porque su madre le dijo que era lo único importante que había pintado jamás. Desconozco cómo lo consiguió Armand Thomas. —Cerró las manos sobre las cartas de su regazo—. *El rapto del cisne* fue uno de los pocos cuadros que quedaron tras el hundimiento del negocio de los Thomas; el hermano mayor de Armand, Gilbert, era un buen pintor, pero no un buen empresario. Se hace referencia a ellos en las cartas de Béatrice y Olivier, ya lo sabe. Siempre he tenido la sensación de que debieron de ser unos tipos bastante mercenarios. Desde luego no eran muy amigos de los pintores, a diferencia de Durand-Ruel. Claro que a la larga también ganaron mucho menos dinero. No tenían el gusto que tenía él.

—Sí. He visto dos cuadros de Gilbert en la Galería Nacional —dije—. Naturalmente, incluyendo a *Leda*, el que Robert atacó.

Henri Robinson asintió.

—Puede entrar a ver *El rapto del cisne*. Yo creo que me quedaré aquí. Lo veo varias veces al día. —Hizo un gesto hacia una puerta cerrada del fondo del cuarto de estar.

Fui hacia la puerta. Detrás de ésta había una pequeña habitación, aparentemente la del propio Robinson, a juzgar por los frascos de medicinas encima del escritorio y mesilla de noche. La cama de matrimonio tenía una colcha de damasco verde. De la única ventana que había colgaban unas cortinas a juego, y de nuevo había estantes de libros. Aquí la luz del sol era débil, y encendí la luz sintiendo la mirada fija de Henri, pero no quise cerrar la puerta entre ambos. Al principio pensé que sobre el cabecero de la cama había un ventana con vistas a un jardín, y acto seguido me pareció que era un cuadro de un cisne lo que había allí. Pero enseguida comprendí que era un espejo, colgado para reflejar el único cuadro de la habitación, que estaba en la pared de enfrente.

En este punto tengo que parar para recobrar el aliento. No es fácil hablar de *El rapto del cisne*. Yo había esperado que fuese bello; no había contado con que hubiera maldad en él. Era un lienzo más bien grande, de aproximadamente un metro treinta por un metro, pintado con la alegre paleta de los impresionistas. Mostraba a dos hombres con ropa de tejido basto y pelo castaño, uno con los labios curiosamente rojos. Avanzaban con sigilo hacia el espectador y hacia el cisne que, alarmado, se disponía a alzar el vuelo entre los juncos. Una inversión, pensé, del temor de Leda: ahora el cisne era la víctima, no el vencedor. Béatrice había pintado el ave con pinceladas presurosas e intensas que hacían que las mismísimas puntas de sus alas parecieran reales; era una imagen borrosa en la que el cisne se apresuraba a salir de su nido, una insinuación de hojas de nenúfar y agua gris debajo, una curva de un pecho blanco, el gris alrededor de un inmóvil ojo oscuro, el pánico del vuelo frustrado, el agua agitada debajo de un pie amarillo y negro. Los raptores ya estaban demasiado cerca, y las manos del hombre más corpulento se disponían a envolver el cuello estirado del cisne; el hombre más bajo parecía preparado para abalanzarse sobre el cuerpo del animal.

El contraste entre la elegancia del cisne y la rudeza de los dos hombres era claramente palpable a través del rápido manejo del pincel. Yo había analizado con anterioridad el rostro del hombre corpulento, en la Galería Nacional; era el rostro de un marchante de arte contando monedas, ahora excesivamente impaciente, concentrado en su presa. Si éste era Gilbert Thomas, era evidente que el otro hombre tenía que ser su hermano. Raras veces había visto semejante destreza en un cuadro, ni semejante desesperación. Quizá Béatrice se hubiese dado a sí misma treinta minutos, quizá treinta días. Le había dado muchas vueltas a esta imagen y luego la había plasmado con rapidez y pasión. Y después de eso, si Henri estaba en lo cierto, había dejado el pincel y no lo había vuelto a coger nunca más.

Debí de quedarme ahí plantado un buen rato, con la mirada fija, porque sentí que un repentino cansancio se apoderaba de mí; la desesperación que produce imaginarse otras vidas. Esta mujer había pintado un cisne, que había significado algo para ella, y ninguno de nosotros sabríamos jamás el qué. Tampoco importaba lo que había detrás de la vehemencia de esta obra. Béatrice ya no estaba y nosotros estábamos aquí, y algún día también desapareceríamos todos, pero ella había dejado un cuadro.

Entonces pensé en Robert. Nunca había estado delante de esta imagen intentando desentrañar su intenso sufrimiento. ¿O sí? ¿Cuánto tiempo se había ausentado el anciano e independiente Henri Robinson? Hasta el momento yo había visto un baño nada más, cerca de la entrada del apartamento, y aquí, dentro de la habitación, no había ninguno; el apartamento era viejo y extraño. ¿Habría Robert dejado de abrir una puerta cerrada? No... seguro que había visto *El rapto del cisne*; ¿por qué iba si no a regresar a Washington furioso, furia que poco después se desbordaría en la Galería Nacional? Pensé en el retrato de Béatrice que había hecho en Greenhill, en la sonrisa de ésta, en su mano sujetando una túnica de seda sobre su pecho. Robert había querido verla feliz. En *El rapto del cisne* abundaba la amenaza y la sensación de acorralamiento; y tal vez también la venganza. Es probable que Robert entendiera el sufrimiento de Béatrice de un modo que yo, gracias a Dios, jamás podría entender. Él no había necesitado contemplar este cuadro para entenderlo.

Entonces me acordé de Robinson, clavado en su sillón, y regresé al salón. Sabía que nunca más volvería a ver *El rapto del cisne*. Le había dedicado cinco minutos y había cambiado mi forma de ver el mundo.

—¡Ah..., está usted impresionado! —Hizo un gesto amplio con las manos: de aprobación.

—Sí.

—¿Cree que es la mejor obra de Béatrice?

—Eso lo sabrá usted mejor que yo.

—Ahora estoy cansado —anunció Henri; lo mismo que Caillet nos había dicho a Mary y a mí, recordé de pronto—. Pero me gustaría que viniese otra vez mañana, después de haber visto mi colección del Maintenon. Entonces podrá decirme si me he quedado con el mejor cuadro.

Me acerqué rápidamente a recibir su mano extendida.

—Lamento haberme quedado tanto rato. Será un honor volver a venir. ¿A qué hora vengo mañana?

—Duermo la siesta a las tres. Venga por la mañana.

—No sabe cuánto se lo agradezco.

Nos dimos la mano y él sonrió, revelando de nuevo esos dientes artificialmente perfectos.

—He disfrutado con nuestra charla; después de todo, tal vez decida perdonar a Robert Oliver.

99

Marlow

El Museo de Maintenon estaba en Passy, cerca del Bois de Boulogne y quizá cerca de la casa familiar de Béatrice de Clerval, aunque no tenía ni idea de cómo dar con ella y había olvidado preguntárselo a Henri. De todas formas, lo más probable es que no la hubiesen convertido en un museo; dudaba que su fugaz carrera le hubiera valido una placa. Cogí el metro y luego caminé unas cuantas manzanas, atravesando un parque lleno de niños con abrigos de alegres colores que se apiñaban en los columpios y estructuras de madera para trepar. El museo en sí era un edificio del siglo XIX alto y de color crema con techos de escayola profusamente decorados. Di una vuelta por el primer piso y recorrí una galería con obras de Manet, Renoir y Degas, algunas de las cuales había visto con anterioridad, luego entré a una sala más pequeña que albergaba la donación de Robinson, cuadros pintados por Béatrice de Clerval.

Fue más prolífica de lo que me había supuesto, y empezó a pintar de jovencita; la primera obra de la colección lo pintó a los dieciocho años, cuando todavía vivía en casa de sus padres y estudiaba con Georges Lamelle. Era un esfuerzo lleno de entusiasmo, aunque carecía de la técnica de su cuadros posteriores. Pintó con ahínco; con tanto afán, a su modo, como Robert Oliver se había afanado en su obsesión. Me la había imaginado como esposa, como joven ama de casa, e incluso como amante; pero había olvidado la pintora tenaz que debía de haber sido a diario para poder concluir todos esos cuadros y mejorar la técnica año tras año. Había retratos de su hermana, algunas veces con un bebé en los brazos, y había flores maravillosas, quizá del jardín mismo de Béatrice. Había pequeños bocetos al carbón, y un par de acuarelas de jardines y de la costa. Había un alegre retrato de Yves Vignot recién casado.

Me alejé con desgana. Las paredes del tercer piso del Museo de Maintenon estaban forradas con enormes lienzos de Monet de la localidad de Giverny, principalmente de nenúfares, la mayoría de ellos pertenecientes a la última etapa de su carrera y ejecutados casi de forma abstracta. Hasta entonces no me había dado cuenta de la cantidad de nenúfares que realmente había conseguido pintar; acres de nenúfares, esparcidos ahora por todo París. Compré un puñado de postales, algunas de ellas regalos para las paredes del estudio de Mary, y salí del museo para pasear por el Bois de Boulogne. Una lancha con toldo se acercó a la orilla de un pequeño lago que había allí, como si hubiese venido expresamente para llevarme hasta el otro lado; navegaba hasta una isla en la que había una magnífica casa. Pagué y me subí a la lancha, seguido de una familia francesa con dos niños pequeños, todos vestidos para una ocasión especial. La niña me echó una mirada furtiva y me devolvió la sonrisa antes de ocultar el rostro en el regazo de su madre.

Resultó que la casa era un restaurante con mesas fuera a la sombra, glicinas en flor y precios de infarto. Me tomé un café y una pasta, y dejé que el sol reflejado en el agua me serenara. Me di cuenta de que no había cisnes, aunque en la época de Béatrice seguramente habría. Visualicé a Béatrice y a Olivier junto al agua con sus caballetes, las prudentes orientaciones de él, los intentos de ella por captar el cisne alzando el vuelo entre los juncos. ¿Alzando el vuelo o aterrizando? ¿Había recreado en mi imaginación las conversaciones entre ambos con demasiada libertad?

Pese a haber descansado en la isla, cuando llegué a la Gare de Lyon estaba exhausto. El bistró próximo al hotel estaba abierto, y por lo visto el camarero ya me consideraba un viejo amigo, echando por tierra el mito de que todos los parisinos tratan mal a los extranjeros. Me sonrió como si entendiera el día que había tenido y lo desesperadamente que necesitaba una copa de vino tino; al marcharme, me sonrió de nuevo, sostuvo la puerta para dejarme pasar y correspondió a mi «*au revoir, monsieur*» como si llevase años cenando allí.

Tenía pensado encontrar un sitio para llamar a Mary con mi nueva tarjeta de teléfono, pero al volver al hotel me desplomé en la cama y me dormí como un tronco, sin pretender leer primero. Henri y Béatrice fueron los protagonistas de mi sueño; me desperté con un sobresalto que guardaba cierta relación con el rostro de Aude de Clerval. Robert estaba a la espera, y supuestamente tenía que llamarle a él, no a Mary. Me desperté y me dormí, y dormí más de la cuenta.

100

Junio de 1892, es temprano por la mañana y las dos personas que esperan en el andén de un tren provincial tienen el aspecto despabilado y alerta de los viajeros que llevan levantados desde el amanecer, van perfectamente vestidas y se mantienen al margen del bullicio de la aldea. La más alta es una mujer que está en la flor de la vida, la otra una chica de once o doce años que carga una cesta en un brazo. La mujer viste de negro y lleva el sombrero negro firmemente atado debajo del mentón. El velo le hace ver el mundo tiznado, y ansía levantarlo para volverse a llenar de los colores de la estación ocre y el campo que hay al otro lado de la vía, con la hierba verde y dorada y las primeras amapolas del verano, que ve de color cadmio incluso tras la penumbra de su retículo. Pero sigue sujetando su bolso con firmeza, con el velo sobre su rostro. Su aldea es estrictamente conservadora, al menos para las mujeres, y ella es una dama entre aldeanos.

Se vuelve hacia su acompañante.

—¿No querías traer nuestro libro? —Las últimas noches han estado leyendo una traducción de *Grandes esperanzas*.

—*Non, maman.* Es que tengo que acabar mi labor.

La mujer alarga una mano enfundada en un delicado encaje negro para acariciar la mejilla de la niña, allí donde se curva hacia una boca parecida a la suya propia.

—Después de todo, ¿la tendrás lista para el cumpleaños de papá?

—Si me sale bien, sí. —La chica echa un vistazo al interior de su cesta, como si su proyecto estuviera vivo y necesitara atención constante.

—Saldrá bien. —Durante unos instantes a la mujer la inunda la sensación de que el tiempo se esfuma, lo que ha hecho que esta flor, su preciosidad, crezca y tenga voz propia de la noche a la mañana. Aún puede sentir las piernecitas robustas de su hija estirándose contra su regazo. Los recuerdos se pueden evocar de un momento para otro, y ella los evoca a menudo: el placer y el dolor se mezclan. Pero por nada del mundo lamenta haber llegado hasta aquí; es una mujer que tiene el corazón solo, que ha pasado los cuarenta, una mujer con un marido que la adora y la espera en París, una mujer madura y sumida en el duelo. Este pasado año han perdido al ciego bondadoso al que ella quería como a un padre. Ahora, además, hay otro motivo de tristeza.

Pero, asimismo, siente que la vida sigue el curso lógico: una hija que crece, una muerte que trae alivio así como dolor, la modista, que le está cosiendo algo un poco más moderno que lo que llevó cuando murió su madre hace años (las faldas han vuelto a cambiar desde entonces). La niña tiene todo esto por delante, con la labor en su cesta, sus sueños de cumpleaños, su amor por su padre, que supera el que siente por cualquier otro hombre. Béatrice no ha vestido a su hija de riguroso negro; por el contrario, la niña lleva un vestido blanco con el cuello y los puños grises, y una cinta negra alrededor de su bonita cintura todavía delgada, pero que pronto tendrá curvas. Coge la mano de la niña y la besa a través del velo; ambas se sorprenden.

El tren a París raras veces se retrasa; esta mañana viene un poco antes, un rugido lejano interrumpe el beso y las dos se disponen a esperar. La niña siempre se imagina que el tren choca contra la propia aldea, destruyendo casas, amontonando viejas piedras y levantando nubes de polvo, volcando gallineros y destrozando los puestos del mercado: un mundo *bouleversé*, como una de las ilustraciones de su libro de canciones infantiles, en la que aparecen unas ancianas recogiéndose el delantal y huyendo despavoridas con sus zuecos de madera, que parecen una extensión de sus enormes pies. Un desastre cómico, y entonces el polvo se asienta y en un instante todo vuelve a la normalidad mientras gente como *maman* sube discretamente al tren. *Maman* lo hace todo discretamente, con dignidad: lee discretamente para sí, te gira la cabeza discretamente un poco más a la derecha cuando te sientas para que te trence el pelo, te acaricia la mejilla discretamente.

Maman tiene también reacciones inesperadas que Aude reconoce en sí misma, pero no tiene modo de saber aún que son instantes de la juventud que jamás nos abandonan; el inesperado beso de una mano, el abrazo alegre de la cabeza y el sombrero de papá, sentado en el banco del jardín leyendo su periódico. *Maman* está guapa hasta vestida de luto, como lo están ahora por el abuelo de Aude y no hace mucho por la muerte del tío de papá en la lejana Algeria, adonde éste se fue a vivir hace años. O la sorprende de pie junto a la ventana trasera viendo cómo la lluvia cae sobre el prado, y detecta la extraña tristeza que hay en sus ojos. Su casa de la aldea es la última de todas, de modo que desde el jardín puedes acceder directamente al campo; más allá de los prados empieza un bosque más oscuro al que Aude no puede ir, salvo con su padre o su madre.

En el tren, en cuanto el revisor ha guardado su equipaje, Aude se acomoda imitando a su madre. Pero la calma le dura poco; al cabo de un momento se vuelve a levantar de un salto para ver por la ventanilla a un par de caballos guiados por su cochero favorito, Pierre le Triste, quien a diario viene con paquetes, repartos de las pequeñas tiendas del centro de la aldea, en ocasiones para la propia *maman*. Después de todos estos años lo conocen bien; papá compró su casa en la aldea el año en que Aude nació, la fecha perfecta y redonda de 1880. Aude no recuerda una época anterior a esta aldea, justo a medio camino entre Louveciennes y Marly-le-Roi y que el tren cruza tres veces por semana exhalando vapor, una época anterior a las estancias cortas y los largos veranos aquí con su madre y a veces también con su padre. Pierre se ha apeado y parece estar discutiendo con el revisor de fuera acerca de un paquete y una carta; decora su rostro una sonrisa, es la desbordante alegría que le ha hecho acreedor de su apodo cariñosamente irónico. Por la ventanilla Aude puede oír su voz, pero no entiende las palabras.

—¿Qué ocurre, cariño? —Su madre se está quitando los guantes y la capa, colocando su bolso, la cesta de Aude y su pequeño refrigerio.

—Es Pierre. —El revisor la localiza y la saluda con la mano, y Pierre saluda a su vez y se aproxima al tren, indicándole a Aude con sus grandes brazos que baje la ventanilla y coja un paquete y una carta. Su madre se levanta para recibirlos y le entrega el paquete a Aude, asintiendo para hacerle saber que puede abrirlo ahora mismo. Lo ha enviado papá desde París, un regalo tardío pero bienvenido; esta noche lo verán, pero le ha enviado a Aude un pequeño chal de color marfil con margaritas en las esquinas. Ella lo dobla satisfecha y se cubre con éste el regazo. *Maman* se ha sacado una horquilla azabache del pelo y está abriendo su carta, que también es de papá, aunque de su interior cae otro sobre, uno con sellos desconocidos y una letra temblorosa que Aude no ha visto nunca con anterioridad. *Maman* la coge rápidamente y la abre con un cuidado trémulo; parece haberse olvidado del chal nuevo. Desdobla la única hoja que hay, la lee y la vuelve a doblar, la desdobla y la lee, de nuevo la introduce lentamente en el sobre y la deja descansar encima de la seda negra de su regazo. Se reclina, se baja el velo; pero Aude la ve cerrar los ojos, ve que las comisuras de su boca descienden y tiemblan como hace la boca cuando uno decide no llorar. Aude baja la mirada, y acaricia el chal y sus margaritas; ¿qué puede haber hecho que *maman* se sienta así? ¿Debería intentar consolarla, decir algo?

Maman está quieta, y Aude mira por la ventanilla en busca de respuestas, pero únicamente está Pierre con sus botas y enorme chaqueta, descargando una caja de vino, que un muchacho se lleva en una carretilla. El revisor se despide de Pierre con la mano y el silbato del tren suena una y dos veces. Nada malo ha ocurrido en la aldea, que ha cobrado vida por doquier.

—¿*Maman*? —intenta Aude con un hilo de voz.

Los ojos oscuros que se ocultan tras el velo se abren, brillantes por las lágrimas, tal como Aude se temía.

—¿Sí, mi amor?

—¿Algo va… te han dado una mala noticia?

Maman la mira largo rato, y luego dice con la voz un tanto temblorosa:

—No, no hay nada nuevo. Es sólo una carta de un viejo amigo que ha tardado mucho en llegarme.

—¿Es de tío Olivier?

Maman coge aire, a continuación lo suelta.

—¿Por qué? Sí, lo es. ¿Cómo lo has adivinado, cariño?

—¡Oh! Porque ha muerto, supongo, y eso es muy triste.

—Sí, muy triste. —*Maman* entrelaza las manos encima del sobre.

—¿Y te escribía para hablarte de Algeria y el desierto?

—Sí —afirma ella.

—Pero ¿ha llegado demasiado tarde?

—En realidad, nunca es demasiado tarde —dice *maman*, pero se le enredan las palabras con un sollozo. Esto es preocupante; Aude desearía que el viaje hubiese terminado y que papá estuviese allí con ellas. Nunca ha visto llorar a *maman*. Sonríe más que casi todas las personas que conoce, exceptuando a Pierre le Triste. Especialmente cuando mira a Aude.

—¿Lo queríais mucho papá y tú?

—Sí, mucho. Igual que tu abuelo.

—¡Ojalá lo recordara!

—A mí también me gustaría que lo recordaras. —Ahora *maman* parece que se ha serenado; da unas palmaditas en el asiento de al lado y Aude se le acerca con gratitud, trayendo su nuevo chal consigo.

—¿Habría querido yo también a tío Olivier?

—¡Oh, sí! —exclama *maman*—. Y él te habría querido a ti. Creo que eres igual que él.

A Aude le encanta parecerse a otras personas.

—¿En qué sentido?

—¡Oh! Estás llena de vitalidad y curiosidad, eres hábil con las manos. —*Maman* permanece unos segundos callada; mira a Aude de esa forma que la niña agradece y rechaza a la vez, con esa mirada fija, muy fija, de una oscuridad insondable. Entonces habla—. Tienes sus ojos, mi amor.

—¿Sí?

—Él era pintor.

—Como tú. ¿Tan bueno como lo eras tú?

—¡Oh, mucho mejor! —contesta ella mientras acaricia la carta—. Tenía más experiencia vital que añadir a sus cuadros, lo cual es muy importante, aunque en aquel entonces yo no sabía eso.

—¿Guardarás su carta? —Aude sabe que es mejor no pedirle que se la enseñe, aunque le encantaría leer cosas sobre el desierto.

—Tal vez. Con el resto de cartas. Con todas las cartas que he podido ir guardando. Algunas serán tuyas cuando seas viejecita.

—¿Cómo las conseguiré entonces?

Maman se levanta el velo y sonríe, y acaricia la mejilla de Aude con sus dedos desenguantados.

—Yo misma te las daré. O me aseguraré de decirte dónde encontrarlas.

—¿Te gusta el chal que me ha regalado papá? —Aude lo extiende sobre su falda de muselina blanca y la gruesa seda negra de *maman*.

—Mucho —dice *maman*. Alisa el chal de tal modo que cubre su carta y sus grandes y extraños sellos—. Y las margaritas son casi tan bonitas como las que tú coses. Pero no tanto, porque las tuyas siempre parecen vivas.

101

Marlow

A mi regreso a su cuarto de estar, Robinson me recibió cordialmente. No intentó levantarse, pero con sus pantalones de franela gris, un jersey de cuello alto negro y una chaqueta azul marino su aspecto era impecable, como si nos fuéramos a ir a comer fuera en lugar de tener previsto sentarnos en su salón sin movernos. Pude oír el ruido de cazuelas en la cocina, en la que Yvonne se había refugiado, y olí a cebollas y mantequilla derretida. Para mi satisfacción, enseguida me hizo prometerle que me quedaría a comer. Le referí mi visita al Museo de Maintenon. Quiso que intentara recitar el nombre de cada uno de los lienzos que él había donado al museo.

—No está mal acompañada nuestra Béatrice —dijo sonriente.

—No… están Monet, Renoir, Vuillard, Pissarro…

—El siglo que viene se revalorizará.

Me costaba siquiera pensar en un siglo nuevo, aquí, en este apartamento que tenía los mismos libros y cuadros desde hacía quizá cincuenta años y donde hasta las plantas parecían llevar vivas tanto como Mary.

—París lo celebró por todo lo alto, ¿verdad? ¿El cambio de milenio?

Él sonrió.

—Verá, Aude recordaba la nochevieja de 1900. Tenía casi veinte años. —Y el propio Robinson no había nacido todavía. Se había perdido el siglo en el que Aude había vivido su infancia.

—Si no es ninguna molestia, ¿podría preguntarle una cosa más? A lo mejor me sería útil para tratar a Robert, eso suponiendo que esté usted dispuesto a ser tan generoso.

Él se encogió de hombros sin oponerse; era la conformidad renuente propia de un caballero.

—Me pregunto cuáles cree usted que son las razones por las que Béatrice de Clerval dejó de pintar. Robert Oliver es muy inteligente y debe de haber dado muchas vueltas a esto. Pero ¿tiene usted sus propias teorías?

—Yo no me ando con teorías, doctor. Viví con Aude de Clerval. No tenía secretos para mí. —Se enderezó un poco—. Era una gran mujer, como su madre, y este asunto la preocupaba. Como psiquiatra, entenderá que ella debía de sentir que la carrera de su madre se había visto interrumpida por su culpa. No todas las mujeres lo dejan todo por un hijo, pero Aude sabía que su madre lo había hecho y cargó con eso durante toda su vida. Como le dije, la propia Aude intentó pintar y dibujar, pero no tenía talento para ello. Y nunca escribió nada personal sobre su madre ni sobre su propia vida; era una periodista disciplinada, muy profesional y muy valiente. Durante la guerra, estuvo en París cubriendo la información de la Resistencia… aunque eso es harina de otro costal. Pero algunas veces me hablaba de su madre.

Esperé en un silencio tan profundo como cualquiera de los que había vivido con Robert. Al fin, el anciano volvió a hablar.

—Esto es un misterio… que haya venido usted aquí y Robert antes de usted. No estoy acostumbrado a hablar con desconocidos. Pero le contaré algo que no le he dicho a nadie, menos aún a Robert Oliver. Cuando Aude se estaba muriendo, me dio este fajo de cartas que usted ha tenido la amabilidad de devolverme. Junto con éste había una nota para ella de su madre. Aude me pidió que leyese la nota y luego la quemara, lo cual hice. Y me confió el resto de cartas. Nunca me había enseñado estas cosas y entenderá usted que me doliera que no lo hubiera hecho, porque yo había pensado que lo compartíamos todo. En la nota su madre decía dos cosas. La primera era que la quería, que quería a Aude más que a nada en el mundo porque era el fruto de su gran amor. Y la segunda, que le había dejado una prueba de ese amor a su criada, Esmé.

—Sí… recuerdo haber visto ese nombre en las cartas.

—¿Ha leído usted las cartas?

Di un respingo. Entonces comprendí que Robinson había hablado en serio cuando dijo que en ocasiones olvidaba las cosas.

—Sí… tal como le dije, me pareció oportuno leerlas por el bien de mi paciente.

—¡Ah…! Bueno, ahora ya no importa. —Con sus afilados dedos tamborileó sobre el brazo de su sillón; me pareció ver una zona desgastada debajo los mismos.

—¿Dice que Béatrice le dejó algo a Esmé?

—Supongo que sí; pero, verá, Esmé murió poco después de Béatrice. De pronto, contrajo una enfermedad y tal vez simplemente no consiguió darle a Aude lo que sea que fuera de parte de su madre. Aude siempre aseguró que Esmé había muerto de pena.

—Béatrice debía de ser una mujer bondadosa.

—Si en algo se parecía a su hija era en su distinguido porte. —Se le estaba entristeciendo el rostro.

—¿Y Aude nunca supo en qué consistía esta prueba de amor?

—No, nunca lo supimos. Aude ansiaba saberlo. Busqué información sobre Esmé y descubrí en unos archivos municipales que su nombre completo era Esmé Renard, y que nació en 1859, creo. Pero no logré encontrar nada más. Los padres de Aude se compraron una casa en la aldea de la que Esmé era oriunda, pero fue vendida a la muerte de Yves. Ni siquiera recuerdo el nombre de la aldea.

—Entonces nació ocho años después que Béatrice —apunté.

Robinson se removió en su sillón y puso una mano a modo de visera sobre los ojos como para verme con más claridad.

—Sabe usted muchas cosas de Béatrice —me dijo con asombro en la voz—. ¿La ama usted también, como Robert Oliver?

—Tengo buena memoria para los números. —Estaba empezando a pensar que debería dejar al anciano antes de que se volviese a cansar.

—En cualquier caso, no encontré nada. Justo antes de morir, Aude me dijo que su madre había sido la persona más adorable del mundo, aparte de... —Se le hizo un nudo en la garganta, carraspeó—, aparte de mí. Así que quizá no necesitara saber más.

—Seguro que no —dije para consolarlo.

—¿Le gustaría ver su retrato? ¿El de Béatrice?

—Sí, cómo no. He visto la obra de Olivier Vignot en el Museo Metropolitano de Arte.

—Es un buen retrato. Pero yo tengo una fotografía, lo cual es insólito. Aude decía que a su madre no le gustaba que la fotografiaran; jamás habría dejado que nadie la publicara. La tengo guardada en mi álbum. —Se apoyó en las manos para levantarse muy lentamente, antes de que yo pudiera protestar, y cogió un bastón que había junto al sillón. Le ofrecí mi brazo; él lo aceptó a regañadientes y atravesamos la habitación en dirección a la librería, donde señaló con su bastón. Extraje el grueso álbum de cuero que me había indicado (gastado en algunas zonas, pero todavía repujado en dorado con un rectángulo en la cubierta). Lo abrí en una mesa cercana. En su interior había fotos familiares de diversas épocas, y sentí deseos de pedirle si podía verlas todas: niñas pequeñas que miraban directamente al frente con vestidos de volantes, novias del siglo XIX que parecían pavos reales blancos, caballerosos hermanos o amigos con sombreros de copa y levitas, que se rodeaban unos a otros los hombros con las manos. Me pregunté si Yves estaría entre ellos, quizá fuera ese hombre de barba oscura, hombros anchos y la sonrisa, u Aude, una niña pequeña con vestido de falda voluminosa y botas abrochadas. Aun cuando estuvieran allí, o aunque cualquiera de ellos fuese el propio Olivier Vignot, Henri Robinson estaba saltándose las hojas concentrado en su misión, y yo no me atreví a interrumpir su mente ni sus manos frágiles. Al fin se detuvo.

—Ésta es Béatrice —declaró.

La habría reconocido en cualquier parte; aun así, resultaba escalofriante ver su cara real. Estaba de pie, sola, con una mano sobre un pedestal de estudio y la otra sujetándose la falda; era una postura de lo más rígida y, sin embargo, su figura estaba llena de energía. Conocía esos ojos intensamente oscuros, la forma de su mandíbula, el cuello esbelto, el abundante pelo rizado recogido desde la orejas. Llevaba un vestido largo y oscuro con una especie de chal que envolvía sus hombros. Las mangas del vestido eran amplias en la parte superior y se estrechaban en las muñecas; su cintura era estrecha y estaba ceñida, y la orilla de la falda estaba ribeteada con un amplio galón de un color más claro y estampado ingeniosamente geométrico. La dama que vestía a la última moda, pensé: una artista del vestir, aunque no de la pintura.

La foto estaba profesionalmente fechada en 1895, y llevaba el nombre y dirección de un estudio de fotografía de París. Algo indistinto tiró de mis pensamientos, un recuerdo, una figura procedente de algún otro lugar, una melancolía de la que no lograba desembarazarme. Durante un buen rato pensé que mi memoria no estaba mucho mejor que la de Henri Robinson; que estaba mucho peor, de hecho. Entonces me volví a él:

—*Monsieur*, ¿tiene un libro con las obras de...? —¿Qué era? ¿De dónde era?—. Estoy buscando un cuadro, mejor dicho, un libro con los cuadros pintados por Sisley, si es que por casualidad tiene uno.

—¿Sisley? —Robinson arqueó las cejas como si le hubiese pedido una bebida que no tenía a mano—. Supongo que algo tendré. Debería estar en esa sección. —Levantó de nuevo el bastón en el aire, apoyándose en mi brazo para mantener el equilibrio—. Esos son impresionistas, empiezan con los seis artistas originales.

Fui hasta sus estanterías y comencé a mirar, lentamente, sin encontrar nada. Había un libro de paisajes impresionistas y en el índice de éste aparecía Sisley, pero no era lo que yo buscaba. Finalmente, di con un volumen de paisajes invernales.

—Ése es nuevo. —Henri Robinson lo estaba mirando con sorprendente acritud—. Me lo regaló Robert Oliver cuando vino por segunda vez.

Cogí el libro; era un regalo caro.

—¿Le enseñó usted la fotografía de Béatrice?

Robinson reflexionó unos instantes.

—No creo. Lo recordaría. Además, de haberla visto, puede que Robert Oliver también la hubiese robado.

Tuve que reconocer que era una posibilidad. Para mi alivio, el cuadro de Sisley estaba ahí tal como lo recordaba de la Galería Nacional: una mujer que se aleja por un camino de una aldea flanqueado por altos muros, la nieve bajo sus pies, las sobrecogedoras y oscuras ramas de los árboles, un atardecer de invierno. Incluso reproducida, era una obra asombrosa. El vestido de la mujer, que se balanceaba a su alrededor mientras andaba, la sensación de urgencia que transmitía su figura, la capa oscura y corta, el inusual galón azul que rodeaba la orilla de su falda. Levanté el libro hacia Henri Robinson.

—¿Le resulta esto familiar?

Examinó la imagen durante largos segundos, y luego movió la cabeza.

—¿En serio cree que hay una conexión?

Llevé el libro hasta la mesa y puse una fotografía al lado de la otra. Sin duda, la falda era la misma.

—¿Este vestido podría haber sido un modelo corriente?

Henri Robinson me asía con fuerza del brazo, y de nuevo pensé en mi padre.

—No creo que eso sea posible. En aquella época, las damas se hacían confeccionar especialmente los vestidos por costureras.

Leí la leyenda que había debajo del cuadro. Alfred Sisley lo había pintado cuatro años antes de su muerte, en Grémière, justo al oeste de su propia aldea, Moret-sur-Loing.

—¿Le importa que me siente a pensar un momento? —pregunté—. ¿Me permitiría ver sus cartas nada más un minuto?

Henri Robinson me dejó ayudarle a regresar a su sillón y me dio las cartas más reacio. No, no sabía leer esa caligrafía en francés lo bastante bien. Al volver a la habitación del hotel, tendría que repasar mis copias traducidas por Zoe. Deseé haberlas traído, habría sido lo más lógico. Estaba convencido de que a estas alturas, Mary ya habría desentrañado esto con su alegre e irreverente: «Caso resuelto, Sherlock». Se las devolví frustrado.

—*Monsieur*, me gustaría telefonearle esta noche. ¿Puedo? Estoy dándole vueltas al posible significado de esta conexión entre la fotografía y el cuadro de Sisley.

—Yo también pensaré en ello —repuso amablemente—. Dudo que pueda significar gran cosa, aun cuando el vestido sea similar, y cuando tenga usted mis años verá que, en el fondo, no importa. Ahora comamos, Yvonne nos está esperando.

Nos sentamos el uno frente al otro a una mesa de comedor reluciente que había tras otra puerta verde cerrada. Las paredes de esa habitación también estaban revestidas de cuadros y fotografías enmarcadas del París del período de entreguerras, eran unas imágenes límpidas y desgarradoras: el río, la Torre Eiffel, gente vestida con abrigos oscuros y sombreros, una ciudad que yo jamás conocería. El estofado de pollo con cebollas estaba delicioso; Yvonne entró a preguntar qué tal estaba la comida y se quedó a beber medio vaso de vino con nosotros mientras se enjugaba la frente con el dorso de una mano.

Después de comer, Henri parecía tan cansado que me di por aludido y me dispuse a marcharme, recordándole que le llamaría.

—Pero tiene que pasar a despedirse —me dijo. Le ayudé a llegar a su sillón y me senté con él unos instantes más. Cuando me levantaba para irme, él intentó volverse a poner de pie, pero se lo impedí y le di, en cambio, la mano. De pronto, pareció quedarse dormido. Me levanté sigilosamente.

Al llegar a la puerta de su cuarto de estar, me llamó:

—¿Le he dicho que Aude era la hija de Zeus? —Le brillaban los ojos, el joven que había en él se había asomado al anciano y aturdido rostro. Debería haber sabido, dije para mis adentros, que sería él quien me diría en voz alta lo que yo llevaba tanto tiempo pensando.

—Sí. Gracias, *monsieur*.

Cuando lo dejé tenía el mentón hundido en las manos.

102

Marlow

En la estrecha habitación del hotel, me tumbé con la traducción de Zoe y localicé el pasaje:

> *Yo misma estoy un tanto cansada hoy y no puedo centrarme en nada, salvo en escribir cartas, si bien ayer pinté bien porque he encontrado a una nueva modelo, Esmé, otra de mis doncellas; en cierta ocasión, cuando le pregunté si conocía su amado Louveciennes, ésta me dijo tímidamente que el suyo es justo el pueblo de al lado, llamado Grémière. Yves dice que no debería atormentar a los criados haciéndolos posar para mí, pero ¿en qué otro sitio podría dar con una modelo tan paciente?*

En la tienda contigua al hotel pude comprar una tarjeta de teléfono por veinte dólares, que equivalía a muchísimo tiempo de conversación con los Estados Unidos, y un mapa de carreteras de Francia. Me había fijado en que en la Gare de Lyon, cruzando la calle, había varias cabinas telefónicas, y me acerqué hasta allí paseando con la carpeta de cartas en mi mano, sintiendo que se cernía sobre mí ese grandioso edificio, las esculturas de cuyo exterior había corroído la lluvia ácida. Por unos instantes deseé poder entrar y subirme a un tren de vapor, oírlo silbando y resollando, alejarme de la estación y adentrarme en algún mundo que Béatrice hubiese reconocido. Pero tan sólo había tres elegantes y futuristas trenes de alta velocidad estacionados casi al final de la vía, y el interior reverberaba con los ininteligibles anuncios de las salidas.

Me senté en el primer banco vacío que encontré y abrí mi mapa. Siguiendo el Sena y las huellas de los impresionistas, Louveciennes estaba al oeste de París; había visto varios paisajes de Louveciennes en el Museo de Orsay el día de mi llegada, incluido uno del propio Sisley. Encontré Moret-sur-Loing, donde éste había muerto. En un punto cercano estaba Grémière. Me encerré en una de las cabinas telefónicas y llamé a Mary. En casa era por la tarde, pero a estas horas ella ya habría vuelto, estaría pintando o preparándose para su clase vespertina. Para mi alivio, descolgó tras el segundo tono.

—¿Andrew? ¿Estás bien?

—¡Por supuesto! Estoy en la Gare de Lyon. Es una maravilla. —Desde donde estaba, podía levantar la vista y ver a través del cristal los frescos del techo de Le Train Bleu, otrora el Buffet de la Gare de Lyon, el restaurante de estación más famoso de la época de Béatrice, o al menos de la de Aude. Después de un siglo aún servía cenas. Deseé con todas mis fuerzas que Mary estuviera conmigo.

—Sabía que llamarías.

—¿Cómo estás?

—¡Oh, estaba pintando! —dijo ella—. Acuarelas. Ahora mismo mi bodegón me aburre. Deberíamos salir de excursión a pintar cuando vuelvas.

—¡Claro! Organízalo tú.

—¿Va todo bien?

—Sí, aunque te llamo porque tengo un problema. No un problema material, exactamente, sino más bien un rompecabezas digno de Holmes.

—Entonces puedo ser tu Watson —repuso ella riéndose.

—No, tú eres mi Holmes. Pasa lo siguiente: Alfred Sisley pintó un paisaje en 1895. En él aparece una mujer que se aleja por un camino, lleva un vestido oscuro con un diseño especial alrededor del bajo, una especie de dibujo geométrico griego. Lo vi en la Galería Nacional, así que quizá sepas cuál es.

—No lo recuerdo.

—Creo que esa mujer lleva el vestido de Béatrice de Clerval.

—¿Qué? ¿Cómo diablos sabes eso?

—Porque Henri Robinson tiene una foto suya con ese vestido. Por cierto que Robinson es fantástico. Y tenías razón sobre las cartas. Robert las consiguió en Francia. Lamento mucho decir que se las robó a Henri.

Ella permaneció unos instantes callada.

—¿Y se las has devuelto?

—Naturalmente. Henri está encantado de haberlas recuperado.

Yo pensaba que ella estaría dándole vueltas al tema de Robert y los delitos que iba acumulando, pero entonces dijo:

—Aunque estés seguro de que es el mismo vestido, ¿qué más da? Quizá se conocieran y ella posara para él.

—La aldea donde la pintó se llama Grémière, que era de donde procedía su doncella. Henri me ha contado que en su lecho de muerte, Aude, la hija de Béatrice, le dijo a Henri, ¿me sigues?, que Béatrice le había dado a su doncella algo importante, alguna prueba de su amor por su hija. Aude nunca logró averiguar qué era.

—¿Quieres que vaya a Grémière contigo?

—¡Ojalá pudieras! ¿Es eso lo que debería hacer?

—Sin más pistas, no sé qué podrás encontrar en un pueblo después de tanto tiempo. Quizás alguno de ellos esté enterrado allí.

—Posiblemente Esmé… no lo sé. Supongo que los Vignot fueron enterrados en París.

—Sí.

—¿Estoy haciendo esto por Robert? —Quería oír su voz de nuevo, tranquilizadora, cálida, burlona.

—No digas tonterías, Andrew. Sabes perfectamente que lo estás haciendo por ti mismo.

—Y un poco por ti.

—Y un poco por mí. —Al otro lado del infinito cable que cruzaba el Atlántico hubo silencio. ¿O la comunicación iba por satélite hoy en día? Se me ocurrió que, ya puestos, debería llamar a mi padre.

—Bueno, como está cerca de París, me acercaré hasta allí. No puede ser muy difícil ir en coche hasta esa zona. Me encantaría ir a Étretat también.

—Tal vez algún día vayamos juntos, depende. —Ahora su voz sonaba tensa, y se aclaró la garganta—. Pensaba esperar, pero ¿puedo hablar contigo de algo?

—Sí, claro.

—Es que no sé muy bien por dónde empezar… —dijo—. Ayer supe que estoy embarazada.

Me quedé apretando el auricular con la mano, por un momento consciente únicamente de las sensaciones físicas, del registro sísmico del cambio.

—Y es…

—Ha dado positivo.

Me refería a otra cosa.

—Y es… —De la puerta que en ese instante se abrió en mi mente me pareció que surgía una figura amenazadora, aunque mi cabina telefónica seguía firmemente cerrada.

—Es tuyo, si eso es lo que quieres saber.

—Yo…

—No puede ser de Robert. —Pude oír su resolución por teléfono, su determinación de decirme todo esto con claridad, los largos dedos que sujetaban el auricular al otro lado del océano—. Recuerda que hace muchos meses que no veo ni he querido ver a Robert. Sabes de sobras que en ningún momento he ido a verlo. Y no hay nadie más. Sólo tú. Ya sabes que estaba tomando precauciones, pero hay un índice de error en casi todas. Nunca me he quedado embarazada. En toda mi vida. Siempre he ido con mucho cuidado.

—Pero yo…

Una risa nerviosa.

—¿No piensas decir nada al respecto? ¿Qué eres feliz? ¿Qué horror? ¿Qué decepción?

—Dame un momento, por favor.

Me apoyé en la pared de la cabina, puse la frente en el cristal sin importarme qué otras cabezas lo habían tocado en las últimas veinticuatro horas. Entonces empecé a llorar. No lloraba desde hacía años; en cierta ocasión, unas sentidas lágrimas de rabia después de que uno de mis pacientes favoritos se suicidara; pero las más significativas años antes de aquello, cuando sentado al lado de mi madre, había sujetado su mano tibia, suave e inerte, dándome cuenta largos minutos después de que ella ya no podía oírme, de modo que no le importaría que me derrumbara, pese a que le había prometido ayudar a mi padre. Además, fue él quien me apoyó a mí. Por nuestro trabajo, ambos estábamos familiarizados con la muerte; pero él había consolado a los afligidos durante toda su vida.

—¿Andrew? —La voz de Mary tanteaba desde el otro lado de la línea, impaciente, dolida—. ¿Tan disgustado estás? No tienes que fingir…

Me pasé la manga de la camisa por la cara, golpeándome la nariz con los gemelos.

—Entonces no tendrás inconveniente en casarte conmigo.

Esta vez su risa me resultó familiar, si bien era entrecortada, el alborozo contagioso que había detectado en Robert Oliver. ¿Lo había detectado yo mismo? Robert nunca se había reído conmigo; debía de estar pensando en una cualidad de otra persona. La oí forcejear con su voz para estabilizarla.

—No, Andrew. Nunca pensé que tendría ganas de casarme con nadie, pero tú no eres uno cualquiera. Y no es por el bebé.

En el momento en que oí esas palabras (el bebé), mi vida se dividió en dos, fue una mitosis de amor. Una de las mitades ni siquiera estaba aún del todo presente; pero esas sencillas palabras, por teléfono, habían cincelado un mundo nuevo para mí, o duplicado el que conocía.

103

Marlow

Después de sonarme la nariz y dar una vuelta por la estación durante varios minutos, marqué el número que me había dado Henri.

—Voy a alquilar un coche y me iré a Grémière mañana por la mañana. ¿Le gustaría venir conmigo?

—He estado pensando en esto, Andrew, y no creo que pueda usted averiguar nada, pero quizá disfrute yendo. —Me encantó oír que me llamaba por mi nombre de pila.

—Entonces podría venir, si no le parece una locura. Haré que esté usted lo más cómodo posible.

Él suspiró.

—Ahora no suelo salir de casa, excepto para ir al médico. Le obligaría a ir más despacio.

—No me importa ir despacio. —Me abstuve de hablarle de mi padre, quien aún conducía, recibía a feligreses y salía a pasear. Tenía casi diez años menos, lo cual, en términos de agilidad, era toda una vida a esas alturas.

—Mmm… —Henri estaba pensando al otro lado del teléfono—. Supongo que lo peor que puede pasar es que el viaje me mate. Entonces podrá usted traer mi cuerpo de vuelta a París y enterrarme al lado de Aude de Clerval. Morir de cansancio en un pueblo bonito no sería el peor de los destinos. —No supe qué decir, pero él se rió entre dientes y yo también me eché a reír. ¡Ojalá pudiera darle la noticia de mi paternidad! Era terrible que Mary no fuese a conocer a este hombre, que podría haber sido su abuelo o incluso su bisabuelo, parecido a ella con sus largas y delgadas piernas, y fino sentido del humor.

—¿Puedo pasar a buscarlo mañana a las nueve?

— Sí. No dormiré en toda la noche. —Colgó.

Para un extranjero, conducir por París es una pesadilla. Únicamente Béatrice podía haberme persuadido a hacerlo y, por intuición, me limité a cerrar los ojos (abriéndolos a veces como platos) para sobrevivir entre el sinfín de coches que giraban bruscamente por doquier, las señales con las que no estaba familiarizado y las calles de sentido único. Cuando di con el edificio de Henri tenía los nervios crispados, pero me alivió poder aparcar allí, aunque estuviera prohibido y tuviera que dejar puestos los cuatro intermitentes durante los veinte minutos que Yvonne y yo tardamos en ayudarle a bajar por las escaleras. Si yo hubiera sido Robert Oliver, habría sido capaz de coger simplemente a Henri en brazos y cargarlo hasta abajo, pero no osé sugerir semejante cosa. Henri se acomodó en el asiento delantero, y aún me alivió más que su ama de llaves metiera en el maletero una silla de ruedas plegada y una manta adicional; por lo menos podríamos recorrer parte del pueblo sin percances.

Salimos vivos de uno de los principales bulevares, Henri me guió con una memoria sorprendentemente buena, y luego pasamos por varios suburbios, vislumbrando el amplio Sena, por serpenteantes carreteras, bosques y los primeros pueblos. Justo al oeste de París el terreno se volvía más accidentado; nunca había estado en esta zona. Era una mezcla de empinadas colinas y tejados de pizarra, iglesias encantadoras y árboles majestuosos, vallas cargadas con el primer brote de rosas. Bajé una ventanilla para que entrara aire fresco, y Henri miraba atentamente a su alrededor, en silencio, pálido, a veces sonriente.

—Gracias —me dijo en un momento dado.

A la altura de Louveciennes nos desviamos de la carretera principal y atravesamos lentamente el pueblo para que Henri me pudiera enseñar dónde habían vivido y trabajado los grandes pintores.

—Este pueblo fue prácticamente destruido durante la invasión prusiana. Pissarro tuvo una casa aquí. Tuvo que huir, con su familia, y los soldados prusianos que vivieron en ella usaron sus lienzos de alfombras. Los carniceros del pueblo los usaron a modo de delantal. Perdió más de un centenar de cuadros, años de trabajo. —Se aclaró la garganta, tosió—. *Salauds*.

Después de Louveciennes la carretera bajaba mucho; pasamos por delante de las verjas de un pequeño castillo, un destello de piedra gris y enormes árboles. El siguiente pueblo era Grémière, y era tan diminuto que por poco me salté el desvío. Vi el letrero cuando llegábamos a la plaza, que en realidad no era más que una extensión de adoquines delante de una iglesia. La iglesia era muy antigua, probablemente normanda, achaparrada y de grueso campanario, el viento había erosionado las bestias labradas del pórtico. Estacioné cerca, observado por un par de ancianas con cómodas botas de goma y bolsas de la compra, y saqué la silla de ruedas y luego a Henri del coche.

No había ninguna prisa, porque no sabíamos por qué estábamos aquí. Me dio la impresión de que Henri disfrutó del café que nos tomamos relajadamente en la única cafetería local, donde aparqué su silla junto a una mesa de fuera y extendí la manta sobre sus rodillas. La mañana era fresca, pero brillaba un sol primaveral; a lo largo de un tramo de una calle a nuestra derecha, los castaños estaban en flor, eran torres rosas y blancas. Le cogí el truco a la silla (probablemente mi padre necesitaría una como ésta algún día) y nos fuimos hacia la primera callejuela con muros a los lados para ver si era la adecuada. Esquivé con la silla un adoquín roto. Con toda probabilidad, mi padre viviría para conocer a su nieto.

Henri había insistido en traer el libro de Sisley; tras varios intentos decidimos que una de estas callejuelas flanqueadas por muros coincidía con el cuadro, e hicimos unas cuantas fotos. De los muros sobresalían cedros y plátanos, y al final había una casa hacia la que Béatrice (si es que era ella) caminaba en el cuadro. La casa tenía postigos azules y macetas con geranios junto a la puerta principal; había sido cuidadosamente rehabilitada y quizá los propietarios viviesen en París. Llamé al timbre en vano, con Henri sentado en su silla en el camino de acceso.

—Nada —dije.

—Nada —repitió él.

Fuimos hasta la tienda de comestibles y le preguntamos al tendero por una familia llamada Renard, pero él se encogió de hombros con simpatía y siguió pesando salchichas. Entramos en la iglesia tras encontrar el modo de sortear las escaleras. El interior era frío y oscuro, una caverna. Henri se estremeció y me pidió que lo llevara hasta el pasillo, donde se quedó un rato con la cabeza agachada (debía de estar volviendo a contactar con sus muertos, pensé). A continuación fuimos a la *mairie* para ver si Esmé Renard o su familia figuraban en algún archivo. La señora que estaba detrás del mostrador nos ayudó encantada; saltaba a la vista que no había visto a nadie en toda la mañana y que estaba cansada de teclear, y cuando apareció otro funcionario (no acabé de entender del todo quién era, aunque en una localidad tan pequeña podría haberse tratado del mismísimo alcalde), nos buscaron una serie de documentos. Tenían archivos con la historia del pueblo y también un registro de nacimientos y defunciones, que originalmente había estado en la iglesia, pero que ahora se guardaba en una caja de metal ignífuga. No constaba ningún Renard; a lo mejor no habían sido ellos mismos los propietarios de la casa y únicamente la habían alquilado.

Y luego les dimos las gracias y nos dispusimos a salir del edificio. En la entrada, Henri me hizo una señal para que nos detuviéramos y alargó el brazo para darme la mano.

—No importa —me dijo amablemente—. Verá, hay muchas cosas para las que nunca se halla una explicación. En realidad, no es tan horrible.

—Es lo que me dijo ayer, y estoy convencido de que tiene razón —repuse, apretando su mano con suavidad; era como una colección de cálidas ramitas. Lo que Henri decía era verdad; mi corazón ya estaba latiendo por otra cosa. Me dio unas palmaditas en el brazo.

Tardé unos segundos en dirigir la silla hacia la salida. Al levantar la vista, el boceto estaba ahí. Enmarcado y colgado en la vieja pared de yeso de la entrada, una audaz porción de la escena al carboncillo sobre papel: un cisne, pero no la víctima del cuadro que había visto el día anterior; éste se apresuraba a aterrizar en lugar de levantar el vuelo con dificultad. Debajo del cisne yacía una figura humana, una grácil pierna parcialmente cubierta de tela. Accioné con cuidado el freno de la silla de Henri y me acerqué unos pasos. El cisne, la pantorrilla de la doncella, su pie adorable y las iniciales escritas en una esquina apresuradamente pero reconocibles, tal como las había visto sobre las flores y la hierba y junto al pie de uno de los raptores del cisne calzado con gruesas botas. La firma me resultaba familiar, se parecía más a un carácter chino que a un conjunto de letras latinas, era la característica firma de Béatrice. Había firmado así una cantidad de veces limitada y demasiado escasa, y luego había dejado de pintar para siempre. La puerta del despacho que quedaba a nuestras espaldas estaba cerrada, así que descolgué con cuidado el pequeño cuadro de la pared y lo puse sobre el regazo de Henri, sujetándolo de tal manera que no se le pudiese caer sin querer. Se puso bien las gafas y miró atentamente:

—¡Ah…, *mon Dieu*! —exclamó.

—Entremos de nuevo. —Lo contemplamos hasta saciarnos y lo volví a colgar en la pared con dedos temblorosos—. Ellos sabrán algo sobre esto, y si no alguien más.

Dimos media vuelta y volvimos al despacho, donde Henri pidió en francés información sobre el dibujo de la entrada. El joven alcalde (o quienquiera que fuese) se mostró nuevamente encantado de ayudarnos. Tenían varios dibujos como ése en un cajón; él no estuvo aquí cuando fueron encontrados en una casa en obras, pero a su antecesor le había gustado ése y lo había hecho enmarcar. Le pedimos si nos los dejaba ver, y después de buscar un poco encontró un sobre y nos lo dio. Debía atender una llamada en su despacho, pero no tenía inconveniente en que nos sentáramos allí ante la atenta mirada de la secretaria y examináramos los dibujos, si queríamos.

Abrí el sobre y le pasé los bocetos a Henri uno por uno. Eran estudios, principalmente sobre un grueso papel marrón, de alas, arbustos, de la cabeza y el cuello de un cisne, de la figura de la chica sobre la hierba con una mano en primer plano hundiéndose en la tierra. Junto con estos había una hoja de papel grueso, que desdoblé y le di a Henri.

—Es una carta —anunció—. Y estaba aquí mismo… una carta.

Yo asentí y el leyó, atascándose, traduciéndomela, en ocasiones haciendo una pausa cuando se le quebraba la voz.

Septiembre de 1879

Amado mío:

Te escribo desde lo que percibo como la mayor de las distancias posibles, desde la mayor agonía concebida. Temo estar separada de ti para siempre, y eso me está matando. Te escribo apresuradamente desde mi estudio, al cual no debes regresar. Ven, por el contrario, a casa. No sé por dónde empezar. Esta tarde, después de que te marcharas, he seguido trabajando en la figura; me estaba dando problemas y me he quedado más rato del previsto. Hacia las cinco, cuando la luz empezaba a desvanecerse, han llamado a la puerta; pensé que podía ser Esmé, trayéndome el chal. Sin embargo, era Gilbert Thomas, a quien ya conoces. Ha hecho una reverencia al entrar y ha cerrado la puerta. Me ha sorprendido, pero he supuesto que se había enterado de que Yves me ha regalado un estudio.

Me ha dicho que primero ha pasado por casa y se ha enterado de que me encontraba tan sólo a unos metros de distancia. Ha sido educado; me ha dicho que hacía algún tiempo que quería hablar conmigo de mi carrera, que, como sé, su

galería es un gran éxito y únicamente necesita pintores nue-
vos para que triunfe aún más, que hace mucho tiempo que
admira mi destreza, etcétera. De nuevo ha hecho una reve-
rencia, con el sombrero frente a él. Entonces se me ha acerca-
do, ha examinado nuestro cuadro y me ha preguntado si lo he
pintado yo sola, sin ayuda… en ese momento ha hecho una
sutil mueca, reparando en mi estado, aunque todavía llevaba
puesto el blusón. No he querido explicarle que pronto lo ter-
minaría y empezaría mi reclusión; no he querido ponerlo en
evidencia ni a él ni a mí misma, ni mencionar que me has
ayudado, de modo que no he dicho nada. Ha examinado de-
tenidamente la superficie del cuadro, y ha dicho que era ex-
traordinario y que había alcanzado mi plenitud bajo la tutela
de mi mentor. He empezado a sentirme incómoda, aunque
era imposible que él supiera que hemos trabajado conjunta-
mente. Me ha preguntado qué precio le pondría al cuadro y
yo le he dicho que no pretendía venderlo hasta que hubiera
sido juzgado por el Salón, y que incluso entonces quizá qui-
siera quedármelo. Con una amable sonrisa me ha preguntado
qué precio le pondría a mi reputación o a la de mi hijo.

A fin de tener un momento para pensar, he fingido que
estaba limpiando mi pincel, y acto seguido le he preguntado
con la máxima serenidad posible a qué se refería. Él me ha
dicho que seguramente pretendería volver a presentar el cua-
dro con el seudónimo de Marie Rivière; que no era ningún
secreto para él, que veía a diario obras de artistas. Pero que ni
la reputación de Marie ni la mía valdría menos que un cua-
dro. Naturalmente, él aceptaba de buena gana que las muje-
res pintaran. De hecho, durante su viaje a Étretat a fines de
mayo, había visto a una mujer pintando en plein air en la
playa y entre acantilados, debidamente acompañada por un
familiar de más edad, y tenía una nota que ella quizás había
echado de menos. La ha extraído de su bolsillo, me la ha en-
señado para que la leyera y cuando he querido cogerla, la ha

retirado. He visto enseguida que era la nota que me escribiste aquella mañana, el lacre estaba roto. No la había visto nunca antes, pero era tu letra, iba dirigida a mí, eran tus palabras sobre nosotros, sobre nuestra noche... se la ha vuelto a guardar en la chaqueta.

Ha dicho que es una maravilla cómo las mujeres están empezando a entrar en la profesión, y que mis cuadros están a la altura de los que ha visto pintados por otras mujeres. Pero que una mujer puede cambiar de idea acerca de la pintura después de convertirse en madre y, desde luego, ante cualquier escándalo público; que el dinero no era suficiente recompensa a cambio de este cuadro soberbio, pero que si lo concluía volcando toda mi destreza, él me haría el honor de poner su propio nombre en una esquina del mismo. El honor sería todo suyo, en realidad, puesto que el cuadro ya era excelente, una combinación perfecta de lo antiguo y lo moderno, de la pintura clásica y natural (ha dicho que la chica es especialmente perfecta y joven, y que ha sido plasmada con la suficiente belleza como para atraer a cualquiera...), y estaría encantado de hacer lo mismo con cualquier cuadro futuro, bien entendido que ello me ahorraría cualquier situación desagradable. Ha seguido divagando como si hubiese simplemente estado hablando del mobiliario del estudio o de algún color interesante que yo estuviera utilizando.

No he podido mirarlo a la cara, ni hablar. Si hubieses estado ahí, me temo que lo habrías matado, o él a ti. Ciertamente, desearía que estuviera muerto, pero no lo está, y no me cabe ninguna duda de que hablaba en serio. El dinero no podrá hacerle cambiar de parecer. Aunque le entregue el cuadro cuando esté acabado, no nos dejará en paz. Es preciso que te marches, amor mío. Es horrible, especialmente porque esta amistad, que es la alegría de mi vida y que ha dotado a mi pincel de todo este talento renovado, ahora es completamente pura. Dime qué debo hacer y ten presente que mi corazón es-

*tará contigo decidas lo que decidas, pero ten piedad de Yves,
sólo eso, por favor, mi amor. No puedo apiadarme de mí misma
ni de ti. Ven a casa una vez más y traéme todas mis cartas, ya
pensaré qué hacer con ellas. Pero jamás pintaré para este mons-
truo cuando termine este cuadro, y si lo hago será sólo una última vez para dejar constancia de esta infamia.*

B.

Henri alzó la vista y me miró desde su silla.

—¡Dios mío! —exclamé—. Tenemos que decírselo. Decirles lo
que tienen aquí. Lo de estos dibujos.

—No —repuso él. Intentó volverlo a introducir todo en el sobre, entonces me indicó que precisaba ayuda. Obedecí, pero lentamente. Él sacudió la cabeza—. Si ya saben algo, no hay ninguna
necesidad de que sepan más. Es mejor que no sepan más. Y si no
saben nada, mejor todavía.

—Pero nadie entiende… —Hice un alto.

—Sí, usted sí. Usted sabe todo lo que necesita saber. Y yo también. ¡Ojalá estuviese aquí Aude! Diría lo mismo. —Pensé que
Henri tal vez lloraría, como había estado a punto de hacer con las
cartas, pero se le iluminó la cara—. Lléveme fuera para que me dé
el sol.

104

Marlow

En el avión hacia el aeropuerto de Dulles, con una manta sobre las rodillas, me imaginé la última carta de Olivier; quemada, tal vez, en la chimenea de la habitación parisina de Béatrice.

1891

Amor mío:

Sé el riesgo que corro al escribirte, pero disculparás la necesidad de un anciano artista de despedirse de una compañera. Lacraré esta carta con cuidado, confiando en que nadie más que tú la abra. No me escribes nunca, pero siento tu presencia cada uno de mis días en este lugar extraño, inhóspito y hermoso; sí, he intentado pintarlo, aunque sabe Dios qué será de mis lienzos. En su última carta, de hace aproximadamente ocho meses, Yves me dijo que no has pintado en absoluto y que te has dedicado a tu hija, que tiene los ojos azules, un carácter abierto y es ágil de mente. Qué adorable e inteligente ha de ser, ciertamente, si en tus cuidados le has transmitido ese don que tienes. Pero ¿cómo has podido, amor mío, renunciar a tu talento natural? Quizá lo hayas disfrutado en la intimidad por lo menos. Ahora que llevo una década en África y que Thomas está muerto, ninguno de los dos podríamos ser ya una amenaza para tu reputación. Thomas se quedó con tus mejores obras en beneficio de su propia fama; ¿no podrías vengarte, pintando mejor incluso a partir de ahora? Pero recuerdo que eres una mujer obstinada, o cuando menos resuelta.

No importa; a los ochenta veo lo que ni siquiera a los setenta podía ver, que al final uno lo perdona casi todo, salvo a sí mismo. Sin embargo, ahora me perdono incluso a mí mismo, ya porque soy débil de carácter, ya porque cualquiera hubiera caído como yo rendido a tus pies, o quizá simplemente porque no me queda mucho tiempo de vida... cuatro meses, seis. No es que me importe especialmente. Todo lo que me diste arrojó un haz de luz sobre mis años pasados y redobló su luminosidad. Después de haber tenido tanto, no me puedo quejar.

Pero no he cogido hoy la pluma para poner a prueba tu paciencia con filosofías, sino para decirte que el deseo que me susurraste, en un momento que recuerdo con total agudeza de sentimientos, se hará realidad, tu petición de que muriese con tu nombre en los labios. Lo haré. Estoy seguro de que no es necesario que te lo diga, y puede que esto nunca llegue siquiera a tus manos (aquí el correo es, en el mejor de los casos, precario). Pero ese nombre musitado llegará de un modo u otro a tus oídos.

Ahora, mi queridísimo amor, piensa en mí con todo el perdón que seas capaz de reunir y que los dioses te colmen de felicidad hasta que seas mucho más anciana que este viejo despojo. Que Dios bendiga a tu pequeña y a Yves, afortunados de quedar a tu buen recaudo. Cuéntale a la niña alguna que otra historia sobre mí cuando crezca. Le dejo mi dinero a Aude... sí, Yves me ha dicho cómo se llama y él guardará mis ahorros para ella en la cuenta de París. Destina una pequeña parte de estos para llevarla algún día a Étretat. Si en algún momento vuelves a coger un pincel, recuerda que junto con todas las aldeas, acantilados y paseos que se pueden dar por sus alrededores, es el paraíso de un pintor. Te beso la mano, mi amor.

Olivier Vignot

105

Marlow

La mañana de mi regreso a Goldengrove era igualmente soleada; parecía que me hubiese traído la primavera desde Francia. También había traído para Mary un anillo de oro del siglo XIX engastado con rubíes, que me había costado más que el montante total de mis gastos de los últimos seis meses. El personal se alegró de verme, y despaché la primera avalancha de mensajes y papeleo en el tiempo que tardé en tomarme una única taza de café. Sus notas y las del doctor Crown, a cuyo cuidado había dejado a Robert, eran esperanzadoras; Robert seguía sin hablar, pero había estado entretenido y alegre, más participativo en las comidas colectivas, y había sonreído a los pacientes y al personal.

A continuación examiné a mis otros pacientes, dos de los cuales eran nuevos. Una de ellas era una chica joven a la que habían dado el alta tras permanecer bajo vigilancia por riesgo de suicidio en un hospital de Washington, y que estaba decidida a restablecerse lo suficiente para no hacer sufrir más a su familia. Me contó que ver llorar a su madre por ella había cambiado su perspectiva de muchas cosas. La otra recién llegada era una anciana; tenía mis dudas acerca de sus buenas condiciones físicas para estar aquí, pero hablaría con su familia. Me ofreció brevemente su mano delgada como una hoja, y yo la sostuve. Luego cogí mi maletín y me fui a ver a Robert.

Estaba sentado en la cama, con un cuaderno de dibujo encima de las rodillas y la mirada perdida. Fui directamente hasta él y le puse la mano en el hombro.

—Robert, ¿puedo hablar unos minutos con usted?

Él se levantó. Percibí la rabia en su rostro, la sorpresa, algo parecido a la pena. Me pregunté si ahora tendría que hablar: «Se llevó mis cartas». Tal vez diría amargamente: «Maldito sea», como yo le había dicho a él. Pero se limitó a quedarse ahí de pie.

—¿Me puedo sentar?

Él no se inmutó, de modo que me senté en mi sitio habitual, el sillón, una especie de hogar, un lugar que me resultaba familiar. Hoy me parecía extrañamente cómodo.

—Robert, he ido a Francia. He ido a ver a Henri Robinson.

El efecto fue inmediato; su cabeza hizo un movimiento brusco y se le cayó el cuaderno al suelo.

—Creo que Henri le ha perdonado. Le devolví las cartas. Siento haber tenido que cogerlas sin consultárselo a usted. Temí que no me diera su consentimiento.

De nuevo, su reacción emocional fue intensa e inmediata; dio unos pasos hacia delante y yo me levanté, así me sentía más seguro. Había dejado la puerta abierta, como siempre. Sin embargo, al mirarle a la cara no vi hostilidad en él, únicamente sobresalto.

—Estaba encantado de haberlas recuperado. Entonces fui con él a un pueblo que se menciona en las cartas. No sé si lo recordará… se llama Grémière, de donde procedía la doncella de Béatrice.

Robert tenía los ojos clavados en mí, el rostro pálido, las manos colgando a ambos lados del cuerpo.

—Allí no había constancia alguna de la familia de la doncella, pero fui porque Henri me dijo que Béatrice había dejado algo en ese pueblo que demostraría la verdad sobre su amor por su hija. Encontramos un dibujo; una serie de estudios, de hecho, con sus iniciales.

Extraje mis propios bocetos de mi maletín y, por unos momentos, fui sumamente consciente de mi falta de pericia. Se los entregué en silencio.

—Eran de Béatrice de Clerval, no de Gilbert Thomas. ¿Dedujo usted eso?

Robert sostuvo mis bocetos en las manos. Era la primera vez que cogía algo que yo intentaba darle directamente.

—Junto con estos estudios también encontramos una carta. Le he traído una copia para que pueda leerla usted mismo. Henri me la ha traducido a mí también. Se la escribió Béatrice de Clerval a Olivier Vignot, y demuestra que el galerista Gilbert Thomas la chantajeó y reivindicó como propia una de las mejores obras de Béatrice. Me imagino que eso también lo dedujo usted.

Le di las páginas dobladas. Él las sujetó mirándolas fijamente. A continuación se cubrió la cara con una mano y permaneció así varios segundos, que se hicieron eternos. Cuando se destapó los ojos, me miró directamente:

—Gracias —me dijo. Yo no sabía, o no recordaba, lo agradable que era su voz, penetrante y bastante profunda, una voz que encajaba con él.

—Hay algo que, sencillamente, no logro entender. —Me quedé a su lado, consciente de que su mirada se clavaba primero en mí y luego en el boceto—. Si tenía sospechas de que *Leda* era una obra de Béatrice, ¿por qué quiso atacarla?

—No quise.

—Pero fue usted allí con una navaja, intencionadamente.

Robert sonrió, o casi.

—Intentaba apuñalarlo a él, no a ella. Pero tampoco estaba en mis cabales.

Entonces lo entendí: el retrato en el que Gilbert Thomas contaba sus monedas. Robert había entrado solo en la galería. Sí... y había sacado la navaja del bolsillo, abriéndola rápidamente y abalanzándose sobre el cuadro mientras, a su vez, el vigilante, que acababa de entrar, se abalanzaba sobre él. Y había rayado el marco de la escena que había colgada junto al autorretrato de Gilbert Thomas. Me pregunté qué habría pasado dentro de Robert, de su ya frágil estado, si hubiera dañado a su amada *Leda*. Uno de sus amores. Le puse la mano en el hombro.

—¿Y ahora lo está?

Robert estaba serio, como un hombre prestando juramento.

—Creo que lo estoy desde hace algún tiempo.

—Verá, podría volver a pasarle algo así, con o sin Béatrice. Necesitará acudir a un psiquiatra y tal vez a un terapeuta, y seguir medicándose, quizá de por vida, para estar fuera de peligro.

Él asintió. La expresión de su rostro era sincera y consciente.

—Si no se queda por la zona, le puedo recomendar otro psiquiatra. Y siempre puede llamarme. Piénselo bien antes. Lleva aquí mucho tiempo.

Robert sonrió.

—Y usted.

No pude evitar sonreír con él.

—Me gustaría volver a verlo mañana. Vendré temprano y entonces, si siente que está preparado, podrá firmar el alta. Se lo comunicaré al personal; haga hoy todas las llamadas que necesite. —Esta última parte fue la que más me costó decirle; había una persona en cuya vida no quería que él volviera a entrar.

—Me gustaría ver a mis hijos —me dijo en voz baja—. Pero les llamaré más adelante, cuando me haya establecido en algún sitio. Pronto. —Estaba de pie en medio de la habitación, con los brazos cruzados, le brillaban los ojos. Entonces me marché (me devolvió el apretón de manos con afecto, aunque un tanto ausente) para atender a mis otras obligaciones.

Como aún tenía el horario parisino, a la mañana siguiente conseguí llegar muy pronto a Goldengrove. Robert debía de estar pendiente de mí, porque apareció en la puerta de mi despacho mientras yo me estaba organizando el día. Ya se había duchado y afeitado, iba elegantemente vestido con la ropa que le había visto puesta la primera vez, y el pelo mojado le brillaba. Parecía un hombre que hubiera despertado tras pasar cien años dormido. Por lo visto, el personal le había proporcionado unas cuantas bolsas grandes para meter sus pertenencias, que había amontonado en el vestíbulo. Todavía podía sentir los brazos de Mary rodeando mi cuello, ver el anillo en su mano mientras dormía. Robert no le había llamado, y ahora no me cabía ninguna duda de que ella no quería que lo hiciera. Naturalmente, también tendría que decidir si informar o no a Kate de su alta.

Robert sonrió.

—Estoy listo.

—¿Seguro? —le pregunté.

—Si las cosas se tuercen, le llamaré.

—*Antes* de que se tuerzan. —Le di mis números de teléfono y los papeles.

—De acuerdo. —Robert cogió los impresos y los repasó, firmó sin titubeos y me devolvió el bolígrafo.

—¿Necesita que lo lleve a algún sitio? ¿O le pido un taxi?

—No. Primero me gustaría andar un poco. —Se quedó en el umbral de la puerta de mi despacho; era altísimo.

—¿Sabe que me he saltado todas las malditas reglas por usted? —Quería que él lo supiera o, quizá, simplemente decirlo en voz alta.

Él se rió de verdad.

—Lo sé.

Nos quedamos mirando el uno al otro, y entonces Robert me rodeó con sus brazos y me abrazó durante unos instantes. Yo nunca había tenido un hermano o un padre lo bastante corpulento para aplastarme, ni un amigo de este tamaño.

—Gracias por las molestias que se ha tomado —dijo.

«Gracias por existir», tuve ganas de decirle, pero no lo hice. Más bien «gracias por haber cambiado mi vida».

Dejé que se marchara solo, aunque me habría gustado acompañarlo fuera, oler la temprana mañana que de nuevo le pertenecía, los árboles en flor del viejo camino que arrancaba del edificio. Atravesó a grandes zanjadas el vestíbulo directamente hacia la puerta principal, y vi cómo la abría y salía, cogía sus bolsas y la cerraba a sus espaldas.

En lugar de acompañarlo me fui a su habitación. Estaba vacía, aparte de su material de pintura, que había amontonado con esmero en un estante. El caballete estaba montado en medio de la habitación, y en éste había un lienzo acabado de una Béatrice que no sonreía, pero que estaba radiante. Sería para Mary, y descubrí que no me importaba la idea de darlo. El resto de cuadros se los había llevado Robert.

Ahora sé que aquel día acerté. Robert se iría a algún sitio nuevo y pintaría: paisajes, bodegones, a personas vivas con sus peculiaridades y su atractivo, con la posibilidad de envejecer; obras que más que nunca embellecerían colecciones y serían colgadas en los museos. Evidentemente, no pude llegar a prever que su encumbramiento a un reconocimiento duradero sería la única noticia que quizá tendría jamás de él, y la única que necesitaba. Seguiría de cerca los cuadros que pintara de sus hijos a medida que fueran creciendo, de las nuevas mujeres que formaran parte de su vida, de las desconocidas praderas y playas en las que montara su caballete. Robert tenía razón; me había tomado ciertas molestias, aunque no enteramente por él. A cambio, me había quedado con algo para mí: aquellos largos minutos en París, delante de un cuadro que el mundo quizá no vería nunca. He tenido grandes recompensas y alegrías, pero las pequeñas son tan dulces como las demás.

1895

Es casi de noche. Ahora la luz se desvanece resignada; las oscuras ramas se funden unas con otras y con el cielo cada vez más negro. Me lo imagino recogiendo sus cosas, rascando su paleta. Está limpiando los pinceles próximo al farol cuando ella pasa de nuevo por delante, esta vez cerca de sus ventanas, volviendo a paso apresurado de su recado. Él no puede distinguir bien el rostro que hay dentro de la capucha; ella debe de estar mirando hacia el suelo, hacia el hielo, los charcos en proceso de congelación, los parches de nieve y barro. Entonces levanta la vista y él ve que sus ojos son oscuros, tal como esperaba; repara en su brillo. No es una cara joven pese a la agilidad de su cuerpo, pero de la que sí podría haberse enamorado, de haber tenido un corazón más joven, es una cara que incluso ahora le gustaría pintar. La mirada de la mujer capta la luz de la ventana y vuelve a agachar la cabeza, avanzando cuidadosamente con unos zapatos demasiado buenos para este camino trillado. Él se fija en que sus manos cuelgan vacías a los lados de su cuerpo, como si se hubiera desprendido de lo que sea que acunaran: un regalo, comida para un anciano enfermo, ropa para que zurza la costurera de la aldea, supone él, o incluso un bebé. No; la noche es demasiado fría para salir con un bebé.

Él no conoce esta aldea tan bien como la suya; Moret-sur-Loing, donde morirá dentro de aproximadamente cuatro años, queda hacia el oeste. Un final del que ya es consciente. El dolor de su garganta bien tapada no basta para atenuar su curiosidad y abre la puerta con suavidad, siguiéndola a ella con la vista. Un carruaje espera casi al final del camino, delante de la iglesia; los caballos son magníficos, los faroles están encendidos y cuelgan en la parte superior del vehículo. Él puede ver el vaivén de su oscura y suntuosa falda cuando sube; ella cierra la puerta con una mano negra enguantada, como si tratase de impedir que el chófer tuviese que bajar retrasándolos más. Los caballos tiran, su quimérico aliento es visible en el aire; el carruaje avanza chirriando.

Entonces desaparecen; la aldea se hunde en la noche y, como es habitual a esta hora, reina en ella el silencio. Él cierra la puerta con llave y llama a su criado, que está en el cuarto de la parte posterior de la casa, para que le prepare un poco de cena. Mañana debe volver a casa junto a su mujer, y a su estudio, que lo esperan justo río arriba, y enviarle una nota al amigo que tan amablemente le presta este lugar cada invierno. Un corto trayecto de regreso por la mañana, y luego a seguir pintando durante todo el tiempo que le quede de vida. Entretanto, el fuego ha empezado a arrojar sombras por la habitación y en el fogón el agua hierve. Examina el paisaje que ha hecho por la tarde; los árboles están bastante bien y la extraña silueta de la mujer da un toque de distinción al camino rural, le da cierto misterio. Ha añadido su nombre y dos números en la esquina inferior izquierda. Suficiente por ahora, aunque mañana retocará la ropa de la mujer y corregirá la luz de esas ventanas de la casa más lejana, la del final del camino, donde el viejo Renard está remendando las guarniciones de las caballerías. La pintura ya se está fijando en su nuevo trabajo. Dentro de seis meses estará seco. Lo colgará en su estudio; y alguna mañana soleada lo descolgará, y lo enviará a París.

Agradecimientos

Gracias

A Amy Williams, extraordinaria agente y amiga; a Reagan Arthur, querido editor y amigo, a Michael Pietsch, quien depuró este libro con su destreza, y a otros muchos admirados colegas de Little, Brown and Company.

Mi agradecimiento también

a Georgi H. Kostov por su maravillosa lectura y por darme la libertad de viajar y aprender; a Eleanor Johnson por su cariñosa ayuda buscando información en París y Normandía; al doctor David Johnson por su fe en este proyecto y por los días de descanso en Auvergne; a Jessica Honigberg por enseñarme cómo son la mente y las manos de un pintor; a la doctora Victoria Johnson por haber reavivado mi amor por Francia; a mi tío holandés, Paul Howard Johnson, por su inagotable apoyo y aliento durante más de cuatro décadas; a Laura E. Wolfson, compañera de aventuras literarias, por su lectura del libro y por nuestros treinta años de visitas a museos; a Nicholas Delbanco, mi querido mentor, por leer el libro y por nuestras conversaciones sobre Monet y Sisley; a Julian Popov, novelista colega, por sus críticas: *благодаря*; a Janet Shaw por su lectura y por cobijarme bajo sus alas desde hace años; al doctor Richard T. Arndt por su ayuda con todo lo francés: *merci mille fois*; a Heather Ewing por su lectura del libro y su hospitalidad en Manhattan; a Jeremiah Chamberlin, por su valiente ayuda con las revisiones y por meter la tijera durante el proceso; a Karen Outen, Travis Holland, Natalie Bakopoulos, Mike Hinken, Paul Barron, Raymond McDaniel, Alex Miller, Josip Novakovich, Keith Taylor, Teodora Dimova y Emil Andreev por sus lecturas e infinita camaradería dentro de la profesión; a Peter Matthiessen, Eileen Pollack, Peter Ho Davies y otros, por su excepcional tutela; a Kate Dwyer, Myron Gauger, Lee Lancaster, John O'Brien e Ilya Pérdigo Kerrigan por diversos fragmentos; a Iván Mozo y Larisa Curiel por su hospitalidad en México y consejos sobre escenarios de Acapulco; a Joel Honigberg por sus reflexiones sobre los impresionistas, que sirvieron para dar chispa a esta historia; a Antonia Hodgson, Chandler Gordon, Vania Tomova, Svetlozar Zhelev y Milena Deleva por su entrañable amistad, publicación, traducción, relatos artísticos y camaradería literaria; al Programa Hopwood de la Universidad de Michigan, al Ann Arbor Book Festival, al Apollonia Festival of Arts de Bulgaria, al Programa de Creatividad Literaria de la Universidad de Carolina del Norte, en Wilmington, y a la Universidad Americana de Bulgaria por ser la sede de lecturas públicas de pasajes de esta obra; a Rick Weaver por permitirme presenciar su clase de pintura en la Art League de Alejandría; al doctor Toma Tomov por su información sobre la profesión psiquiátrica, a la doctora Mónica Starkman por lo mismo y por su inestimable ayuda en la edición de este libro; al doctor John Merriman, a la doctora Michèle Hanoosh y la doctora Catherine Ibbett por ayudarme con la historia y orígenes de Francia; a Anna K. Reimann, Elizabeth Sheldon y Alice Daniel por todo su apoyo moral; a Guy Livingston por sus veinticinco años de fraternidad en las artes; a Charles E. Waddell por su *excelente* sugerencia; a la doctora Mary Anderson por sus sabios consejos; a Andrea Renzenbrink, Willow Arlen, Frances Dahl, Kristy Garvey, Emily Rolka, y Julio y Diana Szabo por su extraordinaria ayuda en el funcionamiento de mi casa en diversos períodos durante el proceso de escritura de este libro; a Anthony Lord, la doctora Virginia McKinley, Mary Parker, Josephine Schaeffer y Eleanor Waddell Stephens por sus fantásticas introducciones al país y lengua franceses. A otros familiares, amigos, estudiantes e instituciones cuya enumeración no sé siquiera por dónde empezar.

Finalmente, estoy en deuda con Joseph Conrad y su colosal retrato, *Lord Jim*; que el espíritu del autor se deleite con el sincero homenaje que le he tributado desde estas páginas, y me perdone por ello.

Visite nuestra web en:

www.umbrieleditores.com